ŒUVRES COMPLÈTES

DE VOLTAIRE

COULOMMIERS. — TYP. ALBERT PONSOT ET P. BRODARD.

ŒUVRES COMPLÈTES

DE VOLTAIRE

TOME SEIZIÈME

PARIS

LIBRAIRIE HACHETTE ET Cⁱᵉ

79, BOULEVARD SAINT-GERMAIN, 79

1876

DICTIONNAIRE PHILOSOPHIQUE[1].

PRÉFACE DE LA CINQUIÈME ÉDITION.

(1765.)

Il y a déjà quatre éditions de ce *Dictionnaire*, mais toutes incomplètes et informes; nous n'avions pu en conduire aucune. Nous donnons enfin celle-ci, qui l'emporte sur toutes les autres pour la correction, pour l'ordre, et pour le nombre des articles. Nous les avons tous tirés des meilleurs auteurs de l'Europe, et nous n'avons fait aucun scrupule de copier quelquefois une page d'un livre connu, quand cette page s'est trouvée nécessaire à notre collection. Il y a des articles tout entiers de personnes encore vivantes, parmi lesquelles on compte de savants pasteurs. Ces morceaux sont depuis longtemps assez connus des savants, comme Apocalypse, Christianisme, Messie, Moïse, Miracles, etc. Mais, dans l'article Miracles, nous avons ajouté une page entière du célèbre docteur Middleton, bibliothécaire de Cambridge,

On trouvera aussi plusieurs passages du savant évêque de Glocester, Warburton. Les manuscrits de M. Dumarsais nous ont beaucoup servi; mais nous avons rejeté unanimement tout ce qui a semblé favoriser l'épicuréisme. Le dogme de la Providence est si sacré, si nécessaire au bonheur du genre humain, que nul honnête homme ne doit exposer ses lecteurs à douter d'une vérité qui ne peut faire de mal en aucun cas, et qui peut toujours opérer beaucoup de bien.

Nous ne regardons point ce dogme de la Providence universelle comme un système, mais comme une chose démontrée à tous les esprits raisonnables; au contraire, les divers systèmes sur la nature de l'âme, sur la grâce, sur des opinions métaphysiques, qui divisent toutes les communions, peuvent être soumis à l'examen : car, puisqu'ils sont en contestation depuis dix-sept cents années, il est évident qu'ils ne portent point avec eux le caractère de certitude; ce sont des énigmes que chacun peut deviner selon la portée de son esprit.

L'article Genèse est d'un très-habile homme, favorisé de l'estime et de la confiance d'un grand prince; nous lui demandons pardon d'avoir accourci cet article. Les bornes que nous nous sommes prescrites ne nous ont pas permis de l'imprimer tout entier; il aurait rempli près de la moitié d'un volume.

Quant aux objets de pure littérature, on reconnaîtra aisément les

1. Les éditeurs de Kehl (Condorcet et Decroix) ont refondu, dans ce Dictionnaire : 1° les *Questions sur l'Encyclopédie*; 2° *L'Opinion par alphabet*; 3° les articles insérés dans l'*Encyclopédie*; 4° plusieurs articles destinés par l'auteur au *Dictionnaire de l'Académie*; et 5° divers fragments séparés. (Éd.)

VOLTAIRE. — I.

sources où nous avons puisé. Nous avons tâché de joindre l'agréable à l'utile. Ayant d'un côté la morale et l'autre part les sciences que le choix. Les personnes de tout état trouveront de quoi s'instruire en s'amusant. Ce livre n'exige pas une lecture suivie; mais, à quelque endroit qu'on l'ouvre, on trouve de quoi réfléchir. Les livres les plus utiles sont ceux dont les lecteurs font eux-mêmes la moitié; ils étendent les pensées dont on leur présente le germe; ils corrigent ce qui leur semble défectueux, et fortifient par leurs réflexions ce qui leur paraît faible.

Ce n'est même que par des personnes éclairées que ce livre peut être lu; le vulgaire n'est pas fait pour de telles connaissances; la philosophie ne sera jamais son partage. Ceux qui disent qu'il y a des vérités qui doivent être cachées au peuple, ne peuvent prendre aucune alarme; le peuple ne lit point; il travaille six jours de la semaine, et va le septième au cabaret. En un mot, les ouvrages de philosophie ne sont faits que pour les philosophes, et tout honnête homme doit chercher à être philosophe, sans se piquer de l'être.

Nous finissons par faire de très-humbles excuses aux personnes de considération, qui nous ont favorisés de quelques nouveaux articles, de n'avoir pu les employer comme nous l'aurions voulu; ils sont venus trop tard. Nous n'en sommes pas moins sensibles à leur bonté et à leur zèle estimable.

INTRODUCTION

AUX QUESTIONS SUR L'ENCYCLOPÉDIE;

PAR DES AMATEURS.

(1770.)

Quelques gens de lettres, qui ont étudié l'*Encyclopédie*, ne proposent ici que des questions, et ne demandent que des éclaircissements; ils se déclarent douteurs et non docteurs. Ils doutent surtout de ce qu'ils avancent; ils respectent ce qu'ils doivent respecter; ils soumettent leur raison dans toutes les choses qui sont au-dessus de leur raison, et il y en a beaucoup.

L'*Encyclopédie* est un monument qui honore la France; aussi fut-elle persécutée dès qu'elle fut entreprise. Le discours préliminaire qui la précéda était un vestibule d'une ordonnance magnifique et sage, qui annonçait le palais des sciences; mais il avertissait la jalousie et l'ignorance de s'armer. On décria l'ouvrage avant qu'il parût; la basse littérature se déchaîna; on écrivit des libelles diffamatoires contre ceux dont le travail n'avait pas encore paru.

Mais à peine l'*Encyclopédie* a-t-elle été achevée que l'Europe en a reconnu l'utilité; il a fallu réimprimer en France et augmenter cet ouvrage immense qui est de vingt-deux volumes *in-folio*; on l'a contrefait en Italie; et des théologiens même ont embelli et fortifié les articles de théologie à la manière de leur pays : on le contrefait chez les Suisses ; et les additions dont on le charge sont sans doute entièrement opposées à la méthode italienne, afin que le lecteur impartial soit en état de juger.

Cependant cette entreprise n'appartenait qu'à la France ; des Français seuls l'avaient conçue et exécutée. On en tira quatre mille deux cent cinquante exemplaires, dont il ne reste pas un seul chez les libraires. Ceux qu'on peut trouver par un hasard heureux se vendent aujourd'hui dix-huit cents francs ; ainsi tout l'ouvrage pourrait avoir opéré une circulation de sept millions six cent cinquante mille livres. Ceux qui ne considéreront que l'avantage du négoce, verront que celui des deux Indes n'en a jamais approché. Les libraires y ont gagné environ cinq cents pour cent, ce qui n'est jamais arrivé depuis près de deux siècles dans aucun commerce. Si on envisage l'économie politique, on verra que plus de mille ouvriers, depuis ceux qui recherchent la première matière du papier, jusqu'à ceux qui se chargent des plus belles gravures, ont été employés et ont nourri leurs familles.

Il y a un autre prix pour les auteurs, le plaisir d'expliquer le vrai, l'avantage d'enseigner le genre humain, la gloire ; car pour le faible honoraire qui en revint à deux ou trois auteurs principaux, et qui fut si disproportionné à leurs travaux immenses, il ne doit pas être compté. Jamais on ne travailla avec tant d'ardeur et avec un plus noble désintéressement.

On vit bientôt des personnages recommandables dans tous les rangs, officiers généraux, magistrats, ingénieurs, véritables gens de lettres, s'empresser à décorer cet ouvrage de leurs recherches, souscrire et travailler à la fois : ils ne voulaient que la satisfaction d'être utiles ; ils ne voulaient point être connus ; et c'est malgré eux qu'on a imprimé le nom de plusieurs.

Le philosophe s'oublia pour servir les hommes ; l'intérêt, l'envie et le fanatisme ne s'oublièrent pas. Quelques jésuites qui étaient en possession d'écrire sur la théologie et sur les belles-lettres, pensaient qu'il n'appartenait qu'aux journalistes de Trévoux d'enseigner la terre ; ils voulurent au moins avoir part à l'*Encyclopédie* pour de l'argent ; car il est à remarquer qu'aucun jésuite n'a donné au public ses ouvrages sans les vendre ; mais en cela il n'y a point de reproche à leur faire.

Dieu permit en même temps que deux ou trois convulsionnaires se présentassent pour coopérer à l'*Encyclopédie* : on avait à choisir entre ces deux extrêmes ; on les rejeta tous deux également comme de raison, parce qu'on n'était d'aucun parti, et qu'on se bornait à chercher la vérité. Quelques gens de lettres furent exclus aussi, parce que les places étaient prises. Ce furent autant d'ennemis qui tous se réunirent contre l'*Encyclopédie* dès que le premier tome parut. Les auteurs furent traités comme l'avaient été à Paris les inventeurs de l'art admirable de l'imprimerie, lorsqu'ils vinrent y débiter quelques-uns de leurs essais ; on les prit pour des sorciers, on saisit juridiquement leurs livres, on commença contre eux un procès criminel. Les encyclopédistes furent accueillis précisément avec la même justice et la même sagesse.

Un maître d'école connu alors dans Paris, ou du moins dans la canaille de Paris, pour un très-ardent convulsionnaire, se chargea, au nom de ses confrères, de déférer l'*Encyclopédie* comme un ouvrage contre les mœurs, la religion, et l'État. Cet homme avait joué quelque temps sur le théâtre des marionnettes de Saint-Médard, et avait poussé la friponnerie du fanatisme jusqu'à se faire suspendre en croix, et à paraître réellement crucifié avec une couronne d'épines sur la tête, le 2 mars 1740, dans la rue Saint-Denis, vis-à-vis Saint-Leu et Saint-Gilles, en présence de cent convulsionnaires : ce fut cet homme qui se porta pour délateur ; il fut à la fois l'organe des journalistes de Trévoux, des bateleurs de Saint-Médard, et d'un certain nombre d'hommes ennemis de toute nouveauté, et encore plus de tout mérite.

Il n'y avait point eu d'exemple d'un pareil procès. On accusait les auteurs non pas de ce qu'ils avaient dit, mais de ce qu'ils diraient un jour. « Voyez, disait-on, la malice : le premier tome est plein de renvois aux derniers ; donc c'est dans les derniers que sera tout le venin. » Nous n'exagérons point ; cela fut dit mot à mot.

L'*Encyclopédie* fut supprimée sur cette divination ; mais enfin la raison l'emporte. Le destin de cet ouvrage a été celui de toutes les entreprises utiles, de presque tous les bons livres, comme celui de la *Sagesse* de Charron, de la savante histoire composée par le sage de Thou, de presque toutes les vérités neuves, des expériences contre l'horreur du vide, de la rotation de la terre, de l'usage de l'émétique, de la gravitation, de l'inoculation. Tout cela fut condamné d'abord, et reçu ensuite avec la reconnaissance tardive du public.

Le délateur couvert de honte est allé à Moscou exercer son métier de maître d'école ; et là il peut se faire crucifier, s'il lui en prend envie, mais il ne peut ni nuire à l'*Encyclopédie*, ni séduire des magistrats. Les autres serpents qui mordaient la lime ont usé leurs dents et cessé de mordre.

Comme la plupart des savants et des hommes de génie qui ont contribué avec tant de zèle à cet important ouvrage, s'occupent à présent du soin de le perfectionner et d'y ajouter même plusieurs volumes, et comme dans plus d'un pays on a déjà commencé des éditions, nous avons cru devoir présenter aux amateurs de la littérature un essai de quelques articles omis dans le grand dictionnaire, ou qui peuvent souffrir quelques additions, ou qui, ayant été insérés par des mains étrangères, n'ont pas été traités selon les vues des directeurs de cette entreprise immense.

C'est à eux que nous dédions notre essai, dont ils pourront prendre et corriger ou laisser les articles, à leur gré, dans la grande édition que les libraires de Paris préparent. Ce sont des plantes exotiques que nous leur offrons ; elles ne mériteront d'entrer dans leur vaste collection qu'autant qu'elles seront cultivées par de telles mains ; et c'est alors qu'elles pourront recevoir la vie.

J. Abraham Chaumeix. (ÉD.)

AVERTISSEMENT

DE LA COLLECTION INTITULÉE : *L'OPINION EN ALPHABET.*

(Sunt multi) quos oportet redargui, qui universas domos subvertunt, docentes quæ non oportet, turpis lucri gratia : « Il faut fermer la bouche à ceux qui renversent toutes les familles, enseignant, par un intérêt honteux, ce qu'on ne doit point enseigner. » (*Épître de saint Paul à Tite,* chap. I, v. 11.)

Cet alphabet est extrait des ouvrages les plus estimés qui ne sont pas communément à la portée du grand nombre; et si l'auteur ne cite pas toujours les sources où il a puisé, comme étant assez connues des doctes, il ne doit pas être soupçonné de vouloir se faire honneur du travail d'autrui, puisqu'il garde lui-même l'anonyme, suivant cette parole de l'Évangile : « Que votre main gauche ne sache point ce que fait votre droite[1]. »

A. — Nous aurons peu de questions à faire sur cette première lettre de tous les alphabets. Cet article de l'*Encyclopédie,* plus nécessaire qu'on ne croirait, est de César Dumarsais, qui n'était bon grammairien que parce qu'il avait dans l'esprit une dialectique très-profonde et très-nette. La vraie philosophie tient à tout, excepté à la fortune. Ce sage qui était pauvre, et dont l'Éloge se trouve à la tête du septième volume de l'*Encyclopédie,* fut persécuté par l'auteur de *Marie à la Coque*[2] qui était riche; et sans les générosités du comte de Lauraguais, il serait mort dans la plus extrême misère. Saisissons cette occasion de dire que jamais la nation française ne s'est plus honorée que de nos jours par ces actions de véritable grandeur faites sans ostentation. Nous avons vu plus d'un ministre d'État encourager les talents dans l'indigence et demander le secret. Colbert les récompensait, mais avec l'argent de l'État, Fouquet avec celui de la déprédation. Ceux dont je parle[3] ont donné de leur propre bien; et par là ils sont au-dessus de Fouquet, autant que par leur naissance, leurs dignités, et leur génie. Comme nous ne les nommons point, ils ne doivent pas se fâcher. Que le lecteur pardonne cette digression qui commence notre ouvrage. Elle vaut mieux que ce que nous dirons sur la lettre *A* qui a été si bien traitée par feu M. Dumarsais, et par ceux qui ont joint leur travail au sien. Nous ne parlerons point des autres lettres, et nous renvoyons à l'*Encyclopédie,* qui dit tout ce qu'il faut sur cette matière.

On commence à substituer la lettre *a* à la lettre *o* dans *français, française, anglais, anglaise,* et dans tous les imparfaits, comme *il employait, il octroyait, il ploierait,* etc.; la raison n'en est-elle pas

---

1. Saint Matthieu, chap. VI, v. 3. — 2. Languet, évêque de Soissons. (ÉD.) 3. M. le duc de Choiseul. (*Éd. de Kehl.*)

évidente? ne faut-il pas écrire comme on parle autant qu'on le peut?
n'est-ce pas une contradiction d'écrire oi et et de prononcer ai? Nous
disions autrefois *je croyois*, *j'octroyois*, *j'employois*, *je ployois* ; lorsqu'enfin on adoucit ces sons barbares, on ne songea point à réformer
les caractères, et le langage démentit continuellement l'écriture.

Mais quand il fallut faire rimer en vers les *ois* qu'on prononçait *ais*,
avec les *ois* qu'on prononçait *ois*, les auteurs furent bien embarrassés.
Tout le monde, par exemple, disait *français* dans la conversation et
dans les discours publics ; mais comme la coutume vicieuse de rimer
pour les yeux et non pas pour les oreilles s'était introduite parmi nous,
les poètes se crurent obligés de faire rimer *françois* à *lois*, *rois*, ex-
ploits; et alors les mêmes académiciens qui venaient de prononcer
français dans un discours oratoire, prononçaient *françois* dans les
vers. On trouve dans une pièce de vers de Pierre Corneille, sur le passage du Rhin, assez peu connue :

> Quel spectacle d'effroi, grand Dieu! et toutefois
> Quelque chose pouvait effrayer des François.

Le lecteur peut remarquer quel effet produiraient aujourd'hui ces vers,
si l'on prononçait, comme sous François Iᵉʳ, *pourais* par un *o*; quelle
cacophonie feraient *effrois*, *toutefois*, *pouvois*, *françois*.

Dans le temps que notre langue se perfectionnait le plus, Boileau
disait[2] :

> Qu'il s'en prenne à sa muse allemande en *françois*;
> Mais laissons Chapelain pour la dernière fois.

Aujourd'hui que tout le monde dit *français*, ce vers de Boileau lui-
même paraîtrait un peu allemand.

Nous nous sommes enfin défaits de cette mauvaise habitude d'écrire
le mot *français* comme on écrit saint François. Il faut du temps pour
réformer la manière d'écrire tous ces autres mots dans lesquels les
yeux trompent toujours les oreilles. Vous écrivez encore *je croyois*; et
si vous prononciez *je croyois*, en faisant sentir les deux *o*, personne
ne pourrait vous supporter. Pourquoi donc en ménageant nos oreilles
ne ménagez-vous pas aussi nos yeux? pourquoi n'écrivez-vous pas *je
croyais*, puisque *je croyois* est absolument barbare?

Vous enseignez la langue française à un étranger; il est d'abord
surpris que vous prononciez *je croyais*, *j'octroyais*, *j'employais*; il
vous demande pourquoi vous adoucissez la prononciation de la dernière syllabe, et pourquoi vous n'adoucissez pas la précédente; pourquoi dans la conversation vous ne dites pas *je croyais*, *j'employais*, etc.

Vous lui répondez, et vous devez lui répondre, qu'il y a plus de
grâce et de variété à faire succéder une diphthongue à une autre. La
dernière syllabe, lui dites-vous, dont le son reste dans l'oreille, doit
être plus agréable et plus mélodieuse que les autres; et c'est la variété

---

1. *Les Victoires du roi sur les États de Hollande en l'année* 1672. (Ed.)
2. Satire IX, 241-42. (Ed.)

dans la prononciation de ces syllabes qui fait le charme de la prosodie.

L'étranger vous répliquera : « Vous deviez m'en avertir par l'écriture comme vous m'en avertissez dans la conversation. Ne voyez-vous pas que vous m'embarrassez beaucoup lorsque vous orthographiez d'une façon et que vous prononcez d'une autre ? »

Les plus belles langues, sans contredit, sont celles où les mêmes syllabes portent toujours une prononciation uniforme : telle est la langue italienne. Elle n'est point hérissée de lettres qu'on est obligé de supprimer ; c'est le grand vice de l'anglais et du français. Qui croirait, par exemple, que ce mot anglais *handkerchief* se prononce *anketcher* ? et quel étranger imaginera que *paon*, *Laon*, se prononcent en français *pan* et *Lan* ? Les Italiens se sont défaits de la lettre *h* au commencement des mots, parce qu'elle n'y a aucun son, et de la lettre *s* entièrement, parce qu'ils ne la prononcent plus ; que ne les imitons-nous ? avons-nous oublié que l'écriture est la peinture de la voix ?

Vous dites *anglais*, *portugais*, *français*, mais vous dites *danois*, *suédois* ; comment devinerai-je cette différence, si je n'apprends votre langue que dans vos livres ? Et pourquoi en prononçant *anglais* et *portugais*, mettez-vous un *o* à l'un et un *a* à l'autre ? pourquoi n'avez-vous pas la mauvaise habitude d'écrire *portugois*, comme vous avez la mauvaise habitude d'écrire *anglois* ? En un mot, ne paraît-il pas évident que la meilleure méthode est d'écrire toujours par *a* ce qu'on prononce par *a* ?

A. — *A*, troisième personne au présent de l'indicatif du verbe *avoir*. C'est un défaut sans doute qu'un verbe ne soit qu'une seule lettre, et qu'on exprime *il a raison*, *il a de l'esprit*, comme on exprime *il est à Paris*, *il est à Lyon*.

.... *Rodíeque mohent péstigia rura.*
(Hor.) l. II, ép. I, v. 160.

Il a eu choquerait horriblement l'oreille, si on n'y était pas accoutumé ; plusieurs écrivains se servent souvent de cette phrase, *la différence qu'il y a*, *la distance qu'il y a entre eux* ; n'est-il pas rien de plus languissant à la fois et de plus rude ? n'est-il pas aisé d'éviter cette imperfection du langage, en disant simplement *la distance*, *la différence entre eux* ? à quoi bon ce qu'il *et* cet *y a* qui rendent le discours sec et diffus, et qui réunissent ainsi les plus grands défauts ?

Ne faut-il pas surtout éviter le concours de deux *a* ? *il va à Paris*, *il a Antoine en aversion*. Trois et quatre *a* sont insupportables ; *il va à Amiens*, *et de là à Arques*.

La poésie française proscrit ce heurtement de voyelles.

... .. Gardez qu'une voyelle, à courir trop hâtée
.... . Ne soit d'une voyelle en son chemin heurtée[1].

Les Italiens ont été obligés de se permettre cet achoppement de

_____

1. Boileau, *Art poétique*, I, 107-108. (ÉD.)

sons qui détruisent l'harmonie naturelle, ces hiatus, ces bâillements que les Latins étaient soigneux d'éviter, Pétrarque ne fait nulle difficulté de dire :

> *Noveri l vecchierel canuto e bianco*
> *Del dolce loco, oo'ha sua età fornita.* (Pét., 1, S. 14.)

L'Arioste a dit :

> *Non so quel che sia Amor....*
> *Dacea fortuna alla cristiana fede....*
> *Tanto giro che venne a una riviera....*
> *Altra aventura al buon Rinaldo accadde....*

Cette malheureuse cacophonie est nécessaire en italien, parce que la plus grande partie des mots de cette langue se termine a, e, i, o, u. Le latin, qui possède une infinité de terminaisons, ne pouvait guère admettre un pareil heurtement de voyelles, et la langue française est encore en cela plus circonspecte et plus sévère que le latin. Vous voyez très-rarement dans Virgile une voyelle suivie d'un mot commençant par une voyelle; ce n'est que dans un petit nombre d'occasions où il faut exprimer quelque désordre de l'esprit.

> *Arma amens capio....* (Æn., ii, 314.)

où lorsque deux spondées peignent un lieu vaste et désert,

> *Et Neptuno Aegeo.* (Æn., iii, 76.)

Homère, il est vrai, ne s'assujettit pas à cette règle de l'harmonie qui rejette le concours des voyelles, et surtout des a; les finesses de l'art n'étaient pas encore connues de son temps, et Homère était au-dessus de ces finesses; mais ses vers les plus harmonieux sont ceux qui sont composés d'un assemblage heureux de voyelles et de consonnes. C'est ce que Boileau recommande dès le premier chant de l'*Art poétique*.

La lettre A chez presque toutes les nations devint une lettre sacrée, parce qu'elle était la première : les Égyptiens joignirent cette superstition à tant d'autres : de là vient que les Grecs d'Alexandrie l'appelaient *hier'alpha*; et comme *oméga* est la dernière lettre, ces mots *alpha* et *oméga* signifièrent le complément de toutes choses. Ce fut l'origine de la cabale et de plus d'une mystérieuse démence.

Les lettres servaient de chiffres et de notes de musique; jugez quelle foule de connaissances secrètes cela produisit : a, b, c, d, e, f, g, étaient les sept cieux. L'harmonie des sphères célestes était composée des sept premières lettres, et un acrostiche rendait raison de tout dans la vénérable antiquité.

ABC, ou ALPHABET. — Si M. Dumarsais vivait encore, nous lui demanderions le nom de l'alphabet. Prions les savants hommes qui travaillent à l'*Encyclopédie* de nous dire pourquoi l'alphabet n'a point de nom dans aucune langue de l'Europe. *Alphabet* ne signifie autre que AB, et AB ne signifie rien, ou tout au plus il indique deux sons, et ces deux sont n'ont aucun rapport l'un avec l'autre. *Beth* n'est point formé d'*Alpha*, l'un est le premier, l'autre le second; on ne sait pas pourquoi.

Or, comment s'est-il pu faire qu'on manque de termes pour exprimer la porte de toutes les sciences? La connaissance des nombres, l'art de compter, ne s'appelle point *un-deux*; et le rudiment de l'art d'exprimer ses pensées n'a dans l'Europe aucune expression propre qui le désigne.

L'alphabet est la première partie de la grammaire; ceux qui possèdent la langue arabe, dont je n'ai pas la plus légère notion, pourront m'apprendre si cette langue qui a, dit-on, quatre-vingts mots pour signifier un cheval, en aurait un pour signifier l'alphabet.

Je proteste que je ne sais pas plus le chinois que l'arabe; cependant j'ai lu dans un petit vocabulaire chinois[1] que cette nation s'est toujours donné deux mots pour exprimer le catalogue, la liste des caractères de sa langue; l'un est *ho-tou*, l'autre *haipien* : nous n'avons ni *ho-tou* ni *haipien* dans nos langues occidentales. Les Grecs n'avaient pas été plus adroits que nous, ils disaient *alphabet*. Sénèque le philosophe se sert de la phrase grecque pour exprimer un vieillard comme moi qui fait des questions sur la grammaire; il l'appelle *Skedon analphabetos*. Or, cet alphabet, les Grecs le tenaient des Phéniciens, de cette nation nommée *le peuple lettré* par les Hébreux mêmes, lorsque ces Hébreux vinrent s'établir si tard auprès de leur pays.

Il est à croire que les Phéniciens, en communiquant leurs caractères aux Grecs, leur rendirent un grand service en les délivrant de l'embarras de l'écriture égyptiaque que Cécrops leur avait apporté d'Égypte; les Phéniciens, en qualité de négociants, rendaient tout aisé; et les Égyptiens, en qualité d'interprètes des dieux, rendaient tout difficile.

Je m'imagine entendre un marchand phénicien abordé dans l'Achaïe, dire à un Grec son correspondant : « Non-seulement mes caractères sont aisés à écrire, et rendent la pensée ainsi que les sons de la voix; mais ils expriment nos dettes actives et passives. Mon *aleph*, que vous voulez prononcer *alpha*, vaut une once d'argent; *betha* en vaut deux; *ro* en vaut cent; *sigma* en vaut deux cents. Je vous dois deux cents onces : je vous paye un *ro*, reste un *ro* que je vous dois encore; nous aurons bientôt fait nos comptes. »

Les marchands furent probablement ceux qui établirent la société entre les hommes, en fournissant à leurs besoins; et pour négocier, il faut s'entendre.

Les Égyptiens ne commercèrent que très-tard; ils avaient la mer en horreur; c'était leur *Typhon*. Les Tyriens furent navigateurs de temps immémorial; ils lièrent ensemble les peuples que la nature avait séparés, et ils réparèrent les malheurs où les révolutions de ce globe avaient plongé souvent une grande partie du genre humain. Les Grecs à leur tour allèrent porter leur commerce et leur alphabet commode chez d'autres peuples qui le changèrent un peu, comme les Grecs avaient changé

1. Premier volume de l'*Histoire de la Chine* de Dubalde.

celui des Tyriens. Lorsque leurs marchands, dont on fit depuis des demi-dieux, allèrent établir à Colchos un commerce de pelleterie qu'on appela la toison d'or, ils donnèrent leurs lettres aux peuples de ces contrées, qui les ont conservées et altérées. Ils n'ont point pris l'alphabet des Turcs auxquels ils sont soumis, et dont j'espère qu'ils secoueront le joug, grâce à l'impératrice de Russie[1].

Il est très-vraisemblable (je ne dis pas très-vrai, Dieu m'en garde !) que ni Tyr, ni l'Égypte, ni aucun Asiatique habitant vers la Méditerranée, ne communiqua son alphabet aux peuples de l'Asie orientale. Si les Tyriens, ou même les Chaldéens qui habitaient vers l'Euphrate, avaient, par exemple, communiqué leur méthode aux Chinois, il en resterait quelques traces; ils auraient les signes des vingt-deux, vingt-trois, ou vingt-quatre lettres. Ils ont tout au contraire des signes de tous les mots qui composent leur langue; et ils en ont, nous dit-on, quatre-vingt mille : cette méthode n'a rien de commun avec celle de Tyr. Elle est soixante et dix-neuf mille neuf cent soixante et seize fois plus savante et plus embarrassée que la nôtre. Joignez à cette prodigieuse différence, qu'ils écrivent de haut en bas, et que les Tyriens et les Chaldéens écrivaient de droite à gauche, les Grecs et nous de gauche à droite.

Examinez les caractères tartares, indiens, siamois, japonais, vous n'y voyez pas la moindre analogie avec l'alphabet grec et phénicien.

Cependant tous ces peuples, en y joignant même les Hottentots et les Cafres, prononcent à peu près les voyelles et les consonnes comme nous, parce qu'ils ont le larynx fait de même pour l'essentiel, ainsi qu'un paysan grison a le gosier fait comme la première chanteuse de l'Opéra de Naples. La différence qui fait de ce manant une basse-taille rude, discordante, insupportable, et de cette chanteuse un dessus de rossignol, est si imperceptible qu'aucun anatomiste ne peut l'apercevoir. C'est la cervelle d'un sot qui ressemble comme deux gouttes d'eau à la cervelle d'un grand génie.

Quand nous avons dit que les marchands de Tyr enseignèrent leur A B C aux Grecs, nous n'avons pas prétendu qu'ils eussent appris aux Grecs à parler. Les Athéniens probablement s'exprimaient déjà mieux que les peuples de la Basse-Syrie; ils avaient un gosier plus flexible, leurs paroles étaient un plus heureux assemblage de voyelles, de consonnes, et de diphthongues. Le langage des peuples de la Phénicie, au contraire, était rude, grossier; c'étaient des Shakroth, des Astaroth, des Shabaoth, des Chammaim, des Chotihet, des Thopheth ; il y aurait là de quoi faire enfuir notre chanteuse de l'Opéra de Naples. Figurez-vous les Romains d'aujourd'hui qui auraient retenu l'ancien alphabet étrurien, et à qui des marchands hollandais viendraient apporter celui dont ils se servent à présent. Tous les Romains seraient fort bien de recevoir leurs caractères; mais ils se garderaient bien de parler la langue batave. C'est précisément ainsi que le peuple d'Athènes

1. Voltaire écrivait ceci au moment des victoires de Catherine sur Mustapha. (Ep.)

en mer avec les matelots de Caphthor, venant de Tyr ou de Bérith : les Grecs prirent leur alphabet, qui valait mieux que celui du Misraïm qui est l'Égypte, et rebutèrent leur patois.

Philosophiquement parlant, et abstraction respectueuse faite de toutes les inductions qu'on pourrait tirer des livres sacrés, dont il ne s'agit certainement pas ici, la langue primitive n'est-elle pas une plaisante chimère ?

Que diriez-vous d'un homme qui voudrait rechercher quel a été le cri primitif de tous les animaux, et comment il est arrivé que dans une multitude de siècles les moutons se soient mis à bêler, les chats à miauler, les pigeons à roucouler, les linottes à siffler ? Ils s'entendent tous parfaitement dans leurs idiomes, et beaucoup mieux que nous. Le chat ne manque pas d'accourir aux miaulements très-articulés et très-variés de la chatte : c'est une merveilleuse chose de voir dans le Mirebalais une cavale dresser ses oreilles, frapper du pied, s'agiter aux braiments intelligibles d'un âne. Chaque espèce a sa langue. Celle des Esquimaux et des Algonquins ne fut point celle du Pérou. Il n'y a pas eu plus de langue primitive, et d'alphabet primitif, que de chênes primitifs, et que d'herbe primitive.

Plusieurs rabbins prétendent que la langue mère était le samaritain ; quelques autres ont assuré que c'était le bas-breton ; dans cette incertitude, on peut bien, sans offenser les habitants de Quimper et de Samarie, n'admettre aucune langue mère.

Ne peut-on pas, sans offenser personne, supposer que l'alphabet a commencé par des cris et des exclamations ? Les petits enfants disent d'eux-mêmes, *ha he* quand ils voient un objet qui les frappe ; *hi hi* quand ils pleurent ; *hu hu, hou hou*, quand ils se moquent ; *ote* quand on les frappe, et il ne faut pas les frapper.

A l'égard des deux petits garçons que le roi d'Égypte, Psammeticus (qui n'est pas un mot égyptien), fit élever pour savoir quelle était la langue primitive, il n'est guère possible qu'ils se soient tous deux mis à crier *bec bec* pour avoir à déjeuner.

Des exclamations formées par des voyelles, aussi naturelles aux enfants que le coassement l'est aux grenouilles, il n'y a pas si loin qu'on croirait à un alphabet complet. Il faut bien qu'une mère dise à son enfant l'équivalent de *viens, tiens, prends, tais-toi, approche, va-t'en :* ces mots ne sont représentatifs de rien, ils ne peignent rien ; mais ils se font entendre avec un geste.

De ces rudiments informes, il y a un chemin immense pour arriver à la syntaxe. Je suis effrayé quand je songe que de ce seul mot *tiens,* il faut parvenir un jour à dire : « Je serais venu, ma mère, avec grand plaisir, et j'aurais obéi à vos ordres qui me seront toujours chers, si en accourant vers vous je n'étais pas tombé à la renverse, et si une épine de votre jardin ne m'était pas entrée dans la jambe gauche. »

Il semble à mon imagination étonnée qu'il a fallu des siècles pour ajuster cette phrase, et bien d'autres siècles pour la peindre. Ce serait ici le lieu de dire, ou de tâcher de dire, comment on exprime et comment on prononce dans toutes les langues du monde *père, mère, jour,* huit, terre, eau, boire, manger, etc.; mais il faut éviter le ridicule autant qu'il est possible.

Les caractères alphabétiques présentant à la fois les noms des choses, leur nombre, les dates des événements, les idées des hommes, devinrent bientôt des mystères aux yeux même de ceux qui avaient inventé ces signes. Les Chaldéens, les Syriens, les Égyptiens, attribuèrent quelque chose de divin à la combinaison des lettres, et à la manière de les prononcer. Ils crurent que les noms signifiaient par eux-mêmes, et qu'ils avaient en eux une force, une vertu secrète. Ils allaient jusqu'à prétendre que le nom qui signifiait *puissance* était puissant de sa nature; que celui qui exprimait *ange* était angélique; que celui qui donnait l'idée de Dieu était divin. Cette science des caractères entra nécessairement dans la magie : point d'opération sans les lettres de l'alphabet.

Cette porte de toutes les sciences devint celle de toutes les erreurs; les mages de tous les pays s'en servirent pour se conduire dans le labyrinthe qu'ils s'étaient construit, et où il n'était pas permis aux autres hommes d'entrer. La manière de prononcer des consonnes et des voyelles devint le plus profond des mystères, et souvent le plus terrible. Il y eut une manière de prononcer *Jéhova*, nom de Dieu chez les Syriens et les Égyptiens, par laquelle on faisait tomber un homme roide mort.

Saint Clément d'Alexandrie rapporte[1] que Moïse fit mourir sur-le-champ le roi d'Égypte Nechephre, en lui soufflant ce nom dans l'oreille; et qu'ensuite il le ressuscita en prononçant le même mot. Saint Clément d'Alexandrie est exact; il cite son auteur; c'est le savant Artapan : qui pourra récuser le témoignage d'Artapan?

Rien ne retarda plus le progrès de l'esprit humain que cette profonde science de l'erreur, née chez les Asiatiques avec l'origine des vérités. L'univers fut abruti par l'art même qui devait l'éclairer.

Vous en voyez un grand exemple dans Origène, dans Clément d'Alexandrie, dans Tertullien, etc. Origène dit surtout expressément[2] : « Si en invoquant Dieu, ou en jurant par lui, on le nomme le Dieu d'Abraham, d'Isaac, et de Jacob, on fera, par ces noms, des choses dont la nature et la force sont telles, que les démons se soumettent à ceux qui les prononcent; mais si on le nomme d'un autre nom, comme *Dieu de la mer bruyante*, *Dieu supplantateur*, ces noms seront sans vertu : le nom d'*Israël* traduit en grec ne pourra rien opérer; mais prononcez-le en hébreu, avec les autres mots requis, vous opérerez la conjuration. »

Le même Origène dit ces paroles remarquables : « Il y a des noms qui ont naturellement de la vertu; tels sont ceux dont se servent les sages parmi les Égyptiens, les mages en Perse, les brachmanes dans l'Inde. Ce qu'on nomme *magie* n'est pas un art vain et chimérique, ainsi que le prétendent les stoïciens et les épicuriens : le nom de *Sabaoth*, celui d'*Adonaï*, n'ont pas été faits pour des êtres créés;

1. *Stromates* ou *Tapisseries*, liv. I. — 2. *Origène* contre *Celse*, n° 302.

mais ils appartiennent à une théologie mystérieuse qui se rapporte au Créateur; de là vient la vertu de ces noms quand on les arrange et qu'on les prononce selon les règles, etc. »

C'était en prononçant des lettres selon la méthode magique qu'on forçait la lune de descendre sur la terre. Il faut pardonner à Virgile d'avoir cru ces inepties, et d'en avoir parlé sérieusement dans sa huitième églogue (vers 69) :

Carmina vel cœlo possunt deducere lunam.

« On fait avec des mots tomber la lune en terre. »

Enfin l'alphabet fut l'origine de toutes les connaissances de l'homme, et de toutes ses sottises.

ABBAYE. — *Section I.* — C'est une communauté religieuse gouvernée par un abbé ou une abbesse.

Ce nom d'abbé, *abbas* en latin et en grec, *abba* en syrien et en chaldéen, vient de l'hébreu *ab*, qui veut dire père. Les docteurs juifs prenaient ce titre par orgueil; c'est pourquoi Jésus disait à ses disciples[1] : « N'appelez personne sur la terre votre père, car vous n'avez qu'un père qui est dans les cieux. »

Quoique saint Jérôme se soit fort emporté contre les moines de son temps[2], qui, malgré la défense du Seigneur, donnaient ou recevaient le titre d'abbé, le sixième concile de Paris[3] décide que, si les abbés sont des pères spirituels, et s'ils engendrent au Seigneur des fils spirituels, c'est avec raison qu'on les appelle abbés.

D'après ce décret, si quelqu'un a mérité le titre d'abbé, c'est assurément saint Benoît, qui, l'an 529, fonda sur le Mont-Cassin, dans le royaume de Naples, sa règle si éminente en sagesse et en discrétion, et si grave, si claire, à l'égard du discours et du style. Ce sont les propres termes du pape saint Grégoire[4], qui ne manque pas de faire mention du privilège singulier dont Dieu daigna gratifier ce saint fondateur : c'est que tous les bénédictins qui meurent au Mont-Cassin sont sauvés. L'on ne doit donc pas être surpris que ces moines comptent seize mille saints canonisés de leur ordre. Les bénédictines prétendent même qu'elles sont averties de l'approche de leur mort par quelque bruit nocturne qu'elles appellent *les coups de saint Benoît.*

On peut bien croire que ce saint abbé ne s'était pas oublié lui-même en demandant à Dieu le salut de ses disciples. En conséquence, le samedi 21 mars 543, veille du dimanche de la Passion, qui fut le jour de sa mort, deux moines, dont l'un était dans le monastère, l'autre en était éloigné, eurent la même vision. Ils virent un chemin couvert de tapis, et éclairé d'une infinité de flambeaux, qui s'étendaient vers l'orient depuis le monastère jusqu'au ciel. Un personnage vénérable y paraissait, qui leur demanda pour qui était ce chemin. Ils dirent qu'ils n'en savaient rien. « C'est, ajouta-t-il, par où Benoît, le bien-aimé de Dieu, est monté au ciel. »

1. Matthieu, chap. XXIII, v. 9. — 2. Liv. II, sur l'*Épître aux Galates.*
3. Liv. I, chap. XXXVII. — 4. Dialog., liv. II, chap. VIII.

Un ordre dans lequel le salut était si assuré s'étendit bientôt dans les autres États, dont les souverains se laissaient persuader qu'il ne s'agissait, pour être sûr d'une place en paradis, que de s'y faire un bon ami; et qu'on pouvait racheter les injustices les plus criantes, les crimes les plus énormes, par des donations en faveur des églises. Pour ne parler ici que de la France, on lit dans les *Gestes du roi Dagobert*, fondateur de l'abbaye de Saint-Denis, près Paris[2], que ce prince étant mort fut condamné au jugement de Dieu, et qu'un saint ermite nommé Jean, qui demeurait sur les côtes de la mer d'Italie, vit son âme enchaînée dans une barque, et des diables qui la rouaient de coups en la conduisant vers la Sicile, où ils devaient la précipiter dans les gouffres du mont Etna; que saint Denis avait tout à coup paru dans un globe lumineux, précédé des éclairs et de la foudre, et qu'ayant mis en fuite ces malins esprits, et arraché cette pauvre âme des griffes du plus acharné, il l'avait portée au ciel en triomphe.

Charles Martel, au contraire, fut damné en corps et en âme, pour avoir donné des abbayes en récompense à ses capitaines, qui, quoique laïques, portèrent le titre d'abbés, comme des femmes mariées eurent depuis celui d'abbesses, et possédèrent des abbayes de filles. Un saint évêque de Lyon, nommé Eucher, étant en oraison, fut ravi en esprit, et mené par un ange en enfer où il vit Charles Martel, et apprit de l'ange que les saints dont ce prince avait dépouillé les églises, l'avaient condamné à brûler éternellement en corps et en âme. Saint Eucher écrivit cette révélation à Boniface, évêque de Mayence, et à Fulrad, archichapelain de Pépin le Bref, en les priant d'ouvrir le tombeau de Charles Martel, et de voir si son corps y était. Le tombeau fut ouvert; le fond en était tout brûlé, et on n'y trouva qu'un gros serpent qui en sortit avec une fumée puante.

Boniface eut l'attention d'écrire à Pépin le Bref et à Carloman toutes ces circonstances de la damnation de leur père; et Louis de Germanie s'étant emparé, en 858, de quelques biens ecclésiastiques, les évêques de l'assemblée de Créci lui rappelèrent dans une lettre toutes les particularités de cette terrible histoire, en ajoutant qu'ils les tenaient de vieillards dignes de foi, et qui en avaient été témoins oculaires.

Saint Bernard, premier abbé de Clairvaux en 1115, avait pareillement eu révélation que tous ceux qui recevraient l'habit de sa main seraient sauvés. Cependant le pape Urbain II, dans une bulle de l'an 1092, ayant donné à l'abbaye du Mont-Cassin le titre de chef de tous les monastères, parce que de ce lieu même la vénérable religion de l'ordre monastique s'est répandue du sein de Benoît comme d'une source de paradis, l'empereur Lothaire lui confirma cette prérogative par une charte de l'an 1137 qui donne au monastère du Mont-Cassin la prééminence de pouvoir et de gloire sur tous les monastères qui sont ou qui seront fondés dans tout l'univers, et veut que les abbés et les moines de toute la chrétienté lui portent honneur et révérence.

Pascal II, dans une bulle de l'an 1113, adressée à l'abbé du Mont-

1. Mézerai, t. I, p. 225. — 2. Chap. xxxvii. — 3. Mézerai, t. I, p. 331.

Cassin, s'exprime en ces termes : « Nous décernons que vous, ainsi que tous vos successeurs, comme supérieur à tous les abbés, vous ayez séance dans toute assemblée d'évêques ou de princes, et que dans les jugements vous donniez votre avis avant tous ceux de votre ordre. » Aussi l'abbé de Cluny ayant osé se qualifier *abbé des abbés*, dans un concile tenu à Rome l'an 1116, le chancelier du pape décida que cette distinction appartenait à l'abbé du Mont-Cassin; celui de Cluny se contenta du titre d'*abbé cardinal*, qu'il obtint depuis de Calixte II, et que l'abbé de la Trinité de Vendôme et quelques autres se sont ensuite arrogé.

Le pape Jean XX, en 1326, accorda même à l'abbé du Mont-Cassin le titre d'évêque, dont il fit les fonctions jusqu'en 1367; mais Urbain V ayant alors jugé à propos de lui retrancher cette dignité, il s'intitule simplement dans les actes : « Patriarche de la sainte religion, abbé du saint monastère de Cassin, chancelier et grand chapelain de l'empire romain, abbé des abbés, chef de la hiérarchie bénédictine, chancelier collatéral du royaume de Naples, comte et gouverneur de la Campanie, de la terre de Labour, et de la province maritime, prince de la paix. »

Il habite avec une partie de ses officiers à San Germano, petite ville au pied du Mont-Cassin, dans une maison spacieuse où tous les passants, depuis le pape jusqu'au dernier mendiant, sont reçus, logés, nourris, et traités suivant leur état. L'abbé rend chaque jour visite à tous ses hôtes, qui sont quelquefois au nombre de trois cents. Saint Ignace, en 1538, y reçut l'hospitalité; mais il fut logé sur le Mont-Cassin, dans une maison nommée l'Albanette, à six cents pas de l'abbaye vers l'occident. Ce fut là qu'il composa son célèbre institut; ce qui fait dire à un dominicain, dans un ouvrage latin intitulé la *Tourterelle de l'âme*, qu'Ignace habita quelques mois cette montagne de contemplation, et que, comme un autre Moïse et un autre législateur, il y fabriqua les secondes tables des lois religieuses, qui ne le cèdent en rien aux premières.

A la vérité ce fondateur des jésuites ne trouva pas dans les bénédictins la même complaisance que saint Benoît, à son arrivée au Mont-Cassin, avait éprouvée de la part de saint Martin ermite, qui lui céda la place dont il était en possession, et se retira au Mont-Marsique, proche de la Carniole; au contraire le bénédictin Ambroise Cajetan, dans un gros ouvrage fait exprès, a prétendu revendiquer les jésuites à l'ordre de saint Benoît.

Le relâchement qui a toujours régné dans le monde, même parmi le clergé, avait déjà fait imaginer à saint Basile, dès le IVᵉ siècle, de rassembler sous une règle les solitaires qui s'étaient dispersés dans les déserts pour y suivre la loi; mais, comme nous le verrons à l'article *Quête*, les réguliers ne l'ont pas toujours été; quant au clergé séculier, voici comme en parlait saint Cyprien dès le IIIᵉ siècle. Plusieurs évêques, au lieu d'exhorter les autres et de leur montrer l'exemple, négligeant les affaires de Dieu, se chargeaient d'affaires

1. *De lapsis.*

temporelles, quittaient leur chaire, abandonnaient leur peuple, et se
promenaient dans d'autres provinces pour fréquenter les foires, et
s'enrichir par le trafic. Ils ne secouraient point les frères qui mouraient
de faim; ils voulaient avoir de l'argent en abondance, usurper des
terres par de mauvais artifices, tirer de grands profits par des usures.

Charlemagne, dans un écrit où il rédige ce qu'il voulait proposer au
parlement de 811, s'exprime ainsi[1] : « Nous voulons connaître les de-
voirs des ecclésiastiques, afin de ne leur demander que ce qui est permis, et qu'ils ne nous demandent que ce que nous devons accorder.
Nous les prions de nous expliquer nettement ce qu'ils appellent quitter
le monde, et en quoi l'on peut distinguer ceux qui le quittent de ceux
qui y demeurent; si c'est seulement en ce qu'ils ne portent point les
armes et ne sont pas mariés publiquement : si celui-là a quitté le
monde, qui ne cesse tous les jours d'augmenter ses biens par toutes
sortes de moyens, en promettant le paradis et menaçant de l'enfer,
et employant le nom de Dieu ou de quelque saint pour persuader aux
simples de se dépouiller de leurs biens, et en priver leurs héritiers légitimes, qui par là, réduits à la pauvreté, se croient ensuite les crimes
permis, comme le larcin et le pillage; si c'est avoir quitté le monde
que de suivre la passion d'acquérir jusqu'à corrompre par argent de
faux témoins pour avoir le bien d'autrui, et de chercher des avoués et
des prévôts cruels, intéressés, et sans crainte de Dieu. »

Enfin l'on peut juger des mœurs des réguliers par une harangue de
l'an 1493, où l'abbé Trithème dit à ses confrères : « Vous, messieurs
les abbés, qui êtes des ignorants et ennemis de la science du salut,
qui passez les journées entières dans les plaisirs impudiques, dans l'i-
vrognerie et dans le jeu; qui vous attachez aux biens de la terre, que
répondrez-vous à Dieu et à votre fondateur saint Benoît? »

Le même abbé ne laisse pas de prétendre que de droit[2] la troisième
partie de tous les biens des chrétiens appartient à l'ordre de Saint-
Benoît; et que s'il ne l'a pas, c'est qu'on la lui a volée. Il est si pauvre, ajoute-t-il, pour le présent, qu'il n'a plus que cent millions d'or
de revenu. Trithème ne dit point à qui appartiennent les deux autres
parts; mais comme il ne comptait de son temps que quinze mille
abbayes de bénédictins, outre les petits couvents du même ordre, et
que dans le xviie siècle il y en avait déjà trente-sept mille, il est clair
par la règle de proportion que ce saint ordre devrait posséder aujour-
d'hui les deux tiers et demi du bien de la chrétienté, sans les funestes
progrès de l'hérésie du dernier siècle.

Pour surcroît de douleurs, depuis le concordat fait l'an 1515 entre
Léon X et François Ier, le roi de France nommant à presque toutes les
abbayes de son royaume, le plus grand nombre est donné en commende à des séculiers tonsurés. Cet usage, peu connu en Angleterre,
fit dire plaisamment, en 1694, au docteur Grégori, qui prenait l'abbé
Gallois pour un bénédictin[3] : « Le bon père s'imagine que nous som-

1. Capit. interrog., p. 476, t. VII; Conc., p. 1184.
2. Fra-Paolo, Traité des bénéfices, p. 31. — 3. Transactions philosophiques.

mes revenus à ces temps fabuleux où il était permis à un moine de dire ce qu'il voulait. »

Section II. — Ceux qui fuient le monde sont sages; ceux qui se consacrent à Dieu sont respectables. Peut-être le temps a-t-il corrompu une si sainte institution.

Aux thérapeutes juifs succédèrent les moines en Egypte, *idiotai*, *monoi*. *Idiot* ne signifiait alors que *solitaire :* ils firent bientôt corps; ce qui est le contraire de solitaire, et qui n'est pas idiot dans l'acception ordinaire de ce terme. Chaque société de moines élut son supérieur : car tout se faisait à la pluralité des voix dans les premiers temps de l'Église. On cherchait à rentrer dans la liberté primitive de la nature humaine, en échappant par piété au tumulte et à l'esclavage inséparables des grands empires. Chaque société de moines choisit son père, son abba, son abbé, quoiqu'il soit dit dans l'Évangile[1] : « N'appelez personne votre père. »

Ni les abbés, ni les moines, ne furent prêtres dans les premiers siècles. Ils allaient par troupes entendre la messe au prochain village. Ces troupes devinrent considérables; il y eut plus de cinquante mille moines, dit-on, en Egypte.

Saint Basile, d'abord moine, puis évêque de Césarée en Cappadoce, fit un code pour tous les moines au IVe siècle. Cette règle de saint Basile fut reçue en Orient et en Occident. On ne connut plus que les moines de saint Basile; ils furent partout riches; ils se mêlèrent de toutes les affaires; ils contribuèrent aux révolutions de l'empire.

On ne connaissait guère que cet ordre, lorsqu'au VIe siècle saint Benoît établit une puissance nouvelle au Mont-Cassin. Saint Grégoire le Grand assuré dans ses dialogues[2] que Dieu lui accorda un privilége spécial, par lequel tous les bénédictins qui mourraient au Mont-Cassin seraient sauvés. En conséquence, le pape Urbain II, par une bulle de 1092, déclara l'abbé du Mont-Cassin chef de tous les monastères du monde. Pascal II lui donna le titre *d'abbé des abbés*. Il s'intitule *patriarche de la sainte religion, chancelier collatéral du royaume deSicile, comte et gouverneur de la Campanie, prince de la paix*, etc., etc., etc.

Tous ces titres seraient peu de chose, s'ils n'étaient soutenus par des richesses immenses.

Je reçus, il n'y a pas longtemps, une lettre d'un de mes correspondants d'Allemagne; la lettre commence par ces mots : « Les abbés princes de Kemptem, Elvangen, Euderu, Murbach, Berglesgaden, Vissembourg, Prum, Stablo, Corvey, et les autres abbés qui ne sont pas princes, jouissent ensemble d'environ neuf cent mille florins de revenu, qui font deux millions cinquante mille livres de votre France au cours de ce jour. De là je conclus que Jésus-Christ n'était pas si à son aise qu'eux. »

Je lui répondis : « Monsieur, vous m'avouerez que les Français sont

1. Matthieu, XXIII, 9. (ÉD.) — 2. Liv. II, chap. VIII.

plus pieux que les Allemands dans la proportion de quatre et seize quarante-unièmes à l'unité; car nos seuls bénéfices consistoriaux de moines, c'est-à-dire ceux qui payent des annates au pape, se montent à neuf millions de rente, à quarante-neuf livres dix sous le marc avec le remède; et neuf millions sont à deux millions cinquante mille livres, comme un est à quatre et seize quarante-unièmes. De là je conclus qu'ils ne sont pas assez riches, et qu'il faudrait qu'ils en eussent dix fois davantage. J'ai l'honneur d'être, etc. »

Il me répliqua par cette courte lettre : « Mon cher monsieur, je ne vous entends point; vous trouvez sans doute avec moi que neuf millions de votre monnaie sont un peu trop pour ceux qui font vœu de pauvreté; et vous souhaitez qu'ils en aient quatre-vingt-dix! je vous supplie de vouloir bien m'expliquer cette énigme. »

J'eus l'honneur de lui répondre sur-le-champ : « Mon cher monsieur, il y avait autrefois un jeune homme à qui on proposait d'épouser une femme de soixante ans, qui lui donnerait tout son bien par testament : il répondit qu'elle n'était pas assez vieille. » L'Allemand entendit mon énigme.

Il faut savoir qu'en 1575 on proposa dans le conseil de Henri III, roi de France, de faire ériger en commendes séculières toutes les abbayes de moines, et de donner les commendes aux officiers de sa cour et de son armée : mais comme il fut depuis excommunié et assassiné, ce projet n'eut pas lieu.

Le comte d'Argenson, ministre de la guerre, voulut en 1750 établir des pensions sur les bénéfices en faveur des chevaliers de l'ordre militaire de Saint-Louis; rien n'était plus simple, plus juste, plus utile : il n'en put venir à bout. Cependant sous Louis XIV, la princesse de Conti avait possédé l'abbaye de Saint-Denis. Avant son règne, les séculiers possédaient des bénéfices; le duc de Sully, huguenot, avait une abbaye.

Le père de Hugues-Capet n'était riche que par ses abbayes, et on l'appelait Hugues l'abbé. On donnait des abbayes aux reines pour leurs menus plaisirs. Ogine, mère de Louis d'Outremer, quitta son fils parce qu'il lui avait ôté l'abbaye de Sainte-Marie de Laon, pour la donner à sa femme Gerberge. Il y a des exemples de tout. Chacun tâche de faire servir les usages, les innovations, les lois anciennes abrogées, renouvelées, mitigées, les chartres ou vraies ou supposées, le passé, le présent, l'avenir, à s'emparer des biens de ce monde; mais c'est toujours à la plus grande gloire de Dieu. Consultez l'*Apocalypse* de Méliton par l'évêque de Belley.

ABBÉ. — *Où allez-vous, monsieur l'abbé,* etc. Savez-vous bien qu'abbé signifie père? Si vous le devenez, vous rendez service à l'État; vous faites la meilleure œuvre sans doute que puisse faire un homme; il naîtra de vous un être pensant. Il y a dans cette action quelque chose de divin.

Chopin, *De sacra politià*, lib. VI.

Mais si vous n'êtes monsieur l'abbé que pour avoir été tonsuré, pour porter un petit collet, un manteau court, et pour attendre un bénéfice simple, vous ne méritez pas le nom d'abbé.

Les anciens moines donnèrent ce nom au supérieur qu'ils élisaient. L'abbé était leur père spirituel. Que les mêmes noms signifient avec le temps des choses différentes! L'abbé spirituel était un pauvre à la tête de plusieurs autres pauvres; mais les pauvres pères spirituels ont eu depuis deux cent, quatre cent mille livres de rente; et il y a aujourd'hui des pauvres pères spirituels en Allemagne qui ont un régiment des gardes.

Un pauvre qui a fait serment d'être pauvre, et qui en conséquence est souverain! on l'a déjà dit; il faut le redire mille fois, cela est intolérable. Les lois réclament contre cet abus, la religion s'en indigne, et les véritables pauvres sans vêtement et sans nourriture poussent des cris au ciel à la porte de monsieur l'abbé.

Mais j'entends messieurs les abbés d'Italie, d'Allemagne, de Flandre, de Bourgogne, qui disent : « Pourquoi n'accumulerons-nous pas des biens et des honneurs? pourquoi ne serons-nous pas princes? les évêques le sont bien. Ils étaient originairement pauvres comme nous, ils se sont enrichis, ils se sont élevés; l'un d'eux est devenu supérieur aux rois; laissez-nous les imiter autant que nous pourrons. »

Vous avez raison, messieurs, envahissez la terre; elle appartient au fort ou à l'habile qui s'en empare; vous avez profité des temps d'ignorance, de superstition, de démence, pour nous dépouiller de nos héritages et pour nous fouler à vos pieds, pour vous engraisser de la substance des malheureux : tremblez que le jour de la raison n'arrive.

ABEILLES. — Les abeilles peuvent paraître supérieures à la race humaine, en ce qu'elles produisent de leur substance une substance utile, et que de toutes nos sécrétions il n'y en a pas une seule qui soit bonne à rien, pas une seule même qui ne rende le genre humain désagréable.

Ce qui m'a charmé dans les essaims qui sortent de la ruche, c'est qu'ils sont beaucoup plus doux que nos enfants qui sortent du collége. Les jeunes abeilles alors ne piquent personne, du moins rarement et dans des cas extraordinaires. Elles se laissent prendre, on les porte la main nue paisiblement dans la ruche qui leur est destinée; mais dès qu'elles ont appris dans leur nouvelle maison à connaître leurs intérêts, elles deviennent semblables à nous; elles font la guerre. J'ai vu des abeilles très-tranquilles aller pendant six mois travailler dans un pré voisin couvert de fleurs qui leur convenaient. On vint faucher le pré, elles sortirent en fureur de la ruche, fondirent sur les faucheurs qui leur volaient leur bien, et les mirent en fuite.

Je ne sais pas qui a dit le premier que les abeilles avaient un roi. Ce n'est pas probablement un républicain à qui cette idée vint dans la tête. Je ne sais pas qui leur donna ensuite une reine au lieu d'un roi, ni qui supposa le premier que cette reine était une *Messaline*, qui avait un sérail prodigieux, qui passait sa vie à faire l'amour et à faire ses

couches, qui pondait et logeait environ quarante mille œufs par an.
On a été plus loin; on a prétendu qu'elle pondait trois espèces différentes, des reines, des esclaves nommés *bourdons*, et des servantes
nommées *ouvrières*; ce qui n'est pas trop d'accord avec les lois ordinaires de la nature.

On a cru qu'un physicien [1], d'ailleurs grand observateur, inventa, il
y a quelques années, les fours à poulets, inventés depuis environ
quatre mille ans par les Égyptiens, ne considérant pas l'extrême différence de notre climat et de celui d'Égypte; on a dit encore que ce physicien inventa de même le royaume des abeilles sous une reine, mère
de trois espèces.

Plusieurs naturalistes avaient répété ces inventions; il est venu un
homme qui, étant possesseur de six cents ruches, a cru mieux examiner son bien que ceux qui, n'ayant point d'abeilles, ont copié des volumes sur cette république industrieuse qu'on ne connaît guère mieux
que celle des fourmis. Cet homme est M. Simon, qui ne se pique de
rien, qui écrit très-simplement, mais qui recueille, comme moi, du
miel et de la cire. Il a de meilleurs yeux que moi, il en sait plus que
M. le prieur de Jonval et que M. le comte du *Spectacle de la nature*;
il a examiné ses abeilles pendant vingt années; il nous assure qu'on
s'est moqué de nous, et qu'il n'y a pas un mot de vrai dans tout ce
qu'on a répété dans tant de livres.

Il prétend qu'en effet il y a dans chaque ruche une espèce de roi et
de reine qui perpétuent cette race royale, et qui président aux ouvrages; il les a vus, il les a dessinés, et il renvoie aux *Mille et une Nuits*
et à l'*Histoire de la reine d'Achem* la prétendue reine abeille avec son
sérail.

Il y a ensuite la race des bourdons, qui n'a aucune relation avec la
première, et enfin la grande famille des abeilles ouvrières qui sont
mâles et femelles, et qui forment le corps de la république [2]. Les
abeilles femelles déposent leurs œufs dans les cellules qu'elles ont
formées.

Comment, en effet, la reine seule pourrait-elle pondre et loger quarante ou cinquante mille œufs l'un après l'autre? Le système le plus
simple est presque toujours le véritable. Cependant j'ai souvent cherché
ce roi et cette reine, et je n'ai jamais eu le bonheur de les voir. Quelques observateurs m'ont assuré qu'ils ont vu la reine entourée de sa
cour; l'un d'eux l'a portée, elle et ses suivantes, sur son bras nu. Je
n'ai point fait cette expérience; mais j'ai porté dans ma main les
abeilles d'un essaim qui sortait de la mère ruche, sans qu'elles me pi-
quassent. Il y a des gens qui n'ont pas de foi à la réputation qu'ont les

1. Réaumur. (Éd.)

2. Les ouvrières ne sont point mâles et femelles. Les abeilles appelées reines
sont les seules qui pondent. Des naturalistes ont dit avoir observé que les bourdons ne fécondaient les œufs que l'un après l'autre lorsqu'ils sont dans les al-
véoles, ce qui expliquerait pourquoi les ouvrières souffrent dans la ruche ce
grand nombre de bourdons. Voyez (dans les *Mélanges*, année 1765) *les Singu-*
larités de la nature, chap. VI, où l'on retrouve une partie de cet article. (*Éd. de*
Kehl.)

abeilles d'être méchantes, et qui en portent des essaims entiers sur leur poitrine et sur leur visage.

Virgile n'a chanté sur les abeilles que les erreurs de son temps. Il se pourrait bien que ce roi et cette reine ne fussent autre chose qu'une ou deux abeilles qui volent par hasard à la tête des autres. Il faut bien que, lorsqu'elles vont butiner les fleurs, il y en ait quelques-unes de plus diligentes; mais qu'il y ait une vraie royauté, une cour, une police, c'est ce qui me paraît plus que douteux.

Plusieurs espèces d'animaux s'attroupent et vivent ensemble. On a comparé les béliers, les taureaux, à des rois, parce qu'il y a souvent un de ces animaux qui marche le premier : cette prééminence a frappé les yeux. On a oublié que très-souvent aussi le bélier et les taureaux marchent les derniers.

S'il est quelque apparence d'une royauté et d'une cour, c'est dans un coq; il appelle ses poules, il laisse tomber pour elles le grain qu'il a dans son bec; il les défend, il les conduit; il ne souffre pas qu'un autre roi partage son petit État; il ne s'éloigne jamais de son sérail. Voilà une image de la vraie royauté; elle est plus évidente dans une basse-cour que dans une ruche.

On trouve dans les *Proverbes* attribués à Salomon [1], « qu'il y a quatre choses qui sont les plus petites de la terre et qui sont plus sages que les sages : les fourmis, petit peuple qui se prépare une nourriture pendant la moisson; le lièvre, peuple faible qui couche sur des pierres; la sauterelle, qui, n'ayant pas de roi, voyage par troupes; le lézard, qui travaille de ses mains, et qui demeure dans les palais des rois. » J'ignore pourquoi Salomon a oublié les abeilles, qui paraissent avoir un instinct bien supérieur à celui des lièvres, qui ne couchent point sur la pierre, à moins que ce ne soit au pays pierreux de la Palestine, et des lézards, dont j'ignore le génie. Au surplus, je préférerai toujours une abeille à une sauterelle.

On nous mande qu'une société de physiciens pratiques, dans la Lusace, vient de faire éclore un couvain d'abeilles dans une ruche, où il est transporté lorsqu'il est en forme de vermisseau. Il croit, il se développe dans ce nouveau berceau qui devient sa patrie; il n'en sort que pour aller sucer des fleurs : on ne craint point de le perdre, comme on perd souvent des essaims lorsqu'ils sont chassés de la mère ruche. Si cette méthode peut devenir d'une exécution aisée, elle sera très-utile; mais dans le gouvernement des animaux domestiques, comme dans la culture des fruits, il y a mille inventions plus ingénieuses que profitables. Toute méthode doit être facile pour être d'un usage commun.

De tout temps les abeilles ont fourni des descriptions, des comparaisons, des allégories, des fables, à la poésie. La fameuse fable des abeilles de Mandeville fit un grand bruit en Angleterre; en voici un petit précis :

Les abeilles autrefois
Parurent bien gouvernées.

1. *Proverbes,* xxx, 28.

Et leurs travaux et leurs rois
Les rendirent fortunées.
Quelques avides bourdons
Dans les ruches se glissèrent;
Ces bourdons ne travaillèrent,
Mais ils firent des sermons,
« Nous vous promettons le ciel;
Accordez-nous en partage
Votre cire et votre miel. »
Les abeilles qui les crurent
Sentirent bientôt la faim;
Les plus sottes en moururent.
Le roi d'un nouvel essaim
Les secourut à la fin.
Tous les esprits s'éclairèrent;
Ils sont tous désabusés;
Les bourdons sont écrasés,
Et les abeilles prospèrent.

Mandeville va bien plus loin; il prétend que les abeilles ne peuvent vivre à l'aise dans une grande et puissante ruche, sans beaucoup de vices. Nul royaume, nul État, dit-il, ne peuvent fleurir sans vices. Ôtez la vanité aux grandes dames, plus de belles manufactures de soie, plus d'ouvriers ni d'ouvrières en mille genres; une grande partie de la nation est réduite à la mendicité. Ôtez aux négociants l'avarice, les flottes anglaises seront anéanties. Dépouillez les artistes de l'envie, l'émulation cesse; on retombe dans l'ignorance et dans la grossièreté.

Il s'emporte jusqu'à dire que les crimes mêmes sont utiles, en ce qu'ils servent à établir une bonne législation. Un voleur de grand chemin fait gagner beaucoup d'argent à celui qui le dénonce, à ceux qui l'arrêtent, au geôlier qui le garde, au juge qui le condamne, et au bourreau qui l'exécute. Enfin, s'il n'y avait pas de voleurs, les serruriers mourraient de faim.

Il est très-vrai que la société bien gouvernée tire parti de tous les vices; mais il n'est pas vrai que ces vices soient nécessaires au bonheur du monde. On fait de très-bons remèdes avec des poisons, mais ce ne sont pas les poisons qui nous font vivre. En réduisant ainsi la fable des abeilles à sa juste valeur, elle pourrait devenir un ouvrage de morale utile.

ABRAHAM. — *Section I.* — Nous ne devons rien dire de ce qui est divin dans Abraham, puisque l'Écriture a tout dit. Nous ne devons même toucher que d'une main respectueuse à ce qui appartient au profane, à ce qui tient à la géographie, à l'ordre des temps, aux mœurs, aux usages; car ces usages, ces mœurs étant liés à l'histoire sacrée, ce sont des ruisseaux qui semblent conserver quelque chose de la divinité de leur source.

Abraham, quoique né vers l'Euphrate, fait une grande époque pour les Cocidentaux, et n'en fait point une pour les Orientaux, chez lesquels il est pourtant aussi respecté que parmi nous. Les mahométans n'ont de chronologie certaine que depuis leur hégire.

La science des temps, absolument perdue dans les lieux où les grands événements sont arrivés, est venue enfin dans nos climats, où ces faits étaient ignorés. Nous disputons sur tout ce qui s'est passé vers l'Euphrate, le Jourdain, et le Nil; et ceux qui sont aujourd'hui les maîtres du Nil, du Jourdain, et de l'Euphrate, jouissent sans disputer.

Notre grande époque étant celle d'Abraham, nous différons de soixante années sur sa naissance. Voici le compte d'après les registres:

« Tharé vécut soixante-dix ans, et engendra Abraham, Nachor, et Aran.

« Et Tharé ayant vécu deux cent cinq ans mourut à Haran.

« Le Seigneur dit à Abraham[1] : « Sortez de votre pays, de votre fa« mille, de la maison de votre père, et venez dans la terre que je vous « montrerai, et je vous rendrai père d'un grand peuple. »

Il paraît d'abord évident par le texte que Tharé ayant eu Abraham à soixante et dix ans, étant mort à deux cent cinq, et Abraham étant sorti de la Chaldée immédiatement après la mort de son père, il avait juste cent trente-cinq ans lorsqu'il quitta son pays, Et c'est à peu près le sentiment de saint Étienne[ ] dans son discours aux Juifs; mais la *Genèse* dit aussi :

« Abraham avait soixante et quinze ans lorsqu'il sortit de Haran. »

C'est le sujet de la principale dispute sur l'âge d'Abraham; car il y en a beaucoup d'autres. Comment Abraham était-il à la fois âgé de cent trente-cinq années, et seulement de soixante et quinze? Saint Jérôme et saint Augustin disent que cette difficulté est inexplicable. Dom Calmet, qui avoue que ces deux saints n'ont pu résoudre ce problème, croit dénouer aisément le nœud en disant qu'Abraham était le cadet des enfants de Tharé, quoique la *Genèse* le nomme le premier, et par conséquent l'aîné.

La *Genèse* fait naître Abraham dans la soixante et dixième année de son père; et Calmet le fait naître dans la cent trentième. Une telle conciliation a été un nouveau sujet de querelle.

Dans l'incertitude où le texte et le commentaire nous laissent, le meilleur parti est d'adorer sans disputer.

Il n'y a point d'époque dans ces anciens temps qui n'ait produit une multitude d'opinions différentes. Nous avions, suivant Moréri, soixante et dix systèmes de chronologie sur l'histoire dictée par Dieu même. Depuis Moréri il s'est élevé cinq nouvelles manières de concilier les textes de l'Écriture; ainsi voilà autant de disputes sur Abraham qu'on lui attribue d'années dans le texte quand il sortit de Haran. Et de ces soixante et quinze systèmes, il n'y en a pas un qui nous ap-

1. *Genèse*, chap. XI, v. 26. — 2. *Ibid.*, chap. XI, v. 32. — 3. *Ibid.*, chap. XII, v. 1. — 4. *Actes des Apôtres*, chap. VII. — 5. *Genèse*, chap. XII, v. 4.

prenne au juste ce que c'est que cette ville ou ce village de Haran, ni en quel endroit elle était. Quel est le fil qui nous conduira dans ce labyrinthe de querelles depuis le premier verset jusqu'au dernier? la résignation.

L'Esprit saint n'a voulu nous apprendre ni la chronologie, ni la physique, ni la logique; il a voulu faire de nous des hommes craignant Dieu. Ne pouvant rien comprendre, nous ne pouvons être que soumis.

Il est également difficile de bien expliquer comment Sara, femme d'Abraham, était aussi sa sœur. Abraham dit positivement au roi de Gérare Abimélech, par qui Sara avait été enlevée pour sa grande beauté à l'âge de quatre-vingt-dix ans, étant grosse d'Isaac : « Elle est véritablement ma sœur, étant fille de mon père, mais non pas de ma mère; et j'en ai fait ma femme[1]. »

L'*Ancien Testament* ne nous apprend point comment Sara était sœur de son mari. Dom Calmet, dont le jugement et la sagacité sont connus de tout le monde, dit qu'elle pouvait bien être sa nièce.

Ce n'était point probablement un inceste chez les Chaldéens, non plus que chez les Perses leurs voisins. Les mœurs changent selon les temps et selon les lieux. On peut supposer qu'Abraham, fils de Tharé idolâtre, était encore idolâtre quand il épousa Sara, soit qu'elle fût sa sœur, soit qu'elle fût sa nièce.

Plusieurs pères de l'Église excusent moins Abraham d'avoir dit en Égypte à Sara[2] : « Aussitôt que les Égyptiens vous auront vue, ils me tueront et vous prendront : dites donc, je vous prie, que vous êtes ma sœur, afin que mon âme vive par votre grâce. » Elle n'avait alors que soixante et cinq ans. Ainsi puisque vingt-cinq ans après elle eut un roi de Gérare pour amant, elle avait pu avec vingt-cinq ans de moins inspirer quelque passion au pharaon d'Égypte. En effet ce pharaon l'enleva, de même qu'elle fut enlevée depuis par Abimélech, roi de Gérare, dans le désert.

Abraham avait reçu en présent, à la cour de Pharaon, « beaucoup de bœufs[3], de brebis, d'ânes et d'ânesses, de chameaux, de chevaux, de serviteurs et servantes. » Ces présents, qui sont considérables, prouvent que les pharaons étaient déjà d'assez grands rois. Le pays de l'Égypte était donc déjà très-peuplé. Mais pour rendre la contrée habitable, pour y bâtir des villes, il avait fallu des travaux immenses, faire écouler dans une multitude de canaux les eaux du Nil, qui inondaient l'Égypte tous les ans, pendant quatre ou cinq mois, et qui croupissaient ensuite sur la terre; il avait fallu élever ces villes vingt pieds au moins au-dessus de ces canaux. Des travaux si considérables semblaient demander quelques milliers de siècles.

Il n'y a guère que quatre cents ans entre le déluge et le temps où nous plaçons le voyage d'Abraham chez les Égyptiens. Ce peuple devait être bien ingénieux, et d'un travail bien infatigable, pour avoir, en si peu de temps, inventé les arts et toutes les sciences, dompté le

1. *Genèse*, xx, 12. — 2. *Id.*, xii, 12-13. — 3. *Id.*, xii, 16.

Nil, et changé toute la face du pays. Probablement même plusieurs grandes pyramides étaient déjà bâties, puisqu'on voit, quelque temps après, que l'art d'embaumer les morts était perfectionné; et les pyramides n'étaient que les tombeaux où l'on déposait les corps des princes avec les plus augustes cérémonies.

L'opinion de cette grande ancienneté des pyramides est d'autant plus vraisemblable que trois cents ans auparavant, c'est-à-dire cent années après l'époque hébraïque du déluge de Noé, les Asiatiques avaient bâti, dans les plaines de Sennaar, une tour qui devait aller jusqu'aux cieux. Saint Jérôme, dans son commentaire sur Isaïe, dit que cette tour avait déjà quatre mille pas de hauteur lorsque Dieu descendit pour détruire cet ouvrage.

Supposons que ces pas soient seulement de deux pieds et demi de roi, cela fait dix mille pieds; par conséquent la tour de Babel était vingt fois plus haute que les pyramides d'Egypte, qui n'ont qu'environ cinq cents pieds. Or, quelle prodigieuse quantité d'instruments n'avait pas été nécessaire pour élever un tel édifice! tous les arts devaient y avoir concouru en foule. Les commentateurs en concluent que les hommes de ce temps-là étaient incomparablement plus grands, plus forts, plus industrieux, que nos nations modernes.

C'est là ce que l'on peut remarquer à propos d'Abraham touchant les arts et les sciences.

A l'égard de sa personne, il est vraisemblable qu'il fut un homme considérable. Les Persans, les Chaldéens, le revendiquaient. L'ancienne religion des mages s'appelait de temps immémorial *Kish-Ibrahim, Milat-Ibrahim :* et l'on convient que le mot *Ibrahim* est précisément celui d'Abraham; rien n'étant plus ordinaire aux Asiatiques, qui écrivaient rarement les voyelles, que de changer l'*i* en *a*, et l'*a* en *i* dans la prononciation.

On a prétendu même qu'Abraham était le Brama des Indiens, dont la notion était parvenue aux peuples de l'Euphrate qui commerçaient de temps immémorial dans l'Inde.

Les Arabes le regardaient comme le fondateur de la Mecque. Mahomet, dans son *Koran*, voit toujours en lui le plus respectable de ses prédécesseurs. Voici comme il en parle au troisième sura, ou chapitre : « Abraham n'était ni juif ni chrétien ; il était un musulman orthodoxe; il n'était point du nombre de ceux qui donnent des compagnons à Dieu. »

La témérité de l'esprit humain a été poussée jusqu'à imaginer que les Juifs ne se dirent descendants d'Abraham que dans des temps très-postérieurs, lorsqu'ils eurent enfin un établissement fixe dans la Palestine. Ils étaient étrangers, haïs et méprisés de leurs voisins. Ils voulurent, dit-on, se donner quelque relief en se faisant passer pour les descendants d'Abraham, révéré dans une grande partie de l'Asie. La foi que nous devons aux livres sacrés des Juifs tranche toutes ces difficultés.

Des critiques non moins hardis font d'autres objections sur le commerce immédiat qu'Abraham eut avec Dieu, sur ses combats, et sur ses victoires.

Le Seigneur lui apparut après sa sortie d'Égypte, et lui dit : « Jetez les yeux vers l'aquilon, l'orient, le midi et l'occident; je vous donne pour toujours à vous et à votre postérité, jusqu'à la fin des siècles, *in sempiternum*, à tout jamais, tout le pays que vous voyez¹. »

Le Seigneur, par un second serment, lui promit ensuite « tout ce qui est depuis le Nil jusqu'à l'Euphrate². »

Ces critiques demandent comment Dieu a pu promettre ce pays immense que les Juifs n'ont jamais possédé, et comment Dieu a pu leur donner *à tout jamais* la petite partie de la Palestine dont ils sont chassés depuis si longtemps.

Le Seigneur ajoute encore à ces promesses, que la postérité d'Abraham sera aussi nombreuse que la poussière de la terre. « Si l'on peut compter la poussière de la terre, on pourra compter aussi vos descendants³. »

Nos critiques insistent, et disent qu'il n'y a pas aujourd'hui sur la surface de la terre quatre cent mille Juifs, quoiqu'ils aient toujours regardé le mariage comme un devoir sacré, et que leur plus grand objet ait été la population.

On répond à ces difficultés que l'Église, substituée à la synagogue, est la véritable race d'Abraham, et qu'en effet elle est très-nombreuse.

Il est vrai qu'elle ne possède pas la Palestine, mais elle peut la posséder un jour, comme elle l'a déjà conquise du temps du pape Urbain II, dans la première croisade. En un mot, quand on regarde avec les yeux de la foi l'*Ancien Testament* comme une figure du *Nouveau*, tout est accompli ou le sera, et la faible raison doit se taire.

On fait encore des difficultés sur la victoire d'Abraham auprès de Sodome; on dit qu'il n'est pas concevable qu'un étranger, qui venait faire paître ses troupeaux vers Sodome, ait battu, avec trois cent dix-huit gardeurs de bœufs et de moutons, « un roi de Perse, un roi de Pont, le roi de Babylone, et le roi des nations; » et qu'il les ait poursuivis jusqu'à Damas, qui est à plus de cent milles de Sodome.

Cependant une telle victoire n'est point impossible; on en voit des exemples dans ces temps héroïques; le bras de Dieu n'était point raccourci. Voyez Gédéon qui, avec trois cents hommes armés de trois cents cruches et de trois cents lampes, défait une armée entière. Voyez Samson qui tue seul mille Philistins à coups de mâchoires d'âne.

Les histoires profanes fournissent même de pareils exemples. Trois cents Spartiates arrêtèrent un moment l'armée de Xerxès au pas des Thermopyles. Il est vrai qu'à l'exception d'un seul qui s'enfuit, ils y furent tous tués avec leur roi Léonidas, que Xerxès eut la lâcheté de faire pendre, au lieu de lui ériger une statue qu'il méritait. Il est vrai encore que ces trois cents Lacédémoniens, qui gardaient un passage escarpé où deux hommes pouvaient à peine gravir à la fois, étaient

---

1. *Genèse*, chap. XIII, v. 14 et 15. — 2. *Ibid.*, chap. XV, v. 18.
3. *Ibid.*, chap. XIII, v. 16.

soutenus par une armée de dix mille Grecs distribués dans des postes avantageux, au milieu des rochers d'Ossa et de Pélion; et il faut encore bien remarquer qu'il y en avait quatre mille aux Thermopyles mêmes.

Ces quatre mille périrent après avoir longtemps combattu. On peut dire qu'étant dans un endroit moins inexpugnable que celui des trois cents Spartiates, ils y acquirent encore plus de gloire, en se défendant plus à découvert contre l'armée persane qui les tailla tous en pièces. Aussi, dans le monument érigé depuis sur le champ de bataille, on fit mention de ces quatre mille victimes; et l'on ne parle aujourd'hui que des trois cents.

Une action plus mémorable encore, et bien moins célébrée, est celle de cinquante Suisses qui mirent en déroute[1] à Morgarten toute l'armée de l'archiduc Léopold d'Autriche, composée de vingt mille hommes. Ils renversèrent seuls la cavalerie à coups de pierres du haut d'un rocher, et donnèrent le temps à quatorze cents Helvétiens de trois petits cantons de venir achever la défaite de l'armée.

Cette journée de Morgarten est plus belle que celle des Thermopyles, puisqu'il est plus beau de vaincre que d'être vaincu. Les Grecs étaient au nombre de dix mille bien armés, et il était impossible qu'ils eussent affaire à cent mille Perses dans un pays montagneux. Il est plus que probable qu'il n'y eut pas trente mille Perses qui combattirent; mais ici quatorze cents Suisses défont une armée de vingt mille hommes. La proportion du petit nombre au grand augmente encore la proportion de la gloire.... Où nous a conduits Abraham?

Ces digressions amusent celui qui les fait, et quelquefois celui qui les lit. Tout le monde d'ailleurs est charmé de voir que les gros bataillons soient battus par les petits.

Section II. — Abraham est un de ces noms célèbres dans l'Asie Mineure et dans l'Arabie, comme Thaut chez les Égyptiens, le premier Zoroastre dans la Perse, Hercule en Grèce, Orphée dans la Thrace, Odin chez les nations septentrionales, et tant d'autres plus connus par leur célébrité que par une histoire bien avérée. Je ne parle ici que de l'histoire profane; car pour celle des Juifs, nos maîtres et nos ennemis, que nous croyons et que nous détestons, comme l'histoire de ce peuple a été visiblement écrite par le Saint-Esprit, nous avons pour elle les sentiments que nous devons avoir. Nous ne nous adressons ici qu'aux Arabes; ils se vantent de descendre d'Abraham par Ismaël; ils croient que ce patriarche bâtit la Mecque, et qu'il mourut dans cette ville. Le fait est que la race d'Ismaël a été infiniment plus favorisée de Dieu que la race de Jacob. L'une et l'autre race a produit à la vérité des voleurs; mais les voleurs arabes ont été prodigieusement supérieurs aux voleurs juifs. Les descendants de Jacob ne conquirent qu'un très-petit pays, qu'ils ont perdu; et les descendants d'Ismaël ont conquis une partie de l'Asie, de l'Europe, et de l'Afrique, ont établi un

1. En 1315.

empire plus vaste que celui des Romains, et ont chassé les Juifs de
leurs cavernes, qu'ils appelaient la terre de promission.

A ne juger des choses que par les exemples de nos histoires modernes, il serait assez difficile qu'Abraham eût été le père de deux
nations si différentes; on nous dit qu'il était né en Chaldée, et qu'il
était fils d'un pauvre potier, qui gagnait sa vie à faire de petites idoles
de terre. Il n'est guère vraisemblable que le fils de ce potier soit allé
fonder la Mecque à quatre cents lieues de là sous le tropique, en passant par des déserts impraticables. S'il fut un conquérant, il s'adressa
sans doute au beau pays de l'Assyrie; et s'il ne fut qu'un pauvre
homme, comme on nous le dépeint, il n'a pas fondé des royaumes
hors de chez lui.

La *Genèse* rapporte qu'il avait soixante et quinze ans lorsqu'il sortit
du pays de Haran après la mort de son père Tharé le potier : mais la
même *Genèse* dit aussi que Tharé ayant engendré Abraham à soixante
et dix ans, ce Tharé vécut jusqu'à deux cent cinq ans, et ensuite
qu'Abraham partit de Haran; ce qui semble dire que ce fut après la
mort de son père.

Ou l'auteur sait bien mal disposer une narration, ou il est clair par
la *Genèse* même qu'Abraham était âgé de cent trente-cinq ans quand
il quitta la Mésopotamie. Il alla d'un pays qu'on nomme idolâtre dans
un autre pays idolâtre nommé Sichem en Palestine. Pourquoi y alla-
t-il? pourquoi quitta-t-il les bords fertiles de l'Euphrate pour une contrée aussi éloignée, aussi stérile, aussi pierreuse que celle de Sichem?
La langue chaldéenne devait être fort différente de celle de Sichem,
ce n'était point un lieu de commerce; Sichem est éloigné de la Chaldée
de plus de cent lieues; il faut passer des déserts pour y arriver; mais
Dieu voulait qu'il fît ce voyage, il voulait lui montrer la terre que devaient occuper ses descendants plusieurs siècles après lui. L'esprit humain comprend avec peine les raisons d'un tel voyage.

A peine est-il arrivé dans le petit pays montagneux de Sichem que
la famine l'en fait sortir. Il va en Égypte avec sa femme chercher de
quoi vivre. Il y a deux cents lieues de Sichem à Memphis; est-il naturel qu'on aille demander du blé si loin et dans un pays dont on
n'entend point la langue? Voilà d'étranges voyages entrepris à l'âge
de près de cent quarante années.

Il amène à Memphis sa femme Sara, qui était extrêmement jeune,
et presque enfant en comparaison de lui, car elle n'avait que soixante-
cinq ans. Comme elle était très-belle, il résolut de tirer parti de sa
beauté : « Feignez que vous êtes ma sœur, lui dit-il, afin qu'on me fasse
du bien à cause de vous. » Il devait bien plutôt lui dire : « Feignez que
vous êtes ma fille. » Le roi devint amoureux de la jeune Sara, et donna
au prétendu frère beaucoup de brebis, de bœufs, d'ânes, d'ânesses,
de chameaux, de serviteurs, de servantes : ce qui prouve que l'Égypte
dès lors était un royaume très-puissant et très-policé, par conséquent
très-ancien, et qu'on récompensait magnifiquement les frères qui venaient offrir leurs sœurs aux rois de Memphis.

La jeune Sara avait quatre-vingt-dix ans quand Dieu lui promit qu'Abraham, qui en avait alors cent soixante, lui ferait un enfant dans l'année.

Abraham, qui aimait à voyager, alla dans le désert horrible de Cadès avec sa femme grosse, toujours jeune et toujours jolie. Un roi de ce désert ne manqua pas d'être amoureux de Sara comme le roi d'Égypte l'avait été. Le père des croyants fit le même mensonge qu'en Égypte : il donna sa femme pour sa sœur, et eut encore de cette affaire des brebis, des bœufs, des serviteurs, et des servantes. On peut dire que cet Abraham devint fort riche du chef de sa femme. Les commentateurs ont fait un nombre prodigieux de volumes pour justifier la conduite d'Abraham, et pour concilier la chronologie. Il faut donc renvoyer le lecteur à ces commentaires. Il sont tous composés par des esprits fins et délicats, excellents métaphysiciens, gens sans préjugés, et point du tout pédants.

Au reste ce nom *Bram*, *Abram*, était fameux dans l'Inde et dans la Perse : plusieurs doctes prétendent même que c'était le même législateur que les Grecs appelèrent Zoroastre. D'autres disent que c'était le Brama des Indiens : ce qui n'est pas démontré.

Mais ce qui paraît fort raisonnable à beaucoup de savants, c'est que cet Abraham était Chaldéen ou Persan : les Juifs, dans la suite des temps, se vantèrent d'en être descendus, comme les Francs descendent d'Hector, et les Bretons de Tubal. Il est constant que la nation juive était une horde très-moderne; qu'elle ne s'établit vers la Phénicie que très-tard; qu'elle était entourée de peuples anciens; qu'elle adopta leur langue; qu'elle prit d'eux jusqu'au nom d'Israel, lequel est chaldéen, suivant le témoignage même du juif Flavius Josèphe. On sait qu'elle prit jusqu'aux noms des anges chez les Babyloniens; qu'enfin elle n'appela DIEU du nom d'Éloï, ou Eloa, d'Adonaï, de Jehova ou Hiao, que d'après les Phéniciens.

Elle ne connut probablement le nom d'Abraham ou d'Ibrahim que par les Babyloniens; car l'ancienne religion de toutes les contrées, depuis l'Euphrate jusqu'à l'Oxus, était appelée *Kish-Ibrahim, Milat-Ibrahim*. C'est ce que toutes les recherches faites sur les lieux par le savant Hyde nous confirment.

Les Juifs firent donc de l'histoire et de la fable ancienne ce que leurs fripiers font de leurs vieux habits; ils les retournent et les vendent comme neufs le plus chèrement qu'ils peuvent.

C'est un singulier exemple de la stupidité humaine, que nous ayons si longtemps regardé les Juifs comme une nation qui ayait tout enseigné aux autres, tandis que leur historien Josèphe avoue lui-même le contraire.

Il est difficile de percer dans les ténèbres de l'antiquité; mais il est évident que tous les royaumes de l'Asie étaient très-florissants avant que la horde vagabonde des Arabes appelés Juifs possédât un petit coin de terre en propre, avant qu'elle eût une ville, des lois, et une religion fixe. Lors donc qu'on voit un ancien rite, une ancienne opinion établie en Égypte ou en Asie, et chez les Juifs, il est bien naturel de penser que le petit peuple nouveau, ignorant, grossier, toujours privé des arts, a copié, comme il a pu, la nation antique, florissante et industrieuse.

C'est sur ce principe qu'il faut juger la Judée, la Biscaye, Cornouailles, Bergame, le pays d'Arlequin, etc.; certainement la triomphante Rome n'imita rien de la Biscaye, de Cornouailles, ni de Bergame; et il faut être ou un grand ignorant ou un grand fripon, pour dire que les Juifs enseignèrent les Grecs. (*Article tiré de M. Fréret.*)

Section III. — Il ne faut pas croire qu'Abraham ait été seulement connu des Juifs, il est révéré dans toute l'Asie et jusqu'au fond des Indes. Ce nom, qui signifie *père d'un peuple*, dans plus d'une langue orientale, fut donné à un habitant de la Chaldée, de qui plusieurs nations se sont vantées de descendre. Le soin que prirent les Arabes et les Juifs d'établir leur descendance de ce patriarche, ne permet pas aux plus grands pyrrhoniens de douter qu'il y ait eu un Abraham.

Les livres hébreux le font fils de Tharé, et les Arabes disent que de Tharé était son aïeul, et qu'Azar était son père; en quoi ils ont été suivis par plusieurs chrétiens. Il y a parmi les interprètes quarante-deux opinions sur l'année dans laquelle Abraham vint au monde, et je n'en hasarderai pas une quarante-troisième; il paraît même par les dates qu'Abraham a vécu soixante ans plus que le texte ne lui en donne; mais des mécomptes de chronologie ne ruinent point la vérité d'un fait, et quand le livre qui parle d'Abraham ne serait pas sacré comme l'était la loi, ce patriarche n'en existerait pas moins; les Juifs distinguaient entre des livres écrits par des hommes d'ailleurs inspirés et des livres inspirés en particulier. Leur histoire, quoique liée à leur loi, n'était pas cette loi même. Quel moyen de croire en effet que Dieu eût dicté de fausses dates?

Philon le Juif et Suidas rapportent que Tharé, père ou grand-père d'Abraham, qui demeurait à Ur en Chaldée, était un pauvre homme qui gagnait sa vie à faire de petites idoles, et qui était lui-même idolâtre.

S'il est ainsi, cette antique religion des Sabéens qui n'avaient point d'idoles, et qui vénéraient le ciel, n'était pas encore peut-être établie en Chaldée; ou si elle régnait dans une partie de ce pays, l'idolâtrie pouvait fort bien en même temps dominer dans l'autre. Il semble que dans ce temps-là chaque petite peuplade avait sa religion. Toutes étaient permises, et toutes étaient paisiblement confondues, de la même manière que chaque famille avait dans l'intérieur ses usages particuliers. Laban, le beau-père de Jacob, avait des idoles. Chaque peuplade trouvait bon que la peuplade voisine eût ses dieux, et se bornait à croire que le sien était le plus puissant.

L'Écriture dit que le Dieu des Juifs, qui leur destinait le pays de Chanaan, ordonna à Abraham de quitter le pays fertile de la Chaldée, pour aller vers la Palestine, et lui promit qu'en sa semence toutes les nations de la terre seraient bénites. C'est aux théologiens qu'il appartient d'expliquer, par l'allégorie et par le sens mystique, comment toutes les nations pouvaient être bénites dans une semence dont elles ne descendaient pas; et ce sens mystique respectable n'est pas l'objet d'une recherche purement critique. Quelque temps après ces promesses, la famille d'Abraham fut affligée de la famine, et alla en Égypte pour avoir du blé : c'est une destinée singulière que les Hébreux n'aient jamais été en Égypte que pressés par la faim; car Jacob y envoya depuis ses enfants pour la même cause.

Abraham, qui était fort vieux, fit donc ce voyage avec Saraï sa femme, âgée de soixante et cinq ans; elle était très-belle, et Abraham craignait que les Égyptiens, frappés de ses charmes, ne le tuassent pour jouir de cette rare beauté : il lui proposa de passer seulement pour sa sœur, etc. Il faut qu'alors la nature humaine eût une vigueur que le temps et la mollesse ont affaiblie depuis; c'est le sentiment de tous les anciens : on a prétendu même qu'Hélène avait soixante et dix ans quand elle fut enlevée par Pâris. Ce qu'Abraham avait prévu arriva : la jeunesse égyptienne trouva sa femme charmante malgré les soixante et cinq ans; le roi lui-même en fut amoureux et la mit dans son sérail, quoiqu'il y eût probablement des filles plus jeunes; mais le Seigneur frappa le roi et tout son sérail de très-grandes plaies. Le texte ne dit pas comment le roi sut que cette beauté dangereuse était la femme d'Abraham; mais enfin il le sut et la lui rendit.

Il fallait que la beauté de Saraï fut inaltérable; car vingt-cinq ans après, étant grosse à quatre-vingt-dix ans, et voyageant avec son mari chez un roi de Phénicie nommé Abimélech, Abraham, qui ne s'était pas corrigé, la fit encore passer pour sa sœur. Le roi phénicien fut aussi sensible que le roi d'Égypte : Dieu apparut en songe à cet Abimélech, et le menaça de mort s'il touchait à sa nouvelle maîtresse. Il faut avouer que la conduite de Saraï était aussi étrange que la durée de ses charmes.

La singularité de ces aventures était probablement la raison qui empêchait les Juifs d'avoir la même espèce de foi à leurs histoires qu'à leur Lévitique. Il n'y avait pas un seul iota de leur loi qu'ils ne crussent : mais l'historique n'exigeait pas le même respect. Ils étaient pour ces anciens livres dans le cas des Anglais, qui admettaient les lois de saint Édouard, et qui ne croyaient pas tous absolument que saint Édouard guérit des écrouelles; ils étaient dans le cas des Romains, qui, en obéissant à leurs premières lois, n'étaient pas obligés de croire au miracle du crible rempli d'eau, du vaisseau tiré au rivage par la ceinture d'une vestale, de la pierre coupée par un rasoir, etc. Voilà pourquoi Josèphe l'historien, très-attaché à son culte, laisse à ses lecteurs la liberté de croire ce qu'ils voudront des anciens prodiges qu'il rapporte; voilà pourquoi il était très-permis aux Saducéens de ne pas croire aux anges, quoiqu'il soit si souvent parlé des anges dans l'*Ancien Testament*; mais il n'était pas permis à ces Saducéens de négliger les fêtes, les cérémonies et les abstinences prescrites.

Cette partie de l'histoire d'Abraham, c'est-à-dire ses voyages chez les rois d'Égypte et de Phénicie, prouve qu'il y avait de grands royaumes déjà établis quand la nation juive existait dans une seule famille; qu'il y avait déjà des lois, puisque sans elles un grand royaume ne peut subsister; que par conséquent la loi de Moïse, qui est postérieure, ne peut être la première. Il n'est pas nécessaire qu'une loi soit la plus ancienne de toutes pour être divine, et Dieu est sans doute le maître des temps. Il est vrai qu'il paraîtrait plus conforme aux faibles lumières de notre raison que Dieu, ayant une loi à donner lui-même, l'eût donnée d'abord à tout le genre humain ; mais s'il est prouvé qu'il se soit conduit autrement, ce n'est pas à nous à l'interroger.

Le reste de l'histoire d'Abraham est sujet à de grandes difficultés. Dieu, qui lui apparaît souvent, et qui fait avec lui plusieurs traités, lui envoya un jour trois anges dans la vallée de Mambré ; le patriarche leur donne à manger du pain, un veau, du beurre et du lait. Les trois esprits dînent, et après le dîner on fait venir Sara, qui avait cuit le pain. L'un de ces anges, que le texte appelle le Seigneur, l'Éternel, promet à Sara que dans un an elle aura un fils. Sara, qui avait alors quatre-vingt-quatorze ans¹, et dont le mari était âgé de près de cent années¹, se mit à rire de la promesse ; preuve qu'elle avouait sa décrépitude, preuve que, selon l'Écriture même, la nature humaine n'était pas alors fort différente de ce qu'elle est aujourd'hui. Cependant cette même décrépite, devenue grosse, charme l'année suivante le roi Abimélech, comme nous l'avons vu. Certes, si on regarde ces histoires comme naturelles, il faut avoir une espèce d'entendement tout contraire à celui que nous avons, ou bien il faut regarder presque chaque trait de la vie d'Abraham comme un miracle, où il faut croire que tout cela n'est qu'une allégorie : quelque parti qu'on prenne, on sera encore très-embarrassé. Par exemple, quel tour pourrons-nous donner à la promesse que Dieu fait à Abraham de l'investir lui et sa postérité de toute la terre de Chanaan, que jamais ce Chaldéen ne posséda? c'est là une de ces difficultés qu'il est impossible de résoudre.

Il paraît étonnant que Dieu ayant fait naître Isaac d'une femme de quatre-vingt-quinze ans et d'un père centenaire, il ait ensuite ordonné au père d'égorger ce même enfant qu'il lui avait donné contre toute attente. Cet ordre étrange de Dieu semble faire voir que, dans le temps où cette histoire fut écrite, les sacrifices de victimes humaines étaient en usage chez les Juifs, comme ils le devinrent chez d'autres nations, témoin le vœu de Jephté. Mais on peut dire que l'obéissance d'Abraham, prêt de sacrifier son fils au Dieu qui le lui avait donné, est une allégorie de la résignation que l'homme doit aux ordres de l'Être suprême.

Il y a surtout une remarque bien importante à faire sur l'histoire de ce patriarche, regardé comme le père des Juifs et des Arabes. Ses principaux enfants sont Isaac, né de sa femme par une faveur miraculeuse de la Providence, et Ismaël, né de sa servante. C'est dans Isaac qu'est bénie la race du patriarche, et cependant Isaac n'est le père que d'une nation malheureuse et méprisable, longtemps esclave, et plus longtemps dispersée. Ismaël, au contraire, est le père des Arabes,

---

1. Il devait même avoir alors cent quarante-trois ans, suivant quelques interprètes. Voy. la première section.) (Éd. de Kehl.)

qui ont enfin fondé l'empire des califes, un des plus puissants et des plus étendus de l'univers.

Les musulmans ont une grande vénération pour Abraham, qu'ils appellent Ibrahim. Ceux qui le croient enterré à Hébron y vont en pèlerinage ; ceux qui pensent que son tombeau est à la Mecque, l'y révèrent.

Quelques anciens Persans ont cru qu'Abraham était le même que Zoroastre. Il lui est arrivé la même chose qu'à la plupart des fondateurs des nations orientales, auxquels on attribuait différents noms et différentes aventures ; mais, par le texte de l'Écriture, il paraît qu'il était un de ces Arabes vagabonds qui n'avaient pas de demeure fixe.

On le voit naître à Ur en Chaldée, aller à Haran, puis en Palestine, en Égypte, en Phénicie, et enfin être obligé d'acheter un sépulcre à Hébron.

Une des plus remarquables circonstances de sa vie, c'est qu'à l'âge de quatre-vingt-dix-neuf ans, n'ayant point encore engendré Isaac, il se fit circoncire, lui et son fils Ismaël, et tous ses serviteurs. Il avait apparemment pris cette idée chez les Égyptiens. Il est difficile de démêler l'origine d'une pareille opération. Ce qui paraît le plus probable, c'est qu'elle fut inventée pour prévenir les abus de la puberté. Mais pourquoi couper son prépuce à cent ans ?

On prétend, d'un autre côté, que les prêtres seuls d'Égypte étaient anciennement distingués par cette coutume. C'était un usage très-ancien en Afrique et dans une partie de l'Asie, que les plus saints personnages présentassent leur membre viril à baiser aux femmes qu'ils rencontraient. On portait en procession, en Égypte, le phallum, qui était un gros Priape. Les organes de la génération étaient regardés comme quelque chose de noble et de sacré, comme un symbole de la puissance divine ; on jurait par eux, et lorsque l'on faisait un serment à quelqu'un, on mettait la main à ses *testicules ;* c'est peut-être même de cette ancienne coutume qu'ils tirèrent ensuite leur nom, qui signifie *témoins,* parce qu'autrefois ils servaient ainsi de témoignage et de gage. Quand Abraham envoya son serviteur demander Rébecca pour son fils Isaac, le serviteur mit la main aux parties génitales d'Abraham, ce qu'on a traduit par le mot *cuisse* [1].

On voit par là combien les mœurs de cette haute antiquité différaient en tout des nôtres. Il n'est pas plus étonnant aux yeux d'un philosophe qu'on ait juré autrefois par cette partie que par la tête, et il n'est pas étonnant que ceux qui voulaient se distinguer des autres hommes, missent un signe à cette partie révérée.

La *Genèse* [2] dit que la circoncision fut un pacte entre Dieu et Abraham, et elle ajoute expressément qu'on fera mourir quiconque ne sera pas circoncis dans la maison. Cependant on ne dit point qu'Isaac l'ait été, et il n'est plus parlé de circoncision jusqu'au temps de Moïse.

On finira cet article par une autre observation : c'est qu'Abraham

1. *Genèse*, XXIV, 2. — 2, XVII, 10-14. (ÉD.)

ayant eu de Sara et d'Agar deux fils qui furent chacun le père d'une grande nation, il eut six fils de Céthura, qui s'établirent dans l'Arabie; mais leur postérité n'a point été célèbre.

ABUS. — Vice attaché à tous les usages, à toutes les lois, à toutes les institutions des hommes; le détail n'en pourrait être contenu dans aucune bibliothèque.

Les abus gouvernent les États.

> *Optimus ille est,*
> *Qui minimis urgetur.*
> (Hor., lib. 1, sat. III, v. 68-69.)

On peut dire aux Chinois, aux Japonais, aux Anglais : « Votre gouvernement fourmille d'abus que vous ne corrigez point. » Les Chinois répondront : « Nous subsistons en corps de peuple depuis cinq mille ans, et nous sommes aujourd'hui peut-être la nation de la terre la moins infortunée, parce que nous sommes la plus tranquille. » Le Japonais en dira à peu près autant. L'Anglais dira : « Nous sommes puissants sur mer et assez à notre aise sur terre. Peut-être dans dix mille ans perfectionnerons-nous nos usages. Le grand secret est d'être encore mieux que les autres avec des abus énormes. »

Nous ne parlerons ici que de l'*appel comme d'abus*.

C'est une erreur de penser que maître Pierre de Cugnières, chevalier ès lois, avocat du roi au parlement de Paris, ait appelé comme d'abus en 1330, sous Philippe de Valois. La formule d'appel comme d'abus ne fut introduite que sur la fin du règne de Louis XII. Pierre Cugnières fit ce qu'il put pour réformer l'abus des usurpations ecclésiastiques dont les parlements, tous les juges séculiers, et tous les seigneurs hauts justiciers, se plaignaient; mais il n'y réussit pas.

Le clergé n'avait pas moins à se plaindre des seigneurs, qui n'étaient, après tout, que des tyrans ignorants, qui avaient corrompu toute justice; et ils regardaient les ecclésiastiques comme des tyrans qui savaient lire et écrire.

Enfin, le roi convoqua les deux parties dans son palais, et non pas dans sa cour du parlement comme le dit Pasquier; le roi s'assit sur son trône, entouré des pairs, des hauts barons, et des grands officiers qui composaient son conseil.

Vingt évêques comparurent; les seigneurs complaignants apportèrent leurs mémoires. L'archevêque de Sens et l'évêque d'Autun parlèrent pour le clergé. Il n'est point dit quel fut l'orateur du parlement et des seigneurs. Il paraît vraisemblable que le discours de l'avocat du roi fut un résumé des allégations des deux parties. Il se peut aussi qu'il eût parlé pour le parlement et pour les seigneurs, et que ce fût le chancelier qui résuma les raisons alléguées de part et d'autre. Quoi qu'il en soit, voici les plaintes des barons et du parlement rédigées par Pierre Cugnières :

1° Lorsqu'un laïque ajournait devant le juge royal ou seigneurial un clerc qui n'était pas même tonsuré, mais seulement gradué, l'official signifiait aux juges de ne point passer outre, sous peine d'excommunication et d'amende.

II° La juridiction ecclésiastique forçait les laïques de comparaître devant elle dans toutes leurs contestations avec les clercs, pour succession, prêt d'argent, et en toute matière civile.

III° Les évêques et les abbés établissaient des notaires dans les terres mêmes des laïques.

IV° Ils excommuniaient ceux qui ne payaient pas leurs dettes aux clercs; et si le juge laïque ne les contraignait pas de payer, ils excommuniaient le juge.

V° Lorsque le juge séculier avait saisi un voleur, il fallait qu'il remît au juge ecclésiastique les effets volés; sinon il était excommunié.

VI° Un excommunié ne pouvait obtenir son absolution sans payer une amende arbitraire.

VII° Les officiaux dénonçaient à tout laboureur et manœuvre qu'il serait damné et privé de la sépulture, s'il travaillait pour un excommunié.

VIII° Les mêmes officiaux s'arrogeaient de faire les inventaires dans les domaines mêmes du roi, sous prétexte qu'ils savaient écrire.

IX° Ils se faisaient payer pour accorder à un nouveau marié la liberté de coucher avec sa femme.

X° Ils s'emparaient de tous les testaments.

XI° Ils déclaraient damné tout mort qui n'avait point fait de testament, parce qu'en ce cas il n'avait rien laissé à l'Église; et pour lui laisser du moins les honneurs de l'enterrement, ils faisaient en son nom un testament plein de legs pieux.

Il y avait soixante-six griefs à peu près semblables.

Pierre Roger, archevêque de Sens, prit savamment la parole : c'était un homme qui passait pour un vaste génie, et qui fut depuis pape, sous le nom de *Clément VI*. Il protesta d'abord qu'il ne parlait point pour être jugé, mais pour juger ses adversaires, et pour instruire le roi de son devoir.

Il dit que Jésus-Christ, étant Dieu et homme, avait eu le pouvoir temporel et spirituel; et que par conséquent les ministres de l'Église, qui lui avaient succédé, étaient les juges-nés de tous les hommes sans exception. Voici comme il s'exprima :

> Sers Dieu dévotement,
> Baille-lui largement,
> Révère sa gent dûment,
> Rends-lui le sien entièrement.

Ces rimes firent un très-bel effet. (Voy. *Libellus Bertrandi cardinalis*, tome I des *Libertés de l'Église gallicane*.)

Pierre Bertrandi, évêque d'Autun, entra dans de plus grands détails. Il assura que l'excommunication n'étant jamais lancée que pour un péché mortel, le coupable devait faire pénitence, et que la meilleure pénitence était de donner de l'argent à l'Église. Il représenta que les juges ecclésiastiques étaient plus capables que les juges royaux ou seigneuriaux de rendre justice, parce qu'ils avaient étudié les décrétales que les autres ignoraient.

Mais on pouvait lui répondre qu'il fallait obliger les baillis et les prévôts du royaume à lire les décrétales pour ne jamais les suivre.

Cette grande assemblée ne servit à rien; le roi croyait avoir besoin alors de ménager le pape, né dans son royaume, siégeant dans Avignon, et ennemi mortel de l'empereur Louis de Bavière. La politique, dans tous les temps, conserva les abus dont se plaignait la justice. Il resta seulement dans le parlement une mémoire ineffaçable du discours de Pierre Cugnières. Ce tribunal s'affermit dans l'usage où il était déjà de s'opposer aux prétentions cléricales; on appela toujours des sentences des officiaux au parlement, et peu à peu cette procédure fut appelée *Appel comme d'abus.*

Enfin, tous les parlements du royaume se sont accordés à laisser à l'Église sa discipline, et à juger tous les hommes indistinctement suivant les lois de l'État, en conservant les formalités prescrites par les ordonnances.

ABUS DES MOTS. — Les livres, comme les conversations, nous donnent rarement des idées précises. Rien n'est si commun que de lire et de converser inutilement.

Il faut répéter ici ce que Locke a tant recommandé : *Définissez les termes.*

Une dame a trop mangé et n'a point fait d'exercice, elle est malade; son médecin lui apprend qu'il y a dans elle une humeur peccante, des impuretés, des obstructions, des vapeurs, et lui prescrit une drogue qui purifiera son sang. Quelle idée nette peuvent donner tous ces mots? la malade et les parents qui écoutent ne les comprennent pas plus que le médecin. Autrefois on ordonnait une décoction de plantes chaudes ou froides au second, au troisième degré.

Un jurisconsulte, dans son institut criminel, annonce que l'inobservation des fêtes et dimanches est un crime de lèse-majesté divine au second chef. *Majesté divine* donne d'abord l'idée du plus énorme des crimes et du châtiment le plus affreux; de quoi s'agit-il? d'avoir manqué vêpres, ce qui peut arriver au plus honnête homme du monde.

Dans toutes les disputes sur la liberté, un argumentant entend presque toujours une chose, et son adversaire une autre. Un troisième survient qui n'entend ni le premier ni le second, et qui n'en est pas entendu.

Dans les disputes sur la liberté, l'un a dans la tête la puissance d'agir, l'autre la puissance de vouloir, le dernier le désir d'exécuter; ils courent tous trois, chacun dans son cercle, et ne se rencontrent jamais.

Il en est de même dans les querelles sur la grâce. Qui peut comprendre sa nature, ses opérations, et la suffisante qui ne suffit pas, et l'efficace à laquelle on résiste?

On a prononcé deux mille ans les mots de *forme substantielle* sans en avoir la moindre notion. On y a substitué les natures plastiques sans y rien gagner.

Un voyageur est arrêté par un torrent; il demande le gué à un villageois qu'il voit de loin vis-à-vis de lui : « Prenez la droite, » lui crie le paysan; il prend la droite et se noie; l'autre court à lui : « Hé, malheureux! je ne vous avais pas dit d'avancer à votre droite, mais à la mienne. »

Le monde est plein de ces malentendus. Comment un Norvégien en lisant cette formule, *serviteur des serviteurs de Dieu*, découvrira-t-il que c'est l'évêque des évêques et le roi des rois qui parle?

Dans le temps que les fragments de Pétrone faisaient grand bruit dans la littérature, Meibomius, grand savant de Lubeck, lit dans une lettre imprimée d'un autre savant de Bologne : « Nous avons ici un Pétrone entier; je l'ai vu de mes yeux et avec admiration. » *Habemus hic Petronium integrum, quem vidi meis oculis, non sine admiratione.* Aussitôt il part pour l'Italie, court à Bologne, va trouver le bibliothé-caire Capponi, lui demande s'il est vrai qu'on ait à Bologne le Pétrone entier. Capponi lui répond que c'est une chose dès longtemps publique. « Puis-je voir ce Pétrone? ayez la bonté de me le montrer,—Rien n'est plus aisé, » dit Capponi. Il le mène à l'église où repose le corps de saint Pétrone. Meibomius prend la poste et s'enfuit.

Si le jésuite Daniel a pris un abbé guerrier, *martialem abbatem*, pour l'abbé Martial, cent historiens sont tombés dans de plus grandes méprises. Le jésuite d'Orléans, dans ses *Révolutions d'Angleterre*, mettait indifféremment Northampton et Southampton, ne se trompant que du nord au sud.

Des termes métaphoriques, pris au sens propre, ont décidé quelquefois de l'opinion de vingt nations. On connaît la métaphore d'Isaïe (XIV, 12) : « Comment es-tu tombée du ciel, étoile de lumière qui te levais le matin? » On s'imagina que ce discours s'adressait au diable. Et comme le mot hébreu qui répond à l'étoile de Vénus a été traduit par le mot *Lucifer* en latin, le diable depuis ce temps-là s'est toujours appelé Lucifer.

On s'est fort moqué de la carte du Tendre de Mlle Scudéry. Les amants s'embarquent sur le fleuve de Tendre; on dîne à Tendre sur Estime, on soupe à Tendre sur Inclination, on couche à Tendre sur Désir; le lendemain on se trouve à Tendre sur Passion, et enfin à Tendre sur Tendre. Ces idées peuvent être ridicules, surtout quand ce sont des Clélies, des Horatius Coclès, et des Romains austères et agrestes qui voyagent; mais cette carte géographique montre au moins que l'amour a beaucoup de logements différents. Cette idée fait voir que le même mot ne signifie pas la même chose, que la différence est prodigieuse entre l'amour de Tarquin et celui de Céladon, entre l'amour de David pour Jonathas, qui était plus fort que celui des femmes, et l'amour de l'abbé Desfontaines pour des petits ramoneurs de cheminée.

1. Voy. le chap. XXVIII du *Philosophe ignorant* (*Mélanges*, année 1766), et ci-après l'article AME, section III. (*Éd. de Kehl.*)

Le plus singulier exemple de cet abus de mots, de ces équivoques volontaires, de ces malentendus qui ont causé tant de querelles, est le King-Tien de la Chine. Des missionnaires d'Europe disputent entre eux violemment sur la signification de ce mot. La cour de Rome envoie un Français nommé Maigrot, qu'elle fait évêque imaginaire d'une province de la Chine, pour juger de ce différend. Ce Maigrot ne sait pas un mot de chinois; l'empereur daigne lui faire dire ce qu'il entend par King-Tien; Maigrot ne veut pas l'en croire, et fait condamner à Rome l'empereur de la Chine.

On ne tarit point sur cet abus des mots. En histoire, en morale, en jurisprudence, en médecine, mais surtout en théologie, gardez-vous des équivoques.

Boileau n'avait pas tort quand il fit la satire qui porte ce nom; il eût pu la mieux faire; mais il y a des vers dignes de lui que l'on cite tous les jours.

> Lorsque chez tes sujets l'un contre l'autre armés,
> Et sur un Dieu fait homme au combat animés,
> Tu fis dans une guerre et si vive et si longue
> Périr tant de chrétiens, martyrs d'une diphthongue[1].

ACADÉMIE. — Les académies sont aux universités ce que l'âge mûr est à l'enfance, ce que l'art de bien parler est à la grammaire, ce que la politesse est aux premières leçons de la civilité. Les académies, n'étant point mercenaires, doivent être absolument libres. Telles ont été les académies d'Italie, telle est l'Académie française, et surtout la Société royale de Londres.

L'Académie française, qui s'est formée elle-même, reçut, à la vérité, des lettres patentes de Louis XIII, mais sans aucun salaire, et par conséquent sans aucune sujétion. C'est ce qui engagea les premiers hommes du royaume, et jusqu'à des princes, à demander d'être admis dans cet illustre corps. La Société de Londres a eu le même avantage.

Le célèbre Colbert, étant membre de l'Académie française, employa quelques-unes de ses confrères à composer les inscriptions et les devises pour les bâtiments publics. Cette petite assemblée, dont furent ensuite Racine et Boileau, devint bientôt une académie à part. On peut dater même de l'année 1663 l'établissement de cette Académie des inscriptions, nommée aujourd'hui *des belles-lettres*, et celle de l'Académie des sciences de 1666. Ce sont deux établissements qu'on doit au même ministre qui contribua en tant de genres à la splendeur du siècle de Louis XIV.

Lorsque après la mort de Jean-Baptiste Colbert, et celle du marquis de Louvois, le comte de Pontchartrain, secrétaire d'État, eut le dépar-

---

1. Boileau avait en effet mis ces quatre vers dans sa douzième satire; mais il les a remplacés depuis par ceux-ci :

> Lorsque attaquant le Verbe et sa divinité,
> D'une syllabe impie un saint mot augmenté
> Remplit tous les esprits d'aigreurs et meurtrières,
> Et fit de sang chrétien couler tant de rivières. (ED.)

tément de Paris, il chargea l'abbé Bignon son neveu de gouverner les nouvelles académies. On imagina des places d'honoraires qui n'exigeaient nulle science, et qui étaient sans rétribution; des places de pensionnaires qui demandaient du travail, désagréablement distinguées de celles des honoraires; des places d'associés sans pension; et des places d'élèves, titre encore plus désagréable, et supprimé depuis.

L'Académie des belles-lettres fut mise sur le même pied. Toutes deux se soumirent à la dépendance immédiate du secrétaire d'État, et à la distinction révoltante des honorés, des pensionnés et des élèves.

L'abbé Bignon osa proposer le même règlement à l'Académie française, dont il était membre. Il fut reçu avec une indignation unanime. Les moins opulents de l'Académie furent les premiers à rejeter ses offres, et à préférer la liberté et l'honneur à des pensions.

L'abbé Bignon qui, avec l'intention louable de faire du bien, n'avait pas assez ménagé la noblesse des sentiments de ses confrères, ne remit plus le pied à l'Académie française; il régna dans les autres tant que le comte de Pontchartrain fut en place. Il résumait même les mémoires lus aux séances publiques, quoiqu'il faille l'érudition la plus profonde et la plus étendue pour rendre compte sur-le-champ d'une dissertation sur des points épineux de physique et de mathématiques; et il passa pour un Mécène. Cet usage de résumer les discours a cessé, mais la dépendance est demeurée.

Ce mot d'académie devint si célèbre, que lorsque Lulli, qui était une espèce de favori, eut obtenu l'établissement de son Opéra en 1672, il eut le crédit de faire insérer dans les patentes, que c'était une « Académie royale de musique, et que les gentilshommes et les demoiselles pourraient y chanter sans déroger. » Il ne fit pas le même honneur aux danseurs et aux danseuses; cependant le public a toujours conservé l'habitude d'aller à l'Opéra, et jamais à l'Académie de Musique.

On sait que ce mot *académie*, emprunté des Grecs, signifiait originairement une société, une école de philosophie d'Athènes, qui s'assemblait dans un jardin légué par *Académus*.

Les Italiens furent les premiers qui instituèrent de telles sociétés après la renaissance des lettres. L'Académie de la Crusca est du XVIᵉ siècle. Il y en eut ensuite dans toutes les villes où les sciences étaient cultivées.

Ce titre a été tellement prodigué en France, qu'on l'a donné pendant quelques années à des assemblées de joueurs qu'on appelait autrefois *des tripots*. On disait *académies de jeu*. On appela les jeunes gens qui apprenaient l'équitation et l'escrime dans des écoles destinées à ces arts, *académistes*, et non pas *académiciens*.

Le titre d'*académicien* n'a été attaché par l'usage qu'aux gens de lettres des trois académies, la française, celle des sciences, celle des inscriptions.

L'Académie française a rendu de grands services à la langue.

Celle des sciences a été très-utile, en ce qu'elle n'adopte aucun système, et qu'elle publie les découvertes et les tentatives nouvelles.

Celle des inscriptions s'est occupée des recherches sur les monuments de l'antiquité, et depuis quelques années il en est sorti des mémoires très-instructifs.

C'est un devoir établi par l'honnêteté publique, que les membres de ces trois académies se respectent les uns les autres dans les recueils que ces sociétés impriment. L'oubli de cette politesse nécessaire est très-rare. Cette grossièreté n'a guère été reprochée de nos jours qu'à l'abbé Foucher[1], de l'Académie des inscriptions, qui, s'étant trompé dans un mémoire sur Zoroastre, voulut appuyer sa méprise par des expressions qui autrefois étaient trop en usage dans les écoles, et que le savoir-vivre a proscrites; mais le corps n'est pas responsable des fautes des membres.

La Société de Londres n'a jamais pris le titre d'*académie*.

Les académies dans les provinces ont produit des avantages signalés. Elles ont fait naître l'émulation, forcé au travail, accoutumé les jeunes gens à de bonnes lectures, dissipé l'ignorance et les préjugés de quelques villes, inspiré la politesse, et chassé autant qu'on le peut le pédantisme.

On n'a guère écrit contre l'Académie française que des plaisanteries frivoles et insipides. La comédie des *Académiciens* de Saint-Évremond eut quelque réputation en son temps; mais une preuve de son peu de mérite, c'est qu'on ne s'en souvient plus, au lieu que les bonnes satires de Boileau sont immortelles. Je ne sais pourquoi Pellisson dit que la comédie des *Académiciens* tient de la farce. Il me semble que c'est un simple dialogue sans intrigue et sans sel, aussi fade que le *sir Politick* et que la comédie des *Opéra*, et que presque tous les ouvrages de Saint-Évremond, qui ne sont, à quatre ou cinq pièces près, que des futilités en style pincé et en antithèses.

ADAM. — *Section I.* — On a tant parlé, tant écrit d'Adam, de sa femme, des préadamites, etc.; les rabbins ont débité sur Adam tant de rêveries, et il est si plat de répéter ce que les autres ont dit, qu'on hasarde ici sur Adam une idée assez neuve; du moins elle ne se trouve dans aucun ancien auteur, dans aucun Père de l'Église, ni dans aucun prédicateur ou théologien, ou critique, ou scoliaste de ma connaissance. C'est le profond secret qui a été gardé sur Adam dans toute la terre habitable, excepté en Palestine, jusqu'au temps où les livres juifs commencèrent à être connus dans Alexandrie, lorsqu'ils furent traduits en grec sous l'un des Ptolémées. Encore furent-ils très-peu connus; les gros livres étaient très-rares et très-chers; et de plus, les Juifs de Jérusalem furent si en colère contre ceux d'Alexandrie, leur firent tant de reproches d'avoir traduit leur *Bible* en langue profane, leur dirent tant d'injures, et crièrent si haut au Seigneur, que les Juifs alexandrins cachèrent leur traduction autant qu'ils le purent. Elle fut si secrète, qu'aucun auteur grec ou romain n'en parle jusqu'au temps de l'empereur Aurélien.

1. Voy. le *Mercure de France*, juin, page 151; juillet, deuxième volume, page 144; et août, page 122, année 1769.

Or l'historien Josèphe avoue dans sa réponse à Apion (liv. Ier, ch. IV) que les Juifs n'avaient eu longtemps aucun commerce avec les autres nations. « Nous habitons, dit-il, un pays éloigné de la mer; nous ne nous appliquons point au commerce; nous ne communiquons point avec les autres peuples. ... Y a-t-il sujet de s'étonner que notre nation habitant si loin de la mer, et affectant de ne rien écrire, ait été si peu connue ? »

On demandera ici comment Josèphe pouvait dire que sa nation affectait de ne rien écrire, lorsqu'elle avait vingt-deux livres canoniques, sans compter le *Targum d'Onkelos*. Mais il faut considérer que vingt-deux volumes très-petits étaient fort peu de chose en comparaison de la multitude des livr conservés dans la bibliothèque d'Alexandrie, dont la moitié fut brulée dans la guerre de César.

Il est constant que les Juifs avaient très-peu écrit, très-peu lu; qu'ils étaient profondément ignorants en astronomie, en géométrie, en géographie, en physique; qu'ils ne savaient rien de l'histoire des autres peuples, et qu'ils ne commencèrent enfin à s'instruire que dans Alexandrie. Leur langue était un mélange barbare d'ancien phénicien et de chaldéen corrompu. Elle était si pauvre, qu'il leur manquait plusieurs modes dans la conjugaison de leurs verbes.

De plus, ne communiquant à aucun étranger leurs livres ni leurs titres, personne sur la terre, excepté eux, n'avait jamais entendu parler ni d'Adam, ni d'Ève, ni d'Abel, ni de Caïn, ni de Noé. Le seul Abraham fut connu des peuples orientaux dans la suite des temps; mais nul peuple ancien ne convenait que cet Abraham ou Ibrahim fût la tige du peuple juif.

Tels sont les secrets de la Providence, que le père et la mère du genre humain furent toujours entièrement ignorés du genre humain, au point que les noms d'Adam et d'Ève ne se trouvent dans aucun ancien auteur, ni de la Grèce, ni de Rome, ni de la Perse, ni de la Syrie, ni chez les Arabes même, jusque vers le temps de Mahomet. Dieu daigna permettre que les titres de la grande famille du monde ne fussent conservés que chez la plus petite et la plus malheureuse partie de la famille.

Comment se peut-il faire qu'Adam et Ève aient été inconnus à tous leurs enfants? Comment ne se trouva-t-il ni en Egypte, ni à Babylone, aucune trace, aucune tradition de nos premiers pères? Pourquoi ni Orphée, ni Linus, ni Thamyris, n'en parlèrent-ils point? car s'ils en avaient dit un mot, ce mot aurait été relevé sans doute par Hésiode, et surtout par Homère, qui parle de tout, excepté des auteurs de la race humaine.

Clément d'Alexandrie, qui rapporte tant de témoignages de l'anti-

---

1. Les Juifs étaient très-connus des Perses, puisqu'ils furent dispersés dans leur empire; ensuite des Égyptiens, puisqu'ils firent tout le commerce d'Alexandrie; des Romains, puisqu'ils avaient des synagogues à Rome. Mais étant au milieu des nations, ils en furent toujours séparés par leurs institutions. Ils ne mangeaient point avec les étrangers, et ne communiquèrent leurs livres que très-tard.

quité, n'aurait pas manqué de citer un passage dans lequel il aurait
été fait mention d'Adam et d'Eve.

Eusèbe, dans son *Histoire universelle*, a recherché jusqu'aux témoignages les plus suspects; il aurait bien fait valoir le moindre trait, la
moindre vraisemblance en faveur de nos premiers parents.

Il est donc avéré qu'ils furent toujours entièrement ignorés des nations.

On trouve à la vérité chez les brachmanes, dans le livre intitulé
l'*Ezourveidam*, le nom d'Adimo et celui de Procriti, sa femme. Si
Adimo ressemble un peu à notre Adam, les Indiens répondent : « Nous
sommes un grand peuple établi vers l'Indus et vers le Gange, plusieurs siècles avant que la horde hébraïque se fût portée vers le Jourdain. Les Egyptiens, les Persans, les Arabes, venaient chercher dans
notre pays la sagesse et les épiceries, quand les Juifs étaient inconnus
au reste des hommes. Nous ne pouvons pas avoir pris notre Adimo de
leur Adam. Notre Procriti ne ressemble point du tout à Eve, et d'ailleurs leur histoire est entièrement différente.

« De plus le *Veidam*, dont l'*Ezourveidam* est le commentaire, passe
chez nous pour être d'une antiquité plus reculée que celle des livres
juifs; et ce *Veidam* est encore une nouvelle loi donnée aux brachmanes
quinze cents ans après leur première loi appelée Shasta ou Shasta-bad. »

Telles sont à peu près les réponses que les brames d'aujourd'hui ont
souvent faites aux aumôniers des vaisseaux marchands qui venaient
leur parler d'Adam et d'Eve, d'Abel et de Caïn, tandis que les négociants de l'Europe venaient à main armée acheter des épiceries chez
eux, et désoler leur pays.

Le Phénicien Sanchoniathon, qui vivait certainement avant le temps
où nous plaçons Moïse[1], et qui est cité par Eusèbe comme un auteur
authentique, donne dix générations à la race humaine comme fait
Moïse, jusqu'au temps de Noé; et il ne parle dans ces dix générations
ni d'Adam, ni d'Eve, ni d'aucun de leurs descendants, ni de Noé
même.

Voici les noms des premiers hommes, suivant la traduction grecque
faite par Philon de Biblos : Æon, Genos, Phox, Liban, Usou, Halieus,
Chrisor, Tecnites, Agrove, Amine. Ce sont là les dix premières générations.

Vous ne voyez le nom de Noé ni d'Adam dans aucune des antiques
dynasties d'Egypte; ils ne se trouvent point chez les Chaldéens : en
un mot, la terre entière a gardé sur eux le silence.

---

1. Ce qui fait penser à plusieurs savants que Sanchoniathon est antérieur au
temps où l'on place Moïse, c'est qu'il n'en parle point. Il écrivait dans Bérithe.
Cette ville était voisine du pays où les Juifs s'établirent. Si Sanchoniathon avait
été postérieur ou contemporain, il n'aurait pas omis les prodiges épouvantables
dont Moïse inonda l'Egypte; il aurait sûrement fait mention du peuple juif qui
mettait sa patrie à feu et à sang. Eusèbe, Jules Africain, saint Ephrem, tous les
Pères grecs et syriaques auraient cité un auteur profane qui rendait témoignage
au législateur hébreu. Eusèbe surtout, qui reconnaît l'authenticité de Sanchoniathon, et qui en a traduit des fragments, aurait traduit tout ce qui eût regardé Moïse.

Il faut avouer qu'une telle réticence est sans exemple. Tous les peuples se sont attribué des origines imaginaires; et aucun n'a touché à la véritable. On ne peut comprendre comment le père de toutes les nations a été ignoré si longtemps : son nom devait avoir volé de bouche en bouche d'un bout du monde à l'autre, selon le cours naturel des choses humaines.

Humilions-nous sous les décrets de la Providence qui a permis cet oubli si étonnant. Tout a été mystérieux et caché dans la nation conduite par Dieu même, qui a préparé la voie au christianisme, et qui a été l'olivier sauvage sur lequel est enté l'olivier franc. Les noms des auteurs du genre humain, ignorés du genre humain, sont au rang des plus grands mystères.

J'ose affirmer qu'il a fallu un miracle pour boucher ainsi les yeux et les oreilles de toutes les nations, pour détruire chez elles tout monument, tout ressouvenir de leur premier père. Qu'auraient pensé, qu'auraient dit César, Antoine, Crassus, Pompée, Cicéron, Marcellus, Métellus, si un pauvre Juif, en leur vendant du baume, leur avait dit : « Nous descendons tous d'un même père nommé Adam ? » Tout le sénat romain aurait crié : « Montrez-nous notre arbre généalogique. » Alors le Juif aurait déployé ses dix générations jusqu'à Noé, jusqu'au secret de l'inondation de tout le globe. Le sénat lui aurait demandé combien il y avait de personnes dans l'arche pour nourrir tous les animaux pendant dix mois entiers, et pendant l'année suivante qui ne put fournir aucune nourriture. Le rogneur d'espèces aurait dit : « Nous étions huit, Noé et sa femme, leurs trois fils, Sem, Cham et Japhet, et leurs épouses. Toute cette famille descendait d'Adam en droite ligne. »

Cicéron se serait informé sans doute des grands monuments, des témoignages incontestables que Noé et ses enfants auraient laissés de notre commun père : toute la terre après le déluge aurait retenti à jamais des noms d'Adam et de Noé, l'un père, l'autre restaurateur de toutes les races. Leurs noms auraient été dans toutes les bouches dès qu'on aurait parlé, sur tous les parchemins dès qu'on aurait su écrire, sur la porte de chaque maison sitôt qu'on aurait bâti, sur tous les temples, sur toutes les statues. « Quoi ! vous saviez un si grand secret, et vous nous l'avez caché !—C'est que nous sommes purs, et que vous êtes impurs, » aurait répondu le Juif. Le sénat romain aurait ri, ou l'aurait fait fustiger : tant les hommes sont attachés à leurs préjugés!

Section II. — La pieuse Mme de Bourignon était sûre qu'Adam avait été hermaphrodite, comme les premiers hommes du divin Platon. Dieu lui avait révélé ce grand secret; mais comme je n'ai pas eu les mêmes révélations, je n'en parlerai point. Les rabbins juifs ont lu les livres d'Adam; ils savent le nom de son précepteur et de sa seconde femme : mais comme je n'ai point lu ces livres de notre premier père, je n'en dirai mot. Quelques esprits creux, très-savants, sont tout étonnés, quand ils lisent le *Veidam* des anciens brachmanes, de trouver que le premier homme fut créé aux Indes, etc., qu'il s'appelait Adimo, qui signifie l'engendreur; et que sa femme s'appelait Procriti, qui signifie la vie. Ils disent que la secte des brachmanes est incontestablement plus ancienne que celle des Juifs; que les Juifs ne purent écrire que très-tard dans la langue chananéenne, puisqu'ils ne s'établirent que très-tard dans le petit pays de Chanaan; ils disent que les Indiens furent toujours inventeurs, et les Juifs toujours imitateurs; les Indiens toujours ingénieux, et les Juifs toujours grossiers; ils disent qu'il est bien difficile qu'Adam qui était roux, et qui avait des cheveux, soit le père des nègres qui sont noirs comme de l'encre, et qui ont de la laine noire sur la tête. Que ne disent-ils point? Pour moi, je ne dis mot; j'abandonne ces recherches au révérend père Berruyer de la société de Jésus; c'est le plus grand innocent que j'aie jamais connu. On a brûlé son livre[1] comme celui d'un homme qui voulait tourner la *Bible* en ridicule : mais je puis assurer qu'il n'y entendait pas finesse. (*Tiré d'une lettre du chevalier de R...*)

Section III. — Nous ne vivons plus dans un siècle où l'on examine sérieusement si Adam a eu la science infuse ou non; ceux qui ont si longtemps agité cette question n'avaient la science ni infuse ni acquise.

Il est aussi difficile de savoir en quel temps fut écrit le livre de la *Genèse* où il est parlé d'Adam, que de savoir la date du *Veidam*, du *Hanscrit*, et des autres anciens livres asiatiques. Il est important de remarquer qu'il n'était pas permis aux Juifs de lire le premier chapitre de la *Genèse* avant l'âge de vingt-cinq ans. Beaucoup de rabbins ont regardé la formation d'Adam et d'Ève, et leur aventure, comme une allégorie. Toutes les anciennes nations célèbres en ont imaginé de pareilles; et, par un concours singulier qui marque la faiblesse de notre nature, toutes ont voulu expliquer l'origine du mal moral et du mal physique par des idées à peu près semblables. Les Chaldéens, les Indiens, les Perses, les Égyptiens, ont également rendu compte de ce mélange de bien et de mal qui semble être l'apanage de notre globe. Les Juifs sortis d'Égypte y avaient entendu parler, tout grossiers qu'ils étaient, de la philosophie allégorique des Égyptiens. Ils mêlèrent depuis à ces faibles connaissances celles qu'ils puisèrent chez les Phéniciens et les Babyloniens dans un très-long esclavage; mais comme il est naturel et très-ordinaire qu'un peuple grossier imite grossièrement les imaginations d'un peuple poli, il n'est pas surprenant que les Juifs aient imaginé une femme formée de la côte d'un homme; l'esprit de vie soufflé de la bouche de Dieu au visage d'Adam; le Tigre, l'Euphrate, le Nil et l'Oxus ayant la même source dans un jardin; et la défense de manger d'un fruit, défense qui a produit la mort aussi bien que le mal physique et moral. Pleins de l'idée répandue chez les anciens, que le serpent est un animal très-subtil, ils n'ont pas fait difficulté de lui accorder l'intelligence et la parole.

Ce peuple, qui n'était alors répandu que dans un petit coin de la terre, et qui la croyait longue, étroite et plate, n'eut pas de peine à

---

1. *L'Histoire du peuple de Dieu*, 1728, 7 vol. in-4°, ou 12 vol. in-12. (ÉD.)

croire que tous les hommes venaient d'Adam, et ne pouvait pas savoir que les nègres, dont la conformation est différente de la nôtre, habitaient de vastes contrées. Il était bien loin de deviner l'Amérique.

Au reste, il est assez étrange qu'il fût permis au peuple juif de lire l'*Exode*, où il y a tant de miracles qui épouvantent la raison, et qu'il ne fût pas permis de lire avant vingt-cinq ans le premier chapitre de la *Genèse*, où tout doit être nécessairement miracle, puisqu'il s'agit de la création. C'est peut-être à cause de la manière singulière dont l'auteur s'exprime dès le premier verset : « Au commencement les dieux firent le ciel et la terre; » on put craindre que les jeunes Juifs n'en prissent occasion d'adorer plusieurs dieux. C'est peut-être parce que Dieu ayant créé l'homme et la femme au premier chapitre, les refait encore au deuxième, et qu'on ne voulut pas mettre cette apparence de contradiction sous les yeux de la jeunesse. C'est peut-être parce qu'il est dit que « les dieux firent l'homme à leur image, » et que ces expressions présentaient aux Juifs un Dieu trop corporel. C'est peut-être parce qu'il est dit que Dieu ôta une côte à Adam pour en former la femme, et que les jeunes gens inconsidérés qui se seraient tâté les côtes, voyant qu'il ne leur en manquait point, auraient pu soupçonner l'auteur de quelque infidélité. C'est peut-être parce que Dieu, qui se promenait toujours à midi dans le jardin d'Éden, se moque d'Adam après sa chute, et que ce ton railleur aurait trop inspiré à la jeunesse le goût de la plaisanterie. Enfin chaque ligne de ce chapitre fournit des raisons très-plausibles d'en interdire la lecture; mais, sur ce pied-là, on ne voit pas trop comment les autres chapitres étaient permis. C'est encore une chose surprenante, que les Juifs ne dussent lire ce chapitre qu'à vingt-cinq ans. Il semble qu'il devait être proposé d'abord à l'enfance, qui reçoit tout sans examen, plutôt qu'à la jeunesse, qui se pique déjà de juger et de rire. Il se peut faire aussi que les Juifs de vingt-cinq ans étant déjà préparés et affermis, en recevaient mieux ce chapitre, dont la lecture aurait pu révolter des âmes toutes neuves.

On ne parlera pas ici de la seconde femme d'Adam, nommée Lillith, que les anciens rabbins lui ont donnée; il faut convenir qu'on sait très-peu d'anecdotes de sa famille.

ADORER. — *Culte de latrie. Chanson attribuée à Jésus-Christ. Danse sacrée. Cérémonies.* — N'est-ce pas un grand défaut dans quelques langues modernes, qu'on se serve du même mot envers l'Être suprême et une fille? On sort quelquefois d'un sermon où le prédicateur n'a parlé que d'adorer Dieu en esprit et en vérité. De là on court à l'Opéra, où il n'est question que « du charmant objet que j'adore, et des aimables traits dont ce héros adore les attraits. »

Du moins les Grecs et les Romains ne tombèrent point dans cette profanation extravagante. Horace ne dit point qu'il adore Lalagé. Tibulle n'adore point Délie. Ce terme même d'adoration n'est pas dans Pétrone.

Si quelque chose peut excuser notre indécence, c'est que dans nos opéras et dans nos chansons il est souvent parlé des dieux de la fable,

Les poëtes ont dit que leurs Philis étaient plus adorables que ces fausses divinités, et personne ne pouvait les en blâmer. Peu à peu on s'est accoutumé à cette expression, au point qu'on a traité de même le Dieu de tout l'univers et une chanteuse de l'Opéra-Comique, sans qu'on s'aperçût de ce ridicule.

Détournons-en les yeux, et ne les arrêtons que sur l'importance de notre sujet.

Il n'y a point de nation civilisée qui ne rende un culte public d'adoration à Dieu. Il est vrai qu'on ne force personne, ni en Asie, ni en Afrique, d'aller à la mosquée ou au temple du lieu; on y va de son bon gré. Cette affluence aurait pu même servir à réunir les esprits des hommes, et à les rendre plus doux dans la société. Cependant on les a vus quelquefois s'acharner les uns contre les autres dans l'asile même consacré à la paix. Les zélés inondèrent de sang le temple de Jérusalem, dans lequel ils égorgèrent leurs frères. Nous avons quelquefois souillé nos églises de carnage.

A l'article de la CHINE, on verra que l'empereur est le premier pontife, et combien le culte est auguste et simple. Ailleurs il est simple sans avoir rien de majestueux, comme chez les réformés de notre Europe et dans l'Amérique anglaise.

Dans d'autres pays, il faut à midi allumer des flambeaux de cire, qu'on avait en abomination dans les premiers temps. Un couvent de religieuses, à qui on voudrait retrancher les cierges, crierait que la lumière de la foi est éteinte, et que le monde va finir.

L'Église anglicane tient le milieu entre les pompeuses cérémonies romaines et la sécheresse des calvinistes.

Les chants, la danse et les flambeaux étaient des cérémonies essentielles aux fêtes sacrées de tout l'Orient. Quiconque a lu, sait que les anciens Égyptiens faisaient le tour de leurs temples en chantant et en dansant. Point d'institution sacerdotale chez les Grecs sans des chants et des danses. Les Hébreux prirent cette coutume de leurs voisins; David chantait et dansait devant l'arche.

Saint Matthieu parle d'un cantique chanté par Jésus-Christ même et par les apôtres après leurs pâques[1]. Ce cantique, qui est parvenu jusqu'à nous, n'est point mis dans le canon des livres sacrés; mais on en retrouve des fragments dans la 237ᵉ lettre de saint Augustin à l'évêque Cérétius. Saint Augustin ne dit pas que cette hymne ne fut point chantée; il n'en réprouve pas les paroles : il ne condamne les priscillianistes, qui admettaient cette hymne dans leur Évangile, que sur l'interprétation erronée qu'ils en donnaient et qu'il trouve impie. Voici le cantique tel qu'on le trouve par parcelles dans Augustin même.

Je veux délier, et je veux être délié.
Je veux sauver, et je veux être sauvé.
Je veux engendrer, et je veux être engendré.
Je veux chanter, *dansez tous de joie.*
Je veux pleurer, frappez-vous tous de douleur.

1. *Hymno dicto.* Saint Matthieu, chap. XXVI, v. 29.

Je veux orner, et je veux être orné.
Je suis la lampe pour vous qui me voyez.
Je suis la porte pour vous qui y frappez.
Vous qui voyez ce que je fais, ne dites point ce que je fais.
J'ai joué tout cela dans ce discours, et je n'ai point du tout été joué.

Mais quelque dispute qui se soit élevée au sujet de ce cantique, il est certain que le chant était employé dans toutes les cérémonies religieuses. Mahomet avait trouvé ce culte établi chez les Arabes. Il l'est dans les Indes. Il ne paraît pas qu'il soit en usage chez les lettrés de la Chine. Les cérémonies ont partout quelque ressemblance et quelque différence ; mais on adore Dieu par toute la terre. Malheur sans doute à ceux qui ne l'adorent pas comme nous, et qui sont dans l'erreur, soit par le dogme, soit pour les rites ; ils sont assis à l'ombre de la mort ; mais plus leur malheur est grand, plus il faut les plaindre et les supporter.

C'est même une grande consolation pour nous que tous les Mahométans, les Indiens, les Chinois, les Tartares adorent un Dieu unique ; en cela ils sont nos frères. Leur fatale ignorance de nos mystères sacrés ne peut que nous inspirer une tendre compassion pour nos frères qui s'égarent. Loin de nous tout esprit de persécution qui ne servirait qu'à les rendre irréconciliables.

Un Dieu unique étant adoré sur toute la terre connue, faut-il que ceux qui le reconnaissent pour leur père lui donnent toujours le spectacle de ses enfants qui se détestent, qui s'anathématisent, qui se poursuivent, qui se massacrent pour des arguments ?

Il n'est pas aisé d'expliquer au juste ce que les Grecs et les Romains entendaient par adorer ; si l'on adorait les faunes, les sylvains, les dryades, les naïades, comme on adorait les douze grands dieux. Il n'est pas vraisemblable qu'Antinoüs, le mignon d'Adrien, fût adoré par les nouveaux Égyptiens du même culte que Sérapis ; et il est assez prouvé que les anciens Égyptiens n'adoraient pas les oignons et les crocodiles de la même façon qu'Isis et Osiris. On trouve l'équivoque partout, elle confond tout, il faut à chaque mot dire : « Qu'entendez-vous ? » Il faut toujours répéter : Définissez les termes[1].

Est-il bien vrai que Simon, qu'on appelle le Magicien, fût adoré chez les Romains ? il est bien plus vrai qu'il y fut absolument ignoré.

Saint Justin, dans son Apologie (Apolog. n° 26 et 56), aussi inconnue à Rome que ce Simon, dit que ce dieu avait une statue élevée sur le Tibre, ou plutôt près du Tibre, entre les deux ponts, avec cette inscription : Simoni deo sancto. Saint Irénée, Tertullien, attestent la même chose : mais à qui l'attestent-ils ? à des gens qui n'avaient jamais vu Rome ; à des Africains, à des Allobroges, à des Syriens, à quelques habitants de Sichem. Ils n'avaient certainement pas vu cette statue, dont l'inscription est : Semo sanco deo Adio, et non pas Simoni sancto deo.

Ils devaient au moins consulter Denys d'Halicarnasse, qui, dans son

1. Voy. l'article ALEXANDRE.

quatrième livre, rapporte cette inscription. *Semo sanco* était un ancien mot sabin, qui signifie demi-homme et demi-dieu. Vous trouvez dans Tite Live (liv. VIII, ch. xx) : *Bono Semoni sanco censuerunt conseranda.* Ce dieu était un des plus anciens qui fussent révérés à Rome; il fut consacré par Tarquin le Superbe, et regardé comme le dieu des alliances et de la bonne foi. On lui sacrifiait un bœuf; et on écrivait sur la peau de ce bœuf le traité fait avec les peuples voisins. Il avait un temple auprès de celui de Quirinus. Tantôt on lui présentait des offrandes sous le nom du père *Semo*, tantôt sous le nom de *Sancus fidius*. C'est pourquoi Ovide dit dans ses *Fastes* (liv. VI, v. 213) :

> *Quærebam nonas Sanco Fidiove referrem,*
> *An tibi, Semo pater.*

Voilà la divinité romaine qu'on a prise pendant tant de siècles pour Simon le Magicien. Saint Cyrille de Jérusalem n'en doutait pas; et saint Augustin, dans son premier livre *des Hérésies*, dit que Simon le Magicien lui-même se fit élever cette statue avec celle de son Hélène, par ordre de l'empereur et du sénat.

Cette étrange fable, dont la fausseté était si aisée à reconnaître, fut continuellement liée avec cette autre fable, que saint Pierre et ce Simon avaient tous deux comparu devant Néron; qu'ils s'étaient défiés à qui ressusciterait le plus promptement un mort proche parent de Néron même, et à qui s'élèverait le plus haut dans les airs; que Simon se fit enlever par des diables dans un chariot de feu; que saint Pierre et saint Paul le firent tomber des airs par leurs prières, qu'il se cassa les jambes, qu'il en mourut, et que Néron irrité fit mourir saint Paul et saint Pierre.

Abdias, Marcel, Hégésippe, ont rapporté ce conte avec des détails un peu différents; Arnobe, saint Cyrille de Jérusalem, Sévère-Sulpice, Philastre, saint Épiphane, Isidore de Damiette, Maxime de Turin, plusieurs autres auteurs, ont donné cours successivement à cette erreur. Elle a été généralement adoptée, jusqu'à ce qu'enfin on ait trouvé dans Rome une statue de *Semo sancus deus fidius*, et que le savant P. Mabillon ait déterré un de ces anciens monuments avec cette inscription : *Semoni sanco deo fidio.*

Cependant il est certain qu'il y eut un Simon que les Juifs crurent magicien, comme il est certain qu'il y a eu un Apollonius de Tyane. Il est vrai encore que ce Simon, né dans le petit pays de Samarie, ramassa quelques gueux auxquels il persuada qu'il était envoyé de Dieu, et la vertu de Dieu même. Il baptisait ainsi que les apôtres baptisaient, et il élevait autel contre autel.

Les Juifs de Samarie, toujours ennemis des Juifs de Jérusalem, osèrent opposer ce Simon à Jésus-Christ reconnu par les apôtres, par les disciples, qui tous étaient de la tribu de Benjamin ou de celle de Juda. Il baptisait comme eux; mais il ajoutait le feu au baptême d'eau, et se disait prédit par saint Jean-Baptiste selon ces paroles[1] : « Celui

----

[1]. Matthieu, chap. III, v. 11.

qui doit venir après moi est plus puissant que moi, il vous baptisera dans le Saint-Esprit et dans le feu. »

Simon allumait par-dessus le bain baptismal une flamme légère avec du naphte du lac Asphaltide. Son parti fut assez grand; mais il est fort douteux que ses disciples l'aient adoré : saint Justin est le seul qui le croie.

Ménandre[1] se disait, comme Simon, envoyé de Dieu et sauveur des hommes. Tous les faux messies, & surtout Barcochébas, prenaient le titre d'envoyés de Dieu; mais Barcochébas lui-même n'exigea point d'adoration. On ne divinise guère les hommes de leur vivant, à moins que ces hommes ne soient des Alexandre ou des empereurs romains qui l'ordonnent expressément à des esclaves : encore n'est-ce pas une adoration proprement dite; c'est une vénération extraordinaire, une apothéose anticipée, une flatterie aussi ridicule que celles qui sont prodiguées à Octave par Virgile et par Horace.

ADULTÈRE. — Nous ne devons point cette expression aux Grecs. Ils appelaient l'adultère μοιχεία, dont les Latins ont fait leur mœchus, que nous n'avons point francisé. Nous ne la devons ni à la langue syriaque ni à l'hébraïque, jargon du syriaque, qui nommait l'adultère nyuph. Adultère signifiait en latin, « altération, adultération, une chose mise pour une autre, un crime de faux, fausses clefs, faux contrats, faux seing; adulteratio. » De là, celui qui se met dans le lit d'un autre fut nommé adulter, comme une fausse clef qui fouille dans la serrure d'autrui.

C'est ainsi qu'ils nommèrent par antiphrase coccyx, coucou, le pauvre mari chez qui un étranger venait pondre. Pline le naturaliste dit[2] : « Coccyx ova subdit in nidis alienis; ita plerique alienas uxores faciunt matres : le coucou dépose ses œufs dans le nid des autres oiseaux; ainsi force Romains rendent mères les femmes de leurs amis. » La comparaison n'est pas trop juste. Coccyx signifiant un coucou, nous en avons fait cocu. Que de choses on doit aux Romains! mais comme on altère le sens de tous les mots! Le cocu, suivant la bonne grammaire, devrait être le galant, et c'est le mari. Voyez la chanson de Scarron[3].

Quelques doctes ont prétendu que c'est aux Grecs que nous sommes redevables de l'emblème des cornes, et qu'ils désignaient par le titre de bouc, αἴξ[4], l'époux d'une femme lascive comme une chèvre. En effet, ils appelaient fils de chèvre les bâtards, que notre canaille appelle fils de putain. Mais ceux qui veulent s'instruire à fond, doivent savoir

1. Ce n'est pas du poëte comique ni du rhéteur qu'il s'agit ici, mais d'un disciple de Simon le Magicien, devenu enthousiaste et charlatan comme son maître.
2. Liv. X, chap. IX.
3.
    Tous les jours une chaise
    Me coûte un écu,
    Pour porter à l'aise
    Votre chien de cu,
    À moi, pauvre cocu.
4. Voy. l'article BOUC.

que nos cornes viennent des cornettes des dames. Un mari qui se laissait tromper et gouverner par son insolente femme, était réputé porteur de cornes, cornu, cornard, par les bons bourgeois. C'est par cette
raison que cocu, cornard et sot, étaient synonymes. Dans une de nos
comédies, on trouve ce vers :

Elle ? elle n'en fera qu'un sot, je vous assure.

Cela veut dire : elle n'en fera qu'un cocu. Et dans l'École des femmes
(I, I),

Épouser une sotte est pour n'être point sot.

Bautru, qui avait beaucoup d'esprit, disait : « Les Bautru sont cocus,
mais ils ne sont pas des sots. »

La bonne compagnie ne se sert plus de tous ces vilains termes, et
ne prononce même jamais le mot d'adultère. On ne dit point : « Mme
la duchesse est en adultère avec M. le chevalier; Mme la marquise a
un mauvais commerce avec M. l'abbé. » On dit : « M. l'abbé est cette
semaine l'amant de Mme la marquise. » Quand les dames parlent à
leurs amies de leurs adultères, elles disent : « J'avoue que j'ai du goût
pour lui. » Elles avouaient autrefois qu'elles sentaient quelque estime;
mais depuis qu'une bourgeoise s'accusa à son confesseur d'avoir de
l'estime pour un conseiller, et que le confesseur lui dit : « Madame,
combien de fois vous a-t-il estimé? » les dames de qualité n'ont plus
estimé personne, et ne vont plus guère à confesse.

Les femmes de Lacédémone ne connaissaient, dit-on, ni la confession ni l'adultère. Il est bien vrai que Ménélas avait éprouvé ce qu'Hélène savait faire. Mais Lycurgue y mit bon ordre, en rendant les
femmes communes, quand les maris voulaient bien les prêter, et que
les femmes y consentaient. Chacun peut disposer de son bien. Un
mari en ce cas n'avait point à craindre de nourrir dans sa maison un
enfant étranger. Tous les enfants appartenaient à la république, et
non à une maison particulière; ainsi on ne faisait tort à personne.
L'adultère n'est un mal qu'autant qu'il est un vol; mais on ne vole
point ce qu'on vous donne. Un mari priait souvent un jeune homme
beau, bien fait et vigoureux, de vouloir bien faire un enfant à sa
femme. Plutarque nous a conservé dans son vieux style la chanson
que chantaient les Lacédémoniens quand Acrotatus allait se coucher
avec la femme de son ami :

Allez, gentil Acrotatus, besognez bien Kélidonide,
Donnez de braves citoyens à Sparte.

Les Lacédémoniens avaient donc raison de dire que l'adultère était
impossible parmi eux.

Il n'en est pas ainsi chez nos nations, dont toutes les lois sont
fondées sur le tien et le mien.

Un des plus grands désagréments de l'adultère chez nous, c'est que

1. Tartufe, II, II. — 2. Voy. Plutarque, Vie de Pyrrhus, chap. XXXVIII. (ÉD.)

la dame se moque quelquefois de son mari avec son amant; le mari
s'en doute; et on n'aime point à être tourné en ridicule. Il est arrivé
dans la bourgeoisie que souvent la femme a volé son mari pour
donner à son amant; les querelles de ménage sont poussées à des
excès cruels : elles sont heureusement peu connues dans la bonne
compagnie.

Le plus grand tort, le plus grand mal est de donner à un pauvre
homme des enfants qui ne sont pas à lui, et de le charger d'un fardeau qu'il ne doit pas porter. On a vu par là des races de héros entièrement abâtardies. Les femmes des Astolphe et des Joconde, par
un goût dépravé, par la faiblesse du moment, ont fait des enfants
avec un nain contrefait, avec un petit valet sans cœur et sans esprit.
Les corps et les âmes s'en sont ressentis. De petits singes ont été les
héritiers des plus grands noms dans quelques pays de l'Europe. Ils ont
dans leur première salle les portraits de leurs prétendus aïeux, hauts
de six pieds, beaux, bien faits, armés d'un estramaçon que la race
d'aujourd'hui pourrait à peine soulever. Un emploi important est possédé par un homme qui n'y a nul droit, et dont le cœur, la tête et le
bras n'en peuvent soutenir le faix.

Il y a quelques provinces en Europe où les filles font volontiers
l'amour et deviennent ensuite des épouses assez sages. C'est tout le
contraire en France; on enferme les filles dans des couvents, où jusqu'à présent on leur a donné une éducation ridicule. Leurs mères,
pour les consoler, leur font espérer qu'elles seront libres quand elles
seront mariées. A peine ont-elles vécu un an avec leur époux, qu'on
s'empresse de savoir tout le secret de leurs appas. Une jeune femme
ne vit, ne soupe, ne se promène, ne va au spectacle qu'avec des
femmes qui ont chacune leur affaire réglée; si elle n'a point son
amant comme les autres, elle est ce qu'on appelle *dépareillée;* elle en
est honteuse; elle n'ose se montrer.

Les Orientaux s'y prennent au rebours de nous. On leur amène
des filles qu'on leur garantit pucelles sur la foi d'un Circassien. On
les épouse, et on les enferme par précaution, comme nous enfer-
mons nos filles. Point de plaisanteries dans ces pays-là sur les dames
et sur les maris; point de chansons; rien qui ressemble à nos froids
quolibets de cornes et de cocuage. Nous plaignons les grandes dames
de Turquie, de Perse, des Indes; mais elles sont cent fois plus heureuses dans leurs sérails que nos filles dans leurs couvents.

Il arrive quelquefois chez nous qu'un mari mécontent, ne voulant
point faire un procès criminel à sa femme pour cause d'adultère (ce
qui ferait crier à la barbarie), se contente de se faire séparer de corps
et de biens.

C'est ici le lieu d'insérer le précis d'un mémoire composé par un
honnête homme qui se trouve dans cette situation; voici ses plaintes :
sont-elles justes?

Mémoire d'un magistrat, écrit vers l'an 1764. — Un principal magistrat d'une ville de France a le malheur d'avoir une femme qui a

été débauchée par un prêtre avant son mariage, et qui depuis s'est couverte d'opprobre par des scandales publics ! il a eu la modération de se séparer d'elle sans éclat. Cet homme, âgé de quarante ans, vigoureux, et d'une figure agréable, a besoin d'une femme; il est trop scrupuleux pour chercher à séduire l'épouse d'un autre, il craint même le commerce d'une fille, ou d'une veuve qui lui servirait de concubine. Dans cet état inquiétant et douloureux, voici le précis des plaintes qu'il adresse à son Eglise.

Mon épouse est criminelle, et c'est moi qu'on punit. Une autre femme est nécessaire à la consolation de ma vie, à ma vertu même; et la secte dont je suis me la refuse; elle me défend de me marier avec une fille honnête. Les lois civiles d'aujourd'hui, malheureusement fondées sur le droit canon, me privent des droits de l'humanité. L'Eglise me réduit à chercher ou des plaisirs qu'elle réprouve, ou des dédommagements honteux qu'elle condamne; elle veut me forcer d'être criminel.

Je jette les yeux sur tous les peuples de la terre, il n'y en a pas un seul, excepté le peuple catholique romain, chez qui le divorce et un nouveau mariage ne soient de droit naturel.

Quel renversement de l'ordre a donc fait chez les catholiques une vertu de souffrir l'adultère, et un devoir de manquer de femme quand on a été indignement outragé par la sienne?

Pourquoi un lien pourri est-il indissoluble, malgré la grande loi adoptée par le code, *quidquid ligatur dissolubile est*? On me permet la séparation de corps et de biens, et on ne me permet pas le divorce. La loi peut m'ôter ma femme, et elle me laisse un nom qu'on appelle *sacrement*! je ne jouis plus du mariage et je suis marié. Quelle contradiction! quel esclavage! et sous quelles lois avons-nous reçu la naissance!

Ce qui est bien plus étrange, c'est que cette loi de mon Eglise est directement contraire aux paroles que cette Eglise elle-même croit avoir été prononcées par Jésus-Christ [1] : « Quiconque a renvoyé sa femme (excepté pour adultère), pèche s'il en prend une autre. »

Je n'examine point si les pontifes de Rome ont été en droit de violer à leur plaisir la loi de celui qu'ils regardent comme leur maître; si, lorsqu'un Etat a besoin d'un héritier, il est permis de répudier celle qui ne peut en donner. Je ne recherche point si une femme turbulente, attaquée de démence, ou homicide, ou empoisonneuse, ne doit pas être répudiée aussi bien qu'une adultère : je m'en tiens au triste état qui me concerne; Dieu me permet de me remarier, et l'évêque de Rome ne me le permet pas!

Le divorce a été en usage chez les catholiques sous tous les empereurs; il l'a été dans tous les Etats démembrés de l'empire romain. Les rois de France qu'on appelle *de la première race*, ont presque tous répudié leurs femmes pour en prendre de nouvelles. Enfin il vint un Grégoire IX, ennemi des empereurs et des rois, qui, par un dé-

_____
[1] Matthieu, xix, 9.

crèt, fit du mariage un joug insécouable ; sa décrétale devint la loi de l'Europe. Quand les rois voulurent répudier une femme adultère selon la loi de Jésus-Christ, ils ne purent en venir à bout; il fallut chercher des prétextes ridicules. Louis le Jeune fut obligé, pour faire son malheureux divorce avec Éléonore de Guyenne, d'alléguer une parenté qui n'existait pas. Le roi Henri IV, pour répudier Marguerite de Valois, prétexta une cause encore plus fausse, un défaut de consentement. Il fallut mentir pour faire un divorce légitimement.

Quoi ! un souverain peut abdiquer sa couronne, et sans la permission du pape il ne pourra abdiquer sa femme ! Est-il possible que des hommes d'ailleurs éclairés aient croupi si longtemps dans cette absurde servitude !

Que nos prêtres, que nos moines renoncent aux femmes, j'y consens; c'est un attentat contre la population, c'est un malheur pour eux; mais ils méritent ce malheur qu'il se sont fait eux-mêmes. Ils ont été les victimes des papes, qui ont voulu avoir en eux des esclaves, des soldats sans famille et sans patrie, vivant uniquement pour l'Église : mais moi magistrat, qui sers l'État toute la journée, j'ai besoin le soir d'une femme; et l'Église n'a pas le droit de me priver d'un bien que Dieu m'accorde. Les apôtres étaient mariés, Joseph était marié, et je veux l'être. Si moi Alsacien je dépends d'un prêtre qui demeure à Rome, si ce prêtre a la barbare puissance de me priver d'une femme, qu'il me fasse eunuque pour chanter des *miserere* dans sa chapelle [1].

Mémoire pour les femmes. — L'équité demande qu'après avoir rapporté ce mémoire en faveur des maris, nous mettions aussi sous les yeux du public le plaidoyer en faveur des mariées, présenté à la junte du Portugal par une comtesse d'Arcira. En voici la substance :

L'Évangile a défendu l'adultère à mon mari tout comme à moi ; il sera damné comme moi, rien n'est plus avéré. Lorsqu'il m'a fait vingt infidélités, qu'il a donné mon collier à une de mes rivales, et mes boucles d'oreilles à une autre, je n'ai point demandé aux juges qu'on le fit raser, qu'on l'enfermât chez des moines, et qu'on me donnât son bien. Et moi, pour l'avoir imité une seule fois, pour avoir fait avec le plus beau jeune homme de Lisbonne ce qu'il fait tous les jours impunément avec les plus sottes guenons de la cour et de la ville, il faut que je réponde sur la sellette devant des licenciés, dont chacun serait à mes pieds si nous étions tête à tête dans mon ca-

---

1. L'empereur Joseph II vient de donner à ses peuples une nouvelle législation sur les mariages. Par cette législation, le mariage devient ce qu'il doit être : un simple contrat civil. Il a également autorisé le divorce sans exiger d'autre motif que la volonté constante des deux époux. Sur ces deux objets plus importants qu'on ne croit pour la morale et la prospérité des États, il a donné un grand exemple qui sera suivi par les autres nations de l'Europe, quand elles commenceront à sentir qu'il n'est pas plus raisonnable de consulter sur la législation les théologiens que les danseurs de corde. (*Éd. de Kehl.*)

binet; il faut que l'huissier me coupe à l'audience mes cheveux, qui sont les plus beaux du monde; qu'on m'enferme chez des religieuses qui n'ont pas le sens commun, qu'on me prive de ma dot et de mes conventions matrimoniales, qu'on donne tout mon bien à mon fat de mari pour l'aider à séduire d'autres femmes et à commettre de nouveaux adultères.

Je demande si la chose est juste, et s'il n'est pas évident que ce sont les cocus qui ont fait les lois.

On répond à mes plaintes que je suis trop heureuse de n'être pas lapidée à la porte de la ville par les chanoines, les habitués de paroisse, et tout le peuple, C'est ainsi qu'on en usait chez la première nation de la terre, la nation choisie, la nation chérie, la seule qui eût raison quand toutes les autres avaient tort.

Je réponds à ces barbares que lorsque la pauvre femme adultère fut présentée par ses accusateurs au maître de l'ancienne et de la nouvelle loi, il ne la fit point lapider; qu'au contraire il leur reprocha leur injustice, qu'il se moqua d'eux en écrivant sur la terre avec le doigt, qu'il leur cita l'ancien proverbe hébraïque : « Que celui de vous qui est sans péché jette la première pierre; » qu'alors ils se retirèrent tous, les plus vieux fuyant les premiers, parce que plus ils avaient d'âge, plus ils avaient commis d'adultères.

Les docteurs en droit canon me répliquent que cette histoire de la femme adultère n'est racontée que dans l'Évangile de saint Jean, qu'elle n'y a été insérée qu'après coup. Leontius, Maldonat assurent qu'elle ne se trouve que dans un seul ancien exemplaire grec; qu'aucun des vingt-trois premiers commentateurs n'en a parlé. Origène, saint Jérôme, saint Jean-Chrysostome, Théophylacte, Nonnus, ne la connaissent point. Elle ne se trouve point dans la Bible syriaque, elle n'est point dans la version d'Ulphilas.

Voilà ce que disent les avocats de mon mari, qui voudraient non-seulement me faire raser, mais me faire lapider.

Mais les avocats qui ont plaidé pour moi disent qu'Ammonius, auteur du IIIe siècle, a reconnu cette histoire pour véritable, et que si saint Jérôme la rejette dans quelques endroits, il l'adopte dans d'autres; qu'en un mot, elle est authentique aujourd'hui. Je pars de là, et je dis à mon mari : « Si vous êtes sans péché, rasez-moi, enfermez-moi, prenez mon bien; mais si vous avez fait plus de péchés que moi, c'est à moi de vous raser, de vous faire enfermer, et de m'emparer de votre fortune. En fait de justice, les choses doivent être égales. »

Mon mari réplique qu'il est mon supérieur et mon chef, qu'il est plus haut que moi de plus d'un pouce, qu'il est velu comme un ours; que par conséquent je lui dois tout, et qu'il ne me doit rien.

Mais je demande si la reine Anne d'Angleterre n'est pas le chef de son mari? si son mari le prince de Danemark, qui est son grand amiral, ne lui doit pas une obéissance entière? et si elle ne le ferait

1. Joah, VIII, 87.

pas condamner à la cour des pairs en cas d'infidélité de la part du petit homme? Il est donc clair que si les femmes ne font pas punir les hommes, c'est quand elles ne sont pas les plus fortes.

Suite du chapitre sur l'adultère. — Pour juger valablement un procès d'adultère, il faudrait que douze hommes et douze femmes fussent les juges, avec un hermaphrodite qui eût la voix prépondérante en cas de partage.

Mais il est des cas singuliers sur lesquels la raillerie ne peut avoir de prise, et dont il ne nous appartient pas de juger. Telle est l'aventure que rapporte saint Augustin dans son sermon de la prédication de Jésus-Christ sur la montagne.

Septimius Acyndinus, proconsul de Syrie, fait emprisonner dans Antioche un chrétien qui n'avait pu payer au fisc une livre d'or, à laquelle il était taxé, et le menace de la mort s'il ne paye. Un homme riche promet les deux marcs à la femme de ce malheureux, si elle veut consentir à ses désirs. La femme court en instruire son mari; il la supplie de lui sauver la vie aux dépens des droits qu'il a sur elle, et qu'il lui abandonne. Elle obéit : mais l'homme qui lui doit deux marcs d'or, la trompe en lui donnant un sac plein de terre. Le mari, qui ne peut payer le fisc, va être conduit à la mort. Le proconsul apprend cette infamie; il paye lui-même la livre d'or au fisc de ses propres deniers, et il donne aux deux époux chrétiens le domaine dont a été tirée la terre qui a rempli le sac de la femme.

Il est certain, que loin d'outrager son mari, elle a été docile à ses volontés; non-seulement elle a obéi; mais elle lui a sauvé la vie. Saint Augustin n'ose décider si elle est coupable ou vertueuse, il craint de la condamner.

Ce qui est, à mon avis, assez singulier, c'est que Bayle prétend être plus sévère que saint Augustin[1]. Il condamne hardiment cette pauvre femme. Cela serait inconcevable, si on ne savait à quel point presque tous les écrivains ont permis à leur plume de démentir leur cœur, avec quelle facilité on sacrifie son propre sentiment à la crainte d'effaroucher quelque pédant qui peut nuire, combien on est peu d'accord avec soi-même.

> Le matin rigoriste, et le soir libertin,
> L'écrivain qui d'Éphèse excusa la matrone,
> Renchérit tantôt sur Pétrone,
> Et tantôt sur saint Augustin.

Réflexion d'un père de famille. — N'ajoutons qu'un petit mot sur l'éducation contradictoire que nous donnons à nos filles. Nous les élevons dans le désir immodéré de plaire, nous leur en dictons des leçons : la nature y travaillait bien sans nous; mais on y ajoute tous les raffinements de l'art. Quand elles sont parfaitement stylées, nous les punissons si elles mettent en pratique l'art que nous avons cru leur

---

1. *Dictionnaire de Bayle*, article ACYNDINUS.

enseignée. Que diriez-vous d'un maître à danser qui aurait appris son métier à un écolier pendant dix ans, et qui voudrait lui casser les jambes parce qu'il l'a trouvé dansant avec un autre ?

Ne pourrait-on pas ajouter cet article à celui des contradictions ?

AFFIRMATION PAR SERMENT. — Nous ne dirons rien ici sur l'affirmation avec laquelle les savants s'expriment si souvent. Il n'est permis d'affirmer, de décider, qu'en géométrie. Partout ailleurs imitons le docteur Métaphraste [1] de Molière. « Il se pourrait — la chose est faisable — cela n'est pas impossible — il faut voir. » Adoptons le *peut-être* de Rabelais, le *que sais-je* de Montaigne, le *non liquet* des Romains, le *doute* de l'Académie d'Athènes, dans les choses profanes s'entend ; car pour le sacré, on sait bien qu'il n'est pas permis de douter.

Il est dit à cet article, dans le *Dictionnaire encyclopédique*, que les primitifs, nommés *quakers* en Angleterre, font foi en justice sur leur seule affirmation, sans être obligés de prêter serment.

Mais les pairs du royaume ont le même privilège ; les pairs séculiers affirment sur leur honneur, et les pairs ecclésiastiques en mettant la main sur leur cœur ; les quakers obtinrent la même prérogative sous le règne de Charles II : c'est la seule secte qui ait cet honneur en Europe.

Le chancelier Cowper voulut obliger les quakers à jurer comme les autres citoyens ; celui qui était à leur tête lui dit gravement : « L'ami chancelier, tu dois savoir que notre Seigneur Jésus-Christ, notre Sauveur, nous a défendu d'affirmer autrement que par *ya, ya, no, no*. Il a dit expressément : « Je vous défends de jurer ni par le ciel, parce « que c'est le trône de Dieu ; ni par la terre, parce que c'est l'escabeau « de ses pieds ; ni par Jérusalem, parce que c'est la ville du grand « roi ; ni par la tête, parce que tu n'en peux rendre un seul cheveu ni « blanc ni noir. » Cela est positif, notre ami, et nous n'irons pas désobéir à Dieu pour complaire à toi et à ton parlement.

« — On ne peut mieux parler, répondit le chancelier ; mais il faut que vous sachiez qu'un jour Jupiter ordonna que toutes les bêtes de somme se fissent ferrer : les chevaux, les mulets, les chameaux même obéirent incontinent, les ânes seuls résistèrent ; ils représentèrent tant de raisons, ils se mirent à braire si longtemps, que Jupiter, qui était bon, leur dit enfin : « Messieurs les ânes, je me rends à votre prière ; « vous ne serez point ferrés ; mais le premier faux pas que vous ferez, « vous aurez cent coups de bâton. »

Il faut avouer que les quakers n'ont jamais jusqu'ici fait de faux pas.

AGAR. — Quand on renvoie son amie, sa concubine, sa maîtresse, il faut lui faire un sort au moins tolérable, ou bien l'on passe parmi nous pour un malhonnête homme.

On nous dit qu'Abraham était fort riche dans le désert de Gérare, quoiqu'il n'eût pas un pouce de terre en propre. Nous savons de science

1. Marphurius.

certaine qu'il défit les armées de quatre grands rois avec trois cent dix-huit gardeurs de moutons.

Il devait donc au moins donner un petit troupeau à sa maîtresse Agar, quand il la renvoya dans le désert. Je parle ici seulement selon le monde, et je révère toujours les voies incompréhensibles qui ne sont pas nos voies.

J'aurais donc donné quelques moutons, quelques chèvres, un beau bouc, à mon ancienne amie Agar, quelques paires d'habits pour elle et pour notre fils Ismaël, une bonne ânesse pour la mère, un joli ânon pour l'enfant, un chameau pour porter leurs hardes, et au moins deux domestiques pour les accompagner et pour les empêcher d'être mangés des loups.

Mais le père des croyants ne donna qu'une cruche d'eau et un pain à sa pauvre maîtresse et à son enfant, quand il les exposa dans le désert.

Quelques impies ont prétendu qu'Abraham n'était pas un père fort tendre, qu'il voulut faire mourir son bâtard de faim, et couper le cou à son fils légitime.

Mais, encore un coup, ces voies ne sont pas nos voies; il est dit que la pauvre Agar s'en alla dans le désert de Bersabée. Il n'y avait point de désert de Bersabée. Ce nom ne fut connu que longtemps après : mais c'est une bagatelle, le fond de l'histoire n'en est pas moins authentique.

Il est vrai que la postérité d'Ismaël fils d'Agar se vengea bien de la postérité d'Isaac fils de Sara, en faveur duquel il fut chassé. Les Sarrasins, descendants en droite ligne d'Ismaël, se sont emparés de Jérusalem appartenante par droit de conquête à la postérité d'Isaac. J'aurais voulu qu'on eût fait descendre les Sarrasins de Sara, l'étymologie aurait été plus nette; c'était une généalogie à mettre dans notre Moréri. On prétend que le mot Sarrasin vient de Sarac, voleur. Je ne crois pas qu'aucun peuple se soit jamais appelé voleur; ils l'ont presque tous été, mais on prend cette qualité rarement. Sarrasin descendant de Sara me paraît plus doux à l'oreille.

ÂGE. — Nous n'avons nulle envie de parler des âges du monde; ils sont si connus et si uniformes! Gardons-nous aussi de parler de l'âge des premiers rois ou dieux d'Égypte, c'est la même chose. Ils vivaient des douze cents années; cela ne nous regarde pas : mais ce qui nous intéresse fort, c'est la durée ordinaire de la vie humaine. Cette théorie est parfaitement bien traitée dans le *Dictionnaire encyclopédique*, à l'article VIE, d'après les Halley, les Kerseboom, et les Deparcieux.

En 1741, M. de Kerseboom me communiqua ses calculs sur la ville d'Amsterdam; en voici le résultat :

Sur cent mille personnes il y en avait de mariées.......... 34 500
d'hommes veufs, seulement............................ 1 500
de veuves... 4 500
                                                       _____
Cela ne prouverait pas que les femmes vivent plus que les   40 500

D'autre part. 40 500

hommes dans la proportion de quarante-cinq à quinze, et qu'il y eût trois fois plus de femmes que d'hommes : mais cela prouverait qu'il y avait trois fois plus de Hollandais qui étaient allés mourir à Batavia, ou à la pêche de la baleine, que de femmes, lesquelles restent d'ordinaire chez elles ; et ce calcul est encore prodigieux.

Célibataires, jeunesse et enfance des deux sexes.	45 000
Domestiques.	10 000
Voyageurs.	4 000
Somme totale.	99 500

Par son calcul, il devait se trouver sur un million d'habitants des deux sexes, depuis seize ans jusqu'à cinquante, environ vingt mille hommes pour servir de soldats, sans déranger les autres professions. Mais voyez les calculs de MM. Deparcieux, de Saint-Maur, et de Buffon ; ils sont encore plus précis et plus instructifs à quelques égards.

Cette arithmétique n'est pas favorable à la manie de lever de grandes armées. Tout prince qui lève trop de soldats peut ruiner ses voisins, mais il ruine sûrement son État.

Ce calcul dément encore beaucoup le compte, ou plutôt le conte d'Hérodote, qui fait arriver Xerxès en Europe suivi d'environ deux millions d'hommes. Car si un million d'habitants donne vingt mille soldats, il en résulte que Xerxès avait cent millions de sujets ; ce qui n'est guère croyable. On le dit pourtant de la Chine, mais elle n'a pas un million de soldats : ainsi l'empereur de la Chine est du double plus sage que Xerxès.

La Thèbe aux cent portes, qui laissait sortir dix mille soldats par chaque porte, aurait eu, suivant la supputation hollandaise, cinquante millions tant de citoyens que de citoyennes. Nous faisons un calcul plus modeste à l'article DÉNOMBREMENT.

L'âge du service de guerre étant depuis vingt ans jusqu'à cinquante, il faut mettre une prodigieuse différence entre porter les armes hors de son pays, et rester soldat dans sa patrie. Xerxès dut perdre les deux tiers de son armée dans son voyage en Grèce. César dit que les Suisses étant sortis de leur pays au nombre de trois cent quatre-vingt-huit mille individus, pour aller dans quelque province des Gaules tuer ou dépouiller les habitants, il les mena si bon train, qu'il n'en resta que cent dix mille. Il a fallu dix siècles pour repeupler la Suisse ; car on sait à présent que les enfants ne se font ni à coups de pierre, comme du temps de Deucalion et de Pyrrha, ni à coups de plume, comme le jésuite Pétau, qui fait naître sept cent milliards d'hommes d'un seul des enfants du père Noé, en moins de trois cents ans.

Charles XII leva le cinquième homme en Suède pour aller faire la guerre en pays étranger, et il a dépeuplé sa patrie.

Continuons à parcourir les idées et les chiffres du calculateur hollandais, sans répondre de rien, parce qu'il est dangereux d'être comptable.

Calcul de la vie. — Selon lui, dans une grande ville, de vingt-six mariages il ne reste environ que huit enfants. Sur mille légitimes il compte soixante-cinq bâtards.

De sept cents enfants, il en reste au bout d'un an environ.... 560
Au bout de dix ans.. 445
Au bout de vingt ans.. 405
A quarante ans.. 300
A soixante ans.. 190
Au bout de quatre-vingts ans................................. 50
A quatre-vingt-dix ans.. 5
A cent ans, personne.. 0

Par là on voit que de sept cents enfants nés dans la même année, il n'y a que cinq chances pour arriver à quatre-vingt-dix ans. Sur cent quarante, il n'y a qu'une seule chance; et sur un moindre nombre il n'y en a point.

Ce n'est donc que sur un très-grand nombre d'existences qu'on peut espérer de pousser la sienne jusqu'à quatre-vingt-dix ans; et sur un bien plus grand nombre encore que l'on peut espérer de vivre un siècle.

Ce sont de gros lots à la loterie sur lesquels il ne faut pas compter, et même qui ne sont pas à désirer autant qu'on les désire; ce n'est qu'une longue mort.

Combien trouve-t-on de ces vieillards qu'on appelle *heureux*, dont le bonheur consiste à ne pouvoir jouir d'aucun plaisir de la vie, à n'en faire qu'avec peine deux ou trois fonctions dégoûtantes, à ne distinguer ni les sons ni les couleurs, à ne connaître ni jouissance ni espérance, et dont toute la félicité est de savoir confusément qu'ils sont un fardeau de la terre, baptisés ou circoncis depuis cent années?

Il y en a un sur cent mille tout au plus dans nos climats.

Voyez les listes des morts de chaque année à Paris et à Londres; ces villes, à ce qu'on dit, ont environ sept cent mille habitants. Il est très-rare d'y trouver à la fois sept centenaires, et souvent il n'y en a pas un seul.

En général, l'âge commun auquel l'espèce humaine est rendue à la terre, dont elle sort, est de vingt-deux à vingt-trois ans tout au plus, selon les meilleurs observateurs.

De mille enfants nés dans une même année, les uns meurent à six mois, les autres à quinze; celui-ci à dix-huit ans, cet autre à trentesix, quelques-uns à soixante; trois ou quatre octogénaires, sans dents et sans yeux, meurent après avoir souffert quatre-vingts ans. Prenez un nombre moyen, chacun a porté son fardeau vingt-deux ou vingt-trois années.

Sur ce principe, qui n'est que trop vrai, il est avantageux à un État bien administré, et qui a des fonds en réserve, de constituer beaucoup de rentes viagères. Des princes économes qui veulent enrichir leur famille y gagnent considérablement; chaque année la somme qu'ils ont à payer diminue.

Il n'en est pas de même dans un État obéré. Comme il paye un intérêt plus fort que l'intérêt ordinaire, il se trouve bientôt court; il est obligé de faire de nouveaux emprunts, c'est un cercle perpétuel de dettes et d'inquiétudes.

Les tontines, invention d'un usurier nommé *Tontino*, sont bien plus ruineuses. Nul soulagement pendant quatre-vingts ans au moins. Vous payez toutes les rentes au dernier survivant.

À la dernière tontine qu'on fit en France en 1759, une société de calculateurs prit une classe à elle seule; elle choisit celle de quarante ans, parce qu'on donnait un denier plus fort pour cet âge que pour les âges depuis un an jusqu'à quarante, et qu'il y a presque autant de chances pour parvenir de quarante à quatre-vingts ans, que du berceau à quarante.

On donnait dix pour cent aux pontes âgés de quarante années, et le dernier vivant héritait de tous les morts. C'est un des plus mauvais marchés que l'État puisse faire[1].

On croit avoir remarqué que les rentiers viagers vivent un peu plus longtemps que les autres hommes; de quoi les payeurs sont assez fâchés. La raison en est peut-être que ces rentiers sont, pour la plupart, des gens de bon sens, qui se sentent bien constitués, des bénéficiers, des célibataires uniquement occupés d'eux-mêmes, vivant en gens qui veulent vivre longtemps. Ils disent : « Si je mange trop, si je fais un excès, le roi sera mon héritier : l'emprunteur qui me paye ma rente viagère, et qui se dit mon ami, rira en me voyant enterrer. » Cela les arrête; ils se mettent au régime; ils végètent quelques minutes de plus que les autres hommes.

Pour consoler les débiteurs, il faut leur dire qu'à quelque âge qu'on leur donne un capital pour des rentes viagères, fût-ce sur la tête d'un enfant qu'on baptise, ils font toujours un très-bon marché. Il n'y a qu'une tontine qui soit onéreuse; aussi les moines n'en ont jamais fait. Mais pour de l'argent en rentes viagères, ils en prenaient à toute main jusqu'au temps où ce jeu leur fut défendu. En effet, on est débarrassé du fardeau de payer au bout de trente ou quarante ans; et on paye une rente foncière pendant toute l'éternité. Il leur a été aussi

---

1. Il y avait des tontines en France; l'abbé Terrai en supprima les accroissements; la crainte qu'il n'ait des imitateurs empêchera sans doute à l'avenir de se fier à cette espèce d'emprunt; et son injustice aura du moins délivré la France d'une opération de finance si onéreuse.

Les emprunts en rentes viagères ont de grands inconvénients.

1° Ce sont des annuités dont le terme est incertain; l'État joue contre des particuliers; mais ils savent mieux conduire leur jeu, ils choisissent des enfants mâles dans un pays où la vie moyenne est longue, les font inoculer, les attachent à leur patrie et à des métiers sains et non périlleux par une petite pension, et distribuent leurs fonds sur un certain nombre de ces têtes.

2° Comme il y a du risque à courir, les joueurs veulent jouer avec avantage, et par conséquent, si l'intérêt commun d'une rente perpétuelle est cinq pour cent, il faut que celui qui représente la rente viagère soit au-dessus de cinq pour cent. En calculant à la rigueur la plupart des emprunts de ce genre faits depuis vingt ans, ce qui n'a encore été exécuté par personne, on serait étonné de la différence entre le taux de ces emprunts et le taux commun de l'intérêt de l'argent.

3° On est toujours le maître de changer par des remboursements réglés un

défendu de prendre des capitaux en rentes perpétuelles; et la raison, c'est qu'on n'a pas voulu les trop détourner de leurs occupations spirituelles.

AGRICULTURE. — Il n'est pas concevable comment les anciens, qui cultivaient la terre aussi bien que nous, pouvaient imaginer que tous les grains qu'ils semaient en terre devaient nécessairement mourir et pourrir avant de lever et produire. Il ne tenait qu'à eux de tirer un grain de la terre au bout de deux ou trois jours, ils l'auraient vu très-sain, un peu enflé, la racine en bas, la tête en haut. Ils auraient distingué au bout de quelque temps le germe, les petits filets blancs des racines, la matière laiteuse dont se formera la farine, ses deux enveloppes, ses feuilles. Cependant c'était assez que quelque philosophe grec ou barbare eût enseigné que toute génération vient de corruption, pour que personne n'en doutât; et cette erreur, la plus grande et la plus sotte de toutes les erreurs, parce qu'elle est la plus contraire à la nature, se trouvait dans des livres écrits pour l'instruction du genre humain.

Aussi les philosophes modernes, trop hardis parce qu'ils sont plus éclairés, ont abusé de leurs lumières mêmes pour reprocher durement à Jésus notre Sauveur, et à saint Paul son persécuteur, qui devint son apôtre, d'avoir dit qu'il fallait que le grain pourrît en terre pour germer, qu'il mourût pour renaître; ils ont dit que c'était le comble de l'absurdité de vouloir prouver le dogme de la résurrection par une comparaison si fausse et si ridicule. On a osé dire dans l'*Histoire critique de Jésus-Christ* [1], que de si grands ignorants n'étaient pas faits pour enseigner les hommes, et que ces livres si longtemps inconnus n'étaient bons que pour la plus vile populace.

Les auteurs de ces blasphèmes n'ont pas songé que Jésus-Christ et saint Paul daignaient parler le langage reçu; que pouvant enseigner les vérités de la physique, ils n'enseignaient que celles de la morale; qu'ils suivaient l'exemple du respectable auteur de la *Genèse* [2]. En effet, dans la *Genèse*, l'Esprit saint se conforme dans chaque ligne aux idées les plus grossières du peuple le plus grossier; la sagesse éternelle ne

emprunt en rentes perpétuelles à annuités à terme fixe; et l'on ne peut, sans injustice, rien changer aux rentes viagères une fois établies.

a° Les contrats de rentes perpétuelles, et surtout des annuités à terme fixe, sont une propriété toujours disponible qui se convertit en argent avec plus ou moins de perte suivant le crédit du créancier. Les rentes viagères, à cause de leur incertitude, ne peuvent se vendre qu'à un prix beaucoup plus bas. C'est un désavantage qu'il faut compenser par une augmentation d'intérêts.

Nous ne parlons point ici des effets que ces emprunts peuvent produire sur les mœurs, ils sont bien connus : mais nous observerons qu'ils ne peuvent, lorsqu'ils sont considérables, être remplis qu'en supposant que les capitalistes y placent des fonds que, sans cela, ils auraient placés dans un commerce utile. Ce sont donc autant de capitaux perdus pour l'industrie. Nouveau mal que produit cette manière d'emprunter. (*Ed. de Kehl.*)

1. L'*Histoire critique de Jésus-Christ*, ou *Analyse raisonnée des Évangiles*, in-8 (sans date, mais imprimée vers 1770), est attribuée au baron d'Holbach. (*Note de M. Beuchot.*)

2. Voy. GENÈSE.

descendit point sur la terre pour instituer des académies des sciences. C'est ce que nous répondons toujours à ceux qui reprochent tant d'erreurs physiques à tous les prophètes et à tout ce qui fut écrit chez les juifs. On sait bien que religion n'est pas philosophie.

Au reste, les trois quarts de la terre se passent de notre froment, sans lequel nous prétendons qu'on ne peut vivre. Si les habitants voluptueux des villes savaient ce qu'il en coûte de travaux pour leur procurer du pain, ils en seraient effrayés.

Des livres pseudonymes sur l'économie générale. — Il serait difficile d'ajouter à ce qui est dit d'utile dans l'*Encyclopédie*, aux articles AGRICULTURE, GRAIN, FERME, etc. Je remarquerai seulement qu'à l'article GRAIN, on suppose toujours que le maréchal de Vauban est l'auteur de la *Dîme royale*. C'est une erreur dans laquelle sont tombés presque tous ceux qui ont écrit sur l'économie. Nous sommes donc forcés de remettre ici sous les yeux ce que nous avons déjà dit ailleurs.

« Bois-Guillebert s'avisa d'abord d'imprimer la *Dîme royale*, sous le nom de *Testament politique du maréchal de Vauban*. Ce Bois-Guillebert, auteur du *Détail de la France*, en deux volumes, n'était pas sans mérite; il avait une grande connaissance des finances du royaume; mais la passion de critiquer toutes les opérations du grand Colbert l'emporta trop loin; on jugea que c'était un homme fort instruit qui s'égarait toujours, un faiseur de projets qui exagérait les maux du royaume, et qui proposait de mauvais remèdes. Le peu de succès de ce livre auprès du ministère, lui fit prendre le parti de mettre sa *Dîme royale* à l'abri d'un nom respecté; il prit celui du maréchal de Vauban, et ne pouvait mieux choisir. Presque toute la France croit que la *Dîme royale* est de ce maréchal si zélé pour le bien public; mais la tromperie est aisée à connaître.

« Les louanges que Bois-Guillebert se donne à lui-même dans la préface le trahissent; il y loue trop son livre du *Détail de la France*; il n'était pas vraisemblable que le maréchal eût donné tant d'éloges à un livre rempli de tant d'erreurs : on voit dans cette préface un père qui loue son fils pour faire recevoir un de ses bâtards. »

Le nombre de ceux qui ont mis sous des noms respectés leurs idées de gouvernement, d'économie, de finance, de tactique, etc., n'est que trop considérable. L'abbé de Saint-Pierre, qui pouvait n'avoir pas besoin de cette supercherie, ne laissa pas d'attribuer la chimère de sa Paix perpétuelle au duc de Bourgogne.

L'auteur du *Financier citoyen* [1] cite toujours le prétendu *Testament politique de Colbert*, ouvrage de tout point impertinent, fabriqué par Gatien de Courtils. Quelques ignorants [2] citent encore les *Testaments politiques* du roi d'Espagne Philippe II, du cardinal de Richelieu, de Colbert, de Louvois, du duc de Lorraine, du cardinal Albéroni, du maréchal de Belle-Isle. On a fabriqué jusqu'à celui de Mandrin.

L'*Encyclopédie*, à l'article GRAIN, rapporte ces paroles d'un livre

1. Il s'appelait *Navau*. (ÉD.) — 2. Voy. ANA, ANECDOTES.

intitulé : *Avantages et désavantages de la Grande-Bretagne*, ouvrage bien supérieur à tous ceux que nous venons de citer[1].

« Si l'on parcourt quelques-unes des provinces de la France, on trouve que non-seulement plusieurs de ses terres restent en friche, qui pourraient produire des blés et nourrir des bestiaux, mais que les terres cultivées ne rendent pas, à beaucoup près, à proportion de leur bonté, parce que le laboureur manque de moyens pour les mettre en valeur.

« Ce n'est pas sans une joie sensible que j'ai remarqué dans le gouvernement de France un vice dont les conséquences sont si étendues, et j'en ai félicité ma patrie; mais je n'ai pu m'empêcher de sentir en même temps combien formidable serait devenue cette puissance, si elle eût profité des avantages que ses possessions et ses hommes lui offraient. *O sua si bona norint*[2] ! »

J'ignore si ce livre n'est pas d'un Français qui, en faisant parler un Anglais, a cru lui devoir faire bénir Dieu de ce que les Français lui paraissent pauvres, mais qui en même temps se trahit lui-même en souhaitant qu'ils soient riches, et en s'écriant avec Virgile : « O s'ils connaissaient leurs biens ! » Mais soit Français, soit Anglais, il est faux que les terres en France ne rendent pas à proportion de leur bonté. On s'accoutume trop à conclure du particulier au général. Si on en croyait beaucoup de nos livres nouveaux, la France ne serait pas plus fertile que la Sardaigne et les petits cantons suisses.

De l'exportation des grains. — Le même article GRAIN porte encore cette réflexion : « Les Anglais essuyaient souvent de grandes chertés dont nous profitions par la liberté du commerce de nos grains, sous le règne de Henri IV et de Louis XIII, et dans les premiers temps du règne de Louis XIV. »

Mais malheureusement la sortie des grains fut défendue en 1598, sous Henri IV. La défense continua sous Louis XIII et pendant tout le temps du règne de Louis XIV. On ne put vendre son blé hors du royaume que sur une requête présentée au conseil, qui jugeait de l'utilité ou du danger de la vente, ou plutôt qui s'en rapportait à l'intendant de la province. Ce n'est qu'en 1764 que le conseil de Louis XV, plus éclairé, a rendu le commerce des blés libre, avec les restrictions convenables dans les mauvaises années.

De la grande et petite culture. — A l'article FERME, qui est un des meilleurs de ce grand ouvrage, on distingue la grande et la petite culture. La grande se fait par les chevaux, la petite par les bœufs; et cette petite, qui s'étend sur la plus grande partie des terres de France, est regardée comme un travail presque stérile, et comme un vain effort de l'indigence.

1. Voici le titre de cet ouvrage : *Remarques sur les avantages et désavantages de la France et de la Grande-Bretagne par rapport au commerce et aux autres sources de la puissance de l'État*; traduction de l'anglais du chevalier John Nicolas (par Dangeul); 1754, in-12. (ÉD.)

2. Virgile, *Géorg.*, II, 458.

Cette idée en général ne me paraît pas vraie. La culture par les chevaux n'est guère meilleure que celle par les bœufs. Il y a des compensations entre ces deux méthodes, qui les rendent parfaitement égales. Il me semble que les anciens n'employèrent jamais les chevaux à labourer la terre; du moins il n'est question que de bœufs dans Hésiode, dans Xénophon, dans Virgile, dans Columelle. La culture avec des bœufs n'est chétive et pauvre que lorsque des propriétaires mala sés fournissent des mauvais bœufs, mal nourris, à des métayers sans ressources qui cultivent mal. Ce métayer, ne risquant rien, puisqu'il n'a rien fourni, ne donne jamais à la terre ni les engrais ni les façons dont elle a besoin; il ne s'enrichit point, et il appauvrit son maître : c'est malheureusement le cas où se trouvent plusieurs pères de famille.

Le service des bœufs est aussi profitable que celui des chevaux, parce que, s'ils labourent moins vite, on les fait travailler plus de journées sans les excéder; ils coûtent beaucoup moins à nourrir; on ne les ferre point; leurs harnais sont moins dispendieux, on les revend, ou bien on les engraisse pour la boucherie : ainsi leur vie et leur mort procurent de l'avantage; ce qu'on ne peut pas dire des chevaux.

Enfin on ne peut employer les chevaux que dans les pays où l'avoine est à très-bon marché, et c'est pourquoi il y a toujours quatre à cinq fois moins de culture par les chevaux que par les bœufs.

Des défrichements. — A l'article DÉFRICHEMENT, on ne compte pour défrichement que les herbes inutiles et voraces que l'on arrache d'un champ pour le mettre en état d'être ensemencé.

L'art de défricher ne se borne pas à cette méthode usitée et toujours nécessaire. Il consiste à rendre fertiles des terres ingrates qui n'ont jamais rien porté. Il y en a beaucoup de cette nature, comme des terrains marécageux ou de pure terre à brique, à foulon, sur laquelle il aussi inutile de semer que sur des rochers. Pour les terres marécageuses, ce n'est que la paresse et l'extrême pauvreté qu'il faut accuser si on ne les fertilise pas.

Les sols purement glaiseux ou de craie, ou simplement de sable, sont rebelles à toute culture. Il n'y a qu'un seul secret, c'est celui d'y porter de la bonne terre pendant des années entières. C'est une entreprise qui ne convient qu'à des hommes très-riches; le profit n'en peut égaler la dépense qu'après un très-long temps, si même il peut jamais en approcher. Il faut, quand on y a porté de la terre meuble, la mêler avec la mauvaise, la fumer beaucoup, y reporter encore de la terre, et surtout y semer des graines qui, loin de dévorer le sol, lui communiquent une nouvelle vie.

Quelques particuliers ont fait de tels essais; mais il n'appartiendrait qu'à un souverain de changer ainsi la nature d'un vaste terrain en y faisant camper de la cavalerie, laquelle y consommerait les fourrages tirés des environs. Il y faudrait des régiments entiers. Cette dépense se faisant dans le royaume, il n'y aurait pas un denier de perdu, et on aurait à la longue un grand terrain de plus qu'on aurait conquis sur la nature. L'auteur de cet article a fait cet essai en petit, et a réussi.

Il en est d'une telle entreprise comme de celle des canaux et des mines. Quand la dépense d'un canal ne serait pas compensée par les droits qu'il rapporterait, ce serait toujours pour l'État un prodigieux avantage.

Que la dépense de l'exploitation d'une mine d'argent, de cuivre, de plomb ou d'étain, et même de charbon de terre, excède le produit, l'exploitation est toujours très-utile; car l'argent dépensé fait vivre les ouvriers, circule dans le royaume, et le métal ou minéral qu'on en a tiré est une richesse nouvelle et permanente. Quoi qu'on fasse, il faudra toujours revenir à la fable du bon vieillard[1], qui fit accroire à ses enfants qu'il y avait un trésor dans leur champ; ils remuèrent tout leur héritage pour le chercher, et ils s'aperçurent que le travail est un trésor.

La pierre philosophale de l'agriculture serait de semer peu et de recueillir beaucoup. Le *Grand Albert*, le *Petit Albert*, la *Maison rustique*, enseignent douze secrets d'opérer la multiplication du blé, qu'il faut tous mettre avec la méthode de faire naître des abeilles du cuir d'un taureau, et avec les œufs de coq dont il vient des basilics. La chimère de l'agriculture est de croire obliger la nature à faire plus qu'elle ne peut. Autant vaudrait donner le secret de faire porter à une femme dix enfants, quand elle ne peut en donner que deux. Tout ce qu'on doit faire est d'avoir bien soin d'elle dans sa grossesse.

La méthode la plus sûre pour recueillir un peu plus de grain qu'à l'ordinaire, est de se servir du semoir. Cette manœuvre par laquelle on sème à la fois, on herse, et on recouvre, prévient le ravage du vent qui quelquefois dissipe le grain, et celui des oiseaux qui le dévorent. C'est un avantage qui certainement n'est pas à négliger.

De plus, la semence est plus régulièrement versée et espacée dans la terre; elle a plus de liberté de s'étendre; elle peut produire des tiges plus fortes et un peu plus d'épis. Mais le semoir ne convient ni à toutes sortes de terrains ni à tous les laboureurs. Il faut que le sol soit uni et sans cailloux, et il faut que le laboureur soit aisé. Un semoir coûte; et il coûte encore pour le rhabillement, quand il est détraqué. Il exige deux hommes et un cheval; plusieurs laboureurs n'ont que des bœufs. Cette machine utile doit être employée par les riches cultivateurs et prêtée aux pauvres.

De la grande protection due à l'agriculture. — Par quelle fatalité l'agriculture n'est-elle véritablement honorée qu'à la Chine? Tout ministre d'État en Europe doit lire avec attention le mémoire suivant, quoiqu'il soit d'un jésuite. Il n'a jamais été contredit par aucun autre missionnaire, malgré la jalousie de métier qui a toujours éclaté entre eux. Il est entièrement conforme à toutes les relations que nous avons de ce vaste empire.

1. La Fontaine, liv. V, fable IX. (ÉD.)

« An commencement du printemps chinois, c'est-à-dire dans le mois de février, le tribunal des mathématiques ayant eu ordre d'examiner quel était le jour convenable à la cérémonie du labourage, détermina le 24 de la onzième lune, et ce fut par le tribunal des rites que ce jour fut annoncé à l'empereur dans un mémorial, où le même tribunal des rites marquait ce que Sa Majesté devait faire pour se préparer à cette fête.

« Selon ce mémorial, 1° l'empereur doit nommer les douze personnes illustres qui doivent l'accompagner et labourer après lui, savoir trois princes, et neuf présidents des cours souveraines. Si quelques-uns des présidents étaient trop vieux ou infirmes, l'empereur nomme ses assesseurs pour tenir leur place.

« 2° Cette cérémonie ne consiste pas seulement à labourer la terre, pour exciter l'émulation par son exemple; mais elle renferme encore un sacrifice que l'empereur comme grand pontife offre au Chang-ti, pour lui demander l'abondance en faveur de son peuple. Or, pour se préparer à ce sacrifice, il doit jeûner et garder la continence les trois jours précédents [1]. La même précaution doit être observée par tous ceux qui sont nommés pour accompagner Sa Majesté, soit princes, soit autres, soit mandarins de lettres, soit mandarins de guerre.

« 3° La veille de cette cérémonie, Sa Majesté choisit quelques seigneurs de la première qualité, et les envoie à la salle de ses ancêtres se prosterner devant la tablette, et les avertir, comme ils feraient s'ils étaient encore en vie [2], que le jour suivant il offrira le grand sacrifice.

« Voilà en peu de mots ce que le mémorial du tribunal des rites marquait pour la personne de l'Empereur. Il déclarait aussi les préparatifs que les différents tribunaux étaient chargés de faire. L'un doit préparer ce qui sert aux sacrifices. Un autre doit composer les paroles que l'empereur récite en faisant le sacrifice. Un troisième doit faire porter et dresser les tentes sous lesquelles l'empereur dînera, s'il a ordonné d'y porter un repas. Un quatrième doit assembler quarante ou cinquante vénérables vieillards, laboureurs de profession, qui soient présents lorsque l'empereur laboure la terre. On fait venir aussi une quarantaine de laboureurs plus jeunes pour disposer la charrue, atteler les bœufs, et préparer les grains qui doivent être semés. L'empereur sème cinq sortes de grains, qui sont censés les plus nécessaires à la Chine, et sous lesquels sont compris tous les autres; le froment, le riz, le millet, la fève, et une autre espèce de mil qu'on appelle *caoleang*.

« Ce furent là les préparatifs; le vingt-quatrième jour de la lune, Sa Majesté se rendit avec toute la cour en habit de cérémonie au lieu destiné à offrir au Chang-ti le sacrifice du printemps, par lequel on le prie de faire croître et de conserver les biens de la terre. C'est pour cela qu'il l'offre avant que de mettre la main à la charrue....

« L'empereur sacrifia, et après le sacrifice il descendit avec les trois

1. Cela seul ne suffit-il pas pour détruire la folle calomnie établie dans notre Occident, que le gouvernement chinois est athée?
2. Le proverbe dit : « Comportez-vous à l'égard des morts comme s'ils étaient encore en vie.

princes et les neuf présidents qui devaient labourer avec lui. Plusieurs grands seigneurs portaient eux-mêmes les coffres précieux qui renfermaient les grains qu'on devait semer. Toute la cour y assista en silence. L'empereur prit la charrue, et fit en labourant plusieurs allées et venues; lorsqu'il quitta la charrue, un prince du sang la conduisit et laboura à son tour. Ainsi du reste.

« Après avoir labouré en différents endroits, l'empereur sema les différents grains. On ne laboure pas alors tout le champ entier, mais les jours suivants les laboureurs de profession achèvent de le labourer.

« Il y avait cette année-là quarante-quatre anciens laboureurs, et quarante-deux plus jeunes. La cérémonie se termina par une récompense que l'empereur leur fit donner. »

A cette relation d'une cérémonie qui est la plus belle de toutes, puisqu'elle est la plus utile, il faut joindre un édit du même empereur Yong-Tching. Il accorde des récompenses et des honneurs à quiconque défrichera des terrains incultes depuis quinze arpents jusqu'à quatre-vingts, vers la Tartarie, car il n'y en a point d'incultes dans la Chine proprement dite; et celui qui en défriche quatre-vingts devient mandarin du huitième ordre.

Que doivent faire nos souverains d'Europe en apprenant de tels exemples? ADMIRER ET ROUGIR, MAIS SURTOUT IMITER.

P. S. J'ai lu depuis peu un petit livre sur les arts et métiers, dans lequel j'ai remarqué autant de choses utiles qu'agréables; mais ce qu'il dit de l'agriculture ressemble assez à la manière dont en parlent plusieurs Parisiens qui n'ont jamais vu de charrue. L'auteur parle d'un heureux agriculteur qui, dans la contrée la plus délicieuse et la plus fertile de la terre, cultivait une campagne *qui lui rendait cent pour cent*.

Il ne savait pas qu'un terrain qui ne rendrait que cent pour cent, non-seulement ne payerait pas un seul des frais de la culture, mais ruinerait pour jamais le laboureur. Il faut, pour qu'un domaine puisse donner un léger profit, qu'il rapporte au moins cinq cents pour cent. Heureux Parisiens, jouissez de nos travaux, et jugez de l'opéra comique ! [1]

AIR. — Section I. — On compte quatre éléments, quatre espèces de matières, sans avoir une notion complète de la matière. Mais que sont les éléments de ces éléments? L'air se change-t-il en feu, en eau, en terre? Y a-t-il de l'air?

Quelques philosophes en doutent encore; peut-on raisonnablement en douter avec eux? On n'a jamais été incertain si on marche sur la terre, si on boit de l'eau, si le feu nous éclaire, nous échauffe, nous brûle. Nos sens nous en avertissent assez; mais ils ne nous disent rien sur l'air. Nous ne savons point par eux si nous respirons les vapeurs du globe ou une substance différente de ces vapeurs. Les Grecs appelèrent l'enveloppe qui nous environne *atmosphère*, la sphère des exhalaisons;

1. Voy. BLED ou BLE.

et nous avons adopté ce mot. Y a-t-il parmi ces exhalaisons continuelles
une autre espèce de matière qui ait des propriétés différentes?

Les philosophes qui ont nié l'existence de l'air, disent qu'il est inutile d'admettre un être qu'on ne voit jamais, et dont tous les effets
s'expliquent si aisément par les vapeurs qui sortent du sein de la
terre.

Newton a démontré que le corps le plus dur a moins de matière que
de pores. Des exhalaisons continuelles s'échappent en foule de toutes
les parties de notre globe. Un cheval jeune et vigoureux, ramené tout
en sueur dans son écurie en temps d'hiver, est entouré d'une atmosphère mille fois moins considérable que notre globe n'est pénétré et
environné de la matière de sa propre transpiration.

Cette transpiration, ces exhalaisons, ces vapeurs innombrables s'é-
chappent sans cesse par des pores innombrables, et ont elles-mêmes
des pores. C'est ce mouvement continu en tous sens qui forme et qui
détruit sans cesse végétaux, métaux et animaux.

C'est ce qui a fait penser à plusieurs que le mouvement est essentiel
à la matière, puisqu'il n'y a pas une particule dans laquelle il n'y ait
un mouvement continu. Et si la puissance formatrice éternelle, qui
préside à tous les globes, est l'auteur de tout mouvement, elle a voulu
du moins que ce mouvement ne pérît jamais. Or, ce qui est toujours
indestructible a pu paraître essentiel, comme l'étendue et la solidité
ont paru essentielles. Si cette idée est une erreur, elle est pardonnable; car il n'y a que l'erreur malicieuse et de mauvaise foi qui ne mérite pas d'indulgence.

Mais qu'on regarde le mouvement comme essentiel ou non, il est
indubitable que les exhalaisons de notre globe s'élèvent et retombent
sans aucun relâche à un mille, à deux milles, à trois milles au-dessus
de nos têtes. Du mont Atlas à l'extrémité du Taurus, tout homme peut
voir tous les jours les nuages se former sous ses pieds. Il est arrivé
à mille voyageurs d'être au-dessus de l'arc-en-ciel, des éclairs et du
tonnerre.

Le feu répandu dans l'intérieur du globe, ce feu caché dans l'eau et
dans la glace même, est probablement la source impérissable de ces
exhalaisons, de ces vapeurs dont nous sommes continuellement envi-
ronnés. Elles forment un ciel bleu dans un temps serein, quand elles
sont assez hautes et assez atténuées pour ne nous envoyer que des
rayons bleus, comme les feuilles de l'or amincies, exposées aux rayons
du soleil dans la chambre obscure. Ces vapeurs, imprégnées de soufre,
forment les tonnerres et les éclairs. Comprimées et ensuite dilatées
par cette compression dans les entrailles de la terre, elles s'échappent
en volcans, forment et détruisent de petites montagnes, renversent
des villes, ébranlent quelquefois une grande partie du globe.

Cette mer de vapeurs dans laquelle nous nageons, qui nous menace
sans cesse, et sans laquelle nous ne pourrions vivre, comprime de
tous côtés notre globe et ses habitants avec la même force que si nous
avions sur notre tête un océan de trente-deux pieds de hauteur; et
chaque homme en porte environ vingt mille livres.

Raisons de ceux qui nient l'air. — Tout ceci posé, les philosophes qui nient l'air disent : Pourquoi attribuérons-nous à un élément inconnu et invisible des effets que l'on voit continuellement produits par ces exhalaisons visibles et palpables ?

L'air est élastique, nous dit-on ; mais les vapeurs de l'eau seule le sont souvent bien dayantage. Ce que vous appelez *l'élément de l'air*, pressé dans une canne à vent ; ne porte une balle qu'à une très-petite distance ; mais dans la pompe à feu des bâtiments d'York, à Londres, les vapeurs font un effet cent fois plus violent.

On ne dit rien de l'air, continuent-ils, qu'on ne puisse dire de même des vapeurs du globe ; elles pèsent comme lui, s'insinuent comme lui, allument le feu par leur souffle, se dilatent, se condensent de même.

La plus grande objection que l'on fasse contre le système des exhalaisons du globe, est qu'elles perdent leur élasticité dans la pompe à feu quand elles sont refroidies, au lieu que l'air est, dit-on, toujours élastique. Mais, premièrement, il n'est pas vrai que l'élasticité de l'air agisse toujours ; son élasticité est nulle quand on le suppose en équilibre, et sans cela il n'y a point de végétaux et d'animaux qui ne crevassent et n'éclatassent en cent morceaux, si cet air qu'on suppose être dans eux conservait son élasticité. Les vapeurs n'agissent point quand elles sont en équilibre ; c'est leur dilatation qui fait leurs grands effets. En un mot, tout ce qu'on attribue à l'air semble appartenir sensiblement, selon ces philosophes, aux exhalaisons de notre globe.

Si on leur fait voir que le feu s'éteint quand il n'est pas entretenu par l'air, ils répondent qu'on se méprend, qu'il faut à un flambeau des vapeurs sèches et élastiques pour nourrir sa flamme, qu'elle s'éteint sans leur secours, ou quand ces vapeurs sont trop grasses, trop sulfureuses, trop grossières, et sans ressort. Si on leur objecte que l'air est quelquefois pestilentiel, c'est bien plutôt des exhalaisons qu'on doit le dire : elles portent avec elles des parties de soufre, de vitriol, d'arsenic, et de toutes les plantes nuisibles. On dit : *L'air est pur dans ce canton*, cela signifie : *Ce canton n'est point marécageux* ; il n'a ni plantes, ni minières pernicieuses dont les parties s'exhalent continuellement dans les corps des animaux. Ce n'est point l'élément prétendu de l'air qui rend la campagne de Rome si malsaine, ce sont les eaux croupissantes, ce sont les anciens canaux qui, creusés sous terre de tous côtés, sont devenus le réceptacle de toutes les bêtes venimeuses. C'est de là que s'exhale continuellement un poison mortel. Allez à Frescati, ce n'est plus le même terrain, ce ne sont plus les mêmes exhalaisons.

Mais pourquoi l'élément supposé de l'air changerait-il de nature à Frescati ? Il se chargera, dit-on, dans la campagne de Rome de ces exhalaisons funestes, et n'en trouvant pas à Frescati, il deviendra plus salutaire. Mais, encore une fois, puisque ces exhalaisons existent, puisqu'on les voit s'élever le soir en nuages, quelle nécessité de les attribuer à une autre cause ? Elles montent dans l'atmosphère, elles s'y dissipent, elles changent de forme ; le vent, dont elles sont la première cause, les emporte, les sépare; elles s'atténuent, elles deviennent salutaires de mortelles qu'elles étaient.

Une autre objection; c'est que ces vapeurs, ces exhalaisons renfermées dans un vase de verre, s'attachent aux parois et tombent, ce qui n'arrive jamais à l'air. Mais qui vous a dit que, si les exhalaisons humides tombent au fond de ce cristal, il n'y a pas incomparablement plus de vapeurs sèches et élastiques qui se soutiennent dans l'intérieur de ce vase? L'air, dites-vous, est purifié après une pluie. Mais nous sommes en droit de vous soutenir que ce sont les exhalaisons terrestres qui se sont purifiées, que les plus grossières, les plus aqueuses rendues à la terre laissent les plus sèches et les plus fines au-dessus de nos têtes, et que c'est cette ascension et cette descente alternative qui entretient le jeu continuel de la nature.

Voilà une partie des raisons qu'on peut alléguer en faveur de l'opinion que l'élément de l'air n'existe pas. Il y en a de très-spécieuses, et qui peuvent au moins faire naître des doutes; mais ces doutes céderont toujours à l'opinion commune. On n'a déjà pas trop de quatre éléments. Si on nous réduisait à trois, nous nous croirions trop pauvres. On dira toujours l'*élément de l'air*. Les oiseaux voleront toujours dans les airs, et jamais dans les vapeurs. On dira toujours : *L'air est doux et serein*; et jamais : *Les vapeurs sont douces, sont sereines*.

Section II. — Vapeurs, exhalaisons. — Je suis comme certains hérétiques : ils commencent par proposer modestement quelques difficultés, ils finissent par nier hardiment de grands dogmes.

J'ai d'abord rapporté avec candeur les scrupules de ceux qui doutent que l'air existe. Je m'enhardis aujourd'hui, j'ose regarder l'existence de l'air comme une chose peu probable.

1° Depuis que je rendis compte de l'opinion qui n'admet que des vapeurs grises, blanchâtres, bleues, noirâtres, qui couvrent tout mon horizon, jamais on ne m'a montré d'air pur. J'ai toujours demandé pourquoi on admettait une matière invisible, impalpable, dont on n'avait aucune connaissance.

2° On m'a toujours répondu que l'air est élastique. Mais qu'est-ce que l'élasticité? c'est la propriété d'un corps fibreux de se remettre dans l'état dont vous l'avez tiré avec force. Vous avez courbé cette branche d'arbre, elle se relève; ce ressort d'acier que vous avez roulé se détend de lui-même : propriété aussi commune que l'attraction et la direction de l'aimant, et aussi inconnue. Mais votre élément de l'air est élastique, selon vous, d'une tout autre façon. Il occupe un espace prodigieusement plus grand que celui dans lequel vous l'enfermiez, dont il s'échappe. Des physiciens ont prétendu que l'air peut se dilater dans la proportion d'un à quatre mille[1]; d'autres ont voulu qu'une bulle d'air pût s'étendre quarante-six milliards de fois.

Je demanderais alors ce qu'il deviendrait, à quoi il serait bon, quelle force aurait cette particule d'air au milieu des milliards de particules

1. *Voy. Musschenbroek, chapitre de* al

de vapeurs qui s'exhalent de la terre, et des milliards d'intervalles qui les séparent.

3° S'il existe de l'air, il faut qu'il nage dans la mer immense des vapeurs qui nous environnent, et que nous touchons au doigt et à l'œil. Or les parties d'un air ainsi interceptées, ainsi plongées et errantes dans cette atmosphère, pourraient-elles avoir le moindre effet, le moindre usage?

4° Vous entendez une musique dans un salon éclairé de cent bougies; il n'y a pas un point de cet espace qui ne soit rempli de ces atomes de cire, de lumière et de fumée légère. Brûlez-y des parfums, il n'y aura pas encore un point de cet espace où les atomes de ces parfums ne pénètrent. Les exhalaisons continuelles du corps des spectateurs et des musiciens, et du parquet, et des fenêtres, des plafonds, occupent encore ce salon: que restera-t-il pour votre prétendu élément de l'air?

5° Comment cet air prétendu, dispersé dans ce salon, pourra-t-il vous faire entendre et distinguer à la fois les différents sons? faudra-t-il que la tierce, la quinte, l'octave, etc., aillent frapper des parties d'air qui soient elles-mêmes à la tierce, à la quinte, à l'octave? chaque note exprimée par les voix et par les instruments trouve-t-elle des parties d'air notées qui la renvoient à votre oreille? C'est la seule manière d'expliquer la mécanique de l'ouïe par le moyen de l'air. Mais quelle supposition! De bonne foi, doit-on croire que l'air contienne une infinité d'ut, ré, mi, fa, sol, la, si, ut, et nous les envoie sans se tromper? En ce cas, ne faudrait-il pas que chaque particule d'air, frappée à la fois par tous les sons, ne fût propre qu'à répéter un seul son, et à le renvoyer à l'oreille? mais où renverrait-elle tous les autres qui l'auraient également frappée?

Il n'y a donc pas moyen d'attribuer à l'air la mécanique qui opère les sons; il faut donc chercher quelque autre cause, et on peut parier qu'on ne la trouvera jamais.

6° A quoi fut réduit Newton? Il supposa, à la fin de son *Optique*, « que les particules d'une substance dense, compacte et fixe, adhérentes par attraction, raréfiées difficilement par une extrême chaleur, se transforment en un air élastique. »

De telles hypothèses, qu'il semblait se permettre pour se délasser, ne valaient pas ses calculs et ses expériences. Comment des substances dures se changent-elles en un élément? comment du fer est-il changé en air? Avouons notre ignorance sur les principes des choses.

7° De toutes les preuves qu'on apporte en faveur de l'air, la plus spécieuse, c'est que si on vous l'ôte, vous mourez; mais cette preuve n'est autre chose qu'une supposition de ce qui est en question. Vous dites qu'on meurt quand on est privé d'air, et nous disons qu'on meurt par la privation des vapeurs salutaires de la terre et des eaux. Vous calculez la pesanteur de l'air, et nous la pesanteur des vapeurs. Vous donnez de l'élasticité à un être que vous ne voyez pas, et nous à des vapeurs que nous voyons distinctement dans la pompe à feu. Vous rafraîchissez vos poumons avec de l'air, et nous avec des exhalaisons des corps qui nous environnent, etc.

Permettez-nous donc de croire aux vapeurs; nous trouvons fort bon que vous soyez du parti de l'air, et nous ne demandons que la tolérance[1].

Que l'air ou la région des vapeurs n'apporte point la peste. — J'ajouterai encore une petite réflexion; c'est que ni l'air, s'il y en a, ni les vapeurs ne sont le véhicule de la peste. Nos vapeurs, nos exhalaisons nous donnent assez de maladies. Le gouvernement s'occupe peu du desséchement des marais, il y perd plus qu'il ne pense; cette négligence répand la mort sur des cantons considérables. Mais pour la peste proprement dite, la peste native d'Égypte, la peste à charbon, la peste qui fit périr à Marseille et dans les environs soixante et dix mille hommes en 1720, cette véritable peste n'est jamais apportée par les vapeurs ou par ce qu'on nomme *air*; cela est si vrai qu'on l'arrête avec un seul fossé : on lui trace par des lignes une limite qu'elle ne franchit jamais.

Si l'air ou les exhalaisons la transmettaient, un vent de sud-est l'aurait bien vite fait voler de Marseille à Paris. C'est dans les habits, dans les meubles que la peste se conserve; c'est de là qu'elle attaque les hommes. C'est dans une balle de coton qu'elle fut apportée de Seide, l'ancienne Sidon, à Marseille. Le conseil d'État défendit aux Marseillais de sortir de l'enceinte qu'on leur traça sous peine de mort, et la peste ne se communiqua point au dehors: *Non procedes amplius*[2].

Les autres maladies contagieuses produites par les vapeurs, sont innombrables. Vous en êtes les victimes, malheureux Velches, habitants de Paris! Je parle au pauvre peuple qui loge auprès des cimetières. Les exhalaisons des morts remplissent continuellement l'Hôtel-Dieu; et cet Hôtel-Dieu, devenu l'hôtel de la mort, infecte le bras de la rivière sur lequel il est situé. O Velches! vous n'y faites nulle attention, et la dixième partie du petit peuple est sacrifiée chaque année; et cette barbarie subsiste dans la ville des jansénistes, des financiers, des spectacles, des bals, des brochures, et des filles de joie.

De la puissance des vapeurs. — Ce sont des vapeurs qui font les éruptions des volcans, les tremblements de terre, qui élèvent le Monte-Nuovo, qui font sortir l'île de Santorin du fond de la mer Égée, qui nourrissent nos plantes, et qui les détruisent. Terres, mers, fleuves, montagnes, animaux, tout est percé à jour; ce globe est le tonneau des Danaïdes, à travers lequel tout entre, tout passe et tout sort sans interruption.

---

1. Voy. le chapitre xxxi des *Singularités de la nature* (*Mélanges*, année 1768). Nous remarquerons seulement qu'il s'échappe des corps, 1° des substances expansibles ou élastiques, et que ces substances sont les mêmes que celles qui composent l'atmosphère, aucun froid connu ne les réduit en liqueur; 2° d'autres exhalaisons qui se dissolvent dans les premières sans leur ôter ni leur transparence ni leur expansibilité. Le froid et d'autres causes les précipitent ensuite sous la forme de pluie ou de brouillards. M. de Voltaire, en écrivant cet article, semble avoir deviné en partie ce que MM. Priestley, Lavoisier, Volta, etc., ont découvert quelques années après sur la composition de l'atmosphère. (*Éd. de Kehl.*)

2. Job, xxxviii, 2.

On nous parle d'un éther, d'un fluide secret; mais je n'en ai que faire; je ne l'ai vu ni manié, je n'en ai jamais senti, je le renvoie à la matière subtile de René, et à l'esprit recteur de Paracelse.

Mon esprit recteur est le doute, et je suis de l'avis de saint Thomas Didyme, qui voulait mettre le doigt dessus et dedans.

ALCHIMISTE. — Cet *al* emphatique met l'alchimiste autant au-dessus du chimiste ordinaire que l'or qu'il compose est au-dessus des autres métaux. L'Allemagne est encore pleine de gens qui cherchent la pierre philosophale, comme on a cherché l'eau d'immortalité à la Chine, et la fontaine de Jouvence en Europe. On a connu quelques personnes en France qui se sont ruinées dans cette poursuite.

Le nombre de ceux qui ont cru aux transmutations est prodigieux; celui des fripons fut proportionné à celui des crédules. Nous avons vu à Paris le seigneur Dammi, marquis de Conventiglio, qui tira quelques centaines de louis de plusieurs grands seigneurs pour leur faire la valeur de deux ou trois écus en or.

Le meilleur tour qu'on ait jamais fait en alchimie fut celui d'un Rose-Croix qui alla trouver Henri Iᵉʳ, duc de Bouillon, de la maison de Turenne, prince souverain de Sedan, vers l'an 1620. « Vous n'avez pas, lui dit-il, une souveraineté proportionnée à votre grand courage; je veux vous rendre plus riche que l'empereur. Je ne puis rester que deux jours dans vos États; il faut que j'aille tenir à Venise la grande assemblée des frères : gardez seulement le secret. Envoyez chercher de la litharge chez le premier apothicaire de votre ville; jetez-y un grain seul de la poudre rouge que je vous donne; mettez le tout dans un creuset, et en moins d'un quart d'heure vous aurez de l'or. »

Le prince fit l'opération, et la réitéra trois fois en présence du virtuose. Cet homme avait fait acheter auparavant toute la litharge qui était chez les apothicaires de Sedan, et l'avait fait ensuite revendre chargée de quelques onces d'or. L'adepte en partant fit présent de toute sa poudre transmutante au duc de Bouillon.

Le prince ne douta point qu'ayant fait trois onces d'or avec trois grains, il n'en fit trois cent mille onces avec trois cent mille grains, et que par conséquent il ne fût bientôt possesseur dans la semaine de trente-sept mille cinq cents marcs, sans compter ce qu'il ferait dans la suite. Il fallait trois mois au moins pour faire cette poudre. Le philosophe était pressé de partir; il ne lui restait plus rien, il avait tout donné au prince; il lui fallait de la monnaie courante pour tenir à Venise les états de la philosophie hermétique. C'était un homme très-modéré dans ses désirs et dans sa dépense; il ne demanda que vingt mille écus pour son voyage. Le duc de Bouillon, honteux du peu, lui en donna quarante mille. Quand il eut épuisé toute la litharge de Sedan, il ne fit plus d'or; il ne revit plus son philosophe, et en fut pour ses quarante mille écus.

Toutes les prétendues transmutations alchimiques ont été faites à peu près de cette manière. Changer une production de la nature en une autre, est une opération un peu difficile, comme, par exemple, du fer en argent, car elle demande deux choses qui ne sont guère en notre pouvoir, c'est d'anéantir le fer, et de créer l'argent.

Il y a encore des philosophes qui croient aux transmutations, parce qu'ils ont vu de l'eau devenir pierre. Ils n'ont pas voulu voir que l'eau, s'étant évaporée, a déposé le sable dont elle était chargée, et que ce sable rapprochant ses parties est devenu une petite pierre friable, qui n'est précisément que le sable qui était dans l'eau.

On doit se défier de l'expérience même. Nous ne pouvons en donner un exemple plus récent et plus frappant que l'aventure qui s'est passée de nos jours, et qui est racontée par un témoin oculaire. Voici l'extrait du compte qu'il en a rendu. « Il faut avoir toujours devant les yeux ce proverbe espagnol : *De las cosas mas seguras, la mas segura es dudar* : des choses les plus sûres la plus sûre est le doute. »

On ne doit cependant pas rebuter tous les hommes à secrets, et toutes les inventions nouvelles. Il en est de ces virtuoses comme des pièces de théâtre : sur mille il peut s'en trouver une de bonne.

ALCORAN, ou plutôt **LE KORAN**. — *Section I.* — Ce livre gouverne despotiquement toute l'Afrique septentrionale, du mont Atlas au désert de Barca, toute l'Égypte, les côtes de l'océan Éthiopien dans l'espace de six cents lieues, la Syrie, l'Asie Mineure, tous les pays qui entourent la mer Noire et la mer Caspienne, excepté le royaume d'Astracan, tout l'empire de l'Indoustan, toute la Perse, une grande partie de la Tartarie, et dans notre Europe la Thrace, la Macédoine, la Bulgarie, la Servie, la Bosnie, toute la Grèce, l'Épire, et presque toutes les îles jusqu'au petit détroit d'Otrante où finissent toutes ces immenses possessions.

Dans cette prodigieuse étendue de pays il n'y a pas un seul mahométan qui ait le bonheur de lire nos livres sacrés; et très-peu de littérateurs parmi nous connaissent le *Koran*. Nous nous en faisons presque toujours une idée ridicule, malgré les recherches de nos véritables savants.

Voici les premières lignes de ce livre :

« Louanges à Dieu, le souverain de tous les mondes, au Dieu de miséricorde, au souverain du jour de la justice; c'est toi que nous adorons, c'est de toi seul que nous attendons la protection. Conduis-nous dans les voies droites, dans les voies de ceux que tu as comblés de tes grâces, non dans les voies des objets de ta colère, et de ceux qui sont égarés. »

Telle est l'introduction, après quoi l'on voit trois lettres, *A, L, M*, qui, selon le savant Sale, ne s'entendent point, puisque chaque commentateur les explique à sa manière; mais selon la plus commune opinion elles signifient, *Allah, Latif, Magid*, Dieu, la grâce, la gloire.

Mahomet continue, et c'est Dieu lui-même qui lui parle. Voici ses propres mots :

« Ce livre n'admet point le doute, il est la direction des justes qui croient aux profondeurs de la foi, qui observent les temps de la prière, qui répandent en aumônes ce que nous avons daigné leur donner, qui sont convaincus de la révélation descendue jusqu'à toi, et envoyée aux prophètes avant toi. Que les fidèles aient une ferme assurance dans la vie à venir : qu'ils soient dirigés par leur seigneur, et ils seront heureux.

« A l'égard des incrédules, il est égal pour eux que tu les avertisses ou non ; ils ne croient pas ; le sceau de l'infidélité est sur leur cœur et sur leurs oreilles ; les ténèbres couvrent leurs yeux ; la punition terrible les attend.

« Quelques-uns disent : *Nous croyons en Dieu, et au dernier jour* ; mais au fond ils ne sont pas croyants. Ils imaginent tromper l'Éternel ; ils se trompent eux-mêmes sans le savoir ; l'infirmité est dans leur cœur, et Dieu même augmente cette infirmité, etc. »

On prétend que ces paroles ont cent fois plus d'énergie en arabe. En effet l'*Alcoran* passe encore aujourd'hui pour le livre le plus élégant et le plus sublime qui ait encore été écrit dans cette langue.

Nous avons imputé à l'*Alcoran* une infinité de sottises qui n'y furent jamais [1].

Ce fut principalement contre les Turcs devenus mahométans que nos moines écrivirent tant de livres, lorsqu'on ne pouvait guère répondre autrement aux conquérants de Constantinople. Nos auteurs, qui sont en beaucoup plus grand nombre que les janissaires, n'eurent pas beaucoup de peine à mettre nos femmes dans leur parti ; ils leur persuadèrent que Mahomet ne les regardait pas comme des animaux intelligents ; qu'elles étaient toutes esclaves par les lois de l'*Alcoran* ; qu'elles ne possédaient aucun bien dans ce monde, et que dans l'autre elles n'avaient aucune part au paradis. Tout cela est d'une fausseté évidente ; et tout cela a été cru fermement.

Il suffisait pourtant de lire le second et le quatrième sura [2] ou chapitre de l'*Alcoran* pour être détrompé ; on y trouverait les lois suivantes ; elles sont traduites également par du Ryer qui demeura longtemps à Constantinople, par Maracci qui n'y alla jamais, et par Sale qui vécut vingt-cinq ans parmi les Arabes.

Règlements de Mahomet sur les femmes. — I. « N'épousez de femmes idolâtres que quand elles seront croyantes. Une servante musulmane vaut mieux que la plus grande dame idolâtre.

II. « Ceux qui font vœu de chasteté ayant des femmes, attendront quatre mois pour se déterminer.

« Les femmes se comporteront envers leurs maris comme leurs maris envers elles.

III. « Vous pouvez faire un divorce deux fois avec votre femme ; mais à la troisième, si vous la renvoyez, c'est pour jamais ; ou vous la retiendrez avec humanité, ou vous la renverrez avec bonté.

1. Voy. l'article ADOT ET MAROT.
2. En comptant l'introduction pour un chapitre

Il ne vous est pas permis de rien retenir de ce que vous lui avez donné.

IV. « Les honnêtes femmes sont obéissantes et attentives, même pendant l'absence de leurs maris. Si elles sont sages, gardez-vous de leur faire la moindre querelle; s'il en arrive une, prenez un arbitre de votre famille et un de la sienne.

V. « Prenez une femme, ou deux, ou trois, ou quatre, et jamais davantage. Mais dans la crainte de ne pouvoir agir équitablement envers plusieurs, n'en prenez qu'une. Donnez-leur un douaire convenable; ayez soin d'elles, ne leur parlez jamais qu'avec amitié...

VI. « Il ne vous est pas permis d'hériter de vos femmes contre leur gré, ni de les empêcher de se marier à d'autres après le divorce, pour vous emparer de leur douaire, à moins qu'elles n'aient été déclarées coupables de quelque crime.

« Si vous voulez quitter votre femme pour en prendre une autre, quand vous lui auriez donné la valeur d'un talent en mariage, ne prenez rien d'elle.

VII. « Il vous est permis d'épouser des esclaves, mais il est mieux de vous en abstenir.

VIII. « Une femme renvoyée est obligée d'allaiter son enfant pendant deux ans, et le père est obligé pendant ce temps-là de donner un entretien honnête selon sa condition. Si on sèvre l'enfant avant deux ans, il faut le consentement du père et de la mère. Si vous êtes obligé de le confier à une nourrice étrangère, vous la payerez raisonnablement. »

En voilà suffisamment pour réconcilier les femmes avec Mahomet, qui ne les a pas traitées si durement qu'on le dit. Nous ne prétendons point le justifier ni sur son ignorance, ni sur son imposture; mais nous ne pouvons le condamner sur sa doctrine d'un seul Dieu. Ces seules paroles du sura 122, « Dieu est unique, éternel, il n'engendre point, il n'est point engendré, rien n'est semblable à lui; » ces paroles, dis-je, lui ont soumis l'Orient encore plus que son épée.

Au reste, cet *Alcoran*, dont nous parlons, est un recueil de révélations ridicules et de prédications vagues et incohérentes, mais des lois très-bonnes pour le pays où il vivait, et qui sont toutes encore suivies sans avoir jamais été affaiblies ou changées par des interprètes mahométans, ni par des décrets nouveaux.

Mahomet eut pour ennemis non-seulement les poëtes de la Mecque, mais surtout les docteurs. Ceux-ci soulevèrent contre lui les magistrats, qui donnèrent décret de prise de corps contre lui, comme dûment atteint et convaincu d'avoir dit qu'il fallait adorer Dieu et non pas les étoiles. Ce fut, comme on sait, la source de sa grandeur. Quand on vit qu'on ne pouvait le perdre, et que ses écrits prenaient faveur, on débita dans la ville qu'il n'en était pas l'auteur, ou que du moins il se faisait aider dans la composition de ses feuilles, tantôt par un savant juif, tantôt par un savant chrétien; supposé qu'il y eût alors des savants.

C'est ainsi que parmi nous on a reproché à plus d'un prélat d'avoir

fait composer leurs sermons et leurs oraisons funèbres par des moines.
Il y avait un P. Hercule qui faisait les sermons d'un certain évêque ;
et quand on allait à ces sermons, on disait : « Allons entendre les
travaux d'Hercule. »

Mahomet répond à cette imputation dans son chapitre xvɪ, à l'occasion d'une grosse sottise qu'il avait dite en chaire, et qu'on avait vivement relevée. Voici comme il se tire d'affaire.

« Quand tu liras le *Koran*, adresse-toi à Dieu, afin qu'il te préserve
de Satan... il n'a de pouvoir que sur ceux qui l'ont pris pour maître,
et qui donnent des compagnons à Dieu. »

« Quand je substitue dans le *Koran* un verset à un autre (et Dieu
sait la raison de ces changements), quelques infidèles disent : *Tu as
forgé ces versets ;* mais ils ne savent pas distinguer le vrai d'avec le
faux ; dites plutôt que l'Esprit saint m'a apporté ces versets de la part
de Dieu avec la vérité... D'autres disent plus malignement : « Il y a un
« certain homme qui travaille avec lui à composer le *Koran*; » mais
comment cet homme à qui ils attribuent mes ouvrages pourrait-il m'enseigner, puisqu'il parle une langue étrangère, et que celle dans laquelle le *Koran* est écrit, est l'arabe le plus pur ? »

Celui qu'on prétendait travailler [1] avec Mahomet était un juif nommé
Bensalen ou Bensalon. Il n'est guère vraisemblable qu'un juif eût aidé
Mahomet à écrire contre les juifs; mais la chose n'est pas impossible.
Nous avons dit depuis que c'était un moine qui travaillait à l'*Alcoran*
avec Mahomet. Les uns le nommaient Bohaïra, les autres Sergius. Il
est plaisant que ce moine ait eu un nom latin et un nom arabe.

Quant aux belles disputes théologiques qui se sont élevées entre les
musulmans, je ne m'en mêle pas, c'est au muphti à décider.

C'est une grande question si l'*Alcoran* est éternel ou s'il a été créé ;
les musulmans rigides le croient éternel.

On a imprimé à la suite de l'histoire de Chalcondyle *le Triomphe
de la croix ;* et dans ce Triomphe il est dit que l'*Alcoran* est arien,
sabellien, carpocratien, cerdonicien, manichéen, donatiste, origénien,
macédonien, ébionite. Mahomet n'était pourtant rien de tout cela; il
était plutôt janséniste; car le fond de sa doctrine est le décret absolu
de la prédestination gratuite.

Section II. — C'était un sublime et hardi charlatan que ce Mahomet,
fils d'Abdalla. Il dit dans son dixième chapitre : « Quel autre que Dieu
peut avoir composé l'*Alcoran ?* On crie : « C'est Mahomet qui a forgé ce
« livre. » Eh bien ! tâchez d'écrire un chapitre qui lui ressemble, et
appelez à votre aide qui vous voudrez. » Au dix-septième il s'écrie :
« Louange à celui qui a transporté pendant la nuit son serviteur du
sacré temple de la Mecque à celui de Jérusalem ! » C'est un assez beau
voyage, mais il n'approche pas de celui qu'il fit cette nuit même de
planète en planète, et des belles choses qu'il y vit.

Il prétendait qu'il y avait cinq cents années de chemin d'une planète

1. Voy. l'*Alcoran* de Sale, p. 223.

à une autre, et qu'il fendit la lune en deux. Ses disciples, qui rassemblèrent solennellement des versets de son *Koran* après sa mort, retranchèrent ce voyage du ciel. Ils craignirent les railleurs et les philosophes. C'était avoir trop de délicatesse. Ils pouvaient s'en fier aux commentateurs, qui auraient bien su expliquer l'itinéraire. Les amis de Mahomet devaient savoir par expérience que le merveilleux est la raison du peuple. Les sages contredisent en secret, et le peuple les fait taire. Mais en retranchant l'itinéraire des planètes, on laissa quelques petits mots sur l'aventure de la lune; on ne peut pas prendre garde à tout.

Le *Koran* est une rapsodie sans liaison, sans ordre, sans art; on dit pourtant que ce livre ennuyeux est un fort beau livre; je m'en rapporte aux Arabes, qui prétendent qu'il est écrit avec une élégance et une pureté dont personne n'a approché depuis. C'est un poëme, ou une espèce de prose rimée, qui contient six mille vers. Il n'y a point de poëte dont la personne et l'ouvrage aient fait une telle fortune. On agita chez les musulmans si l'*Alcoran* était éternel, ou si Dieu l'avait créé pour le dicter à Mahomet. Les docteurs décidèrent qu'il était éternel; ils avaient raison, cette éternité est bien plus belle que l'autre opinion. Il faut toujours avec le vulgaire prendre le parti le plus incroyable.

Les moines qui se sont déchaînés contre Mahomet, et qui ont dit tant de sottises sur son compte, ont prétendu qu'il ne savait pas écrire. Mais comment imaginer qu'un homme qui avait été négociant, poëte, législateur et souverain, ne sût pas signer son nom ? Si son livre est mauvais pour notre temps et pour nous, il était fort bon pour ses contemporains, et sa religion encore meilleure. Il faut avouer qu'il retira presque toute l'Asie de l'idolâtrie. Il enseigna l'unité de Dieu; il déclamait avec force contre ceux qui lui donnent des associés. Chez lui l'usure avec les étrangers est défendue, l'aumône ordonnée. La prière est d'une nécessité absolue; la résignation aux décrets éternels est le grand mobile de tout. Il était bien difficile qu'une religion si simple et si sage, enseignée par un homme toujours victorieux, ne subjuguât pas une partie de la terre. En effet les musulmans ont fait autant de prosélytes par la parole que par l'épée. Ils ont converti à leur religion les Indiens et jusqu'aux nègres. Les Turcs même leurs vainqueurs se sont soumis à l'islamisme.

Mahomet laissa dans sa loi beaucoup de choses qu'il trouva établies chez les Arabes: la circoncision, le jeûne, le voyage de la Mecque qui était en usage quatre mille ans avant lui; des ablutions si nécessaires à la santé et à la propreté dans un pays brûlant où le linge était inconnu; enfin l'idée d'un jugement dernier que les mages avaient toujours établie, et qui était parvenue jusqu'aux Arabes. Il est dit que comme il annonçait qu'on ressusciterait tout nu, Aïsha sa femme trouva la chose immodeste et dangereuse : « Allez, ma bonne, lui dit-il, on n'aura pas alors envie de rire. » Un ange, selon le *Koran*, doit peser les hommes et les femmes dans une grande balance. Cette idée est encore prise des mages. Il leur a volé aussi leur pont aigu, sur lequel il faut passer après la mort; et leur jannat, où les élus musulmans trouveront des bains, des appartements bien meublés, de bons lits, et des houris avec de grands yeux noirs. Il est vrai aussi qu'il dit que tous ces plaisirs des sens, si nécessaires à tous ceux qui ressusciteront avec des sens, n'approcheront pas du plaisir de la contemplation de l'être suprême. Il a l'humilité d'avouer dans son Koran que lui-même n'ira point en paradis par son propre mérite, mais par la pure volonté de Dieu. C'est aussi par cette pure volonté divine qu'il ordonne que la cinquième partie des dépouilles sera toujours pour le prophète.

Il n'est pas vrai qu'il exclue du paradis les femmes. Il n'y a pas d'apparence qu'un homme aussi habile ait voulu se brouiller avec cette moitié du genre humain qui conduit l'autre. Abulfeda rapporte qu'une vieille l'importunant un jour, en lui demandant ce qu'il fallait faire pour aller en paradis : « M'amie, lui dit-il, le paradis n'est pas pour les vieilles. » La bonne femme se mit à pleurer, et le prophète, pour la consoler, lui dit : « Il n'y aura point de vieilles, parce qu'elles rajeuniront. » Cette doctrine consolante est confirmée dans le cinquante-quatrième chapitre du Koran.

Il défendit le vin, parce qu'un jour quelques-uns de ses sectateurs arrivèrent à la prière étant ivres. Il permit la pluralité des femmes, se conformant en ce point à l'usage immémorial des Orientaux.

En un mot, ses lois civiles sont bonnes; son dogme est admirable en ce qu'il a de conforme avec le nôtre : mais les moyens sont affreux; c'est la fourberie et le meurtre.

On l'excuse sur la fourberie, parce que, dit-on, les Arabes comptaient avant lui cent vingt-quatre mille prophètes, et qu'il n'y avait pas grand mal qu'il en parût un de plus. Les hommes, ajoute-t-on, ont besoin d'être trompés. Mais comment justifier un homme qui vous dit : « Crois que j'ai parlé à l'ange Gabriel, ou paye-moi un tribut ? »

Combien est préférable un *Confucius*, le premier des mortels qui n'ont point eu de révélation! il n'emploie que la raison, et non le mensonge et l'épée. Vice-roi d'une grande province, il y fait fleurir la morale et les lois; disgracié et pauvre, il les enseigne; il les pratique dans la grandeur et dans l'abaissement; il rend la vertu aimable; il a pour disciple le plus ancien et le plus sage des peuples.

Le comte de Boulainvilliers, qui avait du goût pour Mahomet, a beau me vanter les Arabes, il ne peut empêcher que ce ne fût un peuple de brigands; ils volaient avant Mahomet en adorant les étoiles; ils volaient sous Mahomet au nom de Dieu. Ils avaient, dit-on, la simplicité des temps héroïques; mais qu'est-ce que les siècles héroïques? c'était le temps où l'on s'égorgeait pour un puits et pour une citerne, comme on fait aujourd'hui pour une province.

Les premiers musulmans furent animés par Mahomet de la rage de l'enthousiasme. Rien n'est plus terrible qu'un peuple qui, n'ayant rien à perdre, combat à la fois par esprit de rapine et de religion.

Il est vrai qu'il n'y avait pas beaucoup de finesse dans leurs procédés. Le contrat du premier mariage de Mahomet porte « qu'attendu que

Cadisha est amoureuse de lui, et lui pareillement amoureux d'elle, on a trouvé bon de les conjoindre. » Mais y a-t-il tant de simplicité à lui avoir composé une généalogie, dans laquelle on le fait descendre d'Adam en droite ligne, comme on en a fait descendre depuis quelques maisons d'Espagne et d'Écosse? L'Arabie avait son *Moreri* et son *Mercure galant*.

Le grand prophète essuya la disgrâce commune à tant de maris; il n'y a personne après cela qui puisse se plaindre. On connaît le nom de celui qui eut les faveurs de sa seconde femme, la belle Aisbça; il s'appelait Assan. Mahomet se comporta avec plus de hauteur que César, qui répudia sa femme, disant qu'il ne fallait pas que la femme de César fût soupçonnée. Le prophète ne voulut pas même soupçonner la sienne; il fit descendre du ciel un chapitre du *Koran*, pour affirmer que sa femme était fidèle. Ce chapitre était écrit de toute éternité, aussi bien que tous les autres.

On l'admire pour s'être fait, de marchand de chameaux, pontife, législateur, et monarque; pour avoir soumis l'Arabie, qui ne l'avait jamais été avant lui, pour avoir donné les premières secousses à l'empire romain d'Orient et à celui des Perses. Je l'admire encore pour avoir entretenu la paix dans sa maison parmi ses femmes. Il a changé la face d'une partie de l'Europe, de la moitié de l'Asie, de presque toute l'Afrique, et il s'en est bien peu fallu que sa religion n'ait subjugué l'univers.

A quoi tiennent les révolutions! un coup de pierre un peu plus fort que celui qu'il reçut dans son premier combat, donnait une autre destinée au monde.

Son gendre Ali prétendit que quand il fallut inhumer le prophète, on le trouva dans un état qui n'est pas trop ordinaire aux morts, et que sa veuve Aisbca s'écria : « Si j'avais su que Dieu eût fait cette grâce au défunt, j'y serais accourue à l'instant. » On pouvait dire de lui : *Decet imperatorem stantem mori.*

Jamais la vie d'un homme ne fut écrite dans un plus grand détail que la sienne. Les moindres particularités en étaient sacrées; on sait le compte et le nom de tout ce qui lui appartenait, neuf épées, trois lances, trois arcs, sept cuirasses, trois boucliers, douze femmes, un coq blanc, sept chevaux, deux mules, quatre chameaux, sans compter la jument Borac sur laquelle il monta au ciel; mais il ne l'avait que par emprunt, elle appartenait en propre à l'ange Gabriel.

Toutes ses paroles ont été recueillies. Il disait que « la jouissance des femmes le rendait plus fervent à la prière. » En effet, pourquoi ne pas dire *benedicité* et grâces au lit comme à table? une belle femme vaut bien un souper. On prétend encore qu'il était un grand médecin; ainsi il ne lui manqua rien pour tromper les hommes.

ALEXANDRE. Il n'est plus permis de parler d'Alexandre que pour dire des choses neuves, et pour détruire les fables historiques, physiques et morales, dont on a défiguré l'histoire du seul grand homme qu'on ait jamais vu parmi les conquérants de l'Asie.

Quand on a un peu réfléchi sur Alexandre, qui, dans l'âge fougueux des plaisirs et dans l'ivresse des conquêtes, a bâti plus de villes que tous les autres vainqueurs de l'Asie n'en ont détruit; quand on songe que c'est un jeune homme qui a changé le commerce du monde, on trouve assez étrange que Boileau le traite de fou, de voleur de grand chemin; et qu'il propose au lieutenant de police La Reynie, tantôt de le faire enfermer, et tantôt de le faire pendre.

> Heureux si de son temps, pour cent bonnes raisons,
> La Macédoine eût eu des Petites-Maisons.
>
> (Sat. VIII, v. 109-110.)

> Qu'on livre son pareil en France à La Reynie,
> Dans trois jours nous verrons le phénix des guerriers
> Laisser sur l'échafaud sa tête et ses lauriers.
>
> (Sat. XI, v. 83-84.)

Cette requête, présentée dans la cour du palais au lieutenant de police, ne devait être admise, ni selon la coutume de Paris, ni selon le droit des gens. Alexandre aurait excipé qu'ayant été élu à Corinthe capitaine général de la Grèce, et étant chargé en cette qualité de venger la patrie de toutes les invasions des Perses, il n'avait fait que son devoir en détruisant leur empire; et qu'ayant toujours joint la magnanimité au plus grand courage, ayant respecté la femme et les filles de Darius ses prisonnières, il ne méritait en aucune façon ni d'être interdit ni d'être pendu, et qu'en tous cas il appelait de la sentence du sieur de La Reynie au tribunal du monde entier [1].

Rollin prétend qu'Alexandre ne prit la fameuse ville de Tyr qu'en faveur des Juifs, qui n'aimaient pas les Tyriens. Il est pourtant vraisemblable qu'Alexandre eut encore d'autres raisons, et qu'il était d'un très-sage capitaine de ne point laisser Tyr maîtresse de la mer lorsqu'il allait attaquer l'Égypte.

Alexandre aimait et respectait beaucoup Jérusalem sans doute; mais il semble qu'il ne fallait pas dire que « les Juifs donnèrent un rare exemple de fidélité, et digne de l'unique peuple qui connût pour lors le vrai Dieu, en refusant des vivres à Alexandre, parce qu'ils avaient prêté serment de fidélité à Darius. » On sait assez que les Juifs s'étaient toujours révoltés contre leurs souverains dans toutes les occasions; car un Juif ne devait servir sous aucun roi profane.

S'ils refusèrent imprudemment des contributions au vainqueur, ce n'était pas pour se montrer esclaves fidèles de Darius; il leur était expressément ordonné par leur loi d'avoir en horreur toutes les nations idolâtres : leurs livres ne sont remplis que d'exécrations contre elles, et de tentatives réitérées de secouer le joug. S'ils refusèrent d'abord les contributions, c'est que les Samaritains leurs rivaux les avaient payées sans difficulté, et qu'ils crurent que Darius, quoique vaincu, était encore assez puissant pour soutenir Jérusalem contre Samarie.

1. Voy. *Pyrrhonisme de l'Histoire* chap. IX (dans les *Mélanges*, année 1768). (ÉD.)

Il est très-faux que les Juifs fussent alors *le seul peuple qui connût le vrai Dieu*, comme le dit Rollin. Les Samaritains adoraient le même Dieu, mais dans un autre temple; ils avaient le même Pentateuque que les Juifs, et même en caractères hébraïques, c'est-à-dire tyriens, que les Juifs avaient perdus. Le schisme entre Samarie et Jérusalem était en petit ce que le schisme entre les Grecs et les Latins est en grand. La haine était égale des deux côtés, ayant le même fond de religion.

Alexandre, après s'être emparé de Tyr par le moyen de cette fameuse digue qui fait encore l'admiration de tous les guerriers, alla punir Jérusalem, qui n'était pas loin de sa route. Les Juifs conduits par leur grand prêtre vinrent s'humilier devant lui, et donner de l'argent; car on n'apaise qu'avec de l'argent les conquérants irrités. Alexandre s'apaisa; ils demeurèrent sujets d'Alexandre ainsi que de ses successeurs. Voilà l'histoire vraie et vraisemblable.

Rollin répète un étrange conte rapporté environ quatre cents ans après l'expédition d'Alexandre par l'historien romancier, exagérateur Flavien Josèphe (liv. II, chap. VIII), à qui l'on peut pardonner de faire valoir dans toutes les occasions sa malheureuse patrie. Rollin dit donc[1], après Josèphe, que le grand prêtre Jaddus s'étant prosterné devant Alexandre, ce prince ayant vu le nom de Jehova gravé sur une lame d'or attachée au bonnet de Jaddus, et entendant parfaitement l'hébreu, se prosterne à son tour et adore Jaddus. Cet excès de civilité ayant étonné Parménion, Alexandre lui dit qu'il connaissait Jaddus depuis longtemps; qu'il lui était apparu il y avait dix années, avec le même habit et le même bonnet, pendant qu'il rêvait à la conquête de l'Asie, conquête à laquelle il ne pensait point alors; que ce même Jaddus l'avait exhorté à passer l'Hellespont, l'avait assuré que son Dieu marcherait à la tête des Grecs, et que ce serait le Dieu des Juifs qui le rendrait victorieux des Perses.

Ce conte de vieille serait bon dans l'histoire des *Quatre fils Aymon* et de *Robert le Diable*, mais il figure mal dans celle d'Alexandre.

C'était une entreprise très-utile à la jeunesse qu'une *Histoire ancienne* bien rédigée; il eût été à souhaiter qu'on ne l'eût point gâtée quelquefois par de telles absurdités. Le conte de Jaddus serait respectable, il serait hors de toute atteinte, s'il s'en trouvait au moins quelque ombre dans les livres sacrés; mais comme ils n'en font pas la plus légère mention, il est très-permis d'en faire sentir le ridicule.

On ne peut douter qu'Alexandre n'ait soumis la partie des Indes qui est en deçà du Gange, et qui était tributaire des Perses. M. Holwell, qui a demeuré trente ans chez les bramės de Bénarès et des pays voisins, et qui avait appris non-seulement leur langue moderne, mais leur ancienne langue sacrée, nous assure que leurs annales attestent l'invasion d'Alexandre, qu'ils appellent *Mahadukoit Kounha*, grand brigand, grand meurtrier. Ces peuples pacifiques ne pouvaient l'appeler autrement, et il est à croire qu'ils ne donnèrent pas d'autres sur-

1. *Histoire ancienne*, liv. XV, § 6. (ÉD.)

nomé aux rois de Perse. Ces mêmes annales disent qu'Alexandre entra chez eux par la province qui est aujourd'hui le Candahar; et il est probable qu'il eut toujours quelques forteresses sur cette frontière.

Ensuite Alexandre descendit le fleuve Zombodipó, que les Grecs appelèrent *Sind*. On ne trouve pas dans l'histoire d'Alexandre un seul nom indien. Les Grecs n'ont jamais appelé de leur propre nom une seule ville, un seul prince asiatique. Ils auraient cru déshonorer la langue grecque, s'ils l'avaient assujettie à une prononciation qui leur semblait barbare, et s'ils n'avaient pas nommé Memphis la ville de *Moph.*

M. Holwell dit que les Indiens n'ont jamais connu ni de Porus ni de Taxile; en effet ce ne sont pas là des noms indiens. Cependant, si nous en croyons nos missionnaires, il y a encore des seigneurs patanes qui prétendent descendre de Porus. Il se peut que ces missionnaires les aient flattés de cette origine, et que ces seigneurs l'aient adoptée. Il n'y a point de pays en Europe où la bassesse n'ait inventé, et la vanité n'ait reçu des généalogies plus chimériques.

Si Flavien Josèphe a raconté une fable ridicule concernant Alexandre et un pontife juif, Plutarque, qui écrivit longtemps après Josèphe, paraît ne pas avoir épargné les fables sur ce héros. Il a renchéri encore sur Quinte-Curce; l'un et l'autre prétendent qu'Alexandre, en marchant vers l'Inde, voulut se faire adorer, non-seulement par les Perses, mais aussi par les Grecs. Il ne s'agit que de savoir ce qu'Alexandre, les Perses, les Grecs, Quinte-Curce, Plutarque, entendaient par *adorer*.

Ne perdons jamais de vue la grande règle de définir les termes.

Si vous entendez par *adorer* invoquer un homme comme une divinité, lui offrir de l'encens et des sacrifices, lui élever des autels et des temples, il est clair qu'Alexandre ne demanda rien de tout cela. S'il voulait qu'étant le vainqueur et le maître des Perses, on le saluât à la persane, qu'on se prosternât devant lui dans certaines occasions, qu'on le traitât enfin comme un roi de Perse tel qu'il l'était, il n'y a rien là que de très-raisonnable et de très-commun.

Les membres des parlements de France parlent à genoux au roi dans leurs lits de justice; le tiers état parle à genoux dans les états généraux. On sert à genoux un verre de vin au roi d'Angleterre. Plusieurs rois de l'Europe sont servis à genoux à leur sacre. On ne parle qu'à genoux au Grand-Mogol, à l'empereur de la Chine, à l'empereur du Japon. Les colaos de la Chine d'un ordre inférieur fléchissent les genoux devant les colaos d'un ordre supérieur; on adore le pape, on lui baise le pied droit. Aucune de ces cérémonies n'a jamais été regardée comme une adoration dans le sens rigoureux, comme un culte de latrie.

Ainsi tout ce qu'on a dit de la prétendue adoration qu'exigeait Alexandre n'est fondé que sur une équivoque[1].

C'est Octave, surnommé *Auguste*, qui se fit réellement adorer, dans

---

1. VOY. ABUS DES MOTS.

le sens le plus étroit. On lui éleva des temples et des autels; il y eut des prêtres d'Auguste. Horace lui dit positivement (lib. II, epist. I, vers. 16)[1]

Jurandasque tuum per nomen ponimus aras.

Voilà un véritable sacrilége d'adoration, et il n'est point dit qu'on en murmura.

Les contradictions sur le caractère d'Alexandre paraîtraient plus difficiles à concilier, si on ne savait que les hommes, et surtout ceux qu'on appelle héros, sont souvent très-différents d'eux-mêmes; et que la vie et la mort des meilleurs citoyens, le sort d'une province, ont dépendu plus d'une fois de la bonne ou de la mauvaise digestion d'un souverain, bien ou mal conseillé.

Mais comment concilier des faits improbables rapportés d'une manière contradictoire? Les uns disent que Callisthène fut exécuté à mort et mis en croix par ordre d'Alexandre, pour n'avoir pas voulu le reconnaître en qualité de fils de Jupiter. Mais la croix n'était point un supplice en usage chez les Grecs. D'autres disent qu'il mourut long-temps après, de trop d'embonpoint. Athénée prétend qu'on le portait dans une cage de fer comme un oiseau, et qu'il y fut mangé de vermine. Démêlez dans tous ces récits la vérité, si vous pouvez.

Il y a des aventures que Quinte-Curce suppose être arrivées dans une ville, et Plutarque dans une autre; et ces deux villes se trouvent éloignées de cinq cents lieues. Alexandre saute tout armé et tout seul du haut d'une muraille dans une ville qu'il assiégeait; elle était auprès du Candahar, selon Quinte-Curce, et près de l'embouchure de l'Indus, suivant Plutarque.

Quand il est arrivé sur les côtes du Malabar ou vers le Gange (il n'importe, il n'y a qu'environ neuf cents milles d'un endroit à l'autre), il fait saisir dix philosophes indiens, que les Grecs appelaient *gymnosophistes*, et qui étaient nus comme des singes. Il leur propose des questions dignes du *Mercure galant* de Visé, leur promettant bien sérieusement que celui qui aurait le plus mal répondu serait pendu le premier, après quoi les autres suivraient en leur rang.

Cela ressemble à Nabuchodonosor, qui voulait absolument tuer ses mages, s'ils ne devinaient pas un des songes qu'il avait oublié; ou bien au calife des *Mille et une Nuits*, qui devait étrangler sa femme dès qu'elle aurait fini son conte. Mais c'est Plutarque qui rapporte cette sottise, il faut la respecter : il était Grec.

On peut placer ce conte avec celui de l'empoisonnement d'Alexandre par Aristote; car Plutarque nous dit qu'on avait entendu dire à un certain Agnotémis, qu'il avait entendu dire au roi Antigone qu'Aristote avait envoyé une bouteille d'eau de Nonacris, ville d'Arcadie; que cette eau était si froide, qu'elle tuait sur-le-champ ceux qui en buvaient; qu'Antipatre envoya cette eau dans une corne de pied de mu-

---

[1]. Remarquez bien qu'Auguste n'était point adoré d'un culte de latrie, mais de dulie. C'était un saint; *divus Augustus*. Les provinciaux l'adoraient comme Priape, non comme Jupiter. (*Ed. de Kehl.*)

let; qu'elle arriva toute fraîche à Babylone; qu'Alexandre en but, et qu'il en mourut au bout de six jours d'une fièvre continue.

Il est vrai que Plutarque doute de cette anecdote. Tout ce qu'on peut recueillir de bien certain, c'est qu'Alexandre, à l'âge de vingt-quatre ans, avait conquis la Perse par trois batailles; qu'il eut autant de génie que de valeur; qu'il changea la face de l'Asie, de la Grèce, de l'Égypte, et celle du commerce du monde; et qu'enfin Boileau ne devait pas tant se moquer de lui, attendu qu'il n'y a pas d'apparence que Boileau en eût fait autant en si peu d'années[1].

ALEXANDRIE. — Plus de vingt villes portent le nom d'Alexandrie, toutes bâties par Alexandre et par ses capitaines, qui devinrent autant de rois. Ces villes sont autant de monuments de gloire, bien supérieurs aux statues que la servitude érigea depuis au pouvoir; mais la seule de ces villes qui ait attiré l'attention de tout l'hémisphère, par sa grandeur et ses richesses, est celle qui devint la capitale de l'Égypte. Ce n'est plus qu'un monceau de ruines. On sait assez que la moitié de cette ville a été rétablie dans un autre endroit vers la mer. La tour du Phare, qui était une des merveilles du monde, n'existe plus.

La ville fut toujours très-florissante sous les Ptolémées et sous les Romains. Elle ne dégénéra point sous les Arabes; les Mamelucs et les Turcs, qui la conquirent tour à tour avec le reste de l'Égypte, ne la laissèrent point dépérir. Les Turcs même lui conservèrent un reste de grandeur; elle ne tomba que lorsque le passage du cap de Bonne-Espérance ouvrit à l'Europe le chemin de l'Inde, et changea le commerce du monde, qu'Alexandre avait changé, et qui avait changé plusieurs fois avant Alexandre.

Ce qui est à remarquer dans les Alexandrins sous toutes les dominations, c'est leur industrie jointe à la légèreté, leur amour des nouveautés avec l'application au commerce et à tous les travaux qui le font fleurir, leur esprit contentieux et querelleur avec peu de courage, leur superstition, leur débauche; tout cela n'a jamais changé.

La ville fut peuplée d'Égyptiens, de Grecs et de Juifs, qui tous, de pauvres qu'ils étaient auparavant, devinrent riches par le commerce. L'opulence y introduisit les beaux-arts, le goût de la littérature, et par conséquent celui de la dispute.

Les Juifs y bâtirent un temple magnifique, ainsi qu'ils en avaient un autre à Bubaste; ils y traduisirent leurs livres en grec, qui était devenu la langue du pays. Les chrétiens y eurent de grandes écoles. Les animosités furent si vives entre les Égyptiens naturels, les Grecs, les Juifs et les chrétiens, qu'ils s'accusaient continuellement les uns les autres auprès du gouverneur; et ces querelles n'étaient pas son moindre revenu. Les séditions même furent fréquentes et sanglantes. Il y en eut une sous l'empire de Caligula, dans laquelle les Juifs, qui exagèrent tout, prétendent que la jalousie de religion et de commerce leur coûta cinquante mille hommes, que les Alexandrins égorgèrent.

1. Voy. l'article HISTOIRE.

Le christianisme, que les Panthène, les Origène, les Clément avaient établi, et qu'ils avaient fait admirer par leurs mœurs, y dégénéra au point qu'il ne fut plus qu'un esprit de parti. Les chrétiens prirent les mœurs des Égyptiens. L'avidité du gain l'emporta sur la religion; et tous les habitants divisés entre eux s'étaient d'accord que dans l'amour de l'argent.

C'est le sujet de cette fameuse lettre de l'empereur Adrien au consul Servianus, rapportée par Vopiscus[1]

« J'ai vu cette Égypte que vous me vantiez tant, mon cher Servien; je la sais tout entière par cœur. Cette nation est légère, incertaine, elle vole au changement. Les adorateurs de Sérapis se font chrétiens; ceux qui sont à la tête de la religion du Christ se font dévots à Sérapis. Il n'y a point d'archirabbin juif, point de samaritain, point de prêtre chrétien qui ne soit astrologue, ou devin, ou baigneur (c'est-à-dire, entremetteur). Quand le patriarche grec[2] vient en Égypte, les uns s'empressent auprès de lui pour lui faire adorer Sérapis, les autres le Christ. Ils sont tous très-séditieux, très-vains, très-querelleurs. La ville est commerçante, opulente, peuplée; personne n'y est oisif. Les uns y soufflent le verre, les autres fabriquent le papier; ils semblent être de tout métier, et en sont en effet. La goutte aux pieds et aux mains même ne les peut réduire à l'oisiveté. Les aveugles y travaillent; l'argent est un dieu que les chrétiens, les Juifs, et tous les hommes servent également, etc. »

Voici le texte latin de cette lettre :

Adriani epistola ex libris Phlegontis liberti ejus prodita.

ADRIANUS AUG. SERVIANO COS. S.

« Ægyptum quam mihi laudabas, Serviane charissime, totam didici, levem, pendulam, et ad omnia famæ momenta volitantem. Illi qui Serapin colunt christiani sunt : et devoti sunt Serapi, qui se Christi episcopos dicunt. Nemo illic archisynagogus Judæorum, nemo Samarites, nemo christianorum presbyter, non mathematicus, non aruspex, non aliptes. Ipse ille patriarcha, quam Ægyptum venerit, ab aliis Serapidem adorare, ab aliis cogitur Christum. Genus hominum seditiosissimum, vanissimum, injuriosissimum : civitas opulenta, dives, fecunda, in qua nemo vivat otiosus. Alii vitrum conflant; ab aliis charta conficitur; illi linyphiones sunt (*nescent le lin*); omnes certe cujuscumque artis et videntur et habentur. Podagrosi quod agant habent; habent cæci quod faciant; ne chiragrici quidem apud eos otiosi vivunt. Unus illis deus est; hunc christiani, hunc Judæi, hunc omnes venerantur et gentes, etc. » VOPISCUS IN SATURNINO.

Cette lettre d'un empereur aussi connu par son esprit que par sa valeur, fait voir en effet que les chrétiens, ainsi que les autres, s'étaient corrompus dans cette ville du luxe et de la dispute ; mais les mœurs des premiers chrétiens n'avaient pas dégénéré partout ; et quoiqu'ils eussent le malheur d'être dès longtemps partagés en différentes sectes qui se détestaient et s'accusaient mutuellement, les plus violents ennemis du christianisme étaient forcés d'avouer qu'on trouvait dans son sein les âmes les plus pures et les plus grandes ; il en est même encore aujourd'hui dans des villes plus effrénées et plus folles qu'Alexandrie.

ALGER. — La philosophie est le principal objet de ce dictionnaire. Ce n'est pas en géographes que nous parlerons d'Alger, mais pour faire remarquer que le premier dessein de Louis XIV, lorsqu'il prit les rênes de l'État, fut de délivrer l'Europe chrétienne des courses continuelles des corsaires de Barbarie [1]. Ce projet annonçait une grande âme. Il voulait aller à la gloire par toutes les routes. On peut même s'étonner qu'avec l'esprit d'ordre qu'il mit dans sa cour, dans les finances, et dans les affaires, il eût je ne sais quel goût d'ancienne chevalerie, qui le portait à des actions généreuses et éclatantes où tenaient même un peu du romanesque. Il est très-certain que Louis XIV tenait de sa mère beaucoup de cette galanterie espagnole noble et délicate, et beaucoup de cette grandeur, de cette passion pour la gloire, de cette fierté qu'on voit dans les anciens romans. Il parlait de se battre avec l'empereur Léopold comme les chevaliers qui cherchaient les aventures. Sa pyramide érigée à Rome, la préséance qu'il se fit céder, l'idée d'avoir un port auprès d'Alger pour brider ses pirateries, étaient encore de ce genre. Il y était encore excité par le pape Alexandre VII ; et le cardinal Mazarin, avant sa mort, lui avait inspiré ce dessein. Il avait même longtemps balancé s'il irait à cette expédition en personne, à l'exemple de Charles-Quint ; mais il n'avait pas assez de vaisseaux pour exécuter une si grande entreprise, soit par lui-même, soit par ses généraux. Elle fut infructueuse et devait l'être. Du moins elle aguerrit sa marine, et fit attendre de lui quelques-unes de ces actions nobles et héroïques auxquelles la politique ordinaire n'était point accoutumée, telles que les secours désintéressés donnés aux Vénitiens assiégés dans Candie, et aux Allemands pressés par les armes ottomanes à Saint-Gothard.

Les détails de cette expédition d'Afrique se perdent dans la foule des guerres heureuses ou malheureuses faites avec politique ou avec imprudence, avec équité ou avec injustice. Rapportons seulement cette lettre écrite il y a quelques années à l'occasion des pirateries d'Alger.

« Il est triste, monsieur, qu'on n'ait point écouté les propositions de l'ordre de Malte, qui offrait, moyennant un subside médiocre de chaque État chrétien, de délivrer les mers des pirates d'Alger, de Maroc, et de Tunis. Les chevaliers de Malte seraient alors véritablement les défenseurs de la chrétienté. Les Algériens n'ont actuellement que

1. Voy. l'Expédition de Digers, par Pellisson, dans son Histoire de Louis XIV.

deux vaisseaux de cinquante canons, et cinq d'environ quarante, quatre de trente; le reste ne doit pas être compté.

« Il est honteux qu'on voie tous les jours leurs petites barques enlever nos vaisseaux marchands dans toute la Méditerranée. Ils croisent même jusqu'aux Canaries, et jusqu'aux Açores.

« Leurs milices composées d'un ramas de nations, anciens Mauritaniens, anciens Numides, Arabes, Turcs, Nègres même, s'embarquent presque sans équipages sur des chebecs de dix-huit à vingt pièces de canon : ils infestent toutes nos mers comme des vautours qui attendent une proie. S'ils voient un vaisseau de guerre, ils s'enfuient : s'ils voient un vaisseau marchand, ils s'en emparent; nos amis, nos parents, hommes et femmes, deviennent esclaves, et il faut aller supplier humblement les barbares de daigner recevoir notre argent pour nous rendre leurs captifs.

« Quelques États chrétiens ont la honteuse prudence de traiter avec eux, et de leur fournir des armes avec lesquelles ils nous dépouillent. On négocie avec eux en marchands, et ils négocient en guerriers.

« Rien ne serait plus aisé que de réprimer leurs brigandages; on ne le fait pas. Mais que de choses seraient utiles et aisées qui sont négligées absolument! La nécessité de réduire ces pirates est reconnue dans les conseils de tous les princes, et personne ne l'entreprend. Quand les ministres de plusieurs cours en parlent par hasard ensemble, c'est le conseil tenu contre les chats.

« Les religieux de la rédemption des captifs sont la plus belle institution monastique; mais elle est bien honteuse pour nous. Les royaumes de Fez, Alger, Tunis, n'ont point de *marabous de la rédemption des captifs.* C'est qu'ils nous prennent beaucoup de chrétiens, et nous ne leur prenons guère de musulmans.

« Ils sont cependant plus attachés à leur religion que nous à la nôtre; car jamais aucun Turc, aucun Arabe ne se fait chrétien, et ils ont chez eux mille renégats qui même les servent dans leurs expéditions. Un Italien, nommé Pelegini, était, en 1712, général des galères d'Alger. Le miramolin, le bey, le dey, ont des chrétiennes dans leurs sérails; et nous n'avons eu que deux filles turques qui aient eu des amants à Paris.

« La milice d'Alger ne consiste qu'en douze mille hommes de troupes réglées; mais tout le reste est soldat, et c'est ce qui rend la conquête de ce pays si difficile. Cependant les Vandales les subjuguèrent aisément, et nous n'osons les attaquer, etc. »

ALLÉGORIES. — Un jour, Jupiter, Neptune et Mercure, voyageant en Thrace, entrèrent chez un certain roi nommé Hyrieus, qui leur fit fort bonne chère. Les trois dieux, après avoir bien dîné, lui demandèrent s'ils pouvaient lui être bons à quelque chose. Le bonhomme, qui ne pouvait plus avoir d'enfants, leur dit qu'il leur serait bien obligé s'ils voulaient lui faire un garçon. Les trois dieux se mirent à pisser sur le cuir d'un bœuf tout frais écorché; de là naquit Orion, dont on fit une constellation connue dans la plus haute antiquité. Cette constellation était nommée du nom d'Orion par les anciens Chaldéens; le livre de Job en parle[1]; mais, après tout, on ne voit pas comment l'urine de trois dieux a pu produire un garçon. Il est difficile que les Dacier et les Saumaise trouvent dans cette belle histoire une allégorie raisonnable, à moins qu'ils n'en infèrent que rien n'est impossible aux dieux, puisqu'ils font des enfants en pissant.

Il y avait en Grèce deux jeunes garnements à qui un oracle dit qu'ils se gardassent du *mélampyge*; un jour, Hercule les prit, les attacha par les pieds au bout de sa massue, suspendus tous deux le long de son dos, la tête en bas, comme une paire de lapins. Ils virent le derrière d'Hercule. *Mélampyge* signifie *cul noir*. « Ah! dirent-ils, l'oracle est accompli, voici *cul noir*. » Hercule se mit à rire, et les laissa aller. Les Saumaise et les Dacier, encore une fois, auront beau faire, ils ne pourront guère réussir à tirer un sens moral de ces fables.

Parmi les pères de la mythologie il y eut des gens qui n'eurent que de l'imagination; mais la plupart mêlèrent à cette imagination beaucoup d'esprit. Toutes nos académies, et tous nos faiseurs de devises, ceux même qui composent les légendes pour les jetons du trésor royal, ne trouveront jamais d'allégories plus vraies, plus agréables, plus ingénieuses, que celles des neuf Muses, de Vénus, des Grâces, de l'Amour, et de tant d'autres qui seront les délices et l'instruction de tous les siècles, ainsi qu'on l'a déjà remarqué ailleurs.

Il faut avouer que l'antiquité s'expliqua presque toujours en allégories. Les premiers Pères de l'Église, qui pour la plupart étaient platoniciens, imitèrent cette méthode de Platon. Il est vrai qu'on leur reproche d'avoir poussé quelquefois un peu trop loin ce goût des allégories et des allusions.

Saint Justin dit, dans son *Apologétique* (apolog. I, n. 55), que le signe de la croix est marqué sur les membres de l'homme; que quand il étend les bras, c'est une croix parfaite, et que le nez forme une croix sur le visage.

Selon Origène, dans son explication du *Lévitique*, la graisse des victimes signifie l'Église, et la queue est le symbole de la persévérance.

Saint Augustin, dans son sermon sur la différence et l'accord des deux généalogies, explique à ses auditeurs pourquoi saint Matthieu, en comptant quarante-deux quartiers, n'en rapporte cependant que quarante et un. C'est, dit-il, qu'il faut compter Jéchonias deux fois, parce que Jéchonias alla de Jérusalem à Babylone. Or, ce voyage est la pierre angulaire; et si la pierre angulaire est la première du côté d'un mur, elle est aussi la première du côté de l'autre mur : on peut compter deux fois cette pierre; ainsi on peut compter deux fois Jéchonias. Il ajoute qu'il ne faut s'arrêter qu'au nombre de quarante, dans les quarante-deux générations, parce que ce nombre de quarante signifie la vie. Dix figure la béatitude, et dix multiplié par quatre, qui représente les quatre éléments et les quatre saisons, produit quarante.

1. Chap. IX, 9.

Les dimensions de la matière ont, dans son cinquante-troisième sermon, d'étonnantes propriétés. La largeur est la dilatation du cœur ; la longueur, la longanimité ; la hauteur, l'espérance ; la profondeur, la foi. Ainsi, outre cette allégorie, on compte quatre dimensions de la matière au lieu de trois.

Il est clair et indubitable, dit-il dans son sermon sur le psaume VI, que le nombre de quatre figure le corps humain, à cause des quatre éléments et des quatre qualités, du chaud, du froid, du sec, et de l'humide ; et comme quatre se rapportent au corps, trois se rapportent à l'âme, parce qu'il faut aimer Dieu d'un triple amour, de tout notre cœur, de toute notre âme, et de tout notre esprit. Quatre ont rapport au Vieux Testament, et trois au Nouveau. Quatre et trois font le nombre de sept jours, et le huitième est celui du jugement.

On ne peut dissimuler qu'il règne dans ces allégories une affectation peu convenable à la véritable éloquence. Les Pères, qui emploient quelquefois ces figures, écrivaient dans un temps et dans des pays où presque tous les arts dégénéraient ; leur beau génie et leur érudition se pliaient aux imperfections de leur siècle ; et saint Augustin n'en est pas moins respectable pour avoir payé ce tribut au mauvais goût de l'Afrique et du IVe siècle.

Ces défauts ne défigurent point aujourd'hui les discours de nos prédicateurs. Ce n'est pas qu'on ose les préférer aux Pères ; mais le siècle présent est préférable aux siècles dans lesquels les Pères écrivaient. L'éloquence, qui se corrompit de plus en plus, et qui ne s'est rétablie que dans nos derniers temps, tomba après eux dans de bien plus grands excès ; on ne parla que ridiculement chez tous les peuples barbares jusqu'au siècle de Louis XIV. Voyez tous les anciens sermonnaires ; ils sont fort au-dessous des pièces dramatiques de la Passion qu'on jouait à l'hôtel de Bourgogne. Mais dans ces sermons barbares vous retrouvez toujours le goût de l'allégorie, qui ne s'est jamais perdu. Le fameux Menot, qui vivait sous François Ier, a fait le plus d'honneur au style allégorique. « Messieurs de la justice, dit-il, sont comme un chat à qui on aurait commis la garde d'un fromage de peur qu'il ne soit rongé des souris ; un seul coup de dent du chat fera plus de tort au fromage que vingt souris ne pourraient en faire. »

Voici un autre endroit assez curieux : Les bûcherons, dans une forêt, coupent de grosses et de petites branches, et en font des fagots ; ainsi nos ecclésiastiques, avec des dispenses de Rome, entassent gros et petits bénéfices. Le chapeau de cardinal est lardé d'évêchés, les évêchés lardés d'abbayes et de prieurés, et le tout lardé de diables. Il faut que tous ces biens de l'Église passent par les trois cordelières de l'*Ave maria*. Car le *benedicta* tu sont grosses abbayes de bénédictins ; *in mulieribus*, c'est monsieur et madame ; et *fructus ventris*, ce sont banquets et goinfreries.

Les sermons de Barlette et de Maillard sont tous faits sur ce modèle : ils étaient prononcés moitié en mauvais latin, moitié en mauvais français. Les sermons en Italie étaient dans le même goût ; c'était encore pis en Allemagne. De ce mélange monstrueux naquit le style macaronique : c'est le chef-d'œuvre de la barbarie. Cette espèce d'éloquence, digne des Hurons et des Iroquois, s'est maintenue jusque sous Louis XIII. Le jésuite Garasse, un des hommes les plus signalés parmi les ennemis du sens commun, ne prêcha jamais autrement. Il comparaît le célèbre Théophile à un veau, parce que *Viaud* était le nom de famille de Théophile. « Mais d'un veau, dit-il, la chair est bonne à rôtir et à bouillir, et la tienne n'est bonne qu'à brûler. »

Il y a loin, de toutes ces allégories employées par nos barbares à celles d'Homère, de Virgile et d'Ovide; et tout cela prouve que, s'il reste encore quelques Goths et quelques Vandales qui méprisent les fables anciennes, ils n'ont pas absolument raison.

ALMANACH. — Il est peu important de savoir si *almanach* vient des anciens Saxons, qui ne savaient pas lire, ou des Arabes, qui étaient en effet astronomes, et qui connaissaient un peu le cours des astres, tandis que les peuples d'Occident étaient plongés dans une ignorance égale à leur barbarie. Je me borne ici à une petite observation.

Qu'un philosophe indien embarqué à Méliapour vienne à Bayonne ; je suppose que ce philosophe a du bon sens, ce qui est rare, dit-on, chez les savants de l'Inde; je suppose qu'il est défait des préjugés de l'école, ce qui était rare partout il y a quelques années, et qu'il ne croit point aux influences des astres; je suppose qu'il rencontre un sot dans nos climats, ce qui ne serait pas si rare.

Notre sot, pour le mettre au fait de nos arts et de nos sciences, lui fait présent d'un *Almanach de Liége*, composé par Matthieu Laensberg, et du *Messager boiteux* d'Antoine Souci, astrologue et historien, imprimé tous les ans à Bâle, et dont il se débite vingt mille exemplaires en huit jours. Vous y voyez une belle figure d'homme entourée des signes du zodiaque, avec des indications certaines qui vous démontrent que la balance préside aux fesses, le bélier à la tête, les poissons aux pieds, ainsi du reste.

Chaque jour de la lune vous enseigne quand il faut prendre du baume de vie du sieur Le Lièvre, ou des pilules du sieur Keyser, ou vous pendre au cou un sachet de l'apothicaire Arnoult; vous faire saigner, vous faire couper les ongles, sevrer vos enfants, planter, semer, aller en voyage, ou chausser des souliers neufs. L'Indien, en écoutant ces leçons, fera bien de dire à son conducteur qu'il ne prendra pas de ses almanachs.

Pour peu que l'imbécile qui dirige notre Indien lui fasse voir quelques-unes de nos cérémonies réprouvées de tous les sages, et tolérées en faveur de la populace par mépris pour elle, le voyageur qui verra ces momeries, suivies d'une danse de tambourin, ne manquera pas d'avoir pitié de nous; il nous prendra pour des fous qui sont assez plaisants et qui ne sont pas absolument cruels. Il mandera au président du grand collége de Bénarès que nous n'avons pas le sens commun; mais que si Sa Paternité veut envoyer chez nous des personnes éclairées et discrètes, on pourra faire quelque chose de nous moyennant la grâce de Dieu.

C'est ainsi précisément que nos premiers missionnaires, et surtout saint François Xavier, en usèrent avec les peuples de la presqu'île de l'Inde. Ils se trompèrent encore plus lourdement sur les usages des Indiens, sur leurs sciences, leurs opinions, leurs mœurs, et leur culte. C'est une chose très-curieuse de lire les relations qu'ils écrivirent. Toute statue est pour eux le diable, toute assemblée est un sabbat, toute figure symbolique est un talisman, tout brachmane est un sorcier; et là-dessus ils font des lamentations qui ne finissent point. Ils espèrent que « la moisson sera abondante. » Ils ajoutent, par une métaphore peu congrue, « qu'ils travailleront efficacement à la vigne du Seigneur, » dans un pays où l'on n'a jamais connu le vin. C'est ainsi à peu près que chaque nation a jugé non-seulement des peuples éloignés, mais de ses voisins.

Les Chinois passent pour les plus anciens faiseurs d'almanachs. Le plus beau droit de l'empereur de la Chine est d'envoyer son calendrier à ses vassaux et à ses voisins. S'ils ne l'acceptaient pas, ce serait une bravade pour laquelle on ne manquerait pas de leur faire la guerre, comme on la faisait en Europe aux seigneurs qui refusaient l'hommage.

Si nous n'avons que douze constellations, les Chinois en ont vingt-huit, et leurs noms n'ont pas le moindre rapport aux nôtres; preuve évidente qu'ils n'ont rien pris du zodiaque chaldéen que nous ayons adopté : mais s'ils ont une astronomie tout entière depuis plus de quatre mille ans, ils ressemblent à Matthieu Lænsberg et à Antoine Souci, par les belles prédictions et par les secrets pour la santé dont ils farcissent leur *Almanach impérial*. Ils divisent le jour en dix mille minutes, et savent à point nommé quelle minute est favorable ou funeste. Lorsque l'empereur Kang-hi voulut charger les missionnaires jésuites de faire l'Almanach, ils s'en excusèrent d'abord, dit-on, sur les superstitions extravagantes dont il faut le remplir[1]. « Je crois beaucoup moins que vous aux superstitions, leur dit l'empereur; faites-moi seulement un bon calendrier, et laissez mes savants y mettre toutes leurs fadaises. »

L'ingénieux auteur de *la Pluralité des mondes* (5ᵉ soirée) se moque des Chinois, qui voient, dit-il, des mille étoiles tomber à la fois dans la mer. Il est très-vraisemblable que l'empereur Kang-hi s'en moquait tout autant que Fontenelle. Quelque *Messager boiteux* de la Chine s'était égayé apparemment à parler de ces feux follets comme le peuple, et à les prendre pour des étoiles. Chaque pays a ses sottises. Toute l'antiquité a fait coucher le soleil dans la mer; nous y avons envoyé les étoiles fort longtemps. Nous avons cru que les nuées touchaient au firmament, que le firmament était fort dur, et qu'il portait un réservoir d'eau. Il n'y a pas bien longtemps qu'on sait dans les villes que le fil de la Vierge, qu'on trouve souvent dans la campagne, est un fil de toile d'araignée. Ne nous moquons de personne. Songeons que les Chinois avaient des astrolabes et des sphères avant que nous sussions

---

1. Voy. Duhalde et Parennin.

lire; et que s'ils n'ont pas poussé fort loin leur astronomie, c'est par le même respect pour les anciens que nous avons eu pour Aristote.

Il est consolant de savoir que le peuple romain, *populus late rex* [1], fut en ce point fort au-dessous de Matthieu Lænsberg, et du *Messager boiteux*, et des astrologues de la Chine, jusqu'au temps où Jules César réforma l'année romaine, que nous tenons de lui, et que nous appelons encore de son nom *Kalendrier Julien*, quoique nous n'ayons pas de kalendes, et quoiqu'il ait été obligé de le réformer lui-même.

Les premiers Romains avaient d'abord une année de dix mois, faisant trois cent quatre jours : cela n'était ni solaire ni lunaire, cela n'était que barbare. On fit ensuite l'année romaine de trois cent cinquante-cinq jours ; autre mécompte que l'on corrigea comme on put, et qu'on corrigea si mal, que du temps de César les fêtes d'été se célébraient en hiver. Les généraux romains triomphaient toujours; mais ils ne savaient pas quel jour ils triomphaient.

César réforma tout; il sembla gouverner le ciel et la terre.

Je ne sais par quelle condescendance pour les coutumes romaines il commença l'année au temps où elle ne commence point, huit jours après le solstice d'hiver. Toutes les nations de l'empire romain se soumirent à cette innovation. Les Égyptiens, qui étaient en possession de donner la loi en fait d'almanach, la reçurent; mais tous ces différents peuples ne changèrent rien à la distribution de leurs fêtes. Les Juifs, comme les autres, célébrèrent leurs nouvelles lunes, leur *Phasé* ou *Pascha*, le quatorzième jour de la lune de mars, qu'on appelle la *lune rousse*; et cette époque arrivait souvent en avril; leur Pentecôte, cinquante jours après le *Phasé*; la fête des cornets ou trompettes, le premier jour de juillet; celle des tabernacles, au quinze du même mois; et celle du grand Sabbat, sept jours après.

Les premiers chrétiens suivirent le comput de l'empire; ils comptèrent par kalendes, nones et ides, avec leurs maîtres; ils reçurent l'année bissextile que nous avons encore, qu'il a fallu corriger dans le xvi° siècle de notre ère vulgaire, et qu'il faudra corriger un jour; mais ils se conformèrent aux Juifs pour la célébration de leurs grandes fêtes.

Ils déterminèrent d'abord leur Pâque au quatorze de la lune rousse, jusqu'au temps où le concile de Nicée la fixa au dimanche qui suivait. Ceux qui la célébraient le quatorze furent déclarés hérétiques, et les deux partis se trompèrent dans leur calcul.

Les fêtes de la sainte Vierge furent substituées, autant qu'on le put, aux nouvelles lunes ou néoménies; l'auteur du Calendrier romain dit que la raison en est prise du verset des cantiques *pulchra ut luna* [2], belle comme la lune. Mais par cette raison ses fêtes devaient arriver le dimanche; car il y a dans le même verset *electa ut sol* [1], choisie comme le soleil.

1. Virgile, *Énéide*, I, 25. (ÉD.)
2. Voy. le *Calendrier romain*, p. 101 et suiv.
3. *Cantique des cantiques*, VI, 9. — 4. *Id.*, ibid.

Les chrétiens gardèrent aussi la Pentecôte. Elle fut fixée comme celle des Juifs, précisément cinquante jours après Pâques. Le même auteur prétend que les fêtes de patrons remplacèrent celles des tabernacles.

Il ajoute que la Saint-Jean n'a été portée au 24 de juin que parce que les jours commencent alors à diminuer, et que saint Jean avait dit, en parlant de Jésus-Christ : « Il faut qu'il croisse et que je diminue. — *Oportet illum crescere, me autem minui.* »

Ce qui est très-singulier, et ce qui a été remarqué ailleurs[1], c'est cette ancienne cérémonie d'allumer un grand feu le jour de la Saint-Jean, qui est le temps le plus chaud de l'année. On a prétendu que c'était une très-vieille coutume pour faire souvenir de l'ancien embrasement de la terre qui en attendait un second.

Le même auteur du Calendrier assure que la fête de l'Assomption est placée au 15 du mois d'auguste nommé par nous août, parce que le soleil est alors dans le signe de la Vierge.

Il certifie aussi que saint Mathias n'est fêté au mois de février que parce qu'il fut intercalé parmi les douze apôtres, comme on intercale un jour en février dans les années bissextiles.

Il y aurait peut-être, dans ces imaginations astronomiques de quoi faire rire l'Indien dont nous venons de parler; cependant l'auteur était le maître de mathématiques du Dauphin fils de Louis XIV, et d'ailleurs un ingénieur et un officier très-estimable[2].

Le pis de nos calendriers est de placer toujours les équinoxes et les solstices où ils ne sont point; de dire, le soleil entre dans le bélier, quand il n'y entre point; de suivre l'ancienne routine erronée.

Un almanach de l'année passée nous trompe l'année présente, et tous nos calendriers sont des almanachs des siècles passés.

Pourquoi dire que le soleil est dans le bélier, quand il est dans les poissons? pourquoi ne pas faire au moins comme on fait dans les sphères célestes, où l'on distingue les signes véritables des anciens signes devenus faux?

Il eût été très-convenable, non-seulement de commencer l'année au point précis du solstice d'hiver ou de l'équinoxe du printemps, mais encore de mettre tous les signes à leur véritable place. Car étant démontré que le soleil répond à la constellation des poissons quand on le dit dans le bélier, et qu'il sera ensuite dans le verseau, et successivement dans toutes les constellations suivantes au temps de l'équinoxe du printemps, il faudrait faire dès à présent ce qu'on sera obligé de faire un jour, lorsque l'erreur devenue plus grande sera plus ridicule. Il en est ainsi de cent erreurs sensibles. Nos enfants les corrigeront, dit-on; mais vos pères en disaient autant de vous. Pourquoi donc ne vous corrigez-vous pas? Voyez, dans la grande *Encyclopédie*, ANNÉE, KALENDRIER, PRÉCESSION DES ÉQUINOXES, et tous les articles concernant ces calculs. Ils sont de main de maître.

1. Saint-Jean, III, 30. — 2. Dans l'*Homme aux quarante écus*, chap. X. (ÉD.) 3. François Blondel. (ÉD.)

ALOUETTE. — Ce mot peut être de quelque utilité dans la connaissance des étymologies, et faire voir que les peuples les plus barbares peuvent fournir des expressions aux peuples les plus polis, quand ces nations sont voisines.

Alouette, anciennement alou[1], était un terme gaulois, dont les Latins firent alauda. Suétone et Pline en conviennent. César composa une légion de Gaulois, à laquelle il donna le nom d'alouette Vocabulo quoque Gallico alauda appellabatur. Elle le servit très-bien dans les guerres civiles; et César, pour récompense, donna le droit de citoyen romain à chaque légionnaire.

On peut seulement demander comment les Romains appelaient une alouette avant de lui avoir donné un nom gaulois; ils l'appelaient galerita. Une légion de César fit bientôt oublier ce nom.

De telles étymologies ainsi avérées doivent être admises : mais quand un professeur arabe veut absolument qu'oloyau vienne de l'arabe, il est difficile de le croire. C'est une maladie chez plusieurs étymologistes, de vouloir persuader que la plupart des mots gaulois sont pris de l'hébreu; il n'y a guère d'apparence que les voisins de la Loire et de la Seine voyageassent beaucoup dans les anciens temps chez les habitants de Sichém et de Galgala, qui n'aimaient pas les étrangers, ni que les Juifs se fussent habitués dans l'Auvergne et dans le Limousin, à moins qu'on ne prétende que les dix tribus dispersées et perdues ne soient venues nous enseigner leur langue.

Quelle énorme perte de temps, et quel excès de ridicule, de trouver l'origine de nos termes les plus communs et les plus nécessaires, dans le phénicien et le chaldéen! Un homme s'imagine que notre mot dôme vient du samaritain doma, qui signifie, dit-on, meilleur. Un autre rêveur assure que le mot badin est pris d'un terme hébreu qui signifie astrologue; et le dictionnaire de Trévoux ne manque pas de faire honneur de cette découverte à son auteur.

N'est-il pas plaisant de prétendre que le mot habitation vient du mot beth hébreu? que kir en bas-breton signifiait autrefois ville? que le même kir en hébreu voulait dire un mur; et que par conséquent les Hébreux ont donné le nom de ville aux premiers hameaux des Bas-Bretons? Ce serait un plaisir de voir les étymologistes aller fouiller dans les ruines de la tour de Babel, pour y trouver l'ancien langage celtique, gaulois, et toscan, si la perte d'un temps consumé si misérablement n'inspirait pas la pitié.

AMAZONES. On a vu souvent des femmes vigoureuses et hardies combattre comme les hommes; l'histoire en fait mention; car sans compter une Sémiramis, une Tomyris, une Penthésilée, qui sont peut-être fabuleuses, il est certain qu'il y avait beaucoup de femmes dans les armées des premiers califes.

C'était surtout dans la tribu des Homérites une espèce de loi dictée par l'amour et par le courage, que les épouses secourussent

1. Voy. le Dictionnaire de Ménage, au mot ALAUDA.

et vengeassent leurs maris, et les mères leurs enfants, dans les batailles.

Lorsque le célèbre capitaine Dérar combattait en Syrie contre les généraux de l'empereur Héraclius, du temps du calife Abubéker, successeur de Mahomet, Pierre, qui commandait dans Damas, avait pris dans ses courses plusieurs musulmanes avec quelque butin; il les conduisait à Damas : parmi ces captives était la sœur de Dérar lui-même. L'histoire arabe d'Alvakédi, traduite par Ockley, dit qu'elle était parfaitement belle, et que Pierre en devint épris; il la ménageait dans la route, et épargnait de trop longues traites à ses prisonnières. Elles campaient dans une vaste plaine sous des tentes gardées par des troupes un peu éloignées. Caulah (c'était le nom de cette sœur de Dérar) propose à une de ses compagnes, nommée Oserra, de se soustraire à la captivité; elle lui persuade de mourir plutôt que d'être les victimes de la lubricité des chrétiens; le même enthousiasme musulman saisit toutes ces femmes; elles s'arment des piquets ferrés de leurs tentes, de leurs couteaux, espèce de poignards qu'elles portent à la ceinture, et forment un cercle, comme les vaches se serrent en rond les unes contre les autres, et présentent leurs cornes aux loups qui les attaquent. Pierre ne fit d'abord qu'en rire; il avance vers ces femmes; il est reçu à grands coups de bâtons ferrés; il balance longtemps à user de la force: enfin il s'y résout, et les sabres étaient déjà tirés, lorsque Dérar arrive, met les Grecs en fuite, délivre sa sœur et toutes les captives.

Rien ne ressemble plus à ces temps qu'on nomme *héroïques*, chantés par Homère; ce sont les mêmes combats singuliers à la tête des armées, les combattants se parlent souvent assez longtemps avant que d'en venir aux mains; et c'est ce qui justifie Homère sans doute.

Thomas, gouverneur de Syrie, gendre d'Héraclius, attaque Sergiabil dans une sortie de Damas; il fait d'abord une prière à Jésus-Christ : « Injuste agresseur, dit-il ensuite à Sergiabil, tu ne résisteras pas à Jésus mon Dieu, qui combattra pour les vengeurs de sa religion.

— Tu profères un mensonge impie, lui répond Sergiabil; Jésus n'est pas plus grand devant Dieu qu'Adam : Dieu l'a tiré de la poussière; il lui a donné la vie comme à un autre homme, et, après l'avoir laissé quelque temps sur la terre, il l'a enlevé au ciel [1]. »

Après de tels discours le combat commence; Thomas tire une flèche qui va blesser le jeune Aban, fils de Saïb, à côté du vaillant Sergiabil; Aban tombe et expire : la nouvelle en vole à sa jeune épouse, qui n'était unie à lui que depuis quelques jours. Elle ne pleure point; elle ne jette point de cris; mais elle court sur le champ de bataille, le carquois sur l'épaule et deux flèches dans les mains; de la première qu'elle tire, elle jette par terre le porte-étendard des chrétiens; les Arabes s'en saisissent en criant *Allah achar;* de la seconde elle perce un œil de Thomas, qui se retire tout sanglant dans la ville.

---

[1]. C'est la croyance des mahométans. La doctrine des chrétiens basilidiens avait depuis longtemps cours en Arabie. Les basilidiens disaient que Jésus-Christ n'avait pas été crucifié.

L'histoire arabe est pleine de ces exemples; mais elle ne dit point que ces femmes guerrières se brûlassent le teton droit pour mieux tirer de l'arc, encore moins qu'elles vécussent sans hommes; au contraire, elles s'exposaient dans les combats pour leurs maris ou pour leurs amants, et de cela même on doit conclure que, loin de faire des reproches à l'Arioste et au Tasse d'avoir introduit tant d'amantes guerrières dans leurs poëmes, on doit les louer d'avoir peint des mœurs vraies et intéressantes.

Il y eut en effet, du temps de la folie des croisades, des femmes chrétiennes qui partagèrent avec leurs maris les fatigues et les dangers : cet enthousiasme fut porté au point que les Génois entreprirent de se croiser, et d'aller former en Palestine des bataillons de jupes et de cornettes; elles en firent un vœu dont elles furent relevées par un pape plus sage qu'elles.

Marguerite d'Anjou, femme de l'infortuné Henri VI, roi d'Angleterre, donna dans une guerre plus juste des marques d'une valeur héroïque; elle combattit elle-même dans dix batailles pour délivrer son mari. L'histoire n'a point d'exemple avéré d'un courage plus grand ni plus constant dans une femme.

Elle avait été précédée par la célèbre comtesse de Montfort, en Bretagne. « Cette princesse, dit d'Argentré, était vertueuse outre tout naturel de son sexe; vaillante de sa personne autant que nul homme : elle montait à cheval, elle le maniait mieux que nul écuyer; elle combattait à la main; elle courait, donnait parmi une troupe d'hommes d'armes comme le plus vaillant capitaine; elle combattait par mer et par terre tout de même assurance, etc. »

On la voyait parcourir, l'épée à la main, ses États envahis par son compétiteur Charles de Blois. Non-seulement elle soutint deux assauts sur la brèche d'Hennebon, armée de pied en cap, mais elle fondit sur le camp des ennemis, suivie de cinq cents hommes; y mit le feu, et le réduisit en cendres.

Les exploits de Jeanne d'Arc, si connue sous le nom de *la Pucelle d'Orléans*, sont moins étonnants que ceux de Marguerite d'Anjou et de la comtesse de Montfort. Ces deux princesses ayant été élevées dans la mollesse des cours, et Jeanne d'Arc dans le rude exercice des travaux de la campagne, il était plus singulier et plus beau de quitter sa cour que sa chaumière pour les combats.

L'héroïne qui défendit Beauvais est peut-être supérieure à celle qui fit lever le siège d'Orléans; elle combattit tout aussi bien, et ne se vanta ni d'être pucelle ni d'être inspirée. Ce fut en 1472, quand l'armée bourguignonne assiégeait Beauvais, que Jeanne Hachette, à la tête de plusieurs femmes, soutint longtemps un assaut, arracha l'étendard qu'un officier des ennemis allait arborer sur la brèche, jeta le porte-étendard dans le fossé, et donna le temps aux troupes du roi d'arriver pour secourir la ville. Ses descendants ont été exemptés de la taille; faible et honteuse récompense! Les femmes et les filles de Beauvais sont plus flattées d'avoir le pas sur les hommes à la procession le jour de l'anniversaire. Toute marque publique d'honneur encourage le mérite, et l'exemption de la taille n'est qu'une preuve qu'on doit être assujetti à cette servitude par le malheur de sa naissance.

Mlle de La Charce, de la maison de La Tour du Pin Gouvernet, se mit, en 1692, à la tête des communes en Dauphiné, et repoussa les Barbets qui faisaient une irruption. Le roi lui donna une pension comme à un brave officier. L'ordre militaire de Saint-Louis n'était pas encore institué [1].

Il n'est presque point de nation qui ne se glorifie d'avoir de pareilles héroïnes; le nombre n'en est pas grand, la nature semble avoir donné aux femmes une autre destination. On a vu, mais rarement, des femmes s'enrôler parmi les soldats. En un mot, chaque peuple a eu des guerrières; mais le royaume des Amazones sur les bords du Thermodon n'est qu'une fiction poétique, comme presque tout ce que l'antiquité raconte.

AME. — *Section I.* C'est un terme vague, indéterminé, qui exprime un principe inconnu d'effets connus que nous sentons en nous. Ce mot *âme* répond à l'*anima* des Latins, au ψυχὴ des Grecs, au terme dont se sont servies toutes les nations pour exprimer ce qu'elles n'entendaient pas mieux que nous.

Dans le sens propre et littéral du latin et des langues qui en sont dérivées, il signifie *ce qui anime.* Ainsi on a dit, l'âme des hommes, des animaux, quelquefois des plantes, pour signifier leur principe de végétation et de vie. On n'a jamais eu, en prononçant ce mot, qu'une idée confuse, comme lorsqu'il est dit dans la *Genèse* [2] : « Dieu souffla au visage de l'homme un souffle de vie, » et « Il devint âme vivante; » et « L'âme des animaux est dans le sang; » et « Ne tuez point son âme, » etc.

Ainsi l'âme était prise en général pour l'origine et la cause de la vie, pour la vie même. C'est pourquoi toutes les nations connues imaginèrent longtemps que tout mourait avec le corps. Si on peut démêler quelque chose dans le chaos des histoires anciennes, il semble qu'au moins les Égyptiens furent les premiers qui distinguèrent l'intelligence et l'âme; et les Grecs apprirent d'eux à distinguer aussi leur νοῦς et leur ψυχὴ. Les Latins, à leur exemple, distinguèrent *anima* et *animus*; et nous, enfin, nous avons aussi eu notre *âme* et notre *entendement*. Mais ce qui est le principe de notre vie, ce qui est le principe de nos pensées, sont-ce deux choses différentes? est-ce le même être? Ce qui nous fait digérer et ce qui nous donne des sensations et de la mémoire ressemble-t-il à ce qui est dans les animaux la cause de la digestion et la cause de leurs sensations et de leur mémoire?

Voilà l'éternel objet des disputes des hommes : je dis l'éternel objet, car n'ayant point de notion primitive dont nous puissions descendre dans cet examen, nous ne pouvons que rester à jamais dans un labyrinthe de doutes et de faibles conjectures.

Nous n'avons pas le moindre degré où nous puissions poser le pied

---

1. Il ne le fut que le 10 mai 1693. (ÉD.) — 2. II, 7. (ÉD.)

pour arriver à la plus légère connaissance de ce qui nous fait vivre et de ce qui nous fait penser. Comment en aurions-nous? il faudrait avoir vu la vie et la pensée entrer dans un corps. Un père sait-il comment il a produit son fils? une mère sait-elle comment elle l'a conçu? Quelqu'un a-t-il jamais pu deviner comment il agit, comment il veille, et comment il dort? Quelqu'un sait-il comment ses membres obéissent à sa volonté? a-t-il découvert par quel art ses idées se tracent dans son cerveau et en sortent à son commandement? Faibles automates mus par la main invisible qui nous dirige sur cette scène du monde, qui de nous a pu apercevoir le fil qui nous conduit?

Nous osons mettre en question si l'âme intelligente est *esprit* ou *matière*; si elle est créée avant nous; si elle sort du néant dans notre naissance; si après nous avoir animés un jour sur la terre, elle vit après nous dans l'éternité. Ces questions paraissent sublimes; que sont-elles? des questions d'aveugles qui disent à d'autres aveugles : « Qu'est-ce que la lumière? »

Quand nous voulons connaître grossièrement un morceau de métal, nous le mettons au feu dans un creuset. Mais avons-nous un creuset pour y mettre l'âme? « Elle est *esprit*, » dit l'un. Mais qu'est-ce qu'esprit? personne assurément n'en sait rien; c'est un mot si vide de sens, qu'on est obligé de dire ce que l'esprit n'est pas, ne pouvant dire ce qu'il est. « L'âme est *matière*, » dit l'autre. Mais qu'est-ce que matière? nous n'en connaissons que quelques apparences et quelques propriétés; et nulle de ces propriétés, nulle de ces apparences ne paraît avoir le moindre rapport avec la pensée.

C'est quelque chose de distinct de la matière, dites-vous. Mais quelle preuve en avez-vous? Est-ce parce que la matière est divisible et figurable, et que la pensée ne l'est pas? Mais qui vous a dit que les premiers principes de la matière sont divisibles et figurables? Il est très-vraisemblable qu'ils ne le sont point; des sectes entières de philosophes prétendent que les éléments de la matière n'ont ni figure ni étendue. Vous criez d'un air triomphant : « La pensée n'est ni du bois, ni de la pierre, ni du sable, ni du métal; donc la pensée n'appartient pas à la matière. » Faibles et hardis raisonneurs! la gravitation n'est ni bois, ni sable, ni métal, ni pierre; le mouvement, la végétation, la vie, ne sont rien non plus de tout cela; et cependant la vie, la végétation, le mouvement, la gravitation, sont donnés à la matière. Dire que Dieu ne peut rendre la matière pensante, c'est dire la chose la plus insolemment absurde que jamais on ait osé proférer dans les écoles privilégiées de la démence. Nous ne sommes pas assurés que Dieu en ait usé ainsi; nous sommes seulement assurés qu'il le peut. Mais qu'importe tout ce qu'on a dit et tout ce qu'on dira sur l'âme? qu'importe qu'on l'ait appelée entéléchie, quintessence, flamme, éther; qu'on l'ait crue universelle, incréée, transmigrante, etc.?

Qu'importent, dans ces questions inaccessibles à la raison, ces romans de nos imaginations incertaines? Qu'importe que les Pères des quatre premiers siècles aient cru l'âme corporelle? Qu'importe que Tertullien, par une contradiction qui lui est familière, ait décidé qu'elle est à la fois corporelle, figurée et simple? Nous avons mille témoignages d'ignorance, et pas un qui nous donne une lueur de vraisemblance.

Comment donc sommes-nous assez hardis pour affirmer ce que c'est que l'âme? Nous savons certainement que nous existons, que nous sentons, que nous pensons. Voulons-nous faire un pas au delà? nous tombons dans un abîme de ténèbres; et dans cet abîme nous avons encore la folle témérité de disputer si cette âme, dont nous n'avons pas la moindre idée, est faite avant nous ou avec nous, et si elle est périssable ou immortelle.

L'article Ame, et tous les articles qui tiennent à la métaphysique, doivent commencer par une soumission sincère aux dogmes indubitables de l'Eglise. La révélation vaut mieux, sans doute, que toute la philosophie. Les systèmes exercent l'esprit, mais la foi l'éclaire et le guide.

Ne prononce-t-on pas souvent des mots dont nous n'avons qu'une idée très-confuse, ou même dont nous n'en avons aucune? Le mot d'*âme* n'est-il pas dans ce cas? Lorsque la languette ou la soupape d'un soufflet est dérangée, et que l'air qui est entré dans la capacité du soufflet en sort par quelque ouverture survenue à cette soupape, qu'il n'est plus comprimé contre les deux palettes, et qu'il n'est pas poussé avec violence vers le foyer qu'il doit allumer, les servantes disent : *L'âme du soufflet est crevée*. Elles n'en savent pas davantage; et cette question ne trouble point leur tranquillité.

Le jardinier prononce le mot d'*âme des plantes*, et les cultive très-bien sans savoir ce qu'il entend par ce terme.

Le luthier pose, avance ou recule l'*âme d'un violon* sous le chevalet, dans l'intérieur des deux tables de l'instrument; un chétif morceau de bois de plus ou de moins lui donne ou lui ôte une âme harmonieuse.

Nous avons plusieurs manufactures dans lesquelles les ouvriers donnent la qualification d'*âme* à leurs machines. Jamais on ne les entend disputer sur ce mot; il n'en est pas ainsi des philosophes.

Le mot d'*âme* parmi nous signifie en général ce qui anime. Nos devanciers les Celtes donnaient à leur âme le nom de *seel*, dont les Anglais ont fait le mot *soul*, les Allemands *seel*; et probablement les anciens Teutons, et les anciens Bretons n'eurent point de querelles dans les universités pour cette expression.

Les Grecs distinguaient trois sortes d'âmes : ψυχή, qui signifiait l'*âme sensitive*, l'*âme des sens*; et voilà pourquoi l'*Amour*, enfant d'*Aphrodite*, eut tant de passion pour *Psyché*, et que *Psyché* l'aima si tendrement; πνεῦμα, le souffle qui donnait la vie et le mouvement à toute la machine, et que nous avons traduit par *spiritus*, esprit, mot vague auquel on a donné mille acceptions différentes; et enfin νοῦς, l'*intelligence*.

Nous possédions donc trois âmes, sans avoir la plus légère notion d'aucune. *Saint Thomas d'Aquin*[1] admet ces trois âmes en qualité

_____
[1] *Somme de saint Thomas*, édition de Lyon, 1738.

de péripatéticien, et distingue chacune de ces trois âmes en trois parties.

Ψυχή était dans la poitrine, πνεῦμα se répandait dans tout le corps, et νοῦς était dans la tête. Il n'y a point eu d'autre philosophie dans nos écoles jusqu'à nos jours, et malheur à tout homme qui aurait pris une de ces âmes pour l'autre.

Dans ce chaos d'idées il y avait pourtant un fondement. Les hommes s'étaient bien aperçus que dans leurs passions d'amour, de colère, de crainte, il s'excitait des mouvements dans leurs entrailles. Le foie et le cœur furent le siége des passions. Lorsqu'on pense profondément, on sent une contention dans les organes de la tête; donc l'âme intellectuelle est dans le cerveau. Sans respiration, point de végétation, point de vie : donc l'âme végétative est dans la poitrine, qui reçoit le souffle de l'air.

Lorsque les hommes virent en songe leurs parents ou leurs amis morts, il fallut bien chercher ce qui leur était apparu. Ce n'était pas le corps, qui avait été consumé sur un bûcher, ou englouti dans la mer et mangé des poissons. C'était pourtant quelque chose, à ce qu'ils prétendaient; car ils l'avaient vu; le mort avait parlé; le songeur l'avait interrogé. Était-ce ψυχή, était-ce πνεῦμα, était-ce νοῦς, avec qui on avait conversé en songe? On imagina un fantôme, une figure légère : c'était σκιά, c'était δαίμων, une ombre, des mânes, une petite âme d'air et de feu, extrêmement déliée, qui errait je ne sais où.

Dans la suite des temps, quand on voulut approfondir la chose, il demeura pour constant que cette âme était corporelle; et toute l'antiquité n'en eut point d'autre idée. Enfin Platon vint qui subtilisa tellement cette âme, qu'on douta s'il ne la séparait pas entièrement de la matière; mais ce fut un problème qui ne fut jamais résolu jusqu'à ce que la foi vint nous éclairer.

En vain les matérialistes allèguent quelques Pères de l'Église qui ne s'exprimaient point avec exactitude. Saint Irénée dit [1] que l'âme n'est que le souffle de la vie, qu'elle n'est incorporelle que par comparaison avec le corps mortel, et qu'elle conserve la figure de l'homme afin qu'on la reconnaisse.

En vain Tertullien s'exprime ainsi : « La corporalité de l'âme éclate dans l'Évangile [2]. Corporalitas animæ in ipso Evangelio relucescit. » Car si l'âme n'avait pas un corps, l'image de l'âme n'aurait pas l'image du corps.

En vain même rapporte-t-il la vision d'une sainte femme qui avait vu une âme très-brillante, et de la couleur de l'air.

En vain Tatien dit expressément [3] : Ψυχὴ μὲν οὖν ἡ τῶν ἀνθρώπων πολυμερής ἐστι : l'âme de l'homme est composée de plusieurs parties.

En vain allègue-t-on saint Hilaire, qui dit dans des temps postérieurs [4] : « Il n'est rien de créé qui ne soit corporel, ni dans le ciel, ni

1. Liv. V, chap. VI et VII. — 2. Oratio ad Græcos, chap. XXIII.
3. De anima, chap. VII. — 4. Saint Hilaire sur saint Matthieu, p. 633.

sur la terre, ni parmi les visibles, ni parmi les invisibles : tout est
formé d'éléments; et les âmes, soit qu'elles habitent un corps, soit
qu'elles en sortent, ont toujours une substance corporelle. »

En vain saint Ambroise, au vi^e siècle, dit : « Nous ne connaissons
rien que de matériel, excepté la seule vénérable Trinité. »

Le corps de l'Église entière a décidé que l'âme est immatérielle. Ces
saints étaient tombés dans une erreur alors universelle; ils étaient
hommes; mais ils ne se trompèrent pas sur l'immortalité, parce qu'elle
est évidemment annoncée dans les Évangiles.

Nous avons un besoin si évident de la décision de l'Église infaillible
sur ces points de philosophie, que nous n'avons en effet par nous-
mêmes aucune notion suffisante de ce qu'on appelle *esprit pur*, et de
ce qu'on nomme *matière*. L'esprit pur est un mot qui ne nous donne
aucune idée; et nous ne connaisons la matière que par quelques phé-
nomènes. Nous la connaissons si peu, que nous l'appelons *substance*;
or le mot *substance* veut dire *ce qui est dessous*; mais ce *dessous* nous
sera éternellement caché, mais ce *dessous* est le secret du Créateur; et
ce secret du Créateur est partout. Nous ne savons ni comment nous
recevons la vie, ni comment nous la donnons, ni comment nous
croissons, ni comment nous digérons, ni comment nous dormons,
ni comment nous pensons, ni comment nous sentons.

La grande difficulté est de comprendre comment un être, quel qu'il
soit, à des pensées.

Section II. — Des doutes de Locke sur l'âme. — L'auteur de l'article AME[2] dans l'*Encyclopédie* a suivi scrupuleusement Jaquelot; mais
Jaquelot ne nous apprend rien. Il s'élève aussi contre Locke, parce
que le modeste Locke a dit[3] : « Nous ne serons peut-être jamais capable de connaître si un être matériel pense ou non, par la
raison qu'il nous est impossible de découvrir par la contemplation de
nos propres idées, *sans révélation*, si Dieu n'a point donné à quelque
amas de matière, disposée comme il le trouve à propos, la puissance
d'apercevoir et de penser; ou s'il a joint et uni à la matière ainsi disposée une substance immatérielle qui pense. Car, par rapport à nos
notions, il ne nous est pas plus malaisé de concevoir que Dieu peut,
s'il lui plait, ajouter à notre idée de la matière la faculté de penser,
que de comprendre qu'il y joigne une autre substance avec la faculté
de penser; puisque nous ignorons en quoi consiste la pensée, et à
quelle espèce de substance cet être tout-puissant a trouvé à propos
d'accorder cette puissance, qui ne saurait être créée qu'en vertu du
bon plaisir et de la bonté du Créateur. Je ne vois pas quelle contradiction il y a que Dieu, cet être pensant, éternel, et tout-puissant, donne,
s'il veut, quelques degrés de sentiment, de perception et de pensée à
certains amas de matière crée et insensible qu'il joint ensemble comme
il le trouve à propos. »

1. Sur Abraham, liv. II, chap. viii.
2. L'abbé Yvon. (ÉD.)
3 Traduction de Coste, liv. IV, ch. III, § 6.

C'était parler en homme profond, religieux et modeste[1].

On sait quelles querelles il eut à essuyer sur cette opinion qui parut hasardée, mais qui en effet n'était en lui qu'une suite de la conviction où il était de la toute-puissance de Dieu et de la faiblesse de l'homme. Il ne disait pas que la matière pensât; mais il disait que nous n'en savons pas assez pour démontrer qu'il est impossible à Dieu d'ajouter le don de la pensée à l'être inconnu nommé matière, après lui avoir accordé le don de la gravitation et celui du mouvement, qui sont également incompréhensibles.

Locke n'était pas assurément le seul qui eût avancé cette opinion; c'était celle de toute l'antiquité, qui, en regardant l'âme comme une matière très-déliée, assurait par conséquent que la matière pouvait sentir et penser.

C'était le sentiment de Gassendi, comme on le voit dans ses objections à Descartes. « Il est vrai, dit Gassendi, que vous connaissez que vous pensez; mais vous ignorez quelle espèce de substance vous êtes, vous qui pensez. Ainsi, quoique l'opération de la pensée vous soit connue, le principal de votre essence vous est caché; et vous ne savez point quelle est la nature de cette substance, dont l'une des opérations est de penser. Vous ressemblez à un aveugle qui, sentant la chaleur du soleil et étant averti qu'elle est causée par le soleil, croirait avoir une idée claire et distincte de cet astre, parce que si on lui demandait ce que c'est que le soleil, il pourrait répondre : « C'est une chose « qui échauffe, etc. »

Le même Gassendi, dans sa *Philosophie d'Épicure*, répète plusieurs fois qu'il n'y a aucune évidence mathématique de la pure spiritualité de l'âme.

Descartes, dans une de ses lettres à la princesse palatine Elisabeth, lui dit : « Je confesse que par la seule raison naturelle nous pouvons faire beaucoup de conjectures sur l'âme, et avoir de flatteuses espérances, mais non pas aucune assurance. » Et en cela Descartes combat dans ses lettres ce qu'il avance dans ses livres; contradiction trop ordinaire.

Enfin nous avons vu que tous les Pères des premiers siècles de l'Église, en croyant l'âme immortelle, la croyaient en même temps matérielle; ils pensaient qu'il est aussi aisé à Dieu de conserver que de créer. Ils disaient : « Dieu la fit pensante, il la conservera pensante. »

Malebranche a prouvé très-bien que nous n'avons aucune idée par nous-mêmes, et que les objets sont incapables de nous en donner : de

---

1. Voyez le discours préliminaire de M. d'Alembert (qui fait aussi partie du tome I de ses *Mélanges de littérature*, etc.).

« On peut dire qu'il créa la métaphysique à peu près comme Newton avait créé la physique. Pour connaître notre âme, ses idées et ses affections, il n'étudia point les livres, parce qu'ils l'auraient mal instruit; il se contenta de descendre profondément en lui-même; et après s'être, pour ainsi dire, contemplé longtemps, il ne fit, dans son *Traité de l'entendement humain*, que présenter aux hommes le miroir dans lequel il s'était vu. En un mot, il réduisit la métaphysique à ce qu'elle doit être en effet, la physique expérimentale de l'âme. »

là il conclut que nous voyons tout en Dieu. C'est au fond la même chose que de faire Dieu l'auteur de toutes nos idées; car avec quoi verrions-nous dans lui, si nous n'avions pas des instruments pour voir? et ces instruments, c'est lui seul qui les tient et qui les dirige. Ce système est un labyrinthe, dont une allée vous mènerait au spinosisme, une autre au stoïcisme, et une autre au chaos.

Quand on a bien disputé sur l'esprit, sur la matière, on finit toujours par ne se point entendre. Aucun philosophe n'a pu lever par ses propres forces ce voile que la nature a étendu sur tous les premiers principes des choses; ils disputent, et la nature agit.

Section III. De l'âme des bêtes, et de quelques idées creuses. —Avant l'étrange système qui suppose les animaux de pures machines sans aucune sensation, les hommes n'avaient jamais imaginé dans les bêtes une âme immatérielle; et personne n'avait poussé la témérité jusqu'à dire qu'une huître possède une âme spirituelle. Tout le monde s'accordait paisiblement à convenir que les bêtes avaient reçu de Dieu du sentiment, de la mémoire, des idées, et non pas un esprit pur. Personne n'avait abusé du don de raisonner au point de dire que la nature a donné aux bêtes tous les organes du sentiment pour qu'elles n'eussent point de sentiment. Personne n'avait dit qu'elles crient quand on les blesse, et qu'elles fuient quand on les poursuit, sans éprouver ni douleur ni crainte.

On ne niait point alors la toute-puissance de Dieu; il avait pu communiquer à la matière organisée des animaux le plaisir, la douleur, le ressouvenir, la combinaison de quelques idées; il avait pu donner à plusieurs d'entre eux, comme au singe, à l'éléphant, au chien de chasse, le talent de se perfectionner dans les arts qu'on leur apprend; non-seulement il avait pu douer presque tous les animaux carnassiers du talent de mieux faire la guerre dans leur vieillesse expérimentée, que dans leur jeunesse trop confiante; non-seulement, dis-je, il l'avait pu, mais il l'avait fait; l'univers en était témoin.

Pereira et Descartes soutinrent à l'univers qu'il se trompait, que Dieu avait joué des gobelets, qu'il avait donné tous les instruments de la vie et de la sensation aux animaux, afin qu'ils n'eussent ni sensation, ni vie proprement dite. Mais je ne sais quels prétendus philosophes, pour répondre à la chimère de Descartes, se jetèrent dans la chimère opposée; ils donnèrent libéralement un esprit pur aux crapauds et aux insectes :

> *In vitium ducit culpæ fuga....* »
>   (Hor., de Art. poet.)

Entre ces deux folies, l'une qui ôte le sentiment aux organes du sentiment, l'autre qui loge un pur esprit dans une punaise, on imagina un milieu; c'est l'instinct : et qu'est-ce que l'instinct? Oh! oh! c'est une forme substantielle; c'est une forme plastique; c'est un je ne sais quoi : c'est de l'instinct. Je serai de votre avis, tant que vous appellerez la plupart des choses *je ne sais quoi*, tant que votre philosophie

commencera et finira par *je ne sais;* mais quand vous affirmerez, je
vous dirai avec Prior dans son poëme sur les vanités du monde :

> Osez-vous assigner, pédants insupportables,
> Une cause diverse à des effets semblables?
> Avez-vous mesuré cette mince cloison
> Qui semble séparer l'instinct de la raison?
> Vous êtes mal pourvus et de l'un et de l'autre.
> Aveugles insensés, quelle audace est la vôtre!
> L'orgueil est votre instinct. Conduirez-vous nos pas
> Dans ces chemins glissants que vous ne voyez pas?

L'auteur de l'article ÂME dans l'*Encyclopédie* s'exprime ainsi : « Je
me représente l'âme des bêtes comme une substance immatérielle et
intelligente, mais de quelle espèce? Ce doit être, ce me semble, un
principe actif qui a des sensations, et qui n'a que cela.... Si nous ré-
fléchissons sur la nature de l'âme des bêtes, elle ne nous fournit rien
de son fonds qui nous porte à croire que sa spiritualité la sauvera de
l'anéantissement. »

Je n'entends pas comment on se représente une substance immatérielle. Se représenter quelque chose, c'est s'en faire une image; et
jusqu'à présent personne n'a pu peindre l'esprit. Je veux que, par le
mot *représente,* l'auteur entende *je conçois;* pour moi, j'avoue que je
ne le conçois pas. Je conçois encore moins qu'une âme spirituelle soit
anéantie, parce que je ne conçois ni la création ni le néant; parce que
je n'ai jamais assisté au conseil de Dieu; parce que je ne sais rien du
tout du principe des choses.

Si je veux prouver que l'âme est un être réel, on m'arrête en me
disant que c'est une faculté. Si j'affirme que c'est une faculté, et que
j'ai celle de penser, on me répond que je me trompe; que Dieu, le
maître éternel de toute la nature, fait tout en moi, et dirige toutes
mes actions et toutes mes pensées; que si je produisais mes pensées,
je saurais celles que j'aurais dans une minute; que je ne le sais jamais; que je ne suis qu'un automate à sensations et à idées, nécessairement dépendant, et entre les mains de l'Être suprème, infiniment
plus soumis à lui que l'argile ne l'est au potier.

J'avoue donc mon ignorance; j'avoue que quatre mille tomes de métaphysique ne nous enseigneront pas ce que c'est que notre âme.

Un philosophe orthodoxe disait à un philosophe hétérodoxe : « Comment avez-vous pu parvenir à imaginer que l'âme est mortelle de sa
nature, et qu'elle n'est éternelle que par la pure volonté de Dieu? —
Par mon expérience, dit l'autre. — Comment! est-ce que vous êtes
mort? — Oui, fort souvent. Je tombais en épilepsie dans ma jeunesse,
et je vous assure que j'étais parfaitement mort pendant plusieurs
heures. Nulle sensation, nul souvenir même du moment où j'étais
tombé. Il m'arrive à présent la même chose presque toutes les nuits.
Je ne sens jamais précisément le moment où je m'endors; mon sommeil est absolument sans rêves. Je ne peux imaginer que par con-ec-

turbs combien de temps j'ai dormi. Je suis mort régulièrement six heures en vingt-quatre. C'est le quart de ma vie. »

L'orthodoxe alors lui soutint qu'il pensait toujours pendant son sommeil sans qu'il en sût rien. L'hétérodoxe lui répondit : « Je crois par la révélation que je penserai toujours dans l'autre vie; mais je vous assure que je pense rarement dans celle-ci. »

L'orthodoxe ne se trompait pas en assurant l'immortalité de l'âme, puisque la foi et la raison démontrent cette vérité; mais il pouvait se tromper en assurant qu'un homme endormi pense toujours.

Locke avouait franchement qu'il ne pensait pas toujours quand il dormait. Un autre philosophe a dit : « Le propre de l'homme est de penser; mais ce n'est pas son essence. »

Laissons à chaque homme la liberté et la consolation de se chercher soi-même, et de se perdre dans ses idées.

Cependant il est bon de savoir qu'en 1730 un philosophe essuya une persécution assez forte pour avoir avoué, avec Locke, que son entendement n'était pas exercé tous les moments du jour et de la nuit, de même qu'il ne se servait pas à tout moment de ses bras et de ses jambes. Non-seulement l'ignorance de cour le persécuta, mais l'ignorance maligne de quelques prétendus littérateurs se déchaîna contre le persécuté. Ce qui n'avait produit en Angleterre que quelques disputes philosophiques, produisit en France les plus lâches atrocités; un Français fut la victime de Locke.

Il y a eu toujours dans la fange de notre littérature plus d'un de ces misérables qui ont vendu leur plume, et cabalé contre leurs bienfaiteurs mêmes. Cette remarque est bien étrangère à l'article AME; mais faudrait-il perdre une occasion d'effrayer ceux qui se rendent indignes du nom d'hommes de lettres, qui prostituent le peu d'esprit et de conscience qu'ils ont à un vil intérêt, à une politique chimérique, qui trahissent leurs amis pour flatter des sots, qui broient en secret la ciguë dont l'ignorant puissant et méchant veut abreuver des citoyens utiles?

Arriva-t-il jamais dans la véritable Rome qu'on dénonçât aux consuls un Lucrèce pour avoir mis en vers le système d'Épicure? un Cicéron pour avoir écrit plusieurs fois qu'après la mort on ne ressent aucune douleur? qu'on accusât un Pline, un Varron d'avoir eu des idées particulières sur la divinité? La liberté de penser fut illimitée chez les Romains. Les esprits durs, jaloux et rétrécis, qui se sont efforcés d'écraser parmi nous cette liberté, mère de nos connaissances, et premier ressort de l'entendement humain, ont prétexté des dangers chimériques. Ils n'ont pas songé que les Romains, qui poussaient cette liberté beaucoup plus loin que nous, n'en ont pas moins été nos vainqueurs, nos législateurs, et que les disputes de l'école n'ont pas plus de rapport au gouvernement que le tonneau de Diogène n'en eut avec les victoires d'Alexandre.

Cette leçon vaut bien une leçon sur l'âme : nous aurons peut-être plus d'une occasion d'y revenir.

1. C'est Voltaire lui-même. (ÉD.)

Enfin, en adorant Dieu de toute notre âme, confessons toujours notre profonde ignorance sur cette âme, sur cette faculté de sentir et de penser que nous tenons de sa bonté infinie. Avouons que nos faibles raisonnements ne peuvent rien ôter, rien ajouter à la révélation et à la foi. Concluons enfin que nous devons employer cette intelligence, dont la nature est inconnue, à perfectionner les sciences qui sont l'objet de l'*Encyclopédie*, comme les horlogers emploient des ressorts dans leurs montres, sans savoir ce que c'est que le ressort.

Section IV. Sur l'âme, et sur nos ignorances. — Sur la foi de nos connaissances acquises, nous avons osé mettre en question si l'âme est créée avant nous, si elle arrive du néant dans notre corps ? à quel âge elle est venue se placer entre une vessie et les intestins *cæcum et rectum* ? si elle y a reçu ou apporté quelques idées, et quelles sont ces idées ? si après nous avoir animé quelques moments, son essence est de vivre après nous dans l'éternité sans l'intervention de Dieu même ? si étant esprit, et Dieu étant esprit, ils sont l'un et l'autre d'une nature semblable [1] ? Ces questions paraissent sublimes : que sont-elles ? des questions d'aveugles-nés sur la lumière.

Que nous ont appris tous les philosophes anciens et modernes ? un enfant est plus sage qu'eux ; il ne pense pas à ce qu'il ne peut concevoir.

Qu'il est triste, direz-vous, pour notre insatiable curiosité, pour notre soif intarissable du bien-être, de nous ignorer ainsi ! J'en conviens, et il y a des choses encore plus tristes ; mais je vous répondrai :

Sors tua mortalis, non est mortale quod optas.

(Ovid., *Met.*, ii, 56.)

Tes destins sont d'un homme, et tes vœux sont d'un dieu.

Il paraît, encore une fois, que la nature de tout principe des choses est le secret du Créateur. Comment les airs portent-ils des sons ? comment se forment les animaux ? comment quelques-uns de nos membres obéissent-ils constamment à nos volontés ? quelle main place des idées dans notre mémoire, les y garde comme dans un registre, et les en tire tantôt à notre gré, et tantôt malgré nous ? Notre nature, celle de l'univers, celle de la moindre plante, tout est plongé pour nous dans un gouffre de ténèbres.

L'homme est un être agissant, sentant et pensant ; voilà tout ce que nous en savons : il ne nous est donné de connaître ni ce qui nous rend sentants et pensants, ni ce qui nous fait agir, ni ce qui nous fait être. La faculté agissante est aussi incompréhensible pour nous que la fa-

---

1. Ce n'était pas sans doute l'opinion de saint Augustin, qui, dans le livre vii de la *Cité de Dieu*, s'exprime ainsi : « Que ceux-là se taisent qui n'ont pas osé, à la vérité, dire que Dieu est un corps, mais qui ont cru que nos âmes sont de même nature que lui. Ils n'ont pas été frappés de l'extrême mutabilité de notre âme, qu'il n'est pas permis d'attribuer à Dieu. »

« Cedant e, illi quos puduit dicere Deum corpus esse, verumtamen « ejusdem naturæ, cujus ille est, animos nostros esse putaverunt. Ita non sos « movet tanta mutabilitas animi, quam Dei naturæ tribuere nefas est. »

culté pensante. La difficulté est moins de concevoir comment ce corps de fange a des sentiments et des idées, que de concevoir comment un être, quel qu'il soit, a des idées et des sentiments.

Voilà d'un côté l'âme d'Archimède, de l'autre celle d'un imbécile : sont-elles de même nature? Si leur essence est de penser, elles pensent toujours, et indépendamment du corps qui ne peut agir sans elles. Si elles pensent par leur propre nature, l'espèce d'une âme qui ne peut faire une règle d'arithmétique sera-t-elle la même que celle qui a mesuré les cieux? Si ce sont les organes du corps qui ont fait penser Archimède, pourquoi mon idiot, mieux constitué qu'Archimède, plus vigoureux, digérant mieux, faisant mieux toutes ses fonctions, ne pense-t-il point? C'est, dites-vous, que sa cervelle n'est pas si bonne. Mais vous le supposez, vous n'en savez rien. On n'a jamais trouvé de différences entre les cervelles saines qu'on a disséquées; il est même très-vraisemblable que le cervelet d'un sot sera en meilleur état que celui d'Archimède, qui a fatigué prodigieusement, et qui pourrait être usé et raccourci.

Concluons donc ce que nous avons déjà conclu, que nous sommes des ignorants sur tous les premiers principes. A l'égard des ignorants qui font les suffisants, ils sont fort au-dessous des singes.

Disputez maintenant, colériques argumentants : présentez des requêtes les uns contre les autres; dites des injures, prononcez vos sentences, vous qui ne savez pas un mot de la question.

Section V. Du paradoxe de Warburton sur l'immortalité de l'âme.
— Warburton, éditeur et commentateur de Shakspeare et évêque de Glocester, usant de la liberté anglaise, et abusant de la coutume de dire des injures à ses adversaires, a composé quatre volumes pour prouver que l'immortalité de l'âme n'a jamais été annoncée dans le *Pentateuque*, et pour conclure de cette preuve même que la mission de Moïse, qu'il appelle *légation*, est divine. Voici le précis de son livre, qu'il donne lui-même, pages 7 et 8 du premier tome :

« 1° La doctrine d'une vie à venir, des récompenses et des châtiments après la mort, est nécessaire à toute société civile.

« 2° Tout le genre humain (et c'est en quoi il se trompe), et spécialement les plus sages et les plus savantes nations de l'antiquité, se sont accordés à croire et à enseigner cette doctrine.

« 3° Elle ne peut se trouver en aucun endroit de la loi de Moïse; donc la loi de Moïse est d'un original divin. Ce que je vais prouver par les deux syllogismes suivants :

« *Premier syllogisme.* — Toute religion, toute société qui n'a pas l'immortalité de l'âme pour son principe, ne peut être soutenue que par une providence extraordinaire; la religion juive n'avait pas l'immortalité de l'âme pour principe; donc la religion juive était soutenue par une providence extraordinaire.

« *Second syllogisme.* — Les anciens législateurs ont tous dit qu'une religion qui n'enseignerait pas l'immortalité de l'âme ne pouvait être soutenue que par une providence extraordinaire; Moïse a institué une religion qui n'est pas fondée sur l'immortalité de l'âme; donc Moïse croyait sa religion maintenue par une providence extraordinaire.

Ce qui est bien plus extraordinaire, c'est cette assertion de Warburton, qu'il a mise en gros caractères à la tête de son livre. On lui a reproché souvent l'extrême témérité et la mauvaise foi avec laquelle il ose dire que tous les anciens législateurs ont cru qu'une religion qui n'est pas fondée sur les peines et les récompenses après la mort, ne peut être soutenue que par une providence extraordinaire; il n'y en a pas un seul qui l'ait jamais dit. Il n'entreprend pas même d'en apporter aucun exemple dans son énorme livre farci d'une immense quantité de citations, qui toutes sont étrangères à son sujet. Il s'est enterré sous un amas d'auteurs grecs et latins, anciens et modernes, de peur qu'on ne pénétrât jusqu'à lui, à travers une multitude horrible d'enveloppes. Lorsque enfin la critique a fouillé jusqu'au fond, il est ressuscité d'entre tous ces morts pour charger d'outrages tous ses adversaires.

Il est vrai que vers la fin de son quatrième volume, après avoir marché par cent labyrinthes, et s'être battu avec tous ceux qu'il a rencontrés en chemin, il vient enfin à la grande question qu'il avait laissée là. Il s'en prend au livre de Job, qui passe chez les savants pour l'ouvrage d'un Arabe, et il veut prouver que Job ne croyait point l'immortalité de l'âme. Ensuite il explique à sa façon tous les textes de l'Écriture par lesquels on a voulu combattre son sentiment.

Tout ce qu'on en doit dire, c'est que, s'il avait raison, ce n'était pas à un évêque d'avoir ainsi raison. Il devait sentir qu'on en pouvait tirer des conséquences trop dangereuses[1]. Mais il n'y a qu'heur et malheur dans ce monde; cet homme, qui est devenu délateur et persécuteur, n'a été fait évêque par la protection d'un ministre d'État, qu'immédiatement après avoir fait son livre.

A Salamanque, à Coimbre, à Rome, il aurait été obligé de se rétracter et de demander pardon. En Angleterre il est devenu pair du royaume avec cent mille livres de rente; c'était de quoi adoucir ses mœurs.

Section VI. Du besoin de la révélation. — Le plus grand bienfait dont nous soyons redevables au *Nouveau Testament*, c'est de nous avoir révélé l'immortalité de l'âme. C'est donc bien vainement que ce Warburton a voulu jeter des nuages sur cette importante vérité, en représentant continuellement dans sa *Légation de Moïse*, « que les anciens

---

1. On les a tirées, en effet, ces dangereuses conséquences. On lui a dit : « La créance de l'âme immortelle est nécessaire ou non. Si elle n'est pas nécessaire, pourquoi Jésus-Christ l'a-t-il annoncée ? Si elle est nécessaire, pourquoi Moïse n'en a-t-il pas fait la base de sa religion ? Ou Moïse était instruit de ce dogme, ou il ne l'était pas. S'il l'ignorait, il était indigne de donner des lois. S'il le savait et le cachait, quel nom voulez-vous qu'on lui donne ? De quelque côté que vous vous tourniez, vous tombez dans un abîme qu'un évêque ne devait pas ouvrir. Votre dédicace aux francs-pensants, vos fades plaisanteries avec eux, et vos bassesses auprès de milord Hardwich, ne vous sauveront pas de l'opprobre dont vos contradictions continuelles vous ont couvert; et vous apprendrez que, quand on dit des choses hardies, il faut les dire modestement. »

juifs n'avaient aucune connaissance de ce dogme nécessaire, et
que les saducéens ne l'admettaient pas du temps de notre Seigneur
Jésus. »

Il interprète à sa manière les propres mots qu'on fait prononcer à
Jésus-Christ : « N'avez-vous pas lu ces paroles que Dieu vous a dites :
« Je suis le Dieu d'Abraham, le Dieu d'Isaac, le Dieu de Jacob? » Or
Dieu n'est pas le Dieu des morts, mais des vivants. » Il donne à la parabole du mauvais riche un sens contraire à celui de toutes les Eglises.
Sherlock, évêque de Londres, et vingt autres savants l'ont réfuté. Les
philosophes anglais même lui ont reproché combien il est scandaleux
dans un évêque anglican de manifester une opinion si contraire à
l'Eglise anglicane ; et cet homme après cela s'avise de traiter les gens
d'impies; semblable au personnage d'*Arlequin*, dans la comédie du
Dévaliseur de maisons, qui, après avoir jeté les meubles par la fenêtre, voyant un homme qui en emportait quelques-uns, cria de toutes
ses forces : « Au voleur ! »

Il faut d'autant plus bénir la révélation de l'immortalité de l'âme,
et des peines et des récompenses après la mort, que la vaine philosophie des hommes en a toujours douté. Le grand César n'en croyait
rien; il s'en expliqua clairement en plein sénat lorsque, pour empêcher qu'on fît mourir Catilina, il représenta que la mort ne laissait à
l'homme aucun sentiment, que tout mourait avec lui, et personne ne
réfuta cette opinion.

L'empire romain était partagé entre deux grandes sectes principales :
celle d'Epicure qui affirmait que la divinité était inutile au monde, et
que l'âme périt avec le corps; et celle des stoïciens qui regardaient
l'âme comme une portion de la Divinité, laquelle après la mort se
réunissait à son origine, au grand tout dont elle était émanée. Ainsi,
soit que l'on crût l'âme mortelle, soit qu'on la crût immortelle, toutes
les sectes se réunissaient à se moquer des peines et des récompenses
après la mort.

Il nous reste encore cent monuments de cette croyance des Romains.
C'est en vertu de ce sentiment profondément gravé dans tous les
cœurs, que tant de héros et tant de simples citoyens romains se donnèrent la mort sans le moindre scrupule; ils n'attendaient point qu'un
tyran les livrât à des bourreaux.

Les hommes les plus vertueux même, et les plus persuadés de
l'existence d'un Dieu, n'espéraient alors aucune récompense, et ne
craignaient aucune peine. Nous verrons à l'article APOCALYPSE que Clément, qui fut depuis pape et saint, commença par douter lui-même
de ce que les premiers chrétiens disaient d'une autre vie, et qu'il
consulta saint Pierre à Césarée. Nous sommes bien loin de croire que
saint Clément ait écrit cette histoire qu'on lui attribue; mais elle fait
voir quel besoin avait le genre humain d'une révélation précise. Tout
ce qui peut nous surprendre, c'est qu'un dogme si réprimant et si

1 Saint Matthieu, chap. XXII, v. 31 et 32.

salutaire ait laissé en proie à tant d'horribles crimes des hommes qui ont si peu de temps à vivre, et qui se voient pressés entre deux éternités.

Section VII. Âmes des sots et des monstres. — Un enfant mal conformé naît absolument imbécile, n'a point d'idées, vit sans idées; on en a vu de cette espèce. Comment définira-t-on cet animal? Des docteurs ont dit que c'est quelque chose entre l'homme et la bête; d'autres ont dit qu'il avait une âme sensitive, mais non pas une âme intellectuelle. Il mange, il boit, il dort, il veille, il a des sensations; mais il ne pense pas.

Y a-t-il pour lui une autre vie, n'y en a-t-il point? le cas a été proposé, et n'a pas été encore entièrement résolu.

Quelques-uns ont dit que cette créature devait avoir une âme, parce que son père et sa mère en avaient une. Mais par ce raisonnement on prouverait que si elle était venue au monde sans nez, elle serait réputée en avoir un, parce que son père et sa mère en avaient.

Une femme accouche, son enfant n'a point de menton, son front est écrasé et un peu noir, son nez est effilé et pointu, ses yeux sont ronds, sa mine ne ressemble pas mal à celle d'une hirondelle; cependant il a le reste du corps fait comme nous. Les parents le font baptiser à la pluralité des voix. Il est décidé homme et possesseur d'une âme immortelle. Mais si cette petite figure ridicule a des ongles pointus, la bouche faite en bec, il est déclaré monstre, il n'a point d'âme, on ne le baptise pas.

On sait qu'il y eut à Londres en 1726 une femme qui accouchait tous les huit jours d'un lapereau. On ne faisait nulle difficulté de refuser le baptême à cet enfant, malgré la folie épidémique qu'on eut pendant trois semaines à Londres de croire qu'en effet cette pauvre friponne faisait des lapins de garenne. Le chirurgien qui l'accouchait, nommé Saint-André, jurait que rien n'était plus vrai, et on le croyait. Mais quelle raison avaient les crédules pour refuser une âme aux enfants de cette femme? Elle avait une âme, ses enfants devaient en être pourvus aussi; soit qu'ils eussent des mains, soit qu'ils eussent des pattes, soit qu'ils fussent nés avec un visage: l'Être suprème ne peut-il pas accorder le don de la pensée et de la sensation à un petit je ne sais quoi, né d'une femme, figuré en lapin, aussi bien qu'à un petit je ne sais quoi, figuré en homme? L'âme qui était prête à se loger dans le fœtus de cette femme s'en retournera-t-elle à vide?

Locke observe très-bien à l'égard des monstres, qu'il ne faut pas attribuer l'immortalité à l'extérieur d'un corps; que la figure n'y fait rien. Cette immortalité, dit-il, n'est pas plus attachée à la forme de son visage ou de sa poitrine, qu'à la manière dont sa barbe est faite, ou dont son habit est taillé.

Il demande quelle est la juste mesure de difformité à laquelle vous pouvez reconnaître qu'un enfant a une âme ou n'en a point; quel est le degré précis auquel il doit être déclaré monstre et privé d'âme.

On demande encore ce que serait une âme qui n'aurait jamais ne

des idées chimériques : il y en a quelques-unes qui ne s'en éloignent pas. Méritent-elles? déméritent-elles? que faire de leur esprit pur?

Que penser d'un enfant à deux têtes, d'ailleurs très-bien conformé? Les uns disent qu'il a deux âmes puisqu'il est muni de deux glandes pinéales, de deux corps calleux, de deux *sensorium commune*. Les autres répondent qu'on ne peut avoir deux âmes quand on n'a qu'une poitrine et un nombril[1].

Enfin, on a fait tant de questions sur cette pauvre âme humaine, que s'il fallait les déduire toutes, cet examen de sa propre personne lui causerait le plus insupportable ennui. Il lui arriverait ce qui arriva au cardinal de Polignac dans un conclave. Son intendant, lassé de n'avoir jamais pu lui faire arrêter ses comptes, fit le voyage de Rome, et vint à la petite fenêtre de sa cellule chargé d'une immense liasse de papiers. Il lut près de deux heures. Enfin, voyant qu'on ne lui répondait rien, il avança la tête. Il y avait près de deux heures que le cardinal était parti. Nos âmes partiront avant que leurs intendants les aient mises au fait : mais soyons justes devant Dieu, quelque ignorants que nous soyons, nous et nos intendants.

Voyez dans les *Lettres de Memmius* ce qu'on dit de l'âme (*Mélanges*, année 1771).

Section VIII. — Il faut que je l'avoue, lorsque j'ai examiné l'infaillible Aristote, le docteur évangélique, le divin Platon, j'ai pris toutes ces épithèthes pour des sobriquets. Je n'ai vu dans tous les philosophes qui ont parlé de l'âme humaine, que des aveugles pleins de témérité et de babil, qui s'efforcent de persuader qu'ils ont une vue d'aigle, et d'autres curieux et fous qui les croient sur leur parole, et qui s'imaginent aussi de voir quelque chose.

Je ne craindrai point de mettre au rang de ces maîtres d'erreurs, Descartes et Malebranche. Le premier nous assure que l'âme de l'homme est une substance dont l'essence est de penser, qui pense toujours, et qui s'occupe dans le ventre de la mère de belles idées métaphysiques et de beaux axiomes généraux qu'elle oublie ensuite.

Pour le P. Malebranche, il est bien persuadé que nous voyons tout en Dieu; il a trouvé des partisans, parce que les fables les plus hardies sont celles qui sont le mieux reçues de la faible imagination des hommes. Plusieurs philosophes ont donc fait le roman de l'âme; enfin c'est un sage qui en a écrit modestement l'histoire. Je vais faire l'abrégé de cette histoire, selon que je l'ai conçue. Je sais fort bien que tout le monde ne conviendra pas des idées de Locke; il se pourrait bien faire que Locke eût raison contre Descartes et Malebranche, et qu'il eût tort contre la Sorbonne; je parle selon les lumières de la philosophie, non selon les révélations de la foi.

1. M. le chevalier d'Angos, savant astronome, a observé avec soin pendant plusieurs jours un lézard à deux têtes; et il s'est assuré que le lézard avait *deux volontés* indépendantes, dont chacune avait un pouvoir presque égal sur le corps, qui était unique. Quand on présentait au lézard un morceau de pain, de manière qu'il ne pût le voir que d'une tête, cette tête voulait aller chercher le pain, et l'autre voulait que le corps restât en repos. (*Éd. de Kehl.*)

Il ne m'appartient que de penser humainement; les théologiens
décident divinement, et c'est tout autre chose : la raison et la foi
sont de nature contraire. En un mot, voici un petit précis de Locke
que je censurerais si j'étais théologien, et que j'adopte pour un moment comme hypothèse, comme conjecture de simple philosophie,
humainement parlant. Il s'agit de savoir ce que c'est que l'âme.

1° Le mot d'*âme* est de ces mots que chacun prononce sans les entendre; nous n'entendons que les choses dont nous avons une idée : nous
n'avons point d'idée d'âme, d'esprit; donc nous ne l'entendons point.

2° Il nous a donc plu d'appeler âme cette faculté de sentir et de penser, comme nous appelons vie la faculté de vivre, et volonté la faculté
de vouloir.

Des raisonneurs sont venus ensuite, et ont dit : « L'homme est composé de matière et d'esprit : la matière est étendue et divisible; l'esprit n'est ni étendu ni divisible; donc il est, disent-ils, d'une autre
nature. C'est un assemblage d'êtres qui ne sont point faits l'un pour
l'autre, et que Dieu unit malgré leur nature. Nous voyons peu le corps,
nous ne voyons point l'âme; elle n'a point de parties; donc elle est
éternelle : elle a des idées pures et spirituelles; donc elle ne les reçoit
point de la matière : elle ne les reçoit point non plus d'elle-même;
donc Dieu les lui donne; donc elle apporte en naissant les idées de
Dieu et de l'infini, et toutes les idées générales. »

Toujours, humainement parlant, je réponds à ces messieurs qu'ils
sont bien savants. Ils nous disent d'abord qu'il y a une âme, et puis
ce que ce doit être. Ils prononcent le nom de matière, et décident ensuite nettement ce qu'elle est. Et moi je leur dis : Vous ne connaissez ni
l'esprit ni la matière. Par l'esprit, vous ne pouvez imaginer que la faculté de penser; par la matière, vous ne pouvez entendre qu'un certain assemblage de qualités, de couleurs, d'étendues, de solidités; et
il vous a plu d'appeler cela matière, et vous avez assigné les limites de
la matière et de l'âme avant d'être sûrs seulement de l'existence de l'une
et de l'autre.

Quant à la matière, vous enseignez gravement qu'il n'y a en elle que
l'étendue et la solidité; et moi je vous dis modestement qu'elle est capable de mille propriétés que ni vous ni moi ne connaissons pas. Vous
dites que l'âme est indivisible, éternelle; et vous supposez ce qui est
en question. Vous êtes à peu près comme un régent de collége, qui,
n'ayant vu d'horloge de sa vie, aurait tout d'un coup entre ses mains
une montre d'Angleterre à répétition. Cet homme, bon péripatéticien,
est frappé de la justesse avec laquelle les aiguilles divisent et marquent
les temps, et encore plus étonné qu'un bouton, poussé par le doigt,
sonne précisément l'heure que l'aiguille marque. Mon philosophe ne
manque pas de trouver qu'il y a dans cette machine une âme qui la
gouverne et qui en mène les ressorts. Il démontre savamment son opinion par la comparaison des anges qui font aller les sphères célestes,
et il fait soutenir dans sa classe de belles thèses sur l'âme des montres.
Un de ses écoliers ouvre la montre : on n'y voit que des ressorts; et
cependant on soutient toujours le système de l'âme des montres, qui

passe pour démontré. Je suis cet écolier ouvrant la montre que l'on
appelle homme, et qui, au lieu de définir hardiment ce que nous n'entendons point, tâche d'examiner par degrés ce que nous voulons connaître.

Prenons un enfant à l'instant de sa naissance, et suivons pas à pas le
progrès de son entendement. Vous me faites l'honneur de m'apprendre
que Dieu a pris la peine de créer une âme pour aller loger dans ce
corps lorsqu'il a environ six semaines; que cette âme à son arrivée est
pourvue des idées métaphysiques, connaissant donc l'esprit, les idées
abstraites, l'infini, fort clairement; étant, en un mot, une très-savante
personne. Mais malheureusement elle sort de l'utérus avec une ignorance crasse; elle a passé dix-huit mois à ne connaître que le téton de
sa nourrice; et lorsqu'à l'âge de vingt ans on veut faire ressouvenir
cette âme de toutes les idées scientifiques qu'elle avait quand elle s'est
unie à son corps, elle est souvent si bouchée qu'elle n'en peut concevoir aucune. Il y a des peuples entiers qui n'ont jamais eu une seule
de ces idées. En vérité, à quoi pensait l'âme de Descartes et de Malebranche, quand elle imagina de telles rêveries? Suivons donc l'idée
du petit enfant, sans nous arrêter aux imaginations des philosophes.

Le jour que sa mère est accouchée de lui et de son âme, il est né
dans la maison un chien, un chat et un serin. Au bout de dix-huit
mois je fais du chien un excellent chasseur; à un an le serin siffle un
air; le chat, au bout de six semaines, fait déjà tous ses tours; et l'enfant,
au bout de quatre ans, ne sait rien. Moi, homme grossier, témoin de
cette prodigieuse différence, et qui n'ai jamais vu d'enfant, je crois
d'abord que le chat, le chien et le serin sont des créatures très-
intelligentes, et que le petit enfant est un automate. Cependant petit à
petit je m'aperçois que cet enfant a des idées, de la mémoire, qu'il a
les mêmes passions que ces animaux; et alors j'avoue qu'il est comme
eux une créature raisonnable. Il me communique différentes idées par
quelques paroles qu'il a apprises, de même que mon chien par des cris
diversifiés me fait exactement connaître ses divers besoins. J'aperçois
qu'à l'âge de six ou sept ans l'enfant combine dans son petit cerveau
presque autant d'idées que mon chien de chasse dans le sien; enfin,
il atteint avec l'âge un nombre infini de connaissances. Alors, que
dois-je penser de lui? irai-je croire qu'il est d'une nature tout à fait
différente? non, sans doute: car vous voyez d'un côté un imbécile, et
de l'autre un Newton: vous prétendez qu'ils sont pourtant d'une
même nature, et qu'il n'y a de la différence que du plus au moins.
Pour mieux m'assurer de la vraisemblance de mon opinion probable,
j'examine mon chien et mon enfant pendant leur veille et leur sommeil.
Je les fais saigner l'un et l'autre outre mesure; alors leurs idées semblent s'écouler avec le sang. Dans cet état je les appelle, ils ne me
répondent plus; et si je leur tire encore quelques palettes, mes deux
machines qui avaient auparavant des idées en très-grand nombre et
des passions de toute espèce, n'ont plus aucun sentiment. J'examine
ensuite mes deux animaux pendant qu'ils dorment: je m'aperçois que
le chien, après avoir trop mangé, a des rêves; il chasse, il crie après

8

la proie. Mon jeune homme, étant dans le même état, parle à sa maîtresse, et fait l'amour en songe. Si l'un et l'autre ont mangé modérément, ni l'un ni l'autre ne rêve; enfin, je vois que leur faculté de sentir, d'apercevoir, d'exprimer leurs idées, s'est développée en eux petit à petit, et s'affaiblit aussi par degrés. J'aperçois en eux plus de rapports cent fois que je n'en trouve entre tel homme d'esprit et tel homme absolument imbécile. Quelle est donc l'opinion que j'aurai de leur nature? Celle que tous les peuples ont imaginée d'abord avant que la politique égyptienne imaginât la spiritualité, l'immortalité de l'âme. Je soupçonnerai même, avec bien de l'apparence, qu'Archimède et une taupe sont de la même espèce, quoique d'un genre différent; de même qu'un chêne et un grain de moutarde sont formés par les mêmes principes, quoique l'un soit un grand arbre, et l'autre une petite plante. Je penserai que Dieu a donné des portions d'intelligence à des portions de matière organisée pour penser; je croirai que la matière a des sensations à proportion de la finesse de ses sens; que ce sont eux qui les proportionnent à la mesure de nos idées; je croirai que l'huître à l'écaille a moins de sensations et de sens, parce que, ayant l'âme attachée à son écaille, cinq sens lui seraient inutiles. Il y a beaucoup d'animaux qui n'ont que deux sens; nous en avons cinq, ce qui est bien peu de chose; il est à croire qu'il est dans d'autres mondes d'autres animaux qui jouissent de vingt à trente sens, et que d'autres espèces encore plus parfaites ont des sens à l'infini.

Il me paraît que voilà la manière la plus naturelle d'en raisonner, c'est-à-dire de deviner et de soupçonner. Certainement, il s'est passé bien du temps avant que les hommes aient été assez ingénieux pour imaginer un être inconnu qui est nous, qui fait tout en nous, qui n'est pas tout à fait nous, et qui vit après nous. Aussi n'est-on venu que par degrés à concevoir une idée si hardie. D'abord ce mot âme a signifié la vie, et a été commun pour nous et pour les autres animaux: ensuite notre orgueil nous a fait une âme à part, et nous a fait imaginer une forme substantielle pour les autres créatures. Cet orgueil humain demande ce que c'est donc que ce pouvoir d'apercevoir et de sentir, qu'il appelle âme dans l'homme, et instinct dans la brute. Je satisferai à cette question quand les physiciens m'auront appris ce que c'est que le son, la lumière, l'espace, le corps, le temps. Je dirai, dans l'esprit du sage Locke : « La philosophie consiste à s'arrêter quand le flambeau de la physique nous manque. » J'observe les effets de la nature; mais je vous avoue que je ne conçois pas plus que vous les premiers principes. Tout ce que je sais, c'est que je ne dois pas attribuer à plusieurs causes, surtout à des causes inconnues, ce que je puis attribuer à une cause connue : or, je puis attribuer à mon corps la faculté de penser et de sentir; donc, je ne dois pas chercher cette faculté de penser et de sentir dans une autre appelée âme ou esprit, dont je ne puis avoir la moindre idée. Vous vous récriez à cette proposition : vous trouvez donc de l'irréligion à oser dire que le corps peut penser? Mais que diriez-vous, répondrait Locke, si c'est vous-même qui êtes ici coupable d'irréligion, vous qui osez borner la puissance de Dieu? Quel est l'homme sur la terre qui peut assurer, sans une impiété absurde, qu'il est impossible à Dieu de donner à la matière le sentiment et la pensée? Faibles et hardis que vous êtes, vous avancez que la matière ne pense point, parce que vous ne concevez pas qu'une matière, quelle qu'elle soit, pense.

Grands philosophes, qui décidez du pouvoir de Dieu, et qui dites que Dieu peut d'une pierre faire un ange [1], ne voyez-vous pas que, selon vous-mêmes, Dieu ne ferait en ce cas que donner à une pierre la puissance de penser? car, si la matière de la pierre ne restait pas, ce ne serait plus une pierre, ce serait une pierre anéantie et un ange créé. De quelque côté que vous vous tourniez, vous êtes forcés d'avouer deux choses, votre ignorance et la puissance immense du Créateur : votre ignorance qui se révolte contre la matière pensante, et la puissance du Créateur à qui, certes, cela n'est pas impossible.

Vous qui savez que la matière ne périt pas, vous contesterez à Dieu le pouvoir de conserver dans cette matière la plus belle qualité dont il l'avait ornée! L'étendue subsiste bien sans corps par lui, puisqu'il y a des philosophes qui croient le vide; les accidents subsistent bien sans la substance parmi les chrétiens qui croient la transsubstantiation. Dieu, dites-vous, ne peut pas faire ce qui implique contradiction. Il faudrait en savoir plus que vous n'en savez : vous avez beau faire, vous ne saurez jamais autre chose, sinon que vous êtes corps, et que vous pensez. Bien des gens qui ont appris dans l'école à ne douter de rien, qui prennent leurs syllogismes pour des oracles, et leurs superstitions pour la religion, regardent Locke comme un impie dangereux. Ces superstitieux sont dans la société ce que les poltrons sont dans une armée; ils ont et donnent des terreurs paniques. Il faut avoir la pitié de dissiper leur crainte; il faut qu'ils sachent que ce ne seront pas les sentiments des philosophes qui feront jamais tort à la religion. Il est assuré que la lumière vient du soleil, et que les planètes tournent autour de cet astre : on ne lit pas avec moins d'édification dans la Bible, que la lumière a été faite avant le soleil, et que le soleil s'est arrêté sur le village de Gabaon. Il est démontré que l'arc-en-ciel est formé nécessairement par la pluie : on n'en respecte pas moins le texte sacré, qui dit que Dieu posa son arc dans les nues, après le déluge, en signe qu'il n'y aurait plus d'inondation.

Le mystère de la Trinité et celui de l'Eucharistie ont beau être contradictoires aux démonstrations connues, ils n'en sont pas moins révérés chez les philosophes catholiques, qui savent que les choses de la raison et de la foi sont de différente nature. La nation des antipodes a été condamnée par les papes [2] et les conciles; et les papes ont reconnu les antipodes, et y ont porté cette même religion chrétienne dont on croyait la destruction sûre, en cas qu'on pût trouver un homme qui, comme on parlait alors, aurait la tête en bas et les pieds en haut par rapport à nous, et qui, comme dit le très-peu philosophe saint Augustin, serait tombé du ciel.

1. Matthieu, III, 9. (Ép.) — 2. Le pape Zacharie. (Ép.)

Au reste, je vous répète encore qu'en écrivant avec liberté, je ne me rends garant d'aucune opinion; je ne suis responsable de rien. Il y a peut-être parmi ces songes des raisonnements et même quelques rêveries auxquelles je donnerais la préférence; mais il n'y en a aucune que je ne sacrifiasse tout d'un coup à la religion et à la patrie.

Section IX. — Je suppose une douzaine de bons philosophes dans une île, où ils n'ont jamais vu que des végétaux. Cette île, et surtout douze bons philosophes, sont fort difficiles à trouver; mais enfin cette fiction est permise. Ils admirent cette vie qui circule dans les fibres des plantes, qui semble se perdre et ensuite se renouveler; et ne sachant pas trop comment les plantes naissent, comment elles prennent leur nourriture et leur accroissement, ils appellent cela *une âme végétative*. « Qu'entendez-vous par âme végétative? leur dit-on. — C'est un mot, répondent-ils, qui sert à exprimer le ressort inconnu par lequel tout cela s'opère. — Mais ne voyez-vous pas, leur dit un mécanicien, que tout cela se fait tout naturellement par des poids, des leviers, des roues, des poulies? — Non, diront nos philosophes : il y a dans cette végétation autre chose que des mouvements ordinaires; il y a un pouvoir secret qu'ont toutes les plantes d'attirer à elles ce suc qui les nourrit; et ce pouvoir, qui n'est explicable par aucune mécanique, est un don que Dieu a fait à la matière, et dont ni vous ni moi ne comprenons la nature. »

Ayant ainsi bien disputé, nos raisonneurs découvrent enfin des animaux. « Oh, oh! disent-ils après un long examen, voilà des êtres organisés comme nous! Ils ont incontestablement de la mémoire, et souvent plus que nous. Ils ont nos passions; ils ont de la connaissance; ils font entendre tous leurs besoins; ils perpétuent comme nous leur espèce. » Nos philosophes dissèquent quelques-uns de ces êtres; ils y trouvent un cœur, une cervelle. « Quoi! disent-ils, l'auteur de ces machines, qui ne fait rien en vain, leur aurait-il donné tous les organes du sentiment afin qu'ils n'eussent point de sentiment? Il serait absurde de le penser. Il y a certainement en eux quelque chose que nous appelons aussi *âme*, faute de mieux, quelque chose qui éprouve des sensations, et qui a une certaine mesure d'idées. Mais ce principe, quel est-il? est-ce quelque chose d'absolument différent de la matière? Est-ce un esprit pur? est-ce un être mitoyen entre la matière, que nous ne connaissons guère, et l'esprit pur, que nous ne connaissons pas? est-ce une propriété donnée de Dieu à la matière organisée? »

Ils font alors des expériences sur des insectes, sur des vers de terre; ils les coupent en plusieurs parties, et ils sont étonnés de voir qu'au bout de quelque temps il vient des têtes à toutes ces parties coupées; le même animal se reproduit, et tire de sa destruction même de quoi se multiplier. A-t-il plusieurs âmes qui attendent, pour animer ces parties reproduites, qu'on ait coupé la tête au premier tronc? Ils ressemblent aux arbres, qui repoussent des branches et qui se reproduisent de boutures; ces arbres ont-ils plusieurs âmes? Il n'y a pas d'apparence; donc il est très-probable que l'âme de ces bêtes est d'une autre espèce que ce que nous appelions *âme végétative* dans les plantes; que c'est une faculté d'un ordre supérieur, que Dieu a daigné donner à certaines portions de matière : c'est une nouvelle preuve de sa puissance; c'est un nouveau sujet de l'adorer.

Un homme violent et mauvais raisonneur entend ce discours et leur dit : « Vous êtes des scélérats dont il faudrait brûler les corps pour le bien de vos âmes; car vous niez l'immortalité de l'âme de l'homme. » Nos philosophes se regardent tout étonnés; l'un d'eux lui répond avec douceur : « Pourquoi nous brûler si vite? sur quoi avez-vous pu penser que nous ayons l'idée que votre cruelle âme est mortelle? — Sur ce que vous croyez, reprend l'autre, que Dieu a donné aux brutes, qui sont organisées comme nous, la faculté d'avoir des sentiments et des idées. Or cette âme des bêtes périt avec elles, donc vous croyez que l'âme des hommes périt aussi. »

Le philosophe répond : « Nous ne sommes point du tout sûrs que ce que nous appelons âme dans les animaux, périsse avec eux; nous savons très-bien que la matière ne périt pas, et nous croyons qu'il se peut faire que Dieu ait mis dans les animaux quelque chose qui conservera toujours, si Dieu le veut, la faculté d'avoir des idées. Nous n'assurons pas, à beaucoup près, que la chose soit ainsi; car il n'appartient guère aux hommes d'être si confiants; mais nous n'osons borner la puissance de Dieu. Nous disons qu'il est très-probable que les bêtes, qui sont matière, ont reçu de lui un peu d'intelligence. Nous découvrons tous les jours des propriétés de la matière, c'est-à-dire des présents de Dieu, dont auparavant nous n'avions pas d'idées. Nous avions d'abord défini la matière une substance étendue; ensuite nous avons reconnu qu'il fallait lui ajouter la solidité; quelque temps après il a fallu admettre que cette matière a une force qu'on nomme *force d'inertie*; après cela nous avons été tout étonnés d'être obligés d'avouer que la matière gravite.

« Quand nous avons voulu pousser plus loin nos recherches, nous avons été forcés de reconnaître des êtres qui ressemblent à la matière en quelque chose, et qui n'ont pas cependant les autres attributs dont la matière est douée. Le feu élémentaire, par exemple, agit sur nos sens comme les autres corps : mais il ne tend point à un centre comme eux; il s'échappe, au contraire, du centre en lignes droites de tous côtés. Il ne semble pas obéir aux lois de l'attraction, de la gravitation, comme les autres corps. L'optique a des mystères dont on ne pourrait guère rendre raison qu'en osant supposer que les traits de lumière se pénètrent les uns les autres. Il y a certainement quelque chose dans la lumière qui la distingue de la matière connue; il semble que la lumière soit un être mitoyen entre les corps et d'autres espèces d'êtres que nous ignorons. Il est très-vraisemblable que ces autres espèces sont elles-mêmes un milieu qui conduit à d'autres créatures, et qu'il y a ainsi une chaîne de substances qui s'élèvent à l'infini.

Usque adeo quod tangit idem est, tamen ultima distant [1]

1. Ovide, *Métam.*, VI, 87.

« Cette idée nous paraît digne de la grandeur de Dieu, si quelque
chose en est digne. Parmi ces substances, il a pu sans doute en choisir
une qu'il a logée dans nos corps, et qu'on appelle *âme humaine ;* les
livres saints que nous avons lus nous apprennent que cette âme est
immortelle. La raison est d'accord avec la révélation ; car comment une
substance quelconque périrait-elle ? tout mode se détruit, l'être reste.
Nous ne pouvons concevoir la création d'une substance, nous ne pouvons concevoir son anéantissement ; mais nous n'osons affirmer que le
maître absolu de tous les êtres ne puisse donner aussi des sentiments
et des perceptions à l'être qu'on appelle *matière.* Vous êtes bien sûr
que l'essence de votre âme est de penser, et nous n'en sommes pas si
sûrs : car lorsque nous examinons un fœtus, nous avons de la peine à
croire que son âme ait eu beaucoup d'idées dans sa coiffe ; et nous
doutons fort que dans un sommeil plein et profond, dans une léthargie
complète, on ait jamais fait des méditations. Ainsi il nous paraît que
la pensée pourrait bien être, non pas l'essence de l'être pensant, mais
un présent que le Créateur a fait à ces êtres que nous nommons pensants ; et tout cela nous a fait naître le soupçon que, s'il le voulait, il
pourrait faire ce présent-là à un atome, conserver à jamais cet atome
et son présent, ou le détruire à son gré. La difficulté consiste moins à
deviner comment la matière pourrait penser, qu'à deviner comment
une substance quelconque pense. Vous n'avez des idées que parce que
Dieu a bien voulu vous en donner : pourquoi voulez-vous l'empêcher
d'en donner à d'autres espèces ? Seriez-vous bien assez intrépide pour
oser croire que votre âme est précisément du même genre que les
substances qui approchent le plus près de la Divinité ? Il y a grande
apparence qu'elles sont d'un ordre bien supérieur, et qu'en conséquence
Dieu leur a daigné donner une façon de penser infiniment plus belle ;
de même qu'il a accordé une mesure d'idées très-médiocre aux animaux,
qui sont d'un ordre inférieur à vous. J'ignore comment je vis, comment je donne la vie, et vous voulez que je sache comment j'ai des
idées : l'âme est une horloge que Dieu nous a donnée à gouverner ;
mais il ne nous a point dit de quoi le ressort de cette horloge est composé.

« Y a-t-il rien dans tout cela dont on puisse inférer que nos âmes sont
mortelles ? Encore une fois, nous pensons comme vous sur l'immortalité
que la foi nous annonce ; mais nous croyons que nous sommes trop
ignorants pour affirmer que Dieu n'a pas le pouvoir d'accorder la pensée à tel être qu'il voudra. Vous bornez la puissance du Créateur qui
est sans bornes, et nous l'étendons aussi loin que s'étend son existence.
Pardonnez-nous de le croire tout-puissant, comme nous vous pardon-
nons de restreindre son pouvoir. Vous savez sans doute tout ce qu'il
peut faire, et nous n'en savons rien. Vivons en frères, adorons en paix
notre Père commun ; vous avec vos âmes savantes et hardies, nous
avec nos âmes ignorantes et timides. Nous avons un jour à vivre :
passons-le doucement sans nous quereller pour des difficultés qui seront
éclaircies dans la vie immortelle qui commencera demain. »

Le brutal, n'ayant rien de bon à répliquer, parla longtemps et se fâcha beaucoup. Nos pauvres philosophes se mirent pendant quelques semaines à lire l'histoire; et après avoir bien lu, voici ce qu'ils dirent à ce barbare, qui était si indigné d'avoir une âme immortelle :

« Mon ami, nous avons lu que dans toute l'antiquité les choses allaient aussi bien que dans notre temps; qu'il y avait même de plus grandes vertus, et qu'on ne persécutait point les philosophes pour les opinions qu'ils avaient : pourquoi donc voudriez-vous nous faire du mal pour les opinions que nous n'avons pas? Nous lisons que toute l'antiquité croyait la matière éternelle. Ceux qui ont vu qu'elle était créée ont laissé les autres en repos. Pythagore avait été coq, ses parents cochons, personne n'y trouva à redire; sa secte fut chérie et révérée de tout le monde, excepté des rôtisseurs et de ceux qui avaient des fèves à vendre.

« Les stoïciens reconnaissaient un Dieu, à peu près tel que celui qui a été si témérairement admis depuis par les spinosistes; le stoïcisme cependant fut la secte la plus féconde en vertus héroïques et la plus accréditée.

« Les épicuriens faisaient leurs dieux ressemblants à nos chanoines, dont l'indolent embonpoint soutient leur divinité, et qui prennent en paix leur nectar et leur ambroisie en ne se mêlant de rien. Ces épicuriens enseignaient hardiment la matérialité et la mortalité de l'âme. Ils n'en furent pas moins considérés : on les admettait dans tous les emplois, et leurs atomes crochus ne firent jamais aucun mal au monde.

« Les platoniciens, à l'exemple des gymnosophistes, ne nous faisaient pas l'honneur de penser que Dieu eût daigné nous former lui-même. Il avait, selon eux, laissé ce soin à ses officiers, à des génies qui firent dans leur besogne beaucoup de balourdises. Le Dieu des platoniciens était un ouvrier excellent, qui employa ici-bas des élèves assez médiocres. Les hommes n'en révérèrent pas moins l'école de Platon.

« En un mot, chez les Grecs et chez les Romains, autant de sectes, autant de manières de penser sur Dieu, sur l'âme, sur le passé, et sur l'avenir : aucune de ces sectes ne fut persécutante. Toutes se trompaient, et nous en sommes bien fâchés; mais toutes étaient paisibles, et c'est ce qui nous confond; c'est ce qui nous condamne; c'est ce qui nous fait voir que la plupart des raisonneurs d'aujourd'hui sont des monstres, et que ceux de l'antiquité étaient des hommes. On chantait publiquement sur le théâtre de Rome :

Post mortem nihil est, ipsaque mors nihil[1].

Rien n'est après la mort, la mort même n'est rien.

« Ces sentiments ne rendaient les hommes ni meilleurs ni pires; tout se gouvernait, tout allait à l'ordinaire; et les Titus, les Trajan, les Marc Aurèle, gouvernèrent la terre en dieux bienfaisants.

« Si nous passons des Grecs et des Romains aux nations barbares, arrêtons-nous seulement aux Juifs. Tout superstitieux, tout cruel et tout

1. Sénèque le tragique, *Troade*, à la fin du II° acte. (ÉD.)

ignorant qu'était ce misérable peuple, il honorait cependant les pharisiens, qui admettaient la fatalité de la destinée et la métempsycose; il
portait aussi respect aux saducéens, qui niaient absolument l'immortalité de l'âme et l'existence des esprits, et qui se fondaient sur la loi de
Moïse, laquelle n'avait jamais parlé de peine ni de récompense après
la mort. Les esséniens, qui croyaient aussi la fatalité, et qui ne sacrifiaient jamais de victimes dans le temple, étaient encore plus révérés
que les pharisiens et les saducéens. Aucune de leurs opinions ne trou-
bla jamais le gouvernement. Il y avait pourtant là de quoi s'égorger,
se brûler, s'exterminer réciproquement si on l'avait voulu. O misérables
hommes! profitez de ces exemples. Pensez, et laissez penser. C'est la
consolation de nos faibles esprits dans cette courte vie. Quoi! vous re-
cevrez avec politesse un Turc qui croit que Mahomet a voyagé dans la
lune; vous vous garderez bien de déplaire au pacha Bonneval, et vous
voudrez mettre en quartier votre frère, parce qu'il croit que Dieu
pourrait donner l'intelligence à toute créature?»

C'est ainsi que parla un des philosophes; un autre ajouta[1] : « Croyez-
moi, il ne faut jamais craindre qu'aucun sentiment philosophique puisse
nuire à la religion d'un pays. Nos mystères ont beau être contraires à
nos démonstrations, ils n'en sont pas moins révérés par nos philosophes
chrétiens, qui savent que les objets de la raison et de la foi sont de
différente nature. Jamais les philosophes ne feront une secte de religion; pourquoi? c'est qu'ils sont sans enthousiasme. Divisez le genre
humain en vingt parties : il y en a dix-neuf composées de ceux qui
travaillent de leurs mains, et qui ne sauront jamais s'il y a eu un
Locke au monde. Dans la vingtième partie qui reste, combien trouve-
t-on peu d'hommes qui lisent! et parmi ceux qui lisent, il y en a vingt
qui lisent des romans, contre un qui étudie la philosophie. Le nombre
de ceux qui pensent est excessivement petit, et ceux-là ne s'avisent pas
de troubler le monde.

« Qui sont ceux qui ont porté le flambeau de la discorde dans leur patrie? Est-ce Pomponace, Montaigne, Levayer, Descartes, Gassendi,
Bayle, Spinosa, Hobbes, le lord Shaftesbury, le comte de Boulainvilliers, le consul Maillet, Toland, Collins, Fludd, Woolston, Bekker,
l'auteur déguisé sous le nom de Jacques Massé[2], celui de l'*Espion turc*[3],
celui des *Lettres persanes*[4], des *Lettres juives*[5], des *Pensées philosophiques*[6], etc.? Non; ce sont, pour la plupart, des théologiens qui, ayant
eu d'abord l'ambition d'être chefs de secte, ont bientôt eu celle d'être
chefs de parti. Que dis-je? tous les livres de philosophie moderne, mis
ensemble, ne feront jamais dans le monde autant de bruit seulement
qu'en a fait autrefois la dispute des cordeliers sur la forme de leurs
manches et de leurs capuchons. »

1. Voltaire lui-même : voy. la treizième des *Lettres philosophiques* (*Mélanges*,
année 1734). (ÉD.)
2. Voltaire veut sans doute parler des *Voyages et Aventures de Jacques Massé*,
1710, in-8° ou in-12, dont l'auteur est Simon Tyssot de Patot. (*Note de M. Beuchot.*)
3. Marana. (ÉD.) — 4. Montesquieu. (ÉD.) — 5. Le marquis d'Argens. (ÉD.)
6. Diderot. (ÉD.)

Section I. *De l'antiquité du dogme de l'immortalité de l'âme.*
(Fragment.) — Le dogme de l'immortalité de l'âme est l'idée la plus
consolante, et en même temps la plus réprimante que l'esprit humain
ait pu recevoir. Cette belle philosophie était, chez les Égyptiens, aussi
ancienne que leurs pyramides : elle était avant eux connue chez les
Perses. J'ai déjà rapporté ailleurs[1] cette allégorie du premier Zoroastre,
citée dans le *Sadder*, dans laquelle Dieu fit voir à Zoroastre un lieu de
châtiment, tel que le *Dardaros* ou le *Xeron* des Égyptiens, l'*Hadès* et
le *Tartore* des Grecs, que nous n'avons traduit qu'imparfaitement dans
nos langues modernes par le mot *enfer*, *souterrain*. Dieu montre à
Zoroastre, dans ce lieu de châtiments, tous les mauvais rois. Il y en
avait un auquel il manquait un pied : Zoroastre en demanda la raison ;
Dieu lui répondit que ce roi n'avait fait qu'une bonne action en sa vie,
en approchant d'un coup de pied une auge qui n'était pas assez près
d'un pauvre âne mourant de faim. Dieu avait mis le pied de ce méchant
homme dans le ciel ; le reste du corps était en enfer.

Cette fable, qu'on ne peut trop répéter, fait voir de quelle antiquité
était l'opinion d'une autre vie. Les Indiens en étaient persuadés, leur
métempsycose en est la preuve. Les Chinois révéraient les âmes de
leurs ancêtres. Tous ces peuples avaient fondé de puissants empires
longtemps avant les Égyptiens. C'est une vérité très-importante, que
je crois avoir déjà prouvé[2] par la nature même du sol de l'Égypte. Les
terrains les plus favorables ont dû être cultivés les premiers ; le terrain
d'Égypte était le moins praticable de tous, puisqu'il est submergé
quatre mois de l'année : ce ne fut qu'après des travaux immenses, et
par conséquent après un espace de temps prodigieux, qu'on vint à bout
d'élever des villes que le Nil ne pût inonder.

Cet empire si ancien l'était donc bien moins que les empires de
l'Asie ; et dans les uns et dans les autres on croyait que l'âme subsistait après la mort. Il est vrai que tous ces peuples, sans exception,
regardaient l'âme comme une forme éthérée, légère, une image du
corps ; le mot grec, qui signifie *souffle*, ne fut longtemps après inventé
que par les Grecs. Mais enfin, on ne peut douter qu'une partie de nous-
mêmes ne fût regardée comme immortelle. Les châtiments et les récompenses dans une autre vie étaient le grand fondement de l'ancienne
théologie.

Phérécyde fut le premier chez les Grecs qui crut que les âmes existaient de toute éternité, et non le premier, comme on l'a cru, qui ait
dit que les âmes survivaient aux corps. Ulysse, longtemps avant Phérécyde, avait vu les âmes des héros dans les enfers ; mais que les âmes
fussent aussi anciennes que le monde, c'était un système né dans l'O-
rient, apporté dans l'Occident par Phérécyde. Je ne crois pas que nous
ayons parmi nous un seul système qu'on ne retrouve chez les anciens ;
ce n'est qu'avec les décombres de l'antiquité que nous avons élevé tous
nos édifices modernes.

1. *Essai sur les mœurs*, chap. v. (ÉD.)
2. *Essai sur les mœurs*, introduction, § 19. (ÉD.)

Section II. — Ce serait une belle chose de voir son âme. *Connais-toi toi-même* est un excellent précepte, mais il n'appartient qu'à Dieu de le mettre en pratique : quel autre que lui peut connaître son essence?

Nous appelons âme ce qui anime. Nous n'en savons guère davantage, grâce aux bornes de notre intelligence. Les trois quarts du genre humain ne vont pas plus loin, et ne s'embarrassent pas de l'être pensant; l'autre quart cherche; personne n'a trouvé ni ne trouvera.

Pauvre pédant, tu vois une plante qui végète, et tu dis *végétation*, ou *âme végétative*. Tu remarques que les corps ont et donnent du mouvement, et tu dis *force*; tu vois ton chien de chasse apprendre sous toi son métier, et tu cries *instinct*, *âme sensitive*; tu as des idées combinées, et tu dis *esprit*.

Mais de grâce, qu'entends-tu par ces mots? Cette fleur végète : mais y a-t-il un être réel qui s'appelle *végétation?* ce corps en pousse un autre, mais possède-t-il en soi un être distinct qui s'appelle *force?* ce chien te rapporte une perdrix, mais y a-t-il un être qui s'appelle *instinct?* Ne rirais-tu pas d'un raisonneur (eût-il été précepteur d'Alexandre) qui te dirait : « Tous les animaux vivent, donc il y a dans eux un être, une forme substantielle qui est la vie? »

Si une tulipe pouvait parler, et qu'elle te dît : « Ma végétation et moi nous sommes deux êtres joints évidemment ensemble, » ne te moquerais-tu pas de la tulipe?

« Voyons d'abord ce que tu sais, et de quoi tu es certain : que tu marches avec tes pieds; que tu digères par ton estomac; que tu sens par tout ton corps, et que tu penses par ta tête. Voyons si ta seule raison a pu te donner assez de lumières pour conclure sans un secours surnaturel que tu as une âme. »

Les premiers philosophes, soit chaldéens, soit égyptiens, dirent : « Il faut qu'il y ait en nous quelque chose qui produise nos pensées; ce quelque chose doit être très-subtil; c'est un souffle, c'est du feu, c'est de l'éther, c'est une quintessence, c'est un simulacre léger, c'est une entéléchie, c'est un nombre, c'est une harmonie. » Enfin, selon le divin Platon, c'est un composé du *même* et de l'*autre*. « Ce sont des atomes qui pensent en nous, » a dit Épicure après Démocrite. Mais, mon ami, comment un atome pense-t-il? avoue que tu n'en sais rien.

L'opinion à laquelle on doit s'attacher sans doute, c'est que l'âme est un être immatériel; mais certainement vous ne concevez pas ce que c'est que cet être immatériel. « Non, répondent les savants, mais nous savons que sa nature est de penser. » Et d'où le savez-vous? « Nous le savons, parce qu'il pense. » O savants! j'ai bien peur que vous ne soyez aussi ignorants qu'Épicure : la nature d'une pierre est de tomber, parce qu'elle tombe; mais je vous demande qui la fait tomber.

« Nous savons, poursuivent-ils, qu'une pierre n'a point d'âme. » D'accord, je le crois comme vous. « Nous savons qu'une négation et une affirmation ne sont point divisibles, ne sont point des parties de la matière. » Je suis de votre avis. Mais la matière, à nous d'ailleurs inconnue, possède des qualités qui ne sont pas matérielles, qui ne sont pas divisibles; elle a la gravitation vers un centre, que Dieu lui a donnée. Or, cette gravitation n'a point de parties, n'est point divisible. La force motrice des corps n'est pas un être composé de parties. La végétation des corps organisés, leur vie, leur instinct, ne sont pas non plus des êtres à part, des êtres divisibles; vous ne pouvez pas plus couper en deux la végétation d'une rose, la vie d'un cheval, l'instinct d'un chien, que vous ne pourrez couper en deux une sensation, une négation, une affirmation. Votre bel argument, tiré de l'indivisibilité de la pensée, ne prouve donc rien du tout.

Qu'appelez-vous donc votre âme? quelle idée en avez-vous? Vous ne pouvez par vous-même, sans révélation, admettre autre chose en vous qu'un pouvoir à vous inconnu de sentir, de penser.

A présent, dites-moi de bonne foi, ce pouvoir de sentir et de penser est-il le même que celui qui vous fait digérer et marcher? Vous m'avouez que non, car votre entendement aurait beau dire à votre estomac : *Digère*, il n'en fera rien s'il est malade; en vain votre être immatériel ordonnerait à vos pieds de marcher, ils resteront là s'ils ont la goutte.

Les Grecs ont bien senti que la pensée n'avait souvent rien à faire avec le jeu de nos organes; ils ont admis pour ces organes une âme animale, et pour les pensées une âme plus fine, plus subtile, un νοῦς.

Mais voilà cette âme de la pensée qui, en mille occasions, a l'intendance sur l'âme animale. L'âme pensante commande à ses mains de prendre, et elles prennent. Elle ne dit point à son cœur de battre, à son sang de couler, à son chyle de se former; tout cela se fait sans elle : voilà deux âmes bien embarrassées et bien peu maîtresses à la maison.

Or, cette première âme animale n'existe certainement point, elle n'est autre chose que le mouvement de vos organes. Prends garde, ô homme! que tu n'as pas plus de preuve par ta faible raison que l'autre âme existe. Tu ne peux le savoir que par la foi. Tu es né, tu vis, tu agis, tu penses, tu veilles, tu dors, sans savoir comment. Dieu t'a donné la faculté de penser, comme il t'a donné tout le reste; et s'il n'était pas venu t'apprendre dans les temps marqués par sa providence que tu as une âme immatérielle et immortelle, tu n'en aurais aucune preuve.

Voyons les beaux systèmes que ta philosophie a fabriqués sur ces âmes.

L'un dit que l'âme de l'homme est partie de la substance de Dieu même; l'autre, qu'elle est partie du grand tout; un troisième, qu'elle est créée de toute éternité; un quatrième, qu'elle est faite et non créée; d'autres assurent que Dieu les forme à mesure qu'on en a besoin, et qu'elles arrivent à l'instant de la copulation. « Elles se logent dans les animalcules séminaux, crie celui-ci; — Non, dit celui-là, elles vont habiter dans les trompes de Fallope. — Vous avez tous tort, dit un survenant : l'âme attend six semaines que le fœtus soit formé, et alors elle prend possession de la glande pinéale; mais si elle trouve un faux germe, elle s'en retourne, en attendant une meilleure occasion. » La dernière opinion est que sa demeure est dans le corps calleux; c'est le poste que lui assigne La Peyronie; il fallait être premier chirurgien du roi de France pour disposer ainsi du logement de l'âme. Cependant son corps calleux n'a pas fait la même fortune que ce chirurgien avait faite.

Saint Thomas, dans sa question 75e et suivantes, dit que l'âme est une forme *subsistante per se*, qu'elle est toute en tout, que son essence diffère de sa puissance, qu'il y a trois âmes *végétatives*, savoir, la *nutritice*, l'*augmentatice*, la *générative*; que la mémoire des choses spirituelles est spirituelle, et la mémoire des corporelles est corporelle; que l'âme raisonnable est une forme « immatérielle quant aux opérations, et matérielle quant à l'être. » Saint Thomas a écrit deux mille pages de cette force et de cette clarté; aussi est-il l'ange de l'école.

On n'a pas fait moins de systèmes sur la manière dont cette âme sentira quand elle aura quitté son corps avec lequel elle sentait; comment elle entendra sans oreilles, flairera sans nez, et touchera sans main; quel corps ensuite elle reprendra, si c'est celui qu'elle avait à deux ans ou à quatre-vingts; comment le *moi*, l'identité de la même personne subsistera; comment l'âme d'un homme devenu imbécile à l'âge de quinze ans, et mort imbécile à l'âge de soixante-dix, reprendra le fil des idées qu'elle avait dans son âge de puberté; par quel tour d'adresse une âme dont la jambe aura été coupée en Europe, et qui aura perdu un bras en Amérique, retrouvera cette jambe et ce bras, lesquels, ayant été transformés en légumes, auront passé dans le sang de quelque autre animal. On ne finirait point si on voulait rendre compte de toutes les extravagances que cette pauvre âme humaine a imaginées sur elle-même.

Ce qui est très-singulier, c'est que dans les lois du peuple de Dieu il n'est pas dit un mot de la spiritualité et de l'immortalité de l'âme, rien dans le *Décalogue*, rien dans le *Lévitique* ni dans le *Deutéronome*.

Il est très-certain, il est indubitable que Moïse en aucun endroit ne propose aux Juifs des récompenses et des peines dans une autre vie, qu'il ne leur parle jamais de l'immortalité de leurs âmes, qu'il ne leur fait point espérer le ciel, qu'il ne les menace point des enfers: tout est temporel.

Il leur dit avant de mourir, dans son *Deutéronome* : « Si, après avoir eu des enfants et des petits-enfants, vous prévariquez, vous serez exterminés du pays, et réduits à un petit nombre dans les nations.

« Je suis un Dieu jaloux, qui punis l'iniquité des pères jusqu'à la troisième et quatrième génération.

« Honorez père et mère afin que vous viviez longtemps.

« Vous aurez de quoi manger sans en manquer jamais.

« Si vous suivez des dieux étrangers, vous serez détruits....

« Si vous obéissez, vous aurez de la pluie au printemps; et en automne, du froment, de l'huile, du vin, du foin pour vos bêtes, afin que vous mangiez et que vous soyez soûls.

« Mettez ces paroles dans vos cœurs, dans vos mains, entre vos yeux, écrivez-les sur vos portes, afin que vos jours se multiplient.

« Faites ce que je vous ordonne, sans y rien ajouter ni retrancher.

« S'il s'élève un prophète qui prédise des choses prodigieuses, si sa prédiction est véritable, et si ce qu'il a dit arrive, et s'il vous dit : « Allons, suivons des dieux étrangers,... » tuez-le aussitôt, et que tout le peuple frappe après vous.

« Lorsque le Seigneur vous aura livré les nations, égorgez tout sans épargner un seul homme, et n'ayez aucune pitié de personne.

« Ne mangez point des oiseaux impurs, comme l'aigle, le griffon, l'ixion, etc.

« Ne mangez point des animaux qui ruminent et dont l'ongle n'est point fendu, comme chameau, lièvre, porc-épic, etc.

« En observant toutes les ordonnances, vous serez bénis dans la ville et dans les champs; les fruits de votre ventre, de votre terre, de vos bestiaux, seront bénis.

« Si vous ne gardez pas toutes les ordonnances et toutes les cérémonies, vous serez maudits dans la ville et dans les champs... vous éprouverez la famine, la pauvreté; vous mourrez de misère, de froid, de pauvreté, de fièvre; vous aurez la rogne, la gale, la fistule..... vous aurez des ulcères dans les genoux et dans le gras des jambes.

« L'étranger vous prêtera à usure, et vous ne lui prêterez point à usure..., parce que vous n'aurez pas servi le Seigneur.

« Et vous mangerez le fruit de votre ventre, et la chair de vos fils et de vos filles, etc. »

Il est évident que dans toutes ces promesses et dans toutes ces menaces il n'y a rien que de temporel, et qu'on ne trouve pas un mot sur l'immortalité de l'âme et sur la vie future.

Plusieurs commentateurs illustres ont cru que Moïse était parfaitement instruit de ces deux grands dogmes; et ils le prouvent par les paroles de Jacob, qui, croyant que son fils avait été dévoré par les bêtes, disait dans sa douleur : « Je descendrai avec mon fils dans la fosse, *in infernum* (*Genèse*, chap. XXXVII, vers 35), dans l'enfer; » c'est-à-dire je mourrai, puisque mon fils est mort.

Ils le prouvent encore par des passages d'Isaïe et d'Ézéchiel; mais les Hébreux auxquels parlait Moïse, ne pouvaient avoir lu ni Ézéchiel ni Isaïe, qui ne vinrent que plusieurs siècles après.

Il est très-inutile de disputer sur les sentiments secrets de Moïse. Le fait est que dans les lois publiques il n'a jamais parlé d'une vie à venir, qu'il borne tous les châtiments et toutes les récompenses au temps présent. S'il connaissait la vie future, pourquoi n'a-t-il pas expressément étalé ce dogme? et s'il ne l'a pas connue, quel était l'objet et l'étendue de sa mission? C'est une question que font plusieurs grands personnages; ils répondent que le Maître de Moïse et de tous les hommes se réservait le droit d'expliquer dans son temps aux Juifs une doctrine qu'ils n'étaient pas en état d'entendre lorsqu'ils étaient dans le désert.

Si Moïse avait annoncé le dogme de l'immortalité de l'âme, une grande école des Juifs ne l'aurait pas toujours combattue; cette grande école des saducéens n'aurait pas été autorisée dans l'État; les sadu-

céens n'auraient pas occupé les premières charges; on n'aurait pas
tiré de grands-pontifes de leur corps.

Il paraît que ce ne fut qu'après la fondation d'Alexandrie, que les
Juifs se partagèrent en trois sectes : les pharisiens, les saducéens, et
les esséniens. L'historien Josèphe, qui était pharisien, nous apprend,
au livre XIII (chap. ix) de ses Antiquités, que les pharisiens croyaient
la métempsycose; les saducéens croyaient que l'âme périssait avec le
corps; les esséniens, dit encore Josèphe, tenaient les âmes immortelles; les âmes, selon eux, descendaient en forme aérienne dans les
corps, de la plus haute région de l'air; elles y sont reportées par un
attrait violent, et après la mort celles qui ont appartenu à des gens de
bien demeurent au delà de l'Océan, dans un pays où il n'y a ni chaud
ni froid, ni vent ni pluie. Les âmes des méchants vont dans un climat
tout contraire. Telle était la théologie des Juifs.

Celui qui seul devait instruire tous les hommes, vint condamner ces
trois sectes : mais sans lui nous n'aurions jamais pu rien connaître de
notre âme, puisque les philosophes n'en ont jamais eu aucune idée
déterminée, et que Moïse, seul vrai législateur du monde avant le nôtre, Moïse, qui parlait à Dieu face à face, à laissé les hommes dans une
ignorance profonde sur ce grand article. Ce n'est donc que depuis dix-sept
cents ans qu'on est certain de l'existence de l'âme et de son immortalité.

Cicéron n'avait que des doutes; son petit-fils et sa petite-fille purent
apprendre la vérité des premiers Galiléens qui vinrent à Rome.

Mais avant ce temps-là, et depuis dans tout le reste de la terre où
les apôtres ne pénétrèrent pas, chacun devait dire à son âme : « Qui
es-tu? d'où viens-tu? que fais-tu? où vas-tu? Tu es je ne sais quoi,
pensant et sentant, et quand tu sentirais et penserais cent mille millions d'années, tu n'en sauras jamais davantage par tes propres lumières, sans le secours d'un Dieu. »

Ô homme! ce Dieu t'a donné l'entendement pour te bien conduire,
et non pour pénétrer dans l'essence des choses qu'il a créées.

C'est ainsi qu'a pensé Locke, et avant Locke Gassendi, et avant Gassendi une foule de sages; mais nous avons des bacheliers qui savent
tout ce que ces grands hommes ignoraient.

De cruels ennemis de la raison ont osé s'élever contre ces vérités
reconnues par tous les sages. Ils ont porté la mauvaise foi et l'impudence jusqu'à imputer aux auteurs de cet ouvrage d'avoir assuré que
l'âme est matière. Vous savez bien, persécuteurs de l'innocence, que
nous avons dit tout le contraire. Vous avez dû lire ces propres mots
contre Épicure, Démocrite et Lucrèce : « Mon ami, comment un atome
pense-t-il? avoue que tu n'en sais rien. » Vous êtes donc évidemment
des calomniateurs.

Personne ne sait ce que c'est que l'être appelé *esprit*, auquel même
vous donnez ce nom matériel d'esprit qui signifie *vent*. Tous les premiers pères de l'Église ont cru l'âme corporelle. Il est impossible à
nous autres êtres bornés de savoir si notre intelligence est substance
ou faculté : nous ne pouvons connaître à fond ni l'être étendu, ni
l'être pensant, ou le mécanisme de la pensée.

On vous crie, avec les respectables Gassendi et Locke, que nous ne savons rien par nous-mêmes des secrets du Créateur. Etes-vous donc des dieux qui savez tout? On vous répète que nous ne pouvons connaître la nature et la destination de l'âme que par la révélation. Quoi! cette révélation ne vous suffit-elle pas? il faut bien que vous soyez ennemis de cette révélation que nous réclamons, puisque vous persécutez ceux qui attendent tout d'elle, et qui ne croient qu'en elle.

Nous nous en rapportons, disons-nous, à la parole de Dieu; et vous, ennemis de la raison et de Dieu, vous qui blasphémez l'un et l'autre, vous traitez l'humble doute et l'humble soumission du philosophe comme le loup traita l'agneau dans les fables d'Ésope; vous lui dites : « Tu médis de moi l'an passé, il faut que je suce ton sang. » La philosophie ne se venge point; elle rit en paix de vos vains efforts; elle éclaire doucement les hommes, que vous voulez abrutir pour les rendre semblables à vous.

AMÉRIQUE. — Puisqu'on ne se lasse point de faire des systèmes sur la manière dont l'Amérique a pu se peupler, ne nous lassons point de dire que celui qui fait naître des mouches dans ces climats, y fit naître des hommes. Quelque envie qu'on ait de disputer, on ne peut nier que l'être suprême, qui vit dans toute la nature, n'ait fait naître, vers le quarante-huitième degré, des animaux à deux pieds, sans plumes, dont la peau est mêlée de blanc et d'incarnat, avec de longues barbes tirant sur le roux; des nègres sans barbe vers la ligne, en Afrique et dans les îles; d'autres nègres avec barbe sous la même latitude, les uns portant de la laine sur la tête, les autres des crins; et au milieu d'eux des animaux tout blancs, n'ayant ni crin ni laine, mais portant de la soie blanche.

On ne voit pas trop ce qui pourrait avoir empêché Dieu de placer dans un autre continent une espèce d'animaux d'un même genre, laquelle est couleur de cuivre dans la même latitude où ces animaux sont noirs en Afrique et en Asie, et qui est absolument imberbe et sans poil dans cette même latitude où les autres sont barbus.

Jusqu'où nous emporte la fureur des systèmes, jointe à la tyrannie du préjugé! On voit ces animaux; on convient que Dieu a pu les mettre où ils sont, et on ne veut pas convenir qu'il les y ait mis. Les mêmes gens qui ne font nulle difficulté d'avouer que les castors sont originaires du Canada, prétendent que les hommes ne peuvent y être venus que par bateau, et que le Mexique n'a pu être peuplé que par quelques descendants de Magog. Autant vaudrait-il dire que, s'il y a des hommes dans la lune, ils ne peuvent y avoir été menés que par Astolfe[1] qui les y porta sur son hippogriffe, lorsqu'il alla chercher le bon sens de Roland renfermé dans une bouteille.

Si de son temps l'Amérique eût été découverte, et que dans notre Europe il y eût eu des hommes assez systématiques pour avancer, avec le jésuite Lafitau, que les Caraïbes descendent des habitants de Carie,

_____
1. Arioste, Roland furieux, chap. XXXIV, (Éd.)

et que les Hurons viennent des Juifs, il aurait bien fait de rapporter à ces raisonneurs la bouteille de leur bon sens, qui sans doute était dans la lune avec celle de l'amant d'Angélique.

La première chose qu'on fait quand on découvre une île peuplée dans l'Océan Indien ou dans la mer du Sud, c'est de dire : « D'où ces gens-là sont-ils venus? » Mais pour les arbres et les tortues du pays, on ne balance pas à les croire originaires : comme s'il était plus difficile à la nature de faire des hommes que des tortues. Ce qui peut servir d'excuse à ce système, c'est qu'il n'y a presque point d'île dans les mers d'Amérique et d'Asie où l'on n'ait trouvé des jongleurs, des joueurs de gibecière, des charlatans, des fripons, et des imbéciles. C'est probablement ce qui a fait penser que ces animaux étaient de la même race que nous.

AMITIÉ. — On a parlé depuis longtemps du temple de l'Amitié, et l'on sait qu'il a été peu fréquenté.

> En vieux langage on voit sur la façade
> Les noms sacrés d'Oreste et de Pylade,
> Le médaillon du bon Pirithoüs,
> Du sage Achate et du tendre Nisus,
> Tous grands héros, tous amis véritables :
> Ces noms sont beaux; mais ils sont dans les fables[1].

On sait que l'amitié ne se commande pas plus que l'amour et l'estime. « Aime ton prochain, » signifie : « Secours ton prochain ; » mais non pas : « Jouis avec plaisir de sa conversation s'il est ennuyeux, confie-lui tes secrets s'il est un babillard, prête-lui ton argent s'il est un dissipateur. »

L'amitié est le mariage de l'âme, et ce mariage est sujet au divorce. C'est un contrat tacite entre deux personnes sensibles et vertueuses. Je dis *sensibles*, car un moine, un solitaire peut n'être point méchant et vivre sans connaître l'amitié. Je dis *vertueuses*, car les méchants n'ont que des complices; les voluptueux ont des compagnons de débauche; les intéressés ont des associés; les politiques assemblent des factieux; le commun des hommes oisifs a des liaisons; les princes ont des courtisans; les hommes vertueux ont seuls des amis.

Céthégus était le complice de Catilina, et Mécène le courtisan d'Octave; mais Cicéron était l'ami d'Atticus.

Que porte ce contrat entre deux âmes tendres et honnêtes? les obligations en sont plus fortes et plus faibles, selon les degrés de sensibilité et le nombre des services rendus, etc.

L'enthousiasme de l'amitié a été plus fort chez les Grecs et chez les Arabes que chez nous[2]. Les contes que ces peuples ont imaginés sur l'amitié sont admirables; nous n'en avons point de pareils. Nous

---

1. Ces vers sont de Voltaire dans son *Temple de l'amitié*. (ÉD.)
2. Voy. l'article ARABES.

sommes un peu secs en tout. Je ne vois aul grand trait d'amitié dans nos romans, dans nos histoires, sur notre théâtre.

Il n'est parlé d'amitié chez les Juifs qu'entre Jonathas et David. Il est dit que David l'aimait d'un amour plus fort que celui des femmes ; mais aussi il est dit que David, après la mort de son ami, dépouilla Miphibozeth son fils, et le fit mourir.

L'amitié était un point de religion et de législation chez les Grecs. Les Thébains avaient le régiment des amants ; beau régiment ! quelques-uns l'ont pris pour un régiment de non-conformistes, ils se trompent ; c'est prendre un accessoire honteux pour le principal honnête. L'amitié chez les Grecs était prescrite par la loi et la religion. La pédérastie était malheureusement tolérée par les mœurs ; il ne faut pas imputer à la loi des abus indignes.

AMOUR.[1] — Il y a tant de sortes d'amour, qu'on ne sait à qui s'adresser pour le définir. On nomme hardiment amour un caprice de quelques jours, une liaison sans attachement, un sentiment sans estime, des simagrées de sigisbé, une froide habitude, une fantaisie romanesque, un goût suivi d'un prompt dégoût : on donne ce nom à mille chimères.

Si quelques philosophes veulent examiner à fond cette matière peu philosophique, qu'ils méditent le banquet de Platon, dans lequel Socrate, amant honnête d'Alcibiade et d'Agathon, converse avec eux sur la métaphysique de l'amour.

Lucrèce en parle plus en physicien ; Virgile suit les pas de Lucrèce ; amor omnibus idem.[2]

C'est l'étoffe de la nature que l'imagination a brodée. Veux-tu avoir une idée de l'amour ? vois les moineaux de ton jardin ; vois tes pigeons ; contemple le taureau qu'on amène à ta génisse ; regarde ce fier cheval que deux de ses valets conduisent à la cavale paisible qui l'attend, et qui détourne sa queue pour le recevoir ; vois comme ses yeux étincellent ; entends ses hennissements ; contemple ces sauts, ces courbettes, ces oreilles dressées, cette bouche qui s'ouvre avec de petites convulsions, ces narines qui s'enflent, ce souffle enflammé qui en sort, ces crins qui se relèvent et qui flottent, ce mouvement impétueux dont il s'élance sur l'objet que la nature lui a destiné ; mais n'en sois point jaloux, et songe aux avantages de l'espèce humaine ; ils compensent en amour tous ceux que la nature a donnés aux animaux : force, beauté, légèreté, rapidité.

Il y a même des animaux qui ne connaissent point la jouissance. Les poissons écaillés sont privés de cette douceur : la femelle jette sur la vase des millions d'œufs ; le mâle qui les rencontre passe sur eux, et les féconde par sa semence, sans se mettre en peine à quelle femelle ils appartiennent.

La plupart des animaux qui s'accouplent ne goûtent de plaisir que par un seul sens ; et dès que cet appétit est satisfait, tout est éteint. Aucun animal, hors toi, ne connaît les embrassements ; tout ton corps est sensible ; tes lèvres surtout jouissent d'une volupté que rien ne

1. Voy. l'article AMOUR SOCRATIQUE. — 2. Géorg., III, 244. (ÉD.)

lasse; et ce plaisir n'appartient qu'à ton espèce ; enfin tu peux dans tous les temps te livrer à l'amour, et les animaux n'ont qu'un temps marqué. Si tu réfléchis sur ces prééminences, tu diras avec le comte de Rochester : « L'amour, dans un pays d'athées, ferait adorer la Divinité. »

Comme les hommes ont reçu le don de perfectionner tout ce que la nature leur accorde, ils ont perfectionné l'amour. La propreté, le soin de soi-même, en rendant la peau plus délicate, augmentent le plaisir du tact; et l'attention sur sa santé rend les organes de la volupté plus sensibles. Tous les autres sentiments entrent ensuite dans celui de l'amour, comme des métaux qui s'amalgament avec l'or ! l'amitié, l'estime, viennent au secours; les talents du corps et de l'esprit sont encore de nouvelles chaînes.

Nam facit ipsa suis interdum femina factis,
Morigerisque modis, et mundo corpore culta,
Ut facile insuescat secum vir degere vitam.

(LUCR., IV, 1274-76.)

On peut, sans être belle, être longtemps aimable.
L'attention, le goût, les soins, la propreté,
Un esprit naturel, un air toujours affable,
Donnent à la laideur les traits de la beauté.

L'amour-propre surtout resserre tous ces liens. On s'applaudit de son choix, et les illusions en foule sont les ornements de cet ouvrage dont la nature a posé les fondements.

Voilà ce que tu as au-dessus des animaux; mais si tu goûtes tant de plaisirs qu'ils ignorent, que de chagrins aussi dont les bêtes n'ont point d'idée ! Ce qu'il y a d'affreux pour toi, c'est que la nature a empoisonné dans les trois quarts de la terre les plaisirs de l'amour et les sources de la vie, par une maladie épouvantable à laquelle l'homme seul est sujet, et qui n'infecte que chez lui les organes de la génération.

Il n'en est point de cette peste comme de tant d'autres maladies qui sont la suite de nos excès. Ce n'est point la débauche qui l'a introduite dans le monde. Les Phryné, les Laïs, les Flora, les Messaline, n'en furent point attaquées; elle est née dans des îles où les hommes vivaient dans l'innocence, et de là elle s'est répandue dans l'ancien monde.

Si jamais on a pu accuser la nature de mépriser son ouvrage, de contredire son plan, d'agir contre ses vues, c'est dans ce fléau détestable qui a souillé la terre d'horreur et de turpitude. Est-ce là le meilleur des mondes possibles ? Eh quoi ! si César, Antoine, Octave, n'ont point eu cette maladie, n'était-il pas possible qu'elle ne fit point mourir François Ier ? Non, dit-on, les choses étaient ainsi ordonnées pour le mieux : je le veux croire; mais cela est triste pour ceux à qui Rabelais a dédié son livre[1].

1. Ce sont les *Buveurs très-illustres, et vous vérolés très-précieux.* (Éd.)

Les philosophes érotiques ont souvent agité la question si Héloïse put encore aimer véritablement Abélard quand il fut moine et châtré. L'une de ces qualités faisait très-grand tort à l'autre.

Mais consolez-vous, Abélard, vous fûtes aimé; la racine de l'arbre coupé conserve encore un reste de sève; l'imagination aide le cœur. On se plaît encore à table quoiqu'on n'y mange plus. Est-ce de l'amour? est-ce un simple souvenir? est-ce de l'amitié? C'est un je ne sais quoi composé de tout cela. C'est un sentiment confus qui ressemble aux passions fantastiques que les morts conservaient dans les Champs-Élysées. Les héros qui pendant leur vie avaient brillé dans la course des chars, conduisaient après leur mort des chars imaginaires. Orphée croyait chanter encore. Héloïse vivait avec vous d'illusions et de suppléments. Elle vous caressait quelquefois, et avec d'autant plus de plaisir qu'ayant fait vœu au Paraclet de ne vous plus aimer, ses caresses en devenaient plus précieuses comme plus coupables. Une femme ne peut guère se prendre de passion pour un eunuque : mais elle peut conserver sa passion pour son amant devenu eunuque, pourvu qu'il soit encore aimable.

Il n'en est pas de même, mesdames, pour un amant qui a vieilli dans le service; l'extérieur ne subsiste plus; les rides effrayent; les sourcils blanchis rebutent; les dents perdues dégoûtent; les infirmités éloignent : tout ce qu'on peut faire, c'est d'avoir la vertu d'être garde-malade, et de supporter ce qu'on a aimé. C'est ensevelir un mort.

AMOUR DE DIEU. — Les disputes sur l'amour de Dieu ont allumé autant de haines qu'aucune querelle théologique. Les jésuites et les jansénistes se sont battus pendant cent ans, à qui aimerait Dieu d'une façon plus convenable, et à qui désolerait plus son prochain.

Dès que l'auteur du Télémaque, qui commençait à jouir d'un grand crédit à la cour de Louis XIV, voulut qu'on aimât Dieu d'une manière qui n'était pas celle de l'auteur des Oraisons funèbres, celui-ci, qui était un grand ferrailleur, lui déclara la guerre, et le fit condamner dans l'ancienne ville de Romulus, où Dieu était ce qu'on aimait le mieux après la domination, les richesses, l'oisiveté, le plaisir, et l'argent.

Si Mme Guyon avait su le conte de la bonne vieille qui apportait un réchaud pour brûler le paradis, et une cruche d'eau pour éteindre l'enfer, afin qu'on n'aimât Dieu que pour lui-même, elle n'aurait peut-être pas tant écrit. Elle eût dû sentir qu'elle ne pouvait rien dire de mieux. Mais elle aimait Dieu et le galimatias si cordialement, qu'elle fut quatre fois en prison pour sa tendresse : traitement rigoureux et injuste. Pourquoi punir comme une criminelle une femme qui n'avait d'autre crime que celui de faire des vers dans le style de l'abbé Cotin, et de la prose dans le goût de Polichinelle? Il est étrange que l'auteur du Télémaque et des froides amours d'Eucharis ait dit dans ses Maximes des saints, d'après le bienheureux François de Sales : « Je n'ai presque point de désirs; mais si j'étais à renaître je n'en aurais point du tout. Si Dieu venait à moi, j'irais aussi à lui : s'il ne voulait pas venir à moi, je me tiendrais là et n'irais pas à lui. »

C'est sur cette proposition que roule tout son livre. On ne condamna point saint François de Sales; mais on condamna Fénelon. Pourquoi? c'est que François de Sales n'avait point un violent ennemi à la cour de Turin, et que Fénelon en avait un à Versailles.

Ce qu'on a écrit de plus sensé sur cette controverse mystique, se trouve peut-être dans la satire de Boileau sur l'amour de Dieu, quoique ce ne soit pas assurément son meilleur ouvrage.

> Qui fait exactement ce que ma loi commande,
> A pour moi, dit ce Dieu, l'amour que je demande.
> Ep. xii, v. 208-209.

S'il faut passer des épines de la théologie à celles de la philosophie, qui sont moins longues et moins piquantes, il paraît clair qu'on peut aimer un objet sans aucun retour sur soi-même, sans aucun mélange d'amour-propre intéressé. Nous ne pouvons comparer les choses divines aux terrestres, l'amour de Dieu à un autre amour. Il manque précisément un infini d'échelons pour nous élever de nos inclinations humaines à cet amour sublime. Cependant, puisqu'il n'y a pour nous d'autre point d'appui que la terre, tirons nos comparaisons de la terre. Nous voyons un chef-d'œuvre de l'art en peinture, en sculpture, en architecture, en poésie, en éloquence; nous entendons une musique qui enchante nos oreilles et notre âme : nous l'admirons, nous l'aimons sans qu'il nous en revienne le plus léger avantage, c'est un sentiment pur; nous allons même jusqu'à sentir quelquefois de la vénération, de l'amitié pour l'auteur; et s'il était là nous l'embrasserions.

C'est à peu près la seule manière dont nous puissions expliquer notre profonde admiration et les élans de notre cœur envers l'éternel architecte du monde. Nous voyons l'ouvrage avec un étonnement mêlé de respect et d'anéantissement, et notre cœur s'élève autant qu'il le peut vers l'ouvrier.

Mais quel est ce sentiment? je ne sais quoi de vague et d'indéterminé, un saisissement qui ne tient rien de nos affections ordinaires; une âme plus sensible qu'une autre, plus désoccupée, peut-être si touchée du spectacle de la nature qu'elle voudrait s'élancer jusqu'au maître éternel qui l'a formée. Une telle affection de l'esprit, un si puissant attrait peut-il encourir la censure? A-t-on pu condamner le tendre archevêque de Cambrai? Malgré les expressions de saint François de Sales que nous avons rapportées, il s'en tenait à cette assertion, qu'on peut aimer l'auteur uniquement pour la beauté de ses ouvrages. Quelle hérésie avait-on à lui reprocher? Les extravagances du style d'une dame de Montargis, et quelques expressions peu mesurées de sa part lui nuisirent.

1. *Explication des maximes des saints sur la vie intérieure*, par Fénelon, 1697, in-12, page 57, article v. (Éd.)

Où était le mal? On n'en sait plus rien aujourd'hui. Cette querelle est anéantie comme tant d'autres. Si chaque ergoteur voulait bien se dire à soi-même : « Dans quelques années personne ne se souciera de mes ergotismes, » on ergoterait beaucoup moins. Ah! Louis XIV! Louis XIV! il fallait laisser deux hommes de génie sortir de la sphère de leurs talents, au point d'écrire ce qu'on a jamais écrit de plus obscur et de plus ennuyeux dans votre royaume.

Pour finir tous ces débats-là,
Tu n'avais qu'à les laisser faire.

Remarquons à tous les articles de morale et d'histoire par quelle chaîne invisible, par quels ressorts inconnus toutes les idées qui troublent nos têtes, et tous les événements qui empoisonnent nos jours, sont liés ensemble, se heurtent, et forment nos destinées. Fénelon meurt dans l'exil pour avoir eu deux ou trois conversations mystiques avec une femme un peu extravagante. Le cardinal de Bouillon, le neveu du grand Turenne, est persécuté pour n'avoir pas lui-même persécuté à Rome l'archevêque de Cambrai son ami : il est contraint de sortir de France, et il perd toute sa fortune.

C'est par ce même enchaînement que le fils d'un procureur de Vire[2] trouve, dans une douzaine de phrases obscures d'un livre imprimé dans Amsterdam, de quoi remplir de victimes tous les cachots de la France; et à la fin il sort de ces cachots même un cri, dont le retentissement fait tomber par terre toute une société habile et tyrannique, fondée par un fou ignorant[3].

AMOUR-PROPRE. — Nicole, dans ses *Essais de morale*, faits après deux ou trois mille volumes de morale (Traité de la charité, chap. II), dit que « par le moyen des roues et des gibets qu'on établit en commun, on réprime les pensées et les desseins tyranniques de l'amour-propre de chaque particulier. »

Je n'examinerai point si on a des gibets en commun, comme on a des prés et des bois en commun, et une bourse commune, et si on réprime des pensées avec des roues; mais il me semble fort étrange que Nicole ait pris le vol de grand chemin et l'assassinat pour de l'amour-propre. Il faut distinguer un peu mieux les nuances. Celui qui dirait que Néron a fait assassiner sa mère par amour-propre, que Cartouche avait beaucoup d'amour-propre, ne s'exprimerait pas fort correctement. L'amour-propre n'est point une scélératesse, c'est un sentiment naturel à tous les hommes; il est beaucoup plus voisin de la vanité que du crime.

Un gueux des environs de Madrid demandait noblement l'aumône; un passant lui dit : « N'êtes-vous pas honteux de faire ce métier infâme quand vous pouvez travailler? — Monsieur, répondit le mendiant, je vous demande de l'argent et non pas des conseils; » puis il lui tourna le dos en conservant toute la dignité castillane. C'était un fier gueux que

1. Le P. Letellier, jésuite. (ÉD.) — 2. A Louvain en 1640. (ÉD.)
3. Ignace de Loyola. (ÉD.)

ce seigneur, sa vanité était blessée pour peu de chose. Il demandait l'aumône par amour de soi-même, et ne souffrait pas la réprimande par un autre amour de soi-même.

Un missionnaire voyageant dans l'Inde rencontra un fakir chargé de chaînes, nu comme un singe, couché sur le ventre, et se faisant fouetter pour les péchés de ses compatriotes les Indiens, qui lui donnaient quelques liards du pays. « Quel renoncement à soi-même! disait un des spectateurs. — Renoncement à moi-même! reprit le fakir; apprenez que je ne me fais fesser dans ce monde que pour vous le rendre dans l'autre, quand vous serez chevaux et moi cavalier. »

Ceux qui ont dit que l'amour de nous-mêmes est la base de tous nos sentiments et de toutes nos actions ont donc eu grande raison dans l'Inde, en Espagne, et dans toute la terre habitable : et comme on n'écrit point pour prouver aux hommes qu'ils ont un visage, il n'est pas besoin de leur prouver qu'ils ont de l'amour-propre. Cet amour-propre est l'instrument de notre conservation; il ressemble à l'instrument de la perpétuité de l'espèce : il est nécessaire, il nous est cher, il nous fait plaisir, et il faut le cacher.

AMOUR SOCRATIQUE. — Si l'amour qu'on a nommé *socratique* et *platonique* n'était qu'un sentiment honnête, il y faut applaudir : si c'était une débauche, il faut en rougir pour la Grèce.

Comment s'est-il pu faire qu'un vice destructeur du genre humain s'il était général, qu'un attentat infâme contre la nature, soit pourtant si naturel? Il paraît être le dernier degré de la corruption réfléchie; et cependant il est le partage ordinaire de ceux qui n'ont pas encore eu le temps d'être corrompus. Il est entré dans des cœurs tout neufs, qui n'ont connu encore ni l'ambition, ni la fraude, ni la soif des richesses. C'est la jeunesse aveugle qui, par un instinct mal démêlé, se précipite dans ce désordre au sortir de l'enfance, ainsi que dans l'onanisme [1].

Le penchant des deux sexes l'un pour l'autre se déclare de bonne heure; mais quoi qu'on ait dit des Africaines et des femmes de l'Asie méridionale, ce penchant est généralement beaucoup plus fort dans l'homme que dans la femme; c'est une loi que la nature a établie pour tous les animaux; c'est toujours le mâle qui attaque la femelle.

Les jeunes mâles de notre espèce, élevés ensemble, sentant cette force que la nature commence à déployer en eux, et ne trouvant point l'objet naturel de leur instinct, se rejettent sur ce qui lui ressemble. Souvent un jeune garçon, par la fraîcheur de son teint, par l'éclat de ses couleurs, et par la douceur de ses yeux, ressemble pendant deux ou trois ans à une belle fille; si on l'aime, c'est parce que la nature se méprend; on rend hommage au sexe, en s'attachant à ce qui en a les beautés; et quand l'âge a fait évanouir cette ressemblance, la méprise cesse.

Citraque juventam
Ætatis breve ver et primos carpere flores.
OVID., Met., X, 84-85.

1. Voy. les articles ONAN, ONANISME.

On n'ignore pas que cette méprise de la nature est beaucoup plus commune dans les climats doux que dans les glaces du Septentrion, parce que le sang y est plus allumé, et l'occasion plus fréquente : aussi ce qui ne paraît qu'une faiblesse dans le jeune Alcibiade, est une abomination dégoûtante dans un matelot hollandais et dans un vivandier moscovite.

Je ne puis souffrir qu'on prétende que les Grecs ont autorisé cette licence. On cite le législateur Solon, parce qu'il a dit en deux mauvais vers :

> Tu chériras un beau garçon,
> Tant qu'il n'aura barbe au menton[1].

Mais en bonne foi, Solon était-il législateur quand il fit ces deux vers ridicules? Il était jeune alors, et quand le débauché fut devenu sage, il ne mit point une telle infamie parmi les lois de sa république. Accusera-t-on Théodore de Bèze d'avoir prêché la pédérastie dans son église, parce que dans sa jeunesse il fit des vers pour le jeune Candide, et qu'il dit :

> « Amplector hunc et illam. »
> Je suis pour lui, je suis pour elle.

Il faudra dire qu'ayant chanté des amours honteux dans son jeune âge, il eut dans l'âge mûr l'ambition d'être chef de parti, de prêcher la réforme, de se faire un nom. *Hic vir, et ille puer.*

On abuse du texte de Plutarque, qui dans ses bavarderies, au *Dialogue de l'amour*, fait dire à un interlocuteur que les femmes ne sont pas dignes du véritable amour[2]; mais un autre interlocuteur soutient le parti des femmes comme il le doit. On a pris l'objection pour la décision.

Il est certain, autant que la science de l'antiquité peut l'être, que l'amour socratique n'est point un amour infâme : c'est ce nom d'*amour* qui a trompé. Ce qu'on appelait *les amants d'un jeune homme* étaient précisément ce que sont parmi nous les *menins* de nos princes, ce qu'étaient les enfants d'honneur, des jeunes gens attachés à l'éducation d'un enfant distingué, partageant les mêmes études, les mêmes travaux militaires; institution guerrière et sainte dont on abusa comme des fêtes nocturnes et des orgies.

La troupe des amants instituée par Laïus était une troupe invincible de jeunes guerriers engagés par serment à donner leur vie les uns pour les autres; et c'est ce que la discipline antique a jamais eu de plus beau.

Sextus Empiricus et d'autres ont beau dire que ce vice était recom-

---

1. Un écrivain moderne, nommé Larcher, répétiteur de collège, dans un libelle rempli d'erreurs en tout genre, et de la critique la plus grossière, ose citer je ne sais quel bouquin, dans lequel on appelle Socrate *sanctus pederastes*, Socrate saint b.... Il n'a pas été suivi dans ces horreurs par l'abbé Foucher; mais cet abbé, non moins grossier, s'est trompé encore lourdement sur Zoroastre et sur les anciens Persans. Il en a été vivement repris par un homme savant dans les langues orientales.

2. Traduction d'Amyot, grand aumônier de France. — §. Voy. l'article FEMME.

mandé par les lois de la Perse. Qu'ils citent le texte de la loi; qu'ils montrent le code des Persans : et si cette abomination s'y trouvait, je ne la croirais pas; je dirais que la chose n'est pas vraie, par la raison qu'elle est impossible. Non, il n'est pas dans la nature humaine de faire une loi qui contredit et qui outrage la nature, une loi qui anéantirait le genre humain si elle était observée à la lettre. Mais moi je vous montrerai l'ancienne loi des Persans, rédigée dans le *Sadder*. Il est dit, à l'article ou porte 9, qu'*il n'y a point de plus grand péché*. C'est en vain qu'un écrivain moderne a voulu justifier Sextus Empiricus et la pédérastie; les lois de Zoroastre, qu'il ne connaissait pas, sont un témoignage irréprochable que ce vice ne fut jamais recommandé par les Perses. C'est comme si on disait qu'il est recommandé par les Turcs. Ils le commettent hardiment; mais les lois le punissent.

Que de gens ont pris des usages honteux et tolérés dans un pays pour les lois du pays! Sextus Empiricus, qui doutait de tout, devait bien douter de cette jurisprudence. S'il eût vécu de nos jours, et qu'il eût vu deux ou trois jeunes jésuites abuser de quelques écoliers, aurait-il eu droit de dire que ce jeu leur est permis par les constitutions d'*Ignace de Loyola?*

Il me sera permis de parler ici de l'amour socratique du révérend père Polycarpe, carme chaussé de la petite ville de Gex, lequel en 1771 enseignait la religion et le latin à une douzaine de petits écoliers. Il était à la fois leur confesseur et leur régent, et il se donna auprès d'eux tous un nouvel emploi. On ne pouvait guère avoir plus d'occupations spirituelles et temporelles. Tout fut découvert : il se retira en Suisse, pays fort éloigné de la Grèce.

Ces amusements ont été assez communs entre les précepteurs et les écoliers [1]. Les moines chargés d'élever la jeunesse ont été toujours un peu adonnés à la pédérastie. C'est la suite nécessaire du célibat auquel ces pauvres gens sont condamnés.

Les seigneurs turcs et persans font, à ce qu'on nous dit, élever leurs enfants par des eunuques; étrange alternative pour un pédagogue d'être châtré ou sodomite.

L'amour des garçons était si commun à Rome, qu'on ne s'avisait pas de punir cette turpitude, dans laquelle presque tout le monde donnait tête baissée. Octave-Auguste, ce meurtrier débauché et poltron, qui osa exiler Ovide, trouva très-bon que Virgile chantât Alexis; Horace, son autre favori, faisait de petites odes pour Ligurinus. Horace, qui louait Auguste d'avoir réformé les mœurs, proposait également dans ses satires un garçon et une fille [2]; mais l'ancienne loi *Scantinia*, qui défend la pédérastie, subsista toujours : l'empereur Philippe la remit en vigueur, et chassa de Rome les petits garçons qui faisaient le métier. S'il y eut des écoliers spirituels et licencieux comme Pé-

1. Voy. l'article PETRONE.

2. *Ancilla aut verna est præsto puer, impetus in quem*
Continuò fiat.
Hor., lib. I, sat. II.

trons. Rome eut des professeurs, tels que Quintilien. Voyez quelles
précautions il apporte dans le chapitre du *Précepteur* pour conserver
la pureté de la première jeunesse : « *Cavendum non solum crimine*
« *turpitudinis, sed etiam suspicione.* » Enfin je ne crois pas qu'il y ait
jamais eu aucune nation policée qui ait fait des lois contre les
mœurs.

AMPLIFICATION. — On prétend que c'est une belle figure de rhétorique. Peut-être aurait-on plus raison si on l'appelait un *défaut.*

1. On devrait condamner messieurs les non-conformistes à présenter tous les
ans à la police un enfant de leur façon. L'ex-jésuite Desfontaines fut sur le
point d'être brûlé en place de Grève, pour avoir abusé de quelques petits
savoyards qui ramonaient sa cheminée ; des protecteurs le sauvèrent. Il fallait
une victime : on brûla Deschauffours à sa place. Cela est bien fort : *est modus
in rebus* ; on doit proportionner les peines aux délits. Qu'auraient dit César,
Alcibiade, le roi de Bithynie Nicomède, le roi de France Henri III, et tant d'autres rois ?

Quand on brûla Deschauffours, on se fonda sur les *Établissements de saint
Louis*, mis en nouveau français au xve siècle. « Si aucun est soupçonné de
b..., doit être mené à l'évêque ; et se il en était prouvé, l'en le doit ardoir,
et tuit li meuble sont au baron, etc. » Saint Louis ne dit pas ce qu'il faut faire
au baron, si le baron est soupçonné, et se il en est prouvé. Il faut observer que
par le mot de b..., saint Louis entend les hérétiques, qu'on n'appelait point
alors d'un autre nom. Une équivoque fit brûler à Paris Deschauffours, gentil-
homme lorrain. Despréaux eut bien raison de faire une satire contre l'équivoque ; elle a causé plus de mal qu'on ne croit.

2. On nous permettra de faire ici quelques réflexions sur un sujet odieux et
dégoûtant, mais qui malheureusement fait partie de l'histoire des opinions et
des mœurs.

Cette turpitude remonte aux premières époques de la civilisation : l'histoire
grecque, l'histoire romaine, ne permettent point d'en douter. Elle était commune
chez ces peuples avant qu'ils eussent formé une société régulière, dirigée par
des lois écrites.

Cela suffit pour expliquer par quelle raison ces lois ont paru la traiter avec
trop d'indulgence. On ne propose point à un peuple libre des lois sévères contre
une action, quelle qu'elle soit, qui y est devenue habituelle. Plusieurs des nations
germaniques eurent longtemps des lois écrites qui admettaient la composition
pour le meurtre. Solon se contenta donc de défendre cette turpitude entre les
citoyens et les esclaves ; les Athéniens pouvaient sentir les motifs politiques
de cette défense, et s'y soumettre : c'était d'ailleurs contre les esclaves seuls,
et pour les empêcher de corrompre les jeunes gens libres, que cette loi avait été
faite ; et les pères de famille, quelles que fussent leurs mœurs, n'avaient aucun
intérêt de s'y opposer.

La sévérité des mœurs des femmes dans la Grèce, l'usage des bains publics,
la fureur pour les jeux où les hommes paraissaient nus, conservèrent cette
turpitude de mœurs, malgré les progrès de la société et de la morale. Lycurgue,
en laissant plus de liberté aux femmes, et par quelques autres de ses institutions, parvint à rendre ce vice moins commun à Sparte que dans les autres
villes de la Grèce.

Quand les mœurs d'un peuple deviennent moins agrestes, lorsqu'il connaît
les arts, le luxe des richesses, s'il conserve ses vices, il cherche du moins à
les voiler. La morale chrétienne, en attachant de la honte aux liaisons entre
les personnes libres, en rendant le mariage indissoluble, en poursuivant le
concubinage par des censures, avait rendu l'adultère commun ; comme toute
espèce de volupté était également un péché, il fallait bien préférer celui dont
les suites ne peuvent être publiques, et par un renversement singulier, on
vit de véritables crimes devenir plus communs, plus tolérés, et moins honteux
dans l'opinion que de simples faiblesses. Quand les Occidentaux commencèrent
à se policer, ils imaginèrent de cacher l'adultère sous le voile de ce qu'on appelle galanterie ; les hommes avouaient hautement un amour qu'il était convenu

Quand on dit tout ce qu'on doit dire, on n'amplifie pas; et quand on
l'a dit, si on amplifie, on dit trop. Présenter aux juges une bonne ou
mauvaise action sous toutes ses faces, ce n'est point amplifier; mais
ajouter, c'est exagérer et ennuyer.

J'ai vu autrefois dans les collèges donner des prix d'amplification.
C'était réellement enseigner l'art d'être diffus. Il eût mieux valu peut-
être donner des prix à celui qui aurait resserré ses pensées, et qui par
là aurait appris à parler avec plus d'énergie et de force : mais en évi-
tant l'amplification, craignez la sécheresse.

que les femmes ne partageaient point; les amants n'osaient rien demander,
et c'était tout au plus après dix ans d'un amour pur de combats, de victoires
remportées dans les jeux, etc., qu'un chevalier pouvait espérer de trouver un
moment de faiblesse. Il nous reste assez de monuments de ce temps, pour nous
montrer quelles étaient les mœurs que couvrait cette espèce d'hypocrisie. Il en
fut de même à peu près chez les Grecs devenus polis; les liaisons intimes entre
des hommes n'avaient plus rien de honteux; les jeunes gens s'unissaient par
des serments, mais c'étaient ceux de vivre et de mourir pour la patrie; on
s'attachait à un jeune homme, au sortir de l'enfance, pour le former, pour
l'instruire, pour le guider; la passion qui se mêlait à ces amitiés était une
sorte d'amour, mais d'amour pur. C'était seulement sous ce voile, dont la décence publique couvrait les vices, qu'ils étaient tolérés par l'opinion.

Enfin, de même que l'on a souvent entendu chez les peuples modernes faire
l'éloge de la galanterie chevaleresque, comme d'une institution propre à élever
l'âme, à inspirer le courage, on fit aussi chez les Grecs l'éloge de cet amour qui
unissait les citoyens entre eux.

Platon dit que les Thébains firent une chose utile de le prescrire, parce qu'ils
avaient besoin de polir leurs mœurs, de donner plus d'activité à leur âme, à
leur esprit, engourdis par la nature de leur climat et de leur sol. On voit qu'il
ne s'agit ici que d'amitié pure. C'est ainsi que, lorsqu'un prince chrétien faisant
publier un tournoi où chacun devait paraître avec les couleurs de sa dame, il
avait l'intention louable d'exciter l'émulation de ses chevaliers, et d'adoucir
leurs mœurs; ce n'était point l'adultère, mais seulement la galanterie qu'il
voulait encourager dans ses États. Dans Athènes, suivant Platon, on devait se
borner à la tolérance. Dans les États monarchiques, il était utile d'empêcher
ces liaisons entre les hommes; mais elles étaient dans les républiques un ob-
stacle à l'établissement durable de la tyrannie. Un tyran, en immolant un
citoyen, ne pouvait savoir quels vengeurs il allait armer contre lui; il était
exposé sans cesse à voir dégénérer en conspirations les associations que cet
amour formait entre les hommes.

Cependant, malgré ces idées si éloignées de nos opinions et de nos mœurs,
ce vice était regardé chez les Grecs comme une débauche honteuse, toutes les
fois qu'il se montrait à découvert, et sans l'excuse de l'amitié ou des liaisons
politiques. Lorsque Philippe vit sur le champ de bataille de Chéronée tous les
soldats qui composaient le bataillon sacré, le bataillon des amis à Thèbes,
tués dans le rang où ils avaient combattu : « Je ne croirai jamais, s'écria-t-il,
que de si braves gens aient pu faire ou souffrir rien de honteux. » Ce mot d'un
homme souillé lui-même de cette infamie, est une preuve certaine de l'opinion
générale des Grecs.

A Rome, cette opinion était plus forte encore; plusieurs héros grecs, regardés comme des hommes vertueux, ont passé pour s'être livrés à ce vice, et
chez les Romains on ne le voit attribué à aucun de ceux dont on nous a
vanté les vertus; seulement il paraît que chez ces deux nations on n'y attachait ni l'idée de crime, ni même celle de déshonneur, à moins de ces excès
qui rendent le goût même des femmes une passion avilissante. Ce vice est
très-rare parmi nous, et il y serait presque inconnu sans les défauts de l'éducation publique.

Montesquieu prétend qu'il est commun chez quelques nations mahométanes,
à cause de la facilité d'avoir des femmes; nous croyons que c'est *difficulté*
qu'il faut lire. (*Éd. de Kehl.*)

J'ai entendu des professeurs enseigner que certains vers de Virgile sont une amplification, par exemple ceux-ci (*Æn.*, lib. IV, v. 522-29) :

Nox erat, et placidum carpebant fessa soporem
Corpora per terras, silvæque et sæva quierant
Æquora; quum medio volvuntur sidera lapsu;
Quum tacet omnis ager, pecudes, pictæque volucres
Quæque lacus late liquidos, quæque aspera dumis
Rura tenent, somno positæ sub nocte silenti
Lenibant curas et corda oblita laborum :
At non infelix animi Phœnissa.

Voici une traduction libre de ces vers de Virgile, qui ont tous été si difficiles à traduire par les poëtes français, excepté par M. Delille.

Les astres de la nuit roulaient dans le silence;
Éole a suspendu les haleines des vents;
Tout se tait sur les eaux, dans les bois, dans les champs;
Fatigué des travaux qui vont bientôt renaître,
Le tranquille taureau s'endort avec son maître;
Les malheureux humains ont oublié leurs maux;
Tout dort, tout s'abandonne aux charmes du repos;
Phénisse veille et pleure!

Si la longue description du règne du sommeil dans toute la nature ne faisait pas un contraste admirable avec la cruelle inquiétude de Didon, ce morceau ne serait qu'une amplification puérile; c'est le mot *at non infelix animi Phœnissa*, qui en fait le charme.

La belle ode de Sapho, qui peint tous les symptômes de l'amour, et qui a été traduite heureusement dans toutes les langues cultivées, ne serait pas sans doute si touchante, si Sapho avait parlé d'une autre que d'elle-même : cette ode pourrait être alors regardée comme une amplification.

La description de la tempête au premier livre de l'*Énéide* n'est point une amplification; c'est une image vraie de tout ce qui arrive dans une tempête; il n'y a aucune idée répétée, et la répétition est le vice de tout ce qui n'est qu'amplification.

Le plus beau rôle qu'on ait jamais mis sur le théâtre dans aucune langue, est celui de Phèdre. Presque tout ce qu'elle dit serait une amplification fatigante, si c'était une autre qui parlât de la passion de Phèdre. (Acte 1er, scène 3.)

Athènes me montra mon superbe ennemi.
Je le vis, je rougis, je pâlis à sa vue.
Un trouble s'éleva dans mon âme éperdue;
Mes yeux ne voyaient plus, je ne pouvais parler;
Je sentis tout mon corps et transir et brûler;
Je reconnus Vénus et ses feux redoutables,
D'un sang qu'elle poursuit tourments inévitables.

Il est bien clair que puisque Athènes lui montra son superbe ennemi Hippolyte, elle vit Hippolyte. Si elle rougit et pâlit à sa vue, elle fut sans doute troublée. Ce serait un pléonasme une redondance oiseuse dans une étrangère qui raconterait les amours de Phèdre; mais c'est Phèdre amoureuse, et honteuse de sa passion; son cœur est plein, tout lui échappe.

Ut vidi, ut perii, ut me malus abstulit error!
Ecl. VIII, 41.

Je le vis, je rougis, je pâlis à sa vue.

Peut-on mieux imiter Virgile?

Mes yeux ne voyaient plus, je ne pouvais parler;
Je sentis tout mon corps et transir et brûler.

Peut-on mieux imiter Sapho? Ces vers, quoique imités, coulent de source; chaque mot trouble les âmes sensibles et les pénètre; ce n'est point une amplification, c'est le chef-d'œuvre de la nature et de l'art.

Voici, à mon avis, un exemple d'une amplification dans une tragédie moderne [1], qui d'ailleurs a de grandes beautés.

Tydée est à la cour d'Argos, il est amoureux d'une sœur d'Électre [2]; il regrette son ami Oreste et son père; il est partagé entre sa passion pour Électre [3], et le dessein de punir le tyran. Au milieu de tant de soins et d'inquiétudes, il fait à son confident une longue description d'une tempête qu'il a essuyée il y a longtemps.

Tu sais ce qu'en ces lieux nous venions entreprendre;
Tu sais que Palamède, avant que de s'y rendre,
Ne voulut point tenter son retour dans Argos
Qu'il n'eût interrogé l'oracle de Délos.
A de si justes soins on souscrivit sans peine :
Nous partîmes, comblés des bienfaits de Tyrrhène.
Tout nous favorisait; nous voguâmes longtemps
Au gré de nos désirs, bien plus qu'au gré des vents;
Mais, signalant bientôt toute son inconstance,
La mer en un moment se mutine et s'élance;
L'air mugit, le jour fuit, une épaisse vapeur
Couvre d'un voile affreux les vagues en fureur;
La foudre, éclairant seule une nuit si profonde,
A sillons redoublés ouvre le ciel et l'onde,
Et, comme un tourbillon embrassant nos vaisseaux,
Semble en source de feu bouillonner sur les eaux;
Les vagues, quelquefois nous portant sur leurs cimes,
Nous font rouler après sous de vastes abîmes,
Où les éclairs pressés, pénétrant avec nous,
Dans des gouffres de feu semblaient nous plonger tous;

1. *Électre*, tragédie de Crébillon, acte II, scène 1. — 2. Lisez *Ilys*. (ED.) — 3. Lisez *Iphianasse*. (ED.)

Le pilote effrayé, que la flamme environne,
Aux rochers qu'il fuyait lui-même l'abandonne,
A travers les écueils notre vaisseau poussé
Se brise et nage enfin sur les eaux dispersé.

On voit peut-être dans cette description le poëte qui veut surprendre les auditeurs par le récit d'un naufrage, et non le personnage qui veut venger son père et son ami, tuer le tyran d'Argos, et qui est partagé entre l'amour et la vengeance.

Lorsqu'un personnage s'oublie, et qu'il veut absolument être poëte, il doit alors embellir ce défaut par les vers les plus corrects et les plus élégants.

Ne voulut point tenter son retour dans Argos,
Qu'il n'eût interrogé l'oracle de Délos.

Ce tour familier semble ne devoir entrer que rarement dans la poésie noble. *Je ne voulus point aller à Orléans que je n'eusse vu Paris.* Cette phrase n'est admise, ce me semble, que dans la liberté de la conversation.

A de si justes soins on souscrivit sans peine.

On souscrit à des volontés, à des ordres, à des désirs; je ne crois pas qu'on souscrive à des soins.

Nous voguâmes longtemps
Au gré de nos désirs, bien plus qu'au gré des vents.

Outre l'affectation et une sorte de jeu de mots du *gré des désirs* et du *gré des vents*, il y a une contradiction évidente. Tout l'équipage *souscrivit sans peine aux justes soins* d'interroger l'oracle de Délos. Les désirs des navigateurs étaient donc d'aller à Délos; ils ne voguaient donc pas au gré de leurs désirs, puisque le gré des vents les écartait de Délos, à ce que dit Tydée.

Si l'auteur a voulu dire au contraire que Tydée voguait au gré de ses désirs aussi bien et encore plus qu'au gré des vents, il s'est mal exprimé. *Bien plus qu'au gré des vents* signifie que les vents ne secondaient pas ses désirs et l'écartaient de sa route. « J'ai été favorisé dans cette affaire par la moitié du conseil bien plus que par l'autre, » signifie, par tous pays: « La moitié du conseil a été pour moi, et l'autre contre. » Mais si je dis : « La moitié du conseil a opiné au gré de mes désirs, et l'autre encore davantage, » cela veut dire que j'ai été secondé par tout le conseil, et qu'une partie m'a encore plus favorisé que l'autre.

« J'ai réussi auprès du parterre bien plus qu'au gré des connaisseurs, » veut dire : « Les connaisseurs m'ont condamné. »

Il faut que la diction soit pure et sans équivoque. Le confident de Tydée pouvait lui dire : Je ne vous entends pas : si le vent vous a mené à Délos et à Épidaure qui est dans l'Argolide, c'était précisément votre route, et vous n'avez pas dû *voguer longtemps*. On va de Samos à Epidaure en moins de trois jours avec un bon vent d'est. Si vous avez essuyé une tempête, vous n'ayez pas vogué au gré de vos désirs; d'ailleurs vous deviez instruire plus tôt le public que vous veniez de Samos. Les spectateurs veulent savoir d'où vous venez et ce que vous voulez. La longue description recherchée d'une tempête me détourne de ces objets. C'est une amplification qui paraît oiseuse, quoiqu'elle présente de grandes images.

La mer... signalant bientôt toute son inconstance.

Toute l'inconstance que la mer signale ne semble pas une expression convenable à un héros, qui doit peu s'amuser à ces recherches. Cette mer qui *se mutine et qui s'élance en un moment*, après avoir signalé *toute son inconstance*, intéresse-t-elle assez à la situation présente de Tydée occupé de la guerre? Est-ce à lui de s'amuser à dire que la mer est inconstante, à débiter des lieux communs?

L'air mugit, le jour fuit; une épaisse vapeur
Couvre d'un voile affreux les vagues en fureur.

Les vents dissipent les vapeurs et ne les épaississent pas; mais quand même il serait vrai qu'une épaisse vapeur eût couvert les vagues en fureur d'un *voile affreux*, ce héros, plein de ses malheurs présents, ne doit pas s'appesantir sur ce prélude de tempête, sur ces circonstances qui n'appartiennent qu'au poète.

Non erat his locus.

La foudre, éclairant seule une nuit si profonde,
A sillons redoublés ouvre le ciel et l'onde;
Et, comme un tourbillon embrassant nos vaisseaux,
Semble en source de feu bouillonner sur les eaux.

N'est-ce pas là une véritable amplification un peu trop ampoulée? Un tonnerre qui ouvre l'eau et le ciel par des sillons; qui en même temps est un tourbillon de feu, lequel embrasse un vaisseau et qui bouillonne, n'a-t-il pas quelque chose de trop peu naturel, de trop peu vrai, surtout dans la bouche d'un homme qui doit s'exprimer avec une simplicité noble et touchante, surtout après plusieurs mois que le péril est passé?

Des cimes de vagues, qui font rouler sous des abîmes des éclairs pressés et des gouffres de feu, semblent des expressions un peu boursouflées qui seraient souffertes dans une ode, et qu'Horace réprouvait avec tant de raison dans la tragédie (*Art poét.*, v. 97):

Projicit ampullas et sesquipedalia verba.

Le pilote effrayé, que la flamme environne,
Aux rochers qu'il fuyait lui-même s'abandonne.

On peut s'abandonner aux vents; mais il me semble qu'on ne s'abandonne pas aux rochers.

Notre vaisseau poussé.... nage dispersé

Un vaisseau ne nage point dispersé; Virgile a dit, non en parlant d'un vaisseau, mais des hommes qui ont fait naufrage (*En.*, liv. 1, vers 122):

Apparent rari nantes in gurgite vasto.

Voilà où le mot *nager* est à sa place. Les débris d'un vaisseau flottent et ne nagent pas. Desfontaines a traduit ainsi ce beau vers de l'*Énéide* : « A peine un petit nombre de ceux qui montaient le vaisseau, purent se sauver à la nage. »

C'est traduire Virgile en style de gazette. Où est ce vaste gouffre que peint le poëte, *gurgite vasto?* où est l'*apparent rari nantes?* Ce n'est pas avec cette sécheresse qu'on doit traduire l'*Énéide :* il faut rendre image pour image, beauté pour beauté. Nous faisons cette remarque in faveur des commençants. On doit les avertir que Desfontaines n'a fait que le squelette informe de Virgile, comme il faut leur dire que la description de la tempête par Tydée est fautive et déplacée. Tydée devait s'étendre avec attendrissement sur la mort de son ami, et non sur la vaine description d'une tempête.

On ne présente ces réflexions que pour l'intérêt de l'art, et non pour attaquer l'artiste.

.... *Ubi plura nitent in carmine, non ego paucis*
Offendar maculis.

Hor., *de Art. poet.*

En faveur des beautés on pardonne aux défauts.

Quand j'ai fait ces critiques, j'ai tâché de rendre raison de chaque mot que je critiquais. Les satiriques se contentent d'une plaisanterie, d'un bon mot, d'un trait piquant; mais celui qui veut s'instruire et éclairer les autres, est obligé de tout discuter avec le plus grand scrupule.

Plusieurs hommes de goût, et entre autres l'auteur du *Télémaque*, ont regardé comme une amplification le récit de la mort d'Hippolyte dans Racine. Les longs récits étaient à la mode alors. La vanité d'un acteur veut se faire écouter. On avait pour eux cette complaisance; elle a été fort blâmée. L'archevêque de Cambrai prétend que Théramène ne devait pas, après la catastrophe d'Hippolyte, avoir la force de parler si longtemps; qu'il se plaît trop à décrire *les cornes menaçantes* du monstre, et *ses écailles jaunissantes*, et *sa croupe qui se recourbe;* qu'il devait dire d'une voix entrecoupée : « Hippolyte est mort : un monstre l'a fait périr; je l'ai vu. »

Je ne prétends point défendre les écailles jaunissantes et la croupe qui se recourbe; mais en général cette critique souvent répétée me paraît injuste. On veut que Théramène dise seulement : « Hippolyte est mort; je l'ai vu, c'en est fait. »

C'est précisément ce qu'il dit, et en moins de mots encore.... « Hip-

polyte n'est plus. » Le père s'écrie; Théramène ne reprend ses sens
que pour dire :

> .... J'ai vu des mortels périr le plus aimable;

et il ajoute ce vers si nécessaire, si touchant, si désespérant pour
Thésée :

> Et j'ose dire encor, seigneur, le moins coupable.

La gradation est pleinement observée, les nuances se font sentir
l'une après l'autre.

Le père attendri demande « quel Dieu lui a ravi son fils, quelle foudre
soudaine....? » Et il n'a pas le courage d'achever; il reste muet dans
sa douleur; il attend ce récit fatal; le public l'attend de même. Théramène doit répondre; on lui demande des détails, il doit en donner.

Etait-ce à celui qui fait discourir Mentor et tous ses personnages si
longtemps, et quelquefois jusqu'à la satiété, de fermer la bouche à
Théramène? Quel est le spectateur qui voudrait ne le pas entendre?
ne pas jouir du plaisir douloureux d'écouter les circonstances de la
mort d'Hippolyte? qui voudrait même qu'on en retranchât quatre vers?
Ce n'est pas là une vaine description d'une tompête inutile à la pièce,
ce n'est pas là une amplification mal écrite; c'est la diction la plus
pure et la plus touchante; enfin c'est Racine.

On lui reproche le héros expiré. Quelle misérable vétille de grammaire! Pourquoi ne pas dire *ce héros expiré*, comme on dit : *il est
expiré; il a expiré!* Il faut remercier Racine d'avoir enrichi la langue
à laquelle il a donné tant de charmes, en ne disant jamais que ce qu'il
doit, lorsque les autres disent tout ce qu'ils peuvent.

Boileau fut le premier[1] qui fit remarquer l'amplification vicieuse de
la première scène de *Pompée*.

> Quand les dieux étonnés semblaient se partager,
> Pharsale a décidé ce qu'ils n'osaient juger.
> Ces fleuves teints de sang, et rendus plus rapides
> Par le débordement de tant de parricides;
> Cet horrible débris d'aigles, d'armes, de chars,
> Sur ces champs empestés confusément épars;
> Ces montagnes de morts, privés d'honneurs suprêmes,
> Que la nature force à se venger eux-mêmes,
> Et dont les troncs pourris exhalent dans les vents
> De quoi faire la guerre au reste des vivants, etc.

Ces vers boursouflés sont sonores : ils surprirent longtemps la multitude, qui, sortant à peine de la grossièreté, et qui plus est de l'insi-
pidité où elle avait été plongée tant de siècles, était étonnée et ravie
d'entendre des vers harmonieux ornés de grandes images. On n'en
savait pas assez pour sentir l'extrême ridicule d'un roi d'Égypte qui
parle, comme un écolier de rhétorique, d'une bataille livrée au delà de

---

1. Préface de la traduction du *Traité du sublime*, à la fin. (ÉD.)

la mer Méditerranée, dans une province qu'il ne connaît pas, entre des étrangers qu'il doit également haïr. Que veulent dire des dieux qui n'ont osé juger entre le gendre et le beau-père, et qui cependant ont jugé par l'évènement, seule manière dont ils étaient censés juger? Ptolémée parle de fleuves près d'un champ de bataille où il n'y avait point de fleuves. Il peint ces prétendus fleuves rendus rapides par des débordements de parricides, un horrible débris de perches qui portaient des figures d'aigles, des charrettes cassées (car on ne connaissait point alors les chars de guerre), enfin des troncs pourris qui se vengent et qui font la guerre aux vivants. Voilà le galimatias e plus complet qu'on pût jamais étaler sur un théâtre. Il fallait cependant plusieurs années pour dessiller les yeux du public, et pour lui faire sentir qu'il n'y a qu'à retrancher ces vers pour faire une ouverture de scène parfaite.

L'amplification, la déclamation, l'exagération, furent de tout temps les défauts des Grecs, excepté de Démosthène et d'Aristote.

Le temps même a mis le sceau de l'approbation presque universelle à des morceaux de poésie absurdes, parce qu'ils étaient mêlés à des traits éblouissants qui répandaient leur éclat sur eux; parce que les poètes qui vinrent après ne firent pas mieux; parce que les commencements informes de tout art ont toujours plus de réputation que l'art perfectionné; parce que celui qui joua le premier du violon fut regardé comme un demi-dieu, et que Rameau n'a en que des ennemis; parce qu'en général les hommes jugent rarement par eux-mêmes, qu'ils suivent le torrent, et que le goût épuré est presque aussi rare que les talents.

Parmi nous aujourd'hui la plupart des sermons, des oraisons funèbres, des discours d'appareil, des harangues dans de certaines cérémonies, sont des amplifications ennuyeuses, des lieux communs cent et cent fois répétés. Il faudrait que tous ces discours fussent très-rares pour être un peu supportables. Pourquoi parler quand on n'a rien à dire de nouveau? Il est temps de mettre un frein à cette extrême intempérance, et par conséquent de finir cet article.

ANA, ANECDOTES. — Si on pouvait confronter Suétone avec les valets de chambre des douze Césars, pense-t-on qu'ils seraient toujours d'accord avec lui? et en cas de dispute, quel est l'homme qui ne parierait pas pour les valets de chambre contre l'historien?

Parmi nous combien de livres ne sont fondés que sur des bruits de ville, ainsi que la physique ne fut fondée que sur des chimères répétées de siècle en siècle jusqu'à notre temps!

Ceux qui se plaisent à transcrire le soir dans leur cabinet ce qu'ils ont entendu dans le jour, devraient, comme saint Augustin, faire un livre de rétractations au bout de l'année.

Quelqu'un raconte au grand audiencier L'Estoile que Henri IV, chassant vers Créteil, entra seul dans un cabaret où quelques gens de loi de Paris dînaient dans une chambre haute. Le roi, qui ne se fait pas connaître, et qui cependant devait être très-connu, leur fait demander par l'hôtesse s'ils veulent l'admettre à leur table, ou lui céder une partie de leur rôti pour son argent. Les Parisiens répondent qu'ils ont des affaires particulières à traiter ensemble, que leur dîner est court, et qu'ils prient l'inconnu de les excuser.

« Henri IV appelle ses gardes et fait fouetter outrageusement les convives, « pour leur apprendre, dit L'Estoile, une autre fois à être plus courtois à l'endroit des gentilshommes. »

1. Quelques auteurs, qui de nos jours se sont mêlés d'écrire la vie de Henri IV, copient L'Estoile sans examen, rapportent cette anecdote; et, ce qu'il y a de pis, ils ne manquent pas de la louer comme une belle action de Henri IV.

Cependant le fait n'est ni vrai, ni vraisemblable; et loin de mériter des éloges, c'eût été à la fois dans Henri IV l'action la plus ridicule, la plus lâche, la plus tyrannique, et la plus imprudente.

Premièrement, il n'est pas vraisemblable qu'en 1602 Henri IV, dont la physionomie était si remarquable et qui se montrait à tout le monde avec tant d'affabilité, fût inconnu dans Creteil auprès de Paris.

Secondement, L'Estoile, loin de constater ce conte impertinent, dit qu'il le tient d'un homme qui le tenait de M. de Vitry. Ce n'est donc qu'un bruit de ville.

Troisièmement, il serait bien lâche et bien odieux de punir d'une manière infamante des citoyens assemblés pour traiter d'affaires, qui certainement n'avaient commis aucune faute en refusant de partager leur dîner avec un inconnu très-indiscret, qui pouvait fort aisément trouver à manger dans le même cabaret.

Quatrièmement, cette action si tyrannique, si indigne d'un roi, et même de tout honnête homme, si punissable par les lois dans tout pays, aurait été aussi imprudente que ridicule et criminelle; elle eût rendu Henri IV exécrable à toute la bourgeoisie de Paris, qu'il avait tant d'intérêt de ménager.

Il ne fallait donc pas souiller l'histoire d'un conte si plat; il ne fallait pas déshonorer Henri IV par une si impertinente anecdote.

Dans un livre intitulé *Anecdotes littéraires*, imprimé chez Durand en 1752, avec privilège, voici ce qu'on trouve, tome III, page 183 : « Les amours de Louis XIV ayant été jouées en Angleterre, ce prince voulut aussi faire jouer celles du roi Guillaume. L'abbé Brueys fut chargé par M. de Torcy de faire la pièce; mais quoique applaudie, elle ne fut pas jouée, parce que celui qui en était l'objet mourut sur ces entrefaites. »

Il y a autant de mensonges absurdes que de mots dans ce peu de lignes. Jamais on ne joua les amours de Louis XIV sur le théâtre de Londres. Jamais Louis XIV ne fut assez petit pour ordonner qu'on fît une comédie sur les amours du roi Guillaume. Jamais le roi Guillaume n'eut de maîtresse; ce n'était pas d'une telle faiblesse qu'on l'accusait. Jamais le marquis de Torcy ne parla à l'abbé Brueys. Jamais il ne put faire ni à lui ni à personne une proposition si indiscrète et si puérile. Jamais l'abbé Brueys ne fit la comédie dont il est question. Fiez-vous après cela aux anecdotes.

1. Attribué à l'abbé Raynal. (Éd.)

Il est dit dans le même livre que « Louis XIV fut si content de l'opéra d'*Isis*, qu'il fit rendre un arrêt du conseil par lequel il est permis à un homme de condition de chanter à l'Opéra, et d'en retirer des gages sans déroger. Cet arrêt a été enregistré au parlement de Paris. »

Jamais il n'y eut une telle déclaration enregistrée au parlement de Paris. Ce qui est vrai, c'est que Lulli obtint en 1672, longtemps avant l'opéra d'*Isis*, des lettres portant permission d'établir son Opéra, et fit insérer dans ces lettres que « les gentilshommes et les demoiselles pourraient chanter sur ce théâtre sans déroger. » Mais il n'y eut point de déclaration enregistrée[1].

Je lis dans l'*Histoire philosophique et politique du commerce dans les deux Indes*, tome IV, page 66, qu'on est fondé à croire que « Louis XIV n'eut de vaisseaux que pour fixer sur lui l'admiration, pour châtier Gênes et Alger. » C'est écrire, c'est juger au hasard; c'est contredire la vérité avec ignorance; c'est insulter Louis XIV sans raison : ce monarque avait cent vaisseaux de guerre et soixante mille matelots dès l'an 1678; et le bombardement de Gênes est de 1684.

De tous les *ana*, celui qui mérite le plus d'être mis au rang des mensonges imprimés, et surtout des mensonges insipides, est le *Segraisiana*. Il fut compilé par un copiste de Segrais, son domestique, et imprimé longtemps après la mort du maître.

Le *Menagiana*, revu par La Monnoye, est le seul dans lequel on trouve des choses instructives.

Rien n'est plus commun dans la plupart de nos petits livres nouveaux que de voir de vieux bons mots attribués à nos contemporains; des inscriptions, des épigrammes faites pour certains princes, appliquées à d'autres.

Il est dit dans cette même *Histoire philosophique, etc.*, tome I, page 68, que les Hollandais ayant chassé les Portugais de Malaca, le capitaine hollandais demanda au commandant portugais quand il reviendrait; à quoi le vaincu répondit : « Quand vos péchés seront plus grands que les nôtres. » Cette réponse avait déjà été attribuée à un Anglais du temps du roi de France Charles VII, et auparavant à un émir sarrasin en Sicile; au reste cette réponse est plus d'un capucin que d'un politique. Ce n'est pas parce que les Français étaient plus grands pécheurs que les Anglais, que ceux-ci leur ont pris le Canada.

L'auteur de cette même *Histoire philosophique, etc.*, rapporte sérieusement, tome V, page 197, un petit conte inventé par Steele et inséré dans le *Spectateur*, et il veut faire passer ce conte pour une des causes réelles des guerres entre les Anglais et les sauvages. Voici l'historiette que Steele oppose à l'historiette beaucoup plus plaisante de la matrone d'Éphèse. Il s'agit de prouver que les hommes ne sont pas plus constants que les femmes. Mais dans *Pétrone* la matrone d'Éphèse n'a qu'une faiblesse amusante et pardonnable; et le marchand Inkle, dans le *Spectateur*, est coupable de l'ingratitude la plus affreuse.

Ce jeune voyageur Inkle est sur le point d'être pris par les Caraïbes

1. Voy. dans l'article ART DRAMATIQUE, ce qui concerne l'Opéra.

dans le continent de l'Amérique, sans qu'on dise ni en quel endroit ni à quelle occasion. La jeune Jariká, jolie Caraïbe, lui sauve la vie, et enfin s'enfuit avec lui à la Barbade. Dès qu'ils y sont arrivés, Inkle va vendre sa bienfaitrice au marché. « Ah, ingrat! ah, barbare! lui dit Jariká! tu veux me vendre et je suis grosse de toi! — Tu es grosse? répondit le marchand anglais; tant mieux, je te vendrai plus cher. »

Voilà ce qu'on nous donne pour une histoire véritable, pour l'origine d'une longue guerre. Le discours d'une fille de Boston à ses juges qui la condamnaient à la correction pour la cinquième fois, parce qu'elle était accouchée d'un cinquième enfant, est une plaisanterie, un pamphlet de l'illustre Franklin; et il est rapporté dans le même ouvrage comme une pièce authentique. Que de contes ont orné et défiguré toutes les histoires!

Dans un livre qui a fait beaucoup de bruit[1], et où l'on trouve des réflexions aussi vraies que profondes, il est dit[2] que le P. Malebranche est l'auteur de la *Prémotion physique*. Cette inadvertance embarrasse plus d'un lecteur, qui voudrait avoir la prémotion physique du P. Malebranche, et qui la chercherait très-vainement.

Il est dit dans ce livre[3] que Galilée trouva la raison pour laquelle les pompes ne pouvaient élever les eaux au-dessus de trente-deux pieds. C'est précisément ce que Galilée ne trouva pas. Il vit bien que la pesanteur de l'air faisait élever l'eau; mais il ne put savoir pourquoi cet air n'agissait plus au-dessus de trente-deux pieds. Ce fut Torricelli qui devina qu'une colonne d'air équivalait à trente-deux pieds d'eau et à vingt-sept pouces de mercure ou environ.

Le même auteur, plus occupé de penser que de citer juste, prétend[4] qu'on fit pour Cromwell cette épitaphe :

Ci-gît le destructeur d'un pouvoir légitime,
Jusqu'à son dernier jour favorisé des cieux,
Dont les vertus méritaient mieux
Que le sceptre acquis par un crime.
Par quel destin faut-il, par quelle étrange loi,
Qu'à tous ceux qui sont nés pour porter la couronne,
Ce soit l'usurpateur qui donne
L'exemple des vertus que doit avoir un roi?

Ces vers ne furent jamais faits pour Cromwell, mais pour le roi Guillaume. Ce n'est point une épitaphe, ce sont des vers pour mettre au bas du portrait de ce monarque. Il n'y a pas *Ci gît*; il y a : « Tel fut le destructeur d'un pouvoir légitime. » Jamais personne en France ne fut assez sot pour dire que Cromwell avait donné l'exemple de toutes les vertus. On pouvait lui accorder de la valeur et du génie; mais le nom de *vertueux* n'était pas fait pour lui.

Dans un *Mercure de France* du mois de septembre 1669, on attribue

---

1. Le livre *de l'Esprit*. (ÉD.) — 2. Discours I, chap. IV. (ÉD.)
3. Discours III, chap. I, neuvième alinéa. (ÉD.)
4. *Id.*, chap. VIII, note. (ÉD.)

à Pope une épigramme faite en impromptu sur la mort d'un fameux usurier. Cette épigramme est reconnue depuis deux cents ans en Angleterre pour être de Shakspeare. Elle fut faite en effet sur-le-champ par ce célèbre poëte. Un agent de change nommé Jean Dacombe, qu'on appelait vulgairement *Dix pour cent*, lui demandait en plaisantant quelle épitaphe il lui ferait s'il venait à mourir. Shakspeare lui répondit :

Ci-gît un financier puissant,
Que nous appelons Dix pour cent ;
Je gagerais cent contre dix
Qu'il n'est pas dans le paradis.
Lorsque Belzébut arriva
Pour s'emparer de cette tombe,
On lui dit : « Qu'emportez-vous là ?
Eh ! c'est notre ami Jean Dacombe. »

On vient de renouveler encore cette ancienne plaisanterie.

Je sais bien qu'un homme d'Église,
Qu'on redoutait fort en ce lieu
Vient de rendre son âme à Dieu ;
Mais je ne sais si Dieu l'a prise.

Il y a cent facéties, cent contes qui font le tour du monde depuis trente siècles. On farcit les livres de maximes qu'on donne comme neuves, et qui se retrouvent dans Plutarque, dans Athénée, dans Sénèque, dans Plaute, dans toute l'antiquité.

Ce ne sont là que des méprises aussi innocentes que communes ; mais pour les faussetés volontaires, pour les mensonges historiques qui portent des atteintes à la gloire des princes et à la réputation des particuliers, ce sont là des délits sérieux.

De tous les livres grossis de fausses anecdotes, celui dans lequel les mensonges les plus absurdes sont entassés avec le plus d'impudence, c'est la compilation des prétendus *Mémoires de madame de Maintenon*. Le fond en était vrai ; l'auteur avait eu quelques lettres de cette dame, qu'une personne élevée à Saint-Cyr lui avait communiquées. Ce peu de vérités a été noyé dans un roman de sept tomes.

C'est là que l'auteur peint Louis XIV supplanté par un de ses valets de chambre ; c'est là qu'il suppose des lettres de Mlle Mancini, depuis connétable Colonne, à Louis XIV. C'est là qu'il fait dire à cette nièce du cardinal Mazarin, dans une lettre au roi : « Vous obéissez à un prêtre, vous n'êtes pas digne de moi si vous aimez à servir. Je vous aime comme mes yeux, mais j'aime encore mieux votre gloire. » Certainement l'auteur n'avait pas l'original de cette lettre.

« Mlle de La Vallière, dit-il dans un autre endroit, s'était jetée sur un fauteuil dans un déshabillé léger ; là elle pensait à loisir à son amant. Souvent le jour la retrouvait assise dans une chaise, accoudée sur une table, l'œil fixe, l'âme attachée au même objet dans l'extase de l'amour. Uniquement occupée du roi, peut-être se plaignait-elle, en ce moment, de la vigilance des espions d'Henriette, et de la sévé-

rité de la reine mère. Un bruit léger la retire de sa rêverie; elle recule
de surprise et d'effroi. Louis tombe à ses genoux. Elle veut s'enfuir, il
l'arrête; elle menace, il l'apaise; elle pleure, il essuie ses larmes. »

Une telle description ne serait pas même reçue aujourd'hui dans le
plus fade de ces romans qui sont faits à peine pour les femmes de
chambre.

Après la révocation de l'édit de Nantes, on trouve un chapitre intitulé *État du cœur*. Mais à ces ridicules succèdent les calomnies les plus
grossières contre le roi, contre son fils, son petit-fils, le duc d'Orléans
son neveu, tous les princes du sang, les ministres et les généraux.
C'est ainsi que la hardiesse, animée par la faim, produit des monstres[1].

On ne peut trop précautionner les lecteurs contre cette foule de
libelles atroces qui ont inondé si longtemps l'Europe.

Anecdote hasardée de du Haillan. — Du Haillan prétend, dans un
de ses opuscules, que Charles VIII n'était pas fils de Louis XI. C'est
peut-être la raison secrète pour laquelle Louis XI négligea son éducation, et le tint toujours éloigné de lui. Charles VIII ne ressemblait à
Louis XI ni par l'esprit ni par le corps. Enfin la tradition pouvait servir
d'excuse à du Haillan; mais cette tradition était fort incertaine, comme
presque toutes le sont.

La dissemblance entre les pères et les enfants est encore moins une
preuve d'illégitimité, que la ressemblance n'est une preuve du contraire. Que Louis XI ait haï Charles VIII, cela ne conclut rien. Un si
mauvais fils pouvait aisément être un mauvais père.

Quand même douze du Haillan m'auraient assuré que Charles VIII
était né d'un autre que de Louis XI, je ne devrais pas les en croire
aveuglément. Un lecteur sage doit, ce me semble, prononcer comme
les juges : *is pater est quem nuptiæ demonstrant.*

Anecdote sur Charles-Quint. — Charles-Quint avait-il couché avec sa
sœur Marguerite, gouvernante des Pays-Bas? en avait-il eu don Juan
d'Autriche, frère intrépide du prudent Philippe II? Nous n'avons pas
plus de preuve que nous n'en ayons des secrets du lit de Charlemagne,
qui coucha, dit-on, avec toutes ses filles. Pourquoi donc l'affirmer? Si
la sainte Écriture ne m'assurait pas que les filles de Loth eurent des
enfants de leur propre père, et Thamar de son beau-père, j'hésiterais
beaucoup à les en accuser. Il faut être discret.

Autre anecdote plus hasardée. — On a écrit que la duchesse de Mont-
pensier avait accordé ses faveurs au moine Jacques Clément, pour
l'encourager à assassiner son roi. Il eût été plus habile de les promettre que de les donner. Mais ce n'est pas ainsi qu'on excite un prêtre fanatique au parricide; on lui montre le ciel et non une femme.
Son prieur Bourgoin était bien plus capable de le déterminer que la
plus grande beauté de la terre. Il n'avait point de lettres d'amour dans
sa poche quand il tua le roi, mais bien les histoires de Judith et d'Aod,
toutes déchirées, toutes grasses à force d'avoir été lues.

1. Voy. HISTOIRE.

Anecdote sur Henri IV. — Jean Chastel ni Ravaillac n'eurent aucun complice; leur crime avait été celui du temps, le cri de la religion fut leur seul complice. On a souvent imprimé que Ravaillac avait fait le voyage de Naples, et que le jésuite Alagona avait prédit dans Naples la mort du roi, comme je le répète encore je ne sais quel Chiniac. Les jésuites n'ont jamais été prophètes; s'ils l'avaient été, ils auraient prédit leur destruction; mais au contraire, ces pauvres gens ont toujours assuré qu'ils dureraient jusqu'à la fin des siècles. Il ne faut jamais jurer de rien.

De l'abjuration de Henri IV. — Le jésuite Daniel a beau me dire, dans sa très-sèche et très-fautive *Histoire de France*, que Henri IV, avant d'abjurer, était depuis longtemps catholique, j'en croirai plus Henri IV lui-même que le jésuite Daniel. Sa lettre à la belle Gabrielle : « C'est demain que je fais le saut périlleux, » prouve au moins qu'il avait encore dans le cœur autre chose que le catholicisme. Si son grand cœur avait été depuis longtemps si pénétré de la grâce efficace, il aurait peut-être dit à sa maîtresse : « Ces évêques m'édifient; » mais il lui dit : « Ces gens-là m'ennuient. » Ces paroles sont-elles d'un bon catéchumène ?

Ce n'est pas un sujet de pyrrhonisme que les lettres de ce grand homme à Corisande d'Andouin, comtesse de Grammont; elles existent encore en original. L'auteur de l'*Essai sur les mœurs et l'esprit des nations* rapporte plusieurs de ces lettres intéressantes. En voici des morceaux curieux :

« Tous ces empoisonneurs sont tous papistes. — J'ai découvert un tueur pour moi. — Les prêcheurs romains prêchent tout haut qu'il n'y a plus qu'un deuil à avoir. Ils admonestent tout bon catholique de prendre exemple (sur l'empoisonnement du prince de Condé) et vous êtes de cette religion ! — Si je n'étais huguenot, je me ferais turc. »

Il est difficile, après ces témoignages de la main de Henri IV, d'être fermement persuadé qu'il fût catholique dans le cœur.

Autre bévue sur Henri IV. — Un autre historien moderne de Henri IV[1] accuse du meurtre de ce héros le duc de Lerme : « C'est, dit-il, l'opinion la mieux établie. » Il est évident que c'est l'opinion la plus mal établie. Jamais on n'en a parlé en Espagne, et il n'y eut en France que le continuateur du président de Thou qui donna quelque crédit à ces soupçons vagues et ridicules. Si le duc de Lerme, premier ministre, employa Ravaillac, il le paya bien mal. Ce malheureux était presque sans argent quand il fut saisi. Si le duc de Lerme l'avait séduit ou fait séduire, sous la promesse d'une récompense proportionnée à son attentat, assurément Ravaillac l'aurait nommé lui et ses émissaires, quand ce n'eût été que pour se venger. Il nomma bien le jésuite d'Aubigny, auquel il n'avait fait que montrer un couteau; pourquoi aurait-il épargné le duc de Lerme ? C'est une obstination bien étrange que celle de n'en pas croire Ravaillac dans son interro-

1. De Buri, année 1610. (ÉD.)

gatoire et dans les tortures. Faut-il insulter une grande maison espagnole sans la moindre apparence de preuves?

Et voilà justement comme on écrit l'histoire[1].

La nation espagnole n'a guère recours à des crimes honteux; et les
grands d'Espagne ont eu dans tous les temps une fierté généreuse qui
ne leur a pas permis de s'avilir jusque-là.

Si Philippe II mit à prix la tête du prince d'Orange, il eut du moins
le prétexte de punir un sujet rebelle, comme le parlement de Paris
mit à cinquante mille écus la tête de l'amiral Coligny; et depuis, celle
du cardinal Mazarin. Ces proscriptions publiques tenaient de l'horreur
des guerres civiles. Mais comment le duc de Lerme se serait-il adressé
secrètement à un misérable tel que Ravaillac?

Bévue sur le maréchal d'Ancre. — Le même auteur dit que « le maréchal d'Ancre et sa femme furent écrasés, pour ainsi dire, par la
foudre. » L'un ne fut à la vérité écrasé qu'à coups de pistolet, et l'autre
fut brûlée en qualité de sorcière. Un assassinat et un arrêt de mort
rendu contre une maréchale de France, dame d'atour de la reine, réputée magicienne, ne font honneur ni à la chevalerie ni à la jurisprudence de ce temps-là. Mais je ne sais pourquoi l'historien s'exprime
en ces mots : « Si ces deux misérables n'étaient pas complices de la
mort du roi, ils méritaient du moins les plus rigoureux châtiments...
Il est certain que, du vivant même du roi, Concini et sa femme avaient
avec l'Espagne des liaisons contraires aux desseins de ce prince. »

C'est ce qui n'est point du tout certain; cela n'est pas même vraisemblable. Ils étaient Florentins; le grand-duc de Florence avait le
premier reconnu Henri IV. Il ne craignait rien tant que le pouvoir de
l'Espagne en Italie. Concini et sa femme n'avaient point de crédit du
temps de Henri IV. S'ils avaient ourdi quelque trame avec le conseil
de Madrid, ce ne pouvait être que par la reine : c'est donc accuser la
reine d'avoir trahi son mari. Et, encore une fois, il n'est point permis
d'inventer de telles accusations sans preuve. Quoi ! un écrivain dans
son grenier pourra prononcer une diffamation que les juges les plus
éclairés du royaume trembleraient d'écouter sur leur tribunal !

Pourquoi appeler un maréchal de France et sa femme, dame d'atour
de la reine, *ces deux misérables*? Le maréchal d'Ancre, qui avait levé
une armée à ses frais contre les rebelles, mérite-t-il une épithète qui
n'est convenable qu'à Ravaillac, à Cartouche, aux voleurs publics, aux
calomniateurs publics?

Il n'est que trop vrai qu'il suffit d'un fanatique pour commettre un
parricide sans aucun complice. Damiens n'en avait point. Il a répété
quatre fois dans son interrogatoire qu'il n'a commis son crime que par
principe de religion. Je puis dire qu'ayant été autrefois à portée de
connaître les convulsionnaires, j'en ai vu plus de vingt capables d'une
pareille horreur, tant leur démence était atroce ! La religion mal en-

1. Ce vers est de Voltaire : *Charlot*, I, 7. (ÉD.)

tendue est une fièvre que la moindre occasion fait tourner en rage. Le propre du fanatisme est d'échauffer les têtes. Quand le feu qui fait bouillir ces têtes superstitieuses a fait tomber quelques flammèches dans une âme insensée et atroce; quand un ignorant furieux croit imiter saintement Phinée, Aod, Judith et leurs semblables, cet ignorant a plus de complices qu'il ne pense. Bien des gens l'ont excité au parricide sans le savoir. Quelques personnes profèrent des paroles indiscrètes et violentes; un domestique les répète, il les amplifie, il les enfante encore, comme disent les Italiens; un Chastel, un Ravaillac, un Damiens les recueille; ceux qui les ont prononcées ne se doutent pas du mal qu'ils ont fait. Ils sont complices involontaires; mais il n'y a eu ni complot ni instigation. En un mot, on connaît bien mal l'esprit humain, si l'on ignore que le fanatisme rend la populace capable de tout.

Anecdote sur l'homme au masque de fer. — L'auteur du *Siècle de Louis XIV* est le premier qui ait parlé de l'homme au masque de fer dans une histoire avérée. C'est qu'il était très-instruit de cette anecdote qui étonne le siècle présent, qui étonnera la postérité, et qui n'est que trop véritable. On l'avait trompé sur la date de la mort de cet inconnu si singulièrement infortuné. Il fut enterré à Saint-Paul, le 3 mars 1703, et non en 1704[1].

Il avait été d'abord enfermé à Pignerol avant de l'être aux îles de Sainte-Marguerite, et ensuite à la Bastille, toujours sous la garde du même homme, de ce Saint-Mars qui le vit mourir. Le P. Griffet, jésuite, a communiqué au public le journal de la Bastille, qui fait foi des dates. Il a eu aisément ce journal, puisqu'il avait l'emploi délicat de confesser des prisonniers renfermés à la Bastille.

L'homme au masque de fer est une énigme dont chacun veut deviner le mot. Les uns ont dit que c'était le duc de Beaufort : mais le duc de Beaufort fut tué par les Turcs à la défense de Candie en 1669, et l'homme au masque de fer était à Pignerol en 1662. D'ailleurs, comment aurait-on arrêté le duc de Beaufort au milieu de son armée? comment l'aurait-on transféré en France sans que personne en sût rien? et pourquoi l'eût-on mis en prison? et pourquoi ce masque?

Les autres ont rêvé le comte de Vermandois, fils naturel de Louis XIV, mort publiquement de la petite vérole, en 1683, à l'armée, et enterré dans la ville d'Arras[2].

1. C'est lui-même que Voltaire corrige. Dans l'édition de 1768 du *Siècle de Louis XIV* (chap. XXV), il avait dit que *cet inconnu mourut en 1704*. Les registres de la paroisse Saint-Paul datent son décès du 19 novembre 1703, et son enterrement du 20 novembre; le nom du prisonnier mort n'est pas écrit très-lisiblement; c'est *Marchialy* ou *Marchealy*, sans aucun prénom. L'acte dit qu'il était *âgé de quarante-cinq ans ou environ*. (Note de M. Beuchot.)

2. Dans les premières éditions de cet ouvrage, on avait dit que le duc de Vermandois fut enterré dans la ville d'Aire. On s'était trompé.

Mais que ce soit dans Arras ou dans Aire, il est toujours constant qu'il mourut de la petite vérole, et qu'on lui fit des obsèques magnifiques. Il faut être fou pour imaginer qu'on enterre une bûche à sa place, que Louis XIV fit faire un service solennel à cette bûche, et que pour achever la convalescence de son

On a ensuite imaginé que le duc de Monmouth, à qui le roi Jacques fit couper la tête publiquement dans Londres, en 1685, était l'homme au masque de fer. Il aurait fallu qu'il eût ressuscité, et qu'ensuite il eût changé l'ordre des temps; qu'il eût mis l'année 1662 à la place de 1685; que le roi Jacques, qui ne pardonna jamais à personne, et qui par là mérita tous ses malheurs, eût pardonné au duc de Monmouth, et eût fait mourir au lieu de lui un homme qui lui ressemblait parfaitement. Il aurait fallu trouver ce Sosie qui aurait eu la bonté de se faire couper le cou en public pour sauver le duc de Monmouth. Il aurait fallu que toute l'Angleterre s'y fût méprise; qu'ensuite le roi Jacques eût prié instamment Louis XIV de vouloir bien lui servir de sergent et de geôlier. Ensuite Louis XIV, ayant fait ce petit plaisir au roi Jacques, n'aurait pas manqué d'avoir les mêmes égards pour le roi Guillaume et pour la reine Anne, avec lesquels il fut en guerre, et il aurait soigneusement conservé auprès de ces deux monarques sa dignité de geôlier, dont le roi Jacques l'avait honoré.

Toutes ces illusions étant dissipées, il reste à savoir qui était ce prisonnier toujours masqué, à quel âge il mourut, et sous quel nom il fut enterré. Il est clair que si on ne le laissait passer dans la cour de la Bastille, si on ne lui permettait de parler à son médecin, que couvert d'un masque, c'était de peur qu'on ne reconnût dans ses traits quelque ressemblance trop frappante. Il pouvait montrer sa langue, et jamais son visage. Pour son âge, il dit lui-même à l'apothicaire de la Bastille, peu de jours avant sa mort, qu'il croyait avoir environ soixante ans; et le sieur Marsolan, chirurgien du maréchal de Richelieu, et ensuite du duc d'Orléans régent, gendre de cet apothicaire, me l'a redit plus d'une fois.

Enfin, pourquoi lui donner un nom italien? on le nomma toujours Marchialy! Celui qui écrit cet article en sait peut-être plus que le P. Griffet, et n'en dira pas davantage.

Addition de l'éditeur[1]. — Il est surprenant de voir tant de savants et tant d'écrivains pleins d'esprit et de sagacité se tourmenter à deviner qui peut avoir été le fameux masque de fer, sans que l'idée la plus

propre fils, il l'envoya prendre l'air à la Bastille pour le reste de sa vie, avec un masque de fer sur le visage.

1. Cette anecdote, donnée comme une addition de l'éditeur dans l'édition de 1771, passe chez bien des gens de lettres pour être de M. de Voltaire lui-même. Il a corrigé cette édition, et il n'a jamais contredit l'opinion qu'on y avance au sujet de l'homme au masque de fer.

Il est le premier qui ait parlé de cet homme. Il a toujours combattu toutes les conjectures qu'on a faites sur ce masque; il en a toujours parlé comme plus instruit que les autres, et comme ne voulant pas dire tout ce qu'il en savait.

Aujourd'hui, il se répand une lettre de Mademoiselle de Valois, écrite au duc, depuis maréchal de Richelieu, où elle se vante d'avoir appris du duc d'Orléans, son père, à d'étranges conditions, quel était l'homme au masque de fer; et cet homme, dit-elle, était un frère jumeau de Louis XIV, né quelques heures après lui.

Ou cette lettre, qu'il était si inutile, si indécent, si dangereux d'écrire, est une lettre supposée, où le régent, en donnant à sa fille la récompense qu'elle

simple, la plus naturelle et la plus vraisemblable, se soit jamais présentée à eux. Le fait tel que M. de Voltaire le rapporte une fois admis, avec ses circonstances; l'existence d'un prisonnier d'une espèce si singulière, mise au rang des vérités historiques les mieux constatées; il paraît que non-seulement rien n'est plus aisé que de concevoir quel était ce prisonnier, mais qu'il est même difficile qu'il puisse y avoir deux opinions sur ce sujet. L'auteur de cet article aurait communiqué plus tôt son sentiment, s'il n'eût cru que cette idée devait déjà être venue à bien d'autres, et s'il ne se fût persuadé que ce n'était pas la peine de donner comme une découverte une chose qui, selon lui, saute aux yeux de tous ceux qui lisent cette anecdote.

Cependant comme depuis quelque temps cet événement partage les esprits, et que tout récemment on vient encore de donner au public une lettre dans laquelle on prétend prouver que ce prisonnier célèbre était un secrétaire du duc de Mantoue (ce qu'il n'est pas possible de concilier avec les grandes marques de respect que M. de Saint-Mars donnait à son prisonnier), l'auteur a cru devoir enfin dire ce qu'il en pense depuis plusieurs années. Peut-être cette conjecture mettra-t-elle fin à toute autre recherche, à moins que le secret ne soit dévoilé par ceux qui peuvent en être les dépositaires, d'une façon à lever tous les doutes.

On ne s'amusera point à réfuter ceux qui ont imaginé que ce prisonnier pouvait être le comte de Vermandois, le duc de Beaufort, ou le duc de Monmouth. Le savant et très-judicieux auteur de cette dernière opinion a très-bien réfuté les autres; mais il n'a essentiellement appuyé la sienne que sur l'impossibilité de trouver en Europe quelque autre prince dont il eût été de la plus grande importance qu'on ignorât la détention. M. de Sainte-Foix a raison, s'il n'entend parler que

avait si noblement acquise, crut affaiblir le danger qu'il y avait à révéler le secret de l'État, en altérant le fait, et en faisant de ce prince un cadet sans droit au trône, au lieu de l'héritier présomptif de la couronne.

Mais Louis XIV, qui avait un frère, Louis XIV, dont l'âme était magnanime; Louis XIV, qui se piquait même d'une probité scrupuleuse, auquel l'histoire ne reproche aucun crime, qui n'en commit d'autre, en effet, que de s'être trop abandonné aux conseils de Louvois et de Saint-Mars; Louis XIV n'aurait jamais détenu un de ses frères dans une prison perpétuelle, pour prévenir les maux annoncés par un astrologue, auquel il ne croyait pas. Il lui fallait des motifs plus importants. Fils aîné de Louis XIII, avoué par ce prince, le trône lui appartenait; mais un fils né d'Anne d'Autriche, inconnu à son mari, n'avait aucun droit, et pouvait cependant essayer de se faire reconnaître, déchirer la France par une longue guerre civile, l'emporter peut-être sur le fils de Louis XIII, en alléguant le droit de primogéniture, et substituer une nouvelle race à l'antique race des Bourbons. Ces motifs, s'ils ne justifiaient pas entièrement la rigueur de Louis XIV, servaient au moins à l'excuser; et le prisonnier, trop instruit de son sort, pouvait lui savoir quelque gré de n'avoir pas suivi des conseils plus rigoureux; conseils que la politique a trop souvent employés contre ceux qui avaient quelques prétentions à des trônes occupés par leurs concurrents.

M. de Voltaire avait été lié dès sa jeunesse avec le duc de Richelieu, qui n'était pas discret: si la lettre de Mademoiselle de Valois est véritable, il l'a connue; mais, doué d'un esprit juste, il a senti l'erreur, il a cherché d'autres instructions. Il était placé pour en avoir; il a rectifié la vérité altérée dans cette lettre, comme il a rectifié tant d'autres erreurs. (Éd. de Kehl.)

des princes dont l'existence était connue; mais pourquoi personne ne s'est-il encore avisé de supposer que le masque de fer pouvait avoir été un prince inconnu, élevé en cachette, et dont il importait de laisser ignorer totalement l'existence?

Le duc de Monmouth n'était pas pour la France un prince d'une si grande importance; et l'on ne voit pas même ce qui eût pu engager cette puissance, au moins après la mort de ce duc et celle de Jacques II, à faire un si grand secret de sa détention, s'il eût été en effet le masque de fer. Il n'est guère probable non plus que M. de Louvois et M. de Saint-Mars eussent marqué au duc de Monmouth ce profond respect que M. de Voltaire assure qu'ils portaient au masque de fer.

L'auteur conjecture, de la manière dont M. de Voltaire a raconté le fait, que cet historien célèbre est aussi persuadé que lui du soupçon qu'il va, dit-il, manifester, mais que M. de Voltaire, à titre de Français, n'a pas voulu, ajoute-t-il, publier tout net, surtout en ayant dit assez pour que le mot de l'énigme ne dût pas être difficile à deviner. Le voici, continue-t-il toujours, selon moi.

« Le masque de fer était sans doute un frère et un frère aîné de Louis XIV, dont la mère avait ce goût pour le linge fin sur lequel M. de Voltaire appuie. Ce fut en lisant les mémoires de ce temps, qui rapportent cette anecdote au sujet de la reine, que, me rappelant ce même goût du masque de fer, je ne doutai plus qu'il ne fût son fils; ce dont toutes les autres circonstances m'avaient déjà persuadé.

« On sait que Louis XIII n'habitait plus depuis longtemps avec la reine; que la naissance de Louis XIV ne fut due qu'à un heureux hasard habilement amené; hasard qui obligea absolument le roi à coucher en même lit que la reine. Voici donc comment je crois que la chose sera arrivée.

« La reine aura pu s'imaginer que c'était par sa faute qu'il ne naissait point d'héritier à Louis XIII. La naissance du masque de fer l'aura détrompée. Le cardinal à qui elle aura fait confidence du fait aura su, par plus d'une raison, tirer parti de ce secret; il aura imaginé de tourner cet évènement à son profit et à celui de l'État. Persuadé par cet exemple que la reine pouvait donner des enfants au roi, la partie qui produisit le hasard d'un seul lit pour le roi et pour la reine fut arrangée en conséquence. Mais la reine et le cardinal, également pénétrés de la nécessité de cacher à Louis XIII l'existence du masque de fer, l'auront fait élever en secret. Ce secret en aura été un pour Louis XIV jusqu'à la mort du cardinal Mazarin.

« Mais ce monarque apprenant alors qu'il avait un frère, et un frère aîné que sa mère ne pouvait désavouer, qui d'ailleurs portait peut-être des traits marqués qui annonçaient son origine, faisant réflexion que cet enfant né durant le mariage, ne pouvait, sans de grands inconvénients et sans un horrible scandale, être déclaré illégitime après la mort de Louis XIII, Louis XIV aura jugé ne pouvoir user d'un moyen plus sage et plus juste que celui qu'il employa pour assurer sa propre tranquillité et le repos de l'État; moyen qui le dispensait de commettre une cruauté que la politique aurait représentée comme nécessaire à un monarque moins consciencieux et moins magnanime que Louis XIV.

Il me semble, poursuit toujours notre auteur, que plus on est instruit de l'histoire de ces temps-là, plus on doit être frappé de la réunion de toutes les circonstances qui prouvent en faveur de cette supposition.

Anecdote sur Nicolas Fouquet, surintendant des finances. — Il est vrai que ce ministre eut beaucoup d'amis dans sa disgrâce, et qu'ils persévérèrent jusqu'à son jugement. Il est vrai que le chancelier qui présidait à ce jugement, traita cet illustre captif avec trop de dureté. Mais ce n'était pas Michel Letellier, comme on l'a imprimé dans quelques-unes des éditions du *Siècle de Louis XIV*, c'était Pierre Séguier. Cette inadvertance d'avoir pris l'un pour l'autre, est une faute qu'il faut corriger.

Ce qui est très remarquable, c'est qu'on ne sait où mourut ce célèbre surintendant : non qu'il importe de le savoir, car sa mort n'ayant pas causé le moindre événement, elle est au rang de toutes les choses indifférentes ; mais ce fait prouve à quel point il était oublié sur la fin de sa vie ; combien la considération qu'on recherche avec tant de soins est peu de chose ; qu'heureux sont ceux qui veulent vivre et mourir inconnus. Cette science serait plus utile que celle des dates.

Petite anecdote. — Il importe fort peu que le Pierre Broussel pour lequel on fit les barricades ait été conseiller-clerc. Le fait est qu'il avait acheté une charge de conseiller-clerc, parce qu'il n'était pas riche, et que ces offices coûtaient moins que les autres. Il avait des enfants, et n'était clerc en aucun sens. Je ne sais rien de si inutile que de savoir ces minuties.

Anecdote sur le testament attribué au cardinal de Richelieu. — Le P. Griffet veut à toute force que le cardinal de Richelieu ait fait un mauvais livre : à la bonne heure ; tant d'hommes d'État en ont fait ! Mais c'est une belle passion de combattre si longtemps pour tâcher de prouver que, selon le cardinal de Richelieu, les *Espagnols nos alliés*, gouvernés si heureusement par un Bourbon, « sont tributaires de

1. C'est ici que finit l'addition faite, comme l'ont dit les éditeurs de Kehl, dans l'édition des *Questions sur l'Encyclopédie*, dont le premier volume est de 1771, et le dernier de 1772. Tout en partageant l'avis que cette addition est de Voltaire, je crois devoir faire remarquer qu'il ne l'a point admise dans les éditions in-4° et encadrées. — Voici une anecdote que je tiens de bonne source. Un jour, à l'ordre, peu de temps avant sa mort, Louis XIV, suivant l'usage, paraissait absorbé dans son fauteuil, quand une conversation s'engagea sur l'histoire du masque de fer entre M. le comte... gentilhomme de la chambre du roi, et un de ses collègues. M. le comte... soutenait hautement l'opinion émise dans l'*addition de l'éditeur* ; le roi, entendant cette assertion, sembla se réveiller de son assoupissement, mais ne dit mot. Le lendemain une nouvelle discussion s'engagea, à l'ordre, entre les mêmes personnes, sur une autre question historique douteuse. M. le comte... soutenait encore cette fois son opinion avec chaleur, lorsque le roi lui adressa ces paroles remarquables : P.... *hier vous aviez raison, et aujourd'hui vous avez tort.* (*Note de M. Beuchot.*)

l'enfer, et rendent les Indes tributaires de l'enfer. » — *Le testament du cardinal de Richelieu* n'était pas d'un homme poli.

« Que la France avait plus de bons ports sur la Méditerranée que toute la monarchie espagnole. » — Ce testament était exagérateur.

« Que pour avoir cinquante mille soldats il en faut lever cent mille, par ménage. » — Ce testament jette l'argent par les fenêtres.

« Que lorsqu'on établit un nouvel impôt, on augmente la paye des soldats. » — Ce qui n'est jamais arrivé ni en France, ni ailleurs.

« Qu'il faut faire payer la taille aux parlements et aux autres cours supérieures. » — Moyen infaillible pour gagner leurs cœurs, et de rendre la magistrature respectable.

« Qu'il faut forcer la noblesse de servir, et l'enrôler dans la cavalerie. » — Pour mieux conserver tous ses priviléges.

« Que de trente millions à supprimer, il y en a près de sept dont le remboursement ne devant être fait *qu'au denier cinq*, la suppression se fera en sept années et demie de jouissance. » — De façon que, suivant ce calcul, cinq pour cent en sept ans et demi feraient cent francs, au lieu qu'ils ne font que trente-sept et demi : et si on entend par le denier cinq la cinquième partie du capital, les cent francs seront remboursés en cinq années juste. Le compte n'y est pas, le testateur calcule assez mal.

« Que Gênes était la plus riche ville d'Italie. » — Ce que je lui souhaite.

« Qu'il faut être bien chaste. » — Le testateur ressemblait à certains prédicateurs. Faites ce qu'ils disent, et non ce qu'ils font.

« Qu'il faut donner une abbaye à la Sainte-Chapelle de Paris. » — Chose importante dans la crise où l'Europe était alors, et dont il ne parle pas.

« Que le pape Benoît XI embarrassa beaucoup les cordeliers, piqués sur le sujet de la pauvreté, savoir des revenus de saint François, qui s'animèrent à tel point, qu'ils lui firent la guerre par livres. » — Chose plus importante encore, et plus savante, surtout quand on prend Jean XXII pour Benoît XI, et quand, dans un testament politique, on ne parle ni de la manière dont il faut conduire la guerre contre l'Empire et l'Espagne, ni des moyens de faire la paix, ni des dangers présents, ni des ressources, ni des alliances, ni des généraux, ni des ministres qu'il faut employer, ni même du Dauphin, dont l'éducation importait tant à l'État; enfin d'aucun objet du ministère.

Je consens de tout mon cœur qu'on charge, puisqu'on le veut, la mémoire du cardinal de Richelieu de ce malheureux ouvrage rempli d'anachronismes, d'ignorances, de calculs ridicules, de faussetés reconnues, dont tout commis un peu intelligent aurait été incapable; qu'on s'efforce de persuader que le plus grand ministre a été le plus ignorant et le plus ennuyeux, comme le plus extravagant de tous les écrivains. Cela peut faire quelque plaisir à tous ceux qui détestent sa tyrannie.

« Il est bon même pour l'histoire de l'esprit humain, qu'on sache que ce détestable ouvrage fut loué pendant plus de trente ans, tandis qu'on le croyait d'un grand ministre.

Mais il ne faut pas trahir la vérité pour faire croire que le livre est du cardinal de Richelieu. Il ne faut pas dire « qu'on a trouvé une suite du premier chapitre du testament politique, corrigée en plusieurs endroits de la main du cardinal de Richelieu, » parce que cela n'est pas vrai. On a trouvé au bout de cent ans un manuscrit intitulé, *Narration succincte;* cette narration succincte n'a aucun rapport au testament politique. Cependant on a eu l'artifice de la faire imprimer comme un premier chapitre du testament avec des notes.

À l'égard des notes, on ne sait de quelles mains elles sont.

Ce qui est très-vrai, c'est que le testament prétendu ne fit du bruit dans le monde que trente-huit ans après la mort du cardinal; qu'il ne fut imprimé que quarante-deux ans après sa mort; qu'on n'en a jamais vu l'original signé de lui; que le livre est très-mauvais, et qu'il ne mérite guère qu'on en parle.

Autres anecdotes. — Charles Ier, cet infortuné roi d'Angleterre, est-il l'auteur du fameux livre Είχὼν βασιλιχή? ce roi aurait-il mis un titre grec à son livre?

Le comte de Moret, fils de Henri IV, blessé à la petite escarmouche de Castelnaudary, vécut-il jusqu'en 1693 sous le nom de l'ermite frère Jean-Baptiste? Quelle preuve a-t-on que cet ermite était fils de Henri IV? Aucune.

Jeanne d'Albret de Navarre, mère de Henri IV, épousa-t-elle après la mort d'Antoine un gentilhomme nommé Goyon, tué à la Saint-Barthélemy? En eut-elle un fils prédicant à Bordeaux? Ce fait se trouve très-détaillé dans les remarques sur la *Réponse de Bayle aux questions d'un provincial,* in-folio, page 689.

Marguerite de Valois, épouse de Henri IV, accoucha-t-elle de deux enfants secrètement pendant son mariage? On remplirait des volumes de ces singularités.

C'est bien la peine de faire tant de recherches pour découvrir des choses si inutiles au genre humain! Cherchons comment nous pourrons guérir les écrouelles, la goutte, la pierre, la gravelle, et mille maladies chroniques ou aiguës. Cherchons des remèdes contre les maladies de l'âme, non moins funestes et non moins mortelles; travaillons à perfectionner les arts, à diminuer les malheurs de l'espèce humaine; et laissons là les *Ana,* les *Anecdotes,* les *Histoires curieuses de notre temps;* le Nouveau choix de vers si mal choisis, cité à tout moment dans le *Dictionnaire de Trévoux;* et les recueils des prétendus bons mots, etc.; et les *Lettres d'un ami à un ami;* et les *Lettres anonymes;* et les *Réflexions sur la tragédie nouvelle,* etc., etc., etc.

Je lis dans un livre nouveau, que Louis XIV exempta de tailles, pendant cinq ans, tous les nouveaux mariés. Je n'ai trouvé ce fait dans aucun recueil d'édits, dans aucun mémoire du temps.

Je lis dans le même livre que le roi de Prusse fait donner cinquante écus à toutes les filles grosses. On ne pourra, à la vérité, mieux placer son argent, et mieux encourager la propagation; mais je ne crois pas que cette profusion royale soit vraie; du moins je ne l'ai pas vue.

Anecdote ridicule sur Théodoric. — Voici une anecdote plus ancienne qui me tombe sous la main, et qui me semble fort étrange. Il est dit dans une histoire chronologique d'Italie[1] que le grand Théodoric, arien, cet homme qu'on nous peint si sage, « avait parmi ses ministres un catholique qu'il aimait beaucoup, et qu'il trouvait digne de toute sa confiance. Ce ministre croit s'assurer de plus en plus la faveur de son maître en embrassant l'arianisme; et Théodoric lui fait aussitôt couper la tête, *en disant :* « Si cet homme n'a pas été fidèle à Dieu, comment le sera-t-il envers moi qui ne suis qu'un homme? »

Le compilateur ne manque pas de dire « que ce trait fait beaucoup d'honneur à la manière de penser de Théodoric à l'égard de la religion. »

Je me pique de penser, à l'égard de la religion, mieux que l'Ostrogoth Théodoric, assassin de Symmaque et de Boèce, puisque je suis bon catholique, et que Théodoric était arien. Mais je déclarerais ce roi digne d'être lié comme enragé, s'il avait eu la bêtise atroce dont on le loue. Quoi! il aurait fait couper la tête sur-le-champ à son ministre favori, parce que ce ministre aurait été à la fin de son avis! Comment un adorateur de Dieu, qui passe de l'opinion d'Athanase à l'opinion d'Arius et d'Eusèbe, est-il infidèle à Dieu? Il était tout au plus infidèle à Athanase et à ceux de son parti, dans un temps où le monde était partagé entre les athanasiens et les eusébiens. Mais Théodoric ne devait pas le regarder comme un homme infidèle à Dieu, pour avoir rejeté le terme de *consubstantiel* après l'avoir admis. Faire couper la tête à son favori sur une pareille raison, c'est certainement l'action du plus méchant fou et du plus barbare sot qui ait jamais existé.

Que diriez-vous de Louis XIV s'il eût fait couper sur-le-champ la tête au duc de La Force, parce que le duc de La Force avait quitté le calvinisme pour la religion de Louis XIV?

Anecdote sur le maréchal de Luxembourg. — J'ouvre dans ce moment une histoire de Hollande, et je trouve que le maréchal de Luxembourg, en 1672, fit cette harangue à ses troupes : « Allez, mes enfants, pillez, volez, tuez, violez; et s'il y a quelque chose de plus abominable, ne manquez pas de le faire, afin que je voie que je ne me suis pas trompé en vous choisissant comme les plus braves des hommes. »

Voilà certainement une jolie harangue : elle n'est pas plus vraie que celles de Tite Live; mais elle n'est pas dans son goût. Pour achever de déshonorer la typographie, cette belle pièce se retrouve dans des dictionnaires nouveaux, qui ne sont que des impostures par ordre alphabétique.

Anecdote sur Louis XIV. — C'est une petite erreur dans l'*Abrégé chronologique de l'histoire de France*, de supposer que Louis XIV, après la paix d'Utrecht, dont il était redevable à l'Angleterre, après neuf années de malheurs, après les grandes victoires que les Anglais

avaient remportées, ait dit à l'ambassadeur d'Angleterre : « J'ai toujours été le maître chez moi, quelquefois chez les autres; ne m'en
faites pas souvenir. » J'ai dit ailleurs que ce discours aurait été très-
déplacé, très-faux à l'égard des Anglais, et aurait exposé le roi à une
réponse accablante. L'auteur même n'avoue que le marquis de Torcy,
qui fut toujours présent à toutes les audiences du comte de Stairs,
ambassadeur d'Angleterre, avait toujours démenti cette anecdote. Elle
n'est assurément ni vraie, ni vraisemblable, et n'est restée dans les
dernières éditions de ce livre que parce qu'elle avait été mise dans la
première. Cette erreur ne dépare point du tout un ouvrage d'ailleurs
très-utile, où tous les grands événements, rangés dans l'ordre le plus
commode, sont d'une vérité reconnue.

Tous ces petits contes dont on a voulu orner l'histoire la déshonorent, et malheureusement presque toutes les anciennes histoires ne
sont guère que des contes. Malebranche, à cet égard, avait raison de
dire qu'il ne faisait pas plus de cas de l'histoire que des nouvelles de
son quartier.

Lettre de M. de Voltaire sur plusieurs anecdotes. — Nous croyons
devoir terminer cet article des anecdotes par une lettre de M. de Voltaire à M. Damilaville, philosophe intrépide, et qui seconda plus que
personne son ami M. de Voltaire dans la catastrophe mémorable des
Calas et des Sirven. Nous prenons cette occasion de célébrer autant
qu'il est en ... us la mémoire de ce citoyen, qui dans une vie obscure
a montré des vertus qu'on ne rencontre guère dans le grand monde. Il
faisait le bien pour le bien même, fuyant les hommes brillants, et
servant les malheureux avec le zèle de l'enthousiasme. Jamais homme
n'eut plus de courage dans l'adversité et à la mort. Il était l'ami intime
de M. de Voltaire et de M. Diderot. Voici la lettre en question :

« Au château de Ferney, 7 mai 1762.

« Par quel hasard s'est-il pu faire, mon cher ami, que vous ayez lu
quelques feuilles de l'*Année littéraire* de maître Aliboron[1] chez qui
avez-vous trouvé ces rapsodies? Il me semble que vous ne voyez pas
d'ordinaire mauvaise compagnie. Le monde est inondé des sottises de
ces folliculaires qui mordent parce qu'ils ont faim, et qui gagnent leur
pain à dire de plates injures.

« Ce pauvre Fréron[1], à ce que l'ai pu dire, est comme les gueuses
les rues de Paris, qu'on tolère quelque temps pour le service des jeunes

[1]. Le folliculaire dont on parle est celui-là même qui, ayant été chassé des
Jésuites, a composé des libelles pour vivre, et qui a rempli ses libelles d'anecdotes prétendues littéraires. En voici une sur son compte.

VII. *Lettre de sieur Royou, avocat au parlement de Bretagne, beau-frère
du nommé Fréron.*

« Mardi matin, 6 mars 1770.

« Fréron épousa ma sœur il y a trois ans, en Bretagne : mon père donna vingt
mille livres de dot. Il les dissipa avec des filles, et donna du mal à ma sœur.
Après quoi, il la fit partir pour Paris, dans le panier du coche, et la fit coucher
en chemin sur la paille. Je courus demander raison à ce malheureux. Il feignit

gens désœuvrés, qu'on renferme à l'hôpital trois ou quatre fois par an, et qui en sortent pour reprendre leur premier métier.

« J'ai lu les feuilles que vous m'avez envoyées. Je ne suis pas étonné que maître Aliboron crie un peu sous les coups de fouet que je lui ai donnés. Depuis que je me suis amusé à immoler ce polisson à la risée publique sur tous les théâtres de l'Europe, il est juste qu'il se plaigne un peu. Je ne l'ai jamais vu, Dieu merci. Il m'écrivit une grande lettre il y a environ vingt ans. J'avais entendu parler de ses mœurs, et par conséquent je ne lui fis pas de réponse. Voilà l'origine de toutes les calomnies qu'on dit qu'il débita contre moi dans ses feuilles. Il faut le laisser faire; les gens condamnés par leurs juges ont permission de leur dire des injures.

« Je ne sais ce que c'est qu'une comédie italienne qu'il m'impute, intitulée : *Quand me mariera-t-on*? Voilà la première fois que j'en ai entendu parler. C'est un mensonge absurde. Dieu a voulu que j'aie fait des pièces de théâtre pour mes péchés; mais je n'ai jamais fait de farce italienne. Rayez cela de vos anecdotes.

« Je ne sais comment une lettre que j'écrivis à milord Littleton et la réponse sont tombées entre les mains de ce Fréron, mais je puis vous assurer qu'elles sont toutes deux entièrement falsifiées. Jugez-en; je vous en envoie les originaux.

« Ces messieurs les folliculaires ressemblent assez aux chiffonniers qui vont ramassant des ordures pour faire du papier.

« Ne voilà-t-il pas encore une belle anecdote, et bien digne du public, qu'une lettre de   , au professeur Haller, et une lettre du professeur Haller à moi! Et   quoi s'avisa M. Haller de faire courir mes lettres et les siennes? et de quoi s'avise un folliculaire de les imprimer et de les falsifier pour gagner cinq sous? Il me la fait signer du château de Tournay, où je n'ai jamais demeuré.

« Ces impertinences amusent un moment des jeunes gens oisifs, et tombent le moment d'après dans l'éternel oubli où tous les riens de ce temps-ci tombent en foule.

« L'anecdote du cardinal de Fleury sur le *quemadmodum* que Louis XIV n'entendait pas est très-vraie. Je ne l'ai rapportée dans le *Siècle de Louis XIV* que parce que j'en étais sûr, et je n'ai point rapporté celle du *nycticorax*, parce que je n'en étais pas sûr. C'est un vieux conte qu'on me faisait dans mon enfance au collège des jésuites, pour me faire sentir la supériorité du P. de La Chaise sur le grand aumônier de France. On prétendait que le grand aumônier, interrogé sur la si-

---

de se repentir. Mais comme il faisait le métier d'espion, et qu'il sut qu'en qualité d'avocat j'avais pris parti dans les troubles de Bretagne, il m'accusa auprès de M. de....., et obtint une lettre de cachet pour me faire enfermer. Il vint lui-même avec des archers dans la rue des Noyers, un lundi à dix heures du matin, me fit charger de chaînes, se mit à côté de moi dans un fiacre, et tenait lui-même le bout de la chaîne,... etc.

d » Nous ne jugeons point ici entre les deux beaux-frères. Nous avons la lettre originale. On dit que ce Fréron n'a pas laissé de parler de religion et de vertu dans ses feuilles. Adressez-vous à son marchand de vin.

1. L'Échange, ou *Quand est-ce qu'on me marie*? (ÉD.)

gnification de *nycticorax*, dit que c'était un capitaine du roi David, et que le révérend père La Chaise assura que c'était un hibou; peu m'importe. Et très peu m'importe encore qu'on fredonne pendant un quart d'heure dans un latin ridicule un *nycticorax* grossièrement mis en musique.

« Je n'ai point prétendu blâmer Louis XIV d'ignorer le latin; il savait gouverner, il savait faire fleurir tous les arts, cela valait mieux que d'entendre Cicéron. D'ailleurs cette ignorance du latin ne venait pas de sa faute, puisque dans sa jeunesse il apprit de lui-même l'italien et l'espagnol.

« Je ne sais pas pourquoi l'homme que le folliculaire fait parler, me reproche de citer le cardinal de Fleury, et s'égaye à dire que *j'aime à citer de grands noms*. Vous savez, mon cher ami, que mes grands noms sont ceux de Newton, de Locke, de Corneille, de Racine, de La Fontaine, de Boileau. Si le nom de Fleury était grand pour moi, ce serait le nom de l'abbé Fleury, auteur des discours patriotiques et savants, qui ont sauvé de l'oubli son histoire ecclésiastique; et non pas le cardinal de Fleury que j'ai fort connu avant qu'il fût ministre, et qui quand il le fut fit exiler un des plus respectables hommes de France, l'abbé Pucelle, et empêcha bénignement pendant tout son ministère qu'on ne soutînt les quatre fameuses propositions sur lesquelles est fondée la liberté française dans les choses ecclésiastiques.

« Je ne connais de grands hommes que ceux qui ont rendu de grands services au genre humain.

« Quand j'amassai des matériaux pour écrire le *Siècle de Louis XIV*, il fallut bien consulter des généraux, des ministres, des aumôniers, des dames, et des valets de chambre. Le cardinal de Fleury avait été aumônier, et il m'apprit fort peu de chose. M. le maréchal de Villars m'apprit beaucoup pendant quatre ou cinq années de temps, comme vous le savez; et je n'ai pas dit tout ce qu'il voulut bien m'apprendre.

« M. le duc d'Antin me fit part de plusieurs anecdotes, que je n'ai données que pour ce qu'elles valaient.

« M. de Torcy fut le premier qui m'apprit, par une seule ligne en marge de mes questions, que Louis XIV n'eut jamais de part à ce fameux testament du roi d'Espagne Charles II, qui changea la face de l'Europe.

« Il n'est pas permis d'écrire une histoire contemporaine, autrement qu'en consultant avec assiduité et en confrontant tous les témoignages. Il y a des faits que j'ai vus par mes yeux, et d'autres par des yeux meilleurs. J'ai dit la plus exacte vérité sur les choses essentielles.

« Le roi régnant m'a rendu publiquement cette justice : je crois ne m'être guère trompé sur les petites anecdotes, dont je fais très-peu de cas; elles ne sont qu'un vain amusement. Les grands événements instruisent.

« Le roi Stanislas, duc de Lorraine, m'a rendu le témoignage authentique que j'avais parlé de toutes les choses importantes arrivées sous le règne de Charles XII, ce héros imprudent, comme si j'en avais été le témoin oculaire.

« A l'égard des petites circonstances, je les abandonne à qui voudra;
je ne m'en soucie pas plus que de l'histoire des quatre fils Aymon. »

« J'estime bien autant celui qui ne sait pas une anecdote inutile que
celui qui la sait.

« Puisque vous voulez être instruit des bagatelles et des ridicules, je
vous dirai que votre malheureux folliculaire se trompe, quand il prétend qu'il a été joué sur le théâtre de Londres, avant d'avoir été berné
sur celui de Paris par Jérôme Carré. La traduction, ou plutôt l'imitation de la comédie de l'Écossaise et de Fréron, faite par M. George
Colman, n'a été jouée sur le théâtre de Londres qu'en 1766, et n'a été
imprimée qu'en 1761, chez Béket et de Honte. Elle a eu autant de
succès à Londres qu'à Paris, parce que par tout pays on aime la vertu
des Lindane et des Freeport, et qu'on déteste les folliculaires qui bar-
bouillent du papier, et mentent pour de l'argent. Ce fut l'illustre Gar-
rick qui composa l'épilogue. M. George Colman m'a fait l'honneur de
m'envoyer sa pièce; elle est intitulée : The English Merchant.

« C'est une chose assez plaisante, qu'à Londres, à Pétersbourg, à
Vienne, à Gênes, à Parme, et jusqu'en Suisse, on se soit également
moqué de ce Fréron. Ce n'est pas à sa personne qu'on en voulait; il
prétend que l'Écossaise ne réussit à Paris que parce qu'il y est détesté.
Mais la pièce a réussi à Londres, à Vienne, où il est inconnu. Personne n'en voulait à Pourceaugnac, quand Pourceaugnac fit rire
l'Europe.

« Ce sont là des anecdotes littéraires assez bien constatées; mais ce
sont, sur ma parole, les vérités les plus inutiles qu'on ait jamais dites.
Mon ami, un chapitre de Cicéron, de Officiis et de Naturâ deorum,
un chapitre de Locke, une Lettre provinciale, une bonne fable de La
Fontaine, des vers de Boileau et de Racine, voilà ce qui doit occuper
un vrai littérateur.

« Je voudrais bien savoir quelle utilité le public retirera de l'examen
que fait le folliculaire, si je demeure dans un château ou dans une
maison de campagne. J'ai lu dans une des quatre cents brochures faites
contre moi par mes confrères de la plume, que Mme la duchesse de
Richelieu m'avait fait présent un jour d'un carrosse fort joli et de
deux chevaux gris pommelé, que cela déplut fort à M. le duc de Richelieu. Et là-dessus on bâtit une longue histoire. Le bon de l'affaire,
c'est que dans ce temps-là M. le duc de Richelieu n'avait point de
femme.

« D'autres impriment mon Portefeuille retrouvé; d'autres mes Lettres
à M. B. et à Mme D., à qui je n'ai jamais écrit; et dans ces lettres,
toujours des anecdotes.

« Ne vient-on pas d'imprimer les Lettres prétendues de la reine Christine, de Ninon Lenclos, etc. ¹, etc. ? Des curieux mettent ces sottises
dans leurs bibliothèques, et un jour quelque érudit aux gages d'un
libraire les fera valoir comme des monuments précieux de l'histoire.

1. François Lacombe est auteur des Lettres secrètes de Christine, 1762,
in-12. (Éd.)

Quel fatras! quelle pitié! quel opprobre de la littérature! quelle perte de temps!

On ferait bien aisément un très-gros volume sur ces anecdotes; mais en général on peut assurer qu'elles ressemblent aux vieilles chartes des moines. Sur mille il y en a huit cents de fausses. Mais, et vieilles chartes en parchemin, et nouvelles anecdotes imprimées chez Pierre Marteau, tout cela est fait pour gagner de l'argent.

Anecdote singulière sur le P. Fouquet, ci-devant jésuite. (Ce morceau est inséré en partie dans les *Lettres juives.*) — En 1723, le P. Fouquet, jésuite, revint en France de la Chine où il avait passé vingt-cinq ans. Des disputes de religion l'avaient brouillé avec ses confrères. Il avait porté à la Chine un Évangile différent du leur, et rapportait en Europe des mémoires contre eux. Deux lettrés de la Chine avaient fait le voyage avec lui. L'un de ces lettrés était mort sur le vaisseau; l'autre vint à Paris avec le P. Fouquet. Ce jésuite devait emmener son lettré à Rome, comme un témoin de la conduite de ces bons pères à la Chine. La chose était secrète.

Fouquet et son lettré logeaient à la maison professe, rue Saint-Antoine à Paris. Les révérends pères furent avertis des intentions de leur confrère. Le P. Fouquet sut aussi incontinent les desseins des révérends pères; il ne perdit pas un moment, et partit la nuit en poste pour Rome.

Les révérends pères eurent le crédit de faire courir après lui. On n'attrapa que le lettré. Ce pauvre garçon ne savait pas un mot de français. Les bons pères allèrent trouver le cardinal Dubois, qui alors avait besoin d'eux. Ils dirent au cardinal qu'ils avaient parmi eux un jeune homme qui était devenu fou, et qu'il fallait l'enfermer.

Le cardinal qui, par intérêt, eût dû le protéger sur cette seule accusation, donna sur-le-champ une lettre de cachet, la chose du monde dont un ministre est quelquefois le plus libéral.

Le lieutenant de police vint prendre ce fou, qu'on lui indiqua; il trouva un homme qui faisait des révérences autrement qu'à la française, qui parlait comme en chantant, et qui avait l'air tout étonné. Il le plaignit beaucoup d'être tombé en démence, le fit lier, et l'envoya à Charenton, où il fut fouetté, comme l'abbé Desfontaines, deux fois par semaine.

Le lettré chinois ne comprenait rien à cette manière de recevoir les étrangers. Il n'avait passé que deux ou trois jours à Paris; il trouva les mœurs des Français assez étranges; il vécut deux ans au pain et à l'eau entre des fous et des pères correcteurs. Il crut que la nation française était composée de ces deux espèces, dont l'une dansait, tandis que l'autre fouettait l'espèce dansante.

Enfin, au bout de deux ans, le ministère changea; on nomma un nouveau lieutenant de police. Ce magistrat commença son administration par aller visiter les prisons. Il vit les fous de Charenton. Après qu'il se fut entretenu avec eux, il demanda s'il ne restait plus personne à voir. On lui dit qu'il y avait encore un pauvre malheureux, mais qu'il parlait une langue que personne n'entendait.

Un jésuite qui accompagnait le magistrat, dit que c'était la folie de cet homme de ne jamais répondre en français, qu'on n'en tirerait rien, et qu'il conseillait qu'on ne se donnât pas la peine de le faire venir.

Le ministre insista. Le malheureux fut amené; il se jeta aux genoux du lieutenant de police, qui envoya chercher les interprètes du roi pour l'interroger; on lui parla espagnol, latin, grec, anglais; il disait toujours *Kanton, Kanton.* Le jésuite assura qu'il était possédé.

Le magistrat, qui avait entendu dire autrefois qu'il y a une province de la Chine appelée *Kanton,* s'imagina que cet homme en était peut-être. On fit venir un interprète des missions étrangères, qui écorchait le chinois; tout fut reconnu; le magistrat ne sut que faire, et le jésuite que dire. M. le duc de Bourbon était alors premier ministre; on lui conta la chose; il fit donner de l'argent et des habits au Chinois, et on le renvoya dans son pays, d'où l'on ne croit pas que beaucoup de lettrés viennent jamais nous voir.

Il eût été plus politique de le garder et de le bien traiter, que de l'envoyer donner à la Chine la plus mauvaise opinion de la France.

Autre anecdote sur un jésuite chinois. — Les jésuites de France, missionnaires secrets à la Chine, dérobèrent il y a environ trente ans un enfant de Kanton à ses parents, le menèrent à Paris, et l'élevèrent dans leur couvent de la rue Saint-Antoine. Cet enfant se fit jésuite à l'âge de quinze ans, et resta encore dix ans en France. Il sait parfaitement le français et le chinois, et il est assez savant. M. Bertin, contrôleur général et depuis secrétaire d'État, le renvoya à la Chine, en 1763, après l'abolissement des jésuites.

Il s'appelle Ko; il signe Ko, jésuite.

Il y avait, en 1772, quatorze jésuites français à Pékin, parmi lesquels était le frère Ko, qui demeure encore dans leur maison.

L'empereur Kien-long a conservé auprès de lui ces moines d'Europe en qualité de peintres, de graveurs d'horlogers, de mécaniciens avec défense expresse de disputer jamais sur la religion, et de causer le moindre trouble dans l'empire.

Le jésuite Ko a envoyé de Pékin à Paris, des manuscrits de sa composition intitulés : *Mémoires concernant l'histoire, les sciences, les arts, les mœurs et les usages des Chinois, par les missionnaires de Pékin.* Ce livre est imprimé, et se débite actuellement à Paris, chez le libraire Nyon.

L'auteur se déchaîne contre tous les philosophes de l'Europe, à la page 271. Il donne le nom d'illustre martyr de Jésus-Christ à un prince du sang tartare que les jésuites avaient séduit, et que le feu empereur Yong-tching avait exilé.

Ce Ko se vante de faire beaucoup de néophytes; c'est un esprit ardent, capable de troubler plus la Chine que les jésuites n'ont autrefois troublé le Japon.

On prétend qu'un seigneur russe, indigné de cette insolence jésuitique, qui s'étend au bout du monde, même après l'extinction de cette société, veut faire parvenir à Pékin au président du tribunal des rites, un extrait en chinois de ce mémoire, qui puisse faire connaître le nommé Ko et les autres jésuites qui travaillent avec lui.

ANATOMIE. — L'anatomie ancienne est à la moderne ce qu'étaient les cartes géographiques grossières du XVIe siècle, qui ne représentaient que les lieux principaux, et encore infidèlement tracés, en comparaison des cartes topographiques de nos jours, où l'on trouve jusqu'au moindre buisson mis à sa place.

Depuis Vésale jusqu'à Berlin [1] on a fait de nouvelles découvertes dans le corps humain; on peut se flatter d'avoir pénétré jusqu'à la ligne qui sépare à jamais les tentatives des hommes et les secrets impénétrables de la nature.

Interrogez Borelli sur la force exercée par le cœur dans sa dilatation, dans sa diastole; il vous assure qu'elle est égale à un poids de cent quatre-vingt mille livres, dont il rabat ensuite quelques milliers. Adressez-vous à Keil, il vous certifie que cette force n'est que de cinq onces. Jurin vient qui décide qu'ils se sont trompés, et il fait un nouveau calcul; mais un quatrième survenant prétend que Jurin s'est trompé aussi. La nature se moque d'eux tous, et pendant qu'ils disputent, elle a soin de notre vie; elle fait contracter et dilater le cœur par des voies que l'esprit humain ne peut découvrir.

On dispute depuis Hippocrate sur la manière dont se fait la digestion; les uns accordent à l'estomac des sucs digestifs, d'autres les lui refusent. Les chimistes font de l'estomac un laboratoire. Hecquet en fait un moulin. Heureusement la nature nous fait digérer sans qu'il soit nécessaire que nous sachions son secret. Elle nous donne des appétits, des goûts et des aversions pour certains aliments, dont nous ne pourrons jamais savoir la cause.

On dit que notre chyle se trouve déjà tout formé dans les aliments mêmes, dans une perdrix rôtie. Mais que tous les chimistes ensemble mettent des perdrix dans une cornue, ils n'en retireront rien qui ressemble ni à une perdrix ni au chyle. Il faut avouer que nous digérons ainsi que nous recevons la vie, que nous la donnons, que nous dormons, que nous sentons, que nous pensons, sans savoir comment. On ne peut trop le redire.

Nous avons des bibliothèques entières sur la génération; mais personne ne sait encore seulement quel ressort produit l'intumescence dans la partie masculine.

On parle d'un suc nerveux qui donne la sensibilité à nos nerfs; mais ce suc n'a pu être découvert par aucun anatomiste.

Les esprits animaux, qui ont une si grande réputation, sont encore à découvrir.

Votre médecin vous fera prendre une médecine, et ne sait pas comment elle vous purge.

[1] Exupère Joseph Bertin, membre de l'Académie des sciences. (Éd.)

La manière dont se forment nos cheveux et nos ongles nous est aussi inconnue que la manière dont nous avons des idées. Le plus vil excrément confond tous les philosophes.

Winslow et Lémeri entassent mémoire sur mémoire concernant la génération des mulets; les savants se partagent; l'âne fier, et tranquille, sans se mêler de la dispute, subjugue cependant sa cavale, qui lui donne un beau mulet, sans que Lémeri et Winslow se doutent par quel art ce mulet naît avec des oreilles d'âne et un corps de cheval.

Borelli dit que l'œil gauche est beaucoup plus fort que l'œil droit. D'habiles physiciens ont soutenu le parti de l'œil droit contre lui.

Vossius attribuait la couleur des nègres à une maladie. Ruysch a mieux rencontré en les disséquant, et en enlevant avec une adresse singulière le corps muqueux réticulaire qui est noir; et malgré cela il se trouve encore des physiciens qui croient les noirs originairement blancs. Mais qu'est-ce qu'un système que la nature désavoue?

Boerhaave assure que le sang dans les vésicules des poumons est *pressé, chassé, foulé, brisé, atténué.*

Lecat prétend que rien de tout cela n'est vrai. Il attribue la couleur rouge du sang à un fluide caustique, et on lui nie son fluide caustique.

Les uns font des nerfs un canal par lequel passe un fluide invisible; les autres en font un violon dont les cordes sont pincées par un archet qu'on ne voit pas davantage.

La plupart des médecins attribuent les règles des femmes à la pléthore du sang. Terenzoni et Vieussens croient que la cause de ces évacuations est dans un esprit vital, dans le froissement des nerfs, enfin dans le besoin d'aimer.

On a recherché jusqu'à la cause de la sensibilité, et on est allé jusqu'à la trouver dans la trépidation des membres à demi animés. On a cru les membranes du fœtus irritables, et cette idée a été fortement combattue.

Celui-ci dit que la palpitation d'un membre coupé est le *ton* que le membre conserve encore. Cet autre dit que c'est l'*élasticité*; un troisième l'appelle l'*irritabilité*. La cause, tous l'ignorent, tous sont à la porte du dernier asile où la nature se renferme; elle ne se montre jamais à eux, et ils devinent dans son antichambre.

Heureusement ces questions sont étrangères à la médecine utile, qui n'est fondée que sur l'expérience, sur la connaissance du tempérament d'un malade, sur des remèdes très-simples donnés à propos; le reste est pure curiosité, et souvent charlatânerie.

Si un homme à qui on sert un plat d'écrevisses qui étaient toutes grises avant la cuisson, et qui sont devenues toutes rouges dans la chaudière, croyait n'en devoir manger que lorsqu'il saurait bien précisément comment elles sont devenues rouges, il ne mangerait d'écrevisses de sa vie.

ANCIENS ET MODERNES. — Le grand procès des anciens et des modernes n'est pas encore vidé; il est sur le bureau depuis l'âge d'argent qui succéda à l'âge d'or. Les hommes ont toujours prétendu que le bon vieux temps valait beaucoup mieux que le temps présent. Nestor, dans l'*Iliade*, en voulant s'insinuer comme un sage conciliateur dans l'esprit d'Achille et d'Agamemnon, débute par leur dire : « J'ai vécu autrefois avec des hommes qui valaient mieux que vous, non, je n'ai jamais vu et je ne verrai jamais de si grands personnages que Dryas, Cénée, Exadius, Polyphème égal aux dieux, etc. »

La postérité a bien vengé Achille du mauvais compliment de Nestor, vainement loué par ceux qui ne louent que l'antique. Personne ne connaît plus Dryas, on n'a guère entendu parler d'Exadius, ni de Cénée, et pour Polyphème égal aux dieux, il n'a pas une trop bonne réputation, à moins que ce ne soit signe de la divinité que d'avoir un grand œil au front, et de manger des hommes tout crus.

Lucrèce ne balance pas à dire que la nature a dégénéré (lib. II, 1160-62) :

> *Ipsa dedit dulces fœtus, et pabula lœta,*
> *Quæ nunc vix nostro grandescunt aucta labore;*
> *Conterimusque boves, et vires agricolarum, etc.*

La nature languit, la terre est épuisée ;
L'homme dégénère, dont la force est usée,
Fatigue un sol ingrat par ses bœufs affaiblis.

L'antiquité est pleine des éloges d'une autre antiquité plus reculée :

Les hommes, en tout temps, ont pensé qu'autrefois
De longs ruisseaux de lait serpentaient dans nos bois ;
La lune était plus grande, et la nuit moins obscure ;
L'hiver se couronnait de fleurs et de verdure ;
L'homme, ce roi du monde, et roi très fainéant,
Se contemplait à l'aise, admirait son néant,
Et, formé pour agir, se plaisait à rien faire, etc.

Horace combat ce préjugé avec autant de finesse que de force dans sa belle épître à Auguste. « Faut-il donc, dit-il, que nos poèmes soient comme nos vins, dont les plus vieux sont toujours préférés ? » Il dit ensuite :

> *Indignor quidquam reprehendi, non quia crasse*
> *Compositum, illepideve putetur, sed quia nuper;*
> *Nec veniam antiquis, sed honorem et præmia posci.*

> *Ingeniis non illa favet plauditque sepultis*
> *Nostra, sed impugnat; nos nostraque lividus odit, etc.*

J'ai vu ce passage imité ainsi en vers familiers :

Rendons toujours justice au beau...
Est-il laid pour être nouveau ?

---

1. Sauf les premiers mots, ces vers sont extraits du *Sixième discours sur l'homme.* (ED.)
3. Épist. I, V. 14, liv. II. — 4. Ibid., V. 76-78. — 5. Ibid., V. 88, 90. (ED.)

Pourquoi donner la préférence
Aux méchants vers du temps jadis?
C'est en vain qu'ils sont applaudis;
Ils n'ont droit qu'à notre indulgence.
Les vieux livres sont des trésors,
Dit la sotte et maligne envie,
Ce n'est pas qu'elle aime les morts,
Elle hait ceux qui sont en vie.

Le savant et ingénieur Fontenelle s'exprime ainsi sur ce sujet:

« Toute la question de la prééminence entre les anciens et les modernes, étant une fois bien entendue, se réduit à savoir si les arbres qui étaient autrefois dans nos campagnes étaient plus grands que ceux d'aujourd'hui. En cas qu'ils l'aient été, Homère, Platon, Démosthène, ne peuvent être égalés dans ces derniers siècles; mais si nos arbres sont aussi grands que ceux d'autrefois, nous pouvons égaler Homère, Platon et Démosthène.

« Éclaircissons ce paradoxe. Si les anciens avaient plus d'esprit que nous, c'est donc que les cerveaux de ce temps-là étaient mieux disposés, formés de fibres plus fermes ou plus délicates, remplis de plus d'esprits animaux; mais en vertu de quoi les cerveaux de ce temps-là auraient-ils été mieux disposés? Les arbres auraient donc été aussi plus grands et plus beaux; car si la nature était alors plus jeune et plus vigoureuse, les arbres, aussi bien que les cerveaux des hommes, auraient dû se sentir de cette vigueur et de cette jeunesse. » (Digression sur les anciens et les modernes, tome IV, édition de 1742.)

Avec la permission de cet illustre académicien, ce n'est point là du tout l'état de la question. Il ne s'agit pas de savoir si la nature a pu produire de nos jours d'aussi grands génies, et d'aussi bons ouvrages que ceux de l'antiquité grecque et latine; mais de savoir si nous en avons en effet. Il n'est pas impossible sans doute qu'il y ait d'aussi grands chênes dans la forêt de Chantilly que dans celle de Dodone; mais, supposé que les chênes de Dodone eussent parlé, il serait très-clair qu'ils auraient un grand avantage sur les nôtres, qui probablement ne parleront jamais.

La Motte, homme d'esprit et de talents, qui a mérité des applaudissements dans plus d'un genre, a soutenu, dans une ode remplie de vers heureux[1], le parti des modernes. Voici une de ses stances:

Et pourquoi veut-on que j'encense
Ces prétendus dieux dont je sors?
En moi la même intelligence
Fait mouvoir les mêmes ressorts.
Croit-on la nature bizarre,
Pour nous aujourd'hui plus avare
Que pour les Grecs et les Romains?
De nos aînés mère idolâtre,

1. L'Émulation, ode à M. de Fontenelle. (ED.)

N'est-elle plus que la marâtre
Du reste grossier des humains?

On pouvait lui répondre: Estimez vos aînés sans les adorer. Vous avez une intelligence et des ressorts comme Virgile et Horace en avaient; mais ce n'est pas peut-être absolument la même intelligence. Peut-être avaient-ils un talent supérieur au vôtre, et ils l'exerçaient dans une langue plus riche et plus harmonieuse que les langues modernes, qui sont un mélange de l'horrible jargon des Celtes et d'un latin corrompu.

La nature n'est point bizarre; mais il se pourrait qu'elle eût donné aux Athéniens un terrain et un ciel plus propres que la Westphalie et que le Limousin à former certains génies. Il se pourrait bien encore que le gouvernement d'Athènes, en secondant le climat, eût mis dans la tête de Démosthène quelque chose que l'air de Clamart et de la Grenouillère, et le gouvernement du cardinal de Richelieu, ne mirent point dans la tête d'Omer Talon et de Jérôme Bignon.

Quelqu'un répondit alors à La Motte par le petit couplet suivant:

Cher La Motte, imite et révère
Ces dieux dont tu ne descends pas:
Si tu crois qu'Horace est ton père,
Il a fait des enfants ingrats.
La nature n'est point bizarre;
Pour Danchet elle est fort avare;
Mais Racine en fut bien traité;
Tibulle était guidé par elle;
Mais pour notre ami La Chapelle
Hélas! qu'elle a peu de bonté.

Cette dispute est donc une question de fait. L'antiquité a-t-elle été plus féconde en grands monuments de tout genre, jusqu'au temps de Plutarque, que les siècles modernes ne l'ont été depuis le siècle des Médicis jusqu'à Louis XIV inclusivement?

Les Chinois, plus de deux cents ans avant notre ère vulgaire, construisirent cette grande muraille qui n'a pu les sauver de l'invasion des Tartares. Les Égyptiens, trois mille ans auparavant, avaient surchargé la terre de leurs étonnantes pyramides, qui avaient environ quatre-vingt-dix mille pieds carrés de base. Personne ne doute que si on voulait entreprendre aujourd'hui ces inutiles ouvrages, on n'en vînt aisément à bout en prodiguant beaucoup d'argent. La grande muraille de la Chine est un monument de la crainte; les pyramides sont des monuments de la vanité et de la superstition. Les unes et les autres attestent une grande patience dans les peuples, mais aucun génie supérieur. Ni les Chinois, ni les Égyptiens n'auraient pu faire seulement une statue telle que nos sculpteurs en forment aujourd'hui.

_____

1. Ce La Chapelle était un receveur général des finances, qui traduisit très-platement Tibulle; mais ceux qui dînaient chez lui trouvaient ses vers fort bons.

Du chevalier Temple. — Le chevalier Temple, qui a pris à tâche de rabaisser tous les modernes, prétend qu'ils n'ont rien en architecture de comparable aux temples de la Grèce et de Rome; mais, tout Anglais qu'il était, il devait convenir que l'église de Saint-Pierre est incomparablement plus belle que n'était le Capitole.

C'est une chose curieuse que l'assurance avec laquelle il prétend qu'il n'y a rien de neuf dans notre astronomie, rien dans la connaissance du corps humain, si ce n'est peut-être, dit-il, la circulation du sang. L'amour de son opinion, fondé sur son extrême amour-propre, lui fait oublier la découverte des satellites de Jupiter, des cinq lunes et de l'anneau de Saturne, de la rotation du soleil sur son axe, de la position calculée de trois mille étoiles, des lois données par Képler et par Newton aux orbes célestes, des causes de la précession des équinoxes, et de cent autres connaissances dont les anciens ne soupçonnaient pas même la possibilité.

Les découvertes dans l'anatomie sont en aussi grand nombre. Un nouvel univers en petit, découvert avec le microscope, était compté pour rien par le chevalier Temple; il fermait les yeux aux merveilles de ses contemporains, et ne les ouvrait que pour admirer l'ancienne ignorance.

Il va jusqu'à nous plaindre de n'avoir plus aucun reste de la magie des Indiens, des Chaldéens, des Égyptiens; et par cette magie il entend une profonde connaissance de la nature, par laquelle ils produisaient des miracles, sans qu'il en cite aucun, parce qu'en effet il n'y en a jamais eu. « Que sont devenus, dit-il, les charmes de cette musique qui enchantait si souvent les hommes et les bêtes, les poissons, les oiseaux, les serpents, et changeait leur nature ? »

Cet ennemi de son siècle croit bonnement à la fable d'Orphée, et n'avait apparemment entendu ni la belle musique d'Italie, ni même celle de France, qui à la vérité ne charment pas les serpents, mais qui charment les oreilles des connaisseurs.

Ce qui est encore plus étrange, c'est qu'ayant toute sa vie cultivé les belles-lettres, il ne raisonne pas mieux sur nos bons auteurs que sur nos philosophes. Il regarde Rabelais comme un grand homme. Il cite les *Amours des Gaules* comme un de nos meilleurs ouvrages. C'était pourtant un homme savant, un homme de cour, un homme de beaucoup d'esprit, un ambassadeur, qui avait fait de profondes réflexions sur tout ce qu'il avait vu. Il possédait de grandes connaissances; un préjugé suffit pour gâter tout ce mérite.

De Boileau et de Racine. — Boileau et Racine, en écrivant en faveur des anciens contre Perrault, furent plus adroits que le chevalier Temple. Ils se gardèrent bien de parler d'astronomie et de physique. Boileau s'en tient à justifier Homère contre Perrault, mais en glissant adroitement sur les défauts du poète grec, et sur le sommeil que lui reproche Horace. Il ne s'étudie qu'à tourner Perrault, l'ennemi d'Homère, en ridicule. Perrault entend-il mal un passage, ou traduit-il mal un passage qu'il entend ? voilà Boileau qui saisit ce petit avanjage, qui tombe sur lui en ennemi redoutable, que le traite d'ignorant, de plat écrivain; mais il se pouvait très-bien faire que Perrault se fût souvent trompé, et que pourtant il eût souvent raison sur les contradictions, les répétitions, l'uniformité des combats, les longues harangues dans la mêlée, les indécences, les inconséquences de la conduite des dieux dans le poëme, enfin, sur toutes les fautes où il prétendait que ce grand poëte était tombé. En un mot, Boileau se moqua de Perrault beaucoup plus qu'il ne justifia Homère.

De l'injustice et de la mauvaise foi de Racine dans la dispute contre Perrault, au sujet d'Euripide, et des infidélités de Brumoy. — Racine usa du même artifice; car il était tout aussi malin que Boileau pour le moins. Quoiqu'il n'eût pas fait comme lui son capital de la satire, il jouit du plaisir de confondre ses ennemis sur une petite méprise très-pardonnable où ils étaient tombés au sujet d'Euripide, et en même temps de se sentir très-supérieur à Euripide même. Il raille autant qu'il le peut ce même Perrault et ses partisans sur leur critique de l'*Alceste* d'Euripide, parce que ces messieurs malheureusement avaient été trompés par une édition fautive d'Euripide, et qu'ils avaient pris quelques répliques d'Admète pour celles d'Alceste; mais cela n'empêche pas qu'Euripide n'eût grand tort en tout pays dans la manière dont il fait parler Admète à son père, il lui reproche violemment de n'être pas mort pour lui.

« Quoi donc, lui répond le roi son père, à qui adressez-vous, s'il vous plaît, un discours si hautain? Est-ce à quelque esclave de Lydie ou de Phrygie? Ignorez-vous que je suis né libre et Thessalien? (Beau discours pour un roi et pour un père!) Vous m'outragez comme le dernier des hommes. Où est la loi qui dit que les pères doivent mourir pour leurs enfants? Chacun est ici-bas pour soi. J'ai rempli mes obligations envers vous. Quel tort vous fais-je? Demandé-je que vous mouriez pour moi? La lumière vous est précieuse; me l'est-elle moins?... Vous m'accusez de lâcheté! Lâche vous-même, vous n'avez pas rougi de presser votre femme de vous faire vivre en mourant pour vous. Ne vous sied-il pas bien après cela de traiter de lâches ceux qui refusent de faire pour vous ce que vous n'avez pas le courage de faire vous-même? Croyez-moi, taisez-vous... Vous aimez la vie, les autres ne l'aiment pas moins... Soyez sûr que si vous m'injuriez encore, vous entendrez de moi des duretés qui ne seront pas des mensonges. »

Le chœur prend alors la parole : « C'est assez et déjà trop des deux côtés; cessez, vieillard, cessez de maltraiter de paroles votre fils. »

Le chœur aurait dû plutôt, ce semble, faire une forte réprimande au fils d'avoir très-brutalement parlé à son propre père, et de lui avoir reproché si aigrement de n'être pas mort.

Tout le reste de la scène est dans ce goût.

PHÈRES, à son fils. Tu parles contre ton père, sans en avoir reçu d'outrage.

1. Préface d'*Iphigénie*. (ED.)

ADMÈTE. — Oh ! j'ai bien vu que vous aimez à vivre longtemps.

PHÈRES. — Et toi, ne portes-tu pas au tombeau celle qui est morte pour toi ?

ADMÈTE. — Ah ! le plus infâme des hommes, c'est la preuve de ta lâcheté.

PHÈRES. — Tu ne pourras pas au moins dire qu'elle est morte pour moi.

ADMÈTE. — Plût au ciel que tu fusses dans un état où tu eusses besoin de moi !

LE PÈRE. — Fais mieux, épouse plusieurs femmes, afin qu'elles meurent pour te faire vivre plus longtemps.

Après cette scène, un domestique vient parler tout seul de l'arrivée d'Hercule. C'est un étranger, dit-il, qui a ouvert la porte lui-même, s'est d'abord mis à table ; il se fâche de ce qu'on ne lui sert pas assez vite à manger. Il remplit de vin à tout moment sa coupe, boit à longs traits du rouge et du paillet, et ne cesse de boire et de chanter de mauvaises chansons qui ressemblent à des hurlements, sans se mettre en peine du roi et de sa femme que nous pleurons. C'est sans doute quelque fripon adroit, un vagabond, un assassin.

Il peut être assez étrange qu'on prenne Hercule pour un fripon adroit ; il ne l'est pas moins qu'Hercule, ami d'Admète, soit inconnu dans la maison. Il l'est encore plus qu'Hercule ignore la mort d'Alceste, dans le temps même qu'on la porte au tombeau.

Il ne faut pas disputer des goûts ; mais il est sûr que de telles scènes ne seraient pas souffertes chez nous à la Foire.

Brumoy, qui nous a donné le *Théâtre des Grecs*, et qui m'a pas traduit Euripide avec une fidélité scrupuleuse, fait ce qu'il peut pour justifier la scène d'Admète et de son père ; on ne devinerait pas le tour qu'il prend.

Il dit d'abord que « les Grecs n'ont pas trouvé à redire à ces mêmes choses qui sont à notre égard des indécences, des horreurs ; qu'ainsi il faut convenir qu'elles ne sont pas tout à fait telles que nous les imaginons ; en un mot, que les idées ont changé. »

On peut répondre que les idées des nations policées n'ont jamais changé sur le respect que les enfants doivent à leurs pères.

« Qui peut douter, ajoute-t-il, que les idées n'aient changé en différents siècles sur des points de morale plus importants ? »

On répond qu'il n'y en a guère de plus importants.

« Un Français, continua-t-il, est insulté ; le prétendu bon sens français veut qu'il coure les risques du duel, et qu'il tue ou meure pour recouvrer son honneur. »

On répond que ce n'est pas le seul prétendu bon sens français, mais celui de toutes les nations de l'Europe sans exception.

« On ne sent pas assez combien cette maxime paraîtra ridicule dans deux mille ans, et de quel air on l'aurait sifflée du temps d'Euripide. »

Cette maxime est cruelle et fatale, mais non pas ridicule ; et on ne l'eût sifflée d'aucun air du temps d'Euripide. Il y avait beaucoup d'exemples de duels chez les Grecs et chez les Asiatiques. On voit, dès le commencement du premier livre de l'*Iliade*, Achille tirant à moitié son épée, et il était prêt à se battre contre Agamemnon, si Minerve n'était venue le prendre par les cheveux, et lui faire remettre son épée dans le fourreau.

Plutarque rapporte qu'Ephestion et Cratère se battirent en duel, et qu'Alexandre les sépara. Quinte-Curce raconte que deux autres officiers d'Alexandre se battirent en duel en présence d'Alexandre; l'un armé de toutes pièces, l'autre qui était un athlète armé seulement d'un bâton, et que celui-ci vainquit son adversaire.

Et puis, quel rapport y a-t-il, je vous prie, entre un duel et les reproches que se font Admète et son père Phérès tour à tour d'aimer trop la vie, et d'être des lâches?

Je ne donnerai que cet exemple de l'aveuglement des traducteurs et des commentateurs; puisque Brumoy, le plus impartial de tous, s'est égaré à ce point, que ne doit-on pas attendre des autres? Mais si les Brumoy et les Dacier étaient là, je leur demanderais volontiers s'ils trouvent beaucoup de sel dans le discours que Polyphème tient dans Euripide: « Je ne crains point le foudre de Jupiter. Je ne sais si ce Jupiter est un dieu plus fier et plus fort que moi. Je me soucie très-peu de lui. S'il fait tomber de la pluie, je me renferme dans ma caverne; j'y mange un veau rôti, ou quelque bête sauvage; après quoi je m'étends tout de mon long; j'avale un grand pot de lait; je défais mon sayon, et je fais entendre un certain bruit qui vaut bien celui du tonnerre. »

Il faut que les scoliastes n'aient pas le nez bien fin, s'ils ne sont pas dégoûtés de ce bruit que fait Polyphème quand il a bien mangé.

Ils disent que le parterre d'Athènes riait de cette plaisanterie; et que « jamais les Athéniens n'ont ri d'une sottise. » Quoi! toute la populace d'Athènes avait plus d'esprit que la cour de Louis XIV? Et la populace n'est pas la même partout?

Ce n'est pas qu'Euripide n'ait des beautés, et Sophocle encore davantage; mais ils ont de bien plus grands défauts. On ose dire que les belles scènes de Corneille et les touchantes tragédies de Racine l'emportent autant sur les tragédies de Sophocle et d'Euripide que ces deux Grecs l'emportent sur Thespis. Racine sentait bien son extrême supériorité sur Euripide; mais il louait ce poète grec pour humilier Perrault.

Molière, dans ses bonnes pièces, est aussi supérieur au pur mais froid Térence, et au farceur Aristophane, qu'au baladin Dancourt.

Il y a donc des genres dans lesquels les modernes sont de beaucoup supérieurs aux anciens, et d'autres en très-petit nombre dans lesquels nous leur sommes inférieurs. C'est à quoi se réduit toute la dispute.

De quelques comparaisons entre des ouvrages célèbres. — La raison et le goût veulent, ce me semble, qu'on distingue dans un ancien, comme dans un moderne, le bon et le mauvais, qui sont très-souvent à côté l'un de l'autre.

1. Quinte-Curce, liv. IX.

On doit sentir avec transport ce vers de Corneille, ce vers tel qu'on n'en trouve pas un seul ni dans Homère, ni dans Sophocle, ni dans Euripide, qui en approche :

Que vouliez-vous qu'il fît contre trois? — Qu'il mourût.

Et l'on doit avec la même sagacité et la même justice réprouver les vers suivants.

En admirant le sublime tableau de la dernière scène de *Rodogune*, les contrastes frappants des personnages et la force du coloris, l'homme de goût verra par combien de fautes cette situation terrible est amenée, quelles invraisemblances l'ont préparée, à quel point il a fallu que Rodogune ait démenti son caractère, et par quels chemins raboteux il a fallu passer pour arriver à cette grande et tragique catastrophe.

Ce même juge équitable ne se lassera point de rendre justice à l'artificieuse et fine contexture des tragédies de Racine, les seules peut-être qui aient été bien ourdies d'un bout à l'autre depuis Eschyle jusqu'au grand siècle de Louis XIV. Il sera touché de cette élégance continue, de cette pureté de langage, de cette vérité dans les caractères qui ne se trouve que chez lui; de cette grandeur sans enflure qui seule est grandeur; de ce naturel qui ne s'égare jamais dans de vaines déclamations, dans des disputes de sophiste, dans des pensées aussi fausses que recherchées, souvent exprimées en solécismes; dans des plaidoyers de rhétorique plus faits pour les écoles de province que pour la tragédie.

Le même homme verra dans Racine de la faiblesse et de l'uniformité dans quelques caractères; de la galanterie, et quelquefois de la coquetterie même; des déclarations d'amour qui tiennent de l'idylle et de l'élégie plutôt que d'une grande passion théâtrale. Il se plaindra de ne trouver, dans plus d'un morceau très-bien écrit, qu'une élégance qui lui plaît, et non pas un torrent d'éloquence qui l'entraîne; il sera fâché de n'éprouver qu'une faible émotion, et de se contenter d'approuver, quand il voudrait que son esprit fût étonné et son cœur déchiré.

C'est ainsi qu'il jugera les anciens, non pas sur leurs noms, non pas sur le temps où ils vivaient, mais sur leurs ouvrages mêmes; ce n'est pas trois mille ans qui doivent plaire, c'est la chose même. Si une darique a été mal frappée, que m'importe qu'elle représente le fils d'Hystaspe? La monnaie de Varin est plus récente, mais elle est infiniment plus belle.

Si le peintre Timante venait aujourd'hui présenter à côté des tableaux du Palais-Royal son tableau du sacrifice d'Iphigénie, peint de quatre couleurs; s'il nous disait : « Des gens d'esprit m'ont assuré en Grèce que c'est un artifice admirable d'avoir voilé le visage d'Agamemnon, dans la crainte que sa douleur n'égalât pas celle de Clytemnestre, et que les larmes du père ne déshonorassent la majesté du monarque; »

1. Horace, III, 6. (Ep.)

Il se trouverait des connaisseurs qui lui répondraient : « C'est un trait d'esprit, et non pas un trait de peintre; un voile sur la tête de votre principal personnage fait un effet affreux dans un tableau : vous avez manqué votre art. Voyez le chef-d'œuvre de Rubens, qui a su exprimer sur le visage de Marie de Médicis la douleur de l'enfantement, l'abattement, la joie, le sourire, et la tendresse, non avec quatre couleurs, mais avec toutes les teintes de la nature. Si vous vouliez qu'Agamemnon cachât un peu son visage, il fallait qu'il en cachât une partie avec ses mains posées sur son front et sur ses yeux, et non pas avec un voile que les hommes n'ont jamais porté, et qui est aussi désagréable à la vue, aussi peu pittoresque qu'il est opposé au costume; vous deviez alors laisser voir des pleurs qui coulent, et que le héros veut cacher; vous deviez exprimer dans ses muscles les convulsions d'une douleur qu'il veut surmonter; vous deviez peindre dans cette attitude la majesté et le désespoir. Vous êtes Grec, et Rubens est Belge; mais le Belge l'emporte. »

D'un passage d'Homère. — Un Florentin, homme de lettres, d'un esprit juste et d'un goût cultivé, se trouva un jour dans la bibliothèque de milord Chesterfield, avec un professeur d'Oxford et un Écossais qui vantait le poème de Fingal, composé, disait-il, dans la langue du pays de Galles, laquelle est encore en partie celle des Bas-Bretons. « Que l'antiquité est belle! s'écriait-il; le poème de Fingal a passé de bouche en bouche jusqu'à nous depuis près de deux mille ans, sans avoir été jamais altéré; tant les beautés véritables ont de force sur l'esprit des hommes! » Alors il lut à l'assemblée ce commencement de Fingal.

« Cuchulin était assis près de la muraille de Tura, sous l'arbre de la feuille agitée; sa pique reposait contre un rocher couvert de mousse; son bouclier était à ses pieds sur l'herbe. Il occupait sa mémoire du souvenir du grand Carbar, héros tué par lui à la guerre. Moran, né de Fithil, Moran, sentinelle de l'Océan, se présenta devant lui.

« Lève-toi, lui dit-il, lève-toi, Cuchulin, je vois les vaisseaux de « Suaran, les ennemis sont nombreux, plus d'un héros s'avance sur les « vagues noires de la mer. »

« Cuchulin aux yeux bleus lui répliqua : « Moran, fils de Fithil, tu « trembles toujours; tes craintes multiplient le nombre des ennemis. « Peut-être est-ce le roi des montagnes désertes qui vient à mon secours « dans les plaines d'Ullin. — Non, dit Moran, c'est Suaran lui-même; il « est aussi haut qu'un rocher de glace. J'ai vu sa lance, elle est « comme un haut sapin ébranché par les vents; son bouclier est comme « la lune qui se lève; il était assis au rivage sur un rocher, il ressemblait à un nuage qui couvre une montagne, etc. »

« Ah! voilà le véritable style d'Homère, dit alors le professeur d'Oxford; mais ce qui m'en plaît davantage, c'est que j'y vois la sublime éloquence hébraïque. Je crois lire les passages de ces beaux cantiques :

« Tu gouverneras toutes les nations que tu nous soumettras, avec « une verge de fer; tu les briseras comme le potier fait un vase. [1]

_____
1. Psaume II, 9.

« Tu briseras les dents des pécheurs.
« La terre a tremblé, les fondements des montagnes se sont ébran-
« lés, parce que le Seigneur s'est fâché contre les montagnes, et il a
« lancé la grêle et des charbons.
« Il a logé dans le soleil, et il en est sorti comme un mari sort de
« son lit, etc.
« Dieu brisera leurs dents dans leur bouche, il mettra en poudre
« leurs dents mâchelières; ils deviendront à rien comme de l'eau, car
« il a tendu son arc pour les abattre; ils seront engloutis tout vivants
« dans sa colère, avant d'attendre que les épines soient aussi hautes
« qu'un prunier.
« Les nations viendront vers le soir, affamées comme des chiens;
« et toi, Seigneur, tu te moqueras d'elles, et tu les réduiras à rien.
« La montagne de Seigneur est une montagne coagulée; pourquoi
« regardez-vous les monts coagulés? Le Seigneur a dit : Je jetterai Ba-
« san, je le jetterai dans la mer, afin que ton pied soit teint de sang,
« et que la langue de tes chiens lèche leur sang.
« Ouvre la bouche bien grande, et je la remplirai.
« Rends les nations comme une roue qui tourne toujours, comme
« la paille devant la face du vent, comme un feu qui brûle une forêt,
« comme une flamme qui brûle des montagnes; tu les poursuis dans ta
« tempête, et ta colère les troublera.
« Il jugera dans les nations, il les remplira de ruines; il cassera les
« têtes dans la terre de plusieurs.
« Bienheureux celui qui prendra tes petits enfants, et qui les écra-
« sera contre la pierre, etc., etc. »

Le Florentin ayant écouté avec une grande attention les versets des
cantiques récités par le docteur, et les premiers vers de Fingal beu-
glés par l'Ecossais, avoua qu'il n'était pas fort touché de toutes ces
figures asiatiques, et qu'il aimait beaucoup mieux le style simple et
noble de Virgile.

L'Ecossais pâlit de colère à ce discours; le docteur d'Oxford leva les
épaules de pitié; mais milord Chesterfield encouragea le Florentin par
un sourire d'approbation.

Le Florentin échauffé, et se tenant appuyé, leur dit : Messieurs,
rien n'est plus aisé que d'outrer la nature, rien n'est plus difficile que
de l'imiter. Je suis un peu de ceux qu'on appelle en Italie improvisa-
tori, et je vous parlerais huit jours de suite en vers dans ce style
oriental, sans me donner la moindre peine, parce qu'il n'en faut aucune pour être ampoulé en vers négligés, chargés d'épithètes, qui
sont presque toujours les mêmes, pour entasser combats sur combats,
et pour peindre des chimères.

— Qui? vous! lui dit le professeur, vous feriez un poème épique sur-
le-champ? — Non pas un poème épique raisonnable et en vers corrects

1. Psaume III, 8. — 2. Psaume XVII, 7 et 12. — 3. Psaume XVIII, 6.
4. Psaume LVII, 7-10. — 5. Psaume LVIII, 15 et 9.
6. Psaume LXVII, 16, 17, 23, 24. — 7. Psaume LXX, 11.
8. Psaume LXXVII, 11-16. — 9. Psaume CII, 4. — 10. Psaume CXXXVI, 9.

comme Virgile, répliqua l'Italien; mais un poëme dans lequel je m'abandonnerais à toutes mes idées, sans me piquer d'y mettre de la régularité.

— Je vous en défie, dirent l'Écossais et l'Oxfordien. — Eh bien! donnez-moi un sujet, répliqua le Florentin. Milord Chesterfield lui donna le sujet du *Prince noir*, vainqueur à la journée de Poitiers, et donnant la paix après la victoire.

L'improvisateur se recueillit, et commença ainsi :

« Muse d'Albion, Génie qui présidez aux héros, chantez avec moi, non la colère oisive d'un homme implacable envers ses amis et ses ennemis; non des héros que les dieux favorisent tour à tour sans avoir aucune raison de les favoriser; non le siége d'une ville qui n'est point prise; non les exploits extravagants du fabuleux Fingal, mais les victoires véritables d'un héros aussi modeste que brave, qui mit des rois dans ses fers, et qui respecta ses ennemis vaincus.

« Déjà George, le Mars de l'Angleterre, était descendu du haut de l'empyrée, monté sur le coursier immortel devant qui les plus fiers chevaux du Limousin fuient, comme les brebis bêlantes et les tendres agneaux se précipitent en foule les uns sur les autres pour se cacher dans la bergerie, à la vue d'un loup terrible, qui sort du fond des forêts, les yeux étincelants, le poil hérissé, la gueule écumante, menaçant les troupeaux et le berger de la fureur de ses dents avides de carnage.

« Martin, le célèbre protecteur des habitants de la fertile Touraine; Geneviève, douce divinité des peuples qui boivent les eaux de la Seine et de la Marne; Denis, qui porta sa tête entre ses bras à l'aspect des hommes et des immortels, tremblaient en voyant le superbe George traverser le vaste sein des airs. Sa tête était couverte d'un casque d'or orné des diamants qui pavaient autrefois les places publiques de la Jérusalem céleste, quand elle apparut aux mortels pendant quarante révolutions journalières de l'astre de la lumière et de sa sœur inconstante qui prête une douce clarté aux sombres nuits.

« Sa main porte la lance épouvantable et sacrée dont le demi-dieu Michaël, exécuteur des vengeances du Très-Haut, terrassa dans les premiers jours du monde l'éternel ennemi du monde et du Créateur. Les plus belles plumes des anges qui assistent autour du trône, détachées de leurs dos immortels, flottaient sur son casque, autour duquel volent la terreur, la guerre homicide, la vengeance impitoyable, et la mort qui termine toutes les calamités des malheureux mortels. Il ressemblait à une comète qui dans sa course rapide franchit les orbites des astres étonnés, laissant loin derrière elle des traits d'une lumière pâle et terrible, qui annoncent aux faibles humains la chute des rois et des nations.

« Il s'arrête sur les rives de la Charente, et le bruit de ses armes immortelles retentit jusqu'à la sphère de Jupiter et de Saturne. Il fit deux pas, et il arriva aux lieux où le fils du magnanime Édouard attendait le fils de l'intrépide Philippe de Valois. »

Le Florentin continua sur ce ton pendant plus d'un quart d'heure.

Les paroles sortaient de sa bouche, comme dit Homère[1], plus ser-
rées et plus abondantes que les neiges qui tombent pendant l'hiver;
cependant ses paroles n'étaient pas froides; elles ressemblaient plutôt aux rapides étincelles qui s'échappent d'une forge enflammée,
quand les cyclopes frappent les foudres de Jupiter sur l'enclume reten-
tissante.

Ses deux antagonistes furent enfin obligés de le faire taire, en lui
avouant qu'il était plus aisé qu'ils ne l'avaient cru, de prodiguer les
images gigantesques, et d'appeler le ciel, la terre et les enfers à son
secours; mais ils soutinrent que c'était le comble de l'art, de mêler le
tendre et le touchant au sublime.

« Y a-t-il rien, par exemple, dit l'Oxfordien, de plus moral, et en
même temps de plus voluptueux, que de voir Jupiter qui couche avec
sa femme sur le mont Ida ? »

Milord Chesterfield prit alors la parole : « Messieurs, dit-il, je vous
demande pardon de me mêler de la querelle; peut-être chez les Grecs
c'était une chose très-intéressante qu'un dieu qui couche avec son
épouse sur une montagne; mais je ne vois pas ce qu'on peut trouver
là de bien fin et de bien attachant. Je conviendrai avec vous que le
fichu qu'il a plu aux commentateurs et aux imitateurs d'appeler la
ceinture de Vénus, est une image charmante; mais je n'ai jamais compris que ce fût un soporatif, ni comment Junon imaginerait de recevoir
les caresses du maître des dieux pour le faire dormir. Voilà un plaisant dieu de s'endormir pour si peu de chose ! Je vous jure que quand
j'étais jeune, je ne m'assoupissais pas si aisément. J'ignore s'il est noble, agréable, intéressant, spirituel et décent, de faire dire par Junon
à Jupiter : « Si vous voulez absolument me caresser, allons-nous-en au
« ciel dans votre appartement, qui est l'ouvrage de Vulcain, et dont la
« porte ferme si bien qu'aucun des dieux n'y peut entrer. »

« Je n'entends pas non plus comment le Sommeil, que Junon prie
d'endormir Jupiter, peut être un dieu si éveillé. Il arrive en un moment des îles de Lemnos et d'Imbros au mont Ida : il est beau de partir
de deux îles à la fois : de là il monte sur un sapin, il court aussitôt
aux vaisseaux des Grecs; il cherche Neptune; il le trouve, il le con-
jure de donner la victoire ce jour-là à l'armée des Grecs, et il retourne à Lemnos d'un vol rapide. Je n'ai rien vu de si frétillant que ce
Sommeil.

« Enfin, s'il faut absolument coucher avec quelqu'un dans un poëme
épique, j'avoue que j'aime cent fois mieux les rendez-vous d'Alcine
avec Roger, et d'Armide avec Renaud.

« Venez, mon cher Florentin, me lire ces deux chants admirables de
l'Arioste et du Tasse. »

Le Florentin ne se fit pas prier. Milord Chesterfield fut enchanté.
L'Écossais pendant ce temps-là relisait Fingal; le professeur d'Oxford
relisait Homère; et tout le monde était content.

On conclut enfin qu'heureux est celui qui, dégagé de tous les pré-

_____

[1] Iliade, liv. III, vers 121, 122. (Éd.)

jugés, est sensible au mérite des anciens et des modernes, apprécie leurs beautés, connaît leurs fautes, et les pardonne.

ANE. — Ajoutons quelque chose à l'article ANE de l'*Encyclopédie*, concernant l'âne de Lucien, qui devint d'or entre les mains d'Apulée. Le plus plaisant de l'aventure est pourtant dans Lucien; et ce plaisant est qu'une dame devint amoureuse de ce monsieur lorsqu'il était âne, et n'en voulut plus lorsqu'il fut qu'homme. Ces métamorphoses étaient fort communes dans toute l'antiquité. L'âne de Silène avait parlé, et les savants ont cru qu'il s'était expliqué en arabe; c'était probablement un homme changé en âne par le pouvoir de Bacchus; car on sait que Bacchus était Arabe.

Virgile parle de la métamorphose de Mœris en loup, comme d'une chose très-ordinaire.

Moris lupum fieri, et se condere silvis
Sæpe.. (Ecl. VIII, v. 97-98.)

Mœris devenu loup se cacha dans les bois.

Cette doctrine des métamorphoses était-elle dérivée des vieilles fables d'Égypte, qui débitèrent que les dieux s'étaient changés en animaux dans la guerre contre les géants?

Les Grecs, grands imitateurs et grands enchérisseurs sur les fables orientales, métamorphosèrent presque tous les dieux en hommes ou en bêtes, pour les faire mieux réussir dans leurs desseins amoureux. Si les dieux se changeaient en taureaux, en chevaux, en cygnes, en colombes, pourquoi n'aurait-on pas trouvé le secret de faire la même opération sur les hommes?

Plusieurs commentateurs, en oubliant le respect qu'ils devaient aux saintes Écritures, ont cité l'exemple de Nabuchodonosor changé en bœuf, mais c'était un miracle, une vengeance divine, une chose entièrement hors de la sphère de la nature, qu'on ne devait pas examiner avec des yeux profanes, et qui ne peut être l'objet de nos recherches.

D'autres savants, non moins indiscrets peut-être, se sont prévalus de ce qui est rapporté dans l'*Évangile de l'enfance*. Une jeune fille en Égypte, étant entrée dans la chambre de quelques femmes, y vit un mulet couvert d'une housse de soie, ayant à son cou un pendant d'ébène. Ces femmes lui donnaient des baisers, et lui présentaient à manger en répandant des larmes. Ce mulet était le propre frère de ces femmes. Des magiciennes lui avaient ôté la figure humaine, et le Maître de la nature la lui rendit bientôt.

Quoique cet évangile soit apocryphe, la vénération pour le seul nom qu'il porte nous empêche de détailler cette aventure. Elle doit servir seulement à faire voir combien les métamorphoses étaient à la mode dans presque toute la terre. Les chrétiens qui composèrent cet évangile étaient sans doute de bonne foi. Ils ne voulaient point composer un roman; ils rapportaient avec simplicité ce qu'ils avaient entendu dire. L'Église, qui rejeta dans la suite cet évangile avec quarante-neuf autres, n'accusa pas les auteurs d'impiété et de prévarication; ces auteurs obscurs parlaient à la populace selon les préjugés de leur temps. La Chine était peut-être le seul pays exempt de ces superstitions.

L'aventure des compagnons d'Ulysse changés en bêtes par Circé, était beaucoup plus ancienne que le dogme de la métempsycose annoncé en Grèce et en Italie par Pythagore.

Sur quoi se fondent les gens qui prétendent qu'il n'y a point d'erreur universelle qui ne soit l'abus de quelque vérité? Ils disent qu'on n'a vu des charlatans que parce qu'on a vu de vrais médecins, et qu'on n'a cru aux faux prodiges qu'à cause des véritables.

Mais avait-on des témoignages certains que des hommes étaient devenus loups, bœufs, ou chevaux, ou ânes? Cette erreur universelle n'avait donc pour principe que l'amour du merveilleux, et l'inclination naturelle pour la superstition.

Il suffit d'une opinion erronée pour remplir l'univers de fables. Un docteur indien voit que les bêtes ont du sentiment et de la mémoire; il conclut qu'elles ont une âme. Les hommes en ont une aussi. Que devient l'âme de l'homme après sa mort? que devient l'âme de la bête? Il faut bien qu'elles logent quelque part. Elles s'en vont dans le premier corps venu qui commence à se former. L'âme d'un brachmane loge dans le corps d'un éléphant, l'âme d'un âne se loge dans le corps d'un petit brachmane. Voilà le dogme de la métempsycose qui s'établit sur un simple raisonnement.

Mais il y a loin de là au dogme de la métamorphose. Ce n'est plus une âme sans logis qui cherche un gîte; c'est un corps qui est changé en un autre corps, son âme demeurant toujours la même. Or, certainement nous n'avons dans la nature aucun exemple d'un pareil tour de gobelets.

Cherchons donc quelle peut être l'origine d'une opinion si extravagante et si générale. Sera-t-il arrivé qu'un père ayant dit à son fils plongé dans de sales débauches et dans l'ignorance: « Tu es un cochon, un cheval, un âne; » ensuite l'ayant mis en pénitence avec un bonnet d'âne sur la tête, une servante du voisinage aura dit que ce jeune homme a été changé en âne en punition de ses fautes? Ses voisines l'auront redit à d'autres voisines, et de bouche en bouche ces histoires, accompagnées de mille circonstances, auront fait le tour du monde. Une équivoque aura trompé toute la terre.

Avouons donc encore ici, avec Boileau, que l'équivoque a été la mère de la plupart de nos sottises.

Joignez à cela le pouvoir de la magie, reconnu incontestable chez toutes les nations; et vous ne serez plus étonné de rien[1].

Encore un mot sur les ânes. On dit qu'ils sont guerriers en Mésopotamie, et que Mervan, le vingt et unième calife, fut surnommé l'âne pour sa valeur.

Le patriarche Photius rapporte, dans l'extrait de la vie d'Isidore,

1. Voy. les Remarques sur les pensées de Pascal. (Dans les Mélanges, année 1728.)
2. Voy. l'article MAGIE.

qu'Ammonius avait un âne qui se connaissait très-bien en poésie, et qui abandonnait son râtelier pour aller entendre des vers.

La fable de Midas vaut mieux que le conte de Photius.

De l'âne d'or de Machiavel. — On connaît peu l'âne de Machiavel. Les dictionnaires qui en parlent disent que c'est un ouvrage de sa jeunesse; il paraît pourtant qu'il était dans l'âge mûr, puisqu'il parle des malheurs qu'il a essuyés autrefois et très-longtemps. L'ouvrage est une satire de ses contemporains. L'auteur voit beaucoup de Florentins, dont l'un est changé en chat, l'autre en dragon, celui-ci en chien qui aboie à la lune, cet autre en renard qui ne s'est pas laissé prendre. Chaque caractère est peint sous le nom d'un animal. Les factions des Médicis et de leurs ennemis y sont figurées sans doute; et qui aurait la clef de cette apocalypse comique, saurait l'histoire secrète du pape Léon X et des troubles de Florence. Ce poëme est plein de morale et de philosophie. Il finit par de très-bonnes réflexions d'un gros cochon, qui parle à peu près ainsi à l'homme :

Animaux à deux pieds, sans vêtements, sans armes,
Point d'ongle, un mauvais cuir, ni plume, ni toison,
Vous pleurez en naissant, et vous avez raison :
Vous prévoyez vos maux, ils méritent vos larmes.
Les perroquets et vous ont le don de parler.
La nature vous fit des mains industrieuses;
Mais vous fit-elle, hélas! des âmes vertueuses?
Et quel homme en ce point nous pourrait égaler?
L'homme est plus vil que nous, plus méchant, plus sauvage :
Poltrons ou furieux, dans le crime plongés,
Vous éprouvez toujours ou la crainte ou la rage.
Vous tremblez de mourir, et vous vous égorgez.
Jamais de porc à porc on ne vit d'injustices.
Notre bauge est pour nous le temple de la paix.
Ami, que le bon Dieu me préserve à jamais
De redevenir homme et d'avoir tous tes vices!

Ceci est l'original de la satire de l'homme que fit Boileau, et de la fable des compagnons d'Ulysse, écrite par La Fontaine. Mais il est très-vraisemblable que ni La Fontaine ni Boileau n'avaient entendu parler de l'âne de Machiavel.

De l'âne de Vérone. — Il faut être vrai, et ne point tromper son lecteur. Je ne sais pas bien positivement si l'âne de Vérone subsiste encore dans toute sa splendeur, parce que je ne l'ai pas vu : mais les voyageurs qui l'ont vu, il y a quarante ou cinquante ans, s'accordent à dire que ses reliques étaient renfermées dans le ventre d'un âne artificiel fait exprès; qu'il était sous la garde de quarante moines du couvent de Notre-Dame des Orgues à Vérone, et qu'on le portait en procession deux fois l'an. C'était une des plus anciennes reliques de la ville. La tradition disait que cet âne, ayant porté Notre-Seigneur dans

1. Voy. *Misson*, t. I, p. 101 et 102.

son entrée à Jérusalem, n'avait plus voulu vivre en cette ville; qu'il avait marché sur la mer aussi endurcie que sa corne; qu'il avait pris son chemin par Chypre, Rhodes, Candie, Malte et la Sicile; que de là il était venu séjourner à Aquilée; et qu'enfin il s'établit à Vérone, où il vécut très-longtemps.

Ce qui donna lieu à cette fable, c'est que la plupart des ânes ont une espèce de croix noire sur le dos. Il y eut apparemment quelque vieil âne aux environs de Vérone, chez qui la populace remarqua une plus belle croix qu'à ses confrères : une bonne femme ne manqua pas de dire que c'était celui qui avait servi de monture à l'entrée dans Jérusalem; on fit de magnifiques funérailles à l'âne. La fête de Vérone s'établit; elle passa de Vérone dans les autres pays; elle fut surtout célébrée en France; on chanta la prose de l'Âne à la messe.

> Orientis partibus
> Adventavit asinus
> Pulcher et fortissimus.

Une fille représentant la sainte Vierge allant en Égypte montait sur un âne, et, tenant un enfant entre ses bras, conduisait une longue procession. Le prêtre, à la fin de la messe, au lieu de dire : *Ite, missa est*, se mettait à braire trois fois de toute sa force; et le peuple répondait en chœur.

Nous avons des livres sur la fête de l'âne et sur celle des fous; ils peuvent servir à l'histoire universelle de l'esprit humain.

ANGE. — Section I. — *Anges des Indiens, des Perses*, etc. — L'auteur de l'article ANGE, dans l'*Encyclopédie*, dit que « toutes les religions ont admis l'existence des anges, quoique la raison naturelle ne la démontre pas. »

Nous n'avons point d'autre raison que la naturelle. Ce qui est surnaturel est au-dessus de la raison. Il fallait dire (si je ne me trompe) que plusieurs religions, et non pas *toutes*, ont reconnu des anges. Celle de Numa, celle du sabisme, celle des druides, celle de la Chine, celle des Scythes, celle des anciens Phéniciens et des anciens Égyptiens, n'admirent point les anges.

Nous entendons par ce mot, des ministres de Dieu, des députés, des êtres mitoyens entre Dieu et les hommes, envoyés pour nous signifier ses ordres.

Aujourd'hui, en 1772, il y a juste quatre mille huit cent soixante et dix-huit ans que les brachmanes se vantent d'avoir par écrit leur première loi sacrée, intitulée le *Shasta*, quinze cents ans avant leur seconde loi, nommée *Veidam*, qui signifie *la parole de Dieu*. Le *Shasta* contient cinq chapitres : le premier, *de Dieu et de ses attributs*; le second, *de la création des anges*; le troisième, *de la chute des anges*; le quatrième, *de leur punition*; le cinquième, *de leur pardon, et de la création de l'homme*.

1. Voy. Ducange et l'*Essai sur les mœurs et l'esprit des nations*, chap. XLV et LXXXII, et ci-après l'article KALENDES.

Il est utile de remarquer d'abord la manière dont ce livre parle de Dieu.

Premier chapitre du Shasta. — « Dieu est un; il a créé tout; c'est une sphère parfaite sans commencement ni fin. Dieu conduit toute la création par une providence générale résultant d'un principe déterminé. Tu ne rechercheras point à découvrir l'essence et la nature de l'Éternel, ni par quelles lois il gouverne; une telle entreprise est vaine et criminelle; c'est assez que jour et nuit tu contemples dans ses ouvrages sa sagesse, son pouvoir et sa bonté. »

Après avoir payé à ce début du *Shasta* le tribut d'admiration que nous lui devons, voyons la création des anges.

Second chapitre du Shasta. — « L'Éternel, absorbé dans la contemplation de sa propre existence, résolut, dans la plénitude des temps, de communiquer sa gloire et son essence à des êtres capables de sentir et de partager sa béatitude, comme de servir à sa gloire. L'Éternel voulut, et ils furent. Il les forma en partie de son essence, capables de perfection et d'imperfection, selon leur volonté.

« L'Éternel créa d'abord Birma, Vitsnou et Sib; ensuite Mozazor et toute la multitude des anges. L'Éternel donna la prééminence à Birma, à Vitsnou et à Sib. Birma fut le prince de l'armée angélique; Vitsnou et Sib furent ses coadjuteurs. L'Éternel divisa l'armée angélique en plusieurs bandes, et leur donna à chacune un chef. Ils adorèrent l'Éternel, rangés autour de son trône, chacun dans le degré assigné. L'harmonie fut dans les cieux. Mozazor, chef de la première bande, entonna le cantique de louange et d'adoration au Créateur, et la chanson d'obéissance à Birma, sa première créature; et l'Éternel se réjouit dans sa nouvelle création. »

Chap. III. De la chute d'une partie des anges. — « Depuis la création de l'armée céleste, la joie et l'harmonie environnèrent le trône de l'Éternel dans l'espace de mille ans, multipliés par mille ans, et auraient duré jusqu'à ce que le temps ne fût plus, si l'envie n'avait pas saisi Mozazor et d'autres princes des bandes angéliques. Parmi eux était Raabon, le premier en dignité après Mozazor. Immémorants du bonheur de leur création et de leur devoir, ils rejetèrent le pouvoir de perfection, et exercèrent le pouvoir d'imperfection. Ils firent le mal à l'aspect de l'Éternel; ils lui désobéirent, et refusèrent de se soumettre au lieutenant de Dieu, et à ses associés Vitsnou et Sib; et ils dirent: « Nous voulons gouverner; » et, sans craindre la puissance et la colère de leur créateur, ils répandirent leurs principes séditieux dans l'armée céleste. Ils séduisirent les anges, et entraînèrent une grande multitude dans la rébellion; et elle s'éloigna du trône de l'Éternel; et la tristesse saisit les esprits angéliques fidèles, et la douleur fut connue pour la première fois dans le ciel. »

Chap. IV. Châtiment des anges coupables. — « L'Éternel, dont la toute-science, la prescience et l'influence s'étend sur toutes choses, excepté sur l'action des êtres qu'il a créés libres, vit avec douleur et colère la défection de Moïazot de Raabon, et des autres chefs des anges.

« Miséricordieux dans son courroux, il envoya Birma, Vitsnou et Sib pour leur reprocher leur crime et pour les porter à rentrer dans leur devoir; mais, confirmés dans leur esprit d'indépendance, ils persistèrent dans la révolte. L'Éternel alors commanda à Sib de marcher contre eux, armé de la toute-puissance, et de les précipiter du lieu éminent dans le lieu de ténèbres, dans l'Ondéra, pour y être puni pendant mille ans, multiplié par mille ans. »

Précis du cinquième chapitre. — Au bout de mille ans, Birma, Vitsnou et Sib sollicitèrent la clémence de l'Éternel en faveur des délinquants. L'Éternel daigna les délivrer de la prison de l'Ondéra, et les mettre dans un état de probation pendant un grand nombre de révolutions du soleil. Il y eut encore des rébellions contre Dieu dans ce temps de pénitence.

Ce fut dans une de ces périodes que Dieu créa la terre; les anges pénitents y subirent plusieurs métempsycoses; une des dernières fut leur changement en vaches. C'est de là que les vaches devinrent sacrées dans l'Inde. Et enfin ils furent métamorphosés en hommes. De sorte que le système des Indiens sur les anges est précisément celui du jésuite Bougeant, qui prétend que les corps des bêtes sont habités par des anges pécheurs. Ce que les brachmanes avaient inventé sérieusement, Bougeant l'imagina plus de quatre mille ans après par plaisanterie; si pourtant ce badinage n'était pas en lui un reste de superstition mêlé avec l'esprit systématique, ce qui est arrivé assez souvent.

Telle est l'histoire des anges chez les anciens brachmanes, qu'ils enseignent encore depuis environ cinquante siècles. Nos marchands qui ont trafiqué dans l'Inde n'en ont jamais été instruits; nos missionnaires ne l'ont pas été davantage; et les brames, qui n'ont jamais été édifiés, ni de leur science, ni de leurs mœurs, ne leur ont point communiqué leurs secrets. Il a fallu qu'un Anglais, nommé M. Holwell, ait habité trente ans à Bénarès sur le Gange, ancienne école des brachmanes; qu'il ait appris l'ancienne langue sacrée du *Hanscrit*, et qu'il ait lu les anciens livres de la religion indienne, pour enrichir enfin notre Europe de ces connaissances singulières : comme M. Sale avait demeuré longtemps en Arabie pour nous donner une traduction fidèle de l'Alcoran, et des lumières sur l'ancien sabisme, auquel a succédé la religion musulmane : de même encore que M. Hyde a recherché pendant vingt années, en Perse, tout ce qui concerne la religion des mages.

Des anges des Perses. — Les Perses avaient trente et un anges. Le premier de tous, et qui est servi par quatre autres anges, s'appelle Bahaman; il a l'inspection de tous les animaux, excepté de l'homme, sur qui Dieu s'est réservé une juridiction immédiate.

Dieu préside au jour où le soleil entre dans le bélier, et ce jour est un jour de sabbat; ce qui prouve que la fête du sabbat était observée chez les Perses dans les temps les plus anciens.

Le second ange préside au huitième jour, et s'appelle Debadut.

Le troisième est Kur, dont on a fait depuis probablement Cyrus; et c'est l'ange du soleil.

Le quatrième s'appelle Ma, et il préside à la lune.

Ainsi chaque ange a son district. C'est chez les Perses que la doctrine de l'ange gardien et du mauvais ange fut d'abord reconnue. On croit que Raphaël était l'ange gardien de l'empire persan.

Des anges chez les Hébreux. — Les Hébreux ne connurent jamais la chute des anges jusqu'aux premiers temps de l'ère chrétienne. Il faut qu'alors cette doctrine secrète des anciens brachmanes fût parvenue jusqu'à eux; car ce fut dans ce temps qu'on fabriqua le livre attribué à Énoch, touchant les anges pécheurs chassés du ciel.

Énoch devait être un auteur fort ancien, puisqu'il vivait, selon les Juifs, dans la septième génération avant le déluge: mais puisque Seth, plus ancien encore que lui, avait laissé des livres aux Hébreux, ils pouvaient se vanter d'en avoir aussi d'Énoch. Voici donc ce qu'Énoch écrivit selon eux:

« Le nombre des hommes s'étant prodigieusement accru, ils eurent de très-belles filles; les anges, les *Égregori*, en devinrent amoureux, et furent entraînés dans beaucoup d'erreurs. Ils s'animèrent entre eux. Ils se dirent: « Choisissons-nous des femmes parmi les « filles des hommes de la terre. » Semiaxas leur prince dit: « Je crains « que vous n'osiez pas accomplir un tel dessein, et que je ne demeure « seul chargé du crime. » Tous répondirent: « Faisons serment d'exécuter « notre dessein, et dévouons-nous à l'anathème si nous y manquons. » Ils s'unirent donc par serment et firent des imprécations. Ils étaient au nombre de deux cents. Ils partirent ensemble, du temps de Jared, et allèrent sur la montagne appelée Hermonim à cause de leur serment. Voici le nom des principaux: Semiaxas, Atarcuph, Araciel, Chobabiel, Sampsich, Zaciel, Pharmar, Thausael, Samiel, Tyriel, Jumiel.

« Eux et les autres prirent des femmes l'an onze cent soixante et dix de la création du monde. De ce commerce naquirent trois genres d'hommes, les géants, *Naphelim*, etc. »

L'auteur de ce fragment écrit de ce style qui semble appartenir aux premiers temps; c'est la même naïveté. Il ne manque pas de nommer les personnages; il n'oublie pas les dates; point de réflexions, point de maximes: c'est l'ancienne manière orientale.

On voit que cette histoire est fondée sur le sixième chapitre de la *Genèse*[1]: « Or, en ce temps il y avait des géants sur la terre; car les enfants de Dieu ayant eu commerce avec les filles des hommes, elles enfantèrent les puissances du siècle. »

Le livre d'Énoch et la *Genèse* sont entièrement d'accord sur l'accouplement des anges avec les filles des hommes, et sur la race des géants qui en naquit; mais ni cet Énoch ni aucun livre de l'ancien Testament ne parle de la guerre des anges contre Dieu, ni de leur défaite, ni de leur chute dans l'enfer, ni de leur haine contre le genre humain.

1. Verset 4.

Presque tous les commentateurs de l'ancien Testament disent unanimement qu'avant la captivité de Babylone les Juifs ne surent le nom d'aucun ange. Celui qui apparut à Manué, père de Samson, ne voulut point dire le sien.

Lorsque les trois anges apparurent à Abraham, et qu'il fit cuire un veau entier pour les régaler, ils ne lui apprirent point leurs noms. L'un d'eux lui dit : « Je viendrai vous voir, si Dieu me donne vie, l'année prochaine, et Sara votre femme aura un fils[1]. »

Dom Calmet trouve un très-grand rapport entre cette histoire et la fable qu'Ovide raconte dans ses *Fastes*, de Jupiter, de Neptune et de Mercure, qui, ayant soupé chez le vieillard Hyrieus, et le voyant affligé de ne pouvoir faire des enfants, pissèrent sur le cuir du veau qu'Hyrieus leur avait servi, et ordonnèrent à Hyrieus d'enfouir sous terre et d'y laisser pendant neuf mois ce cuir arrosé de l'urine céleste. Au bout de neuf mois, Hyrieus découvrit son cuir; il y trouva un enfant qu'on appela Orion, et qui est actuellement dans le ciel. Calmet dit même que les termes dont se servirent les anges avec Abraham, peuvent se traduire ainsi : « Il naîtra un fils de votre veau. »

Quoi qu'il en soit, les anges ne dirent point leur nom à Abraham; ils ne le dirent pas même à Moïse; et nous ne voyons le nom de Raphaël que dans Tobie, du temps de la captivité. Tous les autres noms d'anges sont pris évidemment des Chaldéens et des Perses. Raphaël, Gabriel, Uriel, etc., sont persans et babyloniens. Il n'y a pas jusqu'au nom d'Israël qui ne soit chaldéen. Le savant juif Philon le dit expressément dans le récit de sa députation vers Caligula (avant-propos).

Nous ne répéterons point ici ce qu'on a dit ailleurs des anges.

Savoir si les Grecs et les Romains admirent les anges. — Ils avaient assez de dieux et de demi-dieux pour se passer d'autres êtres subalternes. Mercure faisait les commissions de Jupiter, Iris celles de Junon; cependant ils admirent encore des génies, des démons. La doctrine des anges gardiens fut mise en vers par Hésiode, contemporain d'Homère. Voici comme il s'explique dans le poëme *des Travaux et des Jours* :

Dans les temps bienheureux de Saturne et de Rhée,
Le mal fut inconnu, la fatigue ignorée;
Les dieux prodiguaient tout : les humains satisfaits,
Ne se disputant rien, forcés de vivre en paix,
N'avaient point corrompu leurs mœurs inaltérables.
La mort, l'affreuse mort, si terrible aux coupables,
N'était qu'un doux passage, en ce séjour mortel,
Des plaisirs de la terre aux délices du ciel.
Les hommes de ces temps sont nos heureux génies,
Nos démons fortunés, les soutiens de nos vies;
Ils veillent près de nous; ils voudraient de nos cœurs
Ecarter, s'il se peut, le crime et les douleurs, etc.

1. *Genèse*, xviii, 10.

Plus on fouille dans l'antiquité, plus on voit combien les nations modernes ont puisé tour à tour dans ces mines aujourd'hui presque abandonnées. Les Grecs, qui ont si longtemps passé pour inventeurs, avaient imité l'Égypte, qui avait copié les Chaldéens, qui devaient presque tout aux Indiens. La doctrine des anges gardiens, qu'Hésiode avait si bien chantée, fut ensuite aphilosophée dans les écoles; c'est tout ce qu'elles purent faire. Chaque homme eut son bon et son mauvais génie, comme chacun eut son étoile.

Tu secanda turbâ tuâ, proprios perduxit ad astra, Sidera, tuque tuo pariter cum corpore natos Quodque suo dignum est animum genus attribuit.

Est genius, natale comes qui temperat astrum.

Hor., lib. II, ep. II, v. 187.

Socrate, comme on sait, avait un bon ange; mais il faut que ce soit le mauvais qui l'ait conduit. Ce ne peut être qu'un très-mauvais ange qui engage un philosophe à courir de maison en maison pour dire aux gens, par demande et par réponse, que le père et la mère, le précepteur et le petit garçon, sont des ignorants et des imbéciles. L'ange gardien a bien de la peine alors à garantir son protégé de la ciguë.

On ne connaît de Marcus Brutus que son mauvais ange, qui lui apparut avant la bataille de Philippes.

Section II. — La doctrine des anges est une des plus anciennes du monde; elle a précédé celle de l'immortalité de l'âme; cela n'est pas étrange. Il faut de la philosophie pour croire immortelle l'âme de l'homme mortel; il ne faut que de l'imagination et de la faiblesse pour inventer des êtres supérieurs à nous, qui nous protègent ou qui nous persécutent. Cependant il ne paraît pas que les anciens Égyptiens eussent aucune notion de ces êtres célestes, revêtus d'un corps éthéré, et ministres des ordres d'un Dieu. Les anciens Babyloniens furent les premiers qui admirent cette théologie. Les livres hébreux emploient les anges dès le premier livre de la *Genèse*; mais la *Genèse* ne fut écrite que lorsque les Chaldéens étaient une nation déjà puissante, et ce ne fut même que dans la captivité à Babylone, plus de mille ans après Moïse, que les Juifs apprirent les noms de Gabriel, de Raphaël, Michaël, Uriel, etc., qu'on donnait aux anges. C'est une chose très-singulière que les religions judaïque et chrétienne étant fondées sur la chute d'Adam, cette chute étant fondée sur la tentation du mauvais ange, du diable, cependant il ne soit pas dit un seul mot dans le *Pentateuque* de l'existence des mauvais anges, encore moins de leur punition et de leur demeure dans l'enfer.

La raison de cette omission est évidente: c'est que les mauvais anges ne leur furent connus que dans la captivité à Babylone; c'est alors qu'il commence à être question d'Asmodée, que Raphaël alla enchaîner dans la haute Égypte; c'est alors que les Juifs entendent parler de Satan. Ce mot *Satan* était chaldéen, et le livre de Job, habitant de Chaldée, est le premier qui en fasse mention.

Les anciens Perses disaient que Satan était un génie qui avait fait la guerre aux *Dives* et aux *Péris*, c'est-à-dire aux fées.

Ainsi, selon les règles ordinaires de la probabilité, il serait permis à ceux qui ne se serviraient que de leur raison, de penser que c'est dans cette théologie qu'on a enfin pris l'idée, chez les Juifs et les chrétiens, que les mauvais anges avaient été chassés du ciel, et que leur prince avait tenté Ève sous la figure d'un serpent.

On a prétendu qu'Isaïe (dans son chapitre xiv, ỳ. 12) avait cette allégorie en vue quand il dit: *Quomodo cecidisti de cælo, Lucifer, qui mane oriebaris?* « Comment es-tu tombé du ciel, astre de lumière qui te levais au matin? »

C'est même ce verset latin, traduit d'Isaïe, qui a procuré au diable le nom de Lucifer. On n'a pas songé que Lucifer signifie celui qui répand la lumière. On a encore moins réfléchi aux paroles d'Isaïe. Il parle du roi de Babylone détrôné, et, par une figure commune, il lui dit: « Comment es-tu tombé des cieux, astre éclatant? »

Il n'y a pas d'apparence qu'Isaïe ait voulu établir par ce trait de rhétorique la doctrine des anges précipités dans l'enfer. Aussi ce ne fut guère que dans le temps de la primitive Église chrétienne, que les Pères et les rabbins s'efforcèrent d'encourager cette doctrine, pour sauver ce qu'il y avait d'incroyable dans l'histoire d'un serpent qui séduisait la mère des hommes, et qui, condamné pour cette mauvaise action à marcher sur le ventre, a depuis été l'ennemi de l'homme, qui tâche toujours de l'écraser tandis que celui-ci tâche toujours de le mordre. Des substances célestes, précipitées dans l'abîme, qui en sortent pour persécuter le genre humain ont paru quelque chose de plus sublime.

On ne peut prouver, par aucun raisonnement, que ces puissances célestes et infernales existent; mais aussi on ne saurait prouver qu'elles n'existent pas. Il n'y a certainement aucune contradiction à reconnaître des substances bienfaisantes et malignes, qui ne soient ni de la nature de Dieu ni de la nature des hommes; mais il ne suffit pas qu'une chose soit possible pour la croire.

Les anges qui présidaient aux nations chez les Babyloniens et chez les Juifs, sont précisément ce qu'étaient les dieux d'Homère, des êtres célestes subordonnés à un être suprême. L'imagination qui a produit les uns a probablement produit les autres. Le nombre des dieux inférieurs s'accrut avec la religion d'Homère. Le nombre des anges s'augmenta chez les chrétiens avec le temps.

Les auteurs connus sous le nom de Denys l'aréopagite et de Grégoire 1er fixèrent le nombre des anges à neuf chœurs dans trois hiérarchies: la première, des *séraphins*, des *chérubins* et des *trônes*; la seconde, des *dominations*, des *vertus* et des *puissances*; la troisième, des *principautés*, des *archanges* et enfin des *anges*, qui donnent la dénomination à tout le reste. Il n'est guère permis qu'à un pape de régler ainsi les rangs dans le ciel.

Section III. — Ange, en grec, *envoyé*; on n'en sera guère plus instruit quand on saura que les Perses avaient des *Péris*, les Hébreux des *Malakim*, les Grecs leurs *Daïmonoï*.

Mais ce qui nous instruira peut-être davantage, ce sera qu'une des premières idées des hommes a toujours été de placer des êtres intermédiaires entre la Divinité et nous; ce sont ces démons, ces génies que l'antiquité inventa: l'homme fit toujours les dieux à son image. On voyait les princes signifier leurs ordres par des messagers; donc la Divinité envoie aussi ses courriers: Mercure, Iris, étaient des courriers, des messagers.

Les Hébreux, ce seul peuple conduit par la Divinité même, ne donnèrent point d'abord de noms aux anges que Dieu daignait enfin leur envoyer; ils empruntèrent les noms que leur donnaient les Chaldéens quand la nation juive fut captive dans la Babylonie; Michel et Gabriel sont nommés pour la première fois par Daniel, esclave chez ces peuples. Le Juif Tobie, qui vivait à Ninive, connut l'ange Raphaël qui voyagea avec son fils pour l'aider à retirer de l'argent que lui devait le Juif Gabaël.

Dans les lois des Juifs, c'est-à-dire dans le *Lévitique* et le *Deutéronome*, il n'est pas fait la moindre mention de l'existence des anges; à plus forte raison de leur culte; aussi les saducéens ne croyaient-ils point aux anges.

Mais dans les histoires des Juifs il en est beaucoup parlé. Ces anges étaient corporels; ils avaient des ailes au dos, comme les gentils feignirent que Mercure en avait aux talons; quelquefois ils cachaient leurs ailes sous leurs vêtements. Comment n'auraient-ils pas eu de corps, puisqu'ils buvaient et mangeaient, et que les habitants de Sodome voulurent commettre le péché de pédérastie avec les anges qui allèrent chez Loth?

L'ancienne tradition juive, selon Ben Maimon, admet dix degrés, dix ordres d'anges. 1. Les *chaios acodesh*, purs, saints. 2. Les *ofanim*, rapides. 3. Les *oralim*, les forts. 4. Les *chasmalim*, les flammes. 5. Les *séraphim*, étincelles. 6. Les *malakim*, anges, messagers, députés. 7. Les *eloim*, les dieux ou juges. 8. Les *ben eloim*, enfants ces dieux. 9. *Cherubim*, images. 10. *Ychim*, les animés.

L'histoire de la chute des anges ne se trouve point dans les livres de Moïse; le premier témoignage qu'on en rapporte est celui du prophète Isaïe, qui, apostrophant le roi de Babylone, s'écrie[1] : « Qu'est devenu l'exacteur des tributs? les sapins et les cèdres se réjouissent de sa chute; comment es-tu tombé du ciel, ô Hellel, étoile du matin? » On a traduit cet *Hellel* par le mot latin *Lucifer*; et ensuite, par un sens allégorique, on a donné le nom de *Lucifer* au prince des anges qui firent la guerre dans le ciel; et enfin ce nom, qui signifie *phosphore et aurore*, est devenu le nom du diable.

La religion chrétienne est fondée sur la chute des anges. Ceux qui se révoltèrent furent précipités des sphères qu'ils habitaient dans l'enfer au centre de la terre, et devinrent diables. Un diable tenta Ève sous la figure d'un serpent, et damna le genre humain. Jésus vint racheter le genre humain, et triompher du diable, qui nous tente encore. Cepen-

1. Isaïe, XIV, 5, 9 et 12.

dant cette tradition fondamentale ne se trouve que dans le livre apocryphe d'Énoch, et encore y est-elle d'une manière toute différente de la tradition reçue.

Saint Augustin, dans sa cent neuvième lettre, ne fait nulle difficulté d'attribuer des corps déliés et agiles aux bons et aux mauvais anges. Le pape Grégoire Ier a réduit à neuf chœurs, à neuf hiérarchies ou ordres, les dix chœurs des anges reconnus par les Juifs.

Les Juifs avaient dans leur temple deux chérubins ayant chacun deux têtes, l'une de bœuf et l'autre d'aigle, avec six ailes. Nous les peignons aujourd'hui sous l'image d'une tête volante, ayant deux petites ailes au-dessous des oreilles. Nous peignons les anges et les archanges sous la figure de jeunes gens, ayant deux ailes au dos. A l'égard des trônes et des dominations, on ne s'est pas encore avisé de les peindre.

Saint Thomas, à la question CVIII, art. 2, dit que les trônes sont aussi près de Dieu que les chérubins et les séraphins, parce que c'est sur eux que Dieu est assis. Scot a compté mille millions d'anges. L'ancienne mythologie des bons et des mauvais génies ayant passé de l'Orient en Grèce et à Rome, nous consacrâmes cette opinion, en admettant pour chaque homme un bon et un mauvais ange, dont l'un l'assiste, et l'autre lui nuit depuis sa naissance jusqu'à sa mort; mais on ne sait pas encore si ces bons et mauvais anges passent continuellement de leur poste à un autre, ou s'ils sont relevés par d'autres. Consultez sur cet article la *Somme* de saint Thomas.

On ne sait pas précisément où les anges se tiennent, si c'est dans l'air, dans le vide, dans les planètes : Dieu n'a pas voulu que nous en fussions instruits.

ANNALES. — Que de peuples ont subsisté longtemps et subsistent encore sans annales! Il n'y en avait dans l'Amérique entière, c'est-à-dire dans la moitié de notre globe, qu'au Mexique et au Pérou; encore n'étaient-elles pas fort anciennes. Et des cordelettes nouées ne sont pas des livres qui puissent entrer dans de grands détails.

Les trois quarts de l'Afrique n'eurent jamais d'annales; et encore aujourd'hui chez les nations les plus savantes, chez celles même qui ont le plus usé et abusé de l'art d'écrire, on peut compter toujours, du moins jusqu'à présent, quatre-vingt-dix-neuf parties du genre humain sur cent qui ne savent pas ce qui s'est passé chez elles au delà de quatre générations, et qui à peine connaissent le nom d'un bisaïeul. Presque tous les habitants des bourgs et des villages sont dans ce cas; très-peu de familles ont des titres de leurs possessions. Lorsqu'il s'élève des procès sur les limites d'un champ ou d'un pré, le juge décide suivant le rapport des vieillards : le titre est la possession. Quelques grands événements se transmettent des pères aux enfants, et s'altèrent entièrement en passant de bouche en bouche; ils n'ont point d'autres annales.

Voyez tous les villages de notre Europe si policée, si éclairée, si remplie de bibliothèques immenses, et qui semble gémir aujourd'hui

sous l'amas énorme des livres. Deux hommes tout au plus par village,
l'un portant l'autre, savent lire et écrire. La société n'y perd rien. Tous
les travaux s'exécutent, on bâtit, on plante, on sème, on recueille, comme
on faisait dans les temps les plus reculés. Le laboureur n'a pas seulement le loisir de regretter qu'on ne lui ait pas appris à consumer quelques heures de la journée dans la lecture. Cela prouve que le genre
humain n'avait pas besoin de monuments historiques pour cultiver les
arts véritablement nécessaires à la vie.

Il ne faut pas s'étonner que tant de peuplades manquent d'annales,
mais que trois ou quatre nations en aient conservé qui remontent à
cinq mille ans ou environ, après tant de révolutions qui ont bouleversé la terre. Il ne reste pas une ligne des anciennes annales égyptiennes, chaldéennes, persanes, ni de celles des Latins et des Étrus-
ques. Les seules annales un peu antiques sont les indiennes, les
chinoises, les hébraïques[1].

Nous ne pouvons appeler *annales* des morceaux d'histoire vagues et
décousus, sans aucune date, sans suite, sans liaison, sans ordre; ce
sont des énigmes proposées par l'antiquité à la postérité qui n'y entend rien.

Nous n'osons assurer que Sanchoniathon, qui vivait, dit-on, avant
le temps où l'on place Moïse, ait composé des annales. Il aura probablement borné ses recherches à sa cosmogonie, comme fit depuis
Hésiode en Grèce. Nous ne proposons cette opinion que comme un
doute, car nous n'écrivons que pour nous instruire, et non pour enseigner.

Mais ce qui mérite la plus grande attention, c'est que Sanchoniathon cite les livres de l'Égyptien Thaut, qui vivait, dit-il, huit cents
ans avant lui. Or, Sanchoniathon écrivait probablement dans le siècle
où l'on place l'aventure de Joseph en Égypte.

Nous mettons communément l'époque de la promotion du Juif Joseph au premier ministère d'Égypte à l'an 2300 de la création.

Si les livres de Thaut furent écrits huit cents ans auparavant, ils
furent donc écrits l'an 1500 de la création. Leur date était donc de
cent cinquante-six ans avant le déluge. Ils auraient donc été gravés
sur la pierre, et se seraient conservés dans l'inondation universelle.

Une autre difficulté, c'est que Sanchoniathon ne parle point du déluge, et qu'on n'a jamais cité aucun auteur égyptien qui en eût parlé.

1. Voy. l'article Histoire.
2. On a dit (voy. l'article ADAM) que si Sanchoniathon avait vécu du temps
de Moïse, ou après lui, l'évêque de Césarée Eusèbe, qui cite plusieurs de ses
fragments, aurait indubitablement cité ceux où il eût été fait mention de Moïse
et des prodiges épouvantables qui avaient étonné la nature. Sanchoniathon
n'aurait pas manqué d'en parler : Eusèbe aurait fait valoir son témoignage, il
aurait prouvé l'existence de Moïse par l'aveu authentique d'un savant contemporain, d'un homme qui écrivait dans un pays où les Juifs se signalaient tous
les jours par des miracles. Eusèbe ne cite jamais Sanchoniathon sur les actions
de Moïse. Donc Sanchoniathon avait écrit auparavant. On le présume, mais
avec la défiance que tout homme doit avoir de son opinion, excepté quand il
ose assurer que deux et deux font quatre.

Mais ces difficultés s'évanouissent devant la *Genèse* inspirée par l'Esprit saint.

Nous ne prétendons pas nous enfoncer ici dans le chaos que quatre-vingts auteurs ont voulu débrouiller en inventant des chronologies différentes; nous nous en tenons à l'ancien Testament. Nous demandons seulement si du temps de Thaut on écrivait en hiéroglyphes ou en caractères alphabétiques;

Si on avait déjà quitté la pierre ou la brique pour du vélin ou quelque autre matière;

Si Thaut écrivit des annales ou seulement une cosmogonie;

S'il y avait déjà quelques pyramides bâties du temps de Thaut;

Si la basse Égypte était déjà habitée;

Si on avait pratiqué des canaux pour recevoir les eaux du Nil;

Si les Chaldéens avaient déjà enseigné les arts aux Égyptiens, et si les Chaldéens les avaient reçus des brachmanes.

Il y a des gens qui ont résolu toutes ces questions. Sur quoi un homme d'esprit et de bon sens disait un jour d'un grave docteur :

« Il faut que cet homme-là soit un grand ignorant, car il répond à tout ce qu'on lui demande. »

ANNATES. — A cet article du *Dictionnaire encyclopédique*, savamment traité, comme le sont tous les objets de jurisprudence dans ce grand et important ouvrage, on peut ajouter que l'époque de l'établissement des annates étant incertaine, c'est une preuve que l'exaction des annates n'est qu'une usurpation, une coutume tortionnaire. Tout ce qui n'est pas fondé sur une loi authentique est un abus. Tout abus doit être réformé, à moins que la réforme ne soit plus dangereuse que l'abus même. L'usurpation commence par se mettre peu à peu en possession : l'équité, l'intérêt public, jettent des cris et réclament. La politique vient, qui ajuste comme elle peut l'usurpation avec l'équité, et l'abus reste.

A l'exemple des papes, dans plusieurs diocèses, les évêques, les chapitres et les archidiacres établirent des annates sur les curés. Cette exaction se nomme *droit de déport* en Normandie. La politique n'ayant aucun intérêt à maintenir ce pillage, il fut aboli en plusieurs endroits; il subsiste en d'autres : tant le culte de l'argent est le premier culte !

En 1409, au concile de Pise, le pape Alexandre V renonça expressément aux annates; Charles VII les condamna par un édit du mois d'avril 1418; le concile de Basle les déclara simoniaques; et la pragmatique sanction les abolit de nouveau.

François Ier, suivant un traité particulier qu'il avait fait avec Léon X, qui ne fut point inséré dans le concordat, permit au pape de lever ce tribut, qui lui produisit chaque année, sous le règne de ce prince, cent mille écus de ce temps-là, suivant le calcul qu'en fit alors Jacques Caprel, avocat général au parlement de Paris.

Les parlements, les universités, le clergé, la nation entière, réclamaient contre cette exaction; et Henri II, cédant enfin aux cris de son peuple, renouvela la loi de Charles VII, par un édit du 5 septembre 1551.

La défense de payer l'annate fut encore réitérée par Charles IX aux états d'Orléans en 1560. « Par avis de notre conseil, et suivant les décrets des saints conciles, anciennes ordonnances de nos prédécesseurs rois, et arrêts de nos cours de parlement ; ordonnons que tout transport d'or et d'argent hors de notre royaume, et payement de deniers, sous couleur d'*annates*, vacant, et autrement, cesseront, à peine de quadruple contre les contrevenants. »

Cette loi, promulguée dans l'assemblée générale de la nation, semblait devoir être irrévocable : mais deux ans après, le même prince, subjugué par la cour de Rome alors puissante, rétablit ce que la nation entière et lui-même avaient abrogé.

Henri IV, qui ne craignait aucun danger, mais qui craignait Rome, confirma les annates par un édit du 22 janvier 1596.

Trois célèbres jurisconsultes, Dumoulin, Lannoy, et Duaren, ont fortement écrit contre les annates, qu'ils appellent *une véritable simonie*. Si, à défaut de les payer, le pape refuse des bulles, Duaren conseille à l'Église gallicane d'imiter celle d'Espagne, qui, dans le douzième concile de Tolède, chargea l'archevêque de cette ville de donner, sur le refus du pape, des provisions aux prélats nommés par le roi.

C'est une maxime des plus certaines du droit français, consacrée par l'article 14 de nos libertés[1], que l'évêque de Rome n'a aucun droit sur le temporel des bénéfices, et qu'il ne jouit des annates que par la permission du roi. Mais cette permission ne doit-elle pas avoir un terme ? à quoi nous servent nos lumières, si nous conservons toujours nos abus ?

Le calcul des sommes qu'on a payées et que l'on paye encore au pape est effrayant. Le procureur général Jean de Saint-Romain a remarqué que du temps de Pie II, vingt-deux évêchés ayant vaqué en France pendant trois années, il fallut porter à Rome cent vingt mille écus ; que soixante et une abbayes ayant aussi vaqué, on avait payé pareille somme à la cour de Rome ; que vers le même temps on avait encore payé à cette cour, pour les provisions des prieurés, des doyennés, et des autres dignités sans crosse, cent mille écus ; que pour chaque curé il y avait eu au moins une grâce expectative qui était vendue vingt-cinq écus, outre une infinité de dispenses dont le calcul montait à deux millions d'écus. Le procureur général de Saint-Romain vivait du temps de Louis XI. Jugez à combien ces sommes monteraient aujourd'hui. Jugez combien les autres États ont donné. Jugez si la république romaine, au temps de Lucullus, a plus tiré d'or et d'argent des nations vaincues par son épée, que les papes, les pères de ces mêmes nations, n'en ont tiré par leur plume.

Supposons que le procureur général de Saint-Romain se soit trompé de moitié, ce qui est bien difficile, ne reste-t-il pas encore une somme

---

1. Voy. l'article LIBERTÉ ; mot très-impropre pour signifier des droits naturels et imprescriptibles.

assez considérable pour qu'on soit en droit de compter avec la chambre apostolique, et de lui demander une restitution, attendu que tant d'argent n'a rien d'apostolique?

ANNEAU DE SATURNE. — Ce phénomène étonnant, mais pas plus étonnant que les autres, ce corps solide et lumineux qui entoure la planète de Saturne, qui l'éclaire et qui en est éclairé, soit par la faible réflexion des rayons solaires, soit par quelque cause inconnue, était autrefois une mer, à ce que prétend un rêveur qui se disait philosophe[1]. Cette mer, selon lui, s'est endurcie; elle est devenue terre ou rocher; elle gravitait jadis vers deux centres, et ne gravite plus aujourd'hui que vers un seul.

Comme vous y allez, mon rêveur! comme vous métamorphosez l'eau en rocher! Ovide n'était rien auprès de vous. Quel merveilleux pouvoir vous avez sur la nature! cette imagination ne dément pas vos autres idées. O démangeaison de dire des choses nouvelles! ô fureur des systèmes! ô folies de l'esprit humain! si on a parlé dans le *Grand Dictionnaire encyclopédique* de cette rêverie, c'est sans doute pour en faire sentir l'énorme ridicule; sans quoi les autres nations seraient en droit de dire : « Voilà l'usage que font les Français des découvertes des autres peuples! » Huygens découvrit l'anneau de Saturne, il en calcula les apparences. Hooke et Flamsteed les ont calculées comme lui. Un Français à découvert que ce corps solide avait été océan circulaire, et ce Français n'est pas Cyrano de Bergerac.

ANTHROPOMORPHITES. — C'est, dit-on, une petite secte du IV° siècle de notre ère vulgaire, mais c'est plutôt la secte de tous les peuples qui eurent des peintres et des sculpteurs. Dès qu'on sut un peu dessiner ou tailler une figure, on fit l'image de la Divinité.

Si les Égyptiens consacraient des chats et des boucs, ils sculptaient Isis et Osiris; on sculpta Bel à Babylone, Hercule à Tyr, Brama dans l'Inde.

Les musulmans ne peignirent point Dieu en homme. Les Guèbres n'eurent point d'image du Grand-Être. Les Arabes sabéens ne donnèrent point la figure humaine aux étoiles; les Juifs ne la donnèrent point à Dieu dans leur temple. Aucun de ces peuples ne cultivait l'art du dessin; et si Salomon mit des figures d'animaux dans son temple, il est vraisemblable qu'il les fit sculpter à Tyr : mais tous les Juifs ont parlé de Dieu comme d'un homme.

Quoiqu'ils n'eussent point de simulacres, ils semblèrent faire de Dieu un homme dans toutes les occasions. Il descend dans le jardin, il s'y promène tous les jours à midi, il parle à ses créatures, il parle au serpent, il se fait entendre à Moïse dans le buisson, il ne se fait voir à lui que par derrière sur la montagne; il lui parle pourtant face à face comme un ami à un ami.

Dans l'Alcoran même, Dieu est toujours regardé comme un roi. On lui donne, au chapitre XII, un trône qui est au-dessus des eaux. Il a

1. Maupertuis.

fait écrire ce Koran par un secrétaire, comme les rois font écrire leurs ordres. Il a envoyé ce Koran à Mahomet par l'ange Gabriel, comme les rois signifient leurs ordres par les grands officiers de la couronne. En un mot, quoique Dieu soit déclaré dans l'Alcoran *non engendreur et non engendré*, il y a toujours un petit coin d'anthropomorphisme.

On a toujours peint Dieu avec une grande barbe dans l'Église grecque et dans la latine.

ANTHROPOPHAGES. — Section I. — Nous avons parlé de l'amour. Il est dur de passer de gens qui se baisent à gens qui se mangent. Il n'est que trop vrai qu'il y a eu des anthropophages; nous en avons trouvé en Amérique; il y en a peut-être encore, et les cyclopes n'étaient pas les seuls dans l'antiquité qui se nourrissaient quelquefois de chair humaine. Juvénal (Sat. xv, v, 83) rapporte que chez les Égyptiens, ce peuple si sage, si renommé pour les lois, ce peuple si pieux qui adorait des crocodiles et des oignons, les Tintirites mangèrent un de leurs ennemis tombé entre leurs mains; il ne fait pas ce conte sur un ouï-dire, ce crime fut commis presque sous ses yeux; il était alors en Égypte, et à peu de distance de Tintire. Il cite, à cette occasion, les Gascons et les Sagontins qui se nourrirent autrefois de la chair de leurs compatriotes.

En 1725, on amena quatre sauvages du Mississipi à Fontainebleau; j'eus l'honneur de les entretenir; il y avait parmi eux une dame du pays, à qui je demandai si elle avait mangé des hommes; elle me répondit très-naïvement qu'elle en avait mangé. Je parus un peu scandalisé; elle s'excusa en disant qu'il valait mieux manger son ennemi mort que de le laisser dévorer aux bêtes, et que les vainqueurs méritaient d'avoir la préférence. Nous tuons en bataille rangée ou non rangée nos voisins, et pour la plus vile récompense nous travaillons à la cuisine des corbeaux et des vers. C'est là qu'est l'horreur, c'est là qu'est le crime; qu'importe quand on est tué d'être mangé par un soldat, ou par un corbeau et un chien?

Nous respectons plus les morts que les vivants. Il aurait fallu respecter les uns et les autres. Les nations qu'on nomme policées ont eu raison de ne pas mettre leurs ennemis vaincus à la broche; car s'il était permis de manger ses voisins, on mangerait bientôt ses compatriotes, ce qui serait un grand inconvénient pour les vertus sociales. Mais les nations policées ne l'ont pas toujours été; toutes ont été longtemps sauvages; et dans le nombre infini de révolutions que ce globe a éprouvées, le genre humain a été tantôt nombreux, tantôt très-rare. Il est arrivé aux hommes ce qui arrive aujourd'hui aux éléphants, aux lions, aux tigres dont l'espèce a beaucoup diminué. Dans les temps où une contrée était peu peuplée d'hommes, ils avaient peu d'art, ils étaient chasseurs. L'habitude de se nourrir de ce qu'ils avaient tué, fit aisément qu'ils traitèrent leurs ennemis comme leurs cerfs et leurs sangliers. C'est la superstition qui a fait immoler des victimes humaines, c'est la nécessité qui les a fait manger.

---

1. Voy. à l'article EMBLÈME les vers d'Orphée et de Xénophane.

Quel est le plus grand crime, ou de s'assembler pieusement pour plonger un couteau dans le cœur d'une jeune fille ornée de bandelettes, à l'honneur de la Divinité, ou de manger un vilain homme qu'on a tué à son corps défendant?

Cependant nous avons beaucoup plus d'exemples de filles et de garçons sacrifiés, que de filles et de garçons mangés: presque toutes les nations connues ont sacrifié des garçons et des filles. Les Juifs en immolaient. Cela s'appelait l'anathème; c'était un véritable sacrifice, et il est ordonné au vingt-unième chapitre du Lévitique de ne point épargner les âmes vivantes qu'on aura vouées; mais il ne leur est prescrit en aucun endroit d'en manger, on les en menace seulement: Moïse, comme nous avons vu, dit aux Juifs que, s'ils n'observent pas ses cérémonies, non-seulement ils auront la gale, mais que les mères mangeront leurs enfants. Il est vrai que du temps d'Ézéchiel les Juifs devaient être dans l'usage de manger de la chair humaine; car il leur prédit, au chapitre XXXIX [1], que Dieu leur fera manger non-seulement les chevaux de leurs ennemis, mais encore les cavaliers et les autres guerriers. Et en effet, pourquoi les Juifs n'auraient-ils pas été anthropophages? C'eût été la seule chose qui eût manqué au peuple de Dieu pour être le plus abominable peuple de la terre [1].

Section II. — On lit dans l'*Essai sur les mœurs et l'esprit des nations* ce passage singulier:

« Herrera nous assure que les Mexicains mangeaient les victimes humaines immolées. La plupart des premiers voyageurs et des missionnaires disent tous que les Brasiliens, les Caraïbes, les Iroquois, les Hurons, et quelques autres peuplades, mangeaient les captifs faits à la guerre; et ils ne regardent pas ce fait comme un usage de quelques particuliers, mais comme un usage de nation. Tant d'auteurs anciens et modernes ont parlé d'anthropophages, qu'il est difficile de les nier... Des peuples chasseurs, tels qu'étaient les Brasiliens et les Canadiens, des insulaires comme les Caraïbes, n'ayant pas toujours une subsistance assurée, ont pu devenir quelquefois anthropophages. La famine et la vengeance les ont accoutumés à cette nourriture; et quand nous voyons, dans les siècles les plus civilisés, le peuple de Paris dévorer les restes sanglants du maréchal d'Ancre, et le peuple de la Haye manger le cœur du grand pensionnaire de Witt, nous ne devons pas être surpris qu'une horreur chez nous passagère ait duré chez les sauvages.

« Les plus anciens livres que nous ayons ne nous permettent pas de douter que la faim n'ait poussé les hommes à cet excès... Le prophète Ézéchiel, selon quelques commentateurs [2], promet aux Hébreux, de la part de Dieu [3], que s'ils se défendent bien contre le roi de Perse, ils auront à manger *de la chair de cheval et de la chair de cavalier*,

1. Voy. la note b, ci-dessous. — 2. Ézéchiel, chap. XXXIX. 3. Voici les raisons de ceux qui ont soutenu qu'Ézéchiel, en cet endroit, s'adresse aux Hébreux de son temps, aussi bien qu'aux autres animaux carnassiers; car assurément les Juifs d'aujourd'hui ne le sont pas, et c'est plutôt l'inquisition qui a été carnassière envers eux. Ils disent qu'une partie de cette

« Marco Paolo, ou Marc Paul, dit que de son temps, dans une partie de la Tartarie, les magiciens ou les prêtres (c'était la même chose) avaient le droit de manger la chair des criminels condamnés à la mort. Tout cela soulève le cœur; mais le tableau du genre humain doit souvent produire cet effet.

« Comment des peuples, toujours séparés les uns des autres, ont-ils pu se réunir dans une si horrible coutume? Faut-il croire qu'elle n'est pas absolument aussi opposée à la nature humaine qu'elle le paraît? Il est sûr qu'elle est rare, mais il est sûr qu'elle existe. On ne voit pas que ni les Tartares ni les Juifs aient mangé souvent leurs semblables. La faim et le désespoir contraignirent, aux sièges de Sancerre et de Paris, pendant nos guerres de religion, des mères à se nourrir de la chair de leurs enfants. Le charitable Las Casas, évêque de Chiapa, dit que cette horreur n'a été commise en Amérique que par quelques peuples chez lesquels il n'a pas voyagé. Dampierre assure qu'il n'a jamais rencontré d'anthropophages, et il n'y a peut-être pas aujourd'hui deux peuplades où cette horrible coutume soit en usage. »

Améric Vespuce dit, dans une de ses lettres, que les Brasiliens furent fort étonnés quand il leur fit entendre que les Européans ne mangeaient point leurs prisonniers de guerre depuis longtemps.

Les Gascons et les Espagnols avaient commis autrefois cette barbarie, à ce que rapporte Juvénal dans sa quinzième satire (v. 83). Lui-même fut témoin en Egypte d'une pareille abomination sous le consulat de Junius: une querelle survint entre les habitants de Tintire

apostrophe regarde les bêtes sauvages, et que l'autre est pour les Juifs. La première partie est ainsi conçue:

« Dis à tout ce qui court, à tous les oiseaux, à toutes les bêtes des champs: « Assemblez-vous, hâtez-vous, courez à la victime que je vous immole, afin que « vous mangiez la chair et que vous buviez le sang. Vous mangerez la chair des « forts, vous boirez le sang des princes de la terre, et des béliers, et des « agneaux, et des boucs, et des taureaux, et des volailles, et de tous « les gras. »

Ceci ne peut regarder que les oiseaux de proie et les bêtes féroces. Mais la seconde partie a paru adressée aux Hebreux même: « Vous vous rassasierez sur ma table du cheval et du fort cavalier, et de tous les guerriers, dit le Seigneur, et je mettrai ma gloire dans les nations, etc. »

Il est très-certain que les rois de Babylone avaient des Scythes dans leurs armées. Ces Scythes buvaient du sang dans les crânes de leurs ennemis vaincus, et mangeaient leurs chevaux, et quelquefois de la chair humaine. Il se peut très-bien que le prophète ait fait allusion à cette coutume barbare et qu'il ait menacé les Scythes d'être traités comme ils traitaient leurs ennemis.

Ce qui rend cette conjecture vraisemblable, c'est le mot de *table*. Tu mangeras à ma table le cheval et le cavalier. Il n'y a pas d'apparence qu'on ait adressé ce discours aux animaux, et qu'on leur ait parlé de se mettre à table. Ce serait le seul endroit de l'Ecriture où l'on aurait employé une figure si étonnante. Le sens commun nous apprend qu'on ne doit point donner à un mot une acception qui ne lui a jamais été donnée dans aucun livre. C'est une raison très-puissante pour justifier les écrivains qui ont cru les animaux désignés par les versets 17 et 18, et les Juifs désignés par les versets 19 et 20. De plus, ces mots, *je mettrai ma gloire dans les nations*, ne peuvent s'adresser qu'aux Juifs, et non pas aux oiseaux; cela paraît décisif. Nous ne portons point notre jugement sur cette dispute; mais nous remarquons avec douleur qu'il n'y a jamais eu de plus horribles atrocités sur la terre que dans la Syrie, pendant douze cents années presque consécutives.

et ceux d'Ombo; on se battit; et un Omblen étant tombé entre les mains des Tintiriens, ils le firent cuire, et le mangèrent jusqu'aux os. Mais il ne dit pas que ce fût un usage reçu; au contraire, il en parle comme d'une fureur peu commune.

Le jésuite Charlevoix, que j'ai fort connu, et qui était un homme très-véridique, fait assez entendre dans son *Histoire du Canada*, pays où il a vécu trente années, que tous les peuples de l'Amérique septentrionale étaient anthropophages, puisqu'il remarque comme une chose fort extraordinaire que les Acadiens ne mangeaient point d'hommes en 1711.

Le jésuite Brébœuf raconte qu'en 1640 le premier Iroquois qui fut converti, étant malheureusement livre d'eau-de-vie, fut pris par les Hurons, ennemis alors des Iroquois. Le prisonnier, baptisé par le P. Brébœuf sous le nom de Joseph, fut condamné à la mort. On lui fit souffrir mille tourments, qu'il soutint toujours en chantant, selon la coutume du pays. On finit par lui couper un pied, une main et la tête, après quoi les Hurons mirent tous ses membres dans la chaudière, chacun en mangea, et on en offrit un morceau au P. Brébœuf[1].

Charlevoix parle, dans un autre endroit, de vingt-deux Hurons mangés par les Iroquois. On ne peut donc douter que la nature humaine ne soit parvenue dans plus d'un pays à ce dernier degré d'horreur; et il faut bien que cette exécrable coutume soit de la plus haute antiquité, puisque nous voyons dans la sainte Écriture que les Juifs sont menacés de manger leurs enfants s'ils n'obéissent pas à leurs lois. Il est dit aux Juifs[2] « que non-seulement ils auront la gale, que leurs femmes s'abandonneront à d'autres, mais qu'ils mangeront leurs filles et leurs fils dans l'angoisse et la dévastation; qu'ils se disputeront leurs enfants pour s'en nourrir; que le mari ne voudra pas donner à sa femme un morceau de son fils, parce qu'il dira qu'il n'en a pas trop pour lui. »

Il est vrai que de très-hardis critiques prétendent que le *Deutéronome* ne fut composé qu'après le siége mis devant Samarie par Benadad; siége pendant lequel il est dit, au quatrième livre des Rois, que les mères mangèrent leurs enfants. Mais ces critiques, en ne regardant le *Deutéronome* que comme un livre écrit après ce siége de Samarie, ne font que confirmer cette épouvantable aventure. D'autres prétendent qu'elle ne peut être arrivée comme elle est rapportée dans le quatrième livre des Rois. Il y est dit[3] que le roi d'Israël, en passant par le mur ou sur le mur de Samarie, une femme lui dit: « Sauvez-moi, seigneur roi; » il lui répondit: « Ton Dieu ne te sauvera pas; comment pourrais-je te sauver? serait-ce de l'aire ou du pressoir? » Et le roi ajouta: « Que veux-tu? » et elle répondit: « O roi! voici une femme qui m'a dit: « Donnez-moi votre fils, nous le mangerons aujour- « d'hui, et demain nous mangerons le mien. » Nous avons donc fait cuire

---

1. Voy. la lettre de Brébœuf et l'*Histoire de Charlevoix*, t. I, p. 327 et suiv.
2. *Deutéronome*, chap. XXVIII, v. 53.
3. Chap. VI, v. 26 et suiv.

mon fils, et nous l'avons mangé; je lui ai dit aujourd'hui : « Donnez-moi votre fils afin que nous le mangions; » et elle a caché son fils. »

Ces censeurs prétendent qu'il n'est pas vraisemblable que le roi Benadad assiégeant Samarie, le roi Joram ait passé tranquillement par le mur où fût le mur, pour y juger des causes entre des Samaritains. Il est encore moins vraisemblable que deux femmes ne se soient pas convenues d'un enfant pour deux jours. Il y avait là de quoi les nourrir quatre jours au moins; mais de quelque manière qu'ils raisonnent, on doit croire que les pères et mères mangèrent leurs enfants au siège de Samarie, comme il est prédit expressément dans le *Deutéronome*.

La même chose arriva au siège de Jérusalem par Nabuchodonosor; elle est encore prédite par Ézéchiel.

Jérémie s'écrie dans ses lamentations : « Quoi donc! les femmes mangeront-elles leurs petits enfants qui ne sont pas plus grands que la main? » Et dans un autre endroit : « Les mères compatissantes ont cuit leurs enfants de leurs mains et les ont mangés. » On peut encore citer ces paroles de Baruch : « L'homme a mangé la chair de son fils et de sa fille. »

Cette horreur est répétée si souvent, qu'il faut bien qu'elle soit vraie, enfin on connaît l'histoire rapportée dans Josèphe, de cette femme qui se nourrit de la chair de son fils lorsque Titus assiégeait Jérusalem.

Le livre attribué à Énoch, cité par saint Jude, dit que les géants nés du commerce des anges et des filles des hommes furent les premiers anthropophages.

Dans la huitième homélie attribuée à saint Clément, saint Pierre qu'on fait parler, dit que les enfants de ces mêmes géants s'abreuvèrent de sang humain et mangèrent la chair de leurs semblables. Il en résulta, ajoute l'auteur, des maladies jusqu'alors inconnues; des monstres de toute espèce naquirent sur la terre; et ce fut alors que Dieu se résolut à noyer le genre humain. Tout cela fait voir combien l'opinion régnante de l'existence des anthropophages était universelle.

Ce qu'on fait dire à Saint-Pierre, dans l'homélie de saint Clément, a un rapport sensible à la fable de Lycaon, qui est une des plus anciennes de la Grèce, et qu'on retrouve dans le premier livre des *Métamorphoses* d'Ovide.

La *Relation des Indes et de la Chine*, faite au ving'. siècle par deux Arabes, et traduite par l'abbé Renaudot, n'est pas un livre qu'on doive croire sans examen; il s'en faut beaucoup; mais il ne faut pas rejeter tout ce que ces deux voyageurs disent, surtout lorsque leur rapport est confirmé par d'autres auteurs qui ont mérité quelque créance. Ils assurent que dans la mer des Indes il y a des îles peuplées de nègres qui mangeaient des hommes. Ils appellent ces îles *Ramni*. Le géogra-

1. Liv. IV des Rois, chap. XXV, v. 3. — 2. Ézéchiel, chap. v, v. 10.
3. *Lament.*, chap. II, v. 20. — 4. Chap IV, v. 10. — 5. Chap. II, v. 3.
6. Liv. VII, chap. VIII.

phe de Nubie les nomme *Rammi*, ainsi que la *Bibliothèque orientale*
d'Herbelot.

Marc Paul, qui n'avait point lu la relation de ces deux Arabes, dit la
même chose quatre cents ans après eux. L'archevêque Navarrète, qui
a voyagé depuis dans ces mers, confirme ce témoignage: *Los europeos
que cogen, se constante que vivos se los van comiendo.*

Texeira prétend que les Javans se nourissaient de chair humaine, et
qu'ils n'avaient quitté cette abominable coutume que deux cents ans
avant lui. Il ajoute qu'ils n'avaient connu des mœurs plus douces
qu'en embrassant le mahométisme.

On a dit la même chose de la nation du Pégu, des Cafres, et de plusieurs peuples de l'Afrique. Marc Paul, que nous venons déjà de citer,
dit que chez quelques hordes tartares, quand un criminel avait été
condamné à mort, on en faisait un repas: *Hanno costoro un bestiale
e orribile costume, che quando alcuno è giudicato a morte, lo tolgono
e cuocono e mangian'selo.*

Ce qui est plus extraordinaire et plus incroyable, c'est que les deux
Arabes attribuent aux Chinois mêmes ce que Marc Paul avance de
quelques Tartares, « qu'en général, les Chinois mangent tous ceux
qui ont été tués. » Cette horreur est si éloignée des mœurs chinoises
qu'on ne peut la croire. Le P. Parennin l'a réfutée en disant qu'elle ne
mérite pas de réfutation.

Cependant il faut bien observer que le VIIIᵉ siècle, temps auquel ces
Arabes écrivirent leur voyage, était un des siècles les plus funestes
pour les Chinois. Deux cent mille Tartares passèrent la grande muraille, pillèrent Pékin, et répandirent partout la désolation la plus
horrible. Il est très-vraisemblable qu'il y eut alors une grande famine.
La Chine était aussi peuplée qu'aujourd'hui. Il se peut que dans le
petit peuple quelques misérables aient mangé des corps morts. Quel
intérêt auraient eu ces Arabes à inventer une fable si dégoûtante? Ils
auront pris peut-être, comme presque tous les voyageurs, un exemple particulier pour une coutume du pays.

Sans aller chercher des exemples si loin, en voici un dans notre patrie, dans la province même où j'écris. Il est attesté par notre vainqueur, par notre maître, Jules César[1]. Il assiégeait Alexie dans l'Auxois;
les assiégés, résolus de se défendre jusqu'à la dernière extrémité, et
manquant de vivres, assemblèrent un grand conseil, où l'un des chefs,
nommé Critognat, proposa de manger tous les enfants l'un après l'autre, pour soutenir les forces des combattants. Son avis passa à la pluralité des voix. Ce n'est pas tout; Critognat, dans sa harangue, dit que
leurs ancêtres avaient déjà eu recours à une telle nourriture dans la
guerre contre les Teutons et les Cimbres.

Finissons par le témoignage de Montaigne. Il parle de ce que lui ont
dit les compagnons de Villegagnon, qui revenait du Brésil, et de ce
qu'il a vu en France. Il certifie que les Brasiliens mangeaient leurs
ennemis tués à la guerre; mais lisez ce qu'il ajoute[2] : « Où est plus de

1. *Bell. Gall.*, lib. VII. — 2. Lib. I, chap. XXI.

barbarie à manger un homme mort qu'à le faire rôtir par le menu, et le faire meurtrir aux chiens et pourceaux, comme nous avons vu de fraîche mémoire, non entre ennemis anciens, mais entre voisins et concitoyens; et, qui pis est, sous prétexte de piété et de religion? » Quelles cérémonies pour un philosophe tel que Montaigne! Si Anacréon et Tibulle étaient nés Iroquois, ils auraient donc mangé des hommes?... Hélas!

Section III. — Eh bien! voilà deux Anglais qui ont fait le voyage du tour du monde. Ils ont découvert que la Nouvelle-Hollande est une île plus grande que l'Europe, et que les hommes s'y mangent encore les uns les autres ainsi que dans la Nouvelle-Zélande. D'où provient cette race, supposé qu'elle existe? Descend-elle des anciens Égyptiens, des anciens peuples de l'Éthiopie, des Africains, des Indiens, ou des vautours, ou des loups? Quelle distance des Marc-Aurèle, des Épictète, aux anthropophages de la Nouvelle-Zélande! cependant ce sont les mêmes organes, les mêmes hommes. J'ai déjà parlé de cette propriété de la race humaine; il est bon d'en dire encore un mot.

Voici les propres paroles de saint Jérôme dans une de ses lettres: *Quid loquar de ceteris nationibus, quum ipse adolescentulus in Gallia viderim Scotos, gentem Britannicam, humanis vesci carnibus; et quum per silvas porcorum greges, et armentorum pecudumque reperiant, pastorum nates et feminarum papillas solere abscindere, et has solas ciborum delicias arbitrari!* « Que vous dirai-je des autres nations, puisque moi-même, étant encore jeune, j'ai vu des Écossais dans la Gaule, qui, pouvant se nourrir de porc et d'autres animaux dans les forêts, aimaient mieux couper les fesses des jeunes garçons, et les tetons des jeunes filles! C'étaient pour eux / ... mets les plus friands. »

Pelloutier, qui a recherché tout ce qui pouvait faire le plus d'honneur aux Celtes, n'a pas manqué de contredire saint Jérôme, et de lui soutenir qu'on s'était moqué de lui. Mais Jérôme parle très-sérieusement; il dit qu'il a vu. On peut disputer avec respect contre un père de l'Église sur ce qu'il a entendu dire; mais sur ce qu'il a vu de ses yeux, cela est bien fort. Quoi qu'il en soit, le plus sûr est de se défier de tout, et de ce qu'on a vu soi-même.

Encore un mot sur l'anthropophagie. On trouve dans un livre[1] qui a eu assez de succès chez les honnêtes gens, ces paroles ou à peu près:

Du temps de Cromwell une chandelière de Dublin vendait d'excellentes chandelles faites avec de la graisse d'Anglais. Au bout de quelque temps un de ses chalands se plaignit de ce que sa chandelle n'était plus si bonne. « Monsieur, lui dit-elle, c'est que les Anglais nous ont manqué. »

Je demande qui était le plus coupable, ou ceux qui assassinaient des Anglais, ou la pauvre femme qui faisait de la chandelle avec leur suif? Je demande encore quel est le plus grand crime, ou de faire cuire un

1. Voltaire parle ici de lui-même. Il avait imprimé cette anecdote dans l'édition du *Dictionnaire philosophique* publiée en 1764. (ÉD.)

Anglais pour son dîner, ou d'en faire des chandelles pour s'éclairer à souper? Le grand mal, ce me semble, est qu'on nous tue. Il importe peu qu'après notre mort nous servions de rôti ou de chandelle; un honnête homme même n'est pas fâché d'être utile après sa mort.

ANTI-LUCRÈCE. — La lecture de tout le poëme de feu M. le cardinal de Polignac m'a confirmé dans l'idée que j'en avais conçue lorsqu'il m'en lut le premier chant. Je suis encore étonné qu'au milieu des dissipations du monde, et des épines des affaires, il ait pu écrire un si long ouvrage en vers, dans une langue étrangère, lui qui aurait à peine fait quatre bons vers dans sa propre langue. Il me semble qu'il réunit souvent la force de Lucrèce à l'élégance de Virgile. Je l'admire surtout dans cette facilité avec laquelle il exprime toujours des choses si difficiles.

Il est vrai que son *Anti-Lucrèce* est peut-être trop diffus et trop peu varié; mais ce n'est pas en qualité de poëte que je l'examine ici, c'est comme philosophe. Il me paraît qu'une aussi belle âme que la sienne devait rendre plus de justice aux mœurs d'Épicure, qui étant à la vérité un très-mauvais physicien, n'en était pas moins un très-honnête homme, et qui n'enseigna jamais que la douceur, la tempérance, la modération, la justice; vertus que son exemple enseignait encore mieux.

Voici comme ce grand homme est apostrophé dans l'*Anti-Lucrèce* (livre I, v. 524 et suiv.) :

> *Si virtutis eras avidus, rectique bonique*
> *Tam sitiens, quid relligio tibi sancta nocebat?*
> *Aspera quippe nimis visa est? Asperrima certe*
> *Gaudenti vitiis, sed non virtutis amanti.*
> *Ergo perfugium culpæ, solisque benignus*
> *Perjuris ac fœdifragis, Epicure, parabas.*
> *Solam hominum fæcem poteras devotaque furcis*
> *Devincire tibi capita....*

On peut rendre ainsi ce morceau en français, en lui prêtant, si je l'ose dire, un peu de force :

> Ah! si par toi le vice eût été combattu,
> Si ton cœur pur et droit eût chéri la vertu!
> Pourquoi donc rejeter, au sein de l'innocence,
> Un Dieu qui nous la donne, et qui la récompense?
> Tu le craignais, ce Dieu; son règne redouté
> Mettait un frein trop dur à ton impiété.
> Précepteur des méchants, et professeur du crime,
> Ta main de l'injustice ouvrit le vaste abîme,
> Y fit tomber la terre, et le couvrit de fleurs.

Mais Épicure pouvait répondre au cardinal : « Si j'avais eu le bonheur de connaître comme vous le vrai Dieu, d'être né comme vous dans une religion pure et sainte, je n'aurais pas certainement rejeté ce Dieu révélé dont les dogmes étaient nécessairement inconnus à mon esprit, mais dont la morale était dans mon cœur. Je n'ai pu admettre des dieux tels qu'ils m'étaient annoncés dans le paganisme. J'étais trop raisonnable pour adorer des divinités qu'on faisait naître d'un père et d'une mère comme les mortels, et qui comme eux se faisaient la guerre. J'étais trop ami de la vertu pour ne pas haïr une religion qui tantôt invitait au crime par l'exemple de ces dieux mêmes, et tantôt vendait à prix d'argent la rémission des plus horribles forfaits. D'un côté je voyais partout des hommes insensés, souillés de vices, qui cherchaient à se rendre purs devant des dieux impurs; et de l'autre, des fourbes qui se vantaient de justifier les plus pervers, soit en les initiant à des mystères, soit en faisant couler sur eux goutte à goutte le sang des taureaux, soit en les plongeant dans les eaux du Gange. Je voyais les guerres les plus injustes entreprises saintement, dès qu'on avait trouvé sans tache le foie d'un bélier, ou qu'une femme, les cheveux épars et l'œil troublé, avait prononcé des paroles dont ni elle ni personne ne comprenait le sens. Enfin je voyais toutes les contrées de la terre souillées du sang des victimes humaines que des pontifes barbares sacrifiaient à des dieux barbares. Je me sais bon gré d'avoir détesté de telles religions. La mienne est la vérité. J'ai invité mes disciples à ne se point mêler des affaires de ce monde, parce qu'elles étaient horriblement gouvernées. Un véritable épicurien était un homme doux, modéré, juste, aimable, duquel aucune société n'avait à se plaindre, et qui ne payait pas des bourreaux pour assassiner en public ceux qui ne pensaient pas comme lui. De ce terme à celui de la religion sainte qui vous a nourri, il n'y a qu'un pas à faire. J'ai détruit les faux dieux; et si j'avais vécu avec vous, j'aurais connu le véritable. »

C'est ainsi qu'Épicure pourrait se justifier sur son erreur; il pourrait même mériter sa grâce sur le dogme de l'immortalité de l'âme, en disant : « Plaignez-moi d'avoir combattu une vérité que Dieu a révélée cinq cents ans après ma naissance. J'ai pensé comme tous les premiers législateurs païens du monde, qui tous ignoraient cette vérité. »

J'aurais donc voulu que le cardinal de Polignac eût plaint Épicure en le condamnant; et ce tour n'en eût pas été moins favorable à la belle poésie.

À l'égard de la physique, il me paraît que l'auteur a perdu beaucoup de temps et beaucoup de vers à réfuter la déclinaison des atomes, et les autres absurdités dont le poème de Lucrèce fourmille. C'est employer de l'artillerie pour détruire une chaumière. Pourquoi encore vouloir mettre à la place des rêveries de Lucrèce les rêveries de Descartes ?

Le cardinal de Polignac a inséré dans son poème de très-beaux vers sur les découvertes de Newton; mais il y combat, malheureusement pour lui, des vérités démontrées. La philosophie de Newton ne souffre guère qu'on la discute en vers; à peine peut-on la traiter en prose; elle est toute fondée sur la géométrie. Le génie poétique ne trouve point là de prise. On peut orner de beaux vers l'écorce de ces vérités; mais pour les approfondir il faut du calcul et point de vers.

ANTIQUITÉ. *Section I.* — Avez-vous quelquefois vu dans un village Pierre Aoudri et sa femme Péronelle vouloir précéder leurs voisins à la procession ? Nos grands-pères, disent-ils, sonnaient les cloches avant que ceux qui nous coudoient aujourd'hui fussent seulement propriétaires d'une étable.

La vanité de Pierre Aoudri, de sa femme, et de ses voisins, n'en sait pas davantage. Les esprits s'échauffent. La querelle est importante ; il s'agit de l'honneur. Il faut des preuves. Un savant qui chante au lutrin, découvre un vieux pot de fer rouillé, marqué d'un A, première lettre du nom du chaudronnier qui fit ce pot. Pierre Aoudri se persuade que c'était un casque de ses ancêtres. Ainsi César descendait d'un héros et de la déesse Vénus. Telle est l'histoire des nations ; telle est, à peu de chose près, la connaissance de la première antiquité.

Les savants d'Arménie démontrent que le paradis terrestre était chez eux. De profonds Suédois démontrent qu'il était vers le lac Vener, qui en est visiblement un reste. Des Espagnols démontrent aussi qu'il était en Castille ; tandis que les Japonais, les Chinois, les Tartares, les Indiens, les Africains, les Américains, sont assez malheureux pour ne savoir pas seulement qu'il y eut jadis un paradis terrestre à la source du Phison, du Gehon, du Tigre et de l'Euphrate, ou bien à la source du Guadalquivir, de la Guadiana, du Duero et de l'Ebre ; car de Phison on fait aisément Phætis ; et de Phætis on fait le Bætis, qui est le Guadalquivir. Le Gehon est visiblement la Guadiana, qui commence par un G. L'Ebre, qui est en Catalogne, est incontestablement l'Euphrate, dont un E est la lettre initiale.

Mais un Écossais survient qui *démontre* à son tour que le jardin d'Éden était à Édimbourg, qui en a retenu le nom ; et il est à croire que dans quelques siècles cette opinion sera fortunée.

« Tout le globe a été brûlé autrefois, dit un homme versé dans l'histoire ancienne et moderne ; car j'ai lu dans un journal qu'on a trouvé en Allemagne des charbons tout noirs à cent pieds de profondeur, entre des montagnes couvertes de bois ; et on soupçonne même qu'il y ayait des charbonniers en cet endroit. »

L'aventure de Phaéton fait assez voir que tout a bouilli jusqu'au fond de la mer. Le soufre du mont Vésuve prouve invinciblement que les bords du Rhin, du Danube, du Gange, du Nil, et du grand fleuve Jaune, ne sont que du soufre, du nitre, et de l'huile de galao, qui n'attendent que le moment de l'explosion pour réduire la terre en cendres, comme elle l'a déjà été. Le sable sur lequel nous marchons est une preuve évidente que l'univers a été vitrifié, et que notre globe n'est réellement qu'une boule de verre, ainsi que nos idées.

Mais si le feu a changé notre globe, l'eau a produit de plus belles révolutions. Car vous voyez bien que la mer, dont les marées montent jusqu'à huit pieds dans nos climats¹, a produit les montagnes qui ont seize à dix-sept mille pieds de hauteur. Cela est si vrai, que des savants qui n'ont jamais été en Suisse, y ont trouvé un gros vaisseau avec tous

¹. Voy. les articles MER et MONTAGNE.

ses agrès, pétrifié sur le mont Saint-Gothard [1], ou au fond d'un précipice, on ne sait pas bien où; mais il est certain qu'il était là. Donc originairement les hommes étaient poissons. *Quod erat demonstrandum.*

Pour descendre à une antiquité moins antique, parlons des temps où la plupart des nations barbares quittèrent leur pays, pour en aller chercher d'autres qui ne valaient guère mieux. Il est vrai, s'il est quelque chose de vrai dans l'histoire ancienne, qu'il y eut des brigands gaulois qui allèrent piller Rome du temps de Camille. D'autres brigands des Gaules avaient passé, dit-on, par l'Illyrie, pour aller louer leurs services de meurtriers à d'autres meurtriers, vers la Thrace; ils échangèrent leur sang contre du pain, et s'établirent ensuite en Galatie. Mais quels étaient ces Gaulois? étaient-ce des Berrichons et des Angevins? Ce furent sans doute des Gaulois que les Romains appelaient Cisalpins, et que nous nommons Transalpins, des montagnards affamés, voisins des Alpes et de l'Apennin. Les Gaulois de la Seine et de la Marne ne savaient pas alors si Rome existait, et ne pouvaient s'aviser de passer le mont Cenis, comme fit depuis Annibal, pour aller voler les garde-robes des sénateurs romains, qui avaient alors pour tous meubles une robe d'un mauvais drap gris, ornée d'une bande couleur de sang de bœuf; deux petits pommeaux d'ivoire, ou plutôt d'os de chien, aux bras d'une chaise de bois; et dans leurs cuisines, un morceau de lard rance.

Les Gaulois, qui mouraient de faim, ne trouvant pas de quoi manger à Rome, s'en allèrent donc chercher fortune plus loin, ainsi que les Romains en usèrent depuis, quand ils ravagèrent tant de pays l'un après l'autre; ainsi que firent ensuite les peuples du Nord, quand ils détruisirent l'empire romain.

Et par qui encore est-on très-faiblement instruit de ces émigrations? C'est par quelques lignes que les Romains ont écrites au hasard; car pour les Celtes, Welches ou Gaulois, ces hommes qu'on veut faire passer pour éloquents ne savaient alors, eux et leurs bardes [2], ni lire ni écrire.

Mais inférer de là que les Gaulois ou Celtes conquis depuis par quelques légions de César, et ensuite par une horde de Goths, et puis par une horde de Bourguignons, et enfin par une horde de Sicambres, sous un Clodovic, avaient auparavant subjugué la terre entière, et donné leurs noms et leurs lois à l'Asie, cela me paraît bien fort: la chose n'est pas mathématiquement impossible; et si elle est *démontrée*, je me rends; il serait fort incivil de refuser aux Welches ce qu'on accorde aux Tartares.

Section II. — De l'antiquité des usages. — Qui étaient les plus fous et les plus anciennement fous, de nous ou des Egyptiens, des Syriens, ou des autres peuples? Que signifiait notre gui de chêne? Qui le pre-

1. Voy. Telliamed et tous les systèmes forgés sur cette belle découverte.
2. Bardes, *bardi; récitantes carmina bardi;* c'étaient les poëtes, les philosophes des Welches.

mier a consacré un chat? c'est apparemment celui qui était le plus incommodé des souris. Quelle nation a dansé la première sous des rameaux d'arbres à l'honneur des dieux? Qui la première a fait des processions, et mis des fous avec des grelots à la tête de ces processions? Qui promena un Priape par les rues, et en plaça aux portes en guise de marteaux? Quel Arabe imagina de pendre le caleçon de sa femme à la fenêtre le lendemain de ses noces?

Toutes les nations ont dansé autrefois à la nouvelle lune : s'étaient-elles donné le mot? non, pas plus que pour se réjouir à la naissance de son fils, et pour pleurer, ou faire semblant de pleurer, à la mort de son père. Chaque homme est fort aise de revoir la lune après l'avoir perdue pendant quelques nuits. Il est cent usages qui sont si naturels à tous les hommes, qu'on ne peut dire que ce sont les Basques qui les ont enseignés aux Phrygiens, ni les Phrygiens aux Basques.

On s'est servi de l'eau et du feu dans les temples : cette coutume s'introduit d'elle-même. Un prêtre ne veut pas toujours avoir les mains sales. Il faut du feu pour cuire les viandes immolées, et pour brûler quelques brins de bois résineux, quelques aromates qui combattent l'odeur de la boucherie sacerdotale.

Mais les cérémonies mystérieuses dont il est si difficile d'avoir l'intelligence, les usages que la nature n'enseigne point, en quel lieu, quand, où, pourquoi les a-t-on inventés? qui les a communiqués aux autres peuples? Il n'est pas vraisemblable qu'il soit tombé en même temps dans la tête d'un Arabe et d'un Égyptien de couper à son fils un bout du prépuce, ni qu'un Chinois et un Persan aient imaginé à la fois de châtrer des petits garçons.

Deux pères n'auront pas eu en même temps, dans différentes contrées, l'idée d'égorger leur fils pour plaire à Dieu. Il faut certainement que des nations aient communiqué à d'autres leurs folies sérieuses, ou ridicules, ou barbares.

C'est dans cette antiquité qu'on aime à fouiller pour découvrir, si on peut, le premier insensé et le premier scélérat qui ont perverti le genre humain.

Mais comment savoir si Jéhud en Phénicie fut l'inventeur des sacrifices de sang humain, en immolant son fils?

Comment s'assurer que Lycaon mangea le premier de la chair humaine, quand on ne sait pas qui s'avisa le premier de manger des poules?

On recherche l'origine des anciennes fêtes. La plus antique et la plus belle est celle des empereurs de la Chine, qui labourent et qui sèment avec les premiers mandarins[1]. La seconde est celle des thesmophories d'Athènes. Célébrer à la fois l'agriculture et la justice, montrer aux hommes combien l'une et l'autre sont nécessaires, joindre le frein des lois à l'art qui est la source de toutes les richesses, rien n'est plus sage, plus pieux, et plus utile.

Il y a de vieilles fêtes allégoriques qu'on retrouve partout, comme

1. Voy. l'article AGRICULTURE.

celles du renouvellement des saisons. Il n'est pas nécessaire qu'une nation soit venue de loin enseigner à une autre qu'on peut donner des marques de joie et d'amitié à ses voisins le jour de l'an. Cette coutume était celle de tous les peuples. Les saturnales des Romains sont plus connues que celles des Allobroges et des Pictes, parce qu'il nous est resté beaucoup d'écrits et de monuments romains, et que nous n'en ayons aucun des autres peuples de l'Europe occidentale.

La fête de Saturne était celle du temps; il avait quatre ailes : le temps va vite. Ses deux visages figuraient évidemment l'année finie et l'année commencée. Les Grecs disaient qu'il avait dévoré son père, et qu'il dévorait ses enfants; il n'y a point d'allégorie plus sensible; le temps dévore le passé et le présent, et dévorera l'avenir.

Pourquoi chercher de vaines et tristes explications d'une fête si universelle, si gaie, et si connue? A bien examiner l'antiquité, je ne vois pas une fête annuelle triste; ou du moins si elles commencent par des lamentations, elles finissent par danser, rire et boire. Si on pleure Adoni ou Adonaï, que nous nommons Adonis, il ressuscite bientôt, et on se réjouit. Il en est de même aux fêtes d'Isis, d'Osiris, et d'Horus. Les Grecs en font autant pour Cérès et pour Proserpine. On célébrait avec gaieté la mort du serpent Python. Jour de fête et jour de joie était la même chose. Cette joie n'était que trop emportée aux fêtes de Bacchus.

Je ne vois pas une seule commémoration générale d'un événement malheureux. Les instituteurs des fêtes n'auraient pas eu le sens commun, s'ils avaient établi dans Athènes la célébration de la bataille perdue à Chéronée, et à Rome celle de la bataille de Cannes. On perpétuait le souvenir de ce qui pouvait encourager les hommes, et non de ce qui pouvait leur inspirer la lâcheté du désespoir. Cela est si vrai qu'on imaginait des fables pour avoir le plaisir d'instituer des fêtes. Castor et Pollux n'avaient pas combattu pour les Romains auprès du lac Régile; mais des prêtres le disaient au bout de trois ou quatre cents ans, et tout le peuple dansait. Hercule n'avait point délivré la Grèce d'une hydre à sept têtes; mais on chantait Hercule et son hydre.

Section III. — Fêtes instituées sur des chimères. — Je ne sais s'il y eut dans toute l'antiquité une seule fête fondée sur un fait avéré. On a remarqué ailleurs à quel point sont ridicules les scoliastes qui vous disent magistralement : « Voilà un ancien hymne à l'honneur d'Apollon qui visita Claros; donc Apollon est venu à Claros. On a bâti une chapelle à Persée; donc il a délivré Andromède. » Pauvres gens! dites plutôt : « Donc il n'y a point eu d'Andromède. »

Eh! que deviendra donc la savante antiquité qui a précédé les olympiades? Elle deviendra ce qu'elle est, un temps inconnu, un temps perdu, un temps d'allégories et de mensonges, un temps méprisé par les sages, et profondément discuté par les sots qui se plaisent à nager dans le vide comme les atomes d'Épicure.

Il y avait partout des jours de pénitence, des jours d'expiation dans les temples ; mais ces jours ne s'appelèrent jamais d'un mot qui répondît à celui de fêtes. Toute fête était consacrée au divertissement ; et cela est si vrai que les prêtres égyptiens jeûnaient la veille pour manger mieux le lendemain : coutume que nos moines ont conservée. Il y eut sans doute des cérémonies lugubres ; on ne dansait pas le branle des Grecs en enterrant ou en portant au bûcher son fils et sa fille : c'était une cérémonie publique, mais certainement ce n'était pas une fête.

Section IV. — De l'antiquité des fêtes qu'on prétend avoir toutes été lugubres. — Des gens ingénieux et profonds, des creuseurs d'antiquités, qui sauraient comment la terre était faite il y a cent mille ans, si le génie pouvait le savoir, ont prétendu que les hommes réduits à un très-petit nombre dans notre continent et dans l'autre, encore effrayés des révolutions innombrables que ce triste globe avait essuyées, perpétuèrent le souvenir de leurs malheurs par des commémorations funestes et lugubres. « Toute fête, disent-ils, fut un jour d'horreur, institué pour faire souvenir les hommes que leurs pères avaient été détruits par les feux échappés des volcans, par des rochers tombés des montagnes, par l'irruption des mers, par les dents et les griffes des bêtes sauvages, par la famine, la peste, et les guerres. »

Nous ne sommes donc pas faits comme les hommes l'étaient alors. On ne s'est jamais tant réjoui à Londres qu'après la peste et l'incendie de la ville entière sous Charles II. Nous fîmes des chansons lorsque les massacres de la Saint-Barthélemy duraient encore. On a conservé des pasquinades faites le lendemain de l'assassinat de Coligny ; on imprima dans Paris : *Passio domini nostri Gaspardi Colignii secundum Bartholomæum.*

Il est arrivé mille fois que le sultan qui règne à Constantinople a fait danser ses châtrés et ses odalisques dans des salons teints du sang de ses frères et de ses vizirs.

Que fait-on dans Paris le jour qu'on apprend la perte d'une bataille et la mort de cent braves officiers ? on court à l'Opéra et à la Comédie.

Que faisait-on quand la maréchale d'Ancre était immolée dans la Grève à la barbarie de ses persécuteurs ; quand le maréchal de Marillac était traîné au supplice dans une charrette, en vertu d'un papier signé par des valets en robe dans l'antichambre du cardinal de Richelieu ; quand un lieutenant général des armées[1], un étranger qui avait versé son sang pour l'État, condamné par les cris de ses ennemis acharnés, allait sur l'échafaud dans un tombereau d'ordures avec un bâillon à la bouche ; quand un jeune homme de dix-neuf ans[2], plein de candeur, de courage et de modestie, mais très-imprudent, était conduit au plus affreux des supplices ? on chanta des vaudevilles.

Tel est l'homme, ou du moins l'homme des bords de la Seine. Tel il fut dans tous les temps, par la seule raison que les lapins ont toujours eu du poil, et les alouettes des plumes.

1. Lally. (ÉD.) — 2. Le chevalier de La Barre. (ÉD.)

Section V. — De l'origine des arts. — Quoi ! nous voudrions savoir quelle était précisément la théologie de Thaut, de Zerdust, de Sanchoniathon, des premiers brachmanes, et nous ignorons qui a inventé la navette ! Le premier tisserand, le premier maçon, le premier forgeron, ont été sans doute de grands génies ; mais on n'en a tenu aucun compte. Pourquoi ? c'est qu'aucun d'eux n'inventa un art perfectionné. Celui qui creusa un chêne pour traverser un fleuve ne fit point de galères ; ceux qui arrangèrent des pierres brutes avec des traverses de bois, n'imaginèrent point les pyramides ; tout se fait par degrés, et la gloire n'est à personne.

Tout se fit à tâtons jusqu'à ce que des philosophes, à l'aide de la géométrie, apprirent aux hommes à procéder avec justesse et sûreté.

Il fallut que Pythagore, au retour de ses voyages, montrât aux ouvriers la manière de faire une équerre qui fût parfaitement juste[1]. Il prit trois règles, une de trois pieds, une de quatre, une de cinq et il en fit un triangle rectangle. De plus, il se trouvait que le côté 5 fournissait un carré qui était juste le double des carrés produits par les côtés 4 et 3 ; méthode importante pour tous les ouvrages réguliers. C'est ce fameux théorème qu'il avait rapporté de l'Inde et que nous avons dit ailleurs[2] avoir été connu longtemps auparavant à la Chine, suivant le rapport de l'empereur Kang-hi. Il y avait longtemps qu'avant Platon les Grecs avaient su doubler le carré par cette seule figure géométrique.

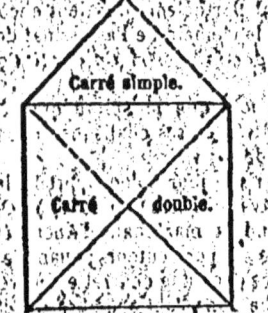

Carré simple.

Carré double.

Archytas et Eratosthène inventèrent une méthode pour doubler un cube, ce qui était impraticable à la géométrie ordinaire, et ce qui aurait honoré Archimède.

Cet Archimède trouva la manière de supputer au juste combien on avait mêlé d'alliage à de l'or ; et on travaillait en or depuis des siècles avant qu'on pût découvrir la fraude des ouvriers. La friponnerie exista longtemps avant les mathématiques. Les pyramides construites d'équerre, et correspondant juste aux quatre points cardinaux, font voir

1. Voy. Vitruve, liv. IX. — 2. Essai sur les mœurs, etc.

assez que la géométrie était connue en Égypte de temps immémorial, et cependant il est prouvé que l'Égypte était un pays tout nouveau.

Sans la philosophie nous ne serions guère au-dessus des animaux qui se creusent des habitations, qui en élèvent, qui s'y préparent leur nourriture, qui prennent soin de leurs petits dans leurs demeures, et qui ont par-dessus nous le bonheur de naître vêtus.

Vitruve, qui avait voyagé en Gaule et en Espagne, dit qu'encore de son temps les maisons étaient bâties d'une espèce de torchis, couvertes de chaume ou de bardeau de chêne, et que les peuples n'avaient pas l'usage des tuiles. Quel était le temps de Vitruve? celui d'Auguste. Les arts avaient pénétré à peine chez les Espagnols, qui avaient des mines d'or et d'argent, et chez les Gaulois, qui avaient combattu dix ans contre César.

Le même Vitruve nous apprend que dans l'opulente et ingénieuse Marseille, qui commerçait avec tant de nations, les toits n'étaient que de terre grasse pétrie avec de la paille.

Il nous instruit que les Phrygiens se creusaient des habitations dans la terre. Ils fichaient des perches autour de la fosse, et les assemblaient en pointe; puis ils élevaient de la terre tout autour. Les Hurons et les Algonquins sont mieux logés. Cela ne donne pas une grande idée de cette Troie bâtie par les dieux, et du magnifique palais de Priam.

> *Apparet domus intus, et atria longa patescunt;*
> *Apparent Priami et veterum penetralia regum.*
>
> ÆN. II, 483-84.

Mais aussi le peuple n'est pas logé comme les rois; on voit des huttes près du Vatican et de Versailles.

De plus, l'industrie tombe et se relève chez les peuples par mille révolutions.

> *Et campos ubi Troja fuit....* (ÆN, III, II.)

Nous avons nos arts, l'antiquité eut les siens. Nous ne saurions faire aujourd'hui une trirème; mais nous construisons des vaisseaux de cent pièces de canon.

Nous ne pouvons élever des obélisques de cent pieds de haut d'une seule pièce; mais nos méridiennes sont plus justes.

Le byssus nous est inconnu : les étoffes de Lyon valent bien le byssus.

Le Capitole était admirable : l'église de Saint-Pierre est beaucoup plus grande et plus belle.

Le Louvre est un chef-d'œuvre en comparaison du palais de Persépolis, dont la situation et les ruines n'attestent qu'un vaste monument d'une riche barbarie.

La musique de Rameau vaut probablement celle de Timothée; et il n'est point de tableau présenté dans Paris, au salon d'Apollon, qui ne l'emporte sur les peintures qu'on a déterrées dans Herculanum [1].

1. Voy. l'article ANCIENS ET MODERNES.

ANTITRINITAIRES. — Ce sont des hérétiques qui pourraient ne pas passer pour chrétiens. Cependant ils reconnaissent Jésus comme sauveur et médiateur; mais ils osent soutenir que rien n'est plus contraire à la droite raison que ce qu'on enseigne parmi les chrétiens touchant la trinité des personnes dans une seule essence divine, dont la seconde est engendrée par la première, et la troisième procède des deux autres.

Que cette doctrine inintelligible ne se trouve dans aucun endroit de l'Écriture.

Qu'on ne peut produire aucun passage qui l'autorise, et auquel on ne puisse, sans s'écarter en aucune façon de l'esprit du texte, donner un sens plus clair, plus naturel, plus conforme aux notions communes et aux vérités primitives et immuables.

Que soutenir, comme font leurs adversaires, qu'il y a plusieurs personnes distinctes dans l'essence divine, et que ce n'est pas l'Éternel qui est le seul vrai Dieu, mais qu'il y faut joindre le Fils et le Saint-Esprit, c'est introduire dans l'Église de Jésus-Christ l'erreur la plus grossière et la plus dangereuse, puisque c'est favoriser ouvertement le polythéisme.

Qu'il implique contradiction de dire qu'il n'y a qu'un Dieu, et que néanmoins il y a trois personnes, chacune desquelles est véritablement Dieu.

Que cette distinction, un en essence, et trois en personnes, n'a jamais été dans l'Écriture.

Qu'elle est manifestement fausse, puisqu'il est certain qu'il n'y a pas moins d'essences que de personnes, et de personnes que d'essences.

Que les trois personnes de la Trinité sont ou trois substances différentes, ou des accidents de l'essence divine, ou cette essence même sans distinction.

Que dans le premier cas on fait trois dieux.

Que dans le second on fait Dieu composé d'accidents, on adore des accidents, et on métamorphose des accidents en des personnes.

Que dans le troisième, c'est inutilement et sans fondement qu'on divise un sujet indivisible, et qu'on distingue en trois ce qui n'est point distingué en soi.

Que si on dit que les trois personnalités ne sont ni des substances différentes dans l'essence divine, ni des accidents de cette essence, on aura de la peine à se persuader qu'elles soient quelque chose.

Qu'il ne faut pas croire que les trinitaires les plus rigides et les plus décidés aient eux-mêmes quelque idée claire de la manière dont les trois hypostases subsistent en Dieu, sans diviser sa substance, et par conséquent sans la multiplier.

Que saint Augustin lui-même, après avoir avancé sur ce sujet mille raisonnements aussi faux que ténébreux, a été forcé d'avouer qu'on ne pouvait rien dire sur cela d'intelligible.

Ils rapportent ensuite le passage de ce père, qui en effet est très-singulier : « Quand on demande, dit-il, ce que c'est que les trois, le langage des hommes se trouve court, et l'on manque de terme pour les exprimer; on a pourtant dit *trois personnes*, non pas pour dire quelque chose, mais parce qu'il faut parler et ne pas demeurer muet. » *Dicimus est tamen tres personæ, non ut illud diceretur, sed ne taceretur.* (De Trin., lib. V, cap. IX.)

Que les théologiens modernes n'ont pas mieux éclairci cette matière.

Que quand on leur demande ce qu'ils entendent par ce mot de *personne*, ils ne l'expliquent qu'en disant que c'est une certaine distinction incompréhensible, qui fait que l'on distingue dans une nature unique en nombre, un Père, un Fils et un Saint-Esprit.

Que l'explication qu'ils donnent des termes d'*engendrer* et de *procéder* n'est pas plus satisfaisante, puisqu'elle se réduit à dire que ces termes marquent certaines relations incompréhensibles qui sont entre les trois personnes de la Trinité.

Que l'on peut recueillir de là que l'état de la question entre les orthodoxes et eux, consiste à savoir s'il y a en Dieu trois distinctions dont on n'a aucune idée, et entre lesquelles il y a certaines relations dont on n'a point d'idées non plus.

De tout cela ils concluent qu'il serait plus sage de s'en tenir à l'autorité des apôtres, qui n'ont jamais parlé de la Trinité, et de bannir à jamais de la religion tous les termes qui ne sont pas dans l'Écriture, comme ceux de *Trinité*, de *personne*, d'*essence*, d'*hypostase*, d'*union hypostatique et personnelle*, d'*incarnation*, de *génération*, de *procession*, et tant d'autres semblables qui étant absolument vides de sens, puisqu'ils n'ont dans la nature aucun être réel représentatif, ne peuvent exciter dans l'entendement que des notions fausses, vagues, obscures et incomplètes. (*Tiré en grande partie de l'article* UNITAIRES, *de l'Encyclopédie, lequel article est de l'abbé de Brugelogne.*)

Ajoutons à cet article ce que dit dom Calmet dans sa dissertation sur le passage de l'épître de Jean l'évangéliste : « Il y en a trois qui donnent témoignage en terre, l'esprit, l'eau et le sang; et ces trois sont un. Il y en a trois qui donnent témoignage au ciel, le Père, le Verbe et l'Esprit; et ces trois sont un. » Dom Calmet avoue que ces deux passages ne sont dans aucune *Bible* ancienne; et il serait en effet bien étrange que saint Jean eût parlé de la Trinité dans une lettre, et n'en eût pas dit un seul mot dans son Évangile. On ne voit nulle trace de ce dogme ni dans les évangiles canoniques, ni dans les apocryphes. Toutes ces raisons et beaucoup d'autres pourraient excuser les antitrinitaires, si les conciles n'avaient pas décidé. Mais comme les hérétiques ne font nul cas des conciles, on ne sait plus comment s'y prendre pour les confondre. Bornons-nous à croire et à souhaiter qu'ils croient[1].

ANTROPOMORPHITES, *voyez* ANTHROPOMORPHITES.

ANTROPOPHAGES, *voyez* ANTHROPOPHAGES.

---

1. Voy. l'article TRINITÉ.

APIS. — Le bœuf Apis [1] était-il adoré à Memphis comme dieu, comme symbole, ou comme bœuf? Il est à croire que les fanatiques voyaient en lui un dieu, les sages un simple symbole, et que le sot peuple adorait le bœuf. Cambyse fit-il bien, quand il eut conquis l'Égypte, de tuer ce bœuf de sa main? Pourquoi non? il faisait voir aux imbéciles qu'on pouvait mettre leur dieu à la broche, sans que la nature s'armât pour venger ce sacrilège. On a fort vanté les Égyptiens. Je ne connais guère de peuple plus misérable; il faut qu'il y ait toujours eu dans leur caractère et dans leur gouvernement un vice radical qui en a toujours fait de vils esclaves. Je consens que dans les temps presque inconnus ils aient conquis la terre; mais dans les temps de l'histoire ils ont été subjugués par tous ceux qui ont voulu s'en donner la peine, par les Assyriens, par les Grecs, par les Romains, par les Arabes, par les Mamelucks, par les Turcs, enfin par tout le monde, excepté par nos croisés, attendu que ceux-ci étaient plus malavisés que les Égyptiens n'étaient lâches. Ce fut la milice des Mamelucks qui battit les Français. Il n'y a peut-être que deux choses passables dans cette nation : la première, que ceux qui adoraient un bœuf ne voulurent jamais contraindre ceux qui adoraient un singe à changer de religion; la seconde, qu'ils ont fait toujours éclore des poulets dans des fours.

On vante leurs pyramides; mais ce sont des monuments d'un peuple esclave. Il faut bien qu'on y ait fait travailler toute la nation, sans quoi on n'aurait pu venir à bout d'élever ces vilaines masses. A quoi servaient-elles? à conserver dans une petite chambre la momie de quelque prince, ou de quelque gouverneur, ou de quelque intendant, que son âme devait ranimer au bout de mille ans. Mais s'ils espéraient cette résurrection des corps, pourquoi leur ôter la cervelle avant de les embaumer? les Égyptiens devaient-ils ressusciter sans cervelle?

APOCALYPSE. — Section I. — Justin le martyr, qui écrivait vers l'an 270 de notre ère, est le premier qui ait parlé de l'Apocalypse; il l'attribue à l'apôtre Jean l'évangéliste : dans son dialogue avec Tryphon (n° 80), ce Juif lui demande s'il ne croit pas que Jérusalem doit être rétablie un jour. Justin lui répond qu'il le croit ainsi avec tous les chrétiens qui pensent juste. « Il y a eu, dit-il, parmi nous un certain personnage nommé Jean, l'un des douze apôtres de Jésus; il a prédit que les fidèles passeront mille ans dans Jérusalem. »

Ce fut une opinion longtemps reçue parmi les chrétiens que ce règne de mille ans. Cette période était en grand crédit chez les Gentils. Les âmes des Égyptiens reprenaient leurs corps au bout de mille années; les âmes du purgatoire, chez Virgile, étaient exercées pendant ce même espace de temps, *et mille per annos* [2]. La nouvelle Jérusalem de mille années devait avoir douze portes, en mémoire des douze apôtres; sa forme devait être carrée; sa longueur, sa largeur et sa hauteur devaient être de douze mille stades, c'est-à-dire cinq cents lieues, de façon que les maisons devaient avoir aussi cinq cents lieues de haut. Il eût été

1. Voy. l'article Bœuf. — 2. Æn., VI, 748. (ED.)

assez désagréable de demeurer au dernier étage; mais enfin c'est ce que dit l'*Apocalypse* au chapitre XXI.

Si Justin est le premier qui attribua l'*Apocalypse* à saint Jean, quelques personnes ont récusé son témoignage, attendu que dans ce même dialogue avec le Juif Tryphon, il dit que, selon le récit des apôtres, Jésus-Christ, en descendant dans le Jourdain, fit bouillir les eaux de ce fleuve, et les enflamma; ce qui pourtant ne se trouve dans aucun écrit des apôtres.

Le même saint Justin [1] cite avec confiance les oracles des sibylles; de plus, il prétend avoir vu les restes des petites maisons où furent enfermés les soixante et douze interprètes dans le phare d'Égypte, du temps d'Hérode. Le témoignage d'un homme qui a eu le malheur de voir ces petites maisons, semble indiquer que l'auteur devait y être renfermé.

Saint Irénée, qui vient après, et qui croyait aussi le règne de mille ans, dit qu'il a appris d'un vieillard que saint Jean avait fait l'*Apocalypse* [2]. Mais on a reproché à saint Irénée d'avoir écrit qu'il ne doit y avoir que quatre Évangiles, parce qu'il n'y a que quatre parties du monde et quatre vents cardinaux, et qu'Ézéchiel n'a vu que quatre animaux. Il appelle ce raisonnement une démonstration. Il faut avouer que la manière dont Irénée démontre vaut bien celle dont Justin a vu.

Clément d'Alexandrie ne parle dans ses *Electa* que d'une *Apocalypse* de saint Pierre dont on faisait très-grand cas. Tertullien, l'un des grands partisans du règne de mille ans, non-seulement assure que saint Jean a prédit cette résurrection et ce règne de mille ans dans la ville de Jérusalem, mais il prétend que cette Jérusalem commençait déjà à se former dans l'air; que tous les chrétiens de la Palestine, et même les païens, l'avaient vue pendant quarante jours de suite à la fin de la nuit; mais malheureusement la ville disparaissait dès qu'il était jour.

Origène, dans sa préface sur l'Évangile de saint Jean, et dans ses Homélies, cite les oracles de l'*Apocalypse*; mais il cite également les oracles des sibylles. Cependant saint Denys d'Alexandrie, qui écrivait vers le milieu du IIIe siècle, dit dans un de ses fragments, conservés par Eusèbe [3], que presque tous les docteurs rejetaient l'*Apocalypse* comme un livre destitué de raison; que ce livre n'a point été composé par saint Jean, mais par un nommé Cérinthe, lequel s'était servi d'un grand nom, pour donner plus de poids à ses rêveries.

Le concile de Laodicée, tenu en 360, ne compta point l'*Apocalypse* parmi les livres canoniques. Il était bien singulier que Laodicée, qui était une Église à qui l'*Apocalypse* était adressée, rejetât un trésor destiné pour elle; et que l'évêque d'Éphèse, qui assistait au concile, rejetât aussi ce livre de saint Jean enterré dans Éphèse.

Il était visible à tous les yeux que saint Jean se remuait toujours dans sa fosse, et faisait continuellement hausser et baisser la terre.

1. *Oratio ad Græcos*. (Éd.) — 2. Liv. V, chap. XXXIII. (Éd.)
3. *Histoire de l'Église*, liv. VII, chap. XXV.

Cependant les mêmes personnages qui étaient sûrs que saint Jean n'était pas bien mort, étaient sûrs aussi qu'il n'avait pas fait l'Apocalypse. Mais ceux qui tenaient pour le règne de mille ans, furent inébranlables dans leur opinion. Sulpice Sévère, dans son *Histoire sacrée*, livre II, traite d'insensés et d'impies ceux qui ne recevaient pas l'*Apocalypse*. Enfin, après bien des oppositions de concile à concile, l'opinion de Sulpice Sévère a prévalu. La matière ayant été éclaircie, l'Église a décidé que l'*Apocalypse* est incontestablement de saint Jean ; ainsi il n'y a pas d'appel.

Chaque communion chrétienne s'est attribué les prophéties contenues dans ce livre ; les Anglais y ont trouvé les révolutions de la Grande-Bretagne ; les luthériens, les troubles d'Allemagne ; les réformés de France, le règne de Charles IX et la régence de Catherine de Médicis : ils ont tous également raison. Bossuet et Newton ont commenté tous deux l'*Apocalypse* ; mais, à tout prendre, les déclamations éloquentes de l'un, et les sublimes découvertes de l'autre, leur ont fait plus d'honneur que leurs commentaires.

Section II. — Ainsi deux grands hommes, mais d'une grandeur fort différente, ont commenté l'*Apocalypse* dans le xviii siècle ; Newton, à qui une pareille étude ne convenait guère ; Bossuet, à qui cette entreprise convenait davantage. L'un et l'autre donnèrent beaucoup de prise à leurs ennemis par leurs commentaires ; et, comme on l'a déjà dit, le premier consola la race humaine de la supériorité qu'il avait sur elle, et l'autre réjouit ses ennemis.

Les catholiques et les protestants ont tous expliqué l'*Apocalypse* en leur faveur ; et chacun y a trouvé tout juste ce qui convenait à ses intérêts. Ils ont surtout fait de merveilleux commentaires sur la grande bête à sept têtes et à dix cornes, ayant le poil d'un léopard, les pieds d'un ours, la gueule du lion, la force du dragon ; et il fallait, pour vendre et acheter, avoir le caractère et le nombre de la bête ; et ce nombre était 666.

Bossuet trouve que cette bête était évidemment l'empereur Dioclétien, en faisant un acrostiche de son nom. Grotius croyait que c'était Trajan. Un curé de Saint-Sulpice, nommé La Chétardie, connu par d'étranges aventures, prouve que la bête était Julien. Jurieu prouve que la bête est le pape. Un prédicant a démontré que c'est Louis XIV. Un bon catholique a démontré que c'est le roi d'Angleterre Guillaume. Il n'est pas aisé de les accorder tous.

1. L'*Histoire sacrée* de Sulpice Sévère n'a que deux livres. C'est dans le second que l'auteur dit de l'*Apocalypse* : *Qui quidem a plerisque aut stulte aut impie non recipitur.* (Ed.)

2. Un savant moderne a prétendu prouver que cette bête de l'*Apocalypse* n'est autre chose que l'empereur Caligula. Le nombre de 666 est la valeur numérale des lettres de son nom. Ce livre est, selon l'auteur, une prédiction des désordres du règne de Caligula, faite après coup, et à laquelle on ajouta des prédictions équivoques de la ruine de l'empire romain. Voilà par quelle raison les protestants qui ont voulu trouver dans l'*Apocalypse* la puissance papale et sa destruction, ont rencontré quelques explications très-frappantes. (*Ed. de Kehl.*)

Il y a eu de vives disputes concernant les étoiles qui tombèrent du ciel sur la terre, et touchant le soleil et la lune qui furent frappés à la fois de ténèbres dans leur troisième partie.

Il y a eu plusieurs sentiments sur le livre que l'ange fit manger à l'auteur de l'*Apocalypse*, lequel livre fut doux à la bouche et amer dans le ventre. Jurieu prétendait que les livres de ses adversaires étaient désignés par là : et on rétorquait son argument contre lui.

On s'est querellé sur ce verset : « J'entendis une voix dans le ciel, comme la voix des grandes eaux, et comme la voix d'un grand tonnerre ; et cette voix que j'entendis était comme des harpeurs harpants sur leurs harpes. » Il est clair qu'il valait mieux respecter l'*Apocalypse* que la commenter.

Camus, évêque de Belley, fit imprimer au siècle précédent un gros livre contre les moines, qu'un moine défroqué abréges ; il fut intitulé *Apocalypse*, parce qu'il y révélait les défauts et les dangers de la vie monacale ; *Apocalypse de Méliton*, parce que Méliton, évêque de Sardes, au second siècle, avait passé pour prophète. L'ouvrage de cet évêque n'a rien des obscurités de l'*Apocalypse* de saint Jean ; jamais on ne parla plus clairement. L'évêque ressemble à ce magistrat qui disait à un procureur : « Vous êtes un faussaire, un fripon. Je ne sais si je m'explique. »

L'évêque de Belley suppute dans son *Apocalypse ou Révélation*, qu'il y avait de son temps quatre-vingt-dix-huit ordres de moines rentés ou mendiants, qui vivaient aux dépens des peuples sans rendre le moindre service, sans s'occuper du plus léger travail. Il comptait six cent mille moines dans l'Europe. Le calcul est un peu enflé ; mais il est certain que le nombre des moines était un peu trop grand.

Il assure que les moines sont les ennemis des évêques, des curés et des magistrats.

Que parmi les priviléges accordés aux cordeliers, le sixième privilége est la sûreté d'être sauvé, quelque crime horrible qu'on ait commis, pourvu qu'on aime l'ordre de Saint-François.

Que les moines ressemblent aux singes ; plus ils montent haut, plus on voit leur cul.

Que le nom de moine est devenu si infâme et si exécrable, qu'il est regardé par les moines même comme une sale injure, et comme le plus violent outrage qu'on leur puisse faire.

Mon cher lecteur, qui que vous soyez, ou ministre ou magistrat, considérez avec attention ce petit morceau du livre de notre évêque.

« Représentez-vous le couvent de l'Escurial ou du Mont-Cassin, où les cénobites ont toutes sortes de commodités nécessaires, utiles, délectables, superflues, surabondantes, puisqu'ils ont les cent cinquante mille, les quatre cent mille, les cinq cent mille écus de rente ; et jugez si monsieur l'abbé a de quoi laisser dormir la méridienne ceux qui voudront.

---

1. Chap. xiv, 2. (ÉD.) — 2. Page 89. — 3. Page 195. — 4. Page 191. — 5. Pages 160 et 161.

« D'un autre côté, représentez-vous un artisan, un laboureur, qui n'a pour tout vaillant que ses bras, chargé d'une grosse famille, travaillant tous les jours en toute saison comme un esclave pour la nourrir du pain de douleur et de l'eau des larmes; et puis faites la comparaison de la prééminence de l'une ou de l'autre condition en fait de pauvreté. »

Voilà un passage de l'*Apocalypse épiscopale* qui n'a pas besoin de commentaires : il n'y manque qu'un ange qui vienne remplir sa coupe du vin des moines pour désaltérer les agriculteurs qui labourent, sèment et recueillent pour les monastères.

Mais ce prélat ne fit qu'une satire au lieu de faire un livre utile. Sa dignité lui ordonnait de dire le bien comme le mal. Il fallait avouer que les bénédictins ont donné beaucoup de bons ouvrages, que les jésuites ont rendu de grands services aux belles-lettres. Il fallait bénir les frères de la Charité, et ceux de la Rédemption des captifs. Le premier devoir est d'être juste. Camus se livrait trop à son imagination. Saint François de Sales lui conseilla de faire des romans de morale; mais il abusa de ce conseil.

APOCRYPHES, *du mot grec qui signifie caché.* — On remarque très-bien dans le *Dictionnaire encyclopédique* que les divines Écritures pouvaient être à la fois sacrées et apocryphes : sacrées, parce qu'elles sont indubitablement dictées par Dieu même; apocryphes, parce qu'elles étaient cachées aux nations, et même au peuple juif.

Qu'elles fussent cachées aux nations avant la traduction grecque faite dans Alexandrie sous les Ptolémées, c'est une vérité reconnue. Josèphe l'avoue dans la réponse qu'il fit à Apion, après la mort d'Apion; et son aveu n'en a pas moins de poids, quoiqu'il prétende le fortifier par une fable. Il dit dans son histoire[1] que les livres juifs étant tous divins, nul historien, nul poëte étranger n'en avait jamais osé parler. Et immédiatement après avoir assuré que jamais personne n'osa s'exprimer sur les lois juives, il ajoute que l'historien Théopompe ayant eu seulement le dessein d'en insérer quelque chose dans son histoire, Dieu le rendit fou pendant trente jours; qu'ensuite, ayant été averti dans un songe qu'il n'était fou que pour avoir voulu connaître les choses divines, et les faire connaître aux profanes, il en demanda pardon à Dieu, qui le remit dans son bon sens.

Josèphe, au même endroit, rapporte encore qu'un poëte nommé Théodecte ayant dit un mot des Juifs, dans ses tragédies, devint aveugle, et que Dieu ne lui rendit la vue qu'après qu'il eut fait pénitence.

Quant au peuple juif, il est certain qu'il y eut des temps où il ne put lire les divines Écritures, puisqu'il est dit dans le quatrième livre des *Rois*[2], et dans le deuxième des *Paralipomènes*[3], que sous le roi Josias on ne les connaissait pas, et qu'on en trouva par hasard un seul exemplaire dans un coffre chez le grand prêtre Helcias ou Helkia.

1. Liv. I, chap. IV. — 2. Liv. XII, chap. II.
3. Chap. XXII, v. 8. — 4. Chap. XXXIV, v. 14.

Les dix tribus qui furent dispersées par Salmanasar n'ont jamais reparu; et leurs livres, si elles en avaient, ont été perdus avec elles. Les deux tribus qui furent esclaves à Babylone, et qui revinrent au bout de soixante et dix ans, n'avaient plus leurs livres, ou du moins ils étaient très-rares et très-défectueux, puisque Esdras fut obligé de les rétablir. Mais quoique ces livres fussent apocryphes pendant la captivité de Babylone, c'est-à-dire cachés, inconnus au peuple, ils étaient toujours sacrés; ils portaient le sceau de la Divinité; ils étaient, comme tout le monde en convient, le seul monument de vérité qui fût sur la terre.

Nous appelons aujourd'hui *apocryphes* les livres qui ne méritent aucune créance, tant les langues sont sujettes au changement. Les catholiques et les protestants s'accordent à traiter d'apocryphes en ce sens, et à rejeter :

La prière de Manassé, roi de Juda, qui se trouve dans le quatrième livre des *Rois;*

Le troisième et le quatrième livre des Machabées;

Le quatrième livre d'Esdras;

quoiqu'ils soient incontestablement écrits par des Juifs; mais on nie que les auteurs aient été inspirés de Dieu ainsi que les autres Juifs.

Les autres livres juifs, rejetés par les seuls protestants, et regardés par conséquent comme non inspirés par Dieu même, sont :

La Sagesse, quoiqu'elle soit écrite du même style que les *Proverbes;*

L'Ecclésiastique, quoique ce soit encore le même style;

Les deux premiers livres des Machabées, quoiqu'ils soient écrits par un Juif; mais ils ne croient pas que ce Juif ait été inspiré de Dieu;

Tobie, quoique le fond en soit édifiant. Le judicieux et profond Calmet affirme qu'une partie de ce livre fut écrite par Tobie père, et l'autre par Tobie fils, et qu'un troisième auteur ajouta la conclusion du dernier chapitre, laquelle dit que le jeune Tobie mourut à l'âge de quatre-vingt-dix-neuf ans, et que ses enfants *l'enterrèrent gaiement.*

Le même Calmet, à la fin de sa préface, s'exprime ainsi [1] : « Ni cette histoire en elle-même, ni la manière dont elle est racontée, ne portent en aucune manière le caractère de fable ou de fiction. S'il fallait rejeter toutes les histoires de l'Écriture où il paraît du merveilleux et de l'extraordinaire, où serait le livre sacré que l'on pourrait conserver?... »

Judith, quoique Luther lui-même déclare « que ce livre est beau, bon, saint, utile, et que c'est le discours d'un saint poète et d'un prophète animé du Saint-Esprit, qui nous instruit, etc. [2] »

Il est difficile, à la vérité, de savoir en quel temps se passa l'aventure de Judith, et où était située la ville de Béthulie. On a disputé

1. Préface de *Tobie.*
2. Luther, dans la préface allemande du livre de *Judith.*

aussi beaucoup sur le degré de sainteté de Judith; mais le livre ayant été déclaré canonique au concile de Trente, il n'y a plus à disputer.

Baruch, quoiqu'il soit écrit du style de tous les autres prophètes.

Esther. Les protestants n'en rejettent que quelques additions après le chapitre dix; mais ils admettent tout le reste du livre, encore que l'on ne sache pas qui était le roi Assuérus, personnage principal de cette histoire.

Daniel. Les protestants en retranchent l'aventure de Suzanne et des petits enfants dans la fournaise; mais ils conservent le songe de Nabuchodonosor et son habitation avec les bêtes.

De la vie de Moïse, livre apocryphe de la plus haute antiquité. — L'ancien livre qui contient la vie et la mort de Moïse, paraît écrit du temps de la captivité de Babylone. Ce fut alors que les Juifs commencèrent à connaître les noms que les Chaldéens et les Perses donnaient aux anges[1].

C'est là qu'on voit les noms de Zinghiel, Samael, Tsakon, Lakah, et beaucoup d'autres dont les Juifs n'avaient fait aucune mention.

Le livre de la mort de Moïse paraît postérieur. Il est reconnu que les Juifs avaient plusieurs vies de Moïse très-anciennes, et d'autres livres indépendamment du *Pentateuque*. Il y était appelé Moni, et non pas Moïse; et on prétend que mo signifiait de l'eau, et ni la particule de. On le nomma aussi du nom général Melk; on lui donna ceux de Joakim, Adamosi, Thetmosi; et surtout on a cru que c'était le même personnage que Manéthon appelle Osarziph.

Quelques-uns de ces vieux manuscrits hébraïques furent tirés de la poussière des cabinets des Juifs vers l'an 1517. Le savant Gilbert Gaulmin, qui possédait leur langue parfaitement, les traduisit en latin vers l'an 1635. Ils furent imprimés ensuite et dédiés au cardinal de Bérulle. Les exemplaires sont devenus d'une rareté extrême.

Jamais le rabbinisme, le goût du merveilleux, l'imagination orientale, ne se déployèrent avec plus d'excès.

Fragment de la vie de Moïse. — Cent trente ans après l'établissement des Juifs en Égypte, et soixante ans après la mort du patriarche Joseph, le pharaon eut un songe en dormant. Un vieillard tenait une balance: dans l'un des bassins étaient tous les habitants de l'Égypte, dans l'autre était un petit enfant, et cet enfant pesait plus que tous les Égyptiens ensemble. Le pharaon appelle aussitôt ses chotim, ses sages. L'un des sages lui dit: « O roi! cet enfant est un Juif qui fera un jour bien du mal à votre royaume. Faites tuer tous les enfants des Juifs, vous sauverez par là votre empire, si pourtant on peut s'opposer aux ordres du destin. »

Ce conseil plut à Pharaon; il fit venir les sages-femmes, et leur ordonna d'étrangler tous les mâles dont les Juives accoucheraient. Il y avait en Égypte un homme nommé Amram, fils de Kehat, mari de Jocebed, sœur de son frère. Cette Jocebed lui donna une fille nom-

2. Voy. l'article AXON.

mée Marie, qui signifie *persécutée*, parce que les Égyptiens descendants de Cham persécutaient les Israélites descendants de Sem. Jocebed accoucha ensuite d'Aaron, qui signifie *condamné à mort*, parce que le pharaon avait condamné à mort tous les enfants juifs. Aaron et Marie furent préservés par les anges du Seigneur, qui les nourrirent aux champs, et qui les rendirent à leurs parents quand ils furent dans l'adolescence.

Enfin Jocebed eut un troisième enfant : ce fut Moïse, qui par conséquent avait quinze ans de moins que son frère. Il fut exposé sur le Nil. La fille du pharaon le rencontra en se baignant, le fit nourrir, et l'adopta pour son fils, quoiqu'elle ne fût point mariée.

Trois ans après, son père le pharaon prit une nouvelle femme; il fit un grand festin; sa femme était à sa droite, sa fille était à sa gauche avec le petit Moïse. L'enfant, en se jouant, lui prit sa couronne et la mit sur sa tête. Balaam le magicien, eunuque du roi, se ressouvint alors du songe de Sa Majesté. « Voilà, dit-il, cet enfant qui doit un jour vous faire tant de mal; l'esprit de Dieu est en lui. Ce qu'il vient de faire est une preuve qu'il a déjà une idée de vous détrôner. Il faut le tuer sur-le-champ. » Cette idée plut beaucoup au pharaon.

On allait tuer le petit Moïse lorsque Dieu envoya sur-le-champ son ange Gabriel déguisé en officier du pharaon, et qui lui dit : « Seigneur, il ne faut pas faire mourir un enfant innocent qui n'a pas encore l'âge de discrétion; il n'a mis votre couronne sur sa tête que parce qu'il manque de jugement. Il n'y a qu'à lui présenter un rubis et un charbon ardent; s'il choisit le charbon, il est clair que c'est un imbécile qui ne sera pas dangereux; mais s'il prend le rubis, c'est signe qu'il y entend finesse, et alors il faut le tuer. »

Aussitôt on apporte un rubis et un charbon; Moïse ne manque pas de prendre le rubis; mais l'ange Gabriel, par un léger tour de main, glisse le charbon à la place de la pierre précieuse. Moïse mit le charbon dans sa bouche, et se brûla la langue si horriblement qu'il en resta bègue toute sa vie; et c'est la raison pour laquelle le législateur des Juifs ne put jamais articuler.

Moïse avait quinze ans et était favori du pharaon. Un Hébreu vint se plaindre à lui de ce qu'un Égyptien l'avait battu après avoir couché avec sa femme. Moïse tua l'Égyptien. Le pharaon ordonna qu'on coupât la tête à Moïse. Le bourreau le frappa; mais Dieu changea sur-le-champ le cou de Moïse en colonne de marbre, et envoya l'ange Michael, qui en trois jours de temps conduisit Moïse hors des frontières.

Le jeune Hébreu se réfugia auprès de Nécano, roi d'Éthiopie, qui était en guerre avec les Arabes. Nécano le fit son général d'armée, et après la mort de Nécano, Moïse fut élu roi, et épousa la veuve. Mais Moïse, honteux d'épouser la femme de son seigneur, n'osa jouir d'elle, et mit une épée dans le lit entre lui et la reine. Il demeura quarante ans avec elle sans la toucher. La reine, irritée, convoqua enfin les états du royaume d'Éthiopie, se plaignit de ce que Moïse ne lui faisait rien, et conclut à le chasser, et à mettre sur le trône le fils du feu roi.

Moïse s'enfuit dans le pays de Madian chez le prêtre Jéthro. Ce prêtre crut que sa fortune était faite s'il remettait Moïse entre les mains du pharaon d'Égypte, et il commença par le faire mettre dans un cul de basse-fosse, où il fut réduit au pain et à l'eau. Moïse engraissa à vue d'œil dans son cachot. Jéthro en fut tout étonné. Il ne savait pas que sa fille Séphora était devenue amoureuse du prisonnier, et lui portait elle-même des perdrix et des cailles avec d'excellent vin. Il conclut que Dieu protégeait Moïse et ne le livra point au pharaon.

Cependant le prêtre Jéthro voulut marier sa fille; il avait dans son jardin un arbre de saphir sur lequel était gravé le nom de Jaho ou Jéhova. Il fit publier dans tout le pays qu'il donnerait sa fille à celui qui pourrait arracher l'arbre de saphir. Les amants de Séphora se présentèrent : aucun d'eux ne put seulement faire pencher l'arbre. Moïse, qui n'avait que soixante et dix-sept ans, l'arrache tout d'un coup sans efforts. Il épousa Séphora, dont il eut bientôt un beau garçon nommé Gersom.

Un jour en se promenant il rencontra Dieu (qui se nommait auparavant Sadaï, et qui alors s'appelait Jéhova) dans un buisson, et Dieu lui ordonna d'aller faire des miracles à la cour du pharaon : il partit avec sa femme et son fils. Ils rencontrèrent, chemin faisant, un ange qu'on ne nomme pas, qui ordonna à Séphora de circoncire le petit Gersom avec un couteau de pierre. Dieu envoya Aaron sur la route; mais Aaron trouva fort mauvais que son frère eût épousé une Madianite; il la traita de p.... et le petit Gersom de bâtard; il les renvoya dans leur pays par le plus court.

Aaron et Moïse s'en allèrent donc tout seuls dans le palais du pharaon. La porte du palais était gardée par deux lions d'une grandeur énorme. Balaam, l'un des magiciens du roi, voyant venir les deux frères, lâcha sur eux les deux lions; mais Moïse les toucha de sa verge, et les deux lions, humblement prosternés, léchèrent les pieds d'Aaron et de Moïse. Le roi, tout étonné, fit venir les deux pèlerins devant tous ses magiciens. Ce fut à qui ferait le plus de miracles.

L'auteur raconte ici les dix plaies d'Égypte à peu près comme elles sont rapportées dans l'*Exode*. Il ajoute seulement que Moïse couvrit toute l'Égypte de poux jusqu'à la hauteur d'une coudée, et qu'il envoya chez tous les Égyptiens des lions, des loups, des ours, des tigres, qui entraient dans toutes les maisons, quoique les portes fussent fermées aux verrous, et qui mangeaient tous les petits enfants.

Ce ne fut point, selon cet auteur, les Juifs qui s'enfuirent par la mer Rouge, ce fut le pharaon qui s'enfuit par ce chemin avec son armée; les Juifs coururent après lui, les eaux se séparèrent à droite et à gauche pour les voir combattre : tous les Égyptiens, excepté le roi, furent tués sur le sable. Alors ce roi, voyant bien qu'il avait affaire à forte partie, demanda pardon à Dieu, Michaël et Gabriel furent envoyés vers lui; ils le transportèrent dans la ville de Ninive, où il régna quatre cents ans.

De la mort de Moïse. — Dieu avait déclaré au peuple d'Israël qu'il ne sortirait point de l'Égypte à moins qu'il n'eût retrouvé le tombeau de Joseph. Moïse le retrouva, et le porta sur ses épaules en traversant la mer Rouge. Dieu lui dit qu'il se souviendrait de cette bonne action, et qu'il l'assisterait à la mort.

Quand Moïse eut passé six-vingts ans, Dieu vint lui annoncer qu'il fallait mourir, et qu'il n'avait plus que trois heures à vivre. Le mauvais ange Samaël assistait à la conversation. Dès que la première heure fut passée, il se mit à rire de ce qu'il allait bientôt s'emparer de l'âme de Moïse, et Michaël se mit à pleurer. « Ne te réjouis pas, méchante bête, dit le bon ange au mauvais; Moïse va mourir, mais nous avons Josué à sa place. »

Quand les trois heures furent passées, Dieu commanda à Gabriel de prendre l'âme du mourant. Gabriel s'en excusa, Michaël aussi. Dieu, refusé par ces deux anges, s'adresse à Zinghiel. Celui-ci ne voulut pas plus obéir que les autres : « C'est moi, dit-il, qui ai été autrefois son précepteur, je ne tuerai pas mon disciple. » Alors Dieu, se fâchant, dit au mauvais ange Samaël : « Eh bien, méchant, prends donc son âme. » Samaël, plein de joie, tire son épée et court sur Moïse. Le mourant se lève en colère, les yeux étincelants : « Comment, coquin! lui dit Moïse, oserais-tu bien me tuer, moi qui étant enfant ai mis la couronne d'un pharaon sur ma tête, qui ai fait des miracles à l'âge de quatre-vingts ans, qui ai conduit hors d'Égypte soixante millions d'hommes, qui ai coupé la mer Rouge en deux, qui ai vaincu deux rois si grands que du temps du déluge l'eau ne leur venait qu'à mi-jambe! va-t'en, maraud, sors de devant moi tout à l'heure. »

Cette altercation dura encore quelques moments. Gabriel, pendant ce temps-là, prépara un brancard pour transporter l'âme de Moïse; Michaël, un manteau de pourpre; Zinghiel, une soutane. Dieu lui mit les deux mains sur la poitrine, et emporta son âme.

C'est à cette histoire que l'apôtre saint Jude fait allusion dans son Épître, lorsqu'il dit que l'archange Michaël disputa le corps de Moïse au diable. Comme ce fait ne se trouve que dans le livre que je viens de citer, il est évident que saint Jude l'avait lu, et qu'il le regardait comme un livre canonique.

La seconde histoire de la mort de Moïse est encore une conversation avec Dieu. Elle n'est pas moins plaisante et moins curieuse que l'autre. Voici quelques traits de ce dialogue.

MOÏSE. — Je vous prie, Seigneur, de me laisser entrer dans la terre promise, au moins pour deux ou trois ans.

DIEU. — Non; mon décret porte que tu n'y entreras pas.

MOÏSE. — Que du moins on m'y porte après ma mort.

DIEU. — Non, ni mort ni vif.

MOÏSE. — Hélas! bon Dieu, vous êtes si clément envers vos créatures; vous leur pardonnez deux ou trois fois; je n'ai fait qu'un péché, et vous ne me pardonnez pas!

DIEU. — Tu ne sais ce que tu dis, tu as commis six péchés... Je me souviens d'avoir juré ta mort ou la perte d'Israël; il faut qu'un de ces deux serments s'accomplisse. Si tu veux vivre, Israël périra.

Moïse. — Seigneur, il y a là trop d'adresse, vous tenez la corde par les deux bouts. Que Moïse périsse plutôt qu'une seule âme d'Israël.

Après plusieurs discours de la sorte, l'écho de la montagne dit à Moïse : « Tu n'as plus que cinq heures à vivre. » Au bout des cinq heures Dieu envoya chercher Gabriel, Zinghiel, et Samaël. Dieu promit à Moïse de l'enterrer, et emporta son âme.

Quand on fait réflexion que presque toute la terre a été infatuée de pareils contes, et qu'ils ont fait l'éducation du genre humain, on trouve les fables de Pilpal, de Lokman, d'Ésope, bien raisonnables.

Livres apocryphes de la nouvelle loi. — Cinquante Évangiles, tous assez différents les uns des autres, dont il ne nous reste que quatre entiers, celui de Jacques, celui de Nicodème, celui de l'enfance de Jésus, et celui de la naissance de Marie. Nous n'avons des autres que des fragments et de légères notices.

Le voyageur Tournefort, envoyé par Louis XIV en Asie, nous apprend que les Géorgiens ont conservé l'*Évangile de l'enfance,* qui leur a été probablement communiqué par les Arméniens (Tournefort, lett. XIX).

Dans les commencements, plusieurs de ces Évangiles, aujourd'hui reconnus comme apocryphes, furent cités comme authentiques, et furent même les seuls cités. On trouve dans les Actes des apôtres ces mots que prononce saint Paul : « Il faut se souvenir des paroles du seigneur Jésus, car lui-même a dit : « Il vaut mieux donner que recevoir. »

Saint Barnabé, ou plutôt saint Barnabas, fait parler ainsi Jésus-Christ dans son Épître catholique[1] : « Résistons à toute iniquité, et ayons-la en haine. » Ceux qui veulent me voir et parvenir à mon royaume, doivent me suivre par les afflictions et par les peines. »

Saint Clément, dans sa seconde Épître aux Corinthiens, met dans la bouche de Jésus-Christ ces paroles : « Si vous êtes assemblés dans mon sein, et que vous ne suiviez pas mes commandements[2], je vous rejetterai, et je vous dirai : Retirez-vous de moi, je ne vous connais pas; retirez-vous de moi, artisans d'iniquité. »

Il attribue ensuite ces paroles à Jésus-Christ : « Gardez votre chair chaste et le cachet immaculé, afin que vous receviez la vie éternelle[3]. »

Dans les *Constitutions apostoliques,* qui sont du IIe siècle, on trouve ces mots : « Jésus-Christ a dit : « Soyez des agents de change honnêtes. »

Il y a beaucoup de citations pareilles, dont aucune n'est tirée des quatre Évangiles reconnus dans l'Église pour les seuls canoniques. Elles sont pour la plupart tirées de l'Évangile selon les Hébreux, Évangile traduit par saint Jérôme, et qui est aujourd'hui regardé comme apocryphe.

Saint Clément le Romain dit, dans sa seconde Épître : « Le Seigneur étant interrogé quand viendrait son règne, répondit : « Quand deux

« feront un, quand ce qui est dehors sera dedans, quand le mâle sera
« femelle, et quand il n'y aura ni femelle ni mâle. »

Ces paroles sont tirées de l'Évangile selon les Égyptiens, et le texte
est rapporté tout entier par saint Clément d'Alexandrie. Mais à quoi
pensait l'auteur de l'Évangile égyptien, et saint Clément lui-même ?
les paroles qu'il cite sont injurieuses à Jésus-Christ; elles font entendre
qu'il ne croyait pas que son règne advînt. Dire qu'une chose arrivera
« quand deux feront un, quand le mâle sera femelle, » c'est dire qu'elle
n'arrivera jamais. C'est, comme nous disons : « La semaine des trois
jeudis, les calendes grecques; » un tel passage est bien plus rabbinique
qu'évangélique.

Il y eut aussi des *Actes des apôtres* apocryphes : saint Épiphane les
cite[1]. C'est dans ces actes qu'il est rapporté que saint Paul était fils
d'un père et d'une mère idolâtres, et qu'il se fit Juif pour épouser la
fille de Gamaliel; et qu'ayant été refusé, ou ne l'ayant pas trouvée
vierge, il prit le parti des disciples de Jésus. C'est un blasphème contre
saint Paul.

Des autres livres apocryphes du 1ᵉʳ *et du* 2ᵉ *siècle.* — I. *Livre
d'Énoch, septième homme après Adam,* lequel fait mention de la
guerre des anges rebelles sous leur capitaine Semexia contre les anges
fidèles conduits par Michaël. L'objet de la guerre était de jouir des
filles des hommes, comme il est dit à l'article ANGE[2].

II. *Les Actes de sainte Thècle et de saint Paul,* écrits par un disciple
nommé Jean, attaché à saint Paul. C'est dans cette histoire que Thècle
s'échappe des mains de ses persécuteurs pour aller trouver saint Paul,
déguisée en homme. C'est là qu'elle baptise un lion; mais cette aventure fut retranchée depuis. C'est là qu'on trouve le portrait de Paul :
*Statura brevi, calvastrum, cruribus curvis, turosum, superciliis
junctis, naso aquilino, plenum gratia Dei.*

Quoique cette histoire ait été recommandée par saint Grégoire de
Nazianze, par saint Ambroise, et par saint Jean Chrysostome, etc.,
elle n'a eu aucune considération chez les autres docteurs de l'Église.

III. *La Prédication de Pierre.* Cet écrit est aussi appelé l'*Évangile,
la Révélation de Pierre.* Saint Clément d'Alexandrie en parle avec
beaucoup d'éloge; mais on s'aperçut bientôt qu'il était d'un faussaire
qui avait pris le nom de cet apôtre.

IV. *Les Actes de Pierre,* ouvrage non moins supposé.

V. *Le Testament des douze patriarches.* On doute si ce livre est d'un
Juif ou d'un chrétien. Il est très-vraisemblable pourtant qu'il est d'un
chrétien des premiers temps; car il est dit, dans le *Testament de Lévi,*
qu'à la fin de la septième semaine il viendra des prêtres adonnés à
l'idolâtrie, *bellatores, avari, scribæ iniqui, impudici, puerorum
corruptores et pecorum;* qu'alors il y aura un nouveau sacerdoce; que

---

1. Chap. xxx, § 16.
2. Il y a encore un autre livre d'Énoch chez les chrétiens d'Éthiopie, que
Peiresc, conseiller au parlement de Provence, fit venir à très-grands frais; il est
d'un autre imposteur. Faut-il qu'il y en ait aussi en Éthiopie!

les cieux s'ouvriront; que la gloire du Très-Haut, et l'esprit d'intelligence et de sanctification s'élèvera sur ce nouveau prêtre. Ce qui semble prophétiser Jésus-Christ.

VI. *La Lettre d'Abgar*, prétendu roi d'Édesse, *à Jésus-Christ, et la Réponse de Jésus-Christ au roi Abgar*. On croit en effet qu'il y avait du temps de Tibère un toparque d'Édesse qui avait passé du service des Perses à celui des Romains; mais son commerce épistolaire a été regardé par tous les bons critiques comme une chimère.

VII. *Les Actes de Pilate, les Lettres de Pilate à Tibère sur la mort de Jésus-Christ; la Vie de Procula, femme de Pilate*.

VIII. *Les Actes de Pierre et de Paul*, où l'on voit l'histoire de la querelle de saint Pierre avec Simon le magicien : Abdias, Marcel et Hégésippe ont tous trois écrit cette histoire. Saint Pierre dispute d'abord avec Simon à qui ressuscitera un parent de l'empereur Néron, qui venait de mourir ; Simon le ressuscite à moitié, et saint Pierre achève la résurrection. Simon vole ensuite dans l'air, saint Pierre le fait tomber, et le magicien se casse les jambes. L'empereur Néron, irrité de la mort de son magicien, fait crucifier saint Pierre la tête en bas, et fait couper la tête à saint Paul, qui était du parti de saint Pierre.

IX. *Les Gestes du bienheureux Paul, apôtre et docteur des nations*. Dans ce livre, on fait demeurer saint Paul à Rome, deux ans après la mort de saint Pierre. L'auteur dit que quand on eut coupé la tête à Paul, il en sortit du lait au lieu de sang, et que Lucina, femme dévote, le fit enterrer à vingt milles de Rome, sur le chemin d'Ostie, dans sa maison de campagne.

X. *Les Gestes du bienheureux apôtre André*. L'auteur raconte que saint André alla prêcher dans la ville des Myrmidons, et qu'il y baptisa tous les citoyens. Un jeune homme, nommé Sostrate, de la ville d'Amazée, qui est du moins plus connue que celle des Myrmidons, vint dire au bienheureux André : « Je suis si beau que ma mère a conçu pour moi de la passion; j'ai eu horreur pour ce crime exécrable, et j'ai pris la fuite; ma mère en fureur m'accuse auprès du proconsul de la province de l'avoir voulu violer. Je ne puis rien répondre; car j'aimerais mieux mourir que d'accuser ma mère. » Comme il parlait ainsi, les gardes du proconsul vinrent se saisir de lui. Saint André accompagna l'enfant devant le juge, et plaida sa cause : la mère ne se déconcerta point; elle accusa saint André lui-même d'avoir engagé l'enfant à ce crime. Le proconsul aussitôt ordonne qu'on jette saint André dans la rivière; mais l'apôtre ayant prié Dieu, il se fit un grand tremblement de terre, et la mère mourut d'un coup de tonnerre.

Après plusieurs aventures de ce genre, l'auteur fait crucifier saint André à Patras.

XI. *Les Gestes de saint Jacques le Majeur*. L'auteur le fait condamner à la mort par le pontife Abiathar à Jérusalem, et il baptise le greffier avant d'être crucifié.

XII. *Les Gestes de saint Jean l'évangéliste*. L'auteur raconte qu'à Éphèse, dont saint Jean était évêque, Drusilla, convertie par lui, ne voulut plus de la compagnie de son mari Andronic, et se retira dans un tombeau. Un jeune homme nommé Callimaque, amoureux d'elle, la pressa quelquefois dans ce tombeau même de condescendre à sa passion. Drusilla, pressée par son mari et par son amant, souhaita la mort, et l'obtint. Callimaque, informé de sa perte, fut encore plus furieux d'amour; il gagna par argent un domestique d'Andronic, qui avait les clefs du tombeau; il y court; il dépouille sa maîtresse de son linceul, il s'écrie : « Ce que tu n'as pas voulu m'accorder vivante, tu me l'accorderas morte. » Et dans l'excès horrible de sa démence, il assouvit ses désirs sur ce corps inanimé. Un serpent sort à l'instant du tombeau ; le jeune homme tombe évanoui, le serpent le tue; il en fait autant du domestique complice, et se roule sur son corps. Saint Jean arrive avec le mari; ils sont étonnés de trouver Callimaque en vie. Saint Jean ordonne au serpent de s'en aller; le serpent obéit. Il demande au jeune homme comment il est ressuscité; Callimaque répond qu'un ange lui était apparu et lui avait dit : « Il fallait que tu mourusses pour revivre chrétien. » Il demanda aussitôt le baptême, et pria saint Jean de ressusciter Drusilla. L'apôtre ayant sur-le-champ opéré ce miracle, Callimaque et Drusilla le supplièrent de vouloir bien aussi ressusciter le domestique. Celui-ci, qui était un païen obstiné, ayant été rendu à la vie, déclara qu'il aimait mieux remourir que d'être chrétien; et en effet il remourut incontinent. Sur quoi saint Jean dit qu'un mauvais arbre porte toujours de mauvais fruits.

Aristodème, grand prêtre d'Éphèse, quoique frappé d'un tel prodige, ne voulut pas se convertir; il dit à saint Jean : « Permettez que je vous empoisonne, et si vous n'en mourez pas, je me convertirai. » L'apôtre accepte la proposition : mais il voulut qu'auparavant Aristodème empoisonnât deux Éphésiens condamnés à mort. Aristodème aussitôt leur présenta le poison; ils expirèrent sur-le-champ. Saint Jean prit le même poison, qui ne lui fit aucun mal. Il ressuscita les deux morts, et le grand prêtre se convertit.

Saint Jean ayant atteint l'âge de quatre-vingt-dix-sept ans, Jésus-Christ lui apparut, et lui dit : « Il est temps que tu viennes à mon festin avec tes frères. » Et bientôt après l'apôtre s'endormit en paix.

XIII. *L'Histoire des bienheureux Jacques le Mineur, Simon et Jude, frères.* Ces apôtres vont en Perse, y exécutent des choses aussi incroyables que celles que l'auteur rapporte de saint André.

XIV. *Les Gestes de saint Matthieu, apôtre et évangéliste.* Saint Matthieu va en Éthiopie dans la grande ville de Nadaver; il y ressuscite le fils de la reine Candace, et il y fonde des églises chrétiennes.

XV. *Les Gestes du bienheureux Barthélemi dans l'Inde.* Barthélemi va d'abord dans le temple d'Astarot. Cette déesse rendait des oracles, et guérissait toutes les maladies; Barthélemi la fait taire, et rend malades tous ceux qu'elle avait guéris. Le roi Polimius dispute avec lui; le démon déclare devant le roi qu'il est vaincu. Saint Barthélemi sacre le roi Polimius évêque des Indes.

XVI. *Les Gestes du bienheureux Thomas, apôtre de l'Inde.* Saint Thomas entre dans l'Inde par un autre chemin, et y fait beaucoup plus de miracles que saint Barthélemi; il est enfin martyrisé, et apparaît à Xiphoro et à Susani.

XVII. *Les Gestes du bienheureux Philippe.* Il alla prêcher en Scythie. On voulut lui faire sacrifier à Mars; mais il fit sortir un dragon de l'autel, qui dévora les enfants des prêtres; il mourut à Hiérapolis, à l'âge de quatre-vingt-sept ans. On ne sait quelle est cette ville; il y en avait plusieurs de ce nom. Toutes ces histoires passent pour être écrites par Abdias, évêque de Babylone, et sont traduites par Jules Africain.

XVIII. A cet abus des saintes Écritures on en a joint un moins révoltant, et qui ne manque point de respect au christianisme comme ceux qu'on vient de mettre sous les yeux du lecteur. Ce sont les liturgies attribuées à saint Jacques, à saint Pierre, à saint Marc, dont le savant Tillemont a fait voir la fausseté.

XIX. Fabricius met parmi les écrits apocryphes l'*Homélie* attribuée à saint Augustin, *sur la manière dont se forma le Symbole*; mais il ne prétend pas sans doute que le Symbole, que nous appelons *des apôtres*, en soit moins sacré et moins véritable. Il est dit dans cette Homélie, dans Rufin, et ensuite dans Isidore, que dix jours après l'ascension les apôtres étant renfermés ensemble de peur des Juifs, Pierre dit : *Je crois en Dieu le Père tout-puissant*; André, *Et en Jésus-Christ son Fils*; Jacques, *Qui a été conçu du Saint-Esprit*; et qu'ainsi chaque apôtre ayant prononcé un article, le *Symbole* fut entièrement achevé.

Cette histoire n'étant point dans les *Actes des apôtres*, on est dispensé de la croire; mais on n'est pas dispensé de croire au *Symbole*, dont les apôtres ont enseigné la substance. La vérité ne doit point souffrir des faux ornements qu'on a voulu lui donner.

XX. *Les Constitutions apostoliques*[1]. On met aujourd'hui dans le rang des apocryphes les *Constitutions des saints apôtres*, qui passaient autrefois pour être rédigées par saint Clément le Romain. La seule lecture de quelques chapitres suffit pour faire voir que les apôtres n'ont eu aucune part à cet ouvrage.

Dans le chapitre ix, on ordonne aux femmes de ne se laver qu'à la neuvième heure.

Au premier chapitre du second livre, on veut que les évêques soient savants : mais du temps des apôtres il n'y avait point de hiérarchie, point d'évêques attachés à une seule église. Ils allaient instruire de ville en ville, de bourgade en bourgade; ils s'appelaient *apôtres*, et non pas *évêques*, et surtout ils ne se piquaient pas d'être savants.

Au chapitre ii de ce second livre, il est dit qu'un évêque ne doit avoir « qu'une femme qui ait grand soin de sa maison; » ce qui ne sert qu'à prouver qu'à la fin du premier, et au commencement du second siècle, lorsque la hiérarchie commença à s'établir, les prêtres étaient mariés.

Dans presque tout le livre les évêques sont regardés comme les juges

---

1. On les trouve dans la collection des Conciles de Labbe, t. I, et dans le recueil de Cotelier, intitulé : *Patres qui apostolici, sive sanctorum patrum qui temporibus apostolicis floruerunt opera edita et non edita.* (*Note de M. Beuchot.*)

des fidèles, et l'on sait assez que les apôtres n'avaient aucune juri diction.

Il est dit au chapitre XXI, qu'il faut écouter les deux parties; ce qui suppose une juridiction établie.

Il est dit au chapitre XXVI : « L'évêque est votre prince, votre roi, votre empereur, votre Dieu en terre. » Ces expressions sont bien fortes pour l'humilité des apôtres.

Au chapitre XXVIII. « Il faut dans les festins des agapes donner au diacre le double de ce qu'on donne à une vieille; au prêtre le double de ce qu'on donne au diacre; parce qu'ils sont les conseillers de l'évêque et la couronne de l'Église. Le lecteur aura une portion en l'honneur des prophètes, aussi bien que le chantre et le portier. Les laïques qui voudront avoir quelque chose doivent s'adresser à l'évêque par le diacre. »

Jamais les apôtres ne se sont servis d'aucun terme qui répondît à laïque, et qui marquât la différence entre les profanes et les prêtres.

Au chapitre XXXIV. « Il faut révérer l'évêque comme un roi, l'honorer comme le maître, lui donner vos fruits, les ouvrages de vos mains, vos prémices, vos décimes, vos épargnes, les présents qu'on vous a faits, votre froment, votre vin, votre huile, votre laine, et tout ce que vous avez. » Cet article est fort.

Au chapitre LVII. « Que l'Église soit longue, qu'elle regarde l'orient, qu'elle ressemble à un vaisseau, que le trône de l'évêque soit au milieu, que le lecteur lise les livres de Moïse, de Josué, des Juges, des Rois, des Paralipomènes, de Job, etc. »

Au chapitre XVII du livre III. « Le baptême est donné pour la mort de Jésus, l'huile pour le Saint-Esprit. Quand on nous plonge dans la cuve, nous mourons; quand nous en sortons, nous ressuscitons. *Le père est le Dieu de tous;* Christ est fils unique Dieu, fils aimé, et seigneur de gloire. Le saint souffle est *Paraclet* envoyé de Christ, docteur enseignant, et prédicateur de Christ. »

Cette doctrine serait aujourd'hui exprimée en termes plus canoniques.

Au chapitre VII du livre V, on cite des vers des sibylles sur l'avénement de Jésus et sur sa résurrection. C'est la première fois que les chrétiens supposèrent des vers des sibylles, ce qui continua pendant plus de trois cents années.

Au chapitre XXVIII du livre VI, la pédérastie et l'accouplement avec les bêtes sont défendus aux fidèles.

Au chapitre XXIX, il est dit « qu'un mari et une femme sont purs en sortant du lit, quoiqu'ils ne se lavent point. »

Au chapitre V du livre VIII, on trouve ces mots : « Dieu *tout-puissant*, donne à l'évêque par ton Christ la participation du Saint-Esprit. »

Au chapitre VI. « Recommandez-vous au seul Dieu par Jésus-Christ, » ce qui n'exprime pas assez la divinité de Notre-Seigneur.

Au chapitre XII, est la constitution de Jacques, frère de Zébédée.

Au chapitre XV. Le diacre doit prononcer tout haut : « Inclinez-vous

devant Dieu par le Christ. » Ces expressions ne sont pas aujourd'hui
assez correctes.

XXI. *Les canons apostoliques.* Le sixième canon ordonne qu'aucun
évêque ni prêtre ne se sépare de sa femme sous prétexte de religion;
que, s'il s'en sépare, il soit excommunié; que s'il persévère, il soit
chassé.

Le VIIe, qu'aucun prêtre ne se mêle jamais d'affaires séculières.

Le XIXe, que celui qui a épousé les deux sœurs ne soit point admis
dans le clergé.

Les XXIe et XXIIe, que les eunuques soient admis à la prêtrise, excepté
ceux qui se sont coupé à eux-mêmes les génitoires. Cependant Origène
fut prêtre malgré cette loi.

Le LVe, si un évêque, ou un prêtre, ou un diacre, ou un clerc, mange
de la chair où il y ait encore du sang, qu'il soit déposé.

Il est assez évident que ces canons ne peuvent avoir été promulgués
par les apôtres.

XXII. *Les Reconnaissances de saint Clément à Jacques, frère du Seigneur, en dix livres, traduites du grec en latin par Rufin.*

Ce livre commence par un doute sur l'immortalité de l'âme : *Utrumne
sit mihi aliqua vita post mortem, an nihil omnino postea sim futurus* ?
Saint Clément, agité par ce doute, et voulant savoir si le monde était
éternel, ou s'il avait été créé, s'il y avait un Tartare et un Phlégéton,
un Ixion et un Tantale, etc., etc., voulut aller en Égypte apprendre
la nécromancie; mais ayant entendu parler de saint Barnabé qui prêchait le christianisme, il alla le trouver dans l'Orient, dans le temps
que Barnabé célébrait une fête juive. Ensuite il rencontra saint Pierre
à Césarée avec Simon le magicien et Zachée. Ils disputèrent ensemble,
et saint Pierre leur raconta tout ce qui s'était passé depuis la mort de
Jésus. Clément se fit chrétien, mais Simon demeura magicien.

Simon devint amoureux d'une femme qu'on appelait la Lune, et en
attendant qu'il l'épousât, il proposa à saint Pierre, à Zachée, à Lazare,
à Nicodème, à Dosithée, et à plusieurs autres, de se mettre au rang
de ses disciples. Dosithée lui répondit d'abord par un grand coup de
bâton; mais le bâton ayant passé au travers du corps de Simon, comme
au travers de la fumée, Dosithée l'adora et devint son lieutenant; après
quoi Simon épousa sa maîtresse, et assura qu'elle était la lune elle-
même descendue du ciel pour se marier avec lui.

Ce n'est pas la peine de pousser plus loin les *Reconnaissances* de
saint Clément. Il faut seulement remarquer qu'au livre IX il est parlé
des Chinois sous le nom de *Seres*, comme des plus justes et des plus
sages de tous les hommes; après eux viennent les brachmanes, auxquels l'auteur rend la justice que toute l'antiquité leur a rendue.
L'auteur les cite comme des modèles de sobriété, de douceur, et de
justice.

XXIII. *La lettre de saint Pierre à saint Jacques et la lettre de saint
Clément au même saint Jacques, frère du Seigneur, gouvernant la*

_____

1. N° XVII, et dans l'exorde.

sainte Église des Hébreux à Jérusalem et toutes les Églises. La lettre de saint Pierre ne contient rien de curieux, mais celle de saint Clément est très-remarquable ; il prétend que saint Pierre le déclara évêque de Rome avant sa mort, et son coadjuteur ; qu'il lui imposa les mains, et qu'il le fit asseoir dans sa chaire épiscopale, en présence de tous les fidèles. « Ne manquez pas, lui dit-il, d'écrire à mon frère Jacques dès que je serai mort. »

Cette lettre semble prouver qu'on ne croyait pas alors que saint Pierre eût été supplicié, puisque cette lettre attribuée à saint Clément aurait probablement fait mention du supplice de saint Pierre. Elle prouve encore qu'on ne comptait pas Clet et Anaclet parmi les évêques de Rome.

XXIV. *Homélies de saint Clément, au nombre de dix-neuf.* Il raconte, dans sa première Homélie, ce qu'il avait déjà dit dans les *Reconnaissances*, qu'il était allé chercher saint Pierre avec saint Barnabé à Césarée, pour savoir si l'âme est immortelle, et si le monde est éternel.

On lit dans la seconde Homélie, n° 38, un passage bien plus extraordinaire ; c'est saint Pierre lui-même qui parle de l'Ancien Testament, et voici comme il s'exprime :

« La loi écrite contient certaines choses fausses contre la loi de Dieu, créateur du ciel et de la terre : c'est ce que le diable a fait pour une juste raison ; et cela est arrivé aussi par le jugement de Dieu, afin de découvrir ceux qui écouteraient avec plaisir ce qui est écrit contre lui, etc., etc. »

Dans la sixième Homélie, saint Clément rencontre Apion, le même qui avait écrit contre les Juifs du temps de Tibère ; il dit à Apion qu'il est amoureux d'une Égyptienne, et le prie d'écrire une lettre en son nom à sa prétendue maîtresse, pour lui persuader, par l'exemple de tous les dieux, qu'il faut faire l'amour. Apion écrit la lettre, et saint Clément fait la réponse au nom de l'Égyptienne ; après quoi il dispute sur la nature des dieux.

XXV. *Deux Épîtres de saint Clément aux Corinthiens.* Il ne paraît pas juste d'avoir rangé ces épîtres parmi les apocryphes. Ce qui a pu engager quelques savants à ne les pas reconnaître, c'est qu'il y est parlé du « phénix d'Arabie qui vit cinq cents ans, et qui se brûle en Égypte dans la ville d'Héliopolis. » Mais il se peut très-bien faire que saint Clément ait cru cette fable que tant d'autres croyaient, et qu'il ait écrit des lettres aux Corinthiens.

On convient qu'il y avait alors une grande dispute entre l'Église de Corinthe et celle de Rome. L'Église de Corinthe, qui se disait fondée la première, se gouvernait en commun ; il n'y avait presque point de distinction entre les prêtres et les séculiers, encore moins entre les prêtres et l'évêque ; tous avaient également voix délibérative ; du moins plusieurs savants le prétendent. Saint Clément dit aux Corinthiens, dans sa première Épître : « Vous qui avez jeté les premiers fondements de la sédition, soyez soumis aux prêtres, corrigez-vous par la pénitence, et fléchissez les genoux de votre cœur, apprenez à obéir. » Il n'est point du tout étonnant qu'un évêque de Rome ait employé ces expressions.

C'est dans la seconde Épître qu'on trouve encore cette réponse de Jésus-Christ que nous avons déjà rapportée, sur ce qu'on lui demandait quand viendrait son royaume des cieux. « Ce sera, dit-il, quand deux feront un, que ce qui est dehors sera dedans, quand le mâle sera femelle, et quand il n'y aura ni mâle ni femelle. »

XXVI. Lettre de saint Ignace le martyr à la Vierge Marie, et la Réponse de la Vierge à saint Ignace.

A MARIE QUI A PORTÉ CHRIST, SON DÉVOT IGNACE.

« Vous deviez me consoler, moi néophyte et disciple de votre Jean. J'ai entendu plusieurs choses admirables de votre Jésus, et j'en ai été stupéfait. Je désire de tout mon cœur d'en être instruit par vous qui avez toujours vécu avec lui en familiarité, et qui avez su tous ses secrets. Portez-vous bien, et confortez les néophytes qui sont avec moi, de vous et par vous. Amen. »

RÉPONSE DE LA SAINTE VIERGE, A IGNACE, SON DISCIPLE CHÉRI.

L'humble servante de Jésus-Christ. — « Toutes les choses que vous avez apprises de Jean sont vraies, croyez-les, persistez-y, gardez votre vœu de christianisme, conformez-lui vos mœurs et votre vie; je viendrai vous voir avec Jean, vous et ceux qui sont avec vous. Soyez ferme dans la foi, agissez en homme; que la sévérité de la persécution ne vous trouble pas; mais que votre esprit se fortifie, et exulte en Dieu votre sauveur. Amen. »

On prétend que ces lettres sont de l'an 116 de notre ère vulgaire; mais elles n'en sont pas moins fausses et moins absurdes: ce serait même une insulte à notre sainte religion, si elles n'avaient pas été écrites dans un esprit de simplicité qui peut faire tout pardonner.

XXVII. *Fragments des apôtres.* On y trouve ce passage : « Paul, homme de petite taille au nez aquilin, au visage angélique, instruit dans le ciel, a dit : Plantilla la Romaine avant de mourir : Adieu, Plantilla, petite plante de salut éternel; connais ta noblesse, tu es plus blanche que la neige, tu es enregistrée parmi les soldats du Christ, tu es héritière du royaume céleste. » Cela ne méritait pas d'être réfuté.

XXVIII. *Onze Apocalypses,* qui sont attribuées aux patriarches et prophètes, à saint Pierre, à Cérinthe, à saint Thomas, à saint Étienne protomartyr, deux à saint Jean, différentes de la canonique, et trois à saint Paul. Toutes ces Apocalypses ont été éclipsées par celle de saint Jean.

XXIX. *Les Visions, les Préceptes, et les Similitudes d'Hermas.* Hermas paraît être de la fin du 1er siècle. Ceux qui traitent son livre d'apocryphe sont obligés de rendre justice à sa morale. Il commence par dire que son père nourricier avait vendu une fille à Rome. Hermas reconnut cette fille après plusieurs années, et l'aima, dit-il, comme sa sœur : il la vit un jour se baigner dans le Tibre, il lui tendit la main, et la tira du fleuve, et il disait dans son cœur : « Que je serais heureux si j'avais une femme semblable à elle pour la beauté et pour les mœurs ! »

Aussitôt le ciel s'ouvrit, et il vit tout d'un coup cette même femme, qui lui fit une révérence du haut du ciel, et lui dit : « Bonjour, Hermas. » Cette femme était l'Église chrétienne. Elle lui donna beaucoup de bons conseils.

Un an après, l'esprit le transporta au même endroit où il avait vu cette belle femme, qui pourtant était une vieille ; mais sa vieillesse était fraîche, et elle n'était vieille que parce qu'elle avait été créée dès le commencement du monde, et que le monde avait été fait pour elle.

Le livre des *Précéptes* contient moins d'allégories ; mais celui des *Similitudes* en contient beaucoup.

« Un jour que je jeûnais, dit Hermas, et que j'étais assis sur une colline, rendant grâces à Dieu de tout ce qu'il avait fait pour moi, un berger vint s'asseoir à mes côtés, et me dit : « Pourquoi êtes-vous venu « ici de si bon matin ? — C'est que je suis en station, lui répondis-je. « — Qu'est-ce qu'une station ? me dit le berger. — C'est un jeûne. — « Et qu'est-ce que ce jeûne ? — C'est ma coutume.

« — Allez, me répliqua le berger, vous ne savez ce que c'est que de « jeûner, cela ne fait aucun profit à Dieu ; je vous apprendrai ce que « c'est que le vrai jeûne agréable à la Divinité [1]. Votre jeûne n'a rien « de commun avec la justice et la vertu. Servez Dieu d'un cœur pur, « gardez ses commandements ; n'admettez dans votre cœur aucun désir « coupable. Si vous avez toujours la crainte de Dieu devant les yeux, si « vous vous abstenez de tout mal, ce sera là le vrai jeûne, le grand « jeûne dont Dieu vous saura gré. »

Cette piété philosophique et sublime est un des plus singuliers monuments du Ier siècle. Mais ce qui est étrange, c'est qu'à la fin des *Similitudes* le berger lui donne des filles très-affables, *valde affabiles*, chastes et industrieuses, pour avoir soin de sa maison, et lui déclare qu'il ne peut accomplir les commandements de Dieu sans ces filles, qui figurent visiblement les vertus.

Ne poussons pas plus loin cette liste ; elle serait immense si on voulait entrer dans tous les détails. Finissons par les Sibylles.

XXX. *Les Sibylles.* Ce qu'il y eut de plus apocryphe dans la primitive Église, c'est la prodigieuse quantité de vers attribués aux anciennes sibylles en faveur des mystères de la religion chrétienne. Diodore de Sicile [2] n'en reconnaissait qu'une, qui fut prise dans Thèbes par les Épigones, et qui fut placée à Delphes avant la guerre de Troie. De cette sibylle, c'est-à-dire de cette prophétesse, on en fit bientôt dix. Celle de Cumes avait le plus grand crédit chez les Romains, et la sibylle Érythrée chez les Grecs.

Comme tous les oracles se rendaient en vers, toutes les sibylles ne

1. Simili. s[e], liv. III. — 2. Diodore, liv. IV.

manquèrent pas d'en faire; et pour donner plus d'autorité à ces vers, on les fit quelquefois en acrostiches. Plusieurs chrétiens qui n'avaient pas un zèle selon la science, non-seulement détournèrent le sens des anciens vers qu'on supposait écrits par les sibylles, mais ils en firent eux-mêmes, et, qui pis est, en acrostiches. Ils ne songèrent pas que cet artifice pénible de l'acrostiche ne ressemble point du tout à l'inspiration et à l'enthousiasme d'une prophétesse. Ils voulurent soutenir la meilleure des causes par la fraude la plus maladroite. Ils firent donc de mauvais vers grecs, dont les lettres initiales signifiaient en grec, *Jésus, Christ, Fils, Sauveur;* et ces vers disaient « qu'avec cinq pains et deux poissons il nourrirait cinq mille hommes au désert, et qu'en ramassant les morceaux qui resteront il remplirait douze paniers. »

Le règne de mille ans, et la nouvelle Jérusalem céleste, que Justin avait vue dans les airs pendant quarante nuits, ne manquèrent pas d'être prédits par les sibylles.

Lactance, au IVᵉ siècle, recueillit presque tous les vers attribués aux sibylles, et les regarda comme des preuves convaincantes. Cette opinion fut tellement autorisée, et se maintint si longtemps, que nous chantons encore des hymnes dans lesquelles le témoignage des sibylles est joint aux prédictions de David :

Solvet sæclum in favilla,
Teste David cum sibylla.

Ne poussons pas plus loin la liste de ces erreurs ou de ces fraudes: on pourrait en rapporter plus de cent; tant le monde fut toujours composé de trompeurs et de gens qui aimèrent à se tromper. Mais ne recherchons point une érudition si dangereuse. Une grande vérité approfondie vaut mieux que la découverte de mille mensonges.

Toutes ces erreurs, toute la foule des livres apocryphes, n'ont pu nuire à la religion chrétienne, parce qu'elle est fondée, comme on sait, sur des vérités inébranlables. Ces vérités sont appuyées par une Église militante et triomphante, à laquelle Dieu a donné le pouvoir d'enseigner et de réprimer. Elle unit dans plusieurs pays l'autorité spirituelle et la temporelle. La prudence, la force, la richesse, sont ses attributs; et quoiqu'elle soit divisée, quoique ses divisions l'aient ensanglantée, on la peut comparer à la république romaine, toujours agitée de discordes civiles, mais toujours victorieuse.

APOINTÉ, DÉSAPOINTÉ. — Soit que ce mot vienne du latin *punctum,* ce qui est très-vraisemblable; soit qu'il vienne de l'ancienne barbarie, qui se plaisait fort aux *oin, soin, coin, loin, foin, hardouin, albouin, grouin, poing,* etc., il est certain que cette expression, bannie aujourd'hui mal à propos du langage, est très-nécessaire. Le naïf Amyot et l'énergique Montaigne s'en servent souvent. Il n'est pas même possible jusqu'à présent d'en employer une autre. « Je lui *apointai* l'hôtel des Ursins; à sept heures du soir je m'y rendis; je fus *désapointé.* » Comment exprimeriez-vous en un seul mot le manque de parole de celui qui devait venir à l'hôtel des Ursins, à sept heures du soir, et l'embarras de celui qui est venu, et qui ne trouve personne ? A-t-il été trompé dans son attente ? Cela est d'une longueur insupportable, et n'exprime pas précisément la chose. Il a été *désapointé*; il n'y a que ce mot. Servez-vous-en donc, vous qui voulez qu'on vous entende vite; vous savez que les circonlocutions sont la marque d'une langue pauvre. Il ne faut pas dire : « Vous me devez cinq pièces de douze sous, » quand vous pouvez dire : « Vous me devez un écu. »

Les Anglais ont pris de nous ces mots *apointé*, *désapointé*, ainsi que beaucoup d'autres expressions très-énergiques; ils se sont enrichis de nos dépouilles, et nous n'osons reprendre notre bien.

APOINTER, APOINTEMENT, *termes du palais.* — Ce sont procès par écrit. On *apointe* une cause; c'est-à-dire que les juges ordonnent que les parties produisent par écrit les faits et les raisons. Le *Dictionnaire de Trévoux*, fait en partie par les jésuites, s'exprime ainsi : « Quand les juges veulent favoriser une méchante cause, ils sont d'avis de l'*apointer* au lieu de la juger. »

Ils espéraient qu'on apointerait leur cause dans l'affaire de leur banqueroute, qui leur procura leur expulsion. L'avocat qui plaidait contre eux trouva heureusement leur explication du mot *apointer*; il en fit part aux juges dans une de ses oraisons. Le parlement, plein de reconnaissance, n'apointa point leur affaire; il fut jugé à l'audience que tous les jésuites, à commencer par le père général, restitueraient l'argent de la banqueroute, avec dépens, dommages et intérêts. Il fut jugé depuis qu'ils étaient de trop dans le royaume; et cet arrêt, qui était pourtant un *apointé*, eut son exécution avec grands applaudissements du public.

APOSTAT. — C'est encore une question parmi les savants, si l'empereur Julien était en effet apostat, et s'il avait jamais été chrétien véritablement.

Il n'était pas âgé de six ans lorsque l'empereur Constance, plus barbare encore que Constantin, fit égorger son père et son frère, et sept de ses cousins germains. A peine échappa-t-il à ce carnage avec son frère Gallus; mais il fut toujours traité très-durement par Constance. Sa vie fut longtemps menacée; il vit bientôt assassiner, par les ordres du tyran, le frère qui lui restait. Les sultans turcs les plus barbares n'ont jamais surpassé, je l'avoue à regret, ni les cruautés, ni les fourberies de la famille Constantine. L'étude fut la seule consolation de Julien dès sa plus tendre jeunesse. Il voyait en secret les plus illustres philosophes, qui étaient de l'ancienne religion de Rome. Il est bien probable qu'il ne suivit celle de son oncle Constance que pour éviter l'assassinat. Julien fut obligé de cacher son esprit, comme avait fait Brutus sous Tarquin. Il devait être d'autant moins chrétien que son oncle l'avait forcé à être moine, et à faire les fonctions de lecteur dans l'église. On est rarement de la religion de son persécuteur, surtout quand il veut dominer sur la conscience.

Une autre probabilité, c'est que dans aucun de ses ouvrages il ne dit qu'il ait été chrétien. Il n'en demande jamais pardon aux pontifes de l'ancienne religion. Il leur parle dans ses lettres comme s'il avait toujours été attaché au culte du sénat. Il n'est pas même avéré qu'il ait pratiqué les cérémonies du tauribole, qu'on pouvait regarder comme une espèce d'expiation, ni qu'il eût voulu laver avec du sang de taureau ce qu'il appelait si malheureusement la tache de son baptême. C'était une dévotion païenne qui d'ailleurs ne prouverait pas plus que l'association aux mystères de Cérès. En un mot, ni ses amis, ni ses ennemis ne rapportent aucun fait, aucun discours qui puisse prouver qu'il ait jamais cru au christianisme, et qu'il ait passé de cette croyance sincère à celle des dieux de l'empire.

S'il est ainsi, ceux qui ne le traitent point d'apostat paraissent très-excusables.

La saine critique s'étant perfectionnée, tout le monde avoue aujourd'hui que l'empereur Julien était un héros et un sage, un stoïcien égal à Marc-Aurèle. On condamne ses erreurs, on convient de ses vertus. On pense aujourd'hui comme Prudentius son contemporain, auteur de l'hymne Salvete, flores martyrum. Il dit de Julien :

Ductor fortissimus armis,
Conditor et legum celeberrimus; ore manuque
Consultor patriæ; sed non consultor habendæ
Religionis; amans tercentum millia divum.
Perfidus ille Deo, quamvis non perfidus orbi.
(Apotheos. v. 450-454.)

Fameux par ses vertus, par ses lois, par la guerre,
Il méconnut son Dieu, mais il servit la terre.

Ses détracteurs sont réduits à lui donner des ridicules; mais il avait plus d'esprit que ceux qui le raillent. Un historien lui reproche, d'après saint Grégoire de Nazianze, *d'avoir porté une barbe trop grande*. Mais, mon ami, si la nature la lui donna longue, pourquoi voudrais-tu qu'il la portât courte? *Il branlait la tête.* Tiens mieux la tienne. *Sa démarche était précipitée.* Souviens-toi que l'abbé d'Aubignac, prédicateur du roi, sifflé à la comédie, se moqua de la démarche et de l'air du grand Corneille. Oserais-tu espérer de tourner le maréchal de Luxembourg en ridicule, parce qu'il marchait mal, et que sa taille était irrégulière? Il marchait très-bien à l'ennemi. Laissons l'ex-jésuite Patouillet et l'ex-jésuite Nonotte, etc., appeler l'empereur Julien l'apostat. En[1] gredins! son successeur chrétien, Jovien, l'appela *divus Julianus*.

Traitons cet empereur comme il nous a traités lui-même[2]. Il disait en se trompant : « Nous ne devons pas les haïr, mais les plaindre; ils sont déjà assez malheureux d'errer dans la chose la plus importante. »

Ayons pour lui la même compassion, puisque nous sommes sûrs que la vérité est de notre côté.

1. L'abbé de La Bletterie. (Éd.) — 2. Lettre 52 de l'empereur Julien.

Il rendait exactement justice à ses sujets, rendons-la donc à sa mémoire. Des Alexandrins s'emportent contre un évêque chrétien, méchant homme, il est vrai, élu par une brigue de scélérats. C'était le fils d'un maçon, nommé George Biordos[1]. Ses mœurs étaient plus basses que sa naissance : il joignait la perfidie la plus lâche à la férocité la plus brute, et la superstition à tous les vices; avare, calomniateur, persécuteur, imposteur, sanguinaire, séditieux, détesté de tous les partis; enfin les habitants le tuèrent à coups de bâton. Voyez la lettre que l'empereur Julien écrit aux Alexandrins sur cette émeute populaire. Voyez comme il leur parle en père et en juge.

« Quoi! au lieu de me réserver la connaissance de vos outrages, vous vous êtes laissé emporter à la colère, vous vous êtes livrés aux mêmes excès que vous reprochez à vos ennemis! George méritait d'être traité ainsi : mais ce n'était pas à vous d'être ses exécuteurs. Vous avez des lois, il fallait demander justice, etc. »

On a osé flétrir Julien de l'infâme nom d'*intolérant* et de *persécuteur*, lui qui voulait extirper la persécution et l'intolérance. Relisez sa lettre cinquante-deuxième, et respectez sa mémoire. N'est-il déjà pas assez malheureux de n'avoir pas été catholique, et de brûler dans l'enfer avec la foule innombrable de ceux qui n'ont pas été catholiques, sans que nous l'insultions encore jusqu'au point de l'accuser d'intolérance?

Des globes de feu qu'on a prétendu être sortis de terre pour empêcher la réédification du temple de Jérusalem, sous l'empereur Julien. — Il est très-vraisemblable que lorsque Julien résolut de porter la guerre en Perse, il eut besoin d'argent: très-vraisemblable encore que les Juifs lui en donnèrent pour obtenir la permission de rebâtir leur temple détruit en partie par Titus, et dont il restait les fondements, une muraille entière et la tour Antonia. Mais est-il si vraisemblable que des globes de feu s'élançassent sur les ouvrages et sur les ouvriers, et fissent discontinuer l'entreprise?

N'y a-t-il pas une contradiction palpable, dans ce que les historiens racontent?

1° Comment se peut-il faire que les Juifs commençassent par détruire (comme on le dit) les fondements du temple, qu'ils voulaient et qu'ils devaient rebâtir à la même place? Le temple devait être nécessairement sur la montagne Moria. C'était là que Salomon l'avait élevé : c'était là qu'Hérode l'avait rebâti avec beaucoup plus de solidité et de magnificence, après avoir préalablement élevé un beau théâtre dans Jérusalem, et un temple à Auguste dans Césarée. Les pierres employées à la fondation de ce temple, agrandi par Hérode, avaient jusqu'à vingt-cinq pieds de longueur, au rapport de Josèphe. Serait-il possible que les Juifs eussent été assez insensés, du temps de Julien, pour vouloir déranger ces pierres qui étaient si bien préparées à recevoir le reste de

1. Biord, fils d'un maçon, a été évêque d'Annecy au XVIIIe siècle. Comme il ressemblait beaucoup à George d'Alexandrie, M. de Voltaire, son diocésain, s'est amusé à joindre au nom de l'évêque le surnom de Biordos. (*Ed. de Kehl.*)

l'édifice, et sur lesquelles on a vu depuis les mahométans bâtir leur mosquée? Quel homme fut jamais assez fou, assez stupide pour se priver ainsi à grands frais, et avec une peine extrême, du plus grand avantage qu'il pût rencontrer sous ses yeux et sous ses mains? Rien n'est plus incroyable.

2° Comment des éruptions de flammes seraient-elles sorties du sein de ces pierres? Il se pourrait qu'il fût arrivé un tremblement de terre dans le voisinage; ils sont fréquents en Syrie : mais que de larges quartiers de pierres aient vomi des tourbillons de feu, ne faut-il pas placer ce conte parmi tous ceux de l'antiquité?

3° Si ce prodige, ou si un tremblement de terre, qui n'est pas un prodige, était effectivement arrivé, l'empereur Julien n'en aurait-il pas parlé dans la lettre où il dit qu'il a eu l'intention de rebâtir ce temple? N'aurait-on pas triomphé de son témoignage? N'est-il pas au contraire infiniment probable qu'il changea d'avis? Cette lettre ne contient-elle pas ces mots ; « Que diront les Juifs de leur temple qui a été détruit trois fois, et qui n'est point encore rebâti? Ce n'est point un reproche que je leur fais, puisque j'ai voulu moi-même relever ses ruines; je n'en parle que pour montrer l'extravagance de leurs prophètes qui trompaient de vieilles femmes imbéciles. » « Quid de templo suo dicent, quod, quum tertio sit eversum, nondum ad hodiernam usque diem instauratur? Hæc ego, non ut illis exprobrarem, in medium adduxi; ut pote qui templum illud tanto intervallo a ruinis excitare voluerim; sed ideo commemoravi, ut ostenderem delirasse prophetas istos quibus cum stolidis aniculis negotium erat. »

N'est-il pas évident que l'empereur ayant fait attention aux prophéties juives, que le temple serait rebâti plus beau que jamais, et que toutes les nations y viendraient adorer, crut devoir révoquer la permission de relever cet édifice? La probabilité historique serait donc, par les propres paroles de l'empereur, qu'ayant malheureusement en horreur les livres juifs ainsi que les nôtres, il avait enfin voulu faire mentir les prophètes juifs.

L'abbé de La Bletterie, historien de l'empereur Julien, n'entend pas comment le temple de Jérusalem fut détruit trois fois. Il dit[2] qu'apparemment Julien compte pour une troisième destruction la catastrophe arrivée sous son règne. Voilà une plaisante destruction que des pierres d'un ancien fondement qu'on n'a pu remuer! Comment cet écrivain n'a-t-il pas vu que le temple bâti par Salomon, reconstruit par Zorobabel, détruit entièrement par Hérode, rebâti par Hérode même avec tant de magnificence, ruiné enfin par Titus, fait manifestement trois

---

[1] Omar, ayant pris Jérusalem, y fit bâtir une mosquée sur les fondements mêmes du temple d'Hérode et de Salomon) et ce nouveau temple fut consacré au même dieu que Salomon avait adoré avant qu'il fût idolâtre, au Dieu d'Abraham et de Jacob, que Jésus-Christ avait adoré quand il fut à Jérusalem, et que les musulmans reconnaissent. Ce temple subsiste encore : il ne fut jamais entièrement démoli ; mais il n'est permis ni aux Juifs ni aux chrétiens d'y entrer : ils n'y entreront que quand les Turcs en seront chassés.

[2] Page 199.

temples détruits? Le compte est juste. Il n'y a pas là de quoi calomnier Julien[1].

L'abbé de La Bletterie le calomnie assez en disant qu'il n'avait que « des vertus apparentes, et des vices réels. » Mais Julien n'était ni hypocrite, ni avare, ni fourbe, ni menteur, ni ingrat, ni lâche, ni ivrogne, ni débauché, ni paresseux, ni vindicatif. Quels étaient donc ses vices?

4° Voici enfin l'arme redoutable dont on se sert pour persuader que des globes de feu sortirent des pierres. Ammien Marcellin, auteur païen et non suspect, l'a dit. Je le veux; mais cet Ammien a dit aussi que, lorsque l'empereur voulut sacrifier dix bœufs à ses dieux pour sa première victoire remportée contre les Perses, il en tomba neuf par terre avant d'être présentés à l'autel. Il raconte cent prédictions, cent prodiges. Faudra-t-il l'en croire? faudra-t-il croire tous les miracles ridicules que Tite Live rapporte?

Et qui vous a dit qu'on n'a point falsifié le texte d'Ammien Marcellin? serait-ce la première fois qu'on aurait usé de cette supercherie?

Je m'étonne que vous n'ayez pas fait mention des petites croix de feu que tous les ouvriers aperçurent sur leurs corps quand ils allèrent se coucher. Ce trait aurait figuré parfaitement avec vos globes.

Le fait est que le temple des Juifs ne fut point rebâti, et ne le sera point, à ce qu'on présume. Tenons-nous-en là, et ne cherchons point des prodiges inutiles. *Globi flammarum*, des globes de feu ne sortent ni de la pierre ni de la terre. Ammien et ceux qui l'ont cité n'étaient pas physiciens. Que l'abbé de La Bletterie regarde seulement le feu de la Saint-Jean, il verra que la flamme monte toujours en pointe, ou en onde, et qu'elle ne se forme jamais en globe : cela seul suffit pour détruire la sottise dont il se rend le défenseur avec une critique peu judicieuse, et une hauteur révoltante.

Au reste la chose importe fort peu. Il n'y a rien là qui intéresse la foi et les mœurs ; et nous ne cherchons ici que la vérité historique.

APÔTRES. — Après l'article APÔTRE de l'*Encyclopédie*, lequel est aussi savant qu'orthodoxe, il reste bien peu de chose à dire; mais on demande souvent : « Les apôtres étaient-ils mariés? ont-ils eu des enfants? que sont devenus ces enfants? où les apôtres ont-ils vécu? où ont-ils écrit? où sont-ils morts? ont-ils eu un district? ont-ils exercé un ministère civil? avaient-ils une juridiction sur les fidèles? étaient-ils évêques? y avait-il une hiérarchie, des rites, des cérémonies? »

I. *Les apôtres étaient-ils mariés?* — Il existe une lettre attribuée à saint Ignace le martyr, dans laquelle sont ces paroles décisives : « Je me souviens de votre sainteté comme d'Élie, de Jérémie, de Jean-Baptiste, des disciples choisis, Timothée, Titus, Évodius, Clément, qui ont vécu dans la chasteté : mais je ne blâme point les autres bien-

---

1. Julien pouvait même compter quatre destructions du temple, puisque Antiochus Eupator en fit abattre tous les murs.
2. Préface de La Bletterie. — 3. Voy. l'article JULIEN.

heureux qui ont été liés par le mariage; et je souhaite d'être trouvé
digne de Dieu, en suivant leurs vestiges dans son règne, à l'exemple
d'Abraham, d'Isaac, de Jacob, de Joseph, d'Isaïe, des autres prophètes
tels que Pierre et Paul, et des autres apôtres qui ont été mariés. »
Epist. ad Philadelphienses.

Quelques savants ont prétendu que le nom de saint Paul est interpolé
dans cette lettre fameuse; cependant Turrien, et tous ceux qui ont vu
les lettres de saint Ignace en latin dans la bibliothèque du Vatican,
avouent que le nom de saint Paul s'y trouve. Et Baronius[1] ne nie pas
que ce passage ne soit dans quelques manuscrits grecs : « Non nega-
« mus in quibusdam Græcis codicibus; » mais il prétend que ces mots
ont été ajoutés par des Grecs modernes.

Il y avait dans l'ancienne bibliothèque d'Oxford un manuscrit des
lettres de saint Ignace en grec, où ces mots se trouvaient. J'ignore s'il
n'a pas été brûlé avec beaucoup d'autres livres à la prise d'Oxford par
Cromwell[2]. Il en reste encore un latin dans la même bibliothèque; les
mots *Pauli et apostolorum* y sont effacés, mais de façon qu'on peut
lire aisément les anciens caractères.

Il est certain que ce passage existe dans plusieurs éditions de ces
lettres. Cette dispute sur le mariage de saint Paul est assez frivole.
Qu'importe qu'il ait été marié ou non, si les autres apôtres l'ont été?
Il n'y a qu'à lire sa première Épître aux Corinthiens[3], pour prouver
qu'il pouvait être marié comme les autres : « N'avons-nous pas droit de
manger et de boire chez vous? n'avons-nous pas droit d'y amener notre
femme, notre sœur, comme les autres apôtres et les frères du Seigneur, et Céphas? Sérions-nous donc les seuls, Barnabé et moi, qui
n'aurions pas ce pouvoir? Qui va jamais à la guerre à ses dépens? »

Il est clair, par ce passage, que tous les apôtres étaient mariés aussi
bien que saint Pierre. Et saint Clément d'Alexandrie déclare[4] positivement que saint Paul avait une femme.

La discipline romaine a changé; mais cela n'empêche pas qu'il y ait
eu un autre usage dans les premiers temps[5].

II. *Des enfants des apôtres.* — On a très-peu de notions sur leurs familles. Saint Clément d'Alexandrie dit que Pierre eut des enfants[6], que
Philippe eut des filles, et qu'il les maria.

Les Actes des apôtres spécifient saint Philippe dont les quatre filles
prophétisaient[7]. On croit qu'il y en eut une de mariée, et c'est sainte
Hermione.

Eusèbe rapporte que Nicolas[8], choisi par les apôtres pour coopérer
au saint ministère avec saint Étienne, avait une fort belle femme dont

---

1. 2° *Baronius*, anno 57. — 2. Voy. Cotelier, t. II, p. 242.
3. Chap. IX, v. 4, 5 et 7.
4. Qui? les anciens Romains qui n'avaient point de pays, les Grecs, les Tartares destructeurs de tant d'empires, les Arabes, tous les peuples conquérants.
5. *Stromat.*, liv. III.
6. Voy. *Constitutions apostoliques*, au mot APOCRYPHES. (*Ep.*)
7. *Stromat.*, liv. VII; et Eusèbe, liv. III, chap. XXX.
8. *Act.*, chap. XXI, v. 9. — 9. Eusèbe, liv. III, chap. XXIX.

il était jaloux. Les apôtres lui ayant reproché sa jalousie, il s'en corrigea, leur amena sa femme, et leur dit : « Je suis prêt à la céder ; que celui qui la voudra l'épouse. » Les apôtres n'acceptèrent point sa proposition. Il eut de sa femme un fils et des filles.

Cléophas, selon Eusèbe et saint Épiphane, était frère de saint Joseph, et père de saint Jacques le Mineur et de saint Jude qu'il avait eus de Marie, sœur de la sainte Vierge. Ainsi saint Jude l'apôtre était cousin germain de Jésus-Christ.

Hégésippe, cité par Eusèbe, dit que deux des petits-fils de saint Jude furent déférés à l'empereur Domitien[1], comme descendants de David, et ayant un droit incontestable au trône de Jérusalem. Domitien, craignant qu'ils ne se servissent de ce droit, les interrogea lui-même ; ils exposèrent leur généalogie, l'empereur leur demanda quelle était leur fortune ; ils répondirent qu'ils possédaient trente-neuf arpents de terre, lesquels payaient tribut, et qu'ils travaillaient pour vivre. L'empereur leur demanda quand arriverait le royaume de Jésus-Christ ; ils dirent que ce serait à la fin du monde. Après quoi Domitien les laissa aller en paix ; ce qui prouverait qu'il n'était pas persécuteur.

Voilà, si je ne me trompe, tout ce qu'on sait des enfants des apôtres.

III. *Où les apôtres ont-ils vécu ? où sont-ils morts ?* — Selon Eusèbe[2], Jacques surnommé le *Juste*, frère de Jésus-Christ, fut d'abord placé le premier *sur le trône épiscopal* de la ville de Jérusalem ; ce sont ses propres mots. Ainsi, selon lui, le premier évêché fut celui de Jérusalem, supposé que les Juifs connussent le nom d'*évêque*. Il paraissait en effet bien vraisemblable que le frère de Jésus fût le premier après lui, et que la ville même où s'était opéré le miracle de notre salut fût la métropole du monde chrétien. A l'égard du *trône épiscopal*, c'est un terme dont Eusèbe se sert par anticipation. On sait assez qu'alors il n'y avait ni trône ni siége.

Eusèbe ajoute, d'après saint Clément, que les autres apôtres ne contestèrent point à saint Jacques l'honneur de cette dignité. Ils l'élurent immédiatement après l'Ascension. « Le Seigneur, dit-il, après sa résurrection, avait donné à Jacques surnommé le Juste, à Jean et à Pierre, le don de la science ; » paroles bien remarquables. Eusèbe nomme Jacques le premier, Jean le second ; Pierre ne vient ici que le dernier : il semble juste que le frère et le disciple bien-aimé de Jésus passent avant celui qui l'a renié. L'Église grecque tout entière, et tous les réformateurs, demandent où est la primauté de Pierre. Les catholiques romains répondent : « S'il n'est pas nommé le premier chez les Pères de l'Église, il l'est dans les *Actes des apôtres*. » Les Grecs et les autres répliquent qu'il n'a pas été le premier évêque, et la dispute subsistera autant que ces Églises.

Saint Jacques, ce premier évêque de Jérusalem, frère du Seigneur,

1. Eusèbe, liv. III, chap. xx. — 2. Eusèbe, liv. II, chap. I.

continua toujours à observer la loi mosaïque. Il était récabite, ne se faisant jamais raser, marchant pieds nus, allant se prosterner dans le temple des Juifs deux fois par jour, et surnommé par les Juifs *Oblia*, qui signifie *le Juste*. Enfin ils s'en rapportèrent à lui pour savoir qui était Jésus-Christ[1] ; mais ayant répondu que Jésus était « le Fils de l'homme assis à la droite de Dieu, et qu'il viendrait dans les nuées, » il fut assommé à coups de bâton. C'est de saint Jacques le Mineur que nous venons de parler.

Saint Jacques le Majeur était son oncle, frère de saint Jean l'évangéliste, fils de Zébédée et de Salomé[2]. On prétend qu'Agrippa, roi des Juifs, lui fit couper la tête à Jérusalem.

Saint Jean resta dans l'Asie, et gouverna l'église d'Éphèse, où il fut, dit-on, enterré[3].

Saint André, frère de saint Pierre, quitta l'école de saint Jean-Baptiste pour celle de Jésus-Christ. On n'est pas d'accord s'il prêcha chez les Tartares, ou dans Argos ; mais pour trancher la difficulté, on a dit que c'était dans l'Épire. Personne ne sait où il fut martyrisé, ni même s'il le fut. Les actes de son martyre sont plus que suspects aux savants ; les peintres l'ont toujours représenté sur une croix en sautoir, à laquelle on a donné son nom ; c'est un usage qui a prévalu sans qu'on en connaisse la source.

Saint Pierre prêcha aux Juifs dispersés dans le Pont, la Bithynie, la Cappadoce, dans Antioche, à Babylone. Les *Actes des apôtres* ne parlent point de son voyage à Rome. Saint Paul même ne fait aucune mention de lui dans les lettres qu'il écrit de cette capitale. Saint Justin est le premier auteur accrédité qui ait parlé de ce voyage, sur lequel les savants ne s'accordent pas. Saint Irénée, après saint Justin, dit expressément que saint Pierre et saint Paul vinrent à Rome et qu'ils donnèrent le gouvernement à saint Lin. C'est encore là une nouvelle difficulté. S'ils établirent saint Lin pour inspecteur de la société chrétienne naissante à Rome, on infère qu'ils ne la conduisirent pas, et qu'ils ne restèrent point dans cette ville.

La critique a jeté sur cette matière une foule d'incertitudes. L'opinion que saint Pierre vint à Rome sous Néron, et qu'il y occupa la chaire pontificale vingt-cinq ans, est insoutenable, puisque Néron ne régna que treize années. La chaire de bois qui est enchâssée dans l'église à Rome, ne peut guère avoir appartenu à saint Pierre ; le bois ne dure pas si longtemps ; et il n'est pas vraisemblable que saint Pierre ait enseigné dans ce fauteuil comme dans une école toute formée, puisqu'il est avéré que les Juifs de Rome étaient les ennemis violents des disciples de Jésus-Christ.

La plus forte difficulté, peut-être, est que saint Paul, dans son épître écrite de Rome aux Colossiens[4], dit positivement qu'il n'a été secondé que par Aristarque, Marc, et un autre qui portait le nom de Jésus. Cette objection a paru insoluble aux plus savants hommes.

---

1. Eusèbe, Épiphane, Jérôme, Clément d'Alexandrie.
2. Eusèbe, liv. II, chap. IX. — 3. Eusèbe, liv. III, chap. XXX.
4. Chap. IV, v. 10 et 11.

Dans sa lettre aux Galates, il dit : « qu'il obligea Jacques, Céphas et Jean, qui étaient colonnes, » à reconnaître aussi pour colonnes lui et Barnabé. S'il place Jacques avant Céphas, Céphas n'était donc pas le chef. Heureusement ces disputes n'entament pas le fond de notre sainte religion. Que saint Pierre ait été à Rome ou non, Jésus-Christ n'en est pas moins fils de Dieu et de la Vierge Marie, et n'en est pas moins ressuscité; il n'en a pas moins recommandé l'humilité et la pauvreté, qu'on néglige, il est vrai, mais sur lesquelles on ne dispute pas.

Nicéphore Caliste, auteur du xive siècle, dit que Pierre « était menu, grand et droit, le visage long et pâle, la barbe et les cheveux épais, courts et crépus, les yeux noirs, le nez long, plutôt camus que pointu. » C'est ainsi que dom Calmet traduit ce passage. Voyez son *Dictionnaire de la Bible.*

Saint Barthélemy, mot corrompu de *Bar-Ptolemaios*[2], fils de Ptolémée. Les *Actes des apôtres* nous apprennent qu'il était de Galilée. Eusèbe prétend qu'il alla prêcher dans l'Inde, dans l'Arabie Heureuse, dans la Perse, et dans l'Abyssinie. On croit que c'était le même que Nathanael. On lui attribue un évangile; mais tout ce qu'on a dit de sa vie et de sa mort est très-incertain. On a prétendu qu'Astyage, frère de Polémon roi d'Arménie, le fit écorcher vif; mais cette histoire est regardée comme fabuleuse par tous les bons critiques.

Saint Philippe. Si l'on en croit les légendes apocryphes, il vécut quatre-vingt-sept ans, et mourut paisiblement sous Trajan.

Saint Thomas-Didyme. Origène, cité par Eusèbe, dit qu'il alla prêcher aux Mèdes, aux Perses, aux Caramaniens, aux Bactriens, et aux mages, comme si les mages avaient été un peuple. On ajoute qu'il baptisa un des mages qui étaient venus à Bethléem. Les manichéens prétendaient qu'un homme, ayant donné un soufflet à saint Thomas, fut dévoré par un lion. Des auteurs portugais assurent qu'il fut martyrisé à Méliapour, dans la presqu'île de l'Inde. L'Église grecque croit qu'il prêcha dans l'Inde et que de là on porta son corps à Edesse. Ce qui fait croire encore à quelques moines qu'il alla dans l'Inde, c'est qu'on y trouva, vers la côte d'Ormus, à la fin du xve siècle, quelques familles nestoriennes établies par un marchand de Mozoul, nommé Thomas. La légende porte qu'il bâtit un palais magnifique pour un roi de l'Inde, appelé Condafer; mais les savants rejettent toutes ces histoires.

Saint Mathias. On ne sait de lui aucune particularité. Sa vie n'a été écrite qu'au xiie siècle, par un moine de l'abbaye de Saint-Mathias de Trèves, qui disait la tenir d'un Juif qui la lui avait traduite de l'hébreu en latin.

Saint Matthieu. Si l'on en croit Rufin, Socrate, Abdias, il prêcha et mourut en Éthiopie. Héracléon le fait vivre longtemps, et mourir d'une mort naturelle; mais Abdias dit qu'Hirtacus, roi d'Éthiopie,

---

1. Chap. II, v. 9.
2. Nom grec et hébreu, ce qui est singulier, et qui a fait croire que tout fut écrit par des Juifs hellénistes, loin de Jérusalem.

frère d'Eglipus, voulant épouser sa nièce Iphigénie, et n'en pouvant obtenir la permission de saint Matthieu, lui fit trancher la tête et mit le feu à la maison d'Iphigénie. Celui à qui nous devons l'Évangile le plus circonstancié que nous ayons, méritait un meilleur historien qu'Abdias.

Saint Simon Cananéen, qu'on fête communément avec saint Jude. On ignore sa vie. Les Grecs modernes disent qu'il alla prêcher dans la Libye, et de là en Angleterre. D'autres le font martyriser en Perse.

Saint Thaddée ou Lébée, le même que saint Jude, que les Juifs appellent, dans saint Matthieu [1], frère de Jésus-Christ, et qui, selon Eusèbe, était son cousin germain. Toutes ces relations, la plupart incertaines et vagues, ne nous éclairent point sur la vie des apôtres. Mais s'il y a peu pour notre curiosité, il reste assez pour notre instruction.

Des quatre Évangiles choisis parmi les cinquante-quatre qui furent composés par les premiers chrétiens, il y en a deux qui ne sont point faits par des apôtres [2].

Saint Paul n'était pas un des douze apôtres; et cependant ce fut lui qui contribua le plus à l'établissement du christianisme. C'était le seul homme de lettres qui fut parmi eux. Il avait étudié dans l'école de Gamaliel. Festus même, gouverneur de Judée, lui reproche qu'il est trop savant; et, ne pouvant comprendre les sublimités de sa doctrine, il lui dit [3]: Tu es fou, Paul, tes grandes études t'ont conduit à la folie. « Insanis, Paule; multæ te litteræ ad insaniam convertunt. »

Il se qualifie envoyé, dans sa première Épître aux Corinthiens [4]: « Ne suis-je pas libre? ne suis-je pas apôtre? n'ai-je pas vu notre Seigneur? n'êtes-vous pas mon ouvrage en notre Seigneur? Quand je ne serais pas apôtre à l'égard des autres, je le suis à votre égard.... Sont-ils ministres du Christ? Quand on devrait m'accuser d'impudence, je le suis encore plus. »

Il se peut en effet qu'il eût vu Jésus lorsqu'il étudiait à Jérusalem sous Gamaliel. On peut dire cependant que ce n'était point une raison qui autorisât son apostolat. Il n'avait point été au rang des disciples de Jésus; au contraire, il les avait persécutés; il avait été complice de la mort de saint Étienne. Il est étonnant qu'il ne justifie pas plutôt son apostolat volontaire par le miracle que fit debuts Jésus-Christ en sa faveur, par la lumière céleste qui lui apparut en plein midi, qui le renversa de cheval, et par son enlèvement au troisième ciel.

Saint Epiphane cite des Actes des apôtres qu'on croit composés par les chrétiens nommés ébionites ou pauvres, et qui furent rejetés par l'Église; actes très-anciens, à la vérité, mais pleins d'outrages contre saint Paul.

C'est là qu'il est dit que saint Paul était né à Tarsis [5] de parents ido-

1. Matthieu, chap. XIII, v. 55.
2. Les évangélistes saint Marc et saint Luc n'étaient pas apôtres. (Ed.)
3. Act., chap. XXVI, v. 24. — 4. L'Aux Corinth., chap. IX, v. 1 et suiv.
5. Hérésies, liv. XXX, § 6.
6. M. Renouard fait observer que cette ville se nomme en grec Tarsos, en latin Tarsus, maintenant Tarsous, en français Tarse, et jamais Tarsis. (Ed.)

lâtres; « utróque parente gentili procreatus; » et qu'étant venu à
Jérusalem, où il resta quelque temps, il voulut épouser la fille de Gamaliel; que dans ce dessein il se rendit prosélyte juif et se fit circoncire; mais que n'ayant pas obtenu cette vierge (où ne l'ayant pas trouvée vierge), la colère le fit écrire contre la circoncision, le sabbat, et
toute la loi.

« Quumque Hierosolymam accessisset, et ibidem aliquandiu man-
sisset, pontificis filiam ducere in animum induxisse, et eam ob rem
proselytum factum, atque circumcisum esse; postea quod virginem
eam non accepisset, succensuisse, et adversus circumcisionem, ac
sabbatum, totamque legem, scripsisse. »

Ces paroles injurieuses font voir que ces premiers chrétiens, sous le
nom de pauvres, étaient attachés encore au sabbat et à la circoncision,
se prévalant de la circoncision de Jésus-Christ, et de son observance
du sabbat; qu'ils étaient ennemis de saint Paul; qu'ils le regardaient
comme un intrus qui voulait tout renverser. En un mot ils étaient hérétiques; et en conséquence ils s'efforçaient de répandre la diffamation
sur leurs ennemis, emportement trop ordinaire à l'esprit de parti et de
superstition.

Aussi saint Paul les traite-t-il de faux apôtres, d'ouvriers trompeurs,
et les accable d'injures [1]; il les appelle chiens dans sa lettre aux habitants de Philippes [2].

Saint Jérôme prétend [3] qu'il était né à Giscala, bourg de Galilée,
et non à Tarsis. D'autres lui contestent sa qualité de citoyen romain,
parce qu'il n'y avait alors de citoyen romain ni à Tarsis, ni à Giscala,
et que Tarsis ne fut colonie romaine qu'environ cent ans après. Mais
il en faut croire les Actes des apôtres, qui sont inspirés par le Saint-
Esprit, et qui doivent l'emporter sur le témoignage de saint Jérôme,
tout savant qu'il était.

Tout est intéressant de saint Pierre et de saint Paul. Si Nicéphore
nous a donné le portrait de l'un, les Actes de sainte Thècle, qui, bien
que non canoniques, sont du 1er siècle, nous ont fourni le portrait de
l'autre. Il était, disent ces actes, de petite taille, chauve, les cuisses
tortues, la jambe grosse, le nez aquilin, les sourcils joints, plein de la
grâce du Seigneur. Statura brevi, etc.

Au reste, ces Actes de saint Paul et de sainte Thècle furent composés, selon Tertullien, par un Asiatique, disciple de Paul lui-même,
qui les mit d'abord sous le nom de l'apôtre, et qui en fut repris, et
même déposé, c'est-à-dire exclu de l'assemblée; car la hiérarchie
n'étant pas encore établie, il n'y avait pas de déposition proprement
dite.

IV. Quelle était la discipline sous laquelle vivaient les apôtres et
les premiers disciples? — Il paraît qu'ils étaient tous égaux. L'égalité
était le grand principe des esséniens, des récabites, des thérapeutes,

---

1. II. Aux Corinth., chap. xi, v. 13. — 2. Chap. iii, v. 2.
3. Saint Jérôme, De scriptoribus ecclesiasticis, cap. v.

des disciples de Jean, et surtout de Jésus-Christ, qui la recommande plus d'une fois.

Saint Barnabé, qui n'était pas un des douze apôtres, donne sa voix avec eux. Saint Paul, qui était encore moins apôtre choisi du vivant de Jésus, non-seulement est égal à eux, mais il a une sorte d'ascendant; il tance rudement saint Pierre.

On ne voit parmi eux aucun supérieur quand ils sont assemblés. Personne ne préside, pas même tour à tour. Ils ne s'appellent point d'abord évêques. Saint Pierre ne donne le nom d'*évêque*, ou l'épithète équivalente, qu'à Jésus-Christ, qu'il appelle le *surveillant des âmes*[1]. Ce nom de *surveillant*, d'*évêque*, est donné ensuite indifféremment aux anciens, que nous appelons *prêtres;* mais nulle cérémonie, nulle dignité, nulle marque distinctive de prééminence.

Les anciens ou vieillards sont chargés de distribuer les aumônes. Les plus jeunes sont élus à la pluralité des voix[2], pour *avoir soin des tables*, et ils sont au nombre de sept; ce qui constate évidemment des repas de communauté.

De juridiction, de puissance, de commandement, de punition, on n'en voit pas la moindre trace.

Il est vrai qu'Ananias et Saphira sont mis à mort pour n'avoir pas donné tout leur argent à saint Pierre, pour en avoir retenu une petite partie dans la vue de subvenir à leurs besoins pressants; pour ne l'avoir pas avoué; pour avoir corrompu, par un petit mensonge, la sainteté de leurs largesses : mais ce n'est pas saint Pierre qui les condamne. Il est vrai qu'il devine la faute d'Ananias; il la lui reproche; il lui dit[3] : « Vous avez menti au Saint-Esprit; » et Ananias tombe mort. Ensuite Saphira vient, et Pierre au lieu de l'avertir l'interroge; ce qui semble une action de juge. Il la fait tomber dans le piège en lui disant : « Femme, dites-moi combien vous avez vendu votre champ. » La femme répond comme son mari. Il est étonnant qu'en arrivant sur le lieu, elle n'ait pas su la mort de son époux; que personne ne l'en ait avertie; qu'elle n'ait pas vu dans l'assemblée l'effroi et le tumulte qu'une telle mort devait causer, et surtout la crainte mortelle que la justice n'accourût pour informer de cette mort comme d'un meurtre. Il est étrange que cette femme n'ait pas rempli la maison de ses cris, et qu'on l'ait interrogée paisiblement comme dans un tribunal sévère, où les huissiers contiennent tout le monde dans le silence. Il est encore plus étonnant que saint Pierre lui ait dit : « Femme, vois-tu les pieds de ceux qui ont porté ton mari en terre? ils vont t'y porter. » Et dans l'instant la sentence est exécutée. Rien ne ressemble plus à l'audience criminelle d'un juge despotique.

Mais il faut considérer que saint Pierre n'est ici que l'organe de Jésus-Christ et du Saint-Esprit, que c'est à eux qu'Ananias et sa femme ont menti; et que ce sont eux qui les punissent par une mort subite; que c'est même un miracle fait pour effrayer tous ceux qui, en donnant leur bien à l'Église, et qui, en disant qu'ils ont tout donné,

1. Épître I, chap. II, v. 25. — 2. *Actes*, chap. VI, v. 2. — 3. *Actes*, chap. V, v. 3

retiendront quelque chose pour des usages profanes. Le judicieux dom Calmet fait voir combien les Pères et les commentateurs diffèrent sur le salut de ces deux premiers chrétiens, dont le péché consistait dans une simple réticence, mais coupable.

Quoi qu'il en soit, il est certain que les apôtres n'avaient aucune juridiction, aucune puissance, aucune autorité que celle de la persuasion, qui est la première de toutes, et sur laquelle toutes les autres sont fondées.

D'ailleurs il paraît, par cette histoire même, que les chrétiens vivaient en commun.

Quand ils étaient assemblés deux ou trois, Jésus-Christ était au milieu d'eux. Ils pouvaient tous recevoir également l'Esprit. Jésus était leur véritable, leur seul supérieur; il leur avait dit [1] : « N'appelez personne sur la terre votre père, car vous n'avez qu'un père, qui est dans le ciel. Ne désirez point qu'on vous appelle maîtres, parce que vous n'avez qu'un seul maître, et que vous êtes tous frères; ni qu'on vous appelle docteurs, car votre seul docteur est Jésus [1]. »

Il n'y avait du temps des apôtres aucun rite, point de liturgie, point d'heures marquées pour s'assembler, nulle cérémonie. Les disciples baptisaient les catéchumènes; on leur soufflait dans la bouche pour y faire entrer l'Esprit-Saint avec le souffle [3], ainsi que Jésus-Christ avait soufflé sur les apôtres, ainsi qu'on souffle encore aujourd'hui, en plusieurs églises, dans la bouche d'un enfant quand on lui administre le baptême. Tels furent les commencements du christianisme. Tout se faisait par inspiration, par enthousiasme, comme chez les thérapeutes et chez les Judaïtes, s'il est permis de comparer un moment des sociétés judaïques, devenues réprouvées, à des sociétés conduites par Jésus-Christ même, du haut du ciel, où il était assis à la droite de son père.

Le temps amena des changements nécessaires; l'Église s'étant étendue, fortifiée, enrichie, eut besoin de nouvelles lois.

APPARENCE. — Toutes les apparences sont-elles trompeuses? Nos sens ne nous ont-ils été donnés que pour nous faire une illusion continuelle? Tout est-il erreur? Vivons-nous dans un songe, entourés d'ombres chimériques? Vous voyez le soleil se coucher à l'horizon quand il est déjà dessous. Il n'est pas encore levé, et vous le voyez paraître. Cette tour carrée vous semble ronde. Ce bâton enfoncé dans l'eau vous semble courbé.

Vous regardez votre image dans un miroir, il vous la représente derrière lui; elle n'est ni derrière, ni devant. Cette glace, qui, au toucher et à la vue, est si lisse et si unie, n'est qu'un amas inégal d'aspérités et de cavités. La peau la plus fine et la plus blanche n'est qu'un réseau hérissé, dont les ouvertures sont incomparablement plus larges que le tissu, et qui renferment un nombre infini de petits crins. Des liqueurs passent sans cesse sous ce réseau, et il en sort des exhalaisons

1. Matthieu, chap. XXIII, v. 8, 9 et 10. — 2. Voy. l'article Église.
3. Jean, chap. XX, v. 22.

continuelles, qui couvrent toute cette surface. Ce que vous appelez *grand* est très-petit pour un éléphant, et ce que vous appelez *petit* est un monde pour des insectes.

Le même mouvement qui serait rapide pour une tortue serait très-lent aux yeux d'un aigle. Ce rocher, qui est impénétrable au fer de vos instruments, est un crible percé de plus de trous qu'il n'a de matière, et de mille avenues d'une largeur prodigieuse, qui conduisent à son centre, où logent des multitudes d'animaux qui peuvent se croire les maîtres de l'univers.

Rien n'est ni comme il vous paraît, ni à la place où vous croyez qu'il soit.

Plusieurs philosophes, fatigués d'être toujours trompés par les corps, ont prononcé de dépit que les corps n'existent pas, et qu'il n'y a de réel que notre esprit. Ils pouvaient conclure tout aussi bien que toutes les apparences étant fausses, et la nature de l'âme étant inconnue comme la matière, il n'y avait en effet ni esprit ni corps.

C'est peut-être ce désespoir de rien connaître, qui a fait dire à certains philosophes chinois que le néant est le principe et la fin de toutes choses.

Cette philosophie destructive des êtres était fort connue du temps de Molière. Le docteur Marphurius représente toute cette école, quand il enseigne à Sganarelle[1], « qu'il ne faut pas dire, je suis venu; mais, il me semble que je suis venu; et il peut vous le sembler sans que la chose soit véritable. »

Mais à présent une scène de comédie n'est pas une raison, quoiqu'elle vaille quelquefois mieux; et il y a souvent autant de plaisir à rechercher la vérité qu'à se moquer de la philosophie.

Vous ne voyez pas le réseau, les cavités, les cordes, les inégalités, les exhalaisons de cette peau blanche et fine que vous idolâtrez. Des animaux, mille fois plus petits qu'un ciron, discernent tous ces objets qui vous échappent. Ils s'y logent, ils s'y nourrissent, ils s'y promènent comme dans un vaste pays; et ceux qui sont sur le bras droit ignorent qu'il y ait des gens de leur espèce sur le bras gauche. Si vous aviez le malheur de voir ce qu'ils voient, cette peau charmante vous ferait horreur.

L'harmonie d'un concert que vous entendez avec délices doit faire sur certains petits animaux l'effet d'un tonnerre épouvantable, et peut-être les tuer. Vous ne voyez, vous ne touchez, vous n'entendez, vous ne sentez les choses que de la manière dont vous devez les sentir.

Tout est proportionné. Les lois de l'optique, qui vous font voir dans l'eau l'objet où il n'est pas, et qui brisent une ligne droite, tiennent aux mêmes lois qui vous font paraître le soleil sous un diamètre de deux pieds, quoiqu'il soit un million de fois plus gros que la terre. Pour le voir dans sa dimension véritable, il faudrait avoir un œil qui en ras-

1. *Mariage forcé*, scène VIII. (Éd.)

semblât les rayons sous un angle aussi grand que son disque; ce qui est impossible. Vos sens vous assistent donc beaucoup plus qu'ils ne vous trompent.

Le mouvement, le temps, la dureté, la mollesse, les dimensions, l'éloignement, l'approximation, la force, la faiblesse, les apparences, de quelque genre qu'elles soient, tout est relatif. Et qui a fait ces relations?

APPARITION. — Ce n'est point du tout une chose rare qu'une personne, vivement émue, voie ce qui n'est point. Une femme, en 1726, accusée à Londres d'être complice du meurtre de son mari, niait le fait; on lui présente l'habit du mort qu'on secoua devant elle; son imagination épouvantée lui fait voir son mari même; elle se jette à ses pieds et veut les embrasser. Elle dit aux jurés qu'elle avait vu son mari.

Il ne faut pas s'étonner que Théodoric ait vu dans la tête d'un poisson qu'on lui servait, celle de Symmaque qu'il avait assassiné, ou fait exécuter injustement (c'est la même chose).

Charles IX, après la Saint-Barthélemy, voyait des morts et du sang, non pas en songe, mais dans les convulsions d'un esprit troublé, qui cherchait en vain le sommeil. Son médecin et sa nourrice l'attestèrent. Des visions fantastiques sont très-fréquentes dans les fièvres chaudes. Ce n'est point s'imaginer voir, c'est voir en effet. Le fantôme existe pour celui qui en a la perception. Si le don de la raison, accordé à la machine humaine, ne venait pas corriger ces illusions, toutes les imaginations échauffées seraient dans un transport presque continuel, et il serait impossible de les guérir.

C'est surtout dans cet état mitoyen entre la veille et le sommeil qu'un cerveau enflammé voit des objets imaginaires, et entend des sons que personne ne prononce. La frayeur, l'amour, la douleur, le remords, sont les peintres qui tracent les tableaux dans les imaginations bouleversées. L'œil qui est ébranlé pendant la nuit par un coup vers le petit canthus, et qui voit jaillir des étincelles, n'est qu'une très-faible image des inflammations de notre cerveau.

Aucun théologien ne doute qu'à ces causes naturelles la volonté du Maître de la nature n'ait joint quelquefois sa divine influence. L'ancien et le nouveau Testament en sont d'assez évidents témoignages. La Providence daigna employer ces apparitions, ces visions, en faveur du peuple juif, qui était alors son peuple chéri.

Il se peut que dans la suite des temps quelques âmes, pieuses à la vérité, mais trompées par leur enthousiasme, aient cru recevoir d'une communication intime avec Dieu ce qu'elles ne tenaient que de leur imagination enflammée. C'est alors qu'on a besoin du conseil d'un honnête homme, et surtout d'un bon médecin.

Les histoires des apparitions sont innombrables. On prétend que ce fut sur la foi d'une apparition que saint Théodore, au commencement du IVe siècle, alla mettre le feu au temple d'Amasée, et le réduisit en cendre. Il est bien vraisemblable que Dieu ne lui avait pas ordonné cette action, qui en elle-même est si criminelle, dans laquelle plusieurs citoyens périrent, et qui exposait tous les chrétiens à une juste vengeance.

Que sainte Potamienne ait apparu à saint Basilide, Dieu peut l'avoir permis; il n'en a rien résulté qui troublât l'État. On ne niera pas que Jésus-Christ ait pu apparaître à saint Victor : mais que saint Benoît ait vu l'âme de saint Germain de Capoue portée au ciel par des anges, et que deux moines aient vu celle de saint Benoît marcher sur un tapis étendu depuis le ciel jusqu'au Mont-Cassin, cela est plus difficile à croire.

On peut douter de même, sans offenser notre auguste religion, que saint Eucher fut mené par un ange en enfer, où il vit l'âme de Charles Martel; et qu'un saint ermite d'Italie ait vu des diables qui enchaînaient l'âme de Dagobert dans une barque, et lui donnaient cent coups de fouet : car après tout il ne serait pas aisé d'expliquer nettement comment une âme marche sur un tapis, comment on l'enchaîne dans un bateau, et comment on la fouette.

Mais il se peut très-bien faire que des cervelles allumées aient eu de semblables visions; on en a mille exemples de siècle en siècle. Il faut être bien éclairé pour distinguer dans ce nombre prodigieux de visions celles qui viennent de Dieu même, et celles qui sont produites par la seule imagination.

L'illustre Bossuet rapporte, dans l'*Oraison funèbre de la princesse palatine*, deux visions qui agirent puissamment sur cette princesse, et qui déterminèrent toute la conduite de ses dernières années. Il faut croire ces visions célestes, puisqu'elles sont regardées comme telles par le disert et savant évêque de Meaux, qui pénétra toutes les profondeurs de la théologie, et qui même entreprit de lever le voile dont l'*Apocalypse* est couvert.

Il dit donc que la princesse palatine, après avoir prêté cent mille francs à la reine de Pologne sa sœur, vendu le duché de Rhételois un million, marié avantageusement ses filles, étant heureuse selon le monde, mais doutant malheureusement des vérités de la religion catholique, fut rappelée à la conviction et à l'amour de ces vérités ineffables par deux visions. La première fut un rêve, dans lequel un aveugle-né lui dit qu'il n'avait aucune idée de la lumière, et qu'il fallait en croire les autres sur les choses qu'on ne peut concevoir. La seconde fut un violent ébranlement des méninges et des fibres du cerveau dans un accès de fièvre. Elle vit une poule qui courait après un de ses poussins qu'un chien tenait dans sa gueule. La princesse palatine arracha le petit poulet au chien; une voix lui crie : « Rendez-lui son poulet; si vous le privez de son manger, il fera mauvaise garde. » — Non, s'écria la princesse, je ne le rendrai jamais. »

Ce poulet, c'était l'âme d'Anne de Gonzague, princesse palatine; la poule était l'Église; le chien était le diable. Anne de Gonzague, qui ne devait jamais rendre le poulet au chien, était la grâce efficace.

Bossuet prêchait cette oraison funèbre aux religieuses carmélites du faubourg Saint-Jacques à Paris, devant toute la maison de Condé; il

leur dit ces paroles remarquables : « Écoutez, et prenez garde surtout
de n'écouter pas avec mépris l'ordre des avertissements divins et la
conduite de la grâce. »

Les lecteurs doivent donc lire cette histoire avec le même respect
que les auditeurs l'écoutèrent. Ces effets extraordinaires de la Providence sont comme les miracles des saints qu'on canonise. Ces miracles
doivent être attestés par des témoins irréprochables. Eh! quel déposant
plus légal pourrions-nous avoir des apparitions et des visions de la
princesse palatine que celui qui employa sa vie à distinguer toujours
la vérité de l'apparence ? Il combattit avec vigueur contre les religieuses
de Port-Royal sur le formulaire; contre Paul Ferri, sur le catéchisme;
contre le ministre Claude, sur les variations de l'Église; contre le
docteur Dupin, sur la Chine; contre le P. Simon, sur l'intelligence du
texte sacré; contre le cardinal Sfondrate, sur la prédestination; contre
le pape, sur les droits de l'Église gallicane; contre l'archevêque de
Cambrai, sur l'amour pur et désintéressé. Il ne se laissait séduire, ni
par les noms, ni par les titres, ni par la réputation, ni par la dialectique
de ses adversaires. Il a rapporté ce fait, il l'a donc cru. Croyons-le
comme lui, malgré les railleries qu'on en a faites. Adorons les secrets
de la Providence; mais défions-nous des écarts de l'imagination, que
Malebranche appelait *la folle du logis.* Car les deux visions accordées
à la princesse palatine ne sont pas données à tout le monde.

Jésus-Christ apparut à sainte Catherine de Sienne; il l'épousa, il lui
donna un anneau. Cette apparition mystique est respectable, puisqu'elle
est attestée par Raimond de Capoue, général des dominicains, qui la
confessait, et même par le pape Urbain VI. Mais elle est rejetée par
le savant Fleury, auteur de l'*Histoire ecclésiastique.* Et une fille qui se
vanterait aujourd'hui d'avoir contracté un tel mariage, pourrait avoir
une place aux Petites-Maisons pour présent de noce.

L'apparition de la mère Angélique, abbesse de Port-Royal, à sœur
Dorothée, est rapportée par un homme d'un très-grand poids dans le
parti qu'on nomme *janséniste;* c'est le sieur Dufossé, auteur des
Mémoires de Pontis. La mère Angélique, longtemps après sa mort,
vint s'asseoir dans l'église de Port-Royal à son ancienne place, avec
sa crosse à la main. Elle commanda qu'on fît venir sœur Dorothée, à
qui elle dit de terribles secrets. Mais le témoignage de ce Dufossé ne
vaut pas celui de Raimond de Capoue et du pape Urbain VI, lesquels
pourtant n'ont pas été recevables.

Celui qui vient d'écrire ce petit morceau a lu ensuite les quatre volumes de l'abbé Lenglet sur les apparitions[1], et ne croit pas devoir en
rien prendre. Il est convaincu de toutes les apparitions avérées par
l'Église; mais il a quelques doutes sur les autres jusqu'à ce qu'elles
soient authentiquement reconnues. Les cordeliers et les jacobins,

_____

1. *Recueil de dissertations anciennes et nouvelles sur les apparitions, les
visions et les songes, avec une préface historique et un Catalogue des auteurs
qui ont écrit sur les esprits, les visions, les apparitions, les songes et les sortiléges,* 1752, 4 vol. in-12, par l'abbé Lenglet Dufresnoy. (ÉD.

les jansénistes et les molinistes, ont eu leurs apparitions et leurs miracles [1].

> *Iliacos intra muros peccatur et extra.*
>
> (Hor., lib. I, ep. n.)

APPEL COMME D'ABUS. Voy. ABUS.

A PROPOS, L'APROPOS. — L'apropos est comme l'avenir, l'atour, l'ados, et plusieurs termes pareils, qui ne composent plus aujourd'hui qu'un seul mot, et qui en faisaient deux autrefois.

Si vous dites : « A propos, j'oubliais de vous parler de cette affaire, » alors ce sont deux mots, et *à* devient une préposition. Mais si vous dites : « Voilà un *apropos* heureux, un *apropos* bien adroit, » apropos n'est plus qu'un seul mot.

La Motte a dit dans une de ses odes :

> Le sage, le prompt Apropos,
> Dieu qu'à tort oublia la fable.

Tous les heureux succès en tout genre sont fondés sur les choses dites ou faites à propos.

Arnauld de Bresse, Jean Hus, et Jérôme de Prague, ne vinrent pas assez à propos, ils furent tous trois brûlés ; les peuples n'étaient pas encore assez éclairés ; l'invention de l'imprimerie n'avait point encore mis sous les yeux de tout le monde les abus dont on se plaignait. Mais quand les hommes commencèrent à lire ; quand la populace, qui voulait bien ne pas aller en purgatoire, mais qui ne voulait pas payer trop cher des indulgences, commença à ouvrir les yeux, les réformateurs du xvie siècle vinrent très à propos et réussirent.

Un des meilleurs *apropos* dont l'histoire ait fait mention est celui de *Pierre Danez* au concile de Trente. Un homme qui n'aurait pas eu l'esprit présent, n'aurait rien répondu au froid jeu de mots de l'évêque italien : « Ce coq chante bien : *Iste gallus bene cantat* [2]. » Danez répondit par cette terrible réplique : « Plût à Dieu que Pierre se repentit au chant du coq ! »

Là, à part des recueils de bons mots sont remplis de réponses très-froides. Celle du marquis Maffei, ambassadeur de Sicile auprès du pape Clément XI, n'est ni froide, ni injurieuse, ni piquante, mais c'est un bel apropos. Le pape se plaignait avec larmes de ce qu'on avait ouvert, malgré lui, les églises de Sicile qu'il avait interdites : « Pleurez, saint-père, lui dit-il, quand on les fermera. »

Les Italiens appellent une chose dite hors de propos un *aproposito*. Ce mot manque à notre langue.

C'est une grande leçon dans Plutarque que ces paroles : « Tu tiens sans propos beaucoup de bons propos. » Ce défaut se trouve dans beaucoup de nos tragédies, où les héros débitent des maximes bonnes

---

1. Voy. les articles VISION et VAMPIRES.
2. Les dames qui pourront lire ce morceau sauront que *gallus* signifie *Gaulois* et *coq*.

en elles-mêmes, qui deviennent fausses dans l'endroit où elles sont placées.

L'àpropos fait tout dans les grandes affaires, dans les révolutions des États. On a déjà dit que Cromwell, sous Élisabeth ou sous Charles II, le cardinal de Retz, quand Louis XIV gouverna par lui-même, auraient été des hommes très-ordinaires.

César, né du temps de Scipion l'Africain, n'aurait pas subjugué la république romaine; et si Mahomet revenait aujourd'hui, il serait tout au plus shérif de la Mecque. Mais si Archimède et Virgile renaissaient, l'un serait encore le meilleur mathématicien, l'autre le meilleur poète de son pays.

ARABES, *et, par occasion, du livre de Job.*—Si quelqu'un veut connaître à fond les antiquités arabes, il est à présumer qu'il n'en sera pas plus instruit que de celles de l'Auvergne et du Poitou. Il est pourtant certain que les Arabes étaient quelque chose longtemps avant Mahomet. Les Juifs eux-mêmes disent que Moïse épousa une fille arabe, et son beau-père Jéthro paraît un homme de fort bon sens.

Meka ou la Mecque passa, et non sans vraisemblance, pour une des plus anciennes villes du monde; et ce qui prouve son ancienneté, c'est qu'il est impossible qu'une autre cause que la superstition seule ait fait bâtir une ville en cet endroit; elle est dans un désert de sable, l'eau y est saumâtre, on y meurt de faim et de soif. Le pays, à quelques milles vers l'orient, est le plus délicieux de la terre, le plus arrosé, le plus fertile. C'était là qu'il fallait bâtir, et non à la Mecque. Mais il suffit d'un charlatan, d'un fripon, d'un faux prophète qui aura débité ses rêveries, pour faire de la Mecque un lieu sacré et le rendez-vous des nations voisines. C'est ainsi que le temple de Jupiter Ammon était bâti au milieu des sables, etc., etc.

L'Arabie s'étend du désert de Jérusalem jusqu'à Aden ou Eden, vers le quinzième degré, en tirant droit du nord-est au sud-est. C'est un pays immense, environ trois fois grand comme l'Allemagne. Il est très-vraisemblable que ses déserts de sable ont été apportés par les eaux de la mer, et que ses golfes maritimes ont été des terres fertiles autrefois.

Ce qui semble déposer en faveur de l'antiquité de cette nation, c'est qu'aucun historien ne dit qu'elle ait été subjuguée; elle ne le fut pas même par Alexandre, ni par aucun roi de Syrie, ni par les Romains. Les Arabes au contraire ont subjugué cent peuples, depuis l'Inde jusqu'à la Garonne; et ayant ensuite perdu leurs conquêtes, ils se sont retirés dans leur pays sans s'être mêlés avec d'autres peuples.

N'ayant jamais été ni asservis ni mélangés, il est plus que probable qu'ils ont conservé leurs mœurs et leur langage; aussi l'arabe est-il en quelque façon la langue-mère de toute l'Asie, jusqu'à l'Inde, et jusqu'au pays habité par les Scythes, supposé qu'il y ait en effet des langues-mères; mais il n'y a que des langues dominantes. Leur génie n'a point changé, ils font encore des *Mille et une nuits*, comme ils en faisaient du temps qu'ils imaginaient un *Bach* ou *Bacchus*, qui traversait la mer Rouge avec trois millions d'hommes, de femmes et d'enfants; qui arrêtait le soleil et la lune; qui faisait jaillir des fontaines de vin avec une baguette, laquelle il changeait en serpent quand il voulait.

Une nation ainsi isolée, et dont le sang est sans mélange, ne peut changer de caractère. Les Arabes qui habitent les déserts ont toujours été un peu voleurs. Ceux qui habitent les villes ont toujours aimé les fables, la poésie, et l'astronomie.

Il est dit dans la *Préface historique de l'Alcoran* que, lorsqu'ils avaient un bon poète dans une de leurs tribus, les autres tribus ne manquaient pas d'envoyer des députés pour féliciter celle à qui Dieu avait fait la grâce de lui donner un poète.

Les tribus s'assemblaient tous les ans par représentants, dans une place nommée Ocad, où l'on récitait des vers à peu près comme on fait aujourd'hui à Rome dans le jardin de l'académie des Arcades; et cette coutume dura jusqu'à Mahomet. De son temps chacun affichait ses vers à la porte du temple de la Mecque.

Labid, fils de Rabia, passait pour l'Homère des Mecquois; mais ayant vu le second chapitre de l'*Alcoran* que Mahomet avait affiché, il se jeta à ses genoux, et lui dit : « Ô Mohammed, fils d'Abdallah, fils de Motaleb, fils d'Achem, vous êtes un plus grand poète que moi; vous êtes sans doute le prophète de Dieu. »

Autant les Arabes du désert étaient voleurs, autant ceux de Maden, de Nald, de Sanaa, étaient généreux. Un ami était déshonoré dans ces pays quand il avait refusé des secours à un ami.

Dans leur recueil de vers intitulé *Tograid*, il est rapporté qu'un jour, dans la cour du Temple de la Mecque, trois Arabes disputaient sur la générosité et l'amitié, et ne pouvaient convenir qui méritait la préférence de ceux qui donnaient alors les plus grands exemples de ces vertus. Les uns tenaient pour Abdallah, fils de Giafar, oncle de Mahomet; les autres pour Kaïs, fils de Saad; et d'autres pour Arabad, de la tribu d'As. Après avoir bien disputé, ils convinrent d'envoyer un ami d'Abdallah vers lui, un ami de Kaïs vers Kaïs, et un ami d'Arabad vers Arabad, pour les éprouver tous trois, et venir ensuite faire leur rapport à l'assemblée.

L'ami d'Abdallah courut donc à lui, et lui dit : « Fils de l'oncle de Mahomet, je suis en voyage et je manque de tout. » Abdallah était monté sur son chameau chargé d'or et de soie; il en descendit au plus vite, lui donna son chameau, et s'en retourna à pied dans sa maison.

Le second alla s'adresser à son ami Kaïs, fils de Saad. Kaïs dormait encore; un de ses domestiques demande au voyageur ce qu'il désire. Le voyageur répond qu'il est l'ami de Kaïs, et qu'il a besoin de secours. Le domestique lui dit : « Je ne veux pas éveiller mon maître, mais voilà sept mille pièces d'or, c'est tout ce que nous avons à présent dans la maison; prenez encore un chameau dans l'écurie avec un esclave; je crois que cela vous suffira jusqu'à ce que vous soyez arrivé chez vous. » Lorsque Kaïs fut éveillé, il gronda beaucoup le domestique de n'avoir pas donné davantage.

Le troisième alla trouver son ami Arabad de la tribu d'As. Arabad était aveugle, et il sortait de sa maison, appuyé sur deux esclaves, pour aller prier Dieu au temple de la Mecque; dès qu'il eut entendu la voix de l'ami, il lui dit : « Je n'ai de bien que mes deux esclaves, je vous prie de les prendre et de les vendre; j'irai au temple comme je pourrai avec mon bâton. »

Les trois disputeurs, étant revenus, à l'assemblée, racontèrent fidèlement ce qui leur était arrivé. On donna beaucoup de louanges à Abdallah, fils de Giafar, à Kaïs, fils de Saad, et à Arabad, de la tribu d'As; mais la préférence fut pour Arabad.

Les Arabes ont plusieurs contes de cette espèce. Nos nations occidentales n'en ont point; nos romans ne sont pas dans ce goût. Nous en avons plusieurs qui ne roulent que sur des friponneries, comme ceux de Boccace, Gusman d'Alfarache, Gil Blas, etc.

Il est clair que du moins les Arabes avaient des idées nobles et élevées. Les hommes les plus savants dans les langues orientales pensent que le livre de Job, qui est de la plus haute antiquité, fut composé par un Arabe de l'Idumée. La preuve la plus claire et la plus indubitable, c'est que le traducteur hébreu a laissé dans sa traduction plus de cent mots arabes qu'apparemment il n'entendait pas.

Job, le héros de la pièce, ne peut avoir été un Hébreu; car il dit, dans le quarante-deuxième chapitre, qu'ayant recouvré son premier état, il partagea ses biens également à ses fils et à ses filles; ce qui est directement contraire à la loi hébraïque.

Il est très-vraisemblable, que, si ce livre avait été composé après le temps où l'on place l'époque de Moïse, l'auteur qui parle de tant de choses, et qui n'épargne pas les exemples, aurait parlé de quelqu'un des étonnants prodiges opérés par Moïse, et connus sans doute de toutes les nations de l'Asie.

Dès le premier chapitre, Satan paraît devant Dieu, et lui demande la permission d'affliger Job. On ne connaît point Satan dans le *Pentateuque*, c'était un mot chaldéen. Nouvelle preuve que l'auteur arabe était voisin de la Chaldée.

On a cru qu'il pouvait être Juif, parce qu'au douzième chapitre le traducteur hébreu a mis Jéhova à la place de d'El, ou de Bel, ou de Sadaï. Mais quel est l'homme un peu instruit qui ne sache que le mot de Jéhova était commun aux Phéniciens, aux Syriens, aux Égyptiens, et à tous les peuples des contrées voisines?

Une preuve plus forte encore, et à laquelle on ne peut rien répliquer, c'est la connaissance de l'astronomie, qui éclate dans le livre de Job. Il est parlé des constellations que nous nommons[1] l'Arcture, l'Orion, les Hyades, et même de celles *du Midi qui sont cachées*. Or les Hébreux n'avaient aucune connaissance de la sphère, n'avaient pas même de terme pour exprimer l'astronomie; et les Arabes ont toujours été renommés pour cette science, ainsi que les Chaldéens.

Il paraît donc très-bien prouvé que le livre de Job ne peut être d'un Juif, et est antérieur à tous les livres juifs. Philon et Josèphe sont

1. Chap. IX, v. 9.

trop avisés pour le compter dans le canon hébreu : c'est incontestablement une parabole, une allégorie arabe.

Ce n'est pas tout : on y puise des connaissances des usages de l'ancien monde, et surtout de l'Arabie. Il y est question du commerce
des Indes, commerce que les Arabes firent dans tous les temps, et dont
les Juifs n'entendirent seulement pas parler.

On y voit que l'art d'écrire était très-cultivé, et qu'on faisait déjà de
gros livres [2].

On ne peut dissimuler que le commentateur Calmet, tout profond
qu'il est, manque à toutes les règles de la logique, en prétendant que
Job annonce l'immortalité de l'âme et la résurrection du corps, quand
il dit [1] : « Je sais que Dieu, qui est vivant, aura pitié de moi, que je
me relèverai un jour de mon fumier, que ma peau reviendra, que je
reverrai Dieu dans ma chair. Pourquoi donc dites-vous à présent :
« Persécutons-le, cherchons des paroles contre lui ? Je serai puissant à
mon tour, craignez mon épée, craignez que je ne me venge, sachez
qu'il y a une justice. »

Peut-on entendre par ces paroles autre chose que l'espérance de la
guérison ? L'immortalité de l'âme et la résurrection des corps au dernier jour sont des vérités si indubitablement annoncées dans le Nouveau Testament, si clairement prouvées par les Pères et par les conciles, qu'il n'est pas besoin d'en attribuer la première connaissance à
un Arabe. Ces grands mystères ne sont expliqués dans aucun endroit
du Pentateuque hébreu ; comment le seraient-ils dans ce seul verset de
Job, et encore d'une manière si obscure ? Calmet n'a pas plus raison
de voir l'immortalité de l'âme et la résurrection dans les discours de
Job, que d'y voir la vérole dans la maladie dont il est attaqué. Ni la
logique ni la physique ne sont d'accord avec ce commentateur.

Au reste, ce livre allégorique de Job étant manifestement arabe, il
est permis de dire qu'il n'y a ni méthode, ni justesse, ni précision.
Mais c'est peut-être le monument le plus précieux et le plus ancien des
livres qui aient été écrits en deçà de l'Euphrate.

ARANDA. — Droits royaux, jurisprudence, inquisition. — Quoique
les noms propres ne soient pas l'objet de nos questions encyclopédi-
ques, notre société littéraire a cru devoir faire une exception en faveur
du comte d'Aranda, président du conseil suprême en Espagne, et capitaine général de la Castille nouvelle, qui a commencé à couper les
têtes de l'hydre de l'inquisition.

Il était bien juste qu'un Espagnol délivrât la terre de ce monstre,
puisqu'un Espagnol l'avait fait naître. Ce fut un saint, à la vérité, ce
fut saint Dominique l'enchiridos [4], qui étant illuminé d'en haut, et
croyant fermement que l'Église catholique, apostolique et romaine, ne
pouvait se soutenir que par des moines et des bourreaux, jeta les fon-

1. Chap. xxvii, v. 10, etc. — 2. Chap. xxxi, v. 35 et 36.
3. Job, chap. xix, v. 25 et suiv. (ED.)
4. Il faudrait rechercher si du temps de saint Dominique on faisait porter le
san-benito aux pécheurs, et si ce san-benito n'était pas une chemise bénite
qu'on leur donnait en échange de leur argent qu'on leur prenait. Mais étant

dements de l'inquisition au XIII° siècle, et lui soumit les rois, les ministres et les magistrats : mais il arrive quelquefois qu'un grand homme
est plus qu'un saint dans les choses purement civiles, et qui concer-
nent directement la majesté des couronnes, la dignité du conseil des
rois, les droits de la magistrature, la sûreté des citoyens.

La conscience, le for intérieur (comme l'appelle l'université de Salamanque) est d'une autre espèce ; elle n'a rien de commun avec les
lois de l'État. Les inquisiteurs, les théologiens, doivent prier Dieu
pour les peuples ; et les ministres, les magistrats établis par les rois
sur les peuples, doivent juger.

Un soldat bigame ayant été arrêté pour ce délit par l'auditeur de la
guerre, au commencement de l'année 1770, et le Saint-Office ayant
prétendu que c'était à lui seul qu'il appartenait de juger ce soldat, le
roi d'Espagne a décidé que cette cause devait uniquement ressortir au
tribunal du comté d'Aranda, capitaine général, par un arrêt solennel
du 5 février de la même année.

L'arrêt porte que le très-révérend archevêque de Pharsale, ville qui
appartient aux Turcs, inquisiteur général des Espagnols, doit observer les lois du royaume, respecter les juridictions royales, se tenir
dans ses bornes, et ne se point mêler d'emprisonner les sujets du roi.

On ne peut pas tout faire à la fois ; Hercule ne put nettoyer en un
jour les écuries du roi Augias. Les écuries d'Espagne étaient pleines
des plus puantes immondices depuis plus de cinq cents ans ; c'était
grand dommage de voir de si beaux chevaux, si fiers, si légers, si
courageux, si brillants, n'avoir pour palefreniers que des moines qui
leur appesantissaient la bouche par un vilain mors, et qui les faisaient
croupir dans la fange.

Le comte d'Aranda, qui est un excellent écuyer, commence à mettre
la cavalerie espagnole sur un autre pied, et les écuries d'Augias seront
bientôt de la plus grande propreté.

Ce pourrait être ici l'occasion de dire un petit mot des premiers
beaux jours de l'inquisition, parce qu'il est d'usage dans les dictionnaires, quand on parle de la mort des gens, de faire mention de leur
naissance et de leurs dignités ; mais on en trouvera le détail à l'article

retirés au milieu des neiges, au pied du mont Crapack, qui sépare la Pologne
de la Hongrie, nous n'avons qu'une bibliothèque médiocre.

1 La disette de livres dont nous gémissons vers ce mont Crapack où nous
sommes, nous empêche aussi d'examiner si saint Dominique assista en qualité
d'inquisiteur à la bataille de Muret, ou en qualité de prédicateur, ou en celle
d'officier volontaire ; et si le titre d'encuirassé lui fut donné, aussi bien qu'à
l'ermite Dominique : je crois qu'il était à la bataille de Muret, mais qu'il ne
porta point d'armes.

1 Dans les éditions des Questions sur l'Encyclopédie données du vivant
de l'auteur, au lieu des trois lignes qui terminent cet alinéa, et des trois lignes
qui composent l'alinéa suivant, il y avait :
...dignités.

2 Nous commençons par cette patente curieuse donnée par saint Dominique :
« Moi, frère Dominique, je réconcilie à l'Église le nommé Roger, porteur des
« patentes, à condition qu'il se fera fouetter par un prêtre trois dimanches
« consécutifs, depuis l'entrée de la ville jusqu'à la porte de l'église ; qu'il fera

INQUISITION[1], aussi bien que la patente curieuse donnée par saint Dominique[2].

Observons seulement que le comte d'Aranda a mérité la reconnaissance de l'Europe entière, en rognant les griffes et en limant les dents du monstre.

Bénissons le comte d'Aranda[3].

ARARAT. — Montagne d'Arménie, sur laquelle s'arrêta l'arche. On a longtemps agité la question sur l'universalité du déluge, s'il inonda toute la terre sans exception, ou seulement toute la terre alors connue. Ceux qui ont cru qu'il ne s'agissait que des peuplades qui existaient alors, se sont fondés sur l'inutilité de noyer des terres non peuplées, et cette raison a paru assez plausible. Nous nous en tenons au texte de l'Écriture, sans prétendre l'expliquer. Mais nous prendrons plus de liberté avec Bérose, ancien auteur chaldéen, dont on retrouve des fragments conservés par Abydène, cités dans Eusèbe, et rapportés mot à mot par George le Syncelle.

On voit par ces fragments que les Orientaux qui bordent le Pont-Euxin faisaient anciennement de l'Arménie la demeure des dieux. Et c'est en quoi les Grecs les imitèrent. Ils placèrent les dieux sur le mont Olympe. Les hommes transportent toujours les choses humaines aux choses divines. Les princes bâtissaient leurs citadelles sur des mon-

---

« malgré toute sa vie, qu'il jeûnera trois carêmes dans l'année; qu'il ne boira
« jamais de vin, qu'il portera le *san-b-nito* avec des croix, qu'il récitera le
« bréviaire tous les jours, dix Pater dans la journée, et vingt à l'heure de
« minuit; qu'il gardera désormais la continence; qu'il se présentera tous
« les mois au curé de sa paroisse, sous peine d'être traité comme hérétique,
« parjure et impénitent. »

« Il faudrait savoir si ce n'est pas un autre saint du même nom qui donna
cette patente. Il faudrait diligemment rechercher si du temps de saint Dominique on faisait porter le *san-benito* aux pécheurs, et si ce san-benito n'était
pas une chemise bénite qu'on leur donnait en échange de leur argent qu'on
leur prenait. Mais étant retirés au milieu des neiges au pied du mont Crapack,
qui sépare la Pologne de la Hongrie, nous n'avons qu'une bibliothèque médiocre.

« La disette de livres dont nous gémissons vers ce mont Crapack où nous
sommes, nous empêche aussi d'examiner si saint Dominique assista en qualité
d'inquisiteur à la bataille de Muret, ou en qualité de prédicateur, ou en celle
d'officier volontaire, et si le titre d'*encuirassé* lui fut donné aussi bien qu'à
l'ermite Dominique; je crois qu'il était à la bataille de Muret, mais qu'il ne
porta point d'armes.

« Quoique Dominique, etc. » Le reste comme à l'article INQUISITION. (Éd.)

1. Consultez, si vous voulez, sur la jurisprudence de l'inquisition, le révérend
P. Ivonet, le docteur Cuchalon, et surtout magister Grillandus, beau nom pour
un inquisiteur!

Et vous, rois de l'Europe, princes, souverains, républiques, souvenez-vous
à jamais que les moines inquisiteurs se sont intitulés *Inquisiteurs par la grâce
de Dieu!*

2. Ce témoignage de la toute-puissance de saint Dominique se trouve dans
Louis de Paramo, l'un des plus grands théologiens d'Espagne. Elle est citée
dans le *Manuel de l'inquisition*, ouvrage d'un théologien français, qui est d'une
autre espèce. Il écrit à la manière de Pascal.

3. Depuis que M. le comte d'Aranda a cessé de gouverner l'Espagne, l'inquisition y a repris toute sa splendeur et toute sa force pour abrutir les hommes;
mais, par l'effet infaillible du progrès des lumières, même sur les ennemis de
la raison, elle a perdu un peu de sa férocité. (Éd. de Kehl.)

tagnes : donc les dieux y avaient aussi leurs demeures : elles devenaient donc sacrées. Les brouillards dérobent aux yeux le sommet du
mont Ararat : donc les dieux se cachaient dans ces brouillards, et ils
daignaient quelquefois apparaître aux mortels dans le beau temps.

Un dieu de ce pays, qu'on croit être Saturne, apparut un jour à
Xixutre, dixième roi de la Chaldée, suivant la supputation d'Africain,
d'Abydène, et d'Apollodore. Ce dieu lui dit : « Le quinze du mois
d'Oési, le genre humain sera détruit par le déluge. Enfermez bien tous
vos écrits dans Sipara, la ville du soleil, afin que la mémoire des
choses ne se perde pas. Bâtissez un vaisseau; entrez-y avec vos parents et vos amis; faites-y entrer des oiseaux, des quadrupèdes; met-
tez-y des provisions; et quand on vous demandera : « Où voulez-vous
« aller avec votre vaisseau? » répondez : « Vers les dieux, pour les
« prier de favoriser le genre humain. »

Xixutre bâtit son vaisseau, qui était large de deux stades, et long de
cinq; c'est-à-dire que sa largeur était de deux cent cinquante pas géométriques, et sa longueur de six cent vingt-cinq. Ce vaisseau, qui devait aller sur la mer Noire, était mauvais voilier. Le déluge vint.
Lorsque le déluge eut cessé, Xixutre lâcha quelques-uns de ses oiseaux,
qui, ne trouvant point à manger, revinrent au vaisseau. Quelques jours
après il lâcha encore ses oiseaux qui revinrent avec de la boue aux
pattes. Enfin ils ne revinrent plus. Xixutre en fit autant : il sortit de
son vaisseau, qui était perché sur une montagne d'Arménie, et on ne
le vit plus; les dieux l'enlevèrent.

Dans cette fable il y a probablement quelque chose d'historique. Le
Pont-Euxin franchit ses bornes, et inonda quelques terrains. Le roi
de Chaldée courut réparer le désordre. Nous avons dans Rabelais des
contes non moins ridicules, fondés sur quelques vérités. Les anciens
historiens sont pour la plupart des Rabelais sérieux.

Quant à la montagne d'Ararat, on a prétendu qu'elle était une des
montagnes de la Phrygie, et qu'elle s'appelait d'un nom qui répond à
celui d'arche, parce qu'elle était enfermée par trois rivières.

Il y a trente opinions sur cette montagne. Comment démêler le vrai?
Celle que les moines arméniens appellent aujourd'hui *Ararat* était,
selon eux, une des bornes du paradis terrestre, paradis dont il reste
peu de traces. C'est un amas de rochers et de précipices couverts d'une
neige éternelle. Tournefort y alla chercher des plantes par ordre de
Louis XIV; il dit « que tous les environs en sont horribles, et la montagne encore plus; qu'il trouva des neiges de quatre pieds d'épaisseur,
et toutes cristallisées; que de tous les côtés il y a des précipices taillés
à plomb. »

Le voyageur Jean Struys prétend y avoir été aussi. Il monta, si on
l'en croit, jusqu'au sommet, pour guérir un ermite affligé d'une descente[1]. « Son ermitage, dit-il, était si éloigné de terre, que nous n'y
arrivâmes qu'au bout de sept jours, et chaque jour nous faisions cinq
lieues. » Si dans ce voyage il avait toujours monté, ce mont Ararat

1. *Voyage de Jean Struys*, in-4, p. 208.

serait haut de trente-cinq lieues. Du temps de la guerre des géants, en mettant quelques Ararats l'un sur l'autre, on aurait été à la lune fort commodément. Jean Struys assure encore que l'ermite qu'il guérit lui fit présent d'une croix faite du bois de l'arche de Noé; Tournefort n'a pas eu tant d'avantage.

ARBRE A PAIN. — L'arbre à pain croît dans les îles Philippines, et principalement dans celles de Gaam et de Ténian, comme le coco croît dans l'Inde. Ces deux arbres seuls, s'ils pouvaient se multiplier dans les autres climats, serviraient à nourrir et à désaltérer le genre humain.

L'arbre à pain est plus gros et plus élevé que nos pommiers ordinaires; les feuilles sont noires, le fruit est jaune, et de la dimension de la plus grosse pomme de calville; son écorce est épaisse et dure, le dedans est une espèce de pâte blanche et tendre qui a le goût des meilleurs petits pains au lait; mais il faut le manger frais: il ne se garde que vingt-quatre heures, après quoi il se sèche, s'aigrit, et devient désagréable; mais en récompense ces arbres en sont chargés huit mois de l'année. Les naturels du pays n'ont point d'autre nourriture; ils sont tous grands, robustes, bien faits, d'un embonpoint médiocre, d'une santé vigoureuse, telle que la doit procurer l'usage unique d'un aliment salubre; et c'est à des nègres que la nature a fait ce présent.

Le voyageur Dampierre fut le premier qui en parla. Il reste encore quelques officiers qui ont mangé de ce pain quand l'amiral Anson y a relâché, et qui l'ont trouvé d'un goût supérieur. Si cet arbre était transplanté comme l'a été l'arbre à café, il pourrait tenir lieu en grande partie de l'invention de Triptolème, qui coûte tant de soins et de peines multipliées. Il faut travailler une année entière avant que le blé puisse être changé en pain, et quelquefois tous ces travaux sont inutiles.

Le blé n'est pas assurément la nourriture de la plus grande partie du monde. Le maïs, la cassave, nourrissent toute l'Amérique. Nous avons des provinces entières où les paysans ne mangent que du pain de châtaignes, plus nourrissant et d'un meilleur goût que celui de seigle ou d'orge dont tant de gens s'alimentent, et qui vaut beaucoup mieux que le pain de munition qu'on donne au soldat[1]. Toute l'Afrique australe ignore le pain. L'immense archipel des Indes, Siam, le Laos, le Pégu, la Cochinchine, le Tunquin, une partie de la Chine, le Japon, les côtes de Malabar et de Coromandel, les bords du Gange, fournissent un riz dont la culture est beaucoup plus aisée que celle du froment, et qui le fait négliger. Le blé est absolument inconnu dans l'espace de quinze cents lieues sur les côtes de la mer Glaciale. Cette nourriture, à laquelle nous sommes accoutumés, est parmi nous si précieuse, que la crainte seule de la voir manquer cause des séditions chez les peuples les plus soumis. Le commerce du blé est partout un

1. En France, une société de physiciens éclairés s'occupe depuis quelques années à perfectionner l'art de fabriquer le pain; grâce à ses soins, celui des hôpitaux et de la plupart des prisons de Paris est devenu meilleur que celui dont se nourrissent les habitants aisés de la plupart des provinces. (Ed. de Kehl.)

des grands objets du gouvernement; c'est une partie de notre être; et cependant on prodigue quelquefois ridiculement cette denrée essentielle.

Les amidonniers emploient la meilleure farine pour couvrir la tête de nos jeunes gens et de nos femmes.

Le *Dictionnaire encyclopédique* remarque, avec très-grande raison, que le pain bénit, dont on ne mange presque point, et dont la plus grande partie est perdue, monte en France à quatre millions de livres par an. Ainsi, de ce seul article, l'Angleterre est au bout de l'année plus riche de quatre millions que la France.

Les missionnaires ont éprouvé quelquefois de grandes angoisses dans des pays où l'on ne trouve ni pain ni vin. Les habitants leur disaient par interprètes : « Vous voulez nous baptiser avec quelques gouttes d'eau, dans un climat brûlant où nous sommes obligés de nous plonger tous les jours dans les fleuves. Vous voulez nous confesser, et vous n'entendez pas notre langue; vous voulez nous communier, et vous manquez des deux ingrédients nécessaires, le pain et le vin; il est donc évident que votre religion universelle n'a pu être faite pour nous. » Les missionnaires répondaient très-justement que la bonne volonté suffit, qu'on les plongerait dans l'eau sans aucun scrupule; qu'on ferait venir du pain et du vin de Goa; et quant à la langue, que les missionnaires l'apprendraient dans quelques années.

ARBRE À SUIF. — On nomme dans l'Amérique *candle-berry-tree*, ou *bay-berry-tree*, ou *l'arbre à suif*, une espèce de bruyère dont la baie donne une graisse propre à faire des chandelles. Elle croît en abondance dans un terrain bas et bien humecté; il paraît qu'elle se plaît sur les rivages maritimes. Cet arbuste est couvert de baies d'où semble suinter une substance blanche et farineuse; on les cueille à la fin de l'automne lorsqu'elles sont mûres; on les jette dans une chaudière qu'on remplit d'eau bouillante; la graisse se fond, et s'élève au-dessus de l'eau : on met dans un vase à part cette graisse refroidie, qui ressemble à du suif ou à de la cire; sa couleur est communément d'un vert sale. On la purifie, et alors elle devient d'un assez beau vert. Ce suif est plus cher que le suif ordinaire, et coûte moins que la cire. Pour en former des chandelles, on le mêle souvent avec du suif commun; alors elles ne sont pas si sujettes à couler. Les pauvres se servent volontiers de ce suif végétal qu'ils recueillent eux-mêmes, au lieu qu'il faudrait acheter l'autre.

On en fait aussi du savon et des savonnettes d'une odeur assez agréable.

Les médecins et les chirurgiens en font usage pour les plaies.

Un négociant de Philadelphie envoya de ce suif dans les pays catholiques de l'Amérique, dans l'espoir d'en débiter beaucoup pour des cierges; mais les prêtres refusèrent de s'en servir.

Dans la Caroline on en a fait aussi une sorte de cire à cacheter.

On indique enfin la racine du même arbuste comme un remède contre les fluxions des gencives, remède usité chez les sauvages.

A l'égard du cirier ou de l'arbre à cire, il est assez connu. Que de plantes utiles à tout le genre humain la nature a prodiguées aux Indes orientales et occidentales! le quinquina seul valait mieux que les mines du Pérou, qui n'ont servi qu'à mettre la cherté dans l'Europe.

ARDEUR. Le *Dictionnaire encyclopédique* n'ayant parlé que des ardeurs d'urine et de l'ardeur d'un cheval, il paraît expédient de citer aussi d'autres ardeurs; celle du feu, celle de l'amour. Nos poètes français, italiens, espagnols, parlent beaucoup des ardeurs des amants; l'Opéra n'a presque jamais été sans ardeurs *parfaites*. Elles sont moins *parfaites* dans les tragédies; mais il y a toujours beaucoup d'ardeur.

Le *Dictionnaire de Trévoux* dit qu'*ardeur* en général signifie une *passion amoureuse*. Il cite pour exemple ce vers :

> C'est de tes jeunes yeux que mon ardeur est née [1].

Et on ne pouvait guère en rapporter un plus mauvais. Remarquons ici que ce dictionnaire est fécond en citations de vers détestables. Il tire tous ses exemples de je ne sais quel nouveau choix de vers, parmi lesquels il serait très-difficile d'en trouver un bon. Il donne pour exemple de l'emploi du mot *ardeur* ces deux vers de Corneille :

> Une première ardeur est toujours la plus forte;
> Le temps ne l'éteint point, la mort seule l'emporte.

et celui-ci de Racine :

> Rien ne peut modérer mes ardeurs insensées [2].

Si les compilateurs de ce Dictionnaire avaient eu du goût, ils auraient donné pour exemple du mot *ardeur* bien placé cet excellent morceau de *Mithridate* (Act. IV, scène v) :

> J'ai su, par une longue et pénible industrie,
> Des plus mortels venins prévenir la furie.
> Ah! qu'il eût mieux valu, plus sage et plus heureux,
> Et repoussant les traits d'un amour dangereux,
> Ne pas laisser remplir d'ardeurs empoisonnées
> Un cœur déjà glacé par le froid des années!

C'est ainsi qu'on peut donner une nouvelle énergie à une expression ordinaire et faible. Mais pour ceux qui ne parlent d'*ardeur* que pour rimer avec *cœur*, et qui parlent de leur vive ardeur ou de leur tendre ardeur, et qui joignent encore à cela les *alarmes* ou les *charmes* qui leur ont coûté tant de *larmes*, et qui, lorsque toutes ces platitudes sont arrangées en douze syllabes, croient avoir fait des vers, et qui, après avoir écrit quinze cents lignes remplies de ces termes oiseux en tout genre, croient avoir fait une tragédie, il faut les renvoyer au nouveau choix

---

1. Ce vers est de Maynard, Ode intitulée : *La Belle vieille*.
2. Voltaire rapporte le vers tel qu'il est cité dans le *Dictionnaire de Trévoux*. Racine a dit (*Phèdre*, III, 1:)

> Il n'est plus temps; il sait mes ardeurs insensées. — (ÉD.)

de vers, ou au recueil en douze volumes des meilleures pièces de théâtre, parmi lesquelles on n'en trouve pas une seule qu'on puisse lire.

ARGENT. — Mot dont on se sert pour exprimer de l'or. « Monsieur, voudriez-vous me prêter cent louis d'or? — Monsieur, je le voudrais de tout mon cœur; mais je n'ai point d'argent; je ne suis pas en argent comptant. » L'Italien vous dirait : « Signore, non ho di danari; » je n'ai point de deniers.

Harpagon demande à maître Jacques [1] : « Nous feras-tu bonne chère? — Oui, si vous me donnez bien de l'argent. »

On demande tous les jours quel est le pays de l'Europe le plus riche en argent : on entend par là quel est le peuple qui possède le plus de métaux représentatifs des objets de commerce. On demande par la même raison quel est le plus pauvre; et alors trente nations se présentent à l'envi, le Vestphalien, le Limousin, le Basque, l'habitant du Tyrol, celui du Valais, le Grison, l'Istrien, l'Écossais, et l'Irlandais du nord, le Suisse d'un petit canton, et surtout le sujet du pape.

Pour deviner qui en a davantage, on balance aujourd'hui entre la France, l'Espagne, et la Hollande, qui n'en avait point en 1600.

Autrefois, dans le XIIIᵉ, XIVᵉ et XVᵉ siècle, c'était la province de la daterie [2] qui avait sans contredit le plus d'argent comptant; aussi faisait-elle le plus grand commerce. « Combien vendez-vous cela ? » disait-on à un marchand. Il répondait : « Autant que les gens sont sots. »

Toute l'Europe envoyait alors son argent à la cour romaine, qui rendait en échange des grains bénits, des agnus, des indulgences plénières ou non plénières, des dispenses, des confirmations, des exemptions, des bénédictions, et même des excommunications contre ceux qui n'étaient pas assez bien en cour de Rome, et à qui les payeurs en voulaient.

Les Vénitiens ne vendaient rien de tout cela; mais ils faisaient le commerce de tout l'Occident par Alexandrie; on n'avait que par eux du poivre et de la cannelle. L'argent qui n'allait pas à la daterie venait à eux, un peu aux Toscans et aux Génois. Tous les autres royaumes étaient si pauvres en argent comptant, que Charles VIII fut obligé d'emprunter les pierreries de la duchesse de Savoie, et de les mettre en gage pour aller conquérir Naples, qu'il perdit bientôt. Les Vénitiens soudoyèrent des armées plus fortes que la sienne. Un noble Vénitien avait plus d'or dans son coffre, et plus de vaisselle d'argent sur sa table, que l'empereur Maximilien surnommé *Pochi danari*.

Les choses changèrent quand les Portugais allèrent trafiquer aux Indes en conquérants, et que les Espagnols eurent subjugué le Mexique et le Pérou avec six ou sept cents hommes. On sait qu'alors le commerce de Venise, celui des autres villes d'Italie, tout tomba. Philippe II, maître de l'Espagne, du Portugal, des Pays-Bas, des Deux-Siciles, du

1. *Avare*, acte III, scène V.
2. Chambre à la cour de Rome où l'on confère, moyennant salaire toutes les prébendes au-dessus de quatre-vingts ducats. (Ep.)

Milakais, de quinze cents lieues de côtes dans l'Asie, et des mines d'or et d'argent dans l'Amérique, fut le seul riche, et par conséquent le seul puissant en Europe. Les espions qu'il avait gagnés en France baisaient à genoux les doublons catholiques; et le petit nombre d'angelots et de carolus qui circulaient en France, n'avaient pas un grand crédit. On prétend que l'Amérique et l'Asie lui valurent à peu près dix millions de ducats de revenu. Il eût en effet acheté l'Europe avec son argent, sans le fer de Henri IV et les flottes de la reine Élisabeth.

Le *Dictionnaire encyclopédique*, à l'article ARGENT, cite l'*Esprit des lois*, dans lequel il est dit : « J'ai ouï déplorer plusieurs fois l'aveuglement du conseil de François Ier, qui rebuta Christophe Colomb qui lui proposait les Indes; en vérité, on fit peut-être par imprudence une chose bien sage. »

Nous voyons, par l'énorme puissance de Philippe, que le conseil prétendu de François Ier n'aurait pas fait une chose si sage. Mais contentons-nous de remarquer que François Ier n'était pas né quand on prétend qu'il refusa les offres de Christophe Colomb; ce Génois aborda en Amérique en 1492, et François Ier naquit en 1494, et ne parvint au trône qu'en 1515.

Comparons ici le revenu de Henri III, de Henri IV, et de la reine Élisabeth, avec celui de Philippe II : le subside ordinaire d'Élisabeth n'était que de cent mille livres sterling; et avec l'extraordinaire, il fut, année commune, d'environ quatre cent mille; mais il fallait qu'elle employât ce surplus à se défendre de Philippe II. Sans une extrême économie elle était perdue, et l'Angleterre avec elle.

Le revenu de Henri III se montait à la vérité à trente millions de livres de son temps; cette somme était à la seule somme que Philippe II retirait des Indes, comme trois à dix; mais il n'entrait pas le tiers de cet argent dans les coffres de Henri III, très-prodigue, très-volé, et par conséquent très-pauvre; il se trouve que Philippe II était d'un seul article dix fois plus riche que lui.

Pour Henri IV, ce n'est pas la peine de comparer ses trésors avec ceux de Philippe II. Jusqu'à la paix de Vervins il n'avait que ce qu'il pouvait emprunter ou gagner à la pointe de son épée; et il vécut en chevalier errant jusqu'au temps qu'il devint le premier roi de l'Europe.

L'Angleterre avait toujours été si pauvre, que le roi Édouard III fut le premier qui fit battre de la monnaie d'or.

On veut savoir ce que devient l'or et l'argent qui affluent continuellement du Mexique et du Pérou en Espagne? Il entre dans les poches des Français, des Anglais, des Hollandais, qui font le commerce de Cadix sous des noms espagnols, et qui envoient en Amérique les productions de leurs manufactures. Une grande partie de cet argent s'en va aux Indes orientales payer des épiceries, du coton, du salpêtre, du sucre candi, du thé, des toiles, des diamants, et des magots.

On demande ensuite ce que deviennent tous ces trésors des Indes;

1. Liv. XXI, chap. XXII. (Éd.)

je réponds que Sha-Thamas-Kouli-kan, ou Sha-Nadir, a emporté tout celui du Grand-Mogol avec ses pierreries. Vous voulez savoir où sont ces pierreries, cet or, cet argent que Sha-Nadir a emportés en Perse? une partie a été enfouie dans la terre pendant les guerres civiles; des brigands se sont servis de l'autre pour se faire des partis. Car, comme dit fort bien César, « avec de l'argent on a des soldats, et avec des soldats on vole de l'argent. »

Votre curiosité n'est point encore satisfaite; vous êtes embarrassé de savoir où sont les trésors de Sésostris, de Crésus, de Cyrus, de Nabuchodonosor, et surtout de Salomon, qui avait, dit-on, vingt milliards et plus de nos livres de compte, à lui tout seul, dans sa cassette?

Je vous dirai que tout cela s'est répandu par le monde. Soyez sûr que du temps de Cyrus, les Gaules, la Germanie, le Danemark, la Pologne, la Russie, n'avaient pas un écu. Les choses se sont mises au niveau avec le temps, sans ce qui s'est perdu en dorure, ce qui reste enfoui à Notre-Dame de Lorette et autres lieux, et ce qui a été englouti dans l'âcre mer.

Comment faisaient les Romains sous leur grand Romulus, fils de Mars et d'une religieuse, et sous le dévot Numa Pompilius? Ils avaient un Jupiter de bois de chêne mal taillé, des huttes pour palais, une poignée de foin au bout d'un bâton pour étendard, et pas une pièce d'argent de douze sous dans leur poche. Nos cochers ont des montres d'or que les sept rois de Rome, les Camilles, les Manlius, les Fabius, n'auraient pu payer.

Si par hasard la femme d'un receveur général des finances se faisait lire ce chapitre à sa toilette par le bel esprit de la maison, elle aurait un étrange mépris pour les Romains des trois premiers siècles, et ne voudrait pas laisser entrer dans son antichambre un Manlius, un Curius, un Fabius, qui viendraient à pied, et qui n'auraient pas de quoi faire sa partie de jeu.

Leur argent comptant était du cuivre. Il servait à la fois d'armes et de monnaie. On se battait et on comptait avec du cuivre. Trois ou quatre livres de cuivre de douze onces payaient un bœuf. On achetait le nécessaire au marché comme on l'achète aujourd'hui, et les hommes avaient, comme de tout temps, la pourriture, le vêtement, et le couvert. Les Romains, plus pauvres que leurs voisins, les subjuguèrent, et augmentèrent toujours leur territoire dans l'espace de près de cinq cents années, avant de frapper de la monnaie d'argent.

Les soldats de Gustave-Adolphe n'avaient en Suède que de la monnaie de cuivre pour leur solde, avant qu'il fit des conquêtes hors de son pays.

Pourvu qu'on ait un gage d'échange pour les choses nécessaires à la vie, le commerce se fait toujours. Il n'importe que ce gage d'échange soit de coquilles ou de papier. L'or et l'argent à la longue n'ont prévalu partout que parce qu'ils sont plus rares.

C'est en Asie que commencèrent les premières fabriques de la monnaie de ces deux métaux, parce que l'Asie fut le berceau de tous les arts.

Il n'est point question de monnaie dans la guerre de Troie ; on y pèse l'or et l'argent. Agamemnon pouvait avoir un trésorier, mais point de cour des monnaies.

Ce qui a fait soupçonner à plusieurs savants téméraires que le Pentateuque n'avait été écrit que dans le temps où les Hébreux commencèrent à se procurer quelques monnaies de leurs voisins, c'est que dans plus d'un passage il est parlé de sicles. On y dit qu'Abraham, qui était étranger, et qui n'avait pas un pouce de terre dans le pays de Chanaan, y acheta un champ et une caverne pour enterrer sa femme, quatre cents sicles d'argent monnayé de bon aloi [1] : *Quadringentos siclos argenti probatæ monetæ publicæ*. Le judicieux dom Calmet évalue cette somme à quatre cent quarante-huit livres six sous neuf deniers, selon les anciens calculs imaginés assez au hasard, quand le marc d'argent était à vingt-six livres de compte le marc. Mais, comme le marc d'argent est augmenté de moitié, la somme vaudrait huit cent quatre-vingt-seize livres.

Or, comme en ce temps-là il n'y avait point de monnaie marquée au coin qui répondît au mot *pecunia*, cela faisait une petite difficulté dont il est aisé de se tirer [2].

Une autre difficulté, c'est que dans un endroit il est dit qu'Abraham acheta ce champ en Hébron, et dans un autre en Sichem [3]. Consultez sur cela le vénérable Bède, Raban Maure, et Emmanuel Sa.

Nous pourrions parler ici des richesses que laissa David à Salomon en argent monnayé. Les uns les font monter à vingt et un, vingt-deux milliards tournois, les autres à vingt-cinq. Il n'y a point de garde du trésor royal ni de tefterdar du Grand-Turc, qui puisse supputer au juste le trésor du roi Salomon. Mais les jeunes bacheliers d'Oxford et de Sorbonne font ce compte tout courant.

Je ne parlerai point des innombrables aventures qui sont arrivées à l'argent depuis qu'il a été frappé, marqué, évalué, altéré, prodigué, resserré, volé ; ayant dans toutes ses transmigrations demeuré constamment l'amour du genre humain. On l'aime au point que chez tous les princes chrétiens il y a encore une vieille loi qui subsiste, c'est de ne point laisser sortir d'or et d'argent de leurs royaumes. Cette loi suppose de deux choses l'une, ou que ces princes règnent sur des fous à lier qui se défont de leurs espèces en pays étranger pour leur plaisir, ou qu'il ne faut pas payer ses dettes à un étranger. Il est clair pourtant que personne n'est assez insensé pour donner son argent sans

---

1. *Genèse*, chap. XXIII, v. 16.

2. Ces hardis savants, qui, sur ce prétexte et sur plusieurs autres, attribuent le *Pentateuque* à d'autres qu'à Moïse, se fondent encore sur les témoignages de saint Théodoret, de Masius, etc. Ils disent : Si saint Théodoret et Masius affirment que le livre de Josué n'a pas été écrit par Josué, et n'en est pas moins admirable, ne pouvons-nous pas croire aussi que le *Pentateuque* est très-admirable sans être de Moïse ? Voyez sur cela le premier livre de l'*Histoire critique du vieux Testament*, par le R. P. Simon de l'Oratoire. Mais quoi qu'en aient dit tant de savants, il est clair qu'il faut s'en tenir au sentiment de la sainte Église apostolique et romaine, la seule infaillible.

3. *Actes*, chap. VII, v. 16.

raison, et que, quand on doit à l'étranger, il faut payer soit en lettres de change, soit en denrées, soit en espèces sonnantes. Aussi, cette loi n'est pas exécutée depuis qu'on a commencé à ouvrir les yeux, et il n'y a pas longtemps qu'ils sont ouverts.

Il y aurait beaucoup de choses à dire sur l'argent monnayé, comme sur l'augmentation injuste et ridicule des espèces, qui fait perdre tout d'un coup des sommes considérables à un État; sur la refonte ou la remarque, avec une augmentation de valeur idéale, qui invite tous vos voisins, tous vos ennemis à remarquer votre monnaie et à gagner à vos dépens; enfin, sur vingt autres tours d'adresse inventés pour se ruiner. Plusieurs livres nouveaux sont pleins de réflexions judicieuses sur cet article. Il est plus aisé d'écrire sur l'argent que d'en avoir; et ceux qui en gagnent se moquent beaucoup de ceux qui ne savent qu'en parler.

En général, l'art du gouvernement consiste à prendre le plus d'argent qu'on peut à une grande partie des citoyens, pour le donner à une autre partie.

On demande s'il est possible de ruiner radicalement un royaume dont en général la terre est fertile; on répond que la chose n'est pas praticable, attendu que depuis la guerre de 1689 jusqu'à la fin de 1769 où nous écrivons, on a fait presque sans discontinuation tout ce qu'on a pu pour ruiner la France sans ressource, et qu'on n'a jamais pu en venir à bout. C'est un bon corps qui a eu la fièvre pendant quatre-vingts ans avec des redoublements, et qui a été entre les mains des charlatans, mais qui vivra.

Si vous voulez lire un morceau curieux et bien fait sur l'argent de différents pays, adressez-vous à l'article *Monnaie*, de M. le chevalier de Jaucourt, dans l'*Encyclopédie*; on ne peut en parler plus savamment, et avec plus d'impartialité. Il est beau d'approfondir un sujet qu'on méprise.

ARIANISME. — Toutes les grandes disputes théologiques pendant douze cents ans ont été grecques. Qu'auraient dit Homère, Sophocle, Démosthène, Archimède, s'ils avaient été témoins de ces subtils ergotismes qui ont coûté tant de sang?

Arius a l'honneur encore aujourd'hui de passer pour avoir inventé son opinion, comme Calvin passe pour être fondateur du calvinisme. La vanité d'être chef de secte est la seconde de toutes les vanités de ce monde; car celle des conquérants est, dit-on, la première. Cependant, ni Calvin ni Arius n'ont certainement pas la triste gloire de l'invention.

On se querellait depuis longtemps sur la Trinité, lorsque Arius se mêla de la querelle dans la disputeuse ville d'Alexandrie, où Euclide n'avait pu parvenir à rendre les esprits tranquilles et justes. Il n'y eut jamais de peuple plus frivole que les Alexandrins; les Parisiens mêmes n'en approchent pas.

Il fallait bien qu'on disputât déjà vivement sur la Trinité, puisque le patriarche auteur de la *Chronique d'Alexandrie*, conservée à Oxford, assuré qu'il y avait deux mille prêtres qui soutenaient le parti qu'Arius embrassa.

Mettons ici, pour la commodité du lecteur, ce qu'on dit d'Arius dans un petit livre qu'on peut n'avoir pas sous la main.

« Voici une question incompréhensible qui a exercé depuis plus de seize cents ans la curiosité, la subtilité sophistique, l'aigreur, l'esprit de cabale, la fureur de dominer, la rage de persécuter, le fanatisme aveugle et sanguinaire, la crédulité barbare, et qui a produit plus d'horreurs que l'ambition des princes, qui pourtant en a produit beaucoup. Jésus est-il Verbe ? S'il est Verbe, est-il émané de Dieu dans le temps ou avant le temps ? s'il est émané de Dieu, est-il coéternel et consubstantiel avec lui, ou est-il d'une substance semblable ? est-il distinct de lui, ou ne l'est-il pas ? est-il fait, ou engendré ? Peut-il engendrer à son tour ? a-t-il la paternité ou la vertu productive sans paternité ? Le Saint-Esprit est-il fait ou engendré, ou produit, ou procédant du Père, ou procédant du Fils, ou procédant de tous les deux ? Peut-il engendrer, peut-il produire ? son hypostase est-elle consubstantielle avec l'hypostase du Père et du Fils ? et comment, ayant précisément la même nature, la même essence que le Père et le Fils, peut-il ne pas faire les mêmes choses que ces deux personnes qui sont lui-même ?

« Ces questions si au-dessus de la raison avaient certainement besoin d'être décidées par une Église infaillible.

§ On sophistiquait, on ergotait, on haïssait, on s'excommuniait chez les chrétiens pour quelques-uns de ces dogmes inaccessibles à l'esprit humain, avant les temps d'Arius et d'Athanase. Les Grecs égyptiens étaient d'habiles gens, ils coupaient un cheveu en quatre ; mais cette fois-ci ils ne le coupèrent qu'en trois. Alexandros, évêque d'Alexandrie, s'avise de prêcher que Dieu étant nécessairement individuel, simple, une monade dans toute la rigueur du mot, cette monade est trine.

Le prêtre Arious, que nous nommons Arius, est tout scandalisé de la monade d'Alexandros ; il explique la chose différemment ; il ergote en partie comme le prêtre Sabellious, qui avait ergoté comme le Phrygien Praxéas, grand ergoteur. Alexandros assemble vite un petit concile de gens de son opinion, et excommunie son prêtre, Eusébios, évêque de Nicomédie, prend le parti d'Arious ; voilà toute l'Église en feu.

« L'empereur Constantin était un scélérat, je l'avoue, un parricide qui avait étouffé sa femme dans un bain, égorgé son fils, assassiné son beau-père, son beau-frère et son neveu, je ne le nie pas ; un homme bouffi d'orgueil, et plongé dans les plaisirs, je l'accorde ; un détestable tyran, ainsi que ses enfants, transeat : mais il avait du bon sens. On ne parvient point à l'empire, on ne subjugue pas tous ses rivaux sans avoir raisonné juste.

« Quand il vit la guerre civile des cervelles scolastiques allumée, il envoya le célèbre évêque Ozius avec des lettres déhortatoires aux deux parties belligérantes[1]. « Vous êtes de grands fous, leur dit-il expres-

[1] Un professeur de l'université de Paris, nommé Lebeau, qui a écrit l'*Histoire du Bas-Empire*, se garde bien de rapporter la lettre de Constantin

« sement dans sa lettre, de vous quereller pour des choses que vous
« n'entendez pas. Il est indigne de la gravité de vos ministères de
« faire tant de bruit sur un sujet si mince. »

« Constantin n'entendait pas par *mince sujet* ce qui regarde la Divinité, mais la manière incompréhensible dont on s'efforçait d'expliquer
la nature de la Divinité. Le patriarche arabe qui a écrit l'*Histoire de
l'Eglise d'Alexandrie* fait parler à peu près ainsi Ozius en présentant
la lettre de l'empereur :

« Mes frères, le christianisme commence à peine à jouir de la paix,
et vous allez le plonger dans une discorde éternelle. L'empereur n'a
que trop raison de vous dire que vous vous *querellez pour un sujet fort
mince*. Certainement si l'objet de la dispute était essentiel, Jésus-
Christ, que nous reconnaissons tous pour notre législateur, en aurait
parlé; Dieu n'aurait pas envoyé son fils sur la terre pour ne nous pas
apprendre notre catéchisme. Tout ce qu'il ne nous a pas dit expressément est l'ouvrage des hommes, et l'erreur est leur partage. Jésus
vous a commandé de vous aimer, et vous commencez par lui désobéir
en vous haissant, en excitant la discorde dans l'empire. L'orgueil seul
fait naître les disputes, et Jésus votre maître vous a ordonné d'être
humbles. Personne de vous ne peut savoir si Jésus est fait, ou engendré.
Et que vous importe sa nature, pourvu que la vôtre soit d'être justes et
raisonnables? Qu'a de commun une vaine science de mots avec la morale qui doit conduire vos actions? Vous chargez la doctrine de mystères, vous qui n'êtes faits que pour affermir la religion par la vertu.
Voulez-vous que la religion chrétienne ne soit qu'un amas de sophis-
mes? est-ce pour cela que le Christ est venu? Cessez de disputer, adorez, édifiez, humiliez-vous, nourrissez les pauvres, apaisez les querelles des familles au lieu de scandaliser l'empire entier par vos discordes. »

« Ozius parlait à des opiniâtres. On assembla un concile de Nicée,
et il y eut une guerre civile spirituelle dans l'empire romain. Cette
guerre en amena d'autres, et de siècle en siècle on s'est persécuté
mutuellement jusqu'à nos jours. »

Ce qu'il y eut de triste, c'est que la persécution commença dès que
le concile fut terminé; mais lorsque Constantin en avait fait l'ouverture, il ne savait encore quel parti prendre, ni sur qui il ferait tomber la
persécution. Il n'était point chrétien [1], quoiqu'il fût à la tête des chrétiens; le baptême seul constituait alors le christianisme, et il n'était

telle qu'elle est et telle que la rapporte le savant auteur du *Dictionnaire des
hérésies*. « Ce bon prince, dit-il, animé d'une tendresse paternelle, finissait en
ces termes : « Rendez-moi des jours sereins et des nuits tranquilles. » Il rapporte les compliments de Constantin aux évêques, mais il devait aussi rapporter
le reproche. L'épithète de *bon prince* convient à Titus, à Trajan, à Marc
Antonin, à Marc Aurèle, et même à Julien le philosophe, qui ne versa
jamais que le sang des ennemis de l'empire, en prodiguant le sien, et
non pas à Constantin, le plus ambitieux des hommes, le plus vain, le plus
voluptueux, et en même temps le plus perfide et le plus sanguinaire. Ce n'est
pas écrire l'histoire, c'est la défigurer.

1. Voy. VISION DE CONSTANTIN.

point baptisé; il venait même de faire rebâtir à Rome le temple de la Concorde. Il lui était sans doute fort indifférent qu'Alexandre d'Alexandrie, ou Eusèbe de Nicomédie, et le prêtre Arius, eussent raison ou tort; il est assez évident, par la lettre ci-dessus rapportée, qu'il avait un profond mépris pour cette dispute.

Mais il arriva ce qu'on voit, et ce qu'on verra à jamais dans toutes les cours. Les ennemis de ceux qu'on nomma depuis ariens accusèrent Eusèbe de Nicomédie d'avoir pris autrefois le parti de Licinius contre l'empereur. « J'en ai des preuves, dit Constantin dans sa lettre à l'Église de Nicomédie, par les prêtres et les diacres de sa suite que j'ai pris, etc. »

Ainsi donc, dès le premier grand concile, l'intrigue, la cabale, la persécution, sont établies avec le dogme, sans pouvoir en affaiblir la sainteté. Constantin donna les chapelles de ceux qui ne croyaient pas la consubstantialité à ceux qui la croyaient, confisqua les biens des dissidents à son profit, et se servit de son pouvoir despotique pour exiler Arius et ses partisans, qui alors n'étaient pas les plus forts. On a dit même que de son autorité privée il condamna à mort quiconque ne brûlerait pas les ouvrages d'Arius; mais ce fait n'est pas vrai. Constantin, tout prodigue qu'il était du sang des hommes, ne poussa pas la cruauté jusqu'à cet excès de démence absurde, de faire assassiner par ses bourreaux celui qui garderait un livre hérétique, pendant qu'il laissait vivre l'hérésiarque.

Tout change bientôt à la cour; plusieurs évêques inconsubstantiels, des eunuques, des femmes, parlèrent pour Arius, et obtinrent la révocation de la lettre de cachet. C'est ce que nous avons vu arriver plusieurs fois dans nos cours modernes en pareille occasion.

Le célèbre Eusèbe, évêque de Césarée, connu par ses ouvrages, qui ne sont pas écrits avec un grand discernement, accusait fortement Eustathe, évêque d'Antioche, d'être sabellien; et Eustathe accusait Eusèbe d'être arien. On assembla un concile à Antioche; Eusèbe gagna sa cause; on déposa Eustathe; on offrit le siége d'Antioche à Eusèbe, qui n'en voulut point; les deux partis s'armèrent l'un contre l'autre; ce fut le prélude des guerres de controverse. Constantin, qui avait exilé Arius pour ne pas croire le Fils consubstantiel, exila Eustathe pour le croire: de telles révolutions sont communes.

Saint Athanase était alors évêque d'Alexandrie; il ne voulut point recevoir dans la ville Arius, que l'empereur y avait envoyé, disant « qu'Arius était excommunié; qu'un excommunié ne devait plus avoir ni maison, ni patrie; qu'il ne pouvait ni manger, ni coucher nulle part, et qu'il vaut mieux obéir à Dieu qu'aux hommes. » Aussitôt nouveau concile à Tyr, et nouvelles lettres de cachet. Athanase est déposé par les Pères de Tyr, et exilé à Trèves par l'empereur. Ainsi Arius et Athanase, son plus grand ennemi, sont condamnés tour à tour par un homme qui n'était pas encore chrétien.

Les deux factions employèrent également l'artifice, la fraude, la calomnie, selon l'ancien et l'éternel usage. Constantin les laissa disputer et cabaler; il avait d'autres occupations. Ce fut dans ce temps-là que ce bon prince fit assassiner son fils, sa femme, et son neveu le jeune Licinius, l'espérance de l'empire, qui n'avait pas encore douze ans.

Le parti d'Arius fut toujours victorieux sous Constantin. Le parti opposé n'a pas rougi d'écrire qu'un jour saint Macaire, l'un des plus ardents sectateurs d'Athanase, sachant qu'Arius s'acheminait pour entrer dans la cathédrale de Constantinople, suivi de plusieurs de ses confrères, pria Dieu si ardemment de confondre cet hérésiarque, que Dieu ne put résister à la prière de Macaire; que sur-le-champ tous les boyaux d'Arius lui sortirent par le fondement, ce qui est impossible; mais enfin Arius mourut.

Constantin le suivit une année après, en 337 de l'ère vulgaire. On prétend qu'il mourut de la lèpre. L'empereur Julien, dans ses *Césars*, dit que le baptême que reçut cet empereur quelques heures avant sa mort ne guérit personne de cette maladie.

Comme ses enfants régnèrent après lui, la flatterie des peuples romains, devenus esclaves depuis longtemps, fut portée à un tel excès, que ceux de l'ancienne religion en firent un dieu, et ceux de la nouvelle en firent un saint. On célébra longtemps sa fête avec celle de sa mère.

Après sa mort, les troubles occasionnés par le seul mot *consubstantiel* agitèrent l'empire avec violence. Constance, fils et successeur de Constantin, imita toutes les cruautés de son père, et tint des conciles comme lui; ces conciles s'anathématisèrent réciproquement. Athanase courut l'Europe et l'Asie pour soutenir son parti. Les eusébiens l'accablèrent. Les exils, les prisons, les tumultes, les meurtres, les assassinats, signalèrent la fin du règne de Constance. L'empereur Julien, fatal ennemi de l'Église, fit ce qu'il put pour rendre la paix à l'Église, et n'en put venir à bout. Jovien, et après lui Valentinien, donnèrent une liberté entière de conscience: mais les deux partis ne la prirent que pour une liberté d'exercer leur haine et leur fureur.

Théodose se déclara pour le concile de Nicée: mais l'impératrice Justine, qui régnait en Italie, en Illyrie, en Afrique, comme tutrice du jeune Valentinien, proscrivit le grand concile de Nicée; et bientôt les Goths, les Vandales, les Bourguignons, qui se répandirent dans tant de provinces, y trouvant l'arianisme établi, l'embrassèrent pour gouverner les peuples conquis par la propre religion de ces peuples mêmes.

Mais la foi nicéenne ayant été reçue chez les Gaulois, Clovis, leur vainqueur, suivit leur communion par la même raison que les autres barbares avaient professé la foi arienne.

Le grand Théodoric, en Italie, entretint la paix entre les deux partis; et enfin, la formule nicéenne prévalut dans l'Occident et dans l'Orient.

L'arianisme reparut vers le milieu du xvi° siècle, à la faveur de toutes les disputes de religion qui partageaient alors l'Europe; mais il reparut armé d'une force nouvelle et d'une plus grande incrédulité. Quarante gentilshommes de Vicence formèrent une académie, dans laqu'elle on n'établit que les seuls dogmes qui parurent nécessaires pour être chrétien; Jésus fut reconnu pour Verbe, pour sauveur, et pour juge, mais on nia sa divinité, sa consubstantialité, et jusqu'à la Trinité.

Les principaux de ces dogmatiseurs furent Lélius Socin, Ochin, Paruta, Gentilis. Servet se joignit à eux. On connaît sa malheureuse dispute avec Calvin; ils eurent quelque temps ensemble un commerce d'injures par lettres. Servet fut assez imprudent pour passer par Genève, dans un voyage qu'il faisait en Allemagne. Calvin fut assez lâche pour le faire arrêter, et assez barbare pour le faire condamner à être brûlé à petit feu, c'est-à-dire au même supplice auquel Calvin avait à peine échappé en France. Presque tous les théologiens d'alors étaient tour à tour persécuteurs ou persécutés, bourreaux ou victimes.

Le même Calvin sollicita dans Genève la mort de Gentilis. Il trouva cinq avocats qui signèrent que Gentilis méritait de mourir dans les flammes. De telles horreurs sont dignes de cet abominable siècle. Gentilis fut mis en prison et allait être brûlé comme Servet; mais il fut plus avisé que cet Espagnol; il se rétracta, donna les louanges les plus ridicules à Calvin, et fut sauvé. Mais son malheur voulut ensuite que n'ayant pas assez ménagé un bailli du canton de Berne, il fut arrêté comme arien. Des témoins déposèrent qu'il avait dit que les mots de *trinité*, d'*essence*, d'*hypostase*, ne se trouvaient pas dans l'Écriture sainte; et sur cette déposition, les juges, qui ne savaient pas plus que lui ce que c'est qu'une hypostase, le condamnèrent, sans raisonner, à perdre la tête.

Faustus Socin, neveu de Lélius Socin, et ses compagnons, furent plus heureux en Allemagne; ils pénétrèrent en Silésie et en Pologne; ils y fondèrent des églises; ils écrivirent, ils prêchèrent, ils réussirent; mais à la longue, comme leur religion était dépouillée de presque tous les mystères, et plutôt une secte philosophique paisible qu'une secte militante, ils furent abandonnés; les jésuites, qui avaient plus de crédit qu'eux, les poursuivirent et les dispersèrent.

Ce qui reste de cette secte en Pologne, en Allemagne, en Hollande, se tient caché et tranquille. La secte a reparu en Angleterre avec plus de force et d'éclat. Le grand Newton et Locke l'embrassèrent; Samuel Clarke, célèbre curé de Saint-James, auteur d'un si bon livre sur l'existence de Dieu, se déclara hautement arien; et ses disciples sont très-nombreux. Il n'allait jamais à sa paroisse le jour qu'on y récitait le *symbole* de saint Athanase. On pourra voir dans le cours de cet ouvrage les subtilités que tous ces opiniâtres, plus philosophes que chrétiens, opposent à la pureté de la foi catholique.

Quoiqu'il y eût un grand troupeau d'ariens à Londres parmi les théologiens, les grandes vérités mathématiques découvertes par Newton, et la sagesse métaphysique de Locke, ont plus occupé les esprits. Les disputes sur la consubstantialité ont paru très-fades aux philosophes. Il est arrivé à Newton en Angleterre la même chose qu'à Corneille en France; on oublia *Pertharite*, *Théodore*, et son recueil de vers; on ne pensa qu'à *Cinna*. Newton fut regardé comme l'interprète de Dieu dans le calcul des fluxions, dans les lois de la gravitation, dans la nature de la lumière. Il fut porté à sa mort par les pairs et le chancelier du royaume près des tombeaux des rois, et plus révéré qu'eux. Servet, qui découvrit, dit-on, la circulation du sang, avait été brûlé à petit feu dans une petite ville des Allobroges, maîtrisée par un théologien de Picardie.

ARISTÉE. — Quoi ! l'on voudra toujours tromper les hommes sur les choses les plus indifférentes comme sur les plus sérieuses ! Un prétendu Aristée veut faire croire qu'il a fait traduire l'*Ancien Testament* en grec, pour l'usage de Ptolémée Philadelphe, comme le duc de Montausier a réellement fait commenter les meilleurs auteurs latins à l'usage du dauphin, qui n'en faisait aucun usage.

Si on en croit cet Aristée, Ptolémée brûlait d'envie de connaître les lois juives; et pour connaître ces lois que le moindre Juif d'Alexandrie lui aurait traduites pour cent écus, il se proposa d'envoyer une ambassade solennelle au grand prêtre des Juifs de Jérusalem, de délivrer six vingt mille esclaves juifs que son père Ptolémée Soter avait pris prisonniers en Judée, et de leur donner à chacun environ quarante écus de notre monnaie pour leur aider à faire le voyage agréablement; ce qui fait quatorze millions quatre cent mille de nos livres.

Ptolémée ne se contenta pas de cette libéralité inouïe. Comme il était fort dévot, sans doute, au judaïsme, il envoya au temple à Jérusalem une grande table d'or massif, enrichie partout de pierres précieuses; et il eut soin de faire graver sur cette table la carte du Méandre, fleuve de Phrygie[1]; le cours de cette rivière était marqué par des rubis et par des émeraudes. On sent combien cette carte du Méandre devait enchanter les Juifs. Cette table était chargée de deux immenses vases d'or encore mieux travaillés; il donna trente autres vases d'or, et une infinité de vases d'argent. On n'a jamais payé si chèrement un livre; on aurait toute la bibliothèque du Vatican à bien meilleur marché.

Éléazar, prétendu grand prêtre de Jérusalem, lui envoya à son tour des ambassadeurs qui ne présentèrent qu'une lettre en beau vélin écrite en caractères d'or. C'était agir en dignes Juifs que de donner un morceau de parchemin pour environ trente millions.

Ptolémée fut si content du style d'Éléazar qu'il en versa des larmes de joie.

Les ambassadeurs dînèrent avec le roi et les principaux prêtres d'Égypte. Quand il fallut bénir la table, les Égyptiens cédèrent cet honneur aux Juifs.

Avec ces ambassadeurs arrivèrent soixante et douze interprètes, six de chacune des douze tribus, tous ayant appris le grec en perfection dans Jérusalem. C'est dommage, à la vérité, que de ces douze tribus il y en eût dix d'absolument perdues, et disparues de la face de la terre

---

1. Il se peut très-bien pourtant que ce ne fût pas un plan du cours du Méandre, mais ce qu'on appelait en grec un *méandre*, un lacis, un nœud de pierres précieuses. C'était toujours un fort beau présent.

depuis tant de siècles : mais le grand prêtre Éléazar les avait retrouvées exprès pour envoyer des traducteurs à Ptolémée.

Les soixante et douze interprètes furent enfermés dans l'île de Pharos; chacun d'eux fit sa traduction à part en soixante et douze jours, et toutes les traductions se trouvèrent semblables mot pour mot : c'est ce qu'on appelle la *traduction des septante*, et qui devait être nommée la *traduction des septante-deux*.

Dès que le roi eut reçu ces livres, il les adora, tant il était bon Juif. Chaque interprète reçut trois talents d'or, et on envoya encore au grand sacrificateur pour son parchemin dix lits d'argent, une couronne d'or, des encensoirs et des coupes d'or, un vase de trente talents d'argent, c'est-à-dire du poids d'environ soixante mille écus, avec dix robes de pourpre, et cent pièces de toile du plus beau lin.

Presque tout ce beau conte est fidèlement rapporté par l'historien Josèphe[1], qui n'a jamais rien exagéré. Saint Justin[2] a enchéri sur Josèphe; il dit que ce fut au roi Hérode que Ptolémée s'adressa, et non pas au grand prêtre Éléazar. Il fait envoyer deux ambassadeurs de Ptolémée à Hérode; c'est beaucoup ajouter au merveilleux, car on sait qu'Hérode ne naquit que longtemps après le règne de Ptolémée Philadelphe.

Ce n'est pas la peine de remarquer ici la profusion d'anachronismes qui règne dans ces romans et dans tous leurs semblables, la foule des contradictions et les énormes bévues dans lesquelles l'auteur juif tombe à chaque phrase : cependant cette fable a passé pendant des siècles pour une vérité incontestable; et pour mieux exercer la crédulité de l'esprit humain, chaque auteur qui la citait, ajoutait ou retranchait à sa manière; de sorte qu'en croyant cette aventure il fallait la croire de cent manières différentes. Les uns rient de ces absurdités dont les nations ont été abreuvées, les autres gémissent de ces impostures; la multitude infinie des mensonges fait des Démocrites et des Héraclites.

ARISTOTE. — Il ne faut pas croire que le précepteur d'Alexandre, choisi par Philippe, fût un pédant et un esprit faux. Philippe était assurément un bon juge, étant lui-même très-instruit, et rival de Démosthène en éloquence.

De la Logique. — La logique d'Aristote, son art de raisonner, est d'autant plus estimable qu'il avait affaire aux Grecs, qui s'exerçaient continuellement à des arguments captieux; et son maître Platon était moins exempt qu'un autre de ce défaut.

Voici, par exemple, l'argument par lequel Platon prouve dans le *Phédon* l'immortalité de l'âme :

« Ne dites-vous pas que la mort est le contraire de la vie? — Oui. — Et qu'elles naissent l'une de l'autre? — Oui. — Qu'est-ce donc qui naît du vivant? — Le mort. — Et qui naît du mort? — Le vivant. — C'est

1. *Antiquités judaïques*, liv. XII, chap. II. (ÉD.)
2. *Ad Græcos Oratio*, n° 13. (ÉD.)

donc des morts que naissent toutes les choses vivantes. Par conséquent
les âmes existent dans les enfers après la mort. »

Il fallait des règles sûres pour démêler cet épouvantable galimatias,
par lequel la réputation de Platon fascinait les esprits.

Il était nécessaire de démontrer que Platon donnait un sens louche
à toutes ses paroles.

Le mort ne naît point du vivant; mais l'homme vivant a cessé d'être
en vie.

Le vivant ne naît point du mort; mais il est né d'un homme en vie
qui est mort depuis.

Par conséquent, votre conclusion que toutes les choses vivantes
naissent des mortes est ridicule. De cette conclusion vous en tirez
une autre qui n'est nullement renfermée dans les prémisses. « Donc
les âmes sont dans les enfers après la mort. »

Il faudrait avoir prouvé auparavant que les corps morts sont dans
les enfers, et que l'âme accompagne les corps morts.

Il n'y a pas un mot dans votre argument qui ait la moindre justesse.
Il fallait dire : « Ce qui pense est sans parties, ce qui est sans parties
est indestructible; donc ce qui pense en nous étant sans parties est
indestructible. »

Ou bien : « Le corps meurt parce qu'il est divisible; l'âme n'est point
divisible, donc elle ne meurt pas. » Alors du moins on vous aurait
entendu.

Il en est de même de tous les raisonnements captieux des Grecs. Un
maître enseigne la rhétorique à son disciple, à condition que le disciple le payera à la première cause qu'il aura gagnée.

Le disciple prétend ne le payer jamais. Il intente un procès à son
maître; il lui dit : « Je ne vous devrai jamais rien; car si je perds ma
cause, je ne devais vous payer qu'après l'avoir gagnée; et si je gagne,
ma demande est de ne vous point payer. »

Le maître rétorquait l'argument, et disait : « Si vous perdez, payez;
et si vous gagnez, payez, puisque notre marché est que vous me
payerez après la première cause que vous aurez gagnée. »

Il est évident que tout cela roule sur une équivoque. Aristote enseigne à la lever en mettant dans l'argument les termes nécessaires.

> On ne doit payer qu'à l'échéance;
> L'échéance est ici une cause gagnée.
> Il n'y a point eu encore de cause gagnée;
> Donc il n'y a point eu encore d'échéance;
> Donc le disciple ne doit rien encore.

Mais encore ne signifie pas jamais. Le disciple faisait donc un procès
ridicule.

Le maître, de son côté, n'était pas en droit de rien exiger, puisqu'il
n'y avait pas encore d'échéance.

Il fallait qu'il attendît que le disciple eût plaidé quelque autre cause.

Qu'un peuple vainqueur stipule qu'il ne rendra au peuple vaincu
que la moitié de ses vaisseaux; qu'il les fasse scier en deux; et qu'ayant

ainsi rendu la moitié juste il prétende avoir satisfait au traité, il est
évident que voilà une équivoque très-criminelle.

Aristote, par les règles de sa *Logique*, rendit donc un grand service
à l'esprit humain en prévenant toutes les équivoques; car ce sont elles
qui font tous les malentendus en philosophie, en théologie, et en affaires.

La malheureuse guerre de 1756 a eu pour prétexte une équivoque
sur l'Acadie.

Il est vrai que le bon sens naturel et l'habitude de raisonner se passent des règles d'Aristote. Un homme qui a l'oreille et la voix juste
peut bien chanter sans les règles de la musique; mais il vaut mieux
la savoir.

De sa Physique. — On ne la comprend guère; mais il est plus que
probable qu'Aristote s'entendait, et qu'on l'entendait de son temps. Le
grec est étranger pour nous. On n'attache plus aujourd'hui aux mêmes
mots les mêmes idées.

Par exemple, quand il dit dans son chapitre sept, que les principes
des corps sont *la matière, la privation, la forme*, il semble qu'il dise
une bêtise énorme; ce n'en est pourtant point une. La matière, selon
lui, est le premier principe de tout, le sujet de tout, indifférent à
tout. La forme lui est essentielle pour devenir une certaine chose. La
privation est ce qui distingue un être de toutes les choses qui ne sont
point en lui. La matière est indifférente à devenir rose ou poirier.
Mais, quand elle est poirier ou rose, elle est privée de tout ce qui la ferait argent ou plomb. Cette vérité ne valait peut-être pas la peine
d'être énoncée; mais enfin il n'y a rien là que de très-intelligible, et
rien qui soit impertinent.

L'acte de ce qui est en puissance paraît ridicule, et ne l'est pas davantage. La matière peut devenir tout ce qu'on voudra, feu, terre,
eau, vapeur, métal, minéral, animal, arbre, fleur. C'est tout ce que
cette expression d'*acte en puissance* signifie. Ainsi il n'y avait point de
ridicule chez les Grecs à dire que le mouvement était un acte de puissance, puisque la matière peut être mue. Et il est fort vraisemblable
qu'Aristote entendait par là que le mouvement n'est pas essentiel à la
matière.

Aristote dut faire nécessairement une très-mauvaise physique de
détail; et c'est ce qui lui a été commun avec tous les philosophes, jusqu'au temps où les Galilée, les Torricelli, les Guéric, les Drebellius,
les Boyle, l'académie del Cimento, commencèrent à faire des expériences. La physique est une mine dans laquelle on ne peut descendre
qu'avec des machines que les anciens n'ont jamais connues. Ils sont
restés sur le bord de l'abîme, et ont raisonné sur ce qu'il contenait
sans le voir.

Traité d'Aristote sur les animaux. — Ses *Recherches sur les animaux*,
au contraire, ont été le meilleur livre de l'antiquité, parce qu'Aristote
se servit de ses yeux. Alexandre lui fournit tous les animaux rares de
l'Europe, de l'Afrique, et de l'Asie. Ce fut un fruit de ses conquêtes.

Ce héros y dépensa des sommes qui effrayeraient tous les gardes du trésor royal d'aujourd'hui; et c'est ce qui doit immortaliser la gloire d'Alexandre, dont nous avons déjà parlé.

De nos jours un héros, quand il a le malheur de faire la guerre, peut à peine donner quelque encouragement aux sciences; il faut qu'il emprunte de l'argent d'un juif, et qu'il consulte continuellement des âmes juives pour faire couler la substance de ses sujets dans son coffre des Danaïdes, dont elle sort le moment d'après par cent ouvertures. Alexandre faisait venir chez Aristote éléphants, rhinocéros, tigres, lions, crocodiles, gazelles, aigles, autruches. Et nous autres, quand par hasard on nous amène un animal rare dans nos foires, nous allons l'admirer pour vingt sous, et il meurt avant que nous ayons pu le connaître.

Du monde éternel. — Aristote soutient expressément dans son livre du *Ciel*, chap. xi, que le monde est éternel; c'était l'opinion de toute l'antiquité, excepté des épicuriens. Il admettait un Dieu, un premier moteur, et il le définit[1] : *Un, éternel, immobile, indivisible, sans qualités.*

Il fallait donc qu'il regardât le monde émané de Dieu comme la lumière émanée du soleil, et aussi ancienne que cet astre.

A l'égard des sphères célestes, il est aussi ignorant que tous les autres philosophes. Copernic n'était pas venu.

De sa Métaphysique. — Dieu étant le premier moteur, il fait mouvoir l'âme; mais qu'est-ce que Dieu selon lui, et qu'est-ce que l'âme? L'âme est une entéléchie. Mais que veut dire entéléchie[2]? C'est, dit-il, un principe et un acte, une puissance nutritive, sentante et raisonnable. Cela ne veut dire autre chose, sinon que nous avons la faculté de nous nourrir, de sentir et de raisonner. Le comment et le pourquoi sont un peu difficiles à saisir. Les Grecs ne savaient pas plus ce que c'est qu'une entéléchie, que les Topinambous et nos docteurs ne savent ce que c'est qu'une âme.

De la Morale. — La morale d'Aristote est, comme toutes les autres, fort bonne; car il n'y a pas deux morales. Celles de Confutzée, de Zoroastre, de Pythagore, d'Aristote, d'Épictète, de Marc Antonin, sont absolument les mêmes. Dieu a mis dans tous les cœurs la connaissance du bien avec quelque inclination pour le mal.

Aristote dit qu'il faut trois choses pour être vertueux : la nature, la raison et l'habitude; rien n'est plus vrai. Sans un bon naturel la vertu est trop difficile; la raison le fortifie, et l'habitude rend les actions honnêtes aussi familières qu'un exercice journalier auquel on s'est accoutumé.

Il fait le dénombrement de toutes les vertus, entre lesquelles il ne manque pas de placer l'amitié. Il distingue l'amitié entre les égaux, les parents, les hôtes et les amants. On ne connaît plus parmi nous l'amitié qui naît des droits de l'hospitalité. Ce qui était le sacré lien

---

1. Liv. VII, chap. XII. — 2. Liv. II, chap. II.

de la société chez les anciens n'est parmi nous qu'un compte de cabaretier. Et à l'égard des amants, il est rare aujourd'hui qu'on mette de la vertu dans l'amour. On croit ne devoir rien à une femme à qui on a mille fois tout promis.

Il est triste que nos premiers docteurs n'aient presque jamais mis l'amitié au rang des vertus, n'aient presque jamais recommandé l'amitié; au contraire, ils semblèrent inspirer souvent l'inimitié. Ils ressemblaient aux tyrans, qui craignent les associations.

C'est encore avec très-grande raison qu'Aristote met toutes les vertus entre les extrêmes opposés. Il est peut-être le premier qui leur ait assigné cette place.

Il dit expressément que la piété est le milieu entre l'athéisme et la superstition.

De sa Rhétorique. — C'est probablement sa *Rhétorique* et sa *Poétique* que Cicéron et Quintilien ont eu en vue. Cicéron, dans son livre de l'*Orateur*, dit : « Personne n'eut plus de science, plus de sagacité d'invention et de jugement; » Quintilien va jusqu'à louer non-seulement l'étendue de ses connaissances, mais encore la suavité de son élocution, *eloquendi suavitatem.*

Aristote veut qu'un orateur soit instruit des lois, des finances, des traités, des places de guerre, des garnisons, des vivres, des marchandises. Les orateurs des parlements d'Angleterre, des diètes de Pologne, des États de Suède, des pregadi de Venise, etc. ne trouveront pas ces leçons d'Aristote inutiles; elles le sont peut-être à d'autres nations.

Il veut que l'orateur connaisse les passions des hommes, et les mœurs, les humeurs de chaque condition.

Je ne crois pas qu'il y ait une seule finesse de l'art qui lui échappe. Il recommande surtout qu'on apporte des exemples quand on parle d'affaires publiques; rien ne fait un plus grand effet sur l'esprit des hommes.

On voit, par ce qu'il dit sur cette matière, qu'il écrivait sa *Rhétorique* longtemps avant qu'Alexandre fût nommé capitaine général de la Grèce contre le grand roi.

« Si quelqu'un, dit-il, avait à prouver aux Grecs qu'il est de leur intérêt de s'opposer aux entreprises du roi de Perse, et d'empêcher qu'il ne se rende maître de l'Égypte, il devrait d'abord faire souvenir que Darius Ochus ne voulut attaquer la Grèce qu'après que l'Égypte fut en sa puissance; il remarquerait que Xerxès ont la même conduite. Il ne faut point douter, ajouterait-il, que Darius Codoman n'en use ainsi. Gardez-vous de souffrir qu'il s'empare de l'Égypte. »

Il va jusqu'à permettre, dans les discours devant les grandes assemblées, les paraboles et les fables. Elles saisissent toujours la multitude; il en rapporte de très-ingénieuses, et qui sont de la plus haute antiquité; comme celle du cheval qui implora le secours de l'homme pour se venger du cerf, et qui devint esclave pour avoir cherché un protecteur.

On peut remarquer que dans le livre second, où il traite des arguments du plus au moins, il rapporte un exemple qui fait bien voir quelle était l'opinion de la Grèce, et probablement de l'Asie, sur l'étendue de la puissance des dieux.

« S'il est vrai, dit-il, que les dieux mêmes ne peuvent pas tout savoir, quelque éclairés qu'ils soient, à plus forte raison les hommes. » Ce passage montre évidemment qu'on n'attribuait pas alors l'omniscience à la Divinité. On ne concevait pas que les dieux pussent savoir ce qui n'est pas ; or l'avenir n'étant pas, il leur paraissait impossible de le connaître. C'est l'opinion des sociniens d'aujourd'hui ; mais revenons à la rhétorique d'Aristote.

Ce que je remarquerai le plus dans son chapitre de l'*élocution* et de la *diction*, c'est le bon sens avec lequel il condamne ceux qui veulent être poëtes en prose. Il veut du pathétique, mais il bannit l'enflure ; il proscrit les épithètes inutiles. En effet, Démosthène et Cicéron, qui ont suivi ses préceptes, n'ont jamais affecté le style poétique dans leurs discours. Il faut, dit Aristote, que le style soit toujours conforme au sujet.

Rien n'est plus déplacé que de parler de physique poétiquement, et de prodiguer les figures, les ornements, quand il ne faut que méthode, clarté, et vérité. C'est le charlatanisme d'un homme qui veut faire passer de faux systèmes à la faveur d'un vain bruit de paroles. Les petits esprits sont trompés par cet appât, et les bons esprits le dédaignent.

Parmi nous, l'oraison funèbre s'est emparée du style poétique en prose : mais ce genre consistant presque tout entier dans l'exagération, il semble qu'il lui soit permis d'emprunter ses ornements de la poésie.

Les auteurs des romans se sont permis quelquefois cette licence. La Calprenède fut le premier, je pense, qui transposa ainsi les limites des arts, et qui abusa de cette facilité. On fit grâce à l'auteur du *Télémaque* en faveur d'Homère qu'il imitait sans pouvoir faire des vers, et plus encore en faveur de sa morale, dans laquelle il surpasse infiniment Homère, qui n'en a aucune. Mais ce qui lui donna le plus de vogue, ce fut la critique de la fierté de Louis XIV et de la dureté de Louvois, qu'on crut apercevoir dans le *Télémaque*.

Quoi qu'il en soit, rien ne prouve mieux le grand sens et le bon goût d'Aristote, que d'avoir assigné sa place à chaque chose.

Poétique. — Où trouver dans nos nations modernes un physicien, un géomètre, un métaphysicien, un moraliste même qui ait bien parlé de la poésie ? Ils sont accablés des noms d'Homère, de Virgile, de Sophocle, de l'Arioste, du Tasse, et de tous ceux qui ont enchanté la terre par les productions harmonieuses de leur génie. Ils n'en sentent pas les beautés, ou s'ils les sentent, ils voudraient les anéantir.

Quel ridicule dans Pascal[1] de dire : « Comme on dit *beauté poétique*, on devrait dire aussi *beauté géométrique*, et *beauté médicinale.* Cependant on ne le dit point ; et la raison en est qu'on sait bien quel est

___
1. *Pensées*, première partie, x, 2⁵. (ÉD.)

l'objet de la géométrie, et quel est l'objet de la médecine; mais on ne sait pas en quoi consiste l'agrément qui est l'objet de la poésie. On ne sait ce que c'est que ce modèle naturel qu'il faut imiter; et faute de cette connaissance on a inventé de certains termes bizarres, *siècle d'or, merveilles de nos jours, fatal laurier, bel astre*, etc. Et on appelle ce jargon *beauté poétique*.

On sent assez combien ce morceau de Pascal est pitoyable. On sait qu'il n'y a rien de beau ni dans une médecine, ni dans les propriétés d'un triangle; et que nous n'appelons beau que ce qui cause à notre âme et à nos sens du plaisir et de l'admiration. C'est ainsi que raisonne Aristote : et Pascal raisonne ici fort mal. *Fatal laurier, bel astre*, n'ont jamais été des beautés poétiques. S'il avait voulu savoir ce que c'est, il n'avait qu'à lire dans Malherbe (liv. VI, stances à Duperrier) :

> Le pauvre en sa cabane, où le chaume le couvre,
>   Est soumis à ses lois;
> Et la garde qui veille aux barrières du Louvre
>   N'en défend pas nos rois.

Il n'avait qu'à lire dans Racan (Ode au comte de Bussy) :

> Que te sert de chercher les tempêtes de Mars,
> Pour mourir tout en vie au milieu des hasards,
>   Où la gloire te mène?
> Cette mort qui promet un si digne loyer,
> N'est toujours que la mort, qu'avecque moins de peine
>   L'on trouve en son foyer.
>
> Que sert à ces galants ce pompeux appareil,
> Dont ils vont dans la lice éblouir le soleil
>   Des trésors du Pactole?
> La gloire qui les suit, après tant de travaux,
> Se passe en moins de temps que la poudre qui vole
>   Du pied de leurs chevaux.

Il n'avait surtout qu'à lire les grands traits d'Homère, de Virgile, d'Horace, d'Ovide, etc.

Nicole écrivit contre le théâtre, dont il n'avait pas la moindre teinture; et il fut secondé par un nommé Dubois, qui était aussi ignorant que lui en belles-lettres.

Il n'y a pas jusqu'à Montesquieu, qui, dans son livre amusant des *Lettres persanes*[1], a la petite vanité de croire qu'Homère et Virgile ne sont rien en comparaison d'un homme qui imite avec esprit et avec succès le *Siamois* de Dufresny, et qui remplit son livre de choses hardies, sans lesquelles il n'aurait pas été lu. « Qu'est-ce que les poèmes épiques? dit-il : je n'en sais rien; je méprise les lyriques autant que j'estime les tragiques. » Il devait pourtant ne pas tant mépriser Pindare et Horace. Aristote ne méprisait point Pindare.

1. Lettre CXXXVII. (ÉD.)

Descartes fit, à la vérité, pour la reine Christine un petit divertissement en vers, mais digne de sa matière cannelée.

Malebranche ne distinguait pas le qu'il mourût de Corneille, d'un vers de Jodelle ou de Garnier.

Quel homme qu'Aristote, qui trace les règles de la tragédie de la même main dont il a donné celles de la dialectique, de la morale, de la politique, et dont il a levé, autant qu'il a pu, le grand voile de la nature!

C'est dans le chapitre quatrième de sa *Poétique* que Boileau a puisé ces beaux vers :

Il n'est point de serpent ni de monstre odieux
Qui par l'art imité ne puisse plaire aux yeux;
D'un pinceau délicat l'artifice agréable,
Du plus affreux objet fait un objet aimable :
Ainsi pour nous charmer, la Tragédie en pleurs
D'Œdipe tout sanglant fit parler les douleurs[1]

Voici ce que dit Aristote : « L'imitation et l'harmonie ont produit la poésie.... nous voyons avec plaisir, dans un tableau, des animaux affreux, des hommes morts ou mourants que nous ne regarderions qu'avec chagrin et avec frayeur dans la nature. Plus ils sont bien imités, plus ils nous causent de satisfaction. »

Ce quatrième chapitre de la *Poétique* d'Aristote se trouve presque tout entier dans Horace et dans Boileau. Les lois qu'il donne dans les chapitres suivants sont encore aujourd'hui celles de nos bons auteurs, si vous en exceptez ce qui regarde les chœurs et la musique. Son idée que la tragédie est instituée pour purger les passions, a été fort combattue; mais s'il entend, comme je le crois, qu'on peut dompter un amour incestueux en voyant le malheur de Phèdre, qu'on peut réprimer sa colère en voyant le triste exemple d'Ajax, il n'y a plus aucune difficulté.

Ce que ce philosophe recommande expressément, c'est qu'il y ait toujours de l'héroïsme dans la tragédie, et du ridicule dans la comédie. C'est une règle dont on commence peut-être trop aujourd'hui à s'écarter.

ARIUS. Voy. ARIANISME.

ARMES, ARMÉES. — C'est une chose très-digne de considération, qu'il y ait eu et qu'il y ait encore sur la terre des sociétés sans armées. Les brachmanes, qui gouvernèrent longtemps presque toute la grande Chersonèse de l'Inde; les primitifs nommés Quakers, qui gouvernent la Pensylvanie; quelques peuplades de l'Amérique, quelques-unes même du centre de l'Afrique; les Samoïèdes, les Lapons, les Kamshatkadiens, n'ont jamais marché en front de bandière pour détruire leurs voisins.

Les brachmanes furent les plus considérables de tous ces peuples

---

1. *Art poétique*, chant III, 1-6.

pacifiques; leur caste, qui est si ancienne, qui subsiste encore, et devant qui toutes les institutions sont nouvelles, est un prodige qu'on ne sait pas admirer. Leur police et leur religion se réunirent toujours à ne verser jamais de sang, pas même celui des moindres animaux. Avec un tel régime on est aisément subjugué; ils l'ont été, et n'ont point changé.

Les Pensylvains n'ont jamais eu d'armée, et ils ont constamment la guerre en horreur.

Plusieurs peuplades de l'Amérique ne savaient ce que c'était qu'une armée avant que les Espagnols vinssent les exterminer tous. Les habitants des bords de la mer Glaciale ignorent, et armes, et dieux des armées, et bataillons, et escadrons.

Outre ces peuples, les prêtres, les religieux, ne portent les armes en aucun pays, du moins quand ils sont fidèles à leur institution.

Ce n'est que chez les chrétiens qu'on a vu des sociétés religieuses établies pour combattre, comme templiers, chevaliers de Saint-Jean, chevaliers teutons, chevaliers porte-glaives. Ces ordres religieux furent institués à l'imitation des lévites, qui combattirent comme les autres tribus juives.

Ni les armées ni les armes ne furent les mêmes dans l'antiquité. Les Égyptiens n'eurent presque jamais de cavalerie; elle eût été assez inutile dans un pays entrecoupé de canaux, inondé pendant cinq mois, et fangeux pendant cinq autres. Les habitants d'une grande partie de l'Asie employèrent les quadriges de guerre. Il en est parlé dans les annales de la Chine. Confutzée dit[1] qu'encore de son temps chaque gouverneur de province fournissait à l'empereur mille chars de guerre à quatre chevaux. Les Troyens et les Grecs combattaient sur des chars à deux chevaux.

La cavalerie et les chars furent inconnus à la nation juive dans un terrain montagneux, où leur premier roi n'avait que des ânesses quand il fut élu. Trente fils de Jaïr, princes de trente villes, à ce que dit le texte[2], étaient montés chacun sur un âne. Saül, depuis roi de Juda, n'avait que des ânesses; et les fils de David s'enfuirent tous sur des mules lorsque Absalon eut tué son frère Amnon. Absalon n'était monté que sur une mule dans la bataille qu'il livra contre les troupes de son père; ce qui prouve, selon les histoires juives, que l'on commençait alors à se servir de juments en Palestine, ou bien qu'on y était déjà assez riche pour acheter des mules des pays voisins.

Les Grecs se servirent peu de cavalerie; ce fut principalement avec la phalange macédonienne qu'Alexandre gagna les batailles qui lui assujettirent la Perse.

C'est l'infanterie romaine qui subjugua la plus grande partie du monde. César, à la bataille de Pharsale, n'avait que mille hommes de cavalerie.

On ne sait point en quel temps les Indiens et les Africains commencèrent à faire marcher les éléphants à la tête de leurs armées. Ce n'est

1. Confucius, liv. III, part. I. — 2. *Juges*, chap. X, v. 4.

pas sans surprise qu'on voit les éléphants d'Annibal passer les Alpes, qui étaient beaucoup plus difficiles à franchir qu'aujourd'hui.

On a disputé longtemps sur les dispositions des armées romaines et grecques, sur leurs armes, sur leurs évolutions.

Chacun a donné son plan des batailles de Zama et de Pharsale.

Le commentateur Calmet, bénédictin, a fait imprimer trois gros volumes du *Dictionnaire de la Bible*, dans lesquels, pour mieux expliquer les Commandements de Dieu, il a inséré cent gravures où se voient des plans de bataille et des siéges en taille-douce. Le Dieu des Juifs était le Dieu des armées, mais Calmet n'était pas son secrétaire ; il n'a pu savoir que par révélation comment les armées des Amalécites, des Moabites, des Syriens, des Philistins, furent arrangées pour les jours de meurtre général. Ces estampes de carnage, dessinées au hasard, enchérirent son livre de cinq ou six louis d'or, et ne le rendirent pas meilleur.

C'est une grande question si les Francs, que le jésuite Daniel appelle Français par anticipation, se servaient de flèches dans leurs armées, s'ils avaient des casques et des cuirasses.

Supposé qu'ils allassent au combat presque nus, et armés seulement, comme on le dit, d'une petite hache de charpentier, d'une épée et d'un couteau ; il en résultera que les Romains, maîtres des Gaules, si aisément vaincus par Clovis, avaient perdu toute leur ancienne valeur, et que les Gaulois aimèrent autant devenir les sujets d'un petit nombre de Francs, que d'un petit nombre de Romains.

L'habillement de guerre changea ensuite, ainsi que tout change.

Dans les temps des chevaliers, écuyers, et varlets, on ne connut plus que la gendarmerie à cheval en Allemagne, en France, en Italie, en Angleterre, en Espagne. Cette gendarmerie était couverte de fer, ainsi que les chevaux. Les fantassins étaient des serfs qui faisaient plutôt les fonctions de pionniers que de soldats. Mais les Anglais eurent toujours dans leurs gens de pied de bons archers, et c'est en grande partie ce qui leur fit gagner presque toutes les batailles.

Qui croirait qu'aujourd'hui les armées ne font guère que des expériences de physique ? Un soldat serait bien étonné si quelque savant lui disait : « Mon ami, tu es un meilleur machiniste qu'Archimède. Cinq parties de salpêtre, une partie de soufre, une partie de *carbo ligneus*, ont été préparées chacune à part. Ton salpêtre dissous, bien filtré, bien évaporé, bien cristallisé, bien remué, bien séché, s'est incorporé avec le soufre purifié, et d'un beau jaune. Ces deux ingrédients, mêlés avec le charbon pilé, ont formé de grosses boules par le moyen d'un peu de vinaigre, ou de dissolution de sel ammoniac, ou d'urine. Ces boules ont été réduites *in pulverem pyrium* dans un moulin. L'effet de ce mélange est une dilatation qui est à peu près comme quatre mille est à l'unité ; et le plomb qui est dans ton tuyau fait un autre effet, qui est le produit de sa masse multipliée par sa vitesse.

« Le premier qui devina une grande partie de ce secret de mathématique fut un bénédictin [1] nommé Roger Bacon. Celui qui l'inventa

---

1. Bacon était cordelier. (*Éd.*)

tout entier fut un autre bénédictin allemand nommé Schwartz, au xiv° siècle. Ainsi, c'est à deux moines que tu dois l'art d'être un excellent meurtrier, si tu tires juste, et si ta poudre est bonne.

« C'est en vain que du Cange a prétendu qu'en 1338 les registres de la chambre des comptes de Paris font mention d'un mémoire payé pour de la poudre à canon : n'en crois rien, il s'agit là de l'artillerie, nom affecté aux anciennes machines de guerre, et aux nouvelles.

« La poudre à canon fit oublier entièrement le feu grégeois, dont les Maures faisaient encore quelque usage. Te voilà enfin dépositaire d'un art qui non-seulement imite le tonnerre, mais qui est beaucoup plus terrible. »

Ce discours qu'on tiendrait à un soldat, serait de la plus grande vérité. Deux moines ont en effet changé la face de la terre.

Avant que les canons fussent connus, les nations hyperborées avaient subjugué presque tout l'hémisphère, et pourraient revenir encore, comme des loups affamés, dévorer les terres qui l'avaient été autrefois par leurs ancêtres.

Dans toutes les armées c'était la force du corps, l'agilité, une espèce de fureur sanguinaire, un acharnement d'homme à homme, qui décidaient de la victoire, et par conséquent du destin des États. Des hommes intrépides prenaient des villes avec des échelles, il n'y avait guère plus de discipline dans les armées du Nord, au temps de la décadence de l'empire romain, que dans les bêtes carnassières qui fondent sur leur proie.

Aujourd'hui une seule place frontière, munie de canon, arrêterait les armées des Attila et des Gengis.

On a vu, il n'y a pas longtemps, une armée de Russes victorieux se consumer inutilement devant Custrin, qui n'est qu'une petite forteresse dans un marais.

Dans les batailles, les hommes les plus faibles de corps peuvent l'emporter sur les plus robustes, avec une artillerie bien dirigée. Quelques canons suffirent à la bataille de Fontenoi pour faire retourner en arrière toute la colonne anglaise déjà maîtresse du champ de bataille.

Les combattants ne s'approchent plus : le soldat n'a plus cette ardeur, cet emportement qui redouble dans la chaleur de l'action lorsque l'on combat corps à corps. La force, l'adresse, la trempe des armes même, sont inutiles. A peine une seule fois dans une guerre se sert-on de la baïonnette au bout du fusil, quoiqu'elle soit la plus terrible des armes.

Dans une plaine souvent entourée de redoutes munies de gros canons, deux armées s'avancent en silence; chaque bataillon mène avec soi des canons de campagne; les premières lignes tirent l'une contre l'autre, et l'une après l'autre. Ce sont des victimes qu'on présente tour à tour aux coups de feu. On voit souvent sur les ailes des escadrons exposés continuellement aux coups de canon en attendant l'ordre du général. Les premiers qui se lassent de cette manœuvre, laquelle ne laisse aucun lieu à l'impétuosité du courage, se débandent, et quittent le champ de bataille. On va les rallier, si l'on peut, à quelques milles de là. Les ennemis victorieux assiégent une ville qui leur coûte quelque-

fois plus de temps, plus d'hommes, plus d'argent, que plusieurs batailles ne leur auraient coûté. Les progrès sont très-rarement rapides ; et
au bout de cinq ou six ans, les deux parties, également épuisées, sont
obligées de faire la paix.

Ainsi, à tout prendre, l'invention de l'artillerie et la méthode nouvelle ont établi entre les puissances une égalité qui met le genre humain à l'abri des anciennes dévastations, et qui par là rend les guerres
moins funestes, quoiqu'elles le soient encore prodigieusement.

Les Grecs dans tous les temps, les Romains jusqu'au temps de
Sylla, les autres peuples de l'Occident et du Septentrion, n'eurent jamais d'armée sur pied continuellement soudoyée ; tout bourgeois était
soldat, et s'enrôlait en temps de guerre. C'était précisément comme
aujourd'hui en Suisse. Parcourez-la tout entière, vous n'y trouverez
pas un bataillon, excepté dans le temps des revues ; si elle a la guerre,
vous y voyez tout d'un coup quatre-vingt mille soldats en armes.

Ceux qui usurpèrent la puissance suprême depuis Sylla, eurent toujours des troupes permanentes soudoyées de l'argent des citoyens
pour tenir les citoyens assujettis, encore plus que pour subjuguer les
autres nations. Il n'y a pas jusqu'à l'évêque de Rome qui soudoie une
petite armée. Qui l'eût dit du temps des apôtres, que le serviteur des
serviteurs de Dieu aurait des régiments, et dans Rome ?

Ce qu'on craint le plus en Angleterre, c'est *a great standing army*,
une grande armée sur pied.

Les janissaires ont fait la grandeur des sultans, mais aussi ils les ont
étranglés. Les sultans auraient évité le cordon, si au lieu de ces grands
corps ils en avaient établi de petits.

La loi de Pologne est qu'il y ait une armée ; mais elle appartient à
la république qui la paye, quand elle peut en avoir une.

AROT ET MAROT, *et courte revue de l'Alcoran.* — Cet article peut
servir à faire voir combien les plus savants hommes peuvent se tromper, et à développer quelques vérités utiles. Voici ce qui est rapporté
d'Arot et de Marot dans le *Dictionnaire encyclopédique.*

« Ce sont les noms de deux anges que l'imposteur Mahomet disait
avoir été envoyés de Dieu pour enseigner les hommes, et pour leur
ordonner de s'abstenir du meurtre, des faux jugements, et de toutes
sortes d'excès. Ce faux prophète ajoute qu'une très-belle femme ayant
invité ces deux anges à manger chez elle, elle leur fit boire du vin,
dont étant échauffés, ils la sollicitèrent à l'amour ; qu'elle feignit de
consentir à leur passion, à condition qu'ils lui apprendraient auparavant les paroles par le moyen desquelles ils disaient que l'on pouvait
aisément monter au ciel ; qu'après avoir su d'eux ce qu'elle leur avait
demandé, elle ne voulut plus tenir sa promesse, et qu'alors elle fut
enlevée au ciel, où ayant fait à Dieu le récit de ce qui s'était passé,
elle fut changée en étoile du matin qu'on appelle *Lucifer* ou *Aurore*, et
que les deux anges furent sévèrement punis. C'est de là, selon Mahomet, que Dieu prit occasion de défendre l'usage du vin aux hommes. »
(Voy. ALCORAN.)

On aurait beau lire tout l'*Alcoran*, on n'y trouvera pas un seul mot de ce conte absurde, et de cette prétendue raison de Mahomet de défendre le vin à ses sectateurs. Mahomet ne proscrit l'usage du vin qu'au second et au cinquième sura, ou chapitre : « Ils t'interrogeront sur le vin et sur les liqueurs fortes; et tu répondras que c'est un grand péché.

« On ne doit point imputer aux justes qui croient et qui font de bonnes œuvres, d'avoir bu du vin et d'avoir joué aux jeux de hasard, avant que les jeux de hasard fussent défendus. »

Il est avéré chez tous les mahométans, que leur prophète ne défendit le vin et les liqueurs que pour conserver leur santé, et pour prévenir les querelles. Dans le climat brûlant de l'Arabie, l'usage de toute liqueur fermentée porte facilement à la tête, et peut détruire la santé et la raison.

La fable d'Arot et de Marot qui descendirent du ciel, et qui voulurent coucher avec une femme arabe, après avoir bu du vin avec elle, n'est dans aucun auteur mahométan. Elle ne se trouve que parmi les impostures que plusieurs auteurs chrétiens, plus indiscrets qu'éclairés, ont imprimées contre la religion musulmane, par un zèle qui n'est pas selon la science. Les noms d'Arot et de Marot ne sont dans aucun endroit de l'*Alcoran*. C'est un nommé Sylburgius qui dit, dans un vieux livre que personne ne lit, qu'il anathématise les anges Arot et Marot, Safa et Merwa.

Remarquez, cher lecteur, que Safa et Merwa sont deux petits monticules auprès de la Mecque, et qu'ainsi notre docte Sylburgius a pris deux collines pour deux anges. C'est ainsi qu'en ont usé presque sans exception tous ceux qui ont écrit parmi nous sur le mahométisme, jusqu'au temps où le sage Réland nous a donné des idées nettes de la croyance musulmane, et où le savant Sale, après avoir demeuré vingt-quatre ans vers l'Arabie, nous a enfin éclairés par une traduction fidèle de l'*Alcoran*, et par la préface la plus instructive.

Gagnier lui-même[1], tout professeur qu'il était en langue orientale à Oxford, s'est plu à nous débiter quelques faussetés sur Mahomet, comme si on avait besoin du mensonge pour soutenir la vérité de notre religion contre ce faux prophète. Il nous donne tout au long le voyage de Mahomet dans les sept cieux sur la jument Alborac : il ose même citer le sura ou chapitre LIII; mais ni dans ce sura LIII, ni dans aucun autre, il n'est question de ce prétendu voyage au ciel.

C'est Abulfeda qui, plus de sept cents ans après Mahomet, rapporte cette étrange histoire. Elle est tirée, à ce qu'il dit, d'anciens manuscrits qui eurent cours du temps de Mahomet même. Mais il est visible qu'ils ne sont point de Mahomet, puisque, après sa mort, Abubeker recueillit tous les feuillets de l'*Alcoran* en présence de tous les chefs des tribus, et qu'on n'inséra dans la collection que ce qui parut authentique.

De plus, non-seulement le chapitre concernant le voyage au ciel

---

1. *Vie de Mahomet*, 1748, t. I, p. 252. (ED.)

n'est point dans l'*Alcoran*, mais il est d'un style bien différent, et cinq fois plus long au moins qu'aucun des chapitres reconnus. Que l'on compare tous les chapitres de l'*Alcoran* avec celui-là, on y trouvera une prodigieuse différence. Voici comme il commence :

« Une certaine nuit je m'étais endormi entre les deux collines de Safa et de Merwa. Cette nuit était très-obscure et très-noire, mais si tranquille, qu'on n'entendait ni les chiens aboyer, ni les coqs chanter. Tout à coup, l'ange Gabriel se présenta devant moi dans la forme en laquelle le Dieu très-haut l'a créé. Son teint était blanc comme la neige; ses cheveux blonds, tressés d'une façon admirable, lui tombaient en boucles sur les épaules; il avait un front majestueux, clair et serein, les dents belles et luisantes, et les jambes teintes d'un jaune de saphir; ses vêtements étaient tout tissus de perles et de fil d'or très-pur. Il portait sur son front une lame sur laquelle étaient écrites deux lignes toutes brillantes et éclatantes de lumière : sur la première il y avait ces mots : *Il n'y a point de Dieu que Dieu;* et sur la seconde ceux-ci : *Mahomet est l'apôtre de Dieu.* A cette vue, je demeurai le plus surpris et le plus confus de tous les hommes. J'aperçus autour de lui soixante et dix mille cassolettes ou petites bourses pleines de musc et de safran. Il avait cinq cents paires d'ailes, et d'une aile à l'autre il y avait la distance de cinq cents années de chemin.

« C'est dans cet état que Gabriel se fit voir à mes yeux. Il me poussa, et me dit : « Lève-toi, ô homme endormi. » Je fus saisi de frayeur et de tremblement, et je lui dis en m'éveillant en sursaut : « Qui es-tu? « — Dieu veuille te faire miséricorde. Je suis ton frère Gabriel, me ré- « pondit-il. — O mon cher bien-aimé Gabriel, lui dis-je, je te demande « pardon. Est-ce une révélation de quelque chose de nouveau, ou bien « une menace affligeante, que tu viens m'annoncer? — C'est quelque « chose de nouveau, reprit-il; lève-toi, mon cher et bien-aimé. Attache « ton manteau sur tes épaules, tu en auras besoin : car il faut que tu « rendes visite à ton Seigneur cette nuit. » En même temps Gabriel me prit par la main; il me fit lever, et m'ayant fait monter sur la jument *Alborac*, il la conduisit lui-même par la bride, etc. »

Il est avéré chez les musulmans que ce chapitre, qui n'est d'aucune authenticité, fut imaginé par Abu-Horaïra, qui était, dit-on, contemporain du prophète. Que dirait-on d'un Turc qui viendrait aujourd'hui insulter notre religion, et nous dire que nous comptons parmi nos livres les *Lettres de saint Paul à Sénèque*, et les *Lettres de Sénèque à saint Paul*, les *Actes de Pilate*, la *Vie de la femme de Pilate*, les *Lettres du prétendu roi Abgare à Jésus-Christ*, et la *réponse de Jésus-Christ à ce roitelet*, l'*Histoire du défi de saint Pierre à Simon le magicien*, les *Prédictions des Sibylles*, le *Testament des douze patriarches*, et tant d'autres livres de cette espèce?

Nous répondrions à ce Turc qu'il est fort mal instruit, et qu'aucun de ces ouvrages n'est regardé par nous comme authentique. Le Turc nous fera la même réponse, quand pour le confondre nous lui reprocherons le voyage de Mahomet dans les sept cieux. Il nous dira que ce n'est qu'une fraude pieuse des derniers temps, et que ce voyage n'est point dans l'Alcoran. Je ne compare point sans doute ici la vérité avec l'erreur, le christianisme avec le mahométisme, l'Évangile avec l'Alcoran; mais je compare fausse tradition à fausse tradition, abus à abus, ridicule à ridicule.

Ce ridicule a été poussé si loin, que Grotius impute à Mahomet d'avoir dit que les mains de Dieu sont froides; qu'il le sait parce qu'il les a touchées; que Dieu se fait porter en chaise; que dans l'arche de Noé le rat naquit de la fiente de l'éléphant, et le chat de l'haleine du lion.

Grotius reproche à Mahomet d'avoir imaginé que Jésus avait été enlevé au ciel, au lieu de souffrir le supplice. Il ne songe pas que ce sont des communions entières des premiers chrétiens *hérétiques* qui répandirent cette opinion conservée dans la Syrie et dans l'Arabie jusqu'à Mahomet.

Combien de fois a-t-on répété que Mahomet avait accoutumé un pigeon à venir manger du grain dans son oreille, et qu'il faisait accroire à ses sectateurs que ce pigeon venait lui parler de la part de Dieu?

N'est-ce pas assez que nous soyons persuadés de la fausseté de sa secte, et que la foi nous ait invinciblement convaincus de la vérité de la nôtre, sans que nous perdions notre temps à calomnier les mahométans, qui sont établis du mont Caucase au mont Atlas, et des confins de l'Épire aux extrémités de l'Inde? Nous écrivons sans cesse de mauvais livres contre eux, et ils n'en savent rien. Nous crions que leur religion n'a été embrassée par tant de peuples que parce qu'elle flatte les sens. Où est donc la sensualité qui ordonne l'abstinence du vin et des liqueurs dont nous faisons tant d'excès, qui prononce l'ordre indispensable de donner tous les ans aux pauvres deux et demi pour cent de son revenu, de jeûner avec la plus grande rigueur, de souffrir dans les premiers temps de la puberté une opération douloureuse, de faire au milieu des sables arides un pèlerinage qui est quelquefois de cinq cents lieues, et de prier Dieu cinq fois par jour, même en faisant la guerre?

Mais, dit-on, il leur est permis d'avoir quatre épouses dans ce monde, et ils auront dans l'autre des femmes célestes. Grotius dit en propres mots : « Il faut avoir reçu une grande mesure de l'esprit d'étourdissement pour admettre des rêveries aussi grossières et aussi sales. »

Nous convenons avec Grotius que les mahométans ont prodigué des rêveries. Un homme qui recevait continuellement les chapitres de son Koran des mains de l'ange Gabriel, était pis qu'un rêveur; c'était un imposteur, qui soutenait ses séductions par son courage. Mais certainement il n'y avait rien ni d'étourdi, ni de sale, à réduire au nombre de quatre le nombre indéterminé de femmes que les princes, les satrapes, les nababs, les omras de l'Orient nourrissaient dans leurs sérails. Il est dit que Salomon avait sept cents femmes et trois cents concubines. Les Arabes, les Juifs, pouvaient épouser les deux sœurs; Mahomet fut le

1. *De veritate religionis*, liv. VI, chap. III. (Éd.)

premier qui défendit ces mariages dans le sura ou chapitre v. Où est donc la saleté?

A l'égard des femmes célestes, où est la saleté? Certes il n'y a rien de sale dans le mariage, que nous reconnaissons ordonné sur la terre et béni par Dieu même. Le mystère incompréhensible de la génération est le sceau de l'Être éternel. C'est la marque la plus chère de sa puissance d'avoir créé le plaisir, et d'avoir par ce plaisir perpétué tous les êtres sensibles.

Si on ne consulte que la simple raison, elle nous dira qu'il est vraisemblable que l'Être éternel, qui ne fait rien en vain, ne nous fera pas renaître en vain avec nos organes. Il ne sera pas indigne de la majesté suprême de nourrir nos estomacs avec des fruits délicieux, s'il nous fait renaître avec des estomacs. Nos saintes Écritures nous apprennent que Dieu mit d'abord le premier homme et la première femme dans un paradis de délices. Ils étaient alors dans un état d'innocence et de gloire, incapables d'éprouver les maladies et la mort. C'est à peu près l'état où seront les justes, lorsque après la résurrection ils seront pendant l'éternité ce qu'ont été nos premiers parents pendant quelques jours. Il faut donc pardonner à ceux qui ont cru qu'ayant un corps, ce corps sera continuellement satisfait. Nos Pères de l'Église n'ont point eu d'autre idée de la Jérusalem céleste. Saint Irénée dit[1] que chaque cep de vigne y portera dix mille branches, chaque branche dix mille grappes, et chaque grappe dix mille raisins, etc.

Plusieurs Pères de l'Église, en effet, ont pensé que les bienheureux dans le ciel jouiraient de tous leurs sens. Saint Thomas[2] dit que le sens de la vue sera infiniment perfectionné, que tous les éléments le seront aussi, que la superficie de la terre sera diaphane comme le verre, l'eau comme le cristal, l'air comme le ciel, le feu comme les astres.

Saint Augustin, dans sa *Doctrine chrétienne*[3], dit que le sens de l'ouïe goûtera le plaisir des sons, du chant et du discours.

Un de nos grands théologiens italiens, nommé Plazza, dans sa *Dissertation sur le paradis*[4], nous apprend que les élus ne cesseront jamais de jouer de la guitare et de chanter : ils auront, dit-il, trois *nobilités*, trois *avantages*; des plaisirs sans chatouillement, des caresses sans mollesse, des voluptés sans excès : *Tres nobilitates, illecebra sine titillatione, blanditia sine mollitudine, et voluptas sine exuberantia.*

Saint Thomas assure que l'odorat des corps glorieux sera parfait, et que l'humide ne l'affaiblira pas : *In corporibus gloriosis erit odor in sua ultima perfectione, nullo modo per humidum repressus*[4]. Un grand nombre d'autres docteurs traitent à fond cette question.

Suarez, dans sa *Sagesse*, s'exprime ainsi sur le goût : « Il n'est pas difficile à Dieu de faire que quelque humeur sapide agisse dans l'organe

1. Liv. V, chap. XXXIII. — 2. *Commentaire sur la Genèse*, t. II, liv. IV.
3. Chap. II et III, n° 149. — 4. *Supplém.*, part. III, quest. 84. — 5. Page 100.

du goût, et l'affecte intentionnellement. » *Non est Deo difficile facere ut sapidus humor sit intra organum gustus, qui sensum illum possit intentionaliter afficere*[1].

Enfin, saint Prosper, en résumant tout, prononce que les bienheureux seront rassasiés sans dégoût, et qu'ils jouiront de la santé sans maladie : *Saturitas sine fastidio, et tota sanitas sine morbo*[2].

Il ne faut donc pas tant s'étonner que les mahométans aient admis l'usage des cinq sens dans leur paradis. Ils disent que la première béatitude sera l'union avec Dieu : elle n'exclut pas le reste.

Le paradis de Mahomet est une fable; mais, encore une fois, il n'y a ni contradiction ni saleté.

La philosophie demande des idées nettes et précises; Grotius ne les avait pas. Il citait beaucoup, et il étalait des raisonnements apparents, dont la fausseté ne peut soutenir un examen réfléchi.

On pourrait faire un très-gros livre de toutes les imputations injustes dont on a chargé les mahométans. Ils ont subjugué une des plus belles et des plus grandes parties de la terre. Il eût été plus beau de les classer que de leur dire des injures.

L'impératrice de Russie donne aujourd'hui un grand exemple; elle leur enlève Azof et Taganrok, la Moldavie, la Valachie, la Géorgie; elle pousse ses conquêtes jusqu'aux remparts d'Erzéroum; elle envoie contre eux, par une entreprise inouïe, des flottes qui partent du fond de la mer Baltique, et d'autres qui couvrent le Pont-Euxin; mais elle ne dit point, dans ses manifestes, qu'un pigeon soit venu parler à l'oreille de Mahomet.

ARRÊTS NOTABLES, *sur la liberté naturelle.* — On a fait en plusieurs pays, et surtout en France, des recueils de ces meurtres juridiques que la tyrannie, le fanatisme, ou même l'erreur et la faiblesse, ont commis avec le glaive de la justice.

Il y a des arrêts de mort que des années entières de vengeance pourraient à peine expier, et qui feront frémir tous les siècles à venir. Tels sont les arrêts rendus contre le légitime roi de Naples et de Sicile, par le tribunal de Charles d'Anjou; contre Jean Hus et Jérôme de Prague, par des prêtres et des moines; contre le roi d'Angleterre Charles Ier, par des bourgeois fanatiques.

Après ces attentats énormes, commis en cérémonie, viennent les meurtres juridiques commis par la lâcheté, la bêtise, la superstition; et ceux-là sont innombrables. Nous en rapporterons quelques-uns dans d'autres chapitres[3].

Dans cette classe, il faut ranger principalement les procès de sortiléges, et ne jamais oublier qu'encore de nos jours, en 1750, la justice sacerdotale de l'évêque de Vurtzbourg a condamné comme sorcière, une religieuse, fille de qualité, au supplice du feu. C'est afin qu'on ne l'oublie pas que je répète ici cette aventure dont j'ai parlé ailleurs. On oublie trop et trop vite.

1. Liv. XVI, chap. IX. — 2. N° 232.
3. Aux mots CRIMES, SUPPLICES, TORTURES. (ÉD.)

Je voudrais que chaque jour de l'année un crieur public, au lieu de brailler, comme en Allemagne et en Hollande, quelle heure il est (ce qu'on sait très-bien sans lui), criât : « C'est aujourd'hui que, dans les guerres de religion, Magdebourg et tous ses habitants furent réduits en cendres. C'est ce 14 mai, à quatre heures et demie du soir, que Henri IV fut assassiné pour cette seule raison qu'il n'était pas assez soumis au pape; c'est à tel jour qu'on a commis dans votre ville telle abominable cruauté sous le nom de *justice.* »

Ces avertissements continuels seraient fort utiles.

Mais il faudrait crier à plus haute voix les jugements rendus en faveur de l'innocence contre les persécuteurs. Par exemple, je propose que chaque année les deux plus forts gosiers qu'on puisse trouver à Paris et à Toulouse, prononcent dans tous les carrefours ces paroles : « C'est à pareil jour que cinquante magistrats du Conseil rétablirent la mémoire de Jean Calas, d'une voix unanime, et obtinrent pour la famille des libéralités du roi même, au nom duquel Jean Calas avait été injustement condamné au plus horrible supplice. »

Il ne serait pas mal qu'à la porte de tous les ministres il y eût un autre crieur, qui dît à tous ceux qui viennent demander des lettres de cachet pour s'emparer des biens de leurs parents et alliés, ou dépendants :

« Messieurs, craignez de séduire le ministre par de faux exposés, et d'abuser du nom du roi. Il est dangereux de le prendre en vain. Il y a dans le monde un maître Gerbier qui défend la cause de la veuve et de l'orphelin opprimés sous le poids d'un nom sacré. C'est celui-là même qui a obtenu au barreau du parlement de Paris l'abolissement de la Société de Jésus. Écoutez attentivement la leçon qu'il a donnée à la Société de saint Bernard, conjointement avec maître Loiseau, autre protecteur des veuves.

« Il faut d'abord que vous sachiez que les révérends pères bernardins de Clairvaux possèdent dix-sept mille arpents de bois, sept grosses forges, quatorze grosses métairies, quantité de fiefs, de bénéfices, et même des droits dans les pays étrangers. Le revenu du couvent va jusqu'à deux cent mille livres de rente. Le trésor est immense : le palais abbatial est celui d'un prince; rien n'est plus juste; c'est un faible prix des grands services que les bernardins rendent continuellement à l'État.

« Il arriva qu'un jeune homme de dix-sept ans, nommé Castille, dont le nom de baptême était Bernard, crut, par cette raison, qu'il devait se faire bernardin; c'est ainsi qu'on raisonne à dix-sept ans, et quelquefois à trente : il alla faire son noviciat en Lorraine dans l'abbaye d'Orval. Quand il fallut prononcer ses vœux, la grâce lui manqua; il ne les signa point, s'en alla, et redevint homme. Il s'établit à Paris, et au bout de trente ans, ayant fait une petite fortune, il se maria et eut des enfants.

« Le révérend père procureur de Clairvaux, nommé Mayeur, digne procureur frère de l'abbé, ayant appris à Paris, d'une fille de joie,

que ce Castille avait été autrefois bernardin, complote de le revendiquer en qualité de déserteur, quoiqu'il ne fût point réellement engagé; de faire passer sa femme pour une concubine, et de placer ses
enfants à l'hôpital en qualité de bâtards. Il s'associe avec un autre
fripon pour partager les dépouilles. Tous deux vont au bureau des
lettres de cachet, exposent leurs griefs au nom de saint Bernard,
obtiennent la lettre, viennent saisir Bernard Castille, sa femme et
leurs enfants, s'emparent de tout le bien, et vont le manger où vous
savez.

« Bernard Castille est enfermé à Orval dans un cachot où il meurt au
bout de six mois, de peur qu'il ne demande justice. Sa femme est conduite dans un autre cachot à Sainte-Pélagie, maison de force des filles
débordées. De trois enfants l'un meurt à l'hôpital.

« Les choses restent dans cet état pendant trois ans. Au bout de ce
temps la dame Castille obtient son élargissement. Dieu est juste; il
donne un second mari à cette veuve. Ce mari, nommé Launal, se
trouve un homme de tête qui développe toutes les fraudes, toutes les
horreurs, toutes les scélératesses employées contre sa femme. Ils inten-
tent tous deux un procès aux moines[1]. Il est vrai que frère Mayeur,
qu'on appelle dom Mayeur, n'a pas été pendu; mais le couvent de Clairvaux en a été pour quarante mille écus; et il n'y a point de couvent qui
n'aime mieux voir pendre son procureur que de perdre son argent.

« Que cette histoire vous apprenne, messieurs, à user de beaucoup
de sobriété en fait de lettres de cachet. Sachez que maître Élie de
Beaumont, ce célèbre défenseur de la mémoire de Calas, et maître
Target, cet autre protecteur de l'innocence opprimée, ont fait payer
vingt mille francs d'amende[2] à celui qui avait arraché par ses intrigues une lettre de cachet pour faire enlever la comtesse de Lancize,
mourante, la traîner hors du sein de sa famille, et lui dérober tous
ses titres.

« Quand les tribunaux rendent de tels arrêts, on entend des batte-
ments de mains du fond de la grand'chambre aux portes de Paris.
Prenez garde à vous, messieurs; ne demandez pas légèrement des
lettres de cachet. »

Un Anglais, en lisant cet article, a demandé : « Qu'est-ce qu'une
lettre de cachet ? » On n'a jamais pu le lui faire comprendre.

ARRÊTS DE MORT. — En lisant l'histoire, et en voyant cette suite
presque jamais interrompue de calamités sans nombre, entassées sur
ce globe que quelques-uns appellent le *meilleur des mondes possibles*,
j'ai été frappé surtout de la grande quantité d'hommes considérables
dans l'État, dans l'Église, dans la société, qu'on a fait mourir comme
des voleurs de grand chemin. Je laisse à part les assassinats, les em-
poisonnements; je ne parle que des massacres en forme juridique, faits
avec loyauté et cérémonie. Je commence par les rois et les reines.

1. L'arrêt est de 1764.
2. L'arrêt est de 1770. Il y a d'autres arrêts pareils prononcés par les parlements des provinces.

L'Angleterre seule en fournit une liste assez ample. Mais pour les chan-celiers, chevaliers, écuyers, il faudrait des volumes.

De tous ceux qu'on a fait périr ainsi par justice, je ne crois pas qu'il y en ait quatre dans toute l'Europe qui eussent subi leur arrêt, si leur procès eût duré quelque temps de plus, ou si leurs parties adverses étaient mortes d'apoplexie pendant l'instruction.

Que la fistule eût gangrené le *rectum* du cardinal de Richelieu quel-ques mois plus tôt, les de Thou, les Cinq-Mars, et tant d'autres étaient en liberté. Si Barnevelt avait eu pour juges autant d'arminiens que de gomaristes, il serait mort dans son lit.

Si le connétable de Luynes n'avait pas demandé la confiscation de la maréchale d'Ancre, elle n'eût pas été brûlée comme sorcière. Qu'un homme réellement criminel, un assassin, un voleur public, un em-poisonneur, un parricide soit arrêté, et que son crime soit prouvé, il est certain que dans quelque temps, et par quelques juges qu'il soit jugé, il sera un jour condamné; mais il n'en est pas de même des hommes d'État; donnez-leur seulement d'autres juges, ou attendez que le temps ait changé les intérêts, refroidi les passions, amené d'autres sentiments, leur vie sera en sûreté.

Imaginez que la reine Elisabeth meurt d'une indigestion la veille de la condamnation de Marie Stuart : alors Marie Stuart sera sur le trône d'Écosse, d'Angleterre et d'Irlande, au lieu de mourir par la main d'un bourreau dans une chambre tendue de noir. Que Cromwell tombe seulement malade, on se gardera bien de couper la tête à Charles Ier. Ces deux assassinats, revêtus, je ne sais comment, de la forme des lois, n'entrent guère dans la liste des injustices ordinaires. Figurez-vous des voleurs de grand chemin, qui, ayant garrotté et volé deux passants, se plairaient à nommer dans la troupe un pro-cureur-général, un président, un avocat, des conseillers, et qui, ayant signé une sentence, feraient pendre les deux passants en céré-monie; c'est ainsi que la reine d'Écosse et son petit-fils furent jugés.

Mais des jugements ordinaires, prononcés par les juges compétents contre des princes ou des hommes en place, y en a-t-il un seul qu'on eût ou exécuté, ou même rendu, si on avait eu un autre temps à choisir ? Y a-t-il un seul des condamnés, immolés sous le cardinal de Richelieu, qui n'eût été en faveur si leur procès avait été prolongé jusqu'à la régence d'Anne d'Autriche ? Le prince de Condé est arrêté sous François II; il est jugé à mort par des commissaires; François II meurt, et le prince de Condé redevient un homme puissant.

Ces exemples sont innombrables. Il faut surtout considérer l'esprit du temps. On a brûlé Vanini sur une accusation vague d'athéisme. S'il y avait aujourd'hui quelqu'un d'assez pédant et d'assez sot pour faire les livres de Vanini, on ne les lirait pas, et c'est tout ce qui en arriverait.

Un Espagnol passe par Genève, au milieu du XVIe siècle; le Picard Jean Chauvin [1] apprend que cet Espagnol est logé dans une hôtel-

___
1. Calvin, qui fit brûler Servet. (ÉD.)

lerie; il se souvient que cet Espagnol a disputé contre lui sur une
matière que ni l'un ni l'autre n'entendaient. Voilà mon théologien
Jean Chauvin qui fait arrêter le passant, malgré toutes les lois divines
et humaines, malgré le droit des gens reçu chez toutes les nations; il
le fait plonger dans un cachot, et le fait brûler à petit feu avec des
fagots verts, afin que le supplice dure plus longtemps. Certainement
cette manœuvre infernale ne tomberait aujourd'hui dans la tête de
personne; et si ce fou de Servet était venu dans le bon temps, il n'aurait eu rien à craindre.

Ce qu'on appelle la *justice* est donc aussi arbitraire que les modes.
Il y a des temps d'horreur et de folie chez les hommes, comme des
temps de peste; et cette contagion a fait le tour de la terre.

ART DRAMATIQUE. — *Ouvrages dramatiques, tragédie, comédie,
opéra.* — *Panem et circenses* [1] est la devise de tous les peuples. Au lieu
de tuer tous les Caraïbes, il fallait peut-être les séduire par des spectacles, par des funambules, des tours de gibecière, et de la musique.
On les eût aisément subjugués. Il y a des spectacles pour toutes les
conditions humaines; la populace veut qu'on parle à ses yeux; et
beaucoup d'hommes d'un rang supérieur sont peuple. Les âmes cultivées et sensibles veulent des tragédies et des comédies.

Cet art commença en tout pays par les charrettes des Thespis,
ensuite on eut ses Eschyles, et l'on se flatta bientôt d'avoir ses Sopho-
cles et ses Euripides; après quoi tout dégénéra : c'est la marche de
l'esprit humain.

Je ne parlerai point ici du théâtre des Grecs. On a fait dans l'Europe
moderne plus de commentaires sur ce théâtre, qu'Euripide, Sophocle,
Eschyle, Ménandre, et Aristophane, n'ont fait d'œuvres dramatiques;
je viens d'abord à la tragédie moderne.

C'est aux Italiens qu'on la doit, comme on leur doit la renaissance
de tous les autres arts. Il est vrai qu'ils commencèrent dès le xiiie
siècle, et peut-être auparavant, par des farces malheureusement tirées
de l'ancien et du nouveau Testament, indigne abus qui passa bientôt
en Espagne et en France : c'était une imitation vicieuse des essais
que saint Grégoire de Nazianze avait faits en ce genre pour opposer un
théâtre chrétien au théâtre païen de Sophocle et d'Euripide. Saint
Grégoire de Nazianze mit quelque éloquence et quelque dignité dans
ces pièces; les Italiens et leurs imitateurs n'y mirent que des platitudes
et des bouffonneries.

Enfin, vers l'an 1514, le prélat Trissino, auteur du poème épique
intitulé l'*Italia liberata da' Gothi*, donna sa tragédie de *Sophonisbe*,
la première qu'on eût vue en Italie, et cependant régulière. Il y observa les trois unités de lieu, de temps, et d'action. Il y introduisit
les chœurs des anciens. Rien n'y manquait que le génie. C'était une
longue déclamation. Mais, pour le temps où elle fut faite, on peut la
regarder comme un prodige. Cette pièce fut représentée à Vicence, et

1. Juvénal, X, 81. (ÉD.)

la ville construisit exprès un théâtre magnifique. Tous les littérateurs de ce beau siècle accoururent aux représentations, et prodiguèrent les applaudissements que méritait cette entreprise estimable.

En 1516, le pape Léon X honora de sa présence la *Rosemonde* du Rucellai : toutes les tragédies qu'on fit alors à l'envi furent régulières, écrites avec pureté, et naturellement ; mais, ce qui est étrange, presque toutes furent un peu froides ; tant le dialogue en vers est difficile ; tant l'art de se rendre maître du cœur est donné à peu de génies : le *Torrismond* même du Tasse fut encore plus insipide que les autres.

On ne connut que dans le *Pastor fido* du Guarini ces scènes attendrissantes qui font verser des larmes, qu'on retient par cœur malgré soi ; et voilà pourquoi nous disons, *retenir par cœur;* car ce qui touche le cœur se grave dans la mémoire.

Le cardinal Bibiena avait longtemps auparavant rétabli la vraie comédie, comme Trissino rendit la vraie tragédie aux Italiens.

Dès l'an 1480 [1], quand toutes les autres nations de l'Europe croupissaient dans l'ignorance absolue de tous les arts aimables, quand tout était barbare, ce prélat avait fait jouer sa *Calandra*, pièce d'intrigue, et d'un vrai comique, à laquelle on ne reproche que des mœurs un peu trop licencieuses, ainsi qu'à la *Mandragore* de Machiavel.

Les Italiens seuls furent donc en possession du théâtre pendant près d'un siècle, comme ils le furent de l'éloquence, de l'histoire, des mathématiques, de tous les genres de poésie, et de tous les arts où le génie dirige la main.

Les Français n'eurent que de misérables farces, comme on sait, pendant tous les xv° et xvi° siècles.

Les Espagnols, tout ingénieux qu'ils sont, quelque grandeur qu'ils aient dans l'esprit, ont conservé jusqu'à nos jours cette détestable coutume d'introduire les plus basses bouffonneries dans les sujets les plus sérieux : un seul mauvais exemple une fois donné est capable de corrompre toute une nation, et l'habitude devient une tyrannie.

Du théâtre espagnol. — Les *autos sacramentales* ont déshonoré l'Espagne beaucoup plus longtemps que les *Mystères de la passion*, les *Actes des saints*, nos *Moralités*, la *Mère folle*, n'ont flétri la France. Ces *autos sacramentales* se représentaient encore à Madrid il y a très-peu d'années. Calderon en avait fait pour sa part plus de deux cents.

Une de ses plus fameuses pièces, imprimée à Valladolid, sans date, et que j'ai sous mes yeux, est la *Devocion de la missa.* Les acteurs sont un roi de Cordoue mahométan, un ange chrétien, une fille de joie, deux soldats bouffons, et le diable. L'un de ces deux bouffons est un nommé Pascal Vivas, amoureux d'Aminte. Il a pour rival Lélio, soldat mahométan.

Le diable et Lélio veulent tuer Vivas, et croient en avoir bon marché, parce qu'il est en péché mortel : mais Pascal prend le parti de

1. *N.B.* Non en 1520, comme dit le fils du grand Racine dans son *Traité de la poésie.*

faire dire une messe sur le théâtre, et de la servir. Le diable perd alors toute sa puissance sur lui.

Pendant la messe, la bataille se donne, et le diable est tout étonné de voir Pascal au milieu du combat, dans le même temps qu'il sert la messe. « Oh, oh! dit-il, je sais bien qu'un corps ne peut se trouver en deux endroits à la fois, excepté dans le sacrement, auquel ce drôle a tant de dévotion. » Mais le diable ne savait pas que l'ange chrétien avait pris la figure du bon Pascal Vivas, et qu'il avait combattu pour lui pendant l'office divin.

Le roi de Cordoue est battu, comme on peut bien le croire; Pascal épouse sa vivandière, et la pièce finit par l'éloge de la messe.

Partout ailleurs, un tel spectacle aurait été une profanation que l'inquisition aurait cruellement punie; mais en Espagne c'était une édification.

Dans un autre acte sacramental, Jésus-Christ en perruque carrée, et le diable en bonnet à deux cornes, disputent sur la controverse, se battent à coups de poing, et finissent par danser ensemble une sarabande.

Plusieurs pièces de ce genre finissent par ces mots : *Tiel comedia, est.*

D'autres pièces, en très-grand nombre, ne sont point sacramentales; ce sont des tragi-comédies, et même des tragédies : l'une est *La création du monde*, l'autre, *Les cheveux d'Absalon*. On a joué le *Soleil soumis à l'homme*, *Dieu bon payeur*, le *Maître d'hôtel de Dieu*, la *Dévotion aux trépassés*. Et toutes ces pièces sont intitulées *La famosa comedia*.

Qui croirait que dans cet abîme de grossièretés insipides il y ait de temps en temps des traits de génie, et je ne sais quel fracas de théâtre qui peut amuser, et même intéresser?

Peut-être quelques-unes de ces pièces barbares ne s'éloignent-elles pas beaucoup de celles d'Eschyle, dans lesquelles la religion des Grecs était jouée, comme la religion chrétienne le fut en France et en Espagne.

Qu'est-ce en effet que Vulcain enchaînant Prométhée sur un rocher, par ordre de Jupiter? qu'est-ce que la Force et la Vaillance qui servent de garçons bourreaux à Vulcain, sinon un *auto sacramentale* grec? Si Calderon a introduit tant de diables sur le théâtre de Madrid, Eschyle n'a-t-il pas mis des furies sur le théâtre d'Athènes? Si Pascal Vivas sert la messe, ne voit-on pas une vieille pythonisse qui fait toutes ses cérémonies sacrées dans la tragédie des Euménides? La ressemblance me paraît assez grande.

Les sujets tragiques n'ont pas été traités autrement chez les Espagnols que leurs actes sacramentaux; c'est la même irrégularité, la même indécence, la même extravagance. Il y a toujours eu un ou deux bouffons dans les pièces dont le sujet est le plus tragique. On en voit jusque dans le *Cid*. Il n'est pas étonnant que Corneille les ait retranchés.

On connaît l'*Heraclius* de Calderon, intitulé, *Tout est mensonge, et tout est vérité*, antérieur de près de vingt années à l'*Heraclius* de Corneille. L'énorme démence de cette pièce n'empêche pas qu'elle ne soit semée de plusieurs morceaux éloquents, et de quelques traits de la plus grande beauté. Tels sont, par exemple, ces quatre vers admirables que Corneille a si heureusement traduits :

Mon trône est-il pour toi plus honteux qu'un supplice?
O malheureux Phocas! ô trop heureux Maurice!
Tu recouvres deux fils pour mourir après toi,
Et je n'en puis trouver pour régner après moi!
(*Héraclius*, Acte IV, scène iv.)

Non-seulement Lope de Vega avait précédé Calderon dans toutes les extravagances d'un théâtre grossier et absurde, mais il les avait trouvées établies. Lope de cette barbarie, et cependant il s'y soumettait. Son but était de plaire à un peuple ignorant, amateur du faux merveilleux, qui voulait qu'on parlât à ses yeux plus qu'à son âme. Voici comme Vega s'en explique lui-même dans son *Nouvel art de faire des comédies* de son temps.

Les Vandales, les Goths, dans leurs écrits bizarres,
Dédaignèrent le goût des Grecs et des Romains :
Nos aïeux ont marché dans ces nouveaux chemins,
    Nos aïeux étaient des barbares [1].
L'abus règne, l'art tombe, et la raison s'enfuit :
    Qui veut écrire avec décence,
Avec art, avec goût, n'en recueille aucun fruit,
Il vit dans le mépris, et meurt dans l'indigence [2].
Je me vois obligé de servir l'ignorance,
    D'enfermer sous quatre verrous
    Sophocle, Euripide, et Térence.
J'écris en insensé, mais j'écris pour des fous.

Le public est mon maître, il faut bien le servir;
Il faut pour son argent lui donner ce qu'il aime,
    J'écris pour lui, non pour moi-même,
    Et cherche des succès dont je n'ai qu'à rougir.

La dépravation du goût espagnol ne pénétra point à la vérité en France; mais il y avait un vice radical beaucoup plus grand, c'était l'ennui; et cet ennui était l'effet des longues déclamations sans suite, sans liaison, sans intrigue, sans intérêt, dans une langue non encore formée. Hardy et Garnier n'écrivirent que des platitudes d'un style insupportable; et ces platitudes furent jouées sur des tréteaux au lieu de théâtre.

Du théâtre anglais. — Le théâtre anglais, au contraire, fut très-animé, mais le fut dans le goût espagnol; la bouffonnerie fut jointe à l'horreur.

1. « Mas como le servirón muchos barbaros
       Que enseñaron el bulgo a sus rudezas? »
2. « Muéré sin fama á galardon. »
3. « Encierro los preceptos con seis llaves, etc. »

Toute la vie d'un homme fut le sujet d'une tragédie : les acteurs passaient de Rome, de Venise, en Chypre ; la plus vile canaille paraissait sur le théâtre avec des princes, et ces princes parlaient souvent comme la canaille.

J'ai jeté les yeux sur une édition de Shakspeare, donnée par le sieur Samuel Johnson. J'y ai vu qu'on y traite de *petits esprits* les étrangers qui sont étonnés que dans les pièces de ce grand Shakspeare « un sénateur romain fasse le bouffon, et qu'un roi paraisse sur le théâtre en ivrogne. »

Je ne veux point soupçonner le sieur Johnson d'être un mauvais plaisant, et d'aimer trop le vin ; mais je trouve un peu extraordinaire qu'il compte la bouffonnerie et l'ivrognerie parmi les beautés du théâtre tragique ; la raison qu'il en donne n'est pas moins singulière. « Le poëte, dit-il, dédaigne ces distinctions accidentelles de conditions et de pays, comme un peintre qui, content d'avoir peint la figure, néglige la draperie. » La comparaison serait plus juste, s'il parlait d'un peintre qui, dans un sujet noble, introduirait des grotesques ridicules, peindrait dans la bataille d'Arbelle Alexandre le Grand monté sur un âne, et la femme de Darius buvant avec des goujats dans un cabaret.

Il n'y a point de tels peintres aujourd'hui en Europe ; et s'il y en avait chez les Anglais, c'est alors qu'on pourrait leur appliquer ce vers de Virgile :

Et penitus toto divisos orbe Britannos.
(Ecl. 1, 67.)

On peut consulter la traduction exacte des trois premiers actes du *Jules César* de Shakspeare, dans le deuxième tome des œuvres de Corneille.

C'est là que Cassius dit que César *demandait à boire, quand il avait la fièvre*; c'est là qu'un savetier dit à un tribun qu'*il veut le ressemeler*; c'est là qu'on entend César s'écrier *qu'il ne fait jamais de tort que justement*; c'est là qu'il dit *que le danger et lui sont nés de la même ventrée, qu'il est l'aîné, que le danger sait bien que César est plus dangereux que lui, et que tout ce qui le menace ne marche jamais que derrière son dos.*

Lisez la belle tragédie du *Maure de Venise*. Vous trouverez à la première scène que la fille d'un sénateur « fait la bête à deux dos avec le Maure, et qu'il naîtra de cet accouplement des chevaux de Barbarie. » C'est ainsi qu'on parlait alors sur le théâtre tragique de Londres. Le génie de Shakspeare ne pouvait être le disciple des mœurs et de l'esprit du temps.

SCÈNE TRADUITE DE LA CLÉOPATRE DE SHAKSPEARE.

Cléopâtre, ayant résolu de se donner la mort, fait venir un paysan qui apporte un panier sous son bras, dans lequel est l'aspic dont elle veut se faire piquer.

CLÉOPATRE. — As-tu le petit ver du Nil, qui tue et qui ne fait point de mal?

LE PAYSAN. — En vérité je l'ai ; mais je ne voudrais pas que vous y touchassiez, car sa blessure est immortelle ; ceux qui en meurent n'en reviennent jamais.

CLÉOPATRE. — Te souviens-tu que quelqu'un en soit mort ?

LE PAYSAN. — Oh ! plusieurs, hommes et femmes. J'ai entendu parler d'une, pas plus tard qu'hier : c'était une bien honnête femme, si ce n'est qu'elle était un peu sujette à mentir, ce que les femmes ne devraient faire que par une voie d'honnêteté. Oh ! comme elle mourut vite de la morsure de la bête ! quels tourments elle ressentit ! Elle a dit de très-bonnes nouvelles de ce ver ; mais qui croit tout ce que les gens disent, ne sera jamais sauvé par la moitié de ce qu'ils font ; cela est sujet à caution. Ce ver est un étrange ver.

CLÉOPATRE. — Va-t'en, adieu.

LE PAYSAN. — Je souhaite que ce ver-là vous donne beaucoup de plaisir.

CLÉOPATRE. — Adieu.

LE PAYSAN. — Voyez-vous, madame, vous devez penser que ce ver vous traitera de son mieux.

CLÉOPATRE. — Bon, bon, va-t'en.

LE PAYSAN. — Voyez-vous, il ne faut se fier à mon ver que quand il est entre les mains des gens sages ; car, en vérité, ce ver-là est dangereux.

CLÉOPATRE. — Ne t'en mets pas en peine, j'y prendrai garde.

LE PAYSAN. — C'est fort bien fait : ne lui donnez rien à manger, je vous en prie ! il ne vaut, ma foi, pas la peine qu'on le nourrisse.

CLÉOPATRE. — Ne mangerait-il rien ?

LE PAYSAN. — Ne croyez pas que je sois si simple ; je sais que le diable même ne voudrait pas manger une femme : je sais bien qu'une femme est un plat à présenter aux dieux, pourvu que le diable n'en fasse pas la sauce ; mais, par ma foi, les diables sont des fils de p...., qui font bien du mal au ciel quand il s'agit des femmes ; si le ciel en fait dix, le diable en corrompt cinq.

CLÉOPATRE. — Fort bien ; va-t'en, adieu.

LE PAYSAN. — Je m'en vais, vous dis-je, bonsoir. Je vous souhaite bien du plaisir avec votre ver.

SCÈNE TRADUITE DE LA TRAGÉDIE DE HENRI V. (Acte V, scène II.)

HENRI.

Belle Catherine, très-belle [1],
Vous plairait-il d'enseigner à un soldat les paroles
Qui peuvent entrer dans le cœur d'une damoiselle,
Et plaider son procès d'amour devant son gentil cœur ?

LA PRINCESSE CATHERINE. — [2] Votre Majesté se moque de moi, je ne peux parler votre anglais.

HENRI. — [3] Oh ! belle Catherine, ma foi, si vous m'aimez fort et

1. En vers anglais. — 2. En prose anglaise. — 3. En prose.

ferme avec votre cœur français, je serai fort aise de vous l'entendre avouer dans votre baragouin, avec votre langue française : me *goûtes-tu*, Catau ?

CATHERINE. — *Pardonnez-moi*,[1] je n'entends pas ce que veut dire *vous goûter*.[2]

HENRI. — Goûter, c'est ressembler. Un ange vous ressemble, Catau ; vous ressemblez à un ange.

CATHERINE, à *une espèce de dame d'honneur qui est auprès d'elle*. — Que dit-il ? que je suis semblable à des anges ?

LA DAME D'HONNEUR. — Oui, vraiment, sauf votre honneur, ainsi dit-il.

HENRI. — C'est ce que j'ai dit, chère Catherine, et je ne dois pas rougir de le confirmer.

CATHERINE. — Ah, bon dieu ! les langues des hommes sont pleines de tromperies.

HENRI. — Que dit-elle, ma belle, que les langues des hommes sont pleines de fraudes ?

LA DAME D'HONNEUR. — Oui,[3] que les langues des hommes est plein de fraude, c'est-à-dire, des princes.

HENRI. — Eh bien, la princesse en est-elle meilleure Anglaise ? Ma foi, Catau, mes soupirs sont pour votre entendement ; je suis bien aise que tu ne puisses pas parler mieux anglais ; car si tu le pouvais, tu me trouverais si franc roi, que tu penserais que j'ai vendu ma ferme pour acheter une couronne. Je n'ai pas la façon de hacher menu en amour. Je te dis tout franchement : je t'aime. Si tu en demandes davantage, adieu mon procès d'amour. Veux-tu ? réponds. Réponds, tapons d'une main, et voilà le marché fait. Qu'en dis-tu, lady ?

CATHERINE. — Sauf votre honneur,[4] moi entendre bien.

HENRI. — Crois-moi, si tu voulais me faire rimer, ou me faire danser pour te plaire, Catau, tu m'embarrasserais beaucoup ; car pour les vers, vois-tu, je n'ai ni paroles ni mesure ; et pour ce qui est de danser, ma force n'est pas dans la mesure ; mais j'ai une bonne mesure en force ; je pourrais gagner une femme au jeu du cheval fondu, ou à saute-grenouille.

On croirait que c'est là une des plus étranges scènes des tragédies de Shakspeare ; mais dans la même pièce il y a une conversation entre la princesse de France Catherine, et une de ses filles d'honneur anglaises, qui l'emporte de beaucoup sur tout ce qu'on vient d'exposer.

Catherine apprend l'anglais ; elle demande comment on dit le pied et la robe ? la fille d'honneur lui répond que le pied c'est *foot*, et la robe *coun*; car alors on prononçait *coun*, et non pas *gown*. Catherine entend ces mots d'une manière un peu singulière ; elle les répète à la française ; elle en rougit. « Ah ! dit-elle en français, ce sont des mots impudiques, et non pour les dames d'honneur d'user. Je ne voudrais

1. En prose. — 2. *Goûter*, *like*, signifie aussi en anglais *ressembler*. — 3. En français. — 4. En français. — 5. En anglais. — 6. En anglais. — 7. En mauvais anglais. — 8. En anglais. — 9. *Me understand well*.

répéter ces mots devant les seigneurs de France pour tout le monde. »
Et elle les répète encore avec la prononciation la plus énergique.

Tout cela a été joué très-longtemps sur le théâtre de Londres en présence de la cour.

Du mérite de Shakspeare. — Il y a une chose plus extraordinaire que tout ce qu'on vient de lire, c'est que Shakspeare est un génie. Les Italiens, les Français, les gens de lettres de tous les autres pays, qui n'ont pas demeuré quelque temps en Angleterre, ne le prennent que pour un Gilles de la foire, pour un farceur très au-dessous d'Arlequin, pour le plus misérable bouffon qui ait jamais amusé la populace. C'est pourtant dans ce même homme qu'on trouve des morceaux qui élèvent l'imagination, et qui pénètrent le cœur. C'est la vérité, c'est la nature elle-même qui parle son propre langage sans aucun mélange de l'art. C'est du sublime, et l'auteur ne l'a point cherché.

Quand, dans la tragédie de la *Mort de César*, Brutus reproche à Cassius les rapines qu'il a laissé exercer par les siens en Asie, il lui dit : « Souviens-toi des ides de Mars; souviens-toi du sang de César. Nous l'avons versé parce qu'il était injuste. Quoi! celui qui porta les premiers coups, celui qui le premier punit César d'avoir favorisé les brigands de la république, souillerait ses mains lui-même par la corruption! »

César, en prenant enfin la résolution d'aller au sénat où il doit être assassiné, parle ainsi : « Les hommes timides meurent mille fois avant leur mort; l'homme courageux n'éprouve la mort qu'une fois. De tout ce qui m'a jamais surpris, rien ne m'étonne plus que la crainte. Puisque la mort est inévitable, qu'elle vienne. »

Brutus, dans la même pièce, après avoir formé la conspiration, dit : « Depuis que j'en parlai à Cassius pour la première fois, le sommeil m'a fui; entre un dessein terrible et le moment de l'exécution, l'intervalle est un songe épouvantable. La mort et le génie tiennent conseil dans l'âme. Elle est bouleversée; son intérieur est le champ d'une guerre civile. »

Il ne faut pas omettre ici ce beau monologue de Hamlet qui est dans la bouche de tout le monde, et qu'on a imité en français avec les ménagements qu'exige la langue d'une nation scrupuleuse à l'excès sur les bienséances.

Demeure, il faut choisir de l'être et du néant.
Ou souffrir ou périr, c'est là ce qui m'attend.
Ciel, qui voyez mon trouble, éclairez mon courage.
Faut-il vieillir courbé sous la main qui m'outrage,
Supporter ou finir mon malheur et mon sort?
Qui suis-je? qui m'arrête? et qu'est-ce que la mort?
C'est la fin de nos maux, c'est mon unique asile;
Après de longs transports, c'est un sommeil tranquille,
On s'endort, et tout meurt. Mais un affreux réveil
Doit succéder peut-être aux douceurs du sommeil.
On nous menace, on dit que cette courte vie

De tourments éternels est aussitôt suivie.
O mort! moment fatal! affreuse éternité,
Tout cœur à ton seul nom se glace épouvanté,
Eh! qui pourrait sans toi supporter cette vie,
De nos prêtres menteurs bénir l'hypocrisie,
D'une indigne maîtresse encenser les erreurs,
Ramper sous un ministre, adorer ses hauteurs,
Et montrer les langueurs de son âme abattue
A des amis ingrats qui détournent la vue?
La mort serait trop douce en ces extrémités;
Mais le scrupule parle, et nous crie : « Arrêtez; »
Il défend à nos mains cet heureux homicide,
Et d'un héros guerrier fait un chrétien timide.

Que peut-on conclure de ce contraste de grandeur et de bassesse, de raisons sublimes et de folies grossières, enfin de tous les contrastes que nous venons de voir dans Shakspeare? qu'il aurait été un poète parfait, s'il avait vécu du temps d'Addison.

D'Addison.—Cet homme célèbre, qui fleurissait sous la reine Anne, est peut-être celui de tous les écrivains anglais qui sut le mieux conduire le génie par le goût. Il avait de la correction dans le style, une imagination sage dans l'expression, de l'élégance, de la force et du naturel dans ses vers et dans sa prose. Ami des bienséances et des règles, il voulait que la tragédie fût écrite avec dignité, et c'est ainsi que son *Caton* est composé.

Ce sont, dès le premier acte, des vers dignes de Virgile, et des sentiments dignes de Caton. Il n'y a point de théâtre en Europe où la scène de Juba et de Syphax ne fût applaudie comme un chef-d'œuvre d'adresse, de caractères bien développés, de beaux contrastes, et d'une diction pure et noble. L'Europe littéraire, qui connaît les traductions de cette pièce, applaudit aux traits philosophiques dont le rôle de Caton est rempli.

Les vers que ce héros de la philosophie et de Rome prononce au cinquième acte, lorsqu'il paraît ayant sur sa table une épée nue, et lisant le *Traité de Platon sur l'immortalité de l'âme*, ont été traduits dès longtemps en français; nous devons les placer ici.

Oui, Platon, tu dis vrai, notre âme est immortelle;
C'est un Dieu qui lui parle, un Dieu qui vit en elle.
Eh! d'où viendrait sans lui ce grand pressentiment,
Ce dégoût des faux biens, cette horreur du néant?
Vers des siècles sans fin je sens que tu m'entraînes;
Du monde et de mes sens je vais briser les chaînes,
Et m'ouvrir, loin d'un corps dans la fange arrêté,
Les portes de la vie et de l'éternité.
L'éternité! quel mot consolant et terrible!
O lumière! ô nuage! ô profondeur horrible!
Que suis-je? où suis-je? où vais-je? et d'où suis-je tiré?

Dans quels climats nouveaux, dans quel monde ignoré
Le moment du trépas va-t-il plonger mon être?
Où sera cet esprit qui ne peut se connaître?
Que me préparez-vous, abîmes ténébreux?
Allons, s'il est un Dieu, Caton doit être heureux.
Il en est un sans doute, et je suis son ouvrage.
Lui-même au cœur du juste il empreint son image.
Il doit venger sa cause et punir les pervers.
Mais comment? dans quel temps? et dans quel univers?
Ici la Vertu pleure, et l'Audace l'opprime;
L'Innocence à genoux y tend la gorge au Crime;
La Fortune y domine, et tout y suit son char.
Ce globe infortuné fut formé par César.
Hâtons-nous de sortir d'une prison funeste.
Je te verrai sans ombre, ô vérité céleste!
Tu te caches de nous dans nos jours de sommeil;
Cette vie est un songe, et la mort un réveil.

La pièce eut le grand succès que méritaient ses beautés de détail,
et que lui assuraient les discordes de l'Angleterre, auxquelles cette
tragédie était en plus d'un endroit une allusion très-frappante. Mais la
conjoncture de ces allusions étant passée, les vers n'étant que beaux,
les maximes n'étant que nobles et justes, et la pièce étant froide, on
n'en sentit plus guère que la froideur. Rien n'est plus beau que le second chant de Virgile; récitez-le sur le théâtre, il ennuiera; il faut
des passions, un dialogue vif, de l'action. On revint bientôt aux irré-
gularités grossières mais attachantes de Shakspeare.

De la bonne tragédie française. — Je laisse là tout ce qui est médiocre; la foule de nos faibles tragédies effraye; il y en a près de cent
volumes : c'est un magasin énorme d'ennui.

Nos bonnes pièces, ou du moins celles qui, sans être bonnes, ont
des scènes excellentes, se réduisent à une vingtaine tout au plus; mais
aussi, j'ose dire que ce petit nombre d'ouvrages admirables est au-dessus de tout ce qu'on a jamais fait en ce genre, sans en excepter Sophocle et Euripide.

C'est une entreprise si difficile d'assembler dans un même lieu des
héros de l'antiquité, de les faire parler en vers français, de ne leur
faire jamais dire que ce qu'ils ont dû dire, de ne les faire entrer et
sortir qu'à propos, de faire verser des larmes pour eux, de leur prêter
un langage enchanteur qui ne soit ni ampoulé ni familier, d'être toujours décent et toujours intéressant, qu'un tel ouvrage est un prodige,
et qu'il faut s'étonner qu'il y ait en France vingt prodiges de cette
espèce.

Parmi ces chefs-d'œuvre, ne faut-il pas donner, sans difficulté, la
préférence à ceux qui parlent au cœur sur ceux qui ne parlent qu'à
l'esprit? Quiconque ne veut qu'exciter l'admiration, peut faire dire :
« Voilà qui est beau; » mais il ne fera point verser de larmes. Quatre
ou cinq scènes bien raisonnées, fortement pensées, majestueusement

écrites, s'attirent une espèce de vénération; mais c'est un sentiment qui passe vite, et qui laisse l'âme tranquille. Ces morceaux sont de la plus grande beauté, et d'un genre même que les anciens ne connurent jamais: ce n'est pas assez, il faut plus que de la beauté. Il faut se rendre maître du cœur par degrés, l'émouvoir, le déchirer, et joindre à cette magie les règles de la poésie, et toutes celles du théâtre, qui sont presque sans nombre.

Voyons quelle pièce nous pourrions proposer à l'Europe, qui réunit tous ces avantages.

Les critiques ne nous permettront pas de donner *Phèdre* comme le modèle le plus parfait, quoique le rôle de Phèdre soit d'un bout à l'autre ce qui a jamais été écrit de plus touchant et de mieux travaillé. Ils me répéteront que le rôle de Thésée est trop faible, qu'Hippolyte est trop Français, qu'Aricie est trop peu tragique, que Théramène est trop condamnable de débiter des maximes d'amour à son pupille; tous ces défauts sont, à la vérité, ornés d'une diction si pure et si touchante, que je ne les trouve plus des défauts quand je lis la pièce: mais tâchons d'en trouver une à laquelle on ne puisse faire aucun juste reproche.

Ne sera-ce point l'*Iphigénie en Aulide*? Dès le premier vers je me sens intéressé et attendri; ma curiosité est excitée par les seuls vers que prononce un simple officier d'Agamemnon, vers harmonieux, vers charmants, tels qu'aucun poète n'en faisait alors.

> À peine un faible jour vous éclaire et me guide;
> Vos yeux seuls et les miens sont ouverts dans l'Aulide.
> Auriez-vous dans les airs entendu quelque bruit?
> Les vents nous auraient-ils exaucés cette nuit?
> Mais tout dort, et l'armée, et les vents, et Neptune.
>   (Acte I, scène I.)

Agamemnon, plongé dans la douleur, ne répond point à Arcas, ne l'entend point; il se dit à lui-même en soupirant:

> Heureux qui, satisfait de son humble fortune,
> Libre du joug superbe où je suis attaché,
> Vit dans l'état obscur où les dieux l'ont caché!
>   (Acte I, scène I.)

Quels sentiments! quels vers heureux! quelle voix de la nature! Je ne puis m'empêcher de m'interrompre un moment pour apprendre aux nations qu'un juge d'Écosse[1], qui a bien voulu donner des règles de poésie et de goût à son pays, déclare dans son chapitre vingt et un, *Des narrations et des descriptions*, qu'il n'aime point ce vers:

> Mais tout dort, et l'armée, et les vents, et Neptune.

S'il avait su que ce vers était imité d'Euripide, il lui aurait peut-être

[1] Henry Home. (Éd.)

fait grâce : mais il aime mieux la réponse du soldat dans la première
scène de *Hamlet* :

Je n'ai pas entendu une souris trotter.

« Voilà qui est naturel, dit-il, c'est ainsi qu'un soldat doit répondre. » Oui, monsieur le juge, dans un corps de garde, mais non pas
dans une tragédie ; sachez que les Français, contre lesquels vous vous
déchaînez, admettent le simple, et non le bas et le grossier. Il faut
être bien sûr de la bonté de son goût avant de le donner pour loi ; je
plains les plaideurs, si vous les jugez comme vous jugez les vers. Quit-
tons vite son audience pour revenir à *Iphigénie*.

Est-il un homme de bon sens, et d'un cœur sensible, qui n'écoute
le récit d'Agamemnon avec un transport mêlé de pitié et de crainte,
qui ne sente les vers de Racine pénétrer jusqu'au fond de son âme ?
L'intérêt, l'inquiétude, l'embarras, augmentent dès la troisième scène,
quand Agamemnon se trouve entre Achille et Ulysse.

La crainte, cette âme de la tragédie, redouble encore à la scène qui
suit. C'est Ulysse qui veut persuader Agamemnon, et immoler Iphigénie à l'intérêt de la Grèce. Ce personnage d'Ulysse est odieux ; mais,
par un art admirable, Racine sait le rendre intéressant.

> Je suis père, seigneur, et faible comme un autre ;
> Mon cœur se met sans peine en la place du vôtre ;
> Et, frémissant du coup qui vous fait soupirer,
> Loin de blâmer vos pleurs, je suis près de pleurer.
>
> (Acte I, scène v.)

Dès ce prem'er acte Iphigénie est condamnée à la mort, Iphigénie
qui se flatte avec tant de raison d'épouser Achille : elle va être sacrifiée
sur le même autel où elle doit donner la main à son amant.

> .... *Nubendi tempore in ipso.*
> ....
> *Tantum relligio potuit suadere malorum!*
>
> (Luca., lib. I, v. 102.)

SECOND ACTE D'IPHIGÉNIE.

C'est avec une adresse bien digne de lui que Racine, au second acte,
fait paraître Ériphile avant qu'on ait vu Iphigénie. Si l'amante aimée
d'Achille s'était montrée la première, on ne pourrait souffrir Ériphile
sa rivale. Ce personnage est absolument nécessaire à la pièce, puisqu'il
en fait le dénoûment ; il en fait même le nœud ; c'est elle qui, sans le
savoir, inspire des soupçons cruels à Clytemnestre, et une juste jalousie à Iphigénie ; et par un art encore plus admirable, l'auteur sait
intéresser pour cette Ériphile elle-même. Elle a toujours été malheureuse, elle ignore ses parents, elle a été prise dans sa patrie mise en
cendres ; un oracle funeste la trouble ; et pour comble de maux, elle a
une passion involontaire pour ce même Achille dont elle est captive.

> Dans les cruelles mains par qui je fus ravie,
> Je demeurai longtemps sans lumière et sans vie.

Enfin mes tristes yeux cherchèrent la clarté;
Et, me voyant presser d'un bras ensanglanté,
Je frémissais, Doris, et d'un vainqueur sauvage
Craignais[1] de rencontrer l'effroyable visage.
J'entrai dans son vaisseau, détestant sa fureur,
Et toujours détournant ma vue avec horreur,
Je le vis : son aspect n'avait rien de farouche;
Je sentis le reproche expirer dans ma bouche,
Je sentis contre moi mon cœur se déclarer,
J'oubliai ma colère, et ne sus que pleurer.

(Acte II, scène I.)

Il le faut avouer, on ne faisait point de tels vers avant Racine; non-seulement personne ne savait la route du cœur, mais presque personne ne savait les finesses de la versification, cet art de rompre la mesure :

Je le vis : son aspect n'avait rien de farouche.

Personne ne connaissait cet heureux mélange de syllabes longues et brèves, et de consonnes suivies de voyelles qui font couler un vers avec tant de mollesse, et qui le font entrer dans une oreille sensible et juste avec tant de plaisir.

Quel tendre et prodigieux effet cause ensuite l'arrivée d'Iphigénie ! Elle vole après son père aux yeux d'Ériphile même, de son père qui a pris enfin la résolution de la sacrifier; chaque mot de cette scène tourne le poignard dans le cœur. Iphigénie ne dit pas des choses outrées, comme dans Euripide, *je voudrais être folle* (ou faire la *folie*) *pour vous égayer, pour vous plaire*. Tout est noble dans la pièce française, mais d'une simplicité attendrissante; et la scène finit par ces mots terribles : *Vous y serez, ma fille.* Sentence de mort après laquelle il ne faut plus rien dire.

On prétend que ce mot déchirant est dans Euripide, on le répète sans cesse. Non, il n'y est pas. Il faut se défaire enfin, dans un siècle tel que le nôtre, de cette maligne opiniâtreté à faire valoir toujours le théâtre ancien des Grecs aux dépens du théâtre français. Voici ce qui est dans Euripide.

IPHIGÉNIE. — Mon père, me ferez-vous habiter dans un autre séjour? (Ce qui veut dire, me marierez-vous ailleurs ?)

AGAMEMNON. — Laissez cela; il ne convient pas à une fille de savoir ces choses.

IPHIGÉNIE. — Mon père, revenez au plus tôt après avoir achevé votre entreprise.

AGAMEMNON. — Il faut auparavant que je fasse un sacrifice.

IPHIGÉNIE. — Mais c'est un soin dont les prêtres doivent se charger.

---

1. Des puristes ont prétendu qu'il fallait *je craignais*; ils ignorent les heureuses libertés de la poésie; ce qui est une négligence en prose, est très-souvent une beauté en vers. Racine s'exprime avec une élégance exacte, qu'il ne sacrifie jamais à la chaleur du style.

AGAMEMNON. — Vous le saurez, puisque vous serez tout auprès, au lavoir.

IPHIGÉNIE. — Ferons-nous, mon père, un chœur autour de l'autel ?

AGAMEMNON. — Je te crois plus heureuse que moi; mais à présent cela ne t'importe pas; donne-moi un baiser triste et ta main, puisque tu dois être si longtemps absente de ton père. O quelle gorge ! quelles joues ! quels blonds cheveux ! que de douleur la ville des Phrygiens et Hélène me causent ! je ne veux plus parler, car je pleure trop en t'embrassant. Et vous, fille de Léda, excusez-moi si l'amour paternel m'attendrit trop, quand je dois donner ma fille à Achille.

Ensuite Agamemnon instruit Clytemnestre de la généalogie d'Achille, et Clytemnestre lui demande si les noces de Pélée et de Thétis se firent au fond de la mer.

Brumoy a déguisé autant qu'il l'a pu ce dialogue, comme il a falsifié presque toutes les pièces qu'il a traduites; mais rendons justice à la vérité, et jugeons si ce morceau d'Euripide approche de celui de Racine.

Verra-t-on à l'autel votre heureuse famille ?

AGAMEMNON.

Hélas !

IPHIGÉNIE.

Vous vous taisez !

AGAMEMNON.

Vous y serez, ma fille.

(Acte II, scène II.)

Comment se peut-il faire qu'après cet arrêt de mort, qu'Iphigénie ne comprend point, mais que le spectateur entend avec tant d'émotion, il y ait encore des scènes touchantes dans le même acte, et même des coups de théâtre frappants ? C'est là, selon moi, qu'est le comble de la perfection.

ACTE TROISIÈME.

Après des incidents naturels bien préparés, et qui tous concourent à redoubler le nœud de la pièce, Clytemnestre, Iphigénie, Achille, attendent dans la joie le moment du mariage; Eriphile est présente, et le contraste de sa douleur avec l'allégresse de la mère et des deux amants, ajoute à la beauté de la situation. Arcas paraît de la part d'Agamemnon; il vient dire que tout est prêt pour célébrer ce mariage fortuné. Mais quel coup ! quel moment épouvantable !

Il l'attend à l'autel... pour la sacrifier.

(Acte III, scène V.)

Achille, Clytemnestre, Iphigénie, Eriphile, expriment alors en un seul vers tous leurs sentiments différents, et Clytemnestre tombe aux genoux d'Achille.

.... Oubliez une gloire importune,
Ce triste abaissement convient à ma fortune.

C'est vous que nous cherchions sur ce funeste bord;
Et votre nom, seigneur, le conduit à la mort.
Ira-t-elle, des dieux implorant la justice,
Embrasser leurs autels parés pour son supplice?
Elle n'a que vous seul. Vous êtes en ces lieux
Son père, son époux, son asile, ses dieux.
(Acte III, scène v.)

O véritable tragédie! beauté de tous les temps et de toutes les nations! Malheur aux barbares qui ne sentiraient pas jusqu'au fond du cœur ce prodigieux mérite!

Je sais que l'idée de cette situation est dans Euripide; mais elle y est comme le marbre dans la carrière, et c'est Racine qui a construit le palais.

Une chose assez extraordinaire, mais bien digne des commentateurs, toujours un peu ennemis de leur patrie, c'est que le jésuite Brumoy, dans son *Discours sur le théâtre des Grecs*, fait cette critique[1] : « Supposons qu'Euripide vînt de l'autre monde, et qu'il assistât à la représentation de l'*Iphigénie* de M. Racine, ne serait-il point révolté de voir Clytemnestre aux pieds d'Achille qui la relève, et de mille autres choses, soit par rapport à nos usages qui nous paraissent plus polis que ceux de l'antiquité, soit par rapport aux bienséances? » etc. »

Remarquez, lecteurs, avec attention, que Clytemnestre se jette aux genoux d'Achille dans Euripide, et que même il n'est point dit qu'Achille la relève.

À l'égard de *mille autres choses par rapport à nos usages*, Euripide se serait conformé aux usages de la France, et Racine à ceux de la Grèce.

Après cela, fiez-vous à l'intelligence et à la justice des commentateurs.

ACTE QUATRIÈME.

Comme dans cette tragédie l'intérêt s'échauffe toujours de scène en scène, que tout y marche de perfections en perfections, la grande scène entre Agamemnon, Clytemnestre et Iphigénie, est encore supérieure à tout ce que nous avons vu. Rien ne fait jamais, au théâtre, un plus grand effet que des personnages qui renferment d'abord leur douleur dans le fond de leur âme, et qui laissent ensuite éclater tous les sentiments qui les déchirent; on est partagé entre la pitié et l'horreur: c'est d'un côté Agamemnon, accablé lui-même de tristesse, qui vient demander sa fille pour la mener à l'autel, sous prétexte de la remettre au héros à qui elle est promise. C'est Clytemnestre qui lui répond d'une voix entrecoupée :

S'il faut partir, ma fille est toute prête :
Mais vous, n'avez-vous rien, seigneur, qui vous arrête?

1. Page 11 de l'édition in-4°.

AGAMEMNON.

Moi, madame?

CLYTEMNESTRE.

Vos soins ont-ils tout préparé?

AGAMEMNON.

Calchas est prêt, madame, et l'autel est paré;
J'ai fait ce que m'ordonne un devoir légitime.

CLYTEMNESTRE.

Vous ne me parlez point, seigneur, de la victime.

(Acte IV, scène III.)

Ces mots, *Vous ne me parlez point de la victime*, ne sont pas assurément dans Euripide. On sait de quel sublime est le reste de la scène, non pas de ce sublime de déclamation, non pas de ce sublime de pensées recherchées ou d'expressions gigantesques, mais de ce qu'une mère au désespoir a de plus pénétrant et de plus terrible, de ce qu'une jeune princesse qui sent tout son malheur a de plus touchant et de plus noble; après quoi Achille dans une autre scène déploie la fierté, l'indignation, les menaces d'un héros irrité, sans qu'Agamemnon perde rien de sa dignité; et c'était là le plus difficile.

Jamais Achille n'a été plus Achille que dans cette tragédie. Les étrangers ne pourront pas dire de lui ce qu'ils disent d'Hippolyte, de Xipharès, d'Antiochus, roi de Comagène, de Bajazet même; ils les appellent monsieur Bajazet, monsieur Antiochus, monsieur Xipharès, monsieur Hippolyte; et, je l'avoue, ils n'ont pas tort. Cette faiblesse de Racine est un tribut qu'il a payé aux mœurs de son temps, à la galanterie de la cour de Louis XIV, au goût des romans qui avaient infecté la nation, aux exemples même de Corneille, qui ne composa jamais une tragédie sans y mettre de l'amour, et qui fit de cette passion le principal ressort de la tragédie de *Polyeucte*, confesseur et martyr, et de celle d'*Attila*, roi des Huns, et de sainte Théodore qu'on prostitue.

Ce n'est que depuis peu d'années qu'on a osé en France produire des tragédies profanes sans galanterie. La nation était si accoutumée à cette fadeur, qu'au commencement du siècle où nous sommes, on reçut avec applaudissement une *Électre* amoureuse, et une partie carrée de deux amants et de deux maîtresses dans le sujet le plus terrible de l'antiquité, tandis qu'on sifflait l'*Électre* de Longepierre, non-seulement parce qu'il y avait des déclamations à l'antique, mais parce qu'on n'y parlait point d'amour.

Du temps de Racine, et jusqu'à nos derniers temps, les personnages essentiels au théâtre étaient l'amoureux et l'amoureuse, comme à la foire *Arlequin* et *Colombine*. Un acteur était reçu pour jouer tous les amoureux.

Achille aime Iphigénie, et il le doit; il la regarde comme sa femme; mais il est beaucoup plus fier, plus violent qu'il n'est tendre; il aime comme Achille doit aimer, et il parle comme Homère l'aurait fait parler s'il avait été Français.

ACTE CINQUIÈME.

M. Luneau de Boisjermain, qui a fait une édition de Racine avec des commentaires, voudrait que la catastrophe d'*Iphigénie* fût en action sur le théâtre. « Nous n'avons, dit-il, qu'un regret à former, c'est que Racine n'ait point composé sa pièce dans un temps où le théâtre fût, comme aujourd'hui, dégagé de la foule des spectateurs qui inondaient autrefois le lieu de la scène; ce poëte n'aurait pas manqué de mettre en action la catastrophe qu'il n'a mise qu'en récit. On eût vu d'un côté un père consterné, une mère éperdue, vingt rois en suspens, l'autel, le bûcher, le prêtre, le couteau, la victime; et quelle victime! de l'autre, Achille menaçant, l'armée *en émeute*, le sang de toutes parts prêt à couler; Ériphile alors serait survenue; Chalcas l'aurait désignée pour l'unique objet de la colère céleste; et cette princesse, s'emparant du couteau sacré, aurait expiré bientôt sous les coups qu'elle se serait *portés*. »

Cette idée paraît plausible au premier coup d'œil. C'est en effet le sujet d'un très-beau tableau, parce que dans un tableau on ne peint qu'un instant; mais il serait bien difficile que, sur le théâtre, cette action, qui doit durer quelques moments, ne devînt froide et ridicule. Il m'a toujours paru évident que le violent Achille l'épée nue et ne se battant point, vingt héros dans la même attitude comme des personnages de tapisserie, Agamemnon, roi des rois, n'imposant à personne, immobile dans le tumulte, formeraient un spectacle assez semblable au cercle de la reine en cire colorée par Benoît.

...... Il est des objets que l'art judicieux
Doit offrir à l'oreille, et reculer des yeux.
(Boileau, III, 53-4.)

Il y a bien plus; la mort d'Ériphile glacerait les spectateurs au lieu de les émouvoir. S'il est permis de répandre du sang sur le théâtre (ce que j'ai quelque peine à croire), il ne faut tuer que les personnages auxquels on s'intéresse. C'est alors que le cœur du spectateur est véritablement ému, il vole au-devant du coup qu'on va porter, il saigne de la blessure; on se plaît avec douleur à voir tomber Zaïre sous le poignard d'Orosmane dont elle est idolâtrée. Tuez, si vous voulez, ce que vous aimez; mais ne tuez jamais une personne indifférente; le public sera très-indifférent à cette mort: on n'aime point du tout Ériphile. Racine l'a rendue supportable jusqu'au quatrième acte; mais dès qu'Iphigénie est en péril de mort, Ériphile est oubliée, et bientôt haïe: elle ne ferait pas plus d'effet que la biche de Diane.

« On m'a mandé depuis peu qu'on avait essayé à Paris le spectacle que M. Luneau de Boisjermain avait proposé, et qu'il n'a point réussi. Il faut savoir qu'un récit écrit par Racine est supérieur à toutes les actions théâtrales.

D'Athalie. — Je commencerai par dire d'*Athalie* que c'est là que la catastrophe est admirablement en action, c'est là que se fait la reconnaissance la plus intéressante; chaque acteur y joue un grand rôle.

On ne tue point Athalie sur le théâtre; le fils des rois est sauvé, et est reconnu roi: tout ce spectacle transporte les spectateurs.

Je ferais ici l'éloge de cette pièce, le chef-d'œuvre de l'esprit humain, si tous les gens de goût de l'Europe ne s'accordaient pas à lui donner la préférence sur presque toutes les autres pièces. On peut condamner le caractère et l'action du grand prêtre Joad; sa conspiration, son fanatisme, peuvent être d'un très-mauvais exemple; aucun souverain, depuis le Japon jusqu'à Naples, ne voudrait d'un tel pontife; il est factieux, insolent, enthousiaste, inflexible, sanguinaire; il trompe indignement sa reine; il fait égorger par des prêtres cette femme âgée de quatre-vingts ans, qui n'en voulait certainément pas à la vie du jeune Joas, *qu'elle voulait élever comme son propre fils* [1]. J'avoue qu'en réfléchissant sur cet événement, on peut détester la personne du pontife; mais on admire l'auteur, on s'assujettit sans peine à toutes les idées qu'il présente, où il pense, on ne sent que d'après lui. Son sujet, d'ailleurs respectable, ne permet pas les critiques qu'on pourrait faire si c'était un sujet d'invention. Le spectateur suppose avec Racine que Joad est en droit de faire tout ce qu'il fait; et ce principe une fois posé, on convient que la pièce est ce que nous avons de plus parfaitement conduit, de plus simple, et de plus sublime. Ce qui ajoute encore au mérite de cet ouvrage, c'est que de tous les sujets, c'était le plus difficile à traiter.

On a imprimé avec quelque fondement que Racine avait imité dans cette pièce plusieurs endroits de la tragédie de *la Ligue* faite par le conseiller d'État Matthieu, historiographe de France sous Henri IV, écrivain qui ne faisait pas mal des vers pour son temps. Constance dit dans la tragédie de Matthieu:

Je redoute mon Dieu, c'est lui seul que je crains.
. . . .
On n'est point délaissé quand on a Dieu pour père.
Il ouvre à tous la main, il nourrit les corbeaux;
Il donne la pâture aux jeunes passereaux,
Aux bêtes des forêts, des prés et des montagnes:
Tout vit de sa bonté.

Racine dit:

Je crains Dieu, cher Abner, et n'ai point d'autre crainte.
                    (*Athalie*, acte I, scène I.)
Dieu laissa-t-il jamais ses enfants au besoin?
Aux petits des oiseaux il donne leur pâture,
Et sa bonté s'étend sur toute la nature.
                    (Acte II, scène VII.)

Le plagiat paraît sensible, et cependant ce n'en est point un; rien n'est plus naturel que d'avoir les mêmes idées sur le même sujet. D'ailleurs Racine et Matthieu ne sont pas les premiers qui aient ex-

1. *Athalie*, II, VII. (ÉD.)

primé des pensées dont on trouve le fond dans plusieurs endroits de l'Écriture.

Des chefs-d'œuvre tragiques français. — Qu'oserait-on placer parmi ces chefs-d'œuvre reconnus pour tels en France et dans les autres pays, après *Iphigénie* et *Athalie?* Nous mettrions une grande partie de *Cinna*, les scènes supérieures des *Horaces*, du *Cid*, de *Pompée*, de *Polyeucte;* la fin de *Rodogune;* le rôle parfait et inimitable de *Phèdre*, qui l'emporte sur tous les rôles; celui d'Acomat, aussi beau en son genre; les quatre premiers actes de *Britannicus; Andromaque* tout entière, à une scène près de pure coquetterie; les rôles tout entiers de Roxane et de Monime, admirables l'un et l'autre dans des genres tout opposés; des morceaux vraiment tragiques dans quelques autres pièces; mais après vingt bonnes tragédies, sur plus de quatre mille, qu'avons-nous? rien. Tant mieux. Nous l'avons dit ailleurs: Il faut que le beau soit rare, sans quoi il cesserait d'être beau.

Comédie. — En parlant de la tragédie, je n'ai point osé donner de règles; il y a plus de bonnes dissertations que de bonnes pièces; et si un jeune homme qui a du génie veut connaître les règles importantes de cet art, il lui suffira de lire ce que Boileau en dit dans son *Art poétique*, et d'en être bien pénétré: j'en dis autant de la comédie.

J'écarte la théorie, et je n'irai guère au delà de l'historique. Je demanderai seulement pourquoi les Grecs et les Romains firent toutes leurs comédies en vers, et pourquoi les modernes ne les font souvent qu'en prose. N'est-ce point que l'un est beaucoup plus aisé que l'autre, et que les hommes en tout genre veulent réussir sans beaucoup de travail? Fénelon fit son *Télémaque* en prose parce qu'il ne pouvait le faire en vers.

L'abbé d'Aubignac, qui, comme prédicateur du roi, se croyait l'homme le plus éloquent du royaume, et qui, pour avoir lu la *Poétique* d'Aristote, pensait être le maître de Corneille, fit une tragédie en prose, dont la représentation ne put être achevée, et que jamais personne n'a lue.

La Motte, s'étant laissé persuader que son esprit était infiniment au-dessus de son talent pour la poésie, demanda pardon au public de s'être abaissé jusqu'à faire des vers. Il donna une ode en prose, et une tragédie en prose; et on se moqua de lui. Il n'en a pas été de même de la comédie; Molière avait écrit son *Avare* en prose pour le mettre ensuite en vers; mais il parut si bon, que les comédiens voulurent le jouer tel qu'il était, et que personne n'osa depuis y toucher.

Au contraire, le *Convive de Pierre*, qu'on a si mal à propos appelé le *Festin de Pierre*, fut versifié après la mort de Molière par Thomas Corneille, et est toujours joué de cette façon.

Je pense que personne ne s'avisera de versifier le *George Dandin*. La diction en est si naïve, si plaisante, tant de traits de cette pièce sont devenus proverbes, qu'il semble qu'on les gâterait si on voulait les mettre en vers.

Ce n'est pas peut-être une idée fausse de penser qu'il y a des plaisanteries de prose, et des plaisanteries de vers. Tel bon conte, dans la conversation, deviendrait insipide s'il était rimé; et tel autre ne réussira bien qu'en rimes. Je pense que M. et Mme de Sottenville, et Mme la comtesse d'Escarbagnas, ne seraient point si plaisants s'ils rimaient. Mais dans les grandes pièces remplies de portraits, de maximes, de récits, et dont les personnages ont des caractères fortement dessinés, telles que le *Misanthrope*, le *Tartufe*, l'*École des femmes*, celle *des maris*, les *Femmes savantes*, le *Joueur*, les vers me paraissent absolument nécessaires; et j'ai toujours été de l'avis de Michel Montaigne[1], qui dit que « la sentence, pressée aux pieds nombreux de la poésie, s'élance bien plus brusquement, et me fiert d'une plus vive secousse. »

Ne répétons point ici ce qu'on a tant dit de Molière; on sait assez que dans ses bonnes pièces il est au-dessus des comiques de toutes les nations anciennes et modernes. Despréaux a dit (Épître VII, 33-38):

Mais sitôt que d'un trait de ses fatales mains
La Parque l'eut rayé du nombre des humains,
On reconnut le prix de sa muse éclipsée.
L'aimable Comédie, avec lui terrassée,
En vain d'un coup si rude espéra revenir,
Et sur ses brodequins ne put plus se tenir.

Put plus est un peu rude à l'oreille; mais Boileau avait raison.

Depuis 1673, année dans laquelle la France perdit Molière, on ne vit pas une seule pièce supportable jusqu'au *Joueur* du trésorier de France Regnard, qui fut joué en 1697; et il faut avouer qu'il n'y a eu que lui seul, après Molière, qui ait fait de bonnes comédies en vers. La seule pièce de caractère qu'on ait eue depuis lui a été le *Glorieux* de Destouches, dans laquelle tous les personnages ont été généralement applaudis, excepté malheureusement celui du *Glorieux* qui est le sujet de la pièce.

Rien n'étant si difficile que de faire rire les honnêtes gens, on se réduisit enfin à donner des comédies romanesques qui étaient moins la peinture fidèle des ridicules, que des essais de tragédies bourgeoises; ce fut une espèce bâtarde qui, n'étant ni comique ni tragique, manifestait l'impuissance de faire des tragédies et des comédies. Cette espèce cependant avait un mérite, celui d'intéresser; et, dès qu'on intéresse, on est sûr du succès. Quelques auteurs joignirent aux talents que ce genre exige, celui de semer leurs pièces de vers heureux. Voici comme ce genre s'introduisit.

Quelques personnes s'amusaient à jouer dans un château de petites comédies qui tenaient de ces farces qu'on appelle *parades*; on en fit une en l'année 1732, dont le principal personnage était le fils d'un négociant de Bordeaux, très-bon homme, et marin fort grossier, lequel

1. *Essais*, I, XXV. (ÉD.)

croyant avoir perdu sa femme et son fils, venait se remarier à Paris, après un long voyage dans l'Inde.

Sa femme était une impertinente qui était venue faire la grande dame dans la capitale, manger une grande partie du bien acquis par son mari, et marier son fils à une demoiselle de condition. Le fils, beaucoup plus impertinent que la mère, se donnait des airs de seigneur; et son plus grand air était de mépriser beaucoup sa femme, laquelle était un modèle de vertu et de raison. Cette jeune femme l'accablait de bons procédés sans se plaindre, payait ses dettes secrètement quand il avait joué et perdu sur sa parole, et lui faisait tenir de petits présents très-galants sous des noms supposés. Cette conduite rendait notre jeune homme encore plus fat; le marin revenait à la fin de la pièce, et mettait ordre à tout.

Une actrice de Paris, fille de beaucoup d'esprit, nommée Mlle Quinault, ayant vu cette farce, conçut qu'on en pourrait faire une comédie très-intéressante, et d'un genre tout nouveau pour les Français, en exposant sur le théâtre le contraste d'un jeune homme qui croirait en effet que c'est un ridicule d'aimer sa femme, et une épouse respectable qui forcerait enfin son mari à l'aimer publiquement. Elle pressa l'auteur d'en faire une pièce régulière, noblement écrite; mais ayant été refusée, elle demanda permission de donner ce sujet à M. de La Chaussée, jeune homme qui faisait fort bien des vers, et qui avait de la correction dans le style. Ce fut ce qui valut au public le *Préjugé à la mode.* (En 1735.)

Cette pièce était bien froide après celles de Molière et de Regnard; elle ressemblait à un homme un peu pesant qui danse avec plus de justesse que de grâce. L'auteur voulut mêler la plaisanterie aux beaux sentiments; il introduisit deux marquis qu'il crut comiques, et qui ne furent que forcés et insipides. L'un dit à l'autre :

Si la même maîtresse est l'objet de nos vœux,
L'embarras de choisir la rendra trop perplexe.
Ma foi, marquis, il faut avoir pitié du sexe.
(*Le Préjugé à la mode*, acte III, scène v.)

Ce n'est pas ainsi que Molière fait parler ses personnages. Dès lors le comique fut banni de la comédie. On y substitua le pathétique; on disait que c'était par bon goût, mais c'était par stérilité.

Ce n'est pas que deux ou trois scènes pathétiques ne puissent faire un très-bon effet. Il y en a des exemples dans Térence; il y en a dans Molière; mais il faut après cela revenir à la peinture naïve et plaisante des mœurs.

On ne travaille dans le goût de la comédie larmoyante que parce que ce genre est plus aisé; mais cette facilité même le dégrade : en un mot, les Français ne savent plus rire.

Quand la comédie fut ainsi défigurée, la tragédie le fut aussi : on donna des pièces barbares, et le théâtre tomba; mais il peut se relever.

De l'Opéra. — C'est à deux cardinaux que la tragédie et l'opéra doivent leur établissement en France : car ce fut sous Richelieu que Corneille fit son apprentissage, parmi les cinq auteurs que ce ministre faisait travailler, comme des commis, aux drames dont il formait le plan, et où il glissait souvent nombre de très-mauvais vers de sa façon, et ce fut lui encore qui, ayant persécuté *le Cid*, eut le bonheur d'inspirer à Corneille ce noble dépit et cette généreuse opiniâtreté qui lui fit composer les admirables scènes des *Horaces* et de *Cinna*.

Le cardinal Mazarin fit connaître aux Français l'opéra, qui ne fut d'abord que ridicule, quoique le ministre n'y travaillât point.

Ce fut en 1647 qu'il fit venir pour la première fois une troupe entière de musiciens italiens, des décorations et un orchestre : on représenta au Louvre la tragi-comédie d'*Orphée* en vers italiens et en musique : ce spectacle ennuya tout Paris. Très-peu de gens entendaient l'italien ; presque personne ne savait la musique, et tout le monde haïssait le cardinal : cette fête, qui coûta beaucoup d'argent, fut sifflée ; et bientôt après les plaisants de ce temps-là « firent le grand ballet et le branle de la fuite de Mazarin, dansé sur le théâtre de la France par lui-même et ses adhérents. » Voilà toute la récompense qu'il eut d'avoir voulu plaire à la nation.

Avant lui on avait eu des ballets en France dès le commencement du XVIᵉ siècle ; et dans ces ballets il y avait toujours eu quelque musique d'une ou deux voix, quelquefois accompagnées de chœurs qui n'étaient guère autre chose qu'un plain-chant grégorien. Les filles d'Achéloüs, les sirènes, avaient chanté en 1582 aux noces du duc de Joyeuse ; mais c'étaient d'étranges sirènes.

Le cardinal de Mazarin ne se rebuta pas du mauvais succès de son opéra italien ; et lorsqu'il fut tout-puissant, il fit revenir ses musiciens italiens qui chantèrent *le Nozze di Peleo e di Tetide* en trois actes, en 1654. Louis XIV y dansa ; la nation fut charmée de voir son roi, jeune, d'une taille majestueuse et d'une figure aussi aimable que noble, danser dans sa capitale après en avoir été chassé ; mais l'opéra du cardinal n'ennuya pas moins Paris pour la seconde fois.

Mazarin persista ; il fit venir en 1660 le signor Cavalli, qui donna dans la grande galerie du Louvre l'opéra de *Xercès* en cinq actes : les Français bâillèrent plus que jamais, et se crurent délivrés de l'opéra italien par la mort de Mazarin, qui donna lieu en 1661 à mille épitaphes ridicules, et à presque autant de chansons qu'on en avait fait contre lui pendant sa vie.

Cependant les Français voulaient aussi dès ce temps-là même avoir un opéra dans leur langue, quoiqu'il n'y eût pas un seul homme dans le pays qui sût faire un trio, ou jouer passablement du violon ; et dès l'année 1659, un abbé Perrin, qui croyait faire des vers, et un Cambert, intendant de douze violons de la reine mère, qu'on appelait *la musique de France*, firent chanter dans le village d'Issy une pastorale qui, en fait d'ennui, l'emportait sur les *Hercole amante*, et sur les *Nozze di Peleo*.

En 1669, le même abbé Perrin et le même Cambert s'associèrent avec un marquis de Sourdeac, grand machiniste qui n'était pas absolument fou, mais dont la raison était très-particulière, et qui se ruina dans cette entreprise. Les commencements en parurent heureux; on joua d'abord *Pomone*, dans laquelle il était beaucoup parlé de pommes et d'artichauts.

On représenta ensuite *les Peines et les Plaisirs de l'Amour*; et enfin Lulli, violon de Mademoiselle, devenu surintendant de la musique du roi, s'empara du jeu de paume qui avait ruiné le marquis de Sourdeac. L'abbé Perrin, incurable, se consola dans Paris à faire des élégies et des sonnets, et même à traduire l'*Énéide* de Virgile en vers qu'il disait héroïques. Voici comme il traduit, par exemple, ces deux vers du cinquième livre de l'*Énéide* (v. 480)

    Arduus, effractoque illisit in ossa cerebro;
    Sternitur, exanimisque tremens procumbit humi bos.

    Dans ses os fracassés enfonce son étui,
    Et tout tremblant, et mort, en bas tombe le bœuf.

On trouve son nom souvent dans les *Satires* de Boileau, qui avait grand tort de l'accabler : car il ne faut se moquer ni de ceux qui font du bon, ni de ceux qui font du très-mauvais, mais de ceux qui, étant médiocres, se croient des génies et font les importants.

Pour Cambert, il quitta la France de dépit, et alla faire exécuter sa détestable musique chez les Anglais, qui la trouvèrent excellente.

Lulli, qu'on appela bientôt *monsieur de Lulli*, s'associa très-habilement avec Quinault, dont il sentait tout le mérite, et qu'on n'appela jamais *monsieur de Quinault*. Il donna dans son jeu de paume de Bélair, en 1672, *les Fêtes de l'Amour et de Bacchus*, composées par ce poète aimable; mais ni les vers ni la musique ne furent dignes de la réputation qu'ils acquirent depuis; les connaisseurs seulement estimèrent beaucoup une traduction de l'ode charmante d'Horace (liv. II, ode IX)

    Donec gratus eram tibi,
    Nec quisquam potior brachia candidæ
    Cervici juvenis dabat,
    Persarum vigui rege beatior.

Cette ode en effet est très-gracieusement rendue en français; mais la musique en est un peu languissante.

Il y eut des bouffonneries dans cet opéra, ainsi que dans *Cadmus* et dans *Alceste*. Ce mauvais goût régnait alors à la cour dans les ballets, et les opéras italiens étaient remplis d'arlequinades. Quinault ne dédaigna pas de s'abaisser jusqu'à ces platitudes

    Tu fais la grimace en pleurant,
    Je ne puis m'empêcher de rire.

    Ah! vraiment, je vous trouve bonne;
    Est-ce à vous, petite mignonne,

De reprendre ce que je dis?

Nos pauvres compagnons, hélas!
Le dragon n'en a fait qu'un fort léger repas.

Le dragon étendu ne fait-il point le mort?

Mais dans ces deux opéras d'*Alceste* et de *Cadmus*, Quinault sut insérer des morceaux admirables de poésie. Lulli sut un peu les rendre en accommodant son génie à celui de la langue française; et comme il était d'ailleurs très-plaisant, très-débauché, adroit, intéressé, bon courtisan, et par conséquent aimé des grands, et que Quinault n'était que doux et modeste, il tira toute la gloire à lui. Il fit accroire que Quinault était son garçon poëte, qu'il dirigeait, et qui sans lui ne serait connu que par les *Satires* de Boileau. Quinault, avec tout son mérite, resta donc en proie aux injures de Boileau, et à la protection de Lulli.

Cependant rien n'est plus beau, ni même plus sublime, que ce chœur des suivants de Pluton dans *Alceste* (Acte IV, scène III):

Tout mortel doit ici paraître.
On ne peut naître
Que pour mourir.
De cent maux le trépas délivre:
Qui cherche à vivre,
Cherche à souffrir....

Est-on sage
De fuir ce passage?
C'est un orage
Qui mène au port....
Plaintes, cris, larmes,
Tout est sans armes
Contre la mort.

Le discours que tient Hercule à Pluton paraît digne de la grandeur du sujet (Acte IV, scène V):

Si c'est te faire outrage
D'entrer par force dans ta cour,
Pardonne à mon courage,
Et fais grâce à l'amour.

La charmante tragédie d'*Atys*, les beautés, ou nobles, ou délicates, ou naïves, répandues dans les pièces suivantes, auraient dû mettre le comble à la gloire de Quinault, et ne firent qu'augmenter celle de Lulli, qui fut regardé comme le dieu de la musique. Il avait en effet le

1. Ces vers sont de l'opéra de *Cadmus*, acte II, sc. I et III; acte III, sc. III et IV. (ÉD.)

rare talent de la déclamation : il sentit de bonne heure que la langue française étant la seule qui eût l'avantage des rimes féminines et masculines, il fallait la déclamer en musique différemment de l'italien. Lulli inventa le seul récitatif qui convînt à la nation, et ce récitatif ne pouvait avoir d'autre mérite que celui de rendre fidèlement les paroles. Il fallait encore des acteurs, il s'en forma; c'était Quinault qui souvent les exerçait, et leur donnait l'esprit du rôle et l'âme du chant. Boileau (Satire X, 141-42) dit que les vers de Quinault étaient des

Lieux communs de morale lubrique
Que Lulli réchauffa des sons de sa musique.

C'était au contraire Quinault qui réchauffait Lulli. Le récitatif ne peut être bon qu'autant que les vers le sont : cela est si vrai qu'à peine, depuis le temps de ces deux hommes faits l'un pour l'autre, y eut-il à l'Opéra cinq ou six scènes de récitatif tolérables.

Les ariettes de Lulli furent très-faibles; c'étaient des *barcarolles* de Venise. Il fallait, pour ces petits airs, des chansonnettes d'amour aussi molles que les notes. Lulli composait d'abord les airs de tous ces divertissements; le poète y assujettissait les paroles. Lulli forçait Quinault d'être insipide; mais les morceaux vraiment poétiques de Quinault n'étaient certainement pas des « lieux communs de morale lubrique. » Y a-t-il beaucoup d'odes de Pindare plus fières et plus harmonieuses que ce couplet de l'opéra de *Proserpine?* (Acte I, scène 1) :

Les superbes géants, armés contre les dieux,
Ne nous donnent plus d'épouvante;
Ils sont ensevelis sous la masse pesante
Des monts qu'ils entassaient pour attaquer les cieux.
Nous avons vu tomber leur chef audacieux
Sous une montagne brûlante :
Jupiter l'a contraint de vomir à nos yeux
Les restes enflammés de sa rage mourante;
Jupiter est victorieux,
Et tout cède à l'effort de sa main foudroyante.
Goûtons dans ces aimables lieux
Les douceurs d'une paix charmante.

L'avocat Brossette a beau dire, l'ode sur la prise de Namur, « avec ses monceaux de piques, de corps morts, de rocs, de briques, » est aussi mauvaise que ces vers de Quinault sont bien faits. Le sévère auteur de l'*Art poétique*, si supérieur dans son seul genre, devait être plus juste envers un homme supérieur aussi dans le sien; homme d'ailleurs aimable dans la société, homme qui n'offensa jamais personne, et qui humilia Boileau en ne lui répondant point.

Enfin, le quatrième acte de *Roland* et toute la tragédie d'*Armide* furent des chefs-d'œuvre de la part du poète; et le récitatif du musicien sembla même en approcher. Ce fut pour l'Arioste et pour le Tasse, dont ces deux opéras sont tirés, le plus bel hommage qu'on leur ait jamais rendu.

Du récitatif de Lulli. — Il faut savoir que cette mélodie était alors à peu près celle de l'Italie. Les amateurs ont encore quelques motets de Carissimi qui sont précisément dans ce goût. Telle est cette espèce de cantate latine qui fut, si je ne me trompe, composée par le cardinal Delphini :

> *Sunt breves mundi rosæ,*
> *Sunt fugitivi flores ;*
> *Frondes celuti annosæ,*
> *Sunt labiles honores.*
> *Velocissimo cursu*
>   *Fluunt anni ;*
> *Sicut celeres venti,*
> *Sicut sagittæ rapidæ,*
> *Fugiunt, evolant, evanescunt.*
> *Nil durat æternum sub cælo.*
> *Rapit omnia rigida sors ;*
> *Implacabili, funesto telo*
> *Ferit omnia livida mors.*
> *Est sola in cælo quies,*
> *Jucunditas sincera,*
>   *Voluptas pura,*
> *Et sine nube dies,* etc.

Beaumavielle chantait souvent ce motet, et je l'ai entendu plus d'une fois dans la bouche de Thévenard[1] : rien ne me semblait plus conforme à certains morceaux de Lulli. Cette mélodie demande de l'âme, il faut des acteurs, et aujourd'hui il ne faut que des chanteurs ; le vrai récitatif est une déclamation notée, mais on ne note pas l'action et le sentiment.

Si une actrice en grasseyant un peu, en adoucissant sa voix, en minaudant, chantait :

> Traître ! attends.... je le tiens !... je tiens son cœur perfide,
>   Ah ! je l'immole à ma fureur,
>   (*Armide*, v. 5.)

elle ne rendrait ni Quinault ni Lulli ; et elle pourrait, en faisant ralentir un peu la mesure, chanter sur les mêmes notes :

> Ah ! je les vois, je vois vos yeux aimables,
>   Ah ! je me rends à leurs attraits.

Pergolèse a exprimé dans une musique imitatrice ces beaux vers de l'*Artaserse* de Metastasio :

> Vo solcando un mar crudele,
>   Senza vele,
>   E senza sarte.
> Freme l'onda, il ciel s'imbruna.

1. Deux basses-tailles de l'Opéra. (ÉD.)

Cresce il vento, e manca l'arte;
E il voler della fortuna
Son costretto a seguitar, etc.

Je priai une des plus célèbres virtuoses de me chanter ce fameux air
de Pergolèse. Je m'attendais à frémir au *mar crudele*, au *freme l'onda*,
au *cresce il vento*; je me préparais à toute l'horreur d'une tempête;
j'entendis une voix tendre qui fredonnait avec grâce l'haleine imperceptible des doux zéphyrs.

Dans l'*Encyclopédie*, à l'article EXPRESSION, qui est d'un assez mauvais auteur de quelques opéras et de quelques comédies[1], on lit ces
étranges paroles : « En général, la musique vocale de Lulli n'est autre,
on le répète, que le pur récitatif, et n'a par elle-même aucune expression du sentiment que les paroles de Quinault ont peint. Ce fait
est si certain, que, sur le même chant qu'on a si longtemps cru plein
de la plus forte expression, on n'a qu'à mettre des paroles qui forment
un sens tout à fait contraire, et ce chant pourra être appliqué à ces
nouvelles paroles aussi bien, pour le moins, qu'aux anciennes. Sans
parler ici du premier chœur du prologue d'*Amadis*, où Lulli a exprimé
éveillons-nous comme il aurait fallu exprimer *endormons-nous*, on va
prendre pour exemple et pour preuve un de ses morceaux de la plus
grande réputation.

« Qu'on lise d'abord les vers admirables que Quinault met dans la
bouche de la cruelle, de la barbare Méduse (*Persée*, acte III, sc. 1) :

Je porte l'épouvante et la mort en tous lieux.
Tout se change en rocher à mon aspect horrible;
Les traits que Jupiter lance du haut des cieux
N'ont rien de si terrible
Que mes regards...

« Il n'est personne qui ne sente qu'un chant qui serait l'expression
véritable de ces paroles, ne saurait servir pour d'autres qui présente-
raient un sens absolument contraire; or le chant que Lulli met dans la
bouche de l'horrible Méduse, dans ce morceau et dans tout cet acte,
est si agréable, par conséquent si peu convenable au sujet, si fort en
contre-sens, qu'il irait très-bien pour exprimer le portrait que l'Amour
triomphant ferait de lui-même. On ne représente ici, pour abréger,
que la parodie de ces cinq vers, avec leur chant. On peut être sûr que
la parodie, très-aisée à faire, du reste de la scène, offrirait partout
une démonstration aussi frappante. »

Je por-te l'épouvante et la mort en tous
Je por-te l'al-légresse et la vie en tous

1. Cabusac. (ÉD.)

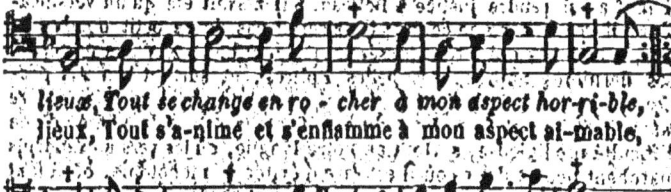

lieux, Tout se change en ro - cher à mon aspect hor-ri-ble,
lieux, Tout s'a-nime et s'enflamme à mon aspect ai-mable,

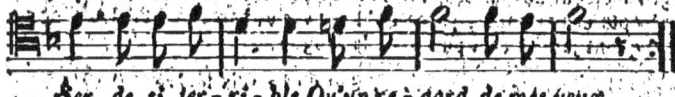

rible; Les traits que Ju-pi-ter lan-ce du haut des cieux, N'ont
mable; Les feux que le so-leil lan-ce du haut des cieux, N'ont

rien de si ter-ri-ble Qu'un re - gard de mes yeux.
rien de compa-ra - ble Aux re-gards de mes yeux.

Pour moi, je suis sûr du contraire de ce qu'on avance; j'ai consulté des oreilles très-exercées, et je ne vois point du tout qu'on puisse mettre *l'allégresse et la vie*, au lieu de *je porte l'épouvante et la mort*, à moins qu'on ne ralentisse la mesure, qu'on n'affaiblisse et qu'on ne corrompe cette musique par une expression doucereuse, et qu'une mauvaise actrice ne gâte le chant du musicien. J'en dis autant des mots *éveillons-nous*, auxquels on ne saurait substituer *endormons-nous*, que par un dessein formé de tourner tout en ridicule; je ne puis adopter la sensation d'un autre contre ma propre sensation.

J'ajoute qu'on avait le sens commun au temps de Louis XIV comme aujourd'hui, qu'il aurait été impossible que toute la nation n'eût pas senti que Lulli avait exprimé *l'épouvante et la mort* comme *l'allégresse et la vie*, et le réveil comme l'assoupissement.

On n'a qu'à voir comment Lulli a rendu *dormons, dormons tous*, on sera bientôt convaincu de l'injustice qu'on lui fait. C'est bien ici qu'on peut dire :

Il meglio è l'inimico del bene.

ART POÉTIQUE. — Le savant presque universel, l'homme même de génie, qui joint la philosophie à l'imagination[1], dit, dans son excellent article Encyclopédie, ces paroles remarquables : « Si on en excepte ce Perrault et quelques autres, dont le versificateur Boileau n'était pas en état d'apprécier le mérite, etc. » (feuillet 636).

Ce philosophe rend avec raison justice à Claude Perrault, savant traducteur de Vitruve, homme utile en plus d'un genre, à qui l'on doit la belle façade du Louvre, et d'autres grands monuments; mais

1. Diderot. (Éd.)

il faut aussi rendre justice à Boileau. S'il n'avait été qu'un versificateur, il serait à peine connu; il ne serait pas de ce petit nombre de grands hommes qui feront passer le siècle de Louis XIV à la postérité. Ses dernières Satires, ses belles Épitres, et surtout son *Art poétique*, sont des chefs-d'œuvre de raison autant que de poésie, *sapere est principium et fons*. L'art du versificateur est, à la vérité, d'une difficulté prodigieuse, surtout en notre langue, où les vers alexandrins marchent deux à deux, où il est rare d'éviter la monotonie, où il faut absolument rimer, où les rimes agréables et nobles sont en trop petit nombre, où un mot hors de sa place, une syllabe dure gâte une pensée heureuse. C'est danser sur la corde avec des entraves; mais le plus grand succès dans cette partie de l'art n'est rien s'il est seul.

L'*Art poétique* de Boileau est admirable, parce qu'il dit toujours agréablement des choses vraies et utiles, parce qu'il donne toujours le précepte et l'exemple, parce qu'il est varié, parce que l'auteur, en ne manquant jamais à la pureté de la langue,

> Sait d'une voix légère
> Passer du grave au doux, du plaisant au sévère.
> (I, 75-76.)

Ce qui prouve son mérite chez tous les gens de goût, c'est qu'on sait ses vers par cœur; et ce qui doit plaire aux philosophes, c'est qu'il a presque toujours raison.

Puisque nous avons parlé de la préférence qu'on peut donner quelquefois aux modernes sur les anciens, on oserait présumer ici que l'*Art poétique* de Boileau est supérieur à celui d'Horace. La méthode est certainement une beauté dans un poème didactique; Horace n'en a point. Nous ne lui en faisons pas un reproche, puisque son poème est une épitre familière aux Pisons, et non pas un ouvrage régulier comme les *Géorgiques;* mais c'est un mérite de plus dans Boileau, mérite dont les philosophes doivent lui tenir compte.

L'*Art poétique* latin ne parait pas, à beaucoup près, si travaillé que le français. Horace y parle presque toujours sur le ton libre et familier de ses autres épitres. C'est une extrême justesse dans l'esprit, c'est un goût fin, ce sont des vers heureux et pleins de sel, mais souvent sans liaison, quelquefois destitués d'harmonie; ce n'est pas l'élégance et la correction de Virgile. L'ouvrage est très-bon, celui de Boileau parait encore meilleur; et si vous en exceptez les tragédies de Racine, qui ont le mérite supérieur de traiter les passions, et de surmonter toutes les difficultés du théâtre, l'*Art poétique* de Despréaux est sans contredit le poème qui fait le plus d'honneur à la langue française.

Il serait triste que les philosophes fussent les ennemis de la poésie. Il faut que la littérature soit comme la maison de Mécène, *est locus unicuique suus.*

L'auteur des *Lettres Persanes*, si aisées à faire, et parmi lesquelles il y en a de très-jolies, d'autres très-hardies, d'autres médiocres, d'autres frivoles; cet auteur, dis-je, très-recommandable d'ailleurs, n'ayant jamais pu faire de vers, quoiqu'il eût de l'imagination et souvent du style, s'en dédommage en disant « que « l'on verse le mépris sur la poésie à pleines mains et que la poésie lyrique est une harmonieuse extravagance, etc. » Et c'est ainsi qu'on cherche souvent à rabaisser les talents auxquels on ne saurait atteindre. « Nous ne pouvons y parvenir, dit Montaigne[1]; vengeons-nous-en par en médire. » Mais Montaigne, le devancier et le maître de Montesquieu en imagination et en philosophie, pensait sur la poésie bien différemment.

Si Montesquieu avait eu autant de justice que d'esprit, il aurait senti malgré lui que plusieurs de nos belles odes et de nos bons opéras valent infiniment mieux que les plaisanteries de Rica à Usbeck, imitées du *Siamois* de Dufresny, et que les détails de ce qui se passe dans le sérail d'Usbeck à Ispahan.

Nous parlerons plus amplement de ces injustices trop fréquentes, à l'article CRITIQUE.

ARTS, BEAUX-ARTS. — (Article dédié au roi de Prusse.) — Sire, la petite société d'amateurs dont une partie travaille à ces rapsodies au mont Crapack, ne parlera point à Votre Majesté de l'art de la guerre. C'est un art héroïque, ou, si l'on veut, abominable. S'il avait de la beauté, nous vous dirions, sans être contredits, que vous êtes le plus bel homme de l'Europe.

Nous entendons par beaux-arts l'éloquence, dans laquelle vous êtes signalé en étant l'historien de votre patrie, et le seul historien brandebourgeois qu'on ait jamais lu; la poésie, qui a fait vos amusements et votre gloire quand vous avez bien voulu composer des vers français; la musique, où vous avez réussi au point que nous doutons fort que Ptolémée Aulètes eût jamais osé jouer de la flûte après vous, ni Achille de la lyre.

Ensuite viennent les arts où l'esprit et la main sont presque également nécessaires, comme la sculpture, la peinture, tous les ouvrages dépendants du dessin, et surtout l'horlogerie, que nous regardons comme un bel art depuis que nous en avons établi des manufactures au mont Crapack.

Vous connaissez, sire, les quatre siècles des arts; presque tout naquit en France et se perfectionna sous Louis XIV; ensuite plusieurs de ces mêmes arts exilés de France allèrent embellir et enrichir le reste de l'Europe au temps fatal de la destruction du célèbre édit de Henri IV, énoncé *irrévocable*, et si facilement révoqué. Ainsi le plus grand mal que Louis XIV pût se faire à lui-même, fit le bien des autres princes, contre son intention; et ce que vous en avez dit dans votre histoire du Brandebourg en est une preuve.

Si ce monarque n'avait été connu que par le bannissement de six à sept cent mille citoyens utiles, par son irruption dans la Hollande

1. Montesquieu (*Lettres Persanes*, CXXXVII) dit : « Voici les lyriques que je méprise autant que j'estime les autres, et qui font de leur art une harmonie se extravagance. » (ÉD.)

2. Montaigne (*Essais*, III, VII) dit : « Puisque nous ne la pouvons atteindre, vengeons-nous à en mesdire. » (ÉD.)

dont il fut bientôt obligé de sortir par la grandeur qui l'attachait au rivage [1], tandis que ses troupes passaient le Rhin à la nage : et on n'avait pour monument de sa gloire que les prologues de ses opéras suivis de la bataille d'Hochstedt, sa personne et son règne figureraient mal dans la postérité. Mais tous les beaux-arts en foule, encouragés par son goût et par sa munificence, ses bienfaits répandus avec profusion sur tant de gens de lettres étrangers, le commerce naissant à sa voix dans son royaume, cent manufactures établies, cent belles citadelles bâties, des ports admirables construits, les deux mers unies par des travaux immenses, etc. (forcent encore l'Europe à regarder avec respect Louis XIV et son siècle.

Ce sont surtout ces grands hommes uniques en tout genre, que la nature produisit alors à la fois, qui rendirent ces temps éternellement mémorables. Le siècle fut plus grand que Louis XIV, mais la gloire en rejaillit sur lui.

L'émulation des arts a changé la face de la terre du pied des Pyrénées aux glaces d'Archangel. Il n'est presque point de prince en Allemagne qui n'ait fait des établissements utiles et glorieux.

Qu'ont fait les Turcs pour la gloire ? rien. Ils ont dévasté trois empires et vingt royaumes : mais une seule ville de l'ancienne Grèce aura toujours plus de réputation que tous les Ottomans ensemble.

Voyez ce qui s'est fait depuis peu d'années dans Pétersbourg, que j'ai vu un marais au commencement du siècle où nous sommes. Tous les arts y ont accouru, tandis qu'ils sont anéantis dans la patrie d'Orphée, de Linus et d'Homère.

La statue que l'impératrice de Russie élève à Pierre le Grand, parle du bord de la Néva à toutes les nations, elle dit : « J'attends celle de Catherine. Mais il la faudra placer vis-à-vis de la vôtre, etc. »

Que la nouveauté des arts ne prouve point la nouveauté du globe. — Tous les philosophes crurent la matière éternelle ; mais les arts paraissent nouveaux. Il n'y a pas jusqu'à l'art de faire du pain qui ne soit récent. Les premiers Romains mangeaient de la bouillie ; et ces vainqueurs de tant de nations ne connurent jamais ni les moulins à vent ni les moulins à eau. Cette vérité semble d'abord contredire l'antiquité du globe tel qu'il est, ou suppose de terribles révolutions dans ce globe. Des inondations de barbares ne peuvent guère anéantir des arts devenus nécessaires. Je suppose qu'une armée de nègres vienne chez nous comme des sauterelles, des montagnes de Cobonas, par le Monomotapa, par le Monoëmugi, les Nosseguais, les Maracates ; qu'ils aient traversé l'Abyssinie, la Nubie, l'Égypte, la Syrie, l'Asie-Mineure, toute notre Europe ; qu'ils aient tout renversé, tout saccagé ; il restera toujours quelques boulangers, quelques cordonniers, quelques tailleurs, quelques charpentiers : les arts nécessaires subsisteront ; il n'y aura que le luxe d'anéanti. C'est ce qu'on vit à la chute de l'empire romain ; l'art de l'écriture même devint très-rare ; presque tous ceux qui con-

1. Boileau, *Passage du Rhin.* (Épître IV, v. 114.)

tribuent à l'agrément de la vie ne renaquirent que longtemps après. Nous en inventons tous les jours de nouveaux.

De tout cela on ne peut rien conclure au fond contre l'antiquité du globe. Car, supposons même qu'une inondation de barbares nous eût fait perdre entièrement jusqu'à l'art d'écrire et de faire le pain; supposons encore plus, que nous n'avons que depuis dix ans du pain, des plumes, de l'encre et du papier; le pays qui a pu subsister dix ans sans manger de pain et sans écrire ses pensées, aurait pu passer un siècle, et cent mille siècles sans ces secours.

Il est très-clair que l'homme et les autres animaux peuvent très-bien subsister sans boulangers, sans romanciers, et sans théologiens, témoin toute l'Amérique, témoin les trois quarts de notre continent.

La nouveauté des arts parmi nous ne prouve donc point la nouveauté du globe, comme le prétendait Épicure, l'un de nos prédécesseurs en rêveries, qui supposait que par hasard les atomes éternels, en déclinant, avaient formé un jour notre terre. Pomponace disait : *Se il mondo non è eterno, per tutti santi è molto vecchio.*

Des petits mécontents attachés aux a. — Ceux qui manient le plomb et le mercure sont sujets à des coliques dangereuses, et à des tremblements de nerfs très-fâcheux. Ceux qui se servent de plumes et d'encre sont attaqués d'une vermine qu'il faut continuellement secouer : cette vermine est celle de quelques ex-jésuites qui font des libelles. Vous ne connaissez pas, sire, cette race d'animaux; elle est chassée de vos États, aussi bien que de ceux de l'impératrice de Russie, du roi de Suède et du roi de Danemark, mes autres protecteurs. L'ex-jésuite Paulian et l'ex-jésuite Nonotte, qui cultivent, comme moi, les beaux-arts, ne cessent de me persécuter jusqu'au mont Crapack; ils m'accablent sous le poids de leur crédit, et sous celui de leur génie, qui est encore plus pesant. Si Votre Majesté ne daigne pas me secourir contre ces grands hommes, je suis anéanti.

ASMODÉE. — Aucun homme versé dans l'antiquité n'ignore que les Juifs ne connurent les anges que par les Perses et les Chaldéens pendant la captivité. C'est là qu'ils apprirent, selon dom Calmet, qu'il y a sept anges principaux devant le trône du Seigneur. Ils y apprirent aussi les noms des diables. Celui que nous nommons Asmodée s'appelait Hashmodaï, où Chammadaï. « On sait, dit Calmet[1], qu'il y a des diables de plusieurs sortes : les uns sont princes et maîtres démons, les autres subalternes et sujets. »

Comment cet Hashmodaï était-il assez puissant pour tordre le cou à sept jeunes gens qui épousèrent successivement la belle Sara, native de Ragès, à quinze lieues d'Ecbatane? Il fallait que les Mèdes fussent sept fois plus manichéens que les Perses. Le bon principe donne un mari à cette fille, et voilà le mauvais principe, cet Hashmodaï, roi des démons, qui détruit sept fois de suite l'ouvrage du principe bienfaisant.

Mais Sara était juive, fille de Raguel le Juif, captive dans le pays

1. Dom Calmet, *Dissertation sur Tobie*, p. 205.

d'Ecbatane. Comment un démon mède avait-il tant de pouvoir sur des corps juifs? C'est ce qui a fait penser qu'Asmodée-Chammadaï était juif aussi; que c'était l'ancien serpent qui avait séduit Ève; qu'il aimait passionnément les femmes; que tantôt il les trompait, et tantôt il tuait leurs maris par un excès d'amour et de jalousie.

En effet, le livre de Tobie nous fait entendre, dans la version grecque, qu'Asmodée était amoureux de Sara: ὅτι δαιμόνιον φιλεῖ αὐτήν. C'est l'opinion de toute la savante antiquité que les génies, bons ou mauvais, avaient beaucoup de penchant pour nos filles, et les fées pour nos garçons. L'Ecriture même se proportionnant à notre faiblesse, et daignant adopter le langage vulgaire, dit en figure « que les enfants de Dieu, voyant que les filles des hommes étaient belles, prirent pour femmes celles qu'ils choisirent. »

Mais l'ange Raphaël, qui conduit le jeune Tobie, lui donne une raison plus digne de son ministère, et plus capable d'éclairer celui dont il est le guide. Il lui dit que les sept maris de Sara n'ont été livrés à la cruauté d'Asmodée que parce qu'ils l'avaient épousée uniquement pour leur plaisir, comme des chevaux et des mulets. « Il faut, dit-il, garder la continence avec elle pendant trois jours, et prier Dieu tous deux ensemble. »

Il semble qu'avec une telle instruction on n'ait plus besoin d'aucun autre secours pour chasser Asmodée; mais Raphaël ajoute qu'il y faut le cœur d'un poisson, grillé sur des charbons ardents. Pourquoi donc n'a-t-on pas employé depuis ce secret infaillible pour chasser le diable du corps des filles? Pourquoi les apôtres, envoyés exprès pour chasser les démons, n'ont-ils jamais mis le cœur d'un poisson sur le gril? Pourquoi ne se servit-on pas de cet expédient dans l'affaire de Marthe Brossier, des religieuses de Loudun, des maîtresses d'Urbain Grandier, de la Cadière et du frère Girard, et de mille autres possédées dans le temps qu'il y avait des possédées?

Les Grecs et les Romains, qui connaissaient tant de philtres pour se faire aimer, en avaient aussi pour guérir l'amour; ils employaient des herbes, des racines. L'agnus castus a été fort renommé; les modernes en ont fait prendre à de jeunes religieuses, sur lesquelles il a eu peu d'effet. Il y a longtemps qu'Apollon se plaignait à Daphné que tout médecin qu'il était, il n'avait point encore éprouvé de simple qui guérît de l'amour.

Hei mihi! quod nullis amor est medicabilis herbis.

D'un incurable amour remèdes impuissants.

On se servait de fumée de soufre; mais Ovide, qui était un grand maître, déclare que cette recette est inutile.

Nec fugiat vivo sulfure victus amor.

Le soufre, croyez-moi, ne chasse point l'amour.

1. Genèse, chap. VI, 2. — 2. Chap. VI, v. 16, 17 et 18. 3. Ovid. Met., lib. I, v. 523. — 4. Racine, Phèdre, I, III. (Éd.) 5. De Rem. Amor., v. 260.

La fumée du cœur ou du foie d'un poisson fut plus efficace contre Asmodée. Le R. P. dom Calmet en est fort en peine, et ne peut comprendre comment cette fumigation pouvait agir sur un pur esprit; mais il pouvait se rassurer, en se souvenant que tous les anciens donnaient des corps aux anges et aux démons. C'étaient des corps très-déliés, des corps aussi légers que les petites particules qui s'élèvent d'un poisson rôti. Ces corps ressemblaient à une fumée, et la fumée d'un poisson grillé agissait sur eux par sympathie.

Non-seulement Asmodée s'enfuit; mais Gabriel alla l'enchaîner dans la Haute-Égypte, où il est encore. Il demeure dans une grotte auprès de la ville de Saata ou Taata. Paul Lucas l'a vu, et lui a parlé. On coupe ce serpent par morceaux, et sur-le-champ tous les tronçons se rejoignent; il n'y paraît pas. Dom Calmet cite le témoignage de Paul Lucas : il faut bien que je le cite aussi. On croit qu'on pourra joindre la théorie de Paul Lucas avec celle des vampires, dans la première compilation que l'abbé Guyon imprimera.

ASPHALTE. — *Lac Asphaltide, Sodome.* — Mot chaldéen qui signifie une espèce de bitume. Il y en a beaucoup dans le pays qu'arrose l'Euphrate; nos climats en produisent, mais de fort mauvais. Il y en a eu en Suisse : on en voulut couvrir le comble de deux pavillons élevés aux côtés d'une porte de Genève; cette couverture ne dura pas un an; la mine a été abandonnée; mais on peut garnir de ce bitume le fond des bassins d'eau, en le mêlant avec de la poix résine; peut-être un jour en fera-t-on un usage plus utile.

Le véritable asphalte est celui qu'on tirait des environs de Babylone, et avec lequel on prétend que le feu grégeois fut composé.

Plusieurs lacs sont remplis d'asphalte ou d'un bitume qui lui ressemble, de même qu'il y en a d'autres tout imprégnés de nitre. Il y a un grand lac de nitre dans le désert d'Égypte, qui s'étend depuis le lac Mœris jusqu'à l'entrée du Delta; et il n'a point d'autre nom que le lac de Nitre.

Le lac Asphaltide, connu par le nom de Sodome, fut longtemps renommé pour son bitume; mais aujourd'hui les Turcs n'en font plus d'usage; soit que la mine, qui est sous les eaux, ait diminué, soit que la qualité s'en soit altérée, ou bien qu'il soit trop difficile de la tirer du fond de l'eau. Il s'en détache quelquefois des parties huileuses, et même de grosses masses qui surnagent; on les ramasse, on les mêle, et on les vend pour du baume de la Mecque. Il est peut-être aussi bon; car tous les baumes qu'on emploie pour les coupures sont aussi efficaces les uns que les autres, c'est-à-dire ne sont bons à rien par eux-mêmes. La nature n'attend pas l'application d'un baume pour fournir du sang et de la lymphe, et pour former une nouvelle chair qui répare celle qu'on a perdue par une plaie. Les baumes de la Mecque, de Judée et du Pérou, ne servent qu'à empêcher l'action de l'air, à couvrir la blessure, et non pas à la guérir; de l'huile ne produit pas de la peau.

Flavius Josèphe, qui était du pays, dit que de son temps le lac de Sodome n'avait aucun poisson, et que l'eau en était si légère, que les corps les plus lourds ne pouvaient aller au fond. Il voulait dire apparemment si pesante au lieu de si légère. Il paraît qu'il n'en avait pas fait l'expérience. Il se peut, après tout, qu'une eau dormante, imprégnée de sel et de matières compactes, étant alors plus pesante qu'un corps de pareil volume, comme celui d'une bête ou d'un homme, les ait forcés de surnager. L'erreur de Josèphe consiste à donner une cause très-fausse d'un phénomène qui peut être vrai.

Quant à la disette de poissons, elle est croyable. L'asphalte ne paraît pas propre à les nourrir : cependant il est vraisemblable que tout n'est pas asphalte dans ce lac, qui a vingt-trois ou vingt-quatre de nos lieues de long, et qui, en recevant à sa source les eaux du Jourdain, doit recevoir aussi les poissons de cette rivière ; mais peut-être aussi le Jourdain n'en fournit pas, et peut-être ne s'en trouve-t-il que dans le lac supérieur de Tibériade.

Josèphe ajoute que les arbres qui croissent sur les bords de la mer Morte portent des fruits de la plus belle apparence, mais qui s'en vont en poussière dès qu'on veut y porter la dent. Ceci n'est pas probable, et pourrait faire croire que Josèphe n'a pas été sur le lieu même, ou qu'il a exagéré suivant sa coutume et celle de ses compatriotes. Rien ne semble devoir produire de plus beaux et de meilleurs fruits qu'un terrain sulfureux et salé, tel que celui de Naples, de Catane, et de Sodome.

La sainte Écriture parle de cinq villes englouties par le feu du ciel. La physique en cette occasion rend témoignage à l'Ancien Testament, quoiqu'il n'ait pas besoin d'elle, et qu'ils ne soient pas toujours d'accord. On a des exemples de tremblements de terre, accompagnés de coups de tonnerre, qui ont détruit des villes plus considérables que Sodome et Gomorrhe.

Mais la rivière du Jourdain ayant nécessairement son embouchure dans ce lac sans issue, cette mer Morte, semblable à la mer Caspienne, doit avoir existé tant qu'il y a eu un Jourdain ; donc ces cinq villes ne peuvent jamais avoir été à la place où est ce lac de Sodome. Aussi l'Écriture ne dit point du tout que ce terrain fut changé en un lac, elle dit tout le contraire [1]. Dieu fit pleuvoir du soufre et du feu ye-hah du ciel, et Abraham se levant matin regarda Sodome et Gomorrhe et toute la terre d'alentour, et il ne vit que des cendres montant comme une fumée de fournaise.

Il faut donc que les cinq villes, Sodome, Gomorrhe, Séboïm, Adama et Ségor, fussent situées sur le bord de la mer Morte. On demandera

1. Liv. IV, chap. XLVII.

2. Depuis l'impression de cet article, on a apporté à Paris de l'eau du lac Asphaltide. Cette eau ne diffère de celle de la mer qu'en ce qu'elle est plus pesante, et qu'elle contient les mêmes sels en beaucoup plus grande quantité que l'eau d'aucune mer connue. Des corps qui tomberaient au fond de l'eau douce, ou même au fond de la mer, pourraient y nager ; et c'en était assez pour faire crier au miracle un peuple aussi superstitieux qu'ignorant. (Ed. de Kehl.)

3. Genèse, chap. XIX.

comment, dans un désert aussi inhabitable qu'il l'est aujourd'hui, et où l'on ne trouve que quelques hordes de voleurs arabes, il pouvait y avoir cinq villes assez opulentes pour être plongées dans les délices, et même dans des plaisirs infames qui sont le dernier effet du raffinement de la débauche attachée à la richesse ; on peut répondre que le pays alors était bien meilleur.

D'autres critiques diront : Comment cinq villes pouvaient-elles subsister à l'extrémité d'un lac dont l'eau n'était pas potable, avant leur ruine ? L'Écriture elle-même nous apprend que tout le terrain était asphalte avant l'embrasement de Sodome. « Il y avait, dit-elle[1], beaucoup de puits de bitume dans la vallée des bois, et les rois de Sodome et de Gomorrhe prirent la fuite, et tombèrent en cet endroit-là. »

On fait encore une autre objection. Isaïe et Jérémie disent[2] que Sodome et Gomorrhe ne seront jamais rebâties ; mais Étienne le géographe parle de Sodome et de Gomorrhe sur le rivage de la mer Morte. On trouve dans l'*Histoire des conciles* des évêques de Sodome et de Segor.

On peut répondre à cette critique, que Dieu mit dans ces villes rebâties des habitants moins coupables ; car il n'y avait point alors d'évêques *in partibus*.

Mais quelle eau, dira-t-on, put abreuver ces nouveaux habitants ? tous les puits sont saumâtres ; on trouve l'asphalte et un sel corrosif, dès qu'on creuse la terre.

On répondra que quelques Arabes y habitent encore, et qu'ils peuvent être habitués à boire de très-mauvaise eau ; que Sodome et Gomorrhe dans le Bas-Empire étaient de méchants hameaux, et qu'il y eut dans ce temps-là beaucoup d'évêques dont tout le diocèse consistait en un pauvre village. On peut dire encore que les colons de ces villages préparaient l'asphalte, et en faisaient un commerce utile.

Ce désert aride et brûlant qui s'étend de Segor jusqu'au territoire de Jérusalem, produit du baume et des aromates, par la même raison qu'il fournit du naphte, du sel corrosif, et du soufre.

On prétend que les pétrifications se font dans ce désert avec une rapidité surprenante. C'est ce qui rend très-plausible, selon quelques physiciens, la pétrification d'Édith, femme de Loth.

Mais il est dit[3] que cette femme « ayant regardé derrière elle, fut changée en statue de sel ; » ce n'est donc pas une pétrification naturelle opérée par l'asphalte et le sel ; c'est un miracle évident. Flavius Josèphe dit[4] qu'il a vu cette statue. Saint Justin et saint Irénée en parlent comme d'un prodige qui subsistait encore de leur temps.

On a regardé ces témoignages comme des fables ridicules. Cependant il est très-naturel que quelques Juifs se fussent amusés à tailler un monceau d'asphalte en une figure grossière, et on aura dit : « C'est la femme de Loth. » J'ai vu des cuvettes d'asphalte très-bien faites qui

1. *Genèse*, chap. XIV, 10.
2. Isaïe, chap. XIII, 20 ; Jérémie, chap. XLIX, 18 ; et I, 40.
3. *Genèse*, XIX, 26. (ÉD.) — 4. *Antiq.*, liv. I, chap. II

pourront longtemps subsister ; mais il faut avouer que saint Irénée va un peu loin quand il dit [1] : La femme de Loth resta dans le pays de Sodome non plus en chair corruptible, mais en statue de sel permanente, et montrant par ses parties naturelles les effets ordinaires : *Uxor remansit in Sodomis, jam non caro corruptibilis, sed statua salis semper manens, et per naturalia ea quæ sunt consuetudinis hominis ostendens.*

Saint Irénée ne semble pas s'exprimer avec toute la justesse d'un bon naturaliste, en disant : « La femme de *Loth* n'est plus de la chair corruptible, mais elle a ses règles. »

Dans le *Poëme de Sodome*, dont on dit Tertullien auteur, on s'exprime encore plus énergiquement :

Dicitur, et vivens alio sub corpore, sexus
Mirifice solito dispungere sanguine menses.

C'est ce qu'un poète du temps de Henri II a traduit ainsi dans son style gaulois :

La femme à Loth, quoique sel devenue,
Est femme encor; car elle a sa menstrue.

Les pays des aromates furent aussi le pays des fables. C'est vers les cantons de l'Arabie Pétrée, c'est dans ces déserts, que les anciens mythologistes prétendent que Myrrha, petite-fille d'une statue, s'enfuit après avoir couché avec son père, comme les filles de Loth avec le leur, et qu'elle fut métamorphosée en l'arbre qui porte la myrrhe. D'autres profonds mythologistes assurent qu'elle s'enfuit dans l'Arabie Heureuse, et cette opinion est aussi soutenable que l'autre.

Quoi qu'il en soit, aucun de nos voyageurs ne s'est encore avisé d'examiner le terrain de Sodome, son asphalte, son sel, ses arbres et leurs fruits; de peser l'eau du lac, de l'analyser, de voir si les matières spécifiquement plus pesantes que l'eau ordinaire y surnagent, et de nous rendre un compte fidèle de l'histoire naturelle du pays. Nos pèlerins de Jérusalem n'ont garde d'aller faire ces recherches : ce désert est devenu infesté par des Arabes vagabonds qui courent jusqu'à Damas, qui se retirent dans les cavernes des montagnes, et que l'autorité du bacha de Damas n'a pu encore réprimer. Ainsi les curieux sont fort peu instruits de tout ce qui concerne le lac Asphaltide.

Il est bien triste pour les doctes que parmi tous les sodomistes que nous avons, il ne s'en soit pas trouvé un seul qui nous ait donné des notions de leur capitale.

ASSASSIN, ASSASSINAT. — *Section I*. — Nom corrompu du mot *Eh'sessin.* Rien n'est plus ordinaire à ceux qui vont en pays lointain que de mal entendre, mal répéter, mal écrire dans leur propre langue ce qu'ils ont mal compris dans une langue absolument étrangère, et de tromper ensuite leurs compatriotes en se trompant eux-mêmes. L'er-

1. LIV. IV, chap. II

reur s'établit de bouche en bouche, et de plume en plume : il faut des siècles pour la détruire.

Il y avait du temps des croisades un malheureux petit peuple de montagnards, habitant dans des cavernes vers le chemin de Damas. Ces brigands élisaient un chef qu'ils nommaient Chik Elchassissin. On prétend que ce mot honorifique *chik* ou *chek*, signifie *vieux* originairement ; de même que parmi nous le titre de *seigneur* vient de *senior*, vieillard, et que le mot *graf*, *comte*, veut dire *vieux* chez les Allemands ; car anciennement le commandement civil fut toujours déféré aux vieillards chez presque tous les peuples. Ensuite le commandement étant devenu héréditaire, le titre de *chik*, de *graf*, de *seigneur*, de *comte*, a été donné à des enfants ; et les Allemands appellent un bambin de quatre ans, *monsieur le comte*, c'est-à-dire, *monsieur le vieux*.

Les croisés nommèrent le vieux des montagnards arabes, *le vieil de la montagne*, et s'imaginèrent que c'était un très-grand prince, parce qu'il avait fait tuer et voler sur le grand chemin un comte de *Montferrat*, et quelques autres seigneurs croisés. On nomma ces peuples *les assassins*, et leur chik *le roi du vaste pays des assassins*. Ce vaste pays contient cinq à six lieues de long sur deux à trois de large dans l'Anti-Liban, pays horrible, semé de rochers, comme l'est presque toute la Palestine, mais entrecoupé de prairies assez agréables, et qui nourrissent de nombreux troupeaux, comme l'attestent tous ceux qui ont fait le voyage d'Alep à Damas.

Le chik ou le vieil de ces assassins ne pouvait être qu'un petit chef de bandits, puisqu'il y avait alors un soudan de Damas qui était très-puissant.

Nos romanciers de ce temps-là, aussi chimériques que les croisés, imaginèrent d'écrire que le grand prince des assassins, en 1236, craignant que le roi de France, Louis IX, dont il n'avait jamais entendu parler, ne se mît à la tête d'une croisade, et ne vînt lui ravir ses États, envoya deux grands seigneurs de sa cour, des cavernes de l'Anti-Liban à Paris, pour assassiner ce roi ; mais que le lendemain ayant appris combien ce prince était généreux et aimable, il envoya en pleine mer deux autres seigneurs pour contremander l'assassinat : je dis en pleine mer, car ces deux émirs, envoyés pour tuer Louis, et les deux autres pour lui sauver la vie, ne pouvaient faire leur voyage qu'en s'embarquant à Joppé, qui était alors au pouvoir des croisés, ce qui redouble encore le merveilleux de l'entreprise. Il fallait que les deux premiers eussent trouvé un vaisseau de croisés tout prêt pour les transporter amicalement, et les autres encore un autre vaisseau.

Cent auteurs pourtant ont rapporté au long cette aventure les uns après les autres, quoique Joinville, contemporain, qui alla sur les lieux, n'en dise mot.

Et voilà justement comme on écrit l'histoire [1].

1. Voltaire, *Charlot*, I, vii. (ÉD.)

Le jésuite Maimbourg, le jésuite Daniel, vingt autres jésuites, Mézeral, quoiqu'il ne soit pas jésuite, répètent cette absurdité. L'abbé Velli, dans son *Histoire de France*, la redit avec complaisance, le tout sans aucune discussion, sans aucun examen, et sur la foi d'un Guillaume de Nangis qui écrivait environ soixante ans après cette belle aventure, dans un temps où l'on ne comptait l'histoire que sur des bruits de ville.

Si l'on n'écrivait que des choses vraies et utiles, l'immensité de nos livres d'histoire se réduirait à bien peu de chose; mais on saurait plus et mieux.

On a pendant six cents ans rebattu le conte du vieux de la montagne, qui enivrait de voluptés les jeunes élus dans ses jardins délicieux, leur faisait accroire qu'ils étaient en paradis, et les envoyait ensuite assassiner des rois au bout du monde pour mériter un paradis éternel.

Vers le levant, le Vieil de la Montagne
Se rendit craint par un moyen nouveau :
Craint n'était-il pour l'immense campagne
Qu'il possédât, ni pour aucun monceau
D'or ou d'argent, mais parce qu'au cerveau
De ses sujets il imprimait des choses
Qui de maint fait courageux étaient causes.
Il choisissait entre eux les plus hardis,
Et leur faisait donner du paradis
Un avant-goût à leurs sens perceptible
(Du paradis de son législateur),
Rien n'en a dit ce prophète menteur,
Qui ne devînt très croyable et sensible
A ces gens-là. Comment s'y prenait-on ?
On les faisait boire tous de façon
Qu'ils s'enivraient, perdaient sens et raison.
En cet état, privés de connaissance,
On les portait en d'agréables lieux,
Ombrages frais, jardins délicieux.
Là se trouvaient tendrons en abondance,
Plus que maillés, et beaux par excellence;
Chaque réduit en avait à couper,
Si se venaient joliment attrouper
Près de ces gens, qui, leur boisson cuvée,
S'émerveillaient de voir cette couvée,
Et se croyaient habitants devenus
Des champs heureux qu'assigne à ses élus
Le faux Mahom. Lors de faire accointance,
Turcs d'approcher, tendrons d'entrer en danse,
Au gazouillis des ruisseaux de ces bois,
Au son des luths accompagnant les voix
Des rossignols : il n'est plaisir au monde
Qu'on ne goûtât dedans ce paradis !

Les gens trouvaient en son charmant pourpris
Les meilleurs vins de la machine ronde,
Dont ne manquaient encor de s'enivrer,
Et de leurs sens perdre l'entier usage.
On les faisait aussitôt reporter
Au premier lieu. De tout ce tripotage
Qu'arrivait-il ? ils croyaient fermement
Que, quelque jour, de semblables délices
Les attendaient, pourvu que hardiment,
Sans redouter la mort ni les supplices,
Ils fissent chose agréable à Mahom,
Servant leur prince en toute occasion.
Par ce moyen leur prince pouvait dire
Qu'il avait gens à sa dévotion,
Déterminés, et qu'il n'était empire
Plus redouté que le sien ici-bas.

Tout cela est fort bon dans un conte de La Fontaine [1], aux vers faibles près ; et il y a cent anecdotes historiques qui n'auraient été bonnes que là.

Section II. — L'assassinat étant, après l'empoisonnement, le crime le plus lâche et le plus punissable, il n'est pas étonnant qu'il ait trouvé de nos jours un approbateur dans un homme dont la raison singulière n'a pas toujours été d'accord avec la raison des autres hommes [2].

Il feint, dans un roman intitulé *Émile,* d'élever un jeune gentil-homme, auquel il se donne bien de garde de donner une éducation telle qu'on la reçoit dans l'École militaire, comme d'apprendre les langues, la géométrie, la tactique, les fortifications, l'histoire de son pays ; il est bien éloigné de lui inspirer l'amour de son roi et de sa patrie ; il se borne à en faire un garçon menuisier. Il veut que ce gentil-homme menuisier, quand il a reçu un démenti ou un soufflet, au lieu de les rendre et de se battre, *assassine prudemment son homme.* Il est vrai que Molière, en plaisantant dans *l'Amour peintre,* dit qu'*assassi-ner est le plus sûr* [3] ; mais l'auteur du roman prétend que c'est le plus raisonnable et le plus honnête. Il le dit très-sérieusement ; et dans l'immensité de ses paradoxes, c'est une des trois ou quatre choses qu'il ait dites le premier. Le même esprit de sagesse et de décence qui lui fait prononcer qu'un précepteur doit souvent accompagner son disciple dans un lieu de prostitution [4], le fait décider que ce disciple doit être un assassin. Ainsi l'éducation que donne Jean-Jacques à un gentil-homme consiste à manier le rabot, et à mériter le grand remède et la corde.

1. *Férende, ou le Purgatoire.*
2. Voltaire veut parler ici de la fameuse note du IV° livre d'*Émile,* que J. J. Rousseau a développée dans une lettre du 14 mars 1770. (*Note de M. Beu-chot.*)
3. Scène XIII du *Sicilien, ou l'Amour peintre.* (K.)
4. *Émile,* t. III, p. 261 (liv. IV).

Nous doutons que les pères de famille s'empressent à donner de tels
précepteurs à leurs enfants. Il nous semble que le roman d'*Émile* s'é-
carte un peu trop des maximes de Mentor dans *Télémaque*; mais aussi
il faut avouer que notre siècle s'est fort écarté en tout du grand siècle
de Louis XIV.

Heureusement vous ne trouverez point dans le *Dictionnaire encyclopédique* de ces horreurs insensées. On y voit souvent une philosophie
qui semble hardie; mais non pas cette bavarderie atroce et extravagante, que deux ou trois fous ont appelée *philosophie*, et que deux ou
trois dames appelaient *éloquence*.

ASSEMBLÉE. — Terme général qui convient également au profane,
au sacré, à la politique, à la société, au jeu, à des hommes unis par
les lois; enfin à toutes les occasions où il se trouve plusieurs personnes
ensemble.

Cette expression prévient toutes les disputes de mots, et toutes les
significations injurieuses par lesquelles les hommes sont dans l'habitude de désigner les sociétés dont ils ne sont pas.

L'assemblée légale des Athéniens s'appelait *Église* [1].

Ce mot ayant été consacré parmi nous à la convocation des catholiques dans un même lieu, nous ne donnions pas d'abord le nom d'*É-
glise* à l'assemblée des protestants : on disait *une troupe de huguenots*;
mais la politesse bannissant tout terme odieux, on se servit du mot
assemblée, qui ne choque personne.

En Angleterre, l'Église dominante donne le nom d'assemblée, *mee-
ting*, aux Églises de tous les non-conformistes.

Le mot d'*assemblée* est celui qui convient le mieux, quand plusieurs
personnes en assez grand nombre sont priées de venir perdre leur
temps dans une maison dont on leur fait les honneurs, et dans laquelle
on joue, on cause, on soupe, on danse, etc. S'il n'y a qu'un petit
nombre de priés, cela ne s'appelle point *assemblée*; c'est un rendez-
vous d'amis, et les amis ne sont jamais nombreux.

Les assemblées s'appellent en italien *conversazione*, *ridotto*. Ce mot
ridotto est proprement ce que nous entendions par *réduit*; mais *réduit*
étant devenu parmi nous un terme de mépris, les gazetiers ont traduit
ridotto par *redoute*. On lisait, parmi les nouvelles importantes de
l'Europe, que plusieurs seigneurs de la plus grande considération
étaient venus prendre du chocolat chez la princesse Borghèse, et qu'il
y avait eu *redoute*. On avertissait l'Europe qu'il y aurait *redoute* le
mardi suivant chez Son Excellence la marquise de Santaflor.

Mais on s'aperçut qu'en rapportant des nouvelles de guerre, on
était obligé de parler des véritables redoutes qui signifient en effet
redoutables, et d'où l'on tire des coups de canon. Ce terme ne convenait pas aux *ridotti pacifici*; on est revenu au mot *assemblée*, qui
est le seul convenable.

On s'est quelquefois servi de celui de *rendez-vous*; mais il est plus
fait pour une petite compagnie, et surtout pour deux personnes.

1. Voy. ÉGLISE.

ASTROLOGIE. — L'astrologie pourrait s'appuyer sur de meilleurs fondements que la magie; car si personne n'a vu ni farfadets, ni lémures, ni dives, ni péris, ni démons, ni cacodémons, on a vu souvent des prédictions d'astrologues réussir. Que de deux astrologues, consultés sur la vie d'un enfant et sur la saison, l'un dise que l'enfant vivra âge d'homme, l'autre non; que l'un annonce la pluie, et l'autre le beau temps, il est bien clair qu'il y en aura un prophète.

Le grand malheur des astrologues, c'est que le ciel a changé depuis que les règles de l'art ont été données. Le soleil, qui, à l'équinoxe, était dans le bélier du temps des Argonautes, se trouve aujourd'hui dans le taureau; et les astrologues, au grand malheur de leur art, attribuent aujourd'hui à une maison du soleil ce qui appartient visiblement à une autre. Cependant ce n'est pas encore une raison démonstrative contre l'astrologie. Les maîtres de l'art se trompent; mais il n'est pas démontré que l'art ne peut exister.

Il n'y a pas d'absurdité à dire : « Un tel enfant est né dans le croissant de la lune, pendant une saison orageuse, au lever d'une telle étoile; sa constitution a été faible, et sa vie malheureuse et courte, ce qui est le partage ordinaire des mauvais tempéraments : au contraire, celui-ci est né quand la lune est dans son plein, le soleil dans sa force, le temps serein, au lever d'une telle étoile; sa constitution a été bonne, sa vie longue et heureuse. » Si ces observations avaient été répétées; si elles s'étaient trouvées justes, l'expérience eût pu, au bout de quelques milliers de siècles, former un art dont il eût été difficile de douter : on aurait pensé, avec quelque vraisemblance, que les hommes sont comme les arbres et les légumes, qu'il ne faut planter et semer que dans certaines saisons. Il n'eût servi de rien contre les astrologues de dire : « Mon fils est né dans un temps heureux, et cependant il est mort au berceau; » l'astrologue aurait répondu : « il arrive souvent que les arbres plantés dans la saison convenable périssent; je vous ai répondu des astres, mais je ne vous ai pas répondu du vice de conformation que vous avez communiqué à votre enfant : l'astrologie n'opère que quand aucune cause ne s'oppose au bien que les astres peuvent faire. »

On n'aurait pas mieux réussi à décréditer l'astrologie en disant : « De deux enfants qui sont nés dans la même minute, l'un a été roi, l'autre n'a été que marguillier de sa paroisse; » car on aurait très-bien pu se défendre, en faisant voir que le paysan a fait sa fortune lorsqu'il est devenu marguillier, comme le prince en devenant roi.

Et si on alléguait qu'un bandit que Sixte-Quint fit pendre était né au même temps que Sixte-Quint, qui de gardeur de cochons devint pape, les astrologues diraient qu'on s'est trompé de quelques secondes, et qu'il est impossible, dans les règles, que la même étoile donne la tiare et la potence. Ce n'est donc que parce qu'une foule d'expériences a démenti les prédictions, que les hommes se sont aperçus à la fin que l'art est illusoire; mais, avant d'être détrompés, ils ont été long-temps crédules.

Un des plus fameux mathématiciens de l'Europe, nommé Stoffler,

qui florissait aux xv° et xvi° siècles, et qui travailla longtemps
à la réforme du calendrier proposée au concile de Constance, prédit
un déluge universel pour l'année 1524. Ce déluge devait arriver
au mois de février, et rien n'est plus plausible; car Saturne, Jupiter
et Mars se trouvèrent alors en conjonction dans le signe des poissons.
Tous les peuples de l'Europe, de l'Asie, et de l'Afrique, qui entendirent
parler de la prédiction, furent consternés. Tout le monde s'attendit
au déluge, malgré l'arc-en-ciel. Plusieurs auteurs contemporains rapportent que les habitants des provinces maritimes de l'Allemagne s'em-
pressaient de vendre à vil prix leurs terres à ceux qui avaient le plus
d'argent, et qui n'étaient pas si crédules qu'eux. Chacun se munissait
d'un bateau comme d'une arche. Un docteur de Toulouse, nommé
Auriol, fit faire surtout une grande arche pour lui, sa famille et ses
amis; on prit les mêmes précautions dans une grande partie de l'Italie.
Enfin le mois de février arriva, et il ne tomba pas une goutte d'eau;
jamais mois ne fut plus sec, et jamais les astrologues ne furent plus
embarrassés. Cependant ils ne furent ni découragés, ni négligés parmi
nous; presque tous les princes continuèrent de les consulter.

Je n'ai pas l'honneur d'être prince; cependant le célèbre comte de
Boulainvilliers, et un Italien, nommé Colonne, qui avait beaucoup de
réputation à Paris, me prédirent l'un et l'autre que je mourrais infailliblement à l'âge de trente-deux ans. J'ai eu la malice de les tromper
déjà de près de trente années, de quoi je leur demande humblement
pardon.

ASTRONOMIE, et quelques réflexions sur l'astrologie. — M. Duval[1]
qui a été, si je ne me trompe, bibliothécaire de l'empereur François I°,
a rendu compte de la manière dont un pur instinct, dans son enfance,
lui donna les premières idées d'astronomie. Il contemplait la lune qui,
en s'abaissant vers le couchant, semblait toucher aux derniers arbres
d'un bois; il ne douta pas qu'il ne la trouvât derrière ces arbres; il
y courut, et fut étonné de la voir au bout de l'horizon.

Les jours suivants, la curiosité le força de suivre le cours de cet
astre, et il fut encore plus surpris de le voir se lever et se coucher à des
heures différentes.

Les formes diverses qu'il prenait de semaine en semaine, sa dispa-
rition totale durant quelques nuits, augmentèrent son attention. Tout
ce que pouvait faire un enfant, était d'observer et d'admirer; c'était
beaucoup; il n'y en a pas un sur dix mille qui ait cette curiosité et cette
persévérance.

Il étudia comme il put pendant une année entière, sans autre livre
que le ciel, et sans autre maître que ses yeux. Il s'aperçut que les
étoiles ne changeaient point entre elles de position. Mais le brillant de
l'étoile de Vénus fixant ses regards, elle lui parut avoir un cours particulier à peu près comme la lune; il l'observa toutes les nuits; elle

---

[1]. Valentin Jameray, connu sous le nom de Duval, né à Artonay, village de
Champagne, en 1695, mort à Vienne en Autriche le 3 septembre 1775. (ÉD.)

disparut longtemps à ses yeux, et il la revit enfin devenue l'étoile du matin au lieu de l'étoile du soir.

La route du soleil, qui de mois en mois se levait et se couchait dans des endroits du ciel différents, ne lui échappa point; il marqua les solstices avec deux piquets, sans savoir ce que c'était que les solstices.

Il me semble que l'on pourrait profiter de cet exemple pour enseigner l'astronomie à un enfant de dix à douze ans, beaucoup plus facilement que cet enfant extraordinaire dont je parle n'en apprit par lui-même les premiers éléments.

C'est d'abord un spectacle très-attachant, pour un esprit bien disposé par la nature, de voir que les différentes phases de la lune ne sont autre chose que celles d'une boule autour de laquelle on fait tourner un flambeau qui tantôt en laisse voir un quart, tantôt une moitié, et qui la laisse invisible quand on met un corps opaque entre elle et le flambeau. C'est ainsi qu'en usa Galilée, lorsqu'il expliqua les véritables principes de l'astronomie devant le doge et les sénateurs de Venise sur la tour de Saint-Marc; il démontra tout aux yeux.

En effet, non-seulement un enfant, mais un homme mûr qui n'a vu les constellations que sur des cartes, a beaucoup de peine à les reconnaître quand il les cherche dans le ciel. L'enfant concevra très-bien en peu de temps les causes de la course apparente du soleil et de la révolution journalière des étoiles fixes.

Il reconnaîtra surtout les constellations à l'aide de ces quatre vers latins, faits par un astronome il y a environ cinquante ans, et qui ne sont pas assez connus :

Delta aries, Perseum taurus, geminique capellam,
Nil cancer, plaustrum leo, virgo comam atque bootem,
Libra anguem, anguiferum fert scorpius, Antinoum arcus,
Delphinum caper, amphora equos, Cepheida pisces.

Les systèmes de Ptolémée et de Ticho-Brahé ne méritent pas qu'on lui en parle, puisqu'ils sont faux : ils ne peuvent jamais servir qu'à expliquer quelques passages des anciens auteurs qui ont rapport aux erreurs de l'antiquité; par exemple, dans le second livre des *Métamorphoses* d'Ovide, le Soleil dit à Phaéton (vers 70, 72, 73) :

Adde quod assidua rapitur vertigine cœlum,

Nitor in adversum, nec me, qui cetera, vincit
Impetus, et rapido contrarius evehor orbi.

Un mouvement rapide emporte l'empyrée.
Je résiste moi seul, moi seul je suis vainqueur;
Je marche contre lui dans ma course assurée.

Cette idée d'un premier mobile qui faisait tourner un prétendu fir-

___

1. Il n'est peut-être pas inutile de faire observer ici que cet enfant, qui devint un homme de lettres très-instruit et d'un esprit original et piquant, n'eut jamais que des connaissances très-médiocres en astronomie. (Ed. de Kehl.)

mément en vingt-quatre heures d'un mouvement impossible, et du
soleil qui, entraîné par ce premier mobile, s'avançait pourtant insen-
siblement d'occident en orient par un mouvement propre qui n'a aucune cause, ne ferait qu'embarrasser un jeune commençant.

Il suffit qu'il sache que, soit que la terre tourne sur elle-même et
autour du soleil, soit que le soleil achève sa révolution en une année,
les apparences sont à peu près les mêmes, et qu'en astronomie on est
obligé de juger par ses yeux avant que d'examiner les choses en physicien.

Il connaîtra bien vite la cause des éclipses de lune et de soleil, et
pourquoi il n'y en a point tous les mois. Il lui semblera d'abord que le
soleil se trouvant chaque mois en opposition ou en conjonction avec la
lune, nous devrions avoir chaque mois une éclipse de lune et une de
soleil. Mais dès qu'il saura que ces deux astres ne se meuvent point
dans un même plan, et sont rarement sur la même ligne avec la terre,
il ne sera plus surpris.

On lui fera aisément comprendre comment on a pu prédire les
éclipses, en connaissant la ligne circulaire dans laquelle s'accomplis-
sent le mouvement apparent du soleil et le mouvement réel de la lune.
On lui dira que les observateurs ont su, par l'expérience et par le calcul, combien de fois ces deux astres se sont rencontrés précisément
dans la même ligne avec la terre en dix-neuf années et quelques
heures, après quoi ces astres paraissent recommencer le même cours;
de sorte qu'en faisant les corrections nécessaires aux petites inégalités
qui arrivaient dans ces dix-neuf années, on prédisait au juste quel
jour, quelle heure et quelle minute il y aurait une éclipse de lune ou
de soleil. Ces premiers éléments entrent aisément dans la tête d'un
enfant qui a quelque conception.

La précession des équinoxes même ne l'effrayera pas. On se conten-
tera de lui dire que le soleil a paru avancer continuellement dans sa
course annuelle d'un degré en soixante et douze ans vers l'orient, et
que c'est ce que voulait dire Ovide par ce vers que nous avons cité :

Contrarius eechot orbi.

Ma carrière est contraire au mouvement des cieux.

Ainsi le bélier, dans lequel le soleil entrait autrefois au commencement du printemps, est aujourd'hui à la place où était le taureau; et
tous les almanachs ont tort de continuer, par un respect ridicule pour
l'antiquité, à placer l'entrée du soleil dans le bélier au premier jour du
printemps.

Quand on commence à posséder quelques principes d'astronomie, on
ne peut mieux faire que de lire les *Institutions* de M. Lemonnier, et
tous les articles de M. d'Alembert dans l'*Encyclopédie* concernant cette
science. Si on les rassemblait, ils feraient le traité le plus complet et
le plus clair que nous ayons eu.

Ce que nous venons de dire du changement arrivé dans le ciel, et
de l'entrée du soleil dans d'autres constellations que celles qu'il occupait autrefois, était le plus fort argument contre les prétendues règles

de l'astrologie judiciaire. Il ne parait pas cependant qu'on ait fait valoir cette preuve avant notre siècle pour détruire cette extravagance universelle, qui a si longtemps infecté le genre humain, et qui est encore fort en vogue dans la Perse.

Un homme né, selon l'almanach, quand le soleil était dans le signe du lion, devait être nécessairement courageux ; mais malheureusement il était né en effet sous le signe de la vierge ; ainsi il aurait fallu que Gauric et Michel Morin eussent changé toutes les règles de leur art.

Une chose assez plaisante, c'est que toutes les lois de l'astrologie étaient contraires à celles de l'astronomie. Les misérables charlatans de l'antiquité et leurs sots disciples, qui ont été si bien reçus et si bien payés chez tous les princes de l'Europe, ne parlaient que de Mars et de Vénus stationnaires et rétrogrades. Ceux qui avaient Mars stationnaire devaient être toujours vainqueurs ; Vénus stationnaire rendait tous les amants heureux ; si on était né quand Vénus était rétrograde, c'était ce qui pouvait arriver de pis. Mais le fait est que les astres n'ont jamais été ni rétrogrades ni stationnaires ; et il suffirait d'une légère connaissance de l'optique pour le démontrer.

Comment donc s'est-il pu faire que, malgré la physique et la géométrie, cette ridicule chimère de l'astrologie ait dominé jusqu'à nos jours, au point que nous avons vu des hommes distingués par leurs connaissances, et surtout très-profonds dans l'histoire, entêtés toute leur vie d'une erreur si méprisable ? Mais cette erreur était ancienne, et cela suffit.

Les Égyptiens, les Chaldéens, les Juifs, avaient prédit l'avenir ; donc on peut aujourd'hui le prédire. On enchantait les serpents, on évoquait des ombres ; donc on peut aujourd'hui évoquer des ombres et enchanter des serpents. Il n'y a qu'à savoir bien précisément la formule dont on se servait. Si on ne fait plus de prédictions, ce n'est pas la faute de l'art, c'est la faute des artistes. Michel Morin est mort avec son secret. C'est ainsi que les alchimistes parlent de la pierre philosophale. « Si nous ne la trouvons pas aujourd'hui, disent-ils, c'est que nous ne sommes pas encore assez au fait ; mais il est certain qu'elle est dans la Clavicule de Salomon ; » et, avec cette belle certitude, plus de deux cents familles se sont ruinées en Allemagne et en France.

Digression sur l'astrologie si improprement nommée JUDICIAIRE. — Ne vous étonnez donc point si la terre entière a été la dupe de l'astrologie. Ce pauvre raisonnement : « Il y a de faux prodiges, donc il y en a de vrais, » n'est ni d'un philosophe ni d'un homme qui ait connu le monde.

« Cela est faux et absurde ; donc cela sera cru par la multitude ; » voilà une maxime plus vraie.

Étonnez-vous encore moins que tant d'hommes, d'ailleurs très-élevés au-dessus du vulgaire, tant de princes, tant de papes, qu'on n'aurait pas trompés sur le moindre de leurs intérêts, aient été si ridiculement séduits par cette impertinence de l'astrologie. Ils étaient très-orgueilleux et très-ignorants. Il n'y avait d'étoiles que pour eux ;

le reste de l'univers était de la canaille dont les étoiles ne se mêlaient pas. Ils ressemblaient à ce prince qui tremblait d'une comète, et qui répondait gravement à ceux qui ne la craignaient pas : « Vous en parlez fort à votre aise ; vous n'êtes pas princes. »

Le fameux duc Valstein fut un des plus infatués de cette chimère. Il se disait prince, et par conséquent pensait que le zodiaque avait été formé tout exprès pour lui. Il n'assiégeait une ville, il ne livrait une bataille, qu'après avoir tenu son conseil avec le ciel ; mais comme ce grand homme était fort ignorant, il avait établi pour chef de ce conseil un fripon d'Italien, nommé Jean-Baptiste Seni, auquel il entretenait un carrosse à six chevaux, et donnait la valeur de vingt mille de nos livres de pension. Jean-Baptiste Seni ne put jamais prévoir que Valstein serait assassiné par les ordres de son gracieux souverain Ferdinand II, et que lui Seni s'en retournerait à pied en Italie.

Il est évident qu'on ne peut rien savoir de l'avenir que par conjectures. Ces conjectures peuvent être si fortes qu'elles approcheront d'une certitude. Vous voyez une baleine avaler un petit garçon ; vous pourriez parier dix mille contre un qu'il sera mangé ; mais vous n'en êtes pas absolument sûr, après les aventures d'Hercule, de Jonas et de Roland le fou, qui restèrent si longtemps dans le ventre d'un poisson.

On ne peut trop répéter qu'Albert le Grand et le cardinal d'Ailli ont fait tous deux l'horoscope de Jésus-Christ. Ils ont lu évidemment dans les astres combien de diables il chasserait du corps des possédés, et par quel genre de mort il devait finir ; mais malheureusement ces deux savants astrologues n'ont rien dit qu'après coup.

Nous verrons ailleurs que, dans une secte qui passe pour chrétienne[1], on ne croit pas qu'il soit possible à l'intelligence suprême de voir l'avenir autrement que par une suprême conjecture ; car l'avenir n'existant point, c'est, selon eux, une contradiction dans les termes, de voir présent ce qui n'est pas.

ATHÉE. — *Section I.* — Il y a eu beaucoup d'athées chez les chrétiens ; il y en a aujourd'hui beaucoup moins. Ce qui paraîtra d'abord un paradoxe, et qui à l'examen paraîtra une vérité, c'est que la théologie avait souvent jeté les esprits dans l'athéisme, et qu'enfin la philosophie les en a retirés. Il fallait en effet pardonner autrefois aux hommes de douter de la Divinité, quand les seuls qui la leur annonçaient disputaient sur sa nature. Les premiers Pères de l'Église faisaient presque tous Dieu corporel ; les autres, ensuite, ne lui donnant point d'étendue, le logeaient cependant dans une partie du ciel : il avait selon les uns créé le monde dans le temps, et selon les autres il avait créé le temps ; ceux-là lui donnaient un fils semblable à lui ; ceux-ci n'accordaient point que le fils fût semblable au père. On disputait sur la manière dont une troisième personne dérivait des deux autres.

1. Les Sociniens. (Éd.)

On agitait si le fils avait été composé de deux personnes sur la terre. Ainsi la question était, sans qu'on s'en aperçût, s'il y avait dans la Divinité cinq personnes, en comptant deux pour Jésus-Christ sur la terre et trois dans le ciel; ou quatre personnes, en ne comptant le Christ en terre que pour une; ou trois personnes, en ne regardant le Christ que comme Dieu. On disputait sur sa mère, sur la descente dans l'enfer et dans les limbes, sur la manière dont on mangeait le corps de l'homme-Dieu, et dont on buvait le sang de l'homme-Dieu, et sur sa grâce, et sur ses saints, et sur tant d'autres matières. Quand on voyait les confidents de la Divinité si peu d'accord entre eux, et prononçant anathème les uns contre les autres, de siècle en siècle, mais tous d'accord dans la soif immodérée des richesses et de la grandeur; lorsque d'un autre côté on arrêtait la vue sur ce nombre prodigieux de crimes et de malheurs dont la terre était infectée, et dont plusieurs étaient causés par les disputes mêmes de ces maîtres des âmes : il faut l'avouer, il semblait permis à l'homme raisonnable de douter de l'existence d'un être si étrangement annoncé, et à l'homme sensible d'imaginer qu'un Dieu qui aurait fait librement tant de malheureux n'existait pas.

Supposons, par exemple, un physicien du xvᵉ siècle, qui lit, dans la Somme de saint Thomas, ces paroles : *Virtus cœli, loco spermatis, sufficit cum elementis et putrefactione ad generationem animalium imperfectorum.* « La vertu du ciel, au lieu de sperme, suffit avec les éléments et la putréfaction pour la génération des animaux imparfaits. » Voici comme ce physicien aura raisonné : « Si la pourriture suffit avec les éléments pour faire des animaux informes, apparemment qu'un peu plus de pourriture et un peu plus de chaleur fait aussi ces animaux plus complets. La vertu du ciel n'est ici que la vertu de la nature. Je penserai donc, avec Épicure et saint Thomas, que les hommes ont pu naître du limon de la terre et des rayons du soleil : c'est encore une origine assez noble pour des êtres si malheureux et si méchants. Pourquoi admettrai-je un Dieu créateur qu'on ne me présente que sous tant d'idées contradictoires et révoltantes ? » Mais enfin la physique est née, et la philosophie avec elle. Alors on a clairement reconnu que le limon du Nil ne forme ni un seul insecte, ni un seul épi de froment : on a été forcé de reconnaître partout des germes, des rapports, des moyens, et une correspondance étonnante entre tous les êtres. On a suivi les traits de lumière qui partent du soleil pour aller éclairer les globes et l'anneau de Saturne à trois cents millions de lieues, et pour venir sur la terre former deux angles opposés au sommet dans l'œil d'un ciron, et peindre la nature sur sa rétine. Un philosophe a été donné au monde, qui a découvert par quelles simples et sublimes lois tous les globes célestes marchent dans l'abîme de l'espace. Ainsi l'ouvrage de l'univers mieux connu montre un ouvrier, et tant de lois toujours constantes ont prouvé un législateur. La saine philosophie a donc détruit l'athéisme, à qui l'obscure théologie prêtait des armes.

Il n'est resté qu'une seule ressource au petit nombre d'esprits diffi-

ciles qui, plus frappés des injustices prétendues d'un Être suprême
que de sa sagesse, se sont obstinés à nier ce premier moteur. Ils ont
dit : La nature existe de toute éternité; tout est en mouvement dans la
nature; donc tout y change continuellement. Or, si tout change à jamais, il faut que toutes les combinaisons possibles arrivent; donc la
combinaison présente de toutes les choses a pu être le seul effet de ce
mouvement et de ce changement éternel. Prenez six dés; il y a à la
vérité 46 655 à parier contre un que vous n'amènerez pas une chance
de six fois six; mais aussi en 46 655 le pari est égal. Ainsi, dans l'infinité des siècles, une des combinaisons infinies, telle que l'arrangement
présent de l'univers, n'est pas impossible.

On a vu des esprits, d'ailleurs raisonnables, séduits par cet argument; mais ils ne considèrent pas qu'il y a l'infini contre eux, et qu'il
n'y a certainement pas l'infini contre l'existence de Dieu. Ils doivent
encore considérer que si tout change, les moindres espèces des choses
ne devraient pas être immuables, comme elles le sont depuis si longtemps. Ils n'ont du moins aucune raison pour laquelle de nouvelles
sources ne se formeraient pas tous les jours. Il est au contraire très-
probable qu'une main puissante, supérieure à ces changements continuels, arrête toutes les espèces dans les bornes qu'elle leur a prescrites. Ainsi le philosophe qui reconnaît un Dieu a pour lui une foule
de probabilités qui équivalent à la certitude, et l'athée n'a que des doutes.
On peut étendre beaucoup les preuves qui détruisent l'athéisme dans la
philosophie.

Il est évident que, dans la morale, il vaut beaucoup mieux reconnaître un Dieu que n'en point admettre. C'est certainement l'intérêt
de tous les hommes qu'il y ait une Divinité qui punisse ce que la justice humaine ne peut réprimer; mais aussi il est clair qu'il vaudrait
mieux ne pas reconnaître Dieu que d'en adorer un barbare auquel on
sacrifierait des hommes, comme on a fait chez tant de nations.

Cette vérité sera hors de doute par un exemple frappant. Les Juifs,
plus Moïse, n'avaient aucune notion de l'immortalité de l'âme et d'une
autre vie. Leur législateur ne leur annonce de la part de Dieu que des
récompenses et des peines purement temporelles; il ne s'agit donc pour
eux que de vivre. Or, Moïse commande aux lévites d'égorger vingt-trois
mille de leurs frères, pour avoir eu un veau d'or ou doré; dans une
autre occasion, on en massacre vingt-quatre mille pour avoir eu commerce avec les filles du pays; et douze mille sont frappés de mort
parce que quelques-uns d'entre eux ont voulu soutenir l'arche qui était
près de tomber[1]; on peut, en respectant les décrets de la Providence,
affirmer humainement qu'il eût mieux valu pour ces cinquante-neuf
mille hommes, qui ne croyaient pas à une autre vie, être absolument athées et vivre, que d'être égorgés au nom du Dieu qu'ils reconnaissaient.

Il est très-certain qu'on n'enseigne point l'athéisme dans les écoles
des lettrés à la Chine; mais il y a beaucoup de ces lettrés athées,

1. Voy. BIEN (Du bien et du mal physique et moral).

parce qu'ils ne sont que médiocrement philosophes. Or, il est sûr qu'il vaudrait mieux vivre avec eux à Pékin, en jouissant de la douceur de leurs mœurs et de leurs lois, que d'être exposé dans Goa à gémir chargé de fers dans les prisons de l'inquisition, pour en sortir couvert d'une robe ensoufrée, parsemée de diables, et pour expirer dans les flammes.

Ceux qui ont soutenu qu'une société d'athées pouvait subsister, ont donc eu raison; car ce sont les lois qui forment la société; et ces athées, étant d'ailleurs philosophes, peuvent mener une vie très-sage et très-heureuse à l'ombre de ces lois : ils vivront certainement en société plus aisément que des fanatiques superstitieux. Peuplez une ville d'Épicures, de Simonides, de Protagoras, de Desbarreaux, de Spinosas; peuplez une autre ville de jansénistes et de molinistes : dans laquelle pensez-vous qu'il y aura plus de troubles et de querelles? L'athéisme, à ne le considérer que par rapport à cette vie, serait très-dangereux chez un peuple farouche : des notions fausses de la Divinité ne seraient pas moins pernicieuses. La plupart des grands du monde vivent comme s'ils étaient athées : quiconque a vécu et a vu, sait que la connaissance d'un Dieu, sa présence, sa justice, n'ont pas la plus légère influence sur les guerres, sur les traités, sur les objets de l'ambition, de l'intérêt, des plaisirs, qui emportent tous leurs moments; cependant on ne voit point qu'ils blessent grossièrement les règles établies dans la société : il est beaucoup plus agréable de passer sa vie auprès d'eux, qu'avec des superstitieux et des fanatiques. J'attendrai, il est vrai, plus de justice de celui qui croira un Dieu que de celui qui n'en croira pas; mais je n'attendra qu'amertume et persécution du superstitieux. L'athéisme et le fanatisme sont deux monstres qui peuvent dévorer et déchirer la société; mais l'athée, dans son erreur, conserve sa raison qui lui coupe les griffes, et le fanatique est atteint d'une folie continuelle qui aiguise les siennes [1].

Section II. — En Angleterre, comme partout ailleurs, il y a eu et il y a encore beaucoup d'athées par principes; car il n'y a que de jeunes prédicateurs sans expérience et très-mal informés de ce qui se passe au monde, qui assurent qu'il ne peut y avoir d'athées; j'en ai connu en France quelques-uns qui étaient de très-bons physiciens, et j'avoue que j'ai été bien surpris que des hommes qui démêlent si bien les ressorts de la nature, s'obstinassent à méconnaître la main qui préside si visiblement au jeu de ces ressorts.

Il me paraît qu'un des principes qui les conduisent au matérialisme, c'est qu'ils croient le monde infini et plein, et la matière éternelle : il faut bien que ce soient ces principes qui les égarent, puisque presque tous les newtoniens que j'ai vus, admettant le vide et la matière finie, admettent conséquemment un Dieu.

En effet, si la matière est infinie, comme tant de philosophes, et Descartes même, l'ont prétendu, elle a par elle-même un attribut de

1. Voy. RELIGION.

l'Être suprême; et le vide est impossible, la matière existe nécessairement; si elle existe nécessairement, elle existe de toute éternité; donc dans ces principes on peut se passer d'un Dieu créateur, fabricateur, et conservateur de la matière.

Je sais bien que Descartes, et la plupart des écoles qui ont cru le plein et la matière indéfinie, ont cependant admis un Dieu; mais c'est que les hommes ne raisonnent et ne se conduisent presque jamais selon leurs principes.

Si les hommes raisonnaient conséquemment, Épicure et son apôtre Lucrèce auraient dû être les plus religieux défenseurs de la Providence qu'ils combattaient; car en admettant le vide et la matière finie, vérité qu'ils ne faisaient qu'entrevoir, il s'ensuivait nécessairement que la matière n'était pas l'être nécessaire, existant par lui-même, puisqu'elle n'était pas indéfinie. Ils avaient donc dans leur propre philosophie, malgré eux-mêmes, une démonstration qu'il y a un autre Être suprême, nécessaire, infini, et qui a fabriqué l'univers. La philosophie de Newton, qui admet et qui prouve la matière finie et le vide, prouve aussi démonstrativement un Dieu.

Aussi je regarde les vrais philosophes comme les apôtres de la Divinité; il en faut pour chaque espèce d'homme : un catéchiste de paroisse dit à des enfants qu'il y a un Dieu; mais Newton le prouve à des sages.

A Londres, après les guerres de Cromwell sous Charles II, comme à Paris, après les guerres des Guises sous Henri IV, on se piquait beaucoup d'athéisme; les hommes ayant passé de l'excès de la cruauté à celui des plaisirs, et ayant corrompu leur esprit successivement dans la guerre et dans la mollesse, ne raisonnaient que très-médiocrement; plus on a depuis étudié la nature, plus on a connu son auteur.

J'ose croire une chose, c'est que de toutes les religions le théisme est la plus répandue dans l'univers : elle est la religion dominante à la Chine; c'est la secte des sages chez les mahométans; et de dix philosophes chrétiens il y en a huit de cette opinion; elle a pénétré jusque dans les écoles de théologie, dans les cloîtres, et dans le conclave : c'est une espèce de secte, sans association, sans culte, sans cérémonies, sans dispute et sans zèle, répandue dans l'univers sans avoir été prêchée. Le théisme se rencontre au milieu de toutes les religions comme le judaïsme; ce qu'il y a de singulier, c'est que l'un étant le comble de la superstition, abhorré des peuples et méprisé des sages, est toléré partout à prix d'argent; et l'autre étant l'opposé de la superstition, inconnu au peuple, et embrassé par les seuls philosophes, n'a d'exercice public qu'à la Chine.

Il n'y a point de pays dans l'Europe où il y ait plus de théistes qu'en Angleterre. Plusieurs personnes demandent s'ils ont une religion ou non.

Il y a deux sortes de théistes : ceux qui pensent que Dieu a fait le monde sans donner à l'homme des règles du bien et du mal; il est clair que ceux-là ne doivent avoir que le nom de philosophes.

Il y a ceux qui croient que Dieu a donné à l'homme une loi naturelle, et il est certain que ceux-là ont une religion, quoiqu'ils n'aient pas de culte extérieur. Ce sont, à l'égard de la religion chrétienne, des ennemis pacifiques qu'elle porte dans son sein, et qui renoncent à elle sans songer à la détruire. Toutes les autres sectes veulent dominer; chacune est comme les corps politiques qui veulent se nourrir de la substance des autres, et s'élever sur leur ruine : le théisme seul a toujours été tranquille. On n'a jamais vu de théistes qui aient cabalé dans aucun État.

Il y a eu à Londres une société de théistes qui s'assemblèrent pendant quelque temps auprès du temple Voer; ils avaient un petit livre de leurs lois; la religion, sur laquelle on a composé ailleurs tant de gros volumes, ne contenait pas deux pages de ce livre. Leur principal axiome était ce principe : La morale est la même chez tous les hommes, donc elle vient de Dieu; le culte est différent, donc il est l'ouvrage des hommes.

Le second axiome était, que les hommes étant tous frères et reconnaissant le même Dieu, il est exécrable que des frères persécutent leurs frères, parce qu'ils témoignent leur amour au père de famille d'une manière différente. En effet, disaient-ils, quel est l'honnête homme qui ira tuer son frère aîné ou son frère cadet, parce que l'un aura salué leur père commun à la chinoise et l'autre à la hollandaise, surtout dès qu'il ne sera pas bien décidé dans la famille de quelle manière le père veut qu'on lui fasse la révérence? il paraît que celui qui en userait ainsi serait plutôt un mauvais frère qu'un bon fils.

Je sais bien que ces maximes mènent tout droit au « dogme abominable et exécrable de la tolérance; » aussi je ne fais que rapporter simplement les choses. Je me donne bien de garde d'être controversiste. Il faut convenir cependant que, si les différentes sectes qui ont déchiré les chrétiens avaient eu cette modération, la chrétienté aurait été troublée par moins de désordres, saccagée par moins de révolutions, et inondée par moins de sang.

Plaignons les théistes de combattre notre sainte révélation. Mais d'où vient que tant de calvinistes, de luthériens, d'anabaptistes, de nestoriens, d'ariens, de partisans de Rome, d'ennemis de Rome, ont été si sanguinaires, si barbares, et si malheureux, persécutants et persécutés? c'est qu'ils étaient *peuple*. D'où vient que les théistes, même en se trompant, n'ont jamais fait de mal aux hommes? c'est qu'ils sont *philosophes*. La religion chrétienne a coûté à l'humanité plus de dix-sept millions d'hommes, à ne compter qu'un million d'hommes par siècle, tant ceux qui ont péri par les mains des bourreaux de la justice, que ceux qui sont morts par la main des autres bourreaux soudoyés et rangés en bataille, le tout pour le salut du prochain et la plus grande gloire de Dieu.

J'ai vu des gens s'étonner qu'une religion aussi modérée que le théisme, et qui paraît si conforme à la raison, n'ait jamais été répandue parmi le peup.

Chez le vulgaire grand et petit, on trouve de pieuses herbières, de dévotes revendeuses, de molinistes duchesses, de scrupuleuses coutu-

rières, qui se feraient brûler pour l'anabaptisme; de saints cochers de
fiacre qui sont tout à fait dans les intérêts de Luther ou d'Arius; mais
enfin dans ce peuple on ne voit point de théistes : c'est que le théisme
doit encore moins s'appeler une religion qu'un système de philosophie,
et que le vulgaire des grands et le vulgaire des petits n'est point philosophe.

Locke était un théiste déclaré. J'ai été étonné de trouver dans le
chapitre des idées innées de ce grand philosophe, que les hommes ont
tous des idées différentes de la justice. Si cela était, la morale ne serait plus la même, la voix de Dieu ne se ferait plus entendre aux
hommes; il n'y a plus de religion naturelle. Je veux croire avec lui
qu'il y a des nations où l'on mange son père, et où l'on rend un service
d'ami en couchant avec la femme de son voisin; mais si cela est vrai,
cela n'empêche pas que cette loi : « Ne fais pas à autrui ce que tu ne
voudrais pas qu'on te fît, » ne soit une loi générale; car si on mange
son père, c'est quand il est vieux, qu'il ne peut plus se traîner, et
qu'il serait mangé par les ennemis; or, quel est le père, je vous prie,
qui n'aimât mieux fournir un bon repas à son fils qu'à l'ennemi de sa
nation? De plus, celui qui mange son père, espère qu'il sera mangé à
son tour par ses enfants.

Si l'on rend service à son voisin en couchant avec sa femme, c'est
lorsque ce voisin ne peut avoir un fils, et on veut avoir un; car autrement il en serait fort fâché. Dans l'un et l'autre de ces cas, et dans
tous les autres, la loi naturelle : « Ne fais à autrui que ce que tu voudrais qu'on te fît, » subsiste. Toutes les autres règles si diverses et si
variées se rapportent à celle-là. Lors donc que le sage métaphysicien
Locke dit que les hommes n'ont point d'idées innées, et qu'ils ont des
idées différentes du juste et de l'injuste, il ne prétend pas assurément
que Dieu n'ait pas donné à tous les hommes cet instinct d'amour-propre qui les conduit tous nécessairement[1].

ATHÉISME. — Section I. De la comparaison si souvent faite entre
l'athéisme et l'idolâtrie. — Il me semble que dans le Dictionnaire encyclopédique on ne réfute pas aussi fortement qu'on l'aurait pu le sentiment du jésuite Richeome sur les athées et sur les idolâtres; sentiment soutenu autrefois par saint Thomas, saint Grégoire de Nazianze,
saint Cyprien, et Tertullien; sentiment qu'Arnobe étalait avec beaucoup de force quand il disait aux païens : « Ne rougissez-vous pas de nous
reprocher notre mépris pour vos dieux, et n'est-il pas beaucoup plus
juste de ne croire aucun Dieu, que de leur imputer des actions infâmes[2]? » sentiment établi longtemps auparavant par Plutarque, qui
dit[3] « qu'il aime beaucoup mieux qu'on dise qu'il n'y a point de Plutarque, que si on disait, il y a un Plutarque inconstant, colère, et

1. Voy. les articles AMOUR-PROPRE, ATHÉISME et THÉISME du présent Dictionnaire; la Profession de foi des théistes (Mélanges, année 1768), et les Lettres de
Memmius à Cicéron (Mélanges, année 1771).
2. Arnobe, Adversus gentes, liv. V. (ÉD.)
3. Plutarque, De la Superstition. (ÉD.)

vindicatif; s'est enfin fortifié par tous les efforts de la dialectique de Bayle.

Voici le fond de la dispute, mis dans un jour assez éblouissant par le jésuite Richeome, et rendu encore plus spécieux par la manière dont Bayle le fait valoir [1].

« Il y a deux portiers à la porte d'une maison; on leur demande : « Peut-on parler à votre maître? — Il n'y est pas, répond l'un. — Il y « est, répond l'autre, mais il est occupé à faire de la fausse monnaie, « de faux contrats, des poignards, et des poisons, pour perdre ceux qui « n'ont fait qu'accomplir ses desseins. » L'athée ressemble au premier de ces portiers, le païen à l'autre. Il est donc visible que le païen offense plus grièvement la Divinité que ne le fait l'athée. »

Avec la permission du P. Richeome et même de Bayle, ce n'est point là du tout l'état de la question. Pour que le premier portier ressemble aux athées, il ne faut pas qu'il dise : « Mon maître n'est point ici; » il faudrait qu'il dît : « Je n'ai point de maître; celui que vous tendez mon maître n'existe point; mon camarade est un sot, qui vous dit que monsieur est occupé à composer des poisons et à aiguiser des poignards pour assassiner ceux qui ont exécuté ses volontés. Un tel être n'existe point dans le monde. »

Richeome a donc fort mal raisonné; et Bayle, dans son discours un peu diffus, s'est oublié jusqu'à faire à Richeome l'honneur de le commenter fort mal à propos.

Plutarque semble s'exprimer bien mieux en préférant les gens qui assurent qu'il n'y a point de Plutarque, à ceux qui prétendent que Plutarque est un homme insociable. Que lui importe en effet qu'on dise qu'il n'est pas au monde? mais il lui importe beaucoup qu'on ne flétrisse pas sa réputation. Il n'en est pas ainsi de l'Être suprême.

Plutarque n'entame pas encore le véritable objet qu'il faut traiter, Il ne s'agit pas de savoir qui offense le plus l'Être suprême, de celui qui le nie, ou de celui qui le défigure; il est impossible de savoir autrement que par la révélation, si Dieu est offensé des vains discours que les hommes tiennent de lui.

Les philosophes, sans y penser, tombent presque toujours dans les idées du vulgaire, en supposant que Dieu est jaloux de sa gloire, qu'il est colère, qu'il aime la vengeance, et en prenant des figures de rhétorique pour des idées réelles. L'objet intéressant pour l'univers entier est de savoir s'il ne vaut pas mieux, pour le bien de tous les hommes, admettre un Dieu rémunérateur et vengeur, qui récompense les bonnes actions cachées, et qui punit les crimes secrets, que de n'en admettre aucun.

Bayle s'épuise à rapporter toutes les infamies que la fable impute aux dieux de l'antiquité; ses adversaires lui répondent par des lieux communs qui ne signifient rien : les partisans de Bayle et ses ennemis ont presque toujours combattu sans se rencontrer. Ils conviennent tous que Jupiter était un adultère, Vénus une impudique, Mercure un fripou ; mais ce n'est pas, à ce qu'il me semble, ce qu'il fallait considérer ; on devait distinguer les Métamorphoses d'Ovide de la religion des anciens Romains. Il est très-certain qu'il n'y a jamais eu de temple ni chez eux, ni même chez les Grecs, dédié à Mercure le fripon, à Vénus l'impudique, à Jupiter l'adultère.

Le dieu que les Romains appelaient *Deus optimus, maximus*, très-bon, très-grand, n'était pas censé encourager Clodius à coucher avec la femme de César, ni César à être le giton du roi Nicomède.

Cicéron ne dit point que Mercure excita Verrès à voler la Sicile, quoique Mercure, dans la fable, eût volé les vaches d'Apollon. La véritable religion des anciens était que Jupiter, *très-bon et très-juste*, et les dieux secondaires, punissaient le parjure dans les enfers. Aussi les Romains furent-ils très-longtemps les plus religieux observateurs des serments. La religion fut donc très-utile aux Romains. Il n'était point du tout ordonné de croire aux deux œufs de Léda, au changement de la fille d'Inachus en vache, à l'amour d'Apollon pour Hyacinthe.

Il ne faut donc pas dire que la religion de Numa déshonorait la Divinité. On a donc longtemps disputé sur une chimère ; et c'est ce qui n'arrive que trop souvent.

On demande ensuite si un peuple d'athées peut subsister ; il me semble qu'il faut distinguer entre le peuple proprement dit, et une société de philosophes au-dessus du peuple. Il est très-vrai que partout pays la populace a besoin du plus grand frein, et que si Bayle avait eu seulement cinq à six cents paysans à gouverner, il n'aurait pas manqué de leur annoncer un Dieu rémunérateur et vengeur. Mais Bayle n'en aurait pas parlé aux épicuriens, qui étaient des gens riches, amoureux du repos, cultivant toutes les vertus sociales, et surtout l'amitié, fuyant l'embarras et le danger des affaires publiques, menant enfin une vie commode et innocente. Il me paraît qu'ainsi la dispute est finie, quant à ce qui regarde la société et la politique. Il

Pour les peuples entièrement sauvages, on a déjà dit qu'on ne peut les compter ni parmi les athées ni parmi les théistes. Leur demander leur croyance, ce serait autant que leur demander s'ils sont pour Aristote ou pour Démocrite ; ils ne connaissent rien ; ils ne sont pas plus athées que péripatéticiens.

Mais on peut insister, on peut dire : Ils vivent en société, et ils sont sans Dieu ; donc on peut vivre en société sans religion.

En ce cas, je répondrai que les loups vivent ainsi, et que ce n'est pas une société qu'un assemblage de barbares anthropophages tels que vous les supposez ; et je vous demanderai toujours si, quand vous avez prêté votre argent à quelqu'un de votre société, vous voudriez que ni votre débiteur, ni votre procureur, ni votre notaire, ni votre juge, ne crussent en Dieu.

Section II. Des athées modernes. Raisons des adorateurs de Dieu. —
Nous sommes des êtres intelligents ; or, des êtres intelligents ne peuvent avoir été formés par un être brut, aveugle, insensible : il y a certainement quelque différence entre les idées de Newton et des

croûtes de mulet. L'intelligence de Newton venait donc d'une autre intelligence.

« Quand nous voyons une belle machine, nous disons qu'il y a un bon machiniste, et que ce machiniste a un excellent entendement. Le monde est assurément une machine admirable; donc il y a dans le monde une admirable intelligence, quelque part où elle soit. Cet argument est vieux, et n'en est pas plus mauvais.

« Tous les corps vivants sont composés de leviers, de poulies, qui agissent suivant les lois de la mécanique; de liqueurs que les lois de l'hydrostatique font perpétuellement circuler; et quand on songe que tous ces êtres ont du sentiment, qui n'a aucun rapport à leur organisation, on est accablé de surprise.

« Le mouvement des astres, celui de notre petite terre autour du soleil, tout s'opère en vertu des lois de la mathématique la plus profonde. Comment Platon, qui ne connaissait pas une de ces lois, l'éloquent mais le chimérique Platon, qui disait que la terre était fondée sur un triangle quadrilatère, et l'eau sur un triangle rectangle; l'étrange Platon, qui dit qu'il ne peut y avoir que cinq mondes, parce qu'il n'y a que cinq corps réguliers; comment, dis-je, Platon, qui ne savait pas seulement la trigonométrie sphérique, a-t-il eu cependant un génie assez beau, un instinct assez heureux, pour appeler Dieu l'*éternel géomètre*, pour sentir qu'il existe une intelligence formatrice? Spinosa lui-même l'avoue. Il est impossible de se débattre contre cette vérité, qui nous environne et qui nous presse de tous côtés.

Raisons des athées. — J'ai cependant connu des mutins qui disent qu'il n'y a point d'intelligence formatrice, et que le mouvement seul a formé par lui-même tout ce que nous voyons et tout ce que nous sommes. Ils vous disent hardiment : La combinaison de cet univers était possible, puisqu'elle existe : donc il était possible que le mouvement l'arrangeât. Prenez quatre astres seulement, Mars, Vénus, Mercure, et la Terre : ne songeons d'abord qu'à la place où ils sont, en faisant abstraction de tout le reste, et voyons combien nous avons de probabilités pour que le seul mouvement les mette à ces places respectives. Nous n'avons que vingt-quatre chances dans cette combinaison, c'est-à-dire, il n'y a que vingt-quatre contre un à parier que ces astres ne se trouveront pas où ils sont les uns par rapport aux autres. Ajoutons à ces quatre globes celui de Jupiter; il n'y aura que cent vingt contre un à parier que Jupiter, Mars, Vénus, Mercure, et notre globe, ne seront pas placés où nous les voyons.

Ajoutez-y enfin Saturne : il n'y aura que sept cent vingt hasards contre un, pour mettre ces six grosses planètes dans l'arrangement qu'elles gardent entre elles selon leurs distances données. Il est donc démontré qu'en sept cent vingt jets, le seul mouvement a pu mettre ces six planètes principales dans leur ordre.

Prenez ensuite tous les astres secondaires, toutes leurs combinaisons, tous leurs mouvements, tous les êtres qui végètent, qui vivent, qui sentent, qui pensent, qui agissent dans tous les globes, vous n'aurez

qu'à augmenter le nombre des chances : multipliez ce nombre dans
toute l'éternité, jusqu'au nombre que notre faiblesse appelle infini; il y
aura toujours une unité en faveur de la formation du monde ; tel qu'il
est, par le seul mouvement : donc il est possible que dans toute l'éternité le seul mouvement de la matière ait produit l'univers entier tel
qu'il existe. Il est même nécessaire que dans l'éternité cette combinaison arrive. Ainsi, disent-ils, non-seulement il est possible que le monde
soit tel qu'il est par le seul mouvement, mais il était impossible qu'il
ne fût pas de cette façon après des combinaisons infinies.

Réponse. — Toute cette supposition me paraît prodigieusement chimérique, pour deux raisons : la première, c'est que dans cet univers
il y a des êtres intelligents, et que vous ne sauriez prouver qu'il soit
possible que le seul mouvement produise l'entendement; la seconde,
c'est que, de votre propre aveu, il y a l'infini contre un à parier qu'une
cause intelligente formatrice anime l'univers. Quand on est tout seul
vis-à-vis l'infini, on est bien pauvre.

Encore une fois, Spinosa lui-même admet cette intelligence; c'est la
base de son système. Vous ne l'avez pas lu, et il faut le lire. Pourquoi
voulez-vous aller plus loin que lui, et plonger par un sot orgueil votre
faible raison dans un abîme où Spinosa n'a pas osé descendre? Sentez-
vous bien l'extrême folie de dire que c'est une cause aveugle qui fait
que le carré d'une révolution d'une planète est toujours au carré des
révolutions des autres planètes, comme le cube de sa distance est au
cube des distances des autres au centre commun? Ou les astres sont
de grands géomètres, ou l'éternel géomètre a arrangé les astres.

Mais où est l'éternel géomètre? est-il en un lieu ou en tout lieu,
sans occuper d'espace? Je n'en sais rien. Est-ce de sa propre substance
qu'il a arrangé toutes choses? Je n'en sais rien. Est-il immense sans
quantité et sans qualité? Je n'en sais rien. Tout ce que je sais, c'est
qu'il faut l'adorer et être juste.

Nouvelle objection d'un athée moderne[1]. — Peut-on dire que les
parties des animaux soient conformées selon leurs besoins? Quels sont
ces besoins? la conservation et la propagation. Or faut-il s'étonner
que, des combinaisons infinies que le hasard a produites, il n'ait pu
subsister que celles qui avaient des organes propres à la nourriture et
à la continuation de leur espèce? toutes les autres n'ont-elles pas dû
nécessairement périr?

Réponse. — Ce discours, rebattu d'après Lucrèce, est assez réfuté
par la sensation donnée aux animaux, et par l'intelligence donnée à
l'homme. Comment des combinaisons *que le hasard a produites* pro-
duiraient-elles cette sensation et cette intelligence (ainsi qu'on vient
de le dire au paragraphe précédent)? Oui, sans doute, les membres
des animaux sont faits pour tous leurs besoins avec un art incompréhensible, et vous n'avez pas même la hardiesse de le nier. Vous n'en

1. *Essai de cosmologie*, par Maupertuis, Ire partie. (ÉD.)

parlez plus. Vous sentez que vous n'avez rien à répondre à ce grand argument que la nature fait contre vous. La disposition d'une aile de mouche, les organes d'un limaçon, suffisent pour vous atterrer.

Objection de Maupertuis[1]. — Les physiciens modernes n'ont fait qu'étendre ces prétendus arguments, ils les ont souvent poussés jusqu'à la minutie et à l'indécence. On a trouvé Dieu dans les plis de la peau du rhinocéros : on pouvait, avec le même droit, nier son existence à cause de l'écaille de la tortue.

Réponse. — Quel raisonnement! La tortue et le rhinocéros, et toutes les différentes espèces, prouvent également, dans leurs variétés infinies, la même cause, le même dessein, le même but, qui sont la conservation, la génération, et la mort. L'unité se trouve dans cette infinie variété; l'écaille et la peau rendent également témoignage. Quoi! nier Dieu parce que l'écaille ne ressemble pas à du cuir! Et des journalistes ont prodigué à ces inepties des éloges qu'ils n'ont pas donnés à Newton et à Locke, tous deux adorateurs de la Divinité en connaissance de cause!

Objection de Maupertuis. — A quoi sert la beauté et la convenance dans la construction du serpent? Il peut, dit-on, avoir des usages que nous ignorons. Taisons-nous donc, au moins, et n'admirons pas un animal que nous ne connaissons que par le mal qu'il fait.

Réponse. — Taisez-vous donc aussi, puisque vous ne concevez pas son utilité plus que moi; ou avouez que tout est admirablement proportionné dans les reptiles.

Il y en a de venimeux, vous l'avez été vous-même. Il ne s'agit ici que de l'art prodigieux qui a formé les serpents, les quadrupèdes, les oiseaux, les poissons, et les bipèdes. Cet art est assez manifeste. Vous demandez pourquoi le serpent nuit. Et vous, pourquoi avez-vous eu tant de fois? pourquoi avez-vous été persécuteur, ce qui est le plus grand des crimes pour un philosophe? C'est une autre question, c'est celle du mal moral et du mal physique. Il y a longtemps qu'on demande pourquoi il y a tant de serpents et tant de méchants hommes pires que les serpents. Si les mouches pouvaient raisonner, elles se plaindraient à Dieu de l'existence des araignées; mais elles avoueraient ce que Minerve avoua d'Arachné, dans la fable, qu'elle arrange merveilleusement sa toile.

Il faut donc absolument reconnaître une intelligence ineffable que Spinosa même admettait. Il faut convenir qu'elle éclate dans le plus vil insecte comme dans les astres. Et à l'égard du mal moral et physique, que dire et que faire? se consoler par la jouissance du bien physique et moral, en adorant l'Être éternel qui a fait l'un et permis l'autre.

Encore un mot sur cet article. L'athéisme est le vice de quelques

___

1. *Essai de cosmologie*, par Maupertuis, Ire partie. (Éd.)

gens d'esprit, et la superstition le vice des sots ; mais les fripons ! que sont-ils ? des fripons.

Nous croyons ne pouvoir mieux faire que de transcrire ici une pièce de vers chrétiens faite à l'occasion d'un livre d'athéisme sous le nom *Des trois imposteurs*, qu'un M. de Trawsmandorf prétendit avoir retrouvé[1].

Section III. — *Des injustes accusations, et de la Justification de Vanini.* — Autrefois quiconque avait un secret dans un art courait risque de passer pour un sorcier ; toute nouvelle secte était accusée d'égorger des enfants dans ses mystères ; et tout philosophe qui s'écartait du jargon de l'école était accusé d'athéisme par les fanatiques et par les fripons, et condamné par les sots.

Anaxagore ose-t-il prétendre que le soleil n'est pas conduit par Apollon monté sur un quadrige ; on l'appelle athée, et il est contraint de fuir.

Aristote est accusé d'athéisme par un prêtre ; et ne pouvant faire punir son accusateur, il se retire à Chalcis. Mais la mort de Socrate est ce que l'histoire de la Grèce a de plus odieux.

Aristophane (cet homme que les commentateurs admirent parce qu'il était Grec, ne songeant pas que Socrate était Grec aussi), Aristophane fut le premier qui accoutuma les Athéniens à regarder Socrate comme un athée.

Ce poëte comique, qui n'est ni comique ni poëte, n'aurait pas été admis parmi nous à donner ses farces à la foire Saint-Laurent ; il me paraît beaucoup plus bas et plus méprisable que Plutarque ne le dépeint. Voici ce que le sage Plutarque dit[2] de ce farceur : « Le langage d'Aristophane sent son misérable charlatan ; ce sont les pointes les plus basses et les plus dégoûtantes ; il n'est pas même plaisant pour le peuple, et il est insupportable aux gens de jugement et d'honneur ; on ne peut souffrir son arrogance, et les gens de bien détestent sa malignité. »

C'est donc là, pour le dire en passant, le Tabarin que Mme Dacier, admiratrice de Socrate, ose admirer ; voilà l'homme qui prépara de loin le poison dont des juges infames firent périr l'homme le plus vertueux de la Grèce.

Les tanneurs, les cordonniers et les couturières d'Athènes applaudirent à une farce dans laquelle on représentait Socrate élevé en l'air dans un panier, annonçant qu'il n'y avait point de Dieu, et se vantant d'avoir volé un manteau en enseignant la philosophie. Un peuple entier, dont le mauvais gouvernement autorisait de si infâmes licences, méritait bien ce qui lui est arrivé, de devenir l'esclave des Romains, et de l'être aujourd'hui des Turcs. Les Russes, que la Grèce aurait autrefois appelés *barbares*, et qui la protégent aujourd'hui, n'auraient ni empoisonné Socrate ni condamné à mort Alcibiade.

Franchissons tout l'espace des temps entre la république romaine et

---

1. *Épîtres*, année 1769. (Éd.)
2. *Comparaison d'Aristophane et de Ménandre.* (Éd.)

noûs. Les Romains, bien plus sages que les Grecs, n'ont jamais persécuté aucun philosophe pour ses opinions. Il n'en est pas ainsi chez les peuples barbares qui ont succédé à l'empire romain. Dès que l'empereur Frédéric II a des querelles avec les papes, on l'accuse d'être athée, et d'être l'auteur du livre des *Trois imposteurs*, conjointement avec son chancelier De Vineis.

Notre grand chancelier de L'Hospital se déclare-t-il contre les persécutions, on l'accuse aussitôt d'athéisme [1], *Homo doctus, sed verus atheus.*

Un jésuite autant au-dessous d'Aristophane qu'Aristophane est au-dessous d'Homère, un malheureux dont le nom est devenu ridicule parmi les fanatiques mêmes, le jésuite Garasse, en un mot, trouve partout des *athéistes*; c'est ainsi qu'il nomme tous ceux contre lesquels il se déchaîne. Il appelle Théodore de Bèze athéiste; c'est lui qui a induit le public en erreur sur Vanini.

La fin malheureuse de Vanini ne nous émeut point d'indignation et de pitié comme celle de Socrate, parce que Vanini n'était qu'un pédant étranger sans mérite; mais enfin Vanini n'était point athée comme on l'a prétendu; il était précisément tout le contraire.

C'était un pauvre prêtre napolitain, prédicateur et théologien de son métier, disputeur à outrance sur les quiddités et sur les universaux, *et utrum chimera bombinans in vacuo possit comedere secundas intentiones.* Mais d'ailleurs, il n'y avait en lui veine qui tendît à l'athéisme. Sa notion de Dieu est de la théologie la plus saine et la plus approuvée. « Dieu est son principe et sa fin, père de l'un et de l'autre, et n'ayant besoin ni de l'un ni de l'autre; éternel sans être dans le temps, présent partout sans être en aucun lieu. Il n'y a pour lui ni passé ni futur; il est partout et hors de tout, gouvernant tout, et ayant tout créé, immuable, infini sans parties; son pouvoir est sa volonté, etd. » Cela n'est pas bien philosophique, mais cela est de la théologie la plus approuvée.

Vanini se piquait de renouveler ce beau sentiment de Platon embrassé par Averroès, que Dieu avait créé une chaîne d'êtres depuis le plus petit jusqu'au plus grand, dont le dernier chaînon est attaché à son trône éternel; idée, à la vérité, plus sublime que vraie, mais qui est aussi éloignée de l'athéisme que l'être du néant.

Il voyagea pour faire fortune et pour disputer; mais malheureusement la dispute est le chemin opposé à la fortune; on se fait autant d'ennemis irréconciliables qu'on trouve de savants ou de pédants contre lesquels on argumente. Il n'y eut point d'autre source du malheur de Vanini; sa chaleur et sa grossièreté dans la dispute lui valurent la haine de quelques théologiens; et ayant eu une querelle avec un nommé Francon, ou Franconi, ce Francon, ami de ses ennemis, ne manqua pas de l'accuser d'être athée enseignant l'athéisme.

Ce Francon ou Franconi, aidé de quelques témoins, eut la barbarie de soutenir à la confrontation ce qu'il avait avancé. Vanini sur la sellette, interrogé sur ce qu'il pensait de l'existence de Dieu, répondit

---

1. *Commentarium rerum Gallicarum* lib. XXVIII.

qu'il adorait avec l'Église un Dieu en trois personnes. Ayant pris à
terre une paille : « Il suffit de ce fétu, dit-il, pour prouver qu'il y a un
créateur. » Alors il prononça un très-beau discours sur la végétation et
le mouvement, et sur la nécessité d'un Être suprême, sans lequel il n'y
aurait ni mouvement ni végétation.

Le président Grammont, qui était alors à Toulouse, rapporte ce discours dans son *Histoire de France*, aujourd'hui si oubliée ; et ce même
Grammont, par un préjugé inconcevable, prétend que Vanini disait
tout cela *par vanité, ou par crainte, plutôt que par une persuasion
intérieure*.

Sur quoi peut être fondé ce jugement téméraire et atroce du président Grammont ? Il est évident que sur la réponse de Vanini on devait
l'absoudre de l'accusation d'athéisme. Mais qu'arriva-t-il ? ce malheureux prêtre étranger se mêlait aussi de médecine ; on trouva un gros
crapaud vivant, qu'il conservait chez lui dans un vase plein d'eau ; on
ne manqua pas de l'accuser d'être sorcier. On soutint que ce crapaud
était le dieu qu'il adorait ; on donna un sens impie à plusieurs passages
de ses livres, ce qui est très-aisé et très-commun, en prenant des objections pour les réponses, en interprétant avec malignité quelque
phrase louche, en empoisonnant une expression innocente. Enfin la
faction qui l'opprimait arracha des juges l'arrêt qui condamna ce malheureux à la mort.

Pour justifier cette mort, il fallait bien accuser cet infortuné de ce
qu'il y avait de plus affreux. Le minime et très-minime Mersenne a
poussé la démence jusqu'à imprimer que Vanini *était parti de Naples
avec douze de ses apôtres pour aller convertir toutes les nations à l'a-
théisme*. Quelle pitié ! comment un pauvre aurait-il pu avoir
douze hommes à ses gages ? comment aurait-il pu persuader douze Na-
politains de voyager à grands frais pour répandre partout cette doctrine
révoltante au péril de leur vie ? Un roi serait-il assez puissant pour
payer douze prédicateurs d'athéisme ? Personne, avant le P. Mersenne,
n'avait avancé une si énorme absurdité. Mais après lui on l'a répétée,
on en a infecté les journaux, les dictionnaires historiques ; et le monde,
qui aime l'extraordinaire, a cru cette fable sans examen.

Bayle lui-même, dans ses *Pensées diverses*, parle de Vanini comme
d'un athée : il se sert de cet exemple pour appuyer son paradoxe qu'*une
société d'athées peut subsister* ; il assure que Vanini était un homme de
mœurs très-réglées, et qu'il fut le martyr de son opinion philosophique.
Il se trompe également sur ces deux points. Le prêtre Vanini nous apprend dans ses *Dialogues*, faits à l'imitation d'Érasme, qu'il avait eu
une maîtresse nommée Isabelle. Il était libre dans ses écrits comme
dans sa conduite ; mais il n'était point athée.

Un siècle après sa mort, le savant La Croze, et celui qui a pris le
nom de Philalète, ont voulu le justifier ; mais, comme personne ne
s'intéresse à la mémoire d'un malheureux Napolitain, très-mauvais auteur, presque personne ne lit ces apologies.

Le jésuite Hardouin, plus savant que Garasse, et non moins téméraire, accuse d'athéisme, dans son livre intitulé *Athei detecti*, les Des-

cartes, les Arnauld, les Pascal, les Nicole, les Malebranche : heureusement ils n'ont pas eu le sort de Vanini.

Section IV. — Disons un mot de la question de morale agitée par
Bayle, savoir, *si une société d'athées pourrait subsister.* Remarquons
d'abord sur cet article, quelle est l'énorme contradiction des hommes
dans la dispute : ceux qui se sont élevés contre l'opinion de Bayle avec
le plus d'emportement, ceux qui lui ont nié avec le plus d'injures la
possibilité d'une société d'athées, ont soutenu depuis avec la même
intrépidité que l'athéisme est la religion du gouvernement de la
Chine.

Ils se sont assurément bien trompés sur le gouvernement chinois ; ils
n'avaient qu'à lire les édits des empereurs de ce vaste pays, ils auraient
vu que ces édits sont des sermons, et que partout il y est parlé de l'Être
suprême, gouverneur, vengeur et rémunérateur.

Mais en même temps ils ne se sont pas moins trompés sur l'impossibilité d'une société d'athées ; et je ne sais comment M. Bayle a pu
oublier un exemple frappant qui aurait pu rendre sa cause victorieuse.

En quoi une société d'athées paraît-elle impossible ? C'est qu'on juge
que des hommes qui n'auraient pas de frein ne pourraient jamais vivre
ensemble ; que les lois ne peuvent rien contre les crimes secrets ; qu'il
faut un Dieu vengeur qui punisse dans ce monde-ci ou dans l'autre les
méchants échappés à la justice humaine.

Les lois de Moïse, il est vrai, n'enseignaient point une vie à venir,
ne menaçaient point de châtiments après la mort, n'enseignaient point
aux premiers Juifs l'immortalité de l'âme ; mais les Juifs, loin d'être
athées, loin de croire se soustraire à la vengeance divine, étaient les
plus religieux de tous les hommes. Non-seulement ils croyaient l'existence d'un Dieu éternel, mais ils la croyaient toujours présent parmi
eux ; ils tremblaient d'être punis dans eux-mêmes, dans leurs femmes,
dans leurs enfants, dans leur postérité, jusqu'à la quatrième génération : ce frein était très-puissant.

Mais, chez les gentils, plusieurs sectes n'avaient aucun frein : les
sceptiques doutaient de tout ; les académiciens suspendaient leur jugement sur tout ; les épicuriens étaient persuadés que la Divinité ne pouvait se mêler des affaires des hommes, et, dans le fond, ils n'admettaient aucune divinité. Ils étaient convaincus que l'âme n'est point une
substance, mais une faculté qui naît et qui périt avec le corps ; par
conséquent ils n'avaient aucun joug que celui de la morale et de l'honneur. Les sénateurs et les chevaliers romains étaient de véritables
athées, car les dieux n'existaient pas pour des hommes qui ne craignaient ni n'espéraient rien d'eux. Le sénat romain était donc réellement une assemblée d'athées du temps de César et de Cicéron.

Ce grand orateur, dans sa harangue pour Cluentius, dit à tout le

1. Les autres personnages que le P. Hardouin traite d'athées sont Ci Jansénius, Ambroise Victor (c'est-à-dire André Martin), L. Thomassin, P. Quesnel,
Ant. Legrand et Silvain Régis. (*Note de M. Beuchot.*)

sénat assemblé : « Quel mal lui fait la mort? nous rejetons toutes les
fables ineptes des enfers : qu'est-ce donc que la mort lui a ôté? rien
que le sentiment des douleurs. »

César, l'ami de Catilina, voulant sauver la vie de son ami contre ce
même Cicéron, ne lui objecte-t-il pas que ce n'est point punir un criminel que de le faire mourir, que la mort n'est rien, que c'est seulement la fin de nos maux, que c'est un moment plus heureux que fatal?
Cicéron et tout le sénat ne se rendent-ils pas à ces raisons? Les vainqueurs et les législateurs de l'univers connu formaient donc visiblement une société d'hommes qui ne craignaient rien des dieux, qui
étaient de véritables athées.

Bayle examine ensuite si l'idolâtrie est plus dangereuse que l'athéisme;
si c'est un crime plus grand de ne point croire à la Divinité que d'avoir
d'elle des opinions indignes : il est en cela du sentiment de Plutarque;
il croit qu'il vaut mieux n'avoir nulle opinion qu'une mauvaise opinion;
mais, n'en déplaise à Plutarque, il est évident qu'il valait infiniment
mieux pour les Grecs de craindre Cérès, Neptune et Jupiter, que de ne
rien craindre du tout. Il est clair que la sainteté des serments est nécessaire, et qu'on doit se fier davantage à ceux qui pensent qu'un faux
serment sera puni, qu'à ceux qui pensent qu'ils peuvent faire un faux
serment avec impunité. Il est indubitable que, dans une ville policée,
il est infiniment plus utile d'avoir une religion, même mauvaise, que
de n'en avoir point du tout.

Il paraît donc que Bayle devait plutôt examiner quel est le plus dangereux, du fanatisme, ou de l'athéisme. Le fanatisme est certainement
mille fois plus funeste; car l'athéisme n'inspire point de passion sanguinaire, mais le fanatisme en inspire; l'athéisme ne s'oppose pas aux
crimes, mais le fanatisme les fait commettre. Supposons, avec l'auteur
du *Commentarium rerum Gallicarum*, que le chancelier de L'Hospital
fût athée; il n'a fait que de sages lois, et n'a conseillé que la modération et la concorde : les fanatiques commirent les massacres de la
Saint-Barthélemy. Hobbes passa pour un athée; il mena une vie tranquille et innocente : les fanatiques de son temps inondèrent de sang
l'Angleterre, l'Écosse, et l'Irlande. Spinosa était non-seulement athée,
mais il enseigna l'athéisme : ce ne fut pas lui assurément qui eut part
à l'assassinat juridique de Barneveldt; ce ne fut pas lui qui déchira les
deux frères de Wit en morceaux, et qui les mangea sur le gril.

Les athées sont pour la plupart des savants hardis et égarés qui raisonnent mal, et qui, ne pouvant comprendre la création, l'origine du
mal, et d'autres difficultés, ont recours à l'hypothèse de l'éternité des
choses et de la nécessité.

Les ambitieux, les voluptueux, n'ont guère le temps de raisonner,
et d'embrasser un mauvais système; ils ont autre chose à faire qu'à
comparer Lucrèce avec Socrate. C'est ainsi que vont les choses
parmi nous.

Il n'en était pas ainsi du sénat de Rome, qui était presque tout composé d'athées de théorie et de pratique, c'est-à-dire qui ne croyaient
ni à la Providence ni à une vie future; ce sénat était une assemblée de

philosophes, de voluptueux et d'ambitieux, tous très-dangereux, et qui perdirent la république. L'épicuréisme subsista sous les empereurs : les athées du sénat avaient été des factieux dans les temps de Sylla et de César ; ils furent sous Auguste et Tibère des athées esclaves.

Je ne voudrais pas avoir affaire à un prince athée, qui trouverait son intérêt à me faire piler dans un mortier : je suis bien sûr que je serais pilé. Je ne voudrais pas, si j'étais souverain, avoir affaire à des courtisans athées, dont l'intérêt serait de m'empoisonner : il me faudrait prendre au hasard du contre-poison tous les jours. Il est donc absolument nécessaire pour les princes et pour les peuples, que l'idée d'un Être suprême, créateur, gouverneur, rémunérateur et vengeur, soit profondément gravée dans les esprits.

Il y a des peuples athées, dit Bayle dans ses *Pensées sur les comètes*. Les Cafres, les Hottentots, les Topinambous, et beaucoup d'autres petites nations, n'ont point de Dieu : ils ne le nient ni ne l'affirment ; ils n'en ont jamais entendu parler. Dites-leur qu'il y en a un, ils le croiront aisément ; dites-leur que tout se fait par la nature des choses, ils vous croiront de même. Prétendre qu'ils sont athées est la même imputation que si l'on disait qu'ils sont anti cartésiens ; ils ne sont ni pour ni contre Descartes. Ce sont de vrais enfants ; un enfant n'est ni athée ni déiste, il n'est rien.

Quelle conclusion tirerons-nous de ceci ? Que l'athéisme est un monstre très-pernicieux dans ceux qui gouvernent ; qu'il l'est aussi dans les gens de cabinet, quoique leur vie soit innocente, parce que de leur cabinet ils peuvent percer jusqu'à ceux qui sont en place ; que, s'il n'est pas si funeste que le fanatisme, il est presque toujours fatal à la vertu. Ajoutons surtout qu'il y a moins d'athées aujourd'hui que jamais, depuis que les philosophes ont reconnu qu'il n'y a aucun être végétant sans germe, aucun germe sans dessein, etc., et que le blé ne vient point de pourriture.

Des géomètres non philosophes ont rejeté les causes finales, mais les vrais philosophes les admettent ; et, comme l'a dit un auteur connu [1], un catéchiste annonce Dieu aux enfants, et Newton le démontre aux sages.

S'il y a des athées, à qui doit-on s'en prendre, sinon aux tyrans mercenaires des âmes, qui, en nous révoltant contre leurs fourberies, forcent quelques esprits faibles à nier le Dieu que ces monstres déshonorent ? Combien de fois les sangsues du peuple ont-elles porté les citoyens accablés jusqu'à se révolter contre leur roi [2] ?

Des hommes engraissés de notre substance nous crient : « Soyez persuadés qu'une ânesse a parlé ; croyez qu'un poisson a avalé un homme et l'a rendu au bout de trois jours sain et gaillard sur le rivage ; ne doutez pas que le Dieu de l'univers n'ait ordonné à un prophète juif de manger de la merde (*Ézéchiel*), et à un autre prophète d'acheter deux catins, et de leur faire des fils de p.... (*Osée*) (ce sont

---

1. Voltaire lui-même : voy. l'article THÉISME, imprimé dès 1742. (ÉD.)
2. Voy. l'article FRAUDE.

les propres mots qu'on fait prononcer au Dieu de vérité et de pureté) croyez cent choses, ou visiblement abominables ou mathématiquement impossibles ; sinon le Dieu de miséricorde vous brûlera, non-seulement pendant des millions de milliards de siècles au feu d'enfer, mais pendant toute l'éternité, soit que vous ayez un corps, soit que vous n'en ayez pas. »

Ces inconcevables bêtises révoltent des esprits faibles et téméraires, aussi bien que des esprits fermes et sages. Ils disent : « Nos maîtres nous peignent Dieu comme le plus insensé et comme le plus barbare de tous les êtres ; donc il n'y a pas de Dieu ; » mais ils devraient dire : « Donc nos maîtres attribuent à Dieu leurs absurdités et leurs fureurs, donc Dieu est le contraire de ce qu'ils annoncent, donc Dieu est aussi sage et aussi bon qu'ils le disent fou et méchant. » C'est ainsi que s'expliquent les sages. Mais si un fanatique les entend, il les dénonce à un magistrat sergent de prêtres ; et ce sergent les fait brûler à petit feu, croyant venger et imiter la majesté divine qu'il outrage.

ATOMES. — Épicure, aussi grand génie qu'homme respectable par ses mœurs, qui a mérité que Gassendi prît sa défense, après Épicure, Lucrèce, qui força la langue latine à exprimer les idées philosophiques, et (ce qui attira l'admiration de Rome) à les exprimer en vers ; Épicure et Lucrèce, dis-je, admirent les atomes et le vide ; Gassendi soutint cette doctrine, et Newton la démontra. En vain un reste de cartésianisme combattait pour le plein ; en vain Leibnitz, qui avait d'abord adopté le système raisonnable d'Épicure, de Lucrèce, de Gassendi et de Newton, changea d'avis sur le vide, quand il fut brouillé avec Newton son maître : le plein est aujourd'hui regardé comme une chimère. Boileau, qui était un homme de très-grand sens, a dit avec beaucoup de raison (Épître V, v. 31-32) :

Que Rohault vainement sèche pour concevoir
Comment, tout étant plein, tout a pu se mouvoir.

Le vide est reconnu : on regarde les corps les plus durs comme des cribles ; et ils sont tels en effet. On admet des atomes, des principes insécables, inaltérables, qui constituent l'immutabilité des éléments et des espèces ; qui font que le feu est toujours feu, soit qu'on l'aperçoive, soit qu'on ne l'aperçoive pas ; que l'eau est toujours eau, la terre toujours terre, et que les germes imperceptibles qui forment l'homme ne forment point un oiseau.

Épicure et Lucrèce avaient déjà établi cette vérité, quoique noyée dans des erreurs. Lucrèce dit en parlant des atomes (liv. I, v. 575) :

Sunt igitur solida pollentia simplicitate,
Le soutien de leur être est la simplicité.

Sans ces éléments d'une nature immuable, il est à croire que l'univers ne serait qu'un chaos : et en cela Épicure et Lucrèce paraissent de vrais philosophes.

Leurs intermèdes, qu'on a tant tournés en ridicules, ne sont autre chose que l'espace non résistant dans lequel Newton a démontré que les planètes parcourent leurs orbites dans des temps proportionnels à leurs aires : ainsi ce n'étaient pas les intermèdes d'Épicure qui étaient ridicules, ce furent leurs adversaires.

Mais lorsque ensuite Épicure nous dit que ses atomes ont décliné par hasard dans le vide; que cette déclinaison a formé par hasard les hommes et les animaux; que les yeux par hasard se trouvèrent au haut de la tête, et les pieds au bout des jambes; que les oreilles n'ont point été données pour entendre, mais que la déclinaison des atomes ayant fortuitement composé des oreilles, alors les hommes s'en sont servis fortuitement pour écouter; cette démence, qu'on appelait *physique*, a été traitée de ridicule à très-juste titre.

Les vrais philosophes ont donc distingué depuis longtemps ce qu'Épicure et Lucrèce ont de bon d'avec leurs chimères fondées sur l'imagination et l'ignorance. Les esprits les plus soumis ont adopté la création dans le temps, et les plus hardis ont admis la création de tout temps; et les uns ont reçu avec foi un univers tiré du néant; les autres, ne pouvant comprendre cette physique, ont cru que tous les êtres étaient des émanations du grand Être, de l'Être suprême et universel; mais tous ont rejeté le concours fortuit des atomes; tous ont reconnu que le hasard est un mot vide de sens. Ce que nous appelons *hasard* n'est et ne peut être que la cause ignorée d'un effet connu. Comment donc se peut-il faire qu'on accuse encore les philosophes de penser que l'arrangement prodigieux et ineffable de cet univers soit une production du concours fortuit des atomes, un effet du hasard? ni Spinosa ni personne n'a dit cette absurdité.

Cependant le fils du grand Racine dit, dans son poëme de *la Religion* (Ch. I, v. 113-118):

> O toi qui follement fais ton Dieu du hasard,
> Viens me développer ce nid qu'avec tant d'art,
> Au même ordre toujours architecte fidèle,
> A l'aide de son bec, maçonne l'hirondelle;
> Comment, pour élever ce hardi bâtiment,
> A-t-elle en le broyant arrondi son ciment?

Ces vers sont assurément en pure perte : personne ne fait son Dieu du hasard; personne n'a dit « qu'une hirondelle, en broyant, en arrondissant son ciment, ait élevé son hardi bâtiment par hasard. » On dit au contraire, « qu'elle fait son nid par les lois de la nécessité, » qui est l'opposé du hasard. Le poëte Rousseau tombe dans le même défaut dans une épitre à ce même Racine :

> De là sont nés, Épicures nouveaux
> Ces plans fameux, ces systèmes si beaux,
> Qui, dirigeant sur votre prud'hommie
> Du monde entier toute l'économie,
> Vous ont appris que ce grand univers
> N'est composé que d'un concours divers

De corps muets, d'insensibles atomes,
Qui, par leur choc, forment tous ces fantômes
Que détermine et conduit le hasard,
Sans que le ciel y prenne aucune part.

Où le versificateur a-t-il trouvé « ces plans fameux d'Épicure nouveaux qui dirige » sur leur prud'homie du monde entier toute l'économie? » Où a-t-il vu « que ce grand univers est composé d'un concours divers de corps muets, » tandis qu'il y en a tant qui retentissent
et qui ont de la voix? Où a-t-il vu « ces insensibles atomes qui forment
des fantômes conduits par le hasard? » C'est ne connaître ni son siècle,
ni la philosophie, ni la poésie, ni sa langue, que de s'exprimer ainsi.
Voilà un plaisant philosophe! L'auteur des Épigrammes sur la sodomie
et la bestialité devait-il écrire si magistralement et si mal sur des matières qu'il n'entendait point du tout, et accuser des philosophes d'un
libertinage d'esprit qu'ils n'avaient point?

Je reviens aux atomes. La seule question qu'on agite aujourd'hui
consiste à savoir si l'auteur de la nature a formé des parties primor-
diales, incapables d'être divisées, pour servir d'éléments inaltérables;
ou si tout se divise continuellement, et se change en d'autres éléments.
Le premier système semble rendre raison de tout, et le second de
rien, du moins jusqu'à présent.

Si les premiers éléments des choses n'étaient pas indestructibles, il
pourrait se trouver à la fin qu'un élément dévorât tous les autres, et
les changeât en sa propre substance. C'est probablement ce qui fit
imaginer à Empédocle que tout venait du feu, et que tout serait détruit
par le feu.

On sait que Robert Boyle, à qui la physique eut tant d'obligations
dans le siècle passé, fut trompé par la fausse expérience d'un chimiste
qui lui fit croire qu'il avait changé de l'eau en terre. Il n'en était rien.
Boerhaave, depuis, découvrit l'erreur par des expériences mieux
faites; mais avant qu'il l'eût découverte, Newton, abusé par Boyle,
comme Boyle l'avait été par son chimiste, avait déjà pensé que les
éléments pouvaient se changer les uns dans les autres; et c'est ce qui
lui fit croire que le globe perdait toujours un peu de son humidité, et
faisait des progrès en sécheresse; qu'ainsi Dieu serait un jour obligé
de remettre la main à son ouvrage: *manum emendatricem desideraret.*

Leibnitz se récria beaucoup contre cette idée, et probablement il eut
raison cette fois contre Newton, *Mundum tradidit disputationi eorum*
(Eccles., ch. III, v. 11).

Mais, malgré cette idée que l'eau peut devenir terre, Newton croyait
aux atomes insécables, indestructibles, ainsi que Gassendi et Boerhaave, ce qui paraît d'abord difficile à concilier; car si l'eau s'était
changée en terre, ses éléments se seraient divisés et perdus.

Cette question rentre dans cette autre question fameuse de la matière divisible à l'infini. Le mot d'atome signifie *non partagé*, sans
parties. Vous le divisez par la pensée; car si vous le divisiez réellement, il ne serait plus atome.

Vous pouvez diviser un grain d'or en dix-huit millions de parties visibles; un grain de cuivre, dissous dans l'esprit de sel ammoniac, a montré aux yeux plus de vingt-deux milliards de parties; mais quand vous êtes arrivé au dernier élément, l'atome échappe au microscope; vous ne divisez plus que par imagination.

Il en est de l'atome divisible à l'infini comme de quelques propositions de géométrie. Vous pouvez faire passer une infinité de courbes entre le cercle et sa tangente; oui, dans la supposition que ce cercle et cette tangente sont des lignes sans largeur; mais il n'y en a point dans la nature.

Vous établissez de même que des asymptotes s'approcheront sans jamais se toucher; mais c'est dans la supposition que ces lignes sont des longueurs sans largeur, des êtres de raison.

Ainsi vous représentez l'unité par une ligne; ensuite vous divisez cette unité et cette ligne en tant de fractions qu'il vous plaît; mais cette infinité de fractions ne sera jamais que votre unité et votre ligne.

Il n'est pas démontré en rigueur que l'atome soit indivisible; mais il paraît prouvé qu'il est indivisé par les lois de la nature.

AUGURE.—Ne faut-il pas être bien possédé du démon de l'étymologie pour dire, avec Pezron et d'autres, que le mot romain *augurium* vient des mots celtiques *au* et *gur*? *Au*, selon ces savants, devait signifier *le foie* chez les Basques et les Bas-Bretons, parce que *asu* qui, disent-ils, signifiait *gauche*, devait aussi désigner le foie, qui est à droite; et que *gur* voulait dire *homme*, ou bien *jaune* ou *rouge* dans cette langue celtique dont il ne nous reste aucun monument. C'est puissamment raisonner.

On a poussé sa curiosité absurde (car il faut appeler les choses par leur nom) jusqu'à faire venir du chaldéen et de l'hébreu certains mots teutons et celtiques. Bochart n'y manque jamais. On admirait autrefois ces pédantes extravagances. Il faut voir avec quelle confiance ces hommes de génie ont prouvé que sur les bords du Tibre on empruntà des expressions du patois des sauvages de la Biscaye. On prétend même que ce patois était un des premiers idiomes de la langue primitive, de la langue mère de toutes les langues qu'on parle dans l'univers entier. Il ne reste plus qu'à dire que les différents ramages des oiseaux viennent du cri des deux premiers perroquets, dont toutes les autres espèces d'oiseaux ont été produites.

La folie religieuse des augures était originairement fondée sur des observations très-naturelles et très-sages. Les oiseaux de passage ont toujours indiqué les saisons; on les voit venir par troupes au printemps, et s'en retourner en automne. Le coucou ne se fait entendre que dans les beaux jours, il semble qu'il les appelle; les hirondelles qui rasent la terre annoncent la pluie; chaque climat a son oiseau qui est en effet son augure.

Parmi les observateurs il se trouva sans doute des fripons qui persuadèrent aux sots qu'il y avait quelque chose de divin dans ces ani maux, et que leur vol présageait nos destinées, qui étaient écrites sous les ailes d'un moineau tout aussi clairement que dans les étoiles.

Les commentateurs de l'histoire allégorique et intéressante de Joseph vendu par ses frères, et devenu premier ministre du pharaon roi d'Égypte pour avoir expliqué un de ses rêves, infèrent que Joseph était savant dans la science des augures, de ce que l'intendant de Joseph est chargé de dire à ses frères[1] : « Pourquoi avez-vous volé la tasse d'argent de mon maître, dans laquelle il boit, et avec laquelle il a coutume de prendre les augures? » Joseph, ayant fait venir ses frères devant lui, leur dit : « Comment avez-vous pu agir ainsi? ignorez-vous que personne n'est semblable à moi dans la science des augures? »

Juda, convient, au nom de ses frères[2], que « Joseph est un grand devin; que c'est Dieu qui l'a inspiré; Dieu a trouvé l'iniquité de vos serviteurs. » Ils prenaient alors Joseph pour un seigneur égyptien. Il est évident, par le texte, qu'ils croyaient que le dieu des Égyptiens et des Juifs avait découvert à ce ministre le vol de sa tasse.

Voilà donc les augures, la divination très-nettement établie dans le livre de la *Genèse*, et si bien établie qu'elle est défendue ensuite dans le *Lévitique*, où il est dit[3] : « Vous ne mangerez rien où il y ait du sang; vous n'observerez ni les augures ni les songes; vous ne couperez point votre chevelure en rond; vous ne vous raserez point la barbe. »

À l'égard de la superstition de voir l'avenir dans une tasse, elle dure encore; cela s'appelle *voir dans le verre*. Il faut n'avoir éprouvé aucune pollution, se tourner vers l'orient, prononcer *abraxa per dominum nostrum*; après quoi on voit dans un verre plein d'eau toutes les choses qu'on veut. On choisit d'ordinaire des enfants pour cette opération; il faut qu'ils aient leurs cheveux; une tête rasée ou une tête en perruque ne peuvent rien voir dans le verre. Cette facétie était fort à la mode en France sous la régence du duc d'Orléans, et encore plus dans les temps précédents.

Pour les augures, ils ont péri avec l'empire romain; les évêques ont seulement conservé le bâton augural, qu'on appelle *crosse*, et qui était une marque distinctive de la dignité des augures; et le symbole du mensonge est devenu celui de la vérité.

Les différentes sortes de divinations étaient innombrables; plusieurs se sont conservées jusqu'à nos derniers temps. Cette curiosité de lire dans l'avenir est une maladie que la philosophie seule peut guérir : car les âmes faibles qui pratiquent encore tous ces prétendus arts de la divination, les fous même qui se donnent au diable, font tous servir la religion à ces profanations qui l'outragent.

C'est une remarque digne des sages, que Cicéron, qui était du collège des augures, ait fait un livre exprès pour se moquer des augures; mais ils n'ont pas moins remarqué que Cicéron, à la fin de

---

[1] *Genèse*, chap. XLIV, v. 5 et suiv. — [2] *Ibid.*, v. 16. — [3] *Lév.*, chap. XIX, v. 26 et 27.

son livre, dit qu'il faut « détruire la superstition, et non pas la religion. Car, ajoute-t-il, la beauté de l'univers et l'ordre des choses célestes nous forcent de reconnaître une nature éternelle et puissante. Il faut maintenir la religion qui est jointe à la connaissance de cette nature, en extirpant toutes les racines de la superstition; car c'est un monstre qui vous poursuit, qui vous presse, de quelque côté que vous tourniez. La rencontre d'un devin prétendu, un présage, une victime immolée, un oiseau, un chaldéen, un aruspice, un éclair, un coup de tonnerre, un événement conforme par hasard à ce qui a été prédit, tout enfin vous trouble et vous inquiète. Le sommeil même, qui devrait faire oublier tant de peines et de frayeurs, ne sert qu'à les redoubler par des images funestes. »

Cicéron croyait ne parler qu'à quelques Romains: il parlait à tous les hommes et à tous les siècles.

La plupart des grands de Rome ne croyaient pas plus aux augures que le pape Alexandre VI, Jules II, et Léon X, ne croyaient à Notre-Dame de Lorette et au sang de saint Janvier. Cependant Suétone rapporte qu'Octave, surnommé *Auguste*, eut la faiblesse de croire qu'un poisson qui sortait hors de la mer sur le rivage d'Actium, lui présageait le gain de la bataille. Il ajoute qu'ayant ensuite rencontré un ânier, il lui demanda le nom de son âne, et que l'ânier lui ayant répondu que son âne s'appelait *Nicolas*, qui signifie *vainqueur des peuples*, Octave ne douta plus de la victoire, et qu'ensuite il fit ériger des statues d'airain à l'ânier, à l'âne, et au poisson sautant. Il assure même que ces statues furent placées dans le Capitole.

Il est fort vraisemblable que ce tyran habile se moquait des superstitions des Romains, et que son âne, son ânier et son poisson n'étaient qu'une plaisanterie. Cependant il se peut très-bien qu'en méprisant toutes les sottises du vulgaire, il en eût conservé quelques-unes pour lui. Le barbare et dissimulé Louis XI avait une foi vive à la croix de Saint-Lô. Presque tous les princes, excepté ceux qui ont eu le temps de lire, et de bien lire, ont un petit coin de superstition.

AUGUSTE OCTAVE. — *Des mœurs d'Auguste.* — On ne peut connaître les mœurs que par les faits, et il faut que ces faits soient incontestables. Il est avéré que cet homme, si immodérément loué d'avoir été le restaurateur des mœurs et des lois, fut longtemps un des plus infâmes débauchés de la république romaine. Son épigramme sur Fulvie, faite après l'horreur des proscriptions, démontre qu'il avait autant de mépris des bienséances dans les expressions, que de barbarie dans sa conduite:

*Quod futuit Glaphyram Antonius, hanc mihi pœnam
Fulvia constituit, se quoque uti futuam.
Fulviam ego ut futuam? Quid si me Manius oret
Pædicem, faciam? non puto, si sapiam.
Aut futue, aut pugnemus, ait. Quid? quod mihi vita
Carior est ipsa mentula, signa canant.*

Cette abominable épigramme est un des plus forts témoignages de l'infamie des mœurs d'Auguste. Sexte Pompée lui reprocha des faiblesses infâmes : *Effeminatum insectatus est*. Antoine, avant le triumvirat, déclara que César, grand-oncle d'Auguste, ne l'avait adopté pour son fils que parce qu'il avait servi à ses plaisirs : *adoptionem avunculi stupro meritum*.

Lucius César lui fit le même reproche, et prétendit même qu'il avait poussé la bassesse jusqu'à vendre son corps à Hirtius pour une somme très-considérable. Son impudence alla depuis jusqu'à arracher une femme consulaire à son mari au milieu d'un souper ; il passa quelque temps avec elle dans un cabinet voisin, et la ramena ensuite à table, sans que lui, ni elle, ni son mari en rougissent. (Suétone, *Octave*, chapitre LXIX.)

Nous avons encore une lettre d'Antoine à Auguste, conçue en ces mots : *Ita valeas, uti tu, hanc epistolam quum leges, non inieris Tertullam, aut Terentillam, aut Rufillam, aut Salviam Titiseniam, aut omnes. Anne refert, ubi, et in quam arrigas?* On n'ose traduire cette lettre licencieuse.

Rien n'est plus connu que ce scandaleux festin de cinq compagnons de ses plaisirs, avec six des principales femmes de Rome. Ils étaient habillés en dieux et en déesses, et ils en imitaient toutes les impudicités inventées dans les fables :

Dum nova divorum cœnat adulteria.
(SUET., *Oct.*, cap. LXX.)

Enfin on le désigna publiquement sur le théâtre par ce fameux vers :

Viden', ut cinædus orbem digito temperet?
(*Ibid.*, cap. LXVIII.)

Le doigt d'un vil giton gouverne l'univers.

Presque tous les auteurs latins qui ont parlé d'Ovide prétendent qu'Auguste n'eut l'insolence d'exiler ce chevalier romain, qui était beaucoup plus honnête homme que lui, que parce qu'il avait été surpris par lui dans un inceste avec sa propre fille Julie, et qu'il ne relégua même sa fille que par jalousie. Cela est d'autant plus vraisemblable que Caligula publiait hautement que sa mère était née de l'inceste d'Auguste et de Julie ; c'est ce que dit Suétone dans la vie de Caligula. (Suétone, *Caligula*, ch. XXIII.)

On sait qu'Auguste avait répudié la mère de Julie le jour même qu'elle accoucha d'elle ; et il enleva le même jour Livie à son mari, grosse de Tibère, autre monstre qui lui succéda. Voilà l'homme à qui Horace disait (ép. I, liv. II) :

Res Italas armis tuteris, moribus ornes,
Legibus emendes, etc.

Il est difficile de n'être pas saisi d'indignation en lisant, à la tête des *Géorgiques*, qu'Auguste est un des plus grands dieux, et qu'on ne sait quelle place il daignera occuper un jour dans le ciel, s'il régnera dans les airs, ou s'il sera le protecteur des villes, ou bien s'il acceptera l'empire des mers.

An deus immensi venias maris, ac tua nautæ
Numina sola colant, tibi serviat ultima Thule.

(VIRG., *Georg.*, I, 29.)

L'Arioste parle bien plus sensément, comme aussi avec plus de grâce, quand il dit, dans son admirable trente-cinquième chant, st. XXVI:

Non fu si santo ne benigno Augusto,
Come la tuba di Virgilio suona;
L'aver acuto in poesia buon gusto,
La proscrizione iniqua gli perdona, etc.

Tyran de son pays, et scélérat habile,
Il mit Pérouse en cendre et Rome dans les fers :
Mais il avait du goût, il se connut en vers;
Auguste au rang des dieux est placé par Virgile.

Des cruautés d'Auguste. — Autant qu'Auguste se livra longtemps à la dissolution la plus effrénée, autant son énorme cruauté fut tranquille et réfléchie. Ce fut au milieu des festins et des fêtes qu'il ordonna des proscriptions; il y eut près de trois cents sénateurs de proscrits, deux mille chevaliers, et plus de cent pères de famille obscurs, mais riches, dont tout le crime était dans leur fortune. Octave et Antoine ne les firent tuer que pour avoir leur argent; et en cela ils ne furent nullement différents des voleurs de grand chemin, qu'on fait expirer sur la roue.

Octave, immédiatement avant la guerre de Pérouse, donna à ses soldats vétérans toutes les terres des citoyens de Mantoue et de Crémone. Ainsi il récompensait le meurtre par la déprédation.

Il n'est que trop certain que le monde fut ravagé, depuis l'Euphrate jusqu'au fond de l'Espagne, par un homme sans pudeur, sans foi, sans honneur, sans probité, fourbe, ingrat, avare, sanguinaire, tranquille dans le crime, et qui, dans une république bien policée, aurait péri par le dernier supplice au premier de ses crimes.

Cependant on admire encore le gouvernement d'Auguste, parce que Rome goûta sous lui la paix, les plaisirs, et l'abondance. Sénèque dit de lui : *Clementiam non voco lassam crudelitatem,* « je n'appelle point clémence la lassitude de la cruauté. »

On croit qu'Auguste devint plus doux quand le crime ne lui fut plus nécessaire, et qu'il vit qu'étant maître absolu, il n'avait plus d'autre intérêt que celui de paraître juste. Mais il me semble qu'il fut toujours plus impitoyable que clément; car après la bataille d'Actium il fit égorger le fils d'Antoine au pied de la statue de César, et il eut la barbarie de faire trancher la tête au jeune Césarion, fils de César et de Cléopâtre, que lui-même avait reconnu pour roi d'Égypte.

Ayant un jour soupçonné le préteur Gallius Quintus d'être venu à

_____
1. *De Clementia*, I, 11. (ÉD.)

l'audience avec un poignard sous sa robe, il le fit appliquer en sa présence à la torture, et, dans l'indignation où il fut de s'entendre appeler tyran par ce sénateur, il lui arracha lui-même les yeux, si on en croit Suétone.

On sait que César, son père adoptif, fut assez grand pour pardonner à presque tous ses ennemis; mais je ne vois pas qu'Auguste ait pardonné à un seul. Je doute fort de sa prétendue clémence envers Cinna. Tacite ni Suétone ne disent rien de cette aventure. Suétone, qui parle de toutes les conspirations faites contre Auguste, n'aurait pas manqué de parler de la plus célèbre. La singularité d'un consulat donné à Cinna pour prix de la plus noire perfidie n'aurait pas échappé à tous les historiens contemporains. Dion Cassius n'en parle qu'après Sénèque; et ce morceau de Sénèque ressemble plus à une déclamation qu'à une vérité historique. De plus, Sénèque met la scène en Gaule, et Dion à Rome. Il y a là une contradiction qui achève d'ôter toute vraisemblance à cette aventure. Aucune de nos histoires romaines, compilées à la hâte et sans choix, n'a discuté ce fait intéressant. L'histoire de Laurent Echard a paru aux hommes éclairés aussi fautive que tronquée : l'esprit d'examen a rarement conduit les écrivains.

Il se peut que Cinna ait été soupçonné ou convaincu par Auguste de quelque infidélité, et qu'après l'éclaircissement Auguste lui ait accordé le vain honneur du consulat; mais il n'est nullement probable que Cinna eût voulu, par une conspiration, s'emparer de la puissance suprême, lui qui n'avait jamais commandé d'armées, qui n'était appuyé d'aucun parti, qui n'était pas, enfin, un homme considérable dans l'empire. Il n'y a pas d'apparence qu'un simple courtisan subalterne ait eu la folie de vouloir succéder à un souverain affermi depuis vingt années, et qui avait des héritiers; et il n'est nullement probable qu'Auguste l'eût fait consul immédiatement après la conspiration.

Si l'aventure de Cinna est vraie, Auguste ne pardonna que malgré lui, vaincu par les raisons ou par les importunités de Livie, qui avait pris sur lui un grand ascendant, et qui lui persuada, dit Sénèque, que le pardon lui serait plus utile que le châtiment. Ce ne fut donc que par politique qu'on le vit une fois exercer la clémence; ce ne fut certainement point par générosité.

Comment peut-on tenir compte à un brigand enrichi et affermi, de jouir en paix du fruit de ses rapines, et de ne pas assassiner tous les jours les fils et les petits-fils des proscrits quand ils sont à genoux devant lui et qu'ils l'adorent? Il fut un politique prudent, après avoir été un barbare; mais il est à remarquer que la postérité ne lui donna jamais le nom de *Vertueux* comme à Titus, à Trajan, aux Antonins. Il s'introduisit même une coutume dans les compliments qu'on faisait aux empereurs à leur avénement; c'était de leur souhaiter d'être plus heureux qu'Auguste et meilleurs que Trajan.

Il est donc permis aujourd'hui de regarder Auguste comme un monstre adroit et heureux.

Louis Racine, fils du grand Racine, et héritier d'une partie de ses talents, semble s'oublier un peu quand il dit dans ses Réflexions sur la poésie, « qu'Horace et Virgile gâtèrent Auguste; qu'ils épuisèrent leur art pour empoisonner Auguste par leurs louanges. » Ces expressions pourraient faire croire que les éloges si bassement prodigués par ces deux grands poëtes, corrompirent le beau naturel de cet empereur. Mais Louis Racine savait très-bien qu'Auguste était un fort méchant homme, indifférent au crime et à la vertu, se servant également des horreurs de l'un et des apparences de l'autre, uniquement attentif à son seul intérêt, n'ensanglantant la terre et ne la pacifiant, n'employant les armes et les lois, la religion et les plaisirs, que pour être le maître, et sacrifiant tout à lui-même. Louis Racine fait voir seulement que Virgile et Horace eurent des âmes serviles.

Il a malheureusement trop raison quand il reproche à Corneille d'avoir dédié *Cinna* au financier Montauron, et d'avoir dit à ce receveur : « Ce que vous avez de commun avec Auguste, c'est surtout cette générosité avec laquelle... ; » car enfin, quoique Auguste ait été le plus méchant des citoyens romains, il faut convenir que le premier des empereurs, le maître, le pacificateur, le législateur de la terre alors connue, ne devait pas être mis absolument de niveau avec un financier, commis d'un contrôleur général en Gaule.

Le même Louis Racine, en condamnant justement l'abaissement de Corneille et la lâcheté du siècle d'Horace et de Virgile, relève merveilleusement un passage du *Petit Carême* de Massillon : « On est aussi coupable quand on manque de vérité aux rois que quand on manque de fidélité; et on aurait dû établir la même peine pour l'adulation que pour la révolte. »

Père Massillon, je vous demande pardon, mais ce trait est bien oratoire, bien prédicateur, bien exagéré. La Ligue et la Fronde ont fait, si je ne me trompe, plus de mal que les prologues de Quinault. Il n'y a pas moyen de condamner Quinault à être roué comme un rebelle. Père Massillon, *est modus in rebus*; et c'est ce qui manque net à tous les faiseurs de sermons.

AUGUSTIN. — Ce n'est pas comme évêque, comme docteur, comme Père de l'Église, que je considère ici saint Augustin, natif de Tagaste, c'est en qualité d'homme. Il s'agit ici d'un point de physique qui regarde le climat d'Afrique.

Il me semble que saint Augustin avait environ quatorze ans lorsque son père, qui était pauvre, le mena avec lui aux bains publics. On dit qu'il était contre l'usage et la bienséance qu'un père se baignât avec son fils[1]; et Bayle même fait cette remarque[2]. Oui, les patriciens à Rome, les chevaliers romains, ne se baignaient pas avec leurs enfants dans les étuves publiques; mais croira-t-on que le pauvre peuple, qui allait au bain pour un liard, fût scrupuleux observateur des bienséances des riches?

L'homme opulent couchait dans un lit d'ivoire et d'argent, sur des tapis de pourpre, sans draps, avec sa concubine; sa femme, dans un

1. Valère Maxime, liv. II, chap. I, n° 7.
2. Dans son *Dictionnaire*, au mot AUGUSTIN. (Éd.)

autre appartement parfumé, couchait avec son amant. Les enfants, les précepteurs, les domestiques, avaient leurs chambres séparées; mais le peuple couchait pêle-mêle dans des galetas. On ne faisait pas beaucoup de façons dans la ville de Tagaste en Afrique. Le père d'Augustin menait son fils au bain des pauvres.

Ce saint raconte que son père le vit dans un état de virilité qui lui causa une joie vraiment paternelle, et qui lui fit espérer d'avoir bientôt des petits-fils *in omni modo*; comme de fait il en eut.

Le bonhomme s'empressa même d'aller conter cette nouvelle à sainte Monique, sa femme.

Quant à cette puberté prématurée d'Augustin, ne peut-on pas l'attribuer à l'usage anticipé de l'organe de la génération? Saint Jérôme parle d'un enfant de dix ans dont une femme abusait, et dont elle conçut un fils. (*Épître ad Vitalem*, tome III.)

Saint Augustin, qui était un enfant très-libertin, avait l'esprit aussi prompt que la chair. Il dit qu'ayant à peine vingt ans, il apprit sans maître la géométrie, l'arithmétique, et la musique.

Cela ne prouve-t-il pas deux choses, que dans l'Afrique, que nous nommons aujourd'hui la *Barbarie*, les corps et les esprits sont plus avancés que chez nous?

Ces avantages précieux de saint Augustin conduisent à croire qu'Empédocle n'avait pas tant de tort de regarder le feu comme le principe de la nature. Il est aidé, mais par des subalternes : c'est un roi qui fait agir tous ses sujets. Il est vrai qu'il enflamme quelquefois un peu trop les imaginations de son peuple. Ce n'est pas sans raison que Syphax dit à Juba, dans le *Caton* d'Addison, que le soleil, qui roule son char sur les têtes africaines, met plus de couleur sur leurs joues, plus de feu dans leurs cœurs, et que les dames de Zama sont très-supérieures aux pâles beautés de l'Europe, que la nature n'a qu'à moitié pétries.

Où sont, à Paris, à Strasbourg, à Ratisbonne, à Vienne, les jeunes gens qui apprennent l'arithmétique, les mathématiques, la musique, sans aucun secours, et qui soient pères à quatorze ans?

Ce n'est point sans doute une fable, qu'Atlas, prince de Mauritanie, appelé *fils du Ciel* par les Grecs, ait été un célèbre astronome, qu'il ait fait construire une sphère céleste comme il en est à la Chine depuis tant de siècles. Les anciens, qui exprimaient tout en allégories, comparèrent ce prince à la montagne qui porte son nom, parce qu'elle élève son sommet dans les nues; et les nues ont été nommées *le ciel* par tous les hommes qui n'ont jugé des choses que sur le rapport de leurs yeux.

Ces mêmes Maures cultivèrent les sciences avec succès, et enseignèrent l'Espagne et l'Italie pendant plus de cinq siècles. Les choses sont bien changées. Le pays de saint Augustin n'est plus qu'un repaire de pirates. L'Angleterre, l'Italie, l'Allemagne, la France, qui étaient plongées dans la barbarie, cultivent les arts mieux que n'ont jamais fait les Arabes.

Nous ne voulons donc, dans cet article, que faire voir combien ce monde est un tableau changeant. Augustin débauché devient orateur et philosophe. Il se pousse dans le monde; il est professeur de rhétorique; il se fait manichéen; du manichéisme il passe au christianisme. Il se fait baptiser avec un de ses bâtards nommé Deodatus; il devient évêque; il devient Père de l'Église. Son système sur la grâce est respecté onze cents ans comme un article de foi. Au bout d'onze cents ans, des jésuites trouvent moyen de faire anathématiser le système de saint Augustin mot pour mot, sous le nom de Jansénius, de Saint-Cyran, d'Arnauld, de Quesnel[1]. Nous demandons si cette révolution dans son genre n'est pas aussi grande que celle de l'Afrique, et s'il y a rien de permanent sur la terre.

AUSTÉRITÉS. — *Mortifications, flagellations.* — Que des hommes choisis, amateurs de l'étude, se soient unis après mille catastrophes arrivées au monde; qu'ils se soient occupés d'adorer Dieu, et de régler les temps de l'année, comme on le dit des anciens brachmanes et des mages, il n'est rien là que de bon et d'honnête. Ils ont pu être en exemple au reste de la terre par une vie frugale; ils ont pu s'abstenir de toute liqueur enivrante, et du commerce avec leurs femmes, quand ils célébrèrent des fêtes. Ils durent être vêtus avec modestie et décence. S'ils furent savants, les autres hommes les consultèrent; s'ils furent justes, on les respecta et on les aima : mais la superstition, la gueuserie, la vanité, ne se mirent-elles pas bientôt à la place des vertus?

Le premier fou qui se fouetta publiquement pour apaiser les dieux, ne fut-il pas l'origine des prêtres de la déesse de Syrie, qui se fouettaient en son honneur; des prêtres d'Isis, qui en faisaient autant à certains jours; des prêtres de Dodone, nommés Saliens, qui se faisaient des blessures; des prêtres de Bellone, qui se donnaient des coups de sabre; des prêtres de Diane, qui s'ensanglantaient à coups de verges; des prêtres de Cybèle, qui se faisaient eunuques; des fakirs des Indes, qui se chargèrent de chaînes? L'espérance de tirer de larges aumônes n'entra-t-elle pour rien dans leurs austérités?

Les gueux qui se font enfler les jambes avec de la tithymale, et qui se couvrent d'ulcères pour arracher quelques deniers aux passants, n'ont-ils pas quelque rapport aux énergumènes de l'antiquité qui s'enfonçaient des clous dans les fesses, et qui vendaient des saints clous aux dévots du pays?

Enfin, la vanité n'a-t-elle jamais eu part à ces mortifications publiques qui attiraient les yeux de la multitude? Je me fouette; mais c'est pour expier vos fautes : je marche tout nu; mais c'est pour vous reprocher le faste de vos vêtements; je me nourris d'herbes et de colimaçons; mais c'est pour corriger en vous le vice de la gourmandise :

1. VOY. GRACE.

je m'attache un anneau de fer à la verge, pour vous faire rougir de votre lasciveté. Respectez-moi comme un homme cher aux dieux qui attirera leurs faveurs sur vous. Quand vous serez accoutumés à me respecter, vous n'aurez pas de peine à m'obéir ; je serai votre maître au nom des dieux ; et si quelqu'un de vous alors transgresse la moindre de mes volontés, je le ferai empaler pour apaiser la colère céleste.

Si les premiers fakirs ne prononcèrent pas ces paroles, il est bien probable qu'ils les avaient gravées dans le fond de leur cœur.

Ces austérités affreuses furent peut-être les origines des sacrifices de sang humain. Des gens qui répandaient leur sang en public à coups de verges, et qui se tailladaient les bras et les cuisses pour se donner de la considération, firent aisément croire à des sauvages imbéciles qu'on devait sacrifier aux dieux ce qu'on avait de plus cher ; qu'il fallait immoler sa fille pour avoir un bon vent ; précipiter son fils du haut d'un rocher, pour n'être point attaqué de la peste ; jeter une fille dans le Nil, pour avoir infailliblement une bonne récolte.

Ces superstitions asiatiques ont produit parmi nous les flagellations, que nous avons imitées des Juifs[1]. Leurs dévots se fouettaient et se fouettent encore les uns les autres, comme faisaient autrefois les prêtres de Syrie et d'Égypte.

Parmi nous les abbés fouettèrent leurs moines ; les confesseurs fouettèrent leurs pénitents des deux sexes. Saint Augustin écrit à Marcellin le tribun, « qu'il faut fouetter les donatistes comme les maîtres d'école en usent avec les écoliers. »

On prétend que ce n'est qu'au xe siècle que les moines et les religieuses commencèrent à se fouetter à certains jours de l'année. La coutume de donner le fouet aux pécheurs pour pénitence s'établit si bien, que le confesseur de saint Louis lui donnait très-souvent le fouet. Henri II d'Angleterre fut fouetté par les chanoines de Cantorbéry[2]. Raimond, comte de Toulouse, fut fouetté la corde au cou par un diacre, à la porte de l'église de Saint-Gilles, devant le légat Milon, comme nous l'avons vu[3].

Les chapelains du roi de France Louis VIII[4] furent condamnés par le légat du pape Innocent III à venir, aux quatre grandes fêtes, aux portes de la cathédrale de Paris, présenter des verges aux chanoines pour les fouetter, en expiation du crime du roi leur maître qui avait accepté la couronne d'Angleterre que le pape lui avait ôtée, après la lui avoir donnée en vertu de sa pleine puissance. Il parut même que le pape était fort indulgent en ne faisant pas fouetter le roi lui-même, et en se contentant de lui ordonner, sous peine de damnation, de payer à la chambre apostolique deux années de son revenu.

C'est de cet ancien usage que vient la coutume d'armer encore, dans Saint-Pierre de Rome, les grands pénitenciers de longues baguettes au lieu de verges, dont ils donnent de petits coups aux pénitents prosternés de leur long. C'est ainsi que le roi de France Henri IV reçut le fouet sur

1. Voy. CONFESSION. — 2 Voy. Apulei Metam., liv. XI.
3. En 1209. — 4. En 1225.

les fesses des cardinaux d'Ossat et Duperron. Tant il est vrai que nous sortons à peine de la barbarie, dans laquelle nous avons encore une jambe enfoncée jusqu'au genou !

Au commencement du XIIIᵉ siècle, il se forma en Italie des confréries de pénitents, à Pérouse et à Bologne. Les jeunes gens, presque nus, une poignée de verges dans une main, et un petit crucifix dans l'autre, se fouettaient dans les rues. Les femmes les regardaient à travers les jalousies des fenêtres, et se fouettaient dans leurs chambres.

Ces flagellants inondèrent l'Europe : on en voit encore beaucoup en Italie, en Espagne, et en France même, à Perpignan. Il était assez commun, au commencement du XVIᵉ siècle, que les confesseurs fouettassent leurs pénitentes sur les fesses. Une histoire des Pays-Bas, composée par Meteren [2], rapporte que le cordelier nommé Adriacem, grand prédicateur de Bruges, fouettait ses pénitentes toutes nues. Le jésuite Edmond Auger, confesseur de Henri III [3], engagea ce malheureux prince à se mettre à la tête des flagellants.

Dans plusieurs couvents de moines et de religieuses on se fouette sur les fesses. Il en a résulté quelquefois d'étranges impudicités, sur lesquelles il faut jeter un voile pour ne pas faire rougir celles qui portent un voile sacré, et dont le sexe et la profession méritent les plus grands égards.

AUTELS, *Temples, Rites, Sacrifices* [4], etc. — Il est universellement reconnu que les premiers chrétiens n'eurent ni temples, ni autels, ni cierges, ni encens, ni eau bénite, ni aucun des rites que la prudence des pasteurs institua depuis, selon les temps et les lieux, et surtout selon le besoin des fidèles.

Nous avons plus d'un témoignage d'Origène, d'Athénagore, de Théophile, de Justin, de Tertullien, que les premiers chrétiens avaient en abomination les temples et les autels. Ce n'est pas seulement parce qu'ils ne pouvaient obtenir du gouvernement, dans ces commencements, la permission de bâtir des temples; mais c'est qu'ils avaient une aversion réelle pour tout ce qui semblait avoir le moindre rapport avec les autres religions. Cette horreur subsista chez eux pendant deux cent cinquante ans. Cela se démontre par Minucius Félix, qui vivait au IIIᵉ siècle. « Vous pensez, dit-il aux Romains, que nous cachons ce que nous adorons, parce que nous n'avons ni temples ni autels. Mais quel simulacre érigerons-nous à Dieu, puisque l'homme est lui-même le simulacre de Dieu? quel temple lui bâtirons-nous, quand le monde qui est son ouvrage ne peut le contenir? comment enfermerai-je la puissance d'une telle majesté dans une seule maison? Ne vaut-il pas bien mieux lui consacrer un temple dans notre esprit et dans notre cœur? »

Putatis autem nos occultare quod colimus, si delubra et aras non habemus? Quod enim simulacrum Deo fingam, quum, si recte existi-

---

1. *Histoire des flagellants*, p. 198.
2. Meteren, *Historia Belgica*, anno 1570.
3. De Thou, liv. XXVIII. — 4. Voy. EXPIATION.

mei, sit Dei homo ipse simulacrum? templum quod et extruam, quum totus hic mundus ejus opere fabricatus sum capere non possit? et quum homo latius maneam, intra unam ædiculam vim tantæ majestatis includam? Nonne melius in nostra dedicandus est mente, in nostro imo consecrandus est pectore? (Cap. XXII.)

Les chrétiens n'eurent donc des temples que vers le commencement du règne de Dioclétien. L'Église était alors très-nombreuse. On avait besoin de décorations et de rites, qui auraient été jusque-là inutiles et même dangereux à un troupeau faible, longtemps méconnu, et pris seulement pour une petite secte de Juifs dissidents.

Il est manifeste que, dans le temps où ils étaient confondus avec les Juifs, ils ne pouvaient obtenir la permission d'avoir des temples. Les Juifs, qui payaient très-chèrement leurs synagogues, s'y seraient opposés; ils étaient mortels ennemis des chrétiens, et ils étaient riches. Il ne faut pas dire, avec Toland, qu'alors les chrétiens ne faisaient semblant de mépriser les temples et les autels que comme le renard disait que les raisins étaient trop verts.

Cette comparaison semble aussi injuste qu'impie, puisque tous les premiers chrétiens de tant de pays différents s'accordèrent à soutenir qu'il ne faut point de temples et d'autels au vrai Dieu.

La Providence, en faisant agir les causes secondes, voulut qu'ils bâtissent un temple superbe dans Nicomédie, résidence de l'empereur Dioclétien, dès qu'ils eurent la protection de ce prince. Ils en construisirent dans d'autres villes; mais ils avaient encore en horreur les cierges, l'encens, l'eau lustrale, les habits pontificaux; tout cet appareil imposant n'était alors à leurs yeux que marque distinctive du paganisme. Ils n'adoptèrent ces usages que peu à peu sous Constantin et sous ses successeurs; et ces usages ont souvent changé.

Aujourd'hui dans notre Occident, les bonnes femmes qui entendent le dimanche une messe basse en latin, servie par un petit garçon, s'imaginent que ce rite a été observé de tout temps, qu'il n'y en a jamais eu d'autre, et que la coutume de s'assembler dans d'autres pays pour prier Dieu en commun est diabolique et toute récente. Une messe basse est sans contredit quelque chose de très-respectable, puisqu'elle a été autorisée par l'Église. Elle n'est point du tout ancienne; mais elle n'en exige pas moins notre vénération.

Il n'y a peut-être pas aujourd'hui une seule cérémonie qui ait été en usage du temps des apôtres. Le Saint-Esprit s'est toujours conformé au temps. Il inspirait les premiers disciples dans un méchant galetas; il communique aujourd'hui ses inspirations dans Saint-Pierre de Rome, qui a coûté deux cents millions; également divin dans le galetas et dans le superbe édifice de Jules II, de Léon X, de Paul III, et de Sixte V [1].

AUTEURS. — Auteur est un nom générique qui peut, comme le nom de toutes les autres professions, signifier du bon et du mauvais,

---

1. Voy., à l'article ÉGLISE, la section intitulée : *De la primitive Église,* etc.

du respectable ou du ridicule, de l'utile et de l'agréable ou du fatras de rebut.

Ce nom est tellement commun à des choses différentes, qu'on dit également *l'Auteur de la nature*, et *l'auteur des chansons du Pont-Neuf*, ou *l'auteur de l'Année littéraire*.

Nous croyons que l'auteur d'un bon ouvrage doit se garder de trois choses, du titre, de l'épître dédicatoire, et de la préface. Les autres doivent se garder d'une quatrième, c'est d'écrire.

Quant au titre, s'il a la rage d'y mettre son nom, ce qui est souvent très-dangereux, il faut du moins que ce soit sous une forme modeste; on n'aime point à voir un ouvrage pieux, qui doit renfermer des leçons d'humilité, par *Messire ou Monseigneur un tel, conseiller du roi en ses conseils, évêque et comte d'une telle ville.* Le lecteur, qui est toujours malin, et qui souvent s'ennuie, aime fort à tourner en ridicule un livre annoncé avec tant de faste. On se souvient alors que l'auteur de l'*Imitation de Jésus-Christ* n'y a pas mis son nom.

Mais les apôtres, dites-vous, mettaient leurs noms à leurs ouvrages. Cela n'est pas vrai; ils étaient trop modestes. Jamais l'apôtre Matthieu n'intitula son livre, *Évangile de saint Matthieu*; c'est un hommage qu'on lui rendit depuis. Saint Luc lui-même, qui recueillit ce qu'il avait entendu dire, et qui dédie son livre à Théophile, ne l'intitule point *Évangile de Luc.* Il n'y a que saint Jean qui se nomme dans l'*Apocalypse*; et c'est ce qui fit soupçonner que ce livre était de Cérinthe, qui prit le nom de Jean pour autoriser cette production.

Quel qu'il en puisse être des siècles passés, il me paraît bien hardi dans ce siècle de mettre son nom et ses titres à la tête de ses œuvres. Les évêques n'y manquent pas; et dans les gros *in-quarto* qu'ils nous donnent sous le titre de *Mandements*, on remarque d'abord leurs armoiries avec de beaux glands ornés de houppes; ensuite il est dit un mot de l'humilité chrétienne, et ce mot est suivi quelquefois d'injures atroces contre ceux qui sont, ou d'une autre communion, ou d'un autre parti. Nous ne parlons ici que des pauvres auteurs profanes. Le duc de La Rochefoucauld n'intitula point ses *Pensées*, par *Monseigneur le duc de La Rochefoucauld, pair de France*, etc.

Plusieurs personnes trouvent mauvais qu'une compilation dans laquelle il y a de très-beaux morceaux soit annoncée par *Monsieur*, etc., ci-devant professeur de l'Université, docteur en théologie, recteur, précepteur des enfants de M. le duc de..., membre d'une académie, et même de deux. Tant de dignités ne rendent pas le livre meilleur. On souhaiterait qu'il fût plus court, plus philosophique, moins rempli de vieilles fables: à l'égard des titres et qualités, personne ne s'en soucie.

L'épître dédicatoire n'a été souvent présentée que par la bassesse intéressée, à la vanité dédaigneuse.

De là vient cet amas d'ouvrages mercenaires;
Stances, odes, sonnets, épîtres liminaires,
Où toujours le héros passe pour sans pareil,
Et, fût-il louche et borgne, est réputé soleil.

Qui croirait que Rohault, soi-disant physicien, dans sa dédicace au duc de Guise, lui dit que « ses ancêtres ont maintenu aux dépens de leur sang les vérités politiques, les lois fondamentales de l'État, et les droits des souverains? » Le Balafré et le duc de Mayenne seraient un peu surpris si on leur lisait cette épître. Et que dirait Henri IV?

On ne sait pas que la plupart des dédicaces, en Angleterre, ont été faites pour de l'argent, comme les capucins chez nous viennent présenter des salades, à condition qu'on leur donnera pour boire.

Les gens de lettres, en France, ignorent aujourd'hui ce honteux avilissement; et jamais ils n'ont eu tant de noblesse dans l'esprit, excepté quelques malheureux qui se disent gens de lettres, dans le même sens que des barbouilleurs se vantent d'être de la profession de Raphaël, et que le cocher de Vertamont était poëte.

Les préfaces sont un autre écueil. Le moi est haïssable, disait Pascal [1]. Parlez de vous le moins que vous pourrez, car vous devez savoir que l'amour-propre du lecteur est aussi grand que le vôtre. Il ne vous pardonnera jamais de vouloir le condamner à vous estimer. C'est à votre livre à parler pour lui, s'il parvient à être lu dans la foule.

« Les illustres suffrages dont ma pièce a été honorée devraient me dispenser de répondre à mes adversaires. Les applaudissements du public... » Rayez tout cela, croyez-moi; vous n'avez pas eu de suffrages illustres, votre pièce est oubliée pour jamais.

« Quelques censeurs ont prétendu qu'il y a un peu trop d'événements dans le troisième acte, et que la princesse découvre trop tard dans le quatrième les tendres sentiments de son cœur pour son amant; à cela je réponds que... » Ne réponds point, mon ami, car personne n'a parlé ni ne parlera de ta princesse. Ta pièce est tombée parce qu'elle est ennuyeuse et écrite en vers plats et barbares; ta préface est une prière pour les morts, mais elle ne les ressuscitera pas.

D'autres attestent l'Europe entière qu'on n'a pas entendu leur système sur les compossibles, sur les supralapsaires, sur la différence qu'on doit mettre entre les hérétiques macédoniens et les hérétiques valentiniens. Mais vraiment je crois bien que personne ne t'entend, puisque personne ne te lit.

On est inondé de ces fatras et de ces continuelles répétitions, et des insipides romans qui copient de vieux romans, et de nouveaux systèmes fondés sur d'anciennes rêveries, et de petites historiettes prises dans des histoires générales.

Voulez-vous être auteur, voulez-vous faire un livre; songez qu'il doit être neuf et utile, ou du moins infiniment agréable.

Quoi! du fond de votre province vous m'assassinerez de plus d'un in-quarto pour m'apprendre qu'un roi doit être juste, et que Trajan était plus vertueux que Caligula! vous ferez imprimer vos sermons qui ont endormi votre petite ville inconnue! vous mettrez à contribution toutes nos histoires pour en extraire la vie d'un prince sur qui vous n'avez aucuns mémoires nouveaux!

---

1. *Pensées*, Ire partie, IX, 23. (ÉD.)

Si vous avez écrit une histoire de votre temps, ne doutez pas qu'il ne se trouve quelque éplucheur de chronologie, quelque commentateur de gazette qui vous relèvera sur une date, sur un nom de baptême, sur un escadron mal placé par vous à trois cents pas de l'endroit où il fut en effet posté. Alors corrigez-vous vite.

Si un ignorant, un folliculaire se mêle de critiquer à tort et à travers, vous pouvez le confondre; mais nommez-le rarement, de peur de souiller vos écrits.

Vous attaque-t-on sur le style, ne répondez jamais; c'est à votre ouvrage seul de répondre.

Un homme dit que vous êtes malade, contentez-vous de vous bien porter, sans vouloir prouver au public que vous êtes en parfaite santé; et surtout souvenez-vous que le public s'embarrasse fort peu si vous vous portez bien ou mal.

Cent auteurs compilent pour avoir du pain, et vingt folliculaires font l'extrait, la critique, l'apologie, la satire de ces compilations, dans l'idée d'avoir aussi du pain, parce qu'ils n'ont point de métier. Tous ces gens-là vont le vendredi demander au lieutenant de police de Paris la permission de vendre leurs drogues. Ils ont audience immédiatement après les filles de joie, qui ne les regardent pas, parce qu'elles savent bien que ce sont de mauvaises pratiques [1].

Ils s'en retournent avec une permission tacite de faire vendre et débiter par tout le royaume leurs *historiettes*, leurs *recueils de bons mots*, la *vie du bienheureux Régis*, la *traduction d'un poème allemand*, les *nouvelles découvertes sur les anguilles*, un *nouveau choix de vers*, un *système sur l'origine des cloches*, les *amours du crapaud*. Un libraire achète leurs productions dix écus; ils en donnent cinq au folliculaire du coin, à condition qu'il en dira du bien dans ses gazettes. Le folliculaire prend leur argent, et dit de leurs *opuscules* tout le mal qu'il peut. Les lésés viennent se plaindre au juif qui entretient la femme du folliculaire; on se bat à coups de poing chez l'apothicaire Lelièvre;

---

1. En France, il existe ce qu'on appelle l'inspection de la librairie : le chancelier en est chargé en chef; c'est lui seul qui décide si les Français doivent lire ou croire telle proposition. Les parlements ont aussi une juridiction sur les livres; ils font brûler par leurs bourreaux ceux qui leur déplaisent; mais la mode de brûler les auteurs avec les livres commence à passer. Les cours souveraines brûlent aussi en cérémonie les livres qui ne parlent point d'elles avec assez de respect. Le clergé de son côté tâche, autant qu'il peut, de s'établir une petite juridiction sur les pensées. Comment la vérité s'échappera-t-elle des mains des censeurs, des exempts de police, des bourreaux et des docteurs? Elle ira chercher une terre étrangère; et comme il est impossible que cette tyrannie exercée sur les esprits ne donne un peu d'humeur, elle parlera avec moins de circonspection et plus de violence.

Dans le temps où M. de Voltaire a écrit, c'était le lieutenant de police de Paris qui avait, sous le chancelier, l'inspection des livres : depuis, on lui a ôté une partie de ce département. Il n'a conservé que l'inspection des pièces de théâtre, et des ouvrages au-dessous d'une feuille d'impression. Le détail de cette partie est immense. Il n'est point permis à Paris d'imprimer qu'on a perdu son chien, sans que la police se soit assurée qu'il n'y a, dans le signalement de cette pauvre bête, aucune proposition contraire aux bonnes mœurs et à la religion. (*Éd. de Kehl.*)

la scène finit par mener le folliculaire au For-l'Évêque; et cela s'appelle *des auteurs!*

Ces pauvres gens se partagent en deux ou trois bandes, et vont à la quête comme des moines mendiants; mais n'ayant point fait de vœu, leur société ne dure que peu de jours; ils se trahissent comme des prêtres qui courent le même bénéfice, quoiqu'ils n'aient nul bénéfice à espérer; et cela s'appelle *des auteurs!*

Le malheur de ces gens-là vient de ce que leurs pères ne leur ont pas fait apprendre une profession : c'est un grand défaut dans la police moderne. Tout homme du peuple qui peut élever son fils dans un art utile, et ne le fait pas, mérite punition. Le fils d'un metteur en œuvre se fait jésuite à dix-sept ans, il est chassé de la *société* à vingt-quatre, parce que le désordre de ses mœurs a trop éclaté. Le voilà sans pain; il devient folliculaire; il infecte la basse littérature, et devient le mépris et l'horreur de la canaille même; et cela s'appelle *des auteurs!*

Les auteurs véritables sont ceux qui ont réussi dans un art véritable, soit dans l'épopée, soit dans la tragédie, soit dans la comédie, soit dans l'histoire, ou dans la philosophie, qui ont enseigné ou enchanté les hommes. Les autres dont nous avons parlé sont parmi les gens de lettres ce que les frelons sont parmi les oiseaux.

On cite, on commente, on critique, on néglige, on oublie, mais surtout on méprise communément un auteur qui n'est qu'auteur.

A propos de citer un auteur, il faut que je m'amuse à raconter une singulière bévue du révérend P. Viret, cordelier, professeur en théologie. Il lut dans la *Philosophie de l'histoire* de ce bon abbé Bazin, que « jamais aucun auteur n'a cité un passage de Moïse avant Longin, qui vécut et mourut du temps de l'empereur Aurélien. » Aussitôt le zèle de saint François s'allume : Viret crie que cela n'est pas vrai; que plusieurs écrivains ont dit qu'il y avait eu un Moïse; que Josèphe même en a parlé fort au long, et que l'abbé Bazin est un impie qui veut détruire les sept sacrements. Mais, cher père Viret, vous deviez vous informer auparavant de ce que veut dire le mot *citer*. Il y a bien de la différence entre faire mention d'un auteur et citer un auteur. Parler, faire mention d'un auteur, c'est dire : « Il a vécu, il a écrit en tel temps. » Le *citer*, c'est rapporter un de ses passages : « Comme Moïse le dit dans son Exode, comme Moïse a écrit dans sa Genèse. » Or l'abbé Bazin affirme qu'aucun écrivain étranger, aucun même des prophètes juifs n'a jamais cité un seul passage de Moïse, quoiqu'il soit un auteur divin. Père Viret, en vérité, vous êtes un auteur bien malin; mais on saura du moins par ce petit paragraphe que vous avez été un auteur.[1]

Les auteurs les plus volumineux que l'on ait eus en France, ont été les contrôleurs généraux des finances. On ferait dix gros volumes de leurs déclarations; depuis le règne de Louis XIV seulement. Les parlements ont fait quelquefois la critique de ces ouvrages; on y a trouvé des propositions erronées, des contradictions : mais où sont les bons auteurs qui n'aient pas été censurés?

_____

1. Auteur d'une *Réponse à la Philosophie de l'histoire*, 1767, in-12. (ÉD.)

AUTORITÉ. — Misérables humains, soit en robe verte, soit en turban, soit en robe noire ou en surplis, soit en manteau et en rabat, ne cherchez jamais à employer l'autorité là où il ne s'agit que de raison, ou consentez à être bafoués dans tous les siècles comme les plus impertinents de tous les hommes, et à subir la haine publique comme les plus injustes.

On vous a parlé cent fois de l'insolente absurdité avec laquelle vous condamnâtes Galilée, et moi je vous en parle pour la cent et unième, et je veux que vous en fassiez à jamais l'anniversaire; je veux qu'on grave à la porte de votre saint-office :

« Ici sept cardinaux, assistés de frères mineurs, firent jeter en prison le maître à penser de l'Italie, âgé de soixante et dix ans; le firent jeûner au pain et à l'eau, parce qu'il instruisait le genre humain, et qu'ils étaient des ignorants. »

Là on rendit un arrêt en faveur des catégories d'Aristote, et on statua savamment et équitablement la peine des galères contre quiconque serait assez osé pour être d'un autre avis que le Stagyrite, dont jadis deux conciles brûlèrent les livres.

Plus loin une faculté, qui n'a pas de grandes facultés, fit un décret contre les idées innées, et fit ensuite un décret pour les idées innées, sans que ladite faculté fût seulement informée par ses bedeaux de ce que c'est qu'une idée.

Dans des écoles voisines, on a procédé juridiquement contre la circulation du sang.

On a intenté procès contre l'inoculation, et parties ont été assignées par exploit.

On a saisi à la douane des pensées vingt et un volumes in-folio, dans lesquels il était dit méchamment et proditoirement que les triangles ont toujours trois angles; qu'un père est plus âgé que son fils; que Rhea Sylvia perdit son pucelage avant d'accoucher, et que de la farine n'est pas une feuille de chêne.

En une autre année, on jugea le procès : *Utrum chimera bombinans in vacuo possit comedere secundas intentiones,* et on décida pour l'affirmative.

En conséquence, on se crut très-supérieur à Archimède, à Euclide, à Cicéron, à Pline, et on se pavana dans le quartier de l'Université.

AVARICE. — *Avaritia, amor habendi,* désir d'avoir, avidité, convoitise.

A proprement parler, l'avarice est le désir d'accumuler, soit en grains, soit en meubles, ou en fonds, ou en curiosités. Il y avait des avares avant qu'on eût inventé la monnaie.

Nous n'appelons point *avare* un homme qui a vingt-quatre chevaux de carrosse, et qui n'en prêtera pas deux à son ami, ou bien qui, ayant deux mille bouteilles de vin de Bourgogne destinées pour sa table, ne vous en enverra pas une demi-douzaine quand il saura que vous en manquez. S'il vous montre pour cent mille écus de diamants, vous ne vous avisez pas d'exiger qu'il vous en présente un de cinquante louis! tous le regardez comme un homme fort magnifique, et point du tout comme un avare.

Celui qui, dans les finances, dans les fournitures des armées, dans les grandes entreprises, gagna deux millions chaque année, et qui, se trouvant enfin riche de quarante-trois millions, sans compter ses maisons de Paris et son mobilier, dépensa pour sa table cinquante mille écus par année, et prêta quelquefois à des seigneurs de l'argent à cinq pour cent, ne passa point dans l'esprit du peuple pour un avare. Il avait cependant brûlé toute sa vie de la soif d'avoir ; le démon de la convoitise l'avait perpétuellement tourmenté : il accumula jusqu'au dernier jour de sa vie. Cette passion toujours satisfaite ne s'appelle jamais *avarice*. Il ne dépensait pas la dixième partie de son revenu, et il avait la réputation d'un homme généreux qui avait trop de faste.

Un père de famille qui, ayant vingt mille livres de rente, n'en dépensera que cinq ou six, et qui accumulera ses épargnes pour établir ses enfants, est réputé par ses voisins : avaricieux, pince-maille, ladre vert, vilain, fesse-mathieu, gagne-denier, grippe-sou, cancre : on lui donne tous les noms injurieux dont on peut s'aviser.

Cependant ce bon bourgeois est beaucoup plus honorable que le Crésus dont je viens de parler ; il dépense trois fois plus à proportion. Mais voici la raison qui établit entre leurs réputations une si grande différence.

Les hommes ne haïssent celui qu'ils appellent *avare* que parce qu'il n'y a rien à gagner avec lui. Le médecin, l'apothicaire, le marchand de vin, l'épicier, le sellier, et quelques demoiselles, gagnent beaucoup avec notre Crésus, qui est le véritable avare. Il n'y a rien à faire avec notre bourgeois économe et serré ; ils l'accablent de malédictions.

Les avares qui se privent du nécessaire sont abandonnés à Plaute et à Molière.

Un gros avare mon voisin disait il n'y a pas longtemps : « On en veut toujours à nous autres pauvres riches. » À Molière, à Molière.

AVIGNON. — Avignon et son comtat sont des monuments de ce que peuvent à la fois l'abus de la religion, l'ambition, la fourberie, et le fanatisme. Ce petit pays, après mille vicissitudes, avait passé au xii⁰ siècle dans la maison des comtes de Toulouse, descendants de Charlemagne par les femmes.

Raymond VI, comte de Toulouse, dont les aïeux avaient été les principaux héros des croisades, fut dépouillé de ses États par une croisade que les papes suscitèrent contre lui. La cause de la croisade était l'envie d'avoir ses dépouilles ; le prétexte était que, dans plusieurs de ses villes, les citoyens pensaient à peu près comme on pense depuis plus de deux cents ans en Angleterre, en Suède, en Danemark, dans les trois quarts de la Suisse, en Hollande, et dans la moitié de l'Allemagne.

Ce n'était pas une raison pour donner, au nom de Dieu, les États du comte de Toulouse au premier occupant, et pour aller égorger et brûler ses sujets un crucifix à la main, et une croix blanche sur l'épaule. Tout ce qu'on nous raconte des peuples les plus sauvages n'approche pas des barbaries commises dans cette guerre, appelée sainte. L'atrocité ridicule de quelques cérémonies religieuses accompagna toujours les excès de ces horreurs. On sait que Raymond VI fut traîné à une église de Saint-Gilles devant un légat nommé Millon, nu jusqu'à la ceinture, sans bas et sans sandales, ayant une corde au cou, laquelle était tirée par un diacre, tandis qu'un second diacre le fouettait, qu'un troisième diacre chantait un *miserere* avec des moines, et que le légat était à dîner.

Telle est la première origine du droit des papes sur Avignon.

Le comte Raymond, qui s'était soumis à être fouetté pour conserver ses États, subit cette ignominie en pure perte. Il lui fallut défendre par les armes ce qu'il avait cru conserver par une poignée de verges : il vit ses villes en cendres, et mourut en 1213 dans les vicissitudes de la plus sanglante guerre.

Son fils Raymond VII n'était pas soupçonné d'hérésie comme le père; mais étant fils d'un hérétique, il devait être dépouillé de tous ses biens en vertu des décrétales; c'était la loi. La croisade subsista donc contre lui. On l'excommuniait dans les églises, les dimanches et les jours de fêtes, au son des cloches, et à cierges éteints.

Un légat qui était en France dans la minorité de saint Louis, y levait des décimes pour soutenir cette guerre en Languedoc et en Provence. Raymond se défendait avec courage, mais les têtes de l'hydre du fanatisme renaissaient à tout moment pour le dévorer.

Enfin le pape fit la paix, parce que tout son argent se dépensait à la guerre.

Raymond VII vint signer le traité devant le portail de la cathédrale de Paris. Il fut forcé de payer dix mille marcs d'argent au légat, deux mille à l'abbaye de Cîteaux, cinq cents à l'abbaye de Clairvaux, mille à celle de Grand-Selve, trois cents à celle de Belleperche, le tout pour le salut de son âme, comme il est spécifié dans le traité. C'était ainsi que l'Église négociait toujours.

Il est très-remarquable que, dans l'instrument de cette paix, le comte de Toulouse met toujours le légat avant le roi. « Je jure et promets au légat et au roi d'observer de bonne foi toutes ces choses, et de les faire observer par mes vassaux et sujets, etc. »

Ce n'était pas tout; il céda au pape Grégoire IX le comtat Venaissin au delà du Rhône, et la suzeraineté de soixante et treize châteaux en deçà. Le pape s'adjugea cette amende par un acte particulier, ne voulant pas que, dans un instrument public, l'aveu d'avoir exterminé tant de chrétiens pour avoir le bien d'autrui parût avec trop d'éclat. Il exigeait d'ailleurs ce que Raymond ne pouvait lui donner sans le consentement de l'empereur Frédéric II. Les terres du comte, à la gauche du Rhône, étaient un fief impérial. Frédéric II ne ratifia jamais cette extorsion.

Alphonse, frère de saint Louis, ayant épousé la fille de ce malheureux prince, et n'en ayant point eu d'enfants, tous les États de Raymond VII en Languedoc furent réunis à la couronne de France, ainsi qu'il avait été stipulé par le contrat de mariage.

Le comtat Venaissin, qui est dans la Provence, avait été rendu avec magnanimité par l'empereur Frédéric II au comte de Toulouse. Sa fille Jeanne, avant de mourir, en avait disposé, par son testament, en faveur de Charles d'Anjou, comte de Provence et roi de Naples.

Philippe le Hardi, fils de saint Louis, pressé par le pape Grégoire X, donna le Venaissin à l'Église romaine en 1274. Il faut avouer que Philippe le Hardi donnait ce qui ne lui appartenait point du tout; que cette cession était absolument nulle, et que jamais acte ne fut plus contre toutes les lois.

Il en est de même de la ville d'Avignon. Jeanne de France, reine de Naples, descendante du frère de saint Louis, accusée, avec trop de vraisemblance, d'avoir fait étrangler son mari, voulut avoir la protection du pape Clément VI, qui siégeait alors dans la ville d'Avignon, domaine de Jeanne. Elle était comtesse de Provence. Les Provençaux lui firent jurer en 1347, sur les Évangiles, qu'elle ne vendrait aucune de ses souverainetés. A peine eut-elle fait son serment qu'elle alla vendre Avignon au pape. L'acte authentique ne fut signé que le 14 juin 1348; on y stipula, pour prix de vente, la somme de quatre-vingt mille florins d'or. Le pape la déclara innocente du meurtre de son mari, mais il ne la paya point. On n'a jamais produit la quittance de Jeanne. Elle réclama quatre fois juridiquement contre cette vente illusoire.

Ainsi donc Avignon et le comtat ne furent jamais réputés démembrés de la Provence que par une rapine d'autant plus manifeste qu'on avait voulu la couvrir du voile de la religion.

Lorsque Louis XI acquit la Provence, il l'acquit avec tous ses droits, et voulut les faire valoir en 1464, comme on le voit par une lettre de Jean de Foix à ce monarque. Mais les intrigues de la cour de Rome eurent toujours tant de pouvoir, que les rois de France condescendirent à la laisser jouir de cette petite province. Ils ne reconnurent jamais dans les papes une possession légitime, mais une simple jouissance.

Dans le traité de Pise, fait par Louis XIV, en 1664, avec Alexandre VII, il est dit « qu'on lèvera tous les obstacles, afin que le pape puisse jouir d'Avignon comme auparavant. » Le pape n'eut donc cette province que comme des cardinaux ont des pensions du roi, et ces pensions sont amovibles.

Avignon et le comtat furent toujours un embarras pour le gouvernement de France. Ce petit pays était le refuge de tous les banqueroutiers et de tous les contrebandiers. Par là, il causait de grandes pertes, et le pape n'en profitait guère.

Louis XIV rentra deux fois dans ses droits, mais pour châtier le pape plus que pour réunir Avignon et le comtat à sa couronne.

Enfin Louis XV a fait justice à sa dignité et à ses sujets. La conduite indécente et grossière du pape Rezzonico, Clément XIII, l'a forcé de faire revivre les droits de sa couronne en 1768. Ce pape avait agi comme s'il avait été du xive siècle : on lui a prouvé qu'il était au xviiie, avec l'applaudissement de l'Europe entière.

Lorsque l'officier général chargé des ordres du roi entra dans Avignon, il alla droit à l'appartement du légat sans se faire annoncer, et lui dit : « Monsieur, le roi prend possession de sa ville. »

Il y a loin de là à un comte de Toulouse fouetté par un diacre pendant le dîner d'un légat. Les choses, comme on voit, changent avec le temps.

AVOCATS. — On sait que Cicéron ne fut consul, c'est-à-dire le premier homme de l'univers connu, que pour avoir été avocat. Il n'en est pas ainsi de maître Le Dain[1], avocat en parlement à Paris, malgré son discours *du côté du greffe*, contre maître Huerne, qui avait défendu les comédiens *par le secours d'une littérature agréable et intéressante*. César plaida des causes à Rome dans un autre goût que maître Le Dain, avant qu'il daignât venir nous subjuguer, et faire pendre Arioviste.

Comme nous valons infiniment mieux que les anciens Romains, ainsi qu'on l'a démontré dans un beau livre intitulé : *Parallèle des anciens Romains et des François*[2], il a fallu que, dans la partie des Gaules que nous habitons, nous partageassions en plusieurs petites portions les talents que les Romains unissaient. Le même homme était chez eux avocat, augure, sénateur, et guerrier. Chez nous un sénateur est un jeune bourgeois qui achète à la taxe un office de conseiller, soit aux enquêtes, soit en cour des aides, soit au grenier à sel, selon ses facultés; le voilà placé pour le reste de sa vie, se carrant dans son cercle dont il ne sort jamais, et croyant jouer un grand rôle sur le globe.

Un avocat est un homme qui, n'ayant pas assez de fortune pour acheter un de ces brillants offices sur lesquels l'univers a les yeux, étudie pendant trois ans les lois de Théodose et de Justinien pour connaître la coutume de Paris, et qui enfin, étant immatriculé, a le droit de plaider pour de l'argent, s'il a la voix forte.

Sous notre grand Henri IV, un avocat ayant demandé quinze cents écus pour avoir plaidé une cause, la somme fut trouvée trop forte pour le temps, pour l'avocat, et pour la cause; tous les avocats alors allèrent déposer leur bonnet au greffe, *du côté* duquel maître Le Dain a si bien parlé depuis; et cette aventure causa une consternation générale dans tous les plaideurs de Paris.

Il faut avouer qu'alors l'honneur, la dignité du patronage, la grandeur attachée à défendre l'opprimé, n'étaient pas plus connus que l'éloquence. Presque tous les Français étaient welches, excepté un de Thou, un Sully, un Malherbe, et ces braves capitaines qui secondèrent le grand Henri, et qui ne purent le garantir de la main d'un welche endiablé du fanatisme des Welches.

Mais lorsque avec le temps la raison a repris ses droits, l'honneur à

1. Clément XIII étant mort, son successeur Ganganelli répara ses fautes, promit de détruire les jésuites, et on lui rendit Avignon. (*Éd. de Kehl.*)
2. Etienne-Adrien Dains, bâtonnier de l'ordre des avocats en 1761. (*Éd.*)
3. Par Mably. (*Éd.*)

repris les siens, plusieurs avocats français sont devenus dignes d'être des sénateurs romains. Pourquoi sont-ils devenus désintéressés et patriotes en devenant éloquents? c'est qu'en effet les beaux-arts élèvent l'âme; la culture de l'esprit en tout genre ennoblit le cœur.

L'aventure à jamais mémorable des Calas en est un grand exemple. Quatorze avocats de Paris s'assemblent plusieurs jours, sans aucun intérêt, pour examiner si un homme roué à deux cents lieues de là est mort innocent ou coupable. Deux d'entre eux, au nom de tous, protégent la mémoire du mort et les larmes de la famille. L'un des deux consume deux années entières à combattre pour elle, à la secourir, à la faire triompher.

Généreux Beaumont! les siècles à venir sauront que le fanatisme en robe ayant assassiné juridiquement un père de famille, la philosophie et l'éloquence ont vengé et honoré sa mémoire.

AXE.[1] D'où vient que l'axe de la terre n'est pas perpendiculaire à l'équateur? pourquoi se relève-t-il vers le nord, et s'abaisse-t-il vers le pôle austral dans une position qui ne paraît pas naturelle, et qui semble la suite de quelque dérangement, ou d'une période d'un nombre prodigieux d'années?

Est-il bien vrai que l'écliptique se relève continuellement par un mouvement insensible vers l'équateur, et que l'angle que forment ces deux lignes soit un peu diminué depuis deux mille années?

Est-il bien vrai que l'écliptique ait été autrefois perpendiculaire à l'équateur, que les Égyptiens l'aient dit, et qu'Hérodote l'ait rapporté? Ce mouvement de l'écliptique formerait une période d'environ deux millions d'années: ce n'est point cela qui effraye; car l'axe de la terre a un mouvement imperceptible d'environ vingt-six mille ans, qui fait la précession des équinoxes, et il est aussi aisé à la nature de produire une rotation de vingt mille siècles qu'une rotation de deux cent soixante siècles.

On s'est trompé quand on a dit que les Égyptiens avaient, selon Hérodote, une tradition que l'écliptique avait été autrefois perpendiculaire à l'équateur. La tradition dont parle Hérodote n'a point de rapport à la coïncidence de la ligne équinoxiale et de l'écliptique; c'est tout autre chose.

Les prétendus savants d'Égypte disaient que le soleil, dans l'espace de onze mille années, s'était couché deux fois à l'orient, et levé deux fois à l'occident. Quand l'équateur et l'écliptique auraient coïncidé ensemble, quand toute la terre aurait eu la sphère droite, et que partout les jours eussent été égaux aux nuits, le soleil ne changerait pas pour cela son coucher et son lever. La terre aurait toujours tourné sur son axe d'occident en orient, comme elle y tourne aujourd'hui. Cette idée de faire coucher le soleil à l'orient n'est qu'une chimère digne du cerveau des prêtres d'Égypte, et montre la profonde ignorance de ces jongleurs qui ont eu tant de réputation. Il faut ranger ce conte avec

_____

1. Élie de Beaumont et Mallard. (ED.)

les satyres qui chantaient et dansaient à la suite d'Osiris ; avec les petits garçons auxquels on ne donnait à manger qu'après avoir couru
huit lieues pour leur apprendre à conquérir le monde ; avec les deux
enfants qui crièrent *bec* pour demander du pain, et qui par là firent
découvrir que la langue phrygienne était la première que les hommes
eussent parlée ; avec le roi Psamméticus qui donna sa fille à un voleur, pour le récompenser de lui avoir pris son argent très-adroite-
ment, etc., etc.

Ancienne histoire, ancienne astronomie, ancienne physique, ancienne médecine (à Hippocrate près), ancienne géographie, ancienne
métaphysique ; tout cela n'est qu'ancienne absurdité, qui doit faire
sentir le bonheur d'être nés tard.

Il y a sans doute plus de vérité dans deux pages de l'*Encyclopédie*,
concernant la physique, que dans toute la bibliothèque d'Alexandrie,
dont pourtant on regrette la perte.

BABEL. — *Section I.* — Babel signifiait, chez les Orientaux, *Dieu le
père, la puissance de Dieu, la porte de Dieu*, selon que l'on prononçait ce nom. C'est de là que Babylone fut la ville de Dieu, la ville
sainte. Chaque capitale d'un État était la ville de Dieu, la ville sacrée.
Les Grecs les appelèrent toutes *Hierapolis*, et il y en eut plus de trente
de ce nom. La tour de Babel signifiait donc *la tour du père Dieu*.

Josèphe, à la vérité, dit que Babel signifiait *confusion*. Calmet dit,
après d'autres, que *Bilba*, en chaldéen, signifie *confondre ;* mais tous
les Orientaux ont été d'un sentiment contraire. Le mot de *confusion*
serait une étrange origine de la capitale d'un vaste empire. J'aime autant Rabelais, qui prétend que Paris fut autrefois appelé *Lutèce*, à
cause des blanches cuisses des dames.

Quoi qu'il en soit, les commentateurs se sont fort tourmentés pour
savoir jusqu'à quelle hauteur les hommes avaient élevé cette fameuse
tour de Babel. Saint Jérôme lui donne vingt mille pieds. L'ancien livre
juif intitulé *Jacult* lui en donnait quatre-vingt-un mille. Paul Lucas en
a vu les restes, et c'est bien voir à lui. Mais ces dimensions ne sont
pas la seule difficulté qui ait exercé les doctes.

On a voulu savoir comment les enfants de Noé[1], « ayant partagé
entre eux les îles des nations, s'établissant en divers pays, dont chacun eût sa langue, ses familles, et son peuple particulier, » tous les
hommes se trouvèrent ensuite « dans la plaine de Sennaar pour y bâtir une tour, en disant[2] : « Rendons notre nom célèbre avant que nous
« soyons dispersés dans toute la terre. »

La *Genèse* parle des États que les fils de Noé fondèrent. On a recherché comment les peuples de l'Europe, de l'Afrique, de l'Asie, vinrent
tous à Sennaar, n'ayant tous qu'un même langage et une même volonté.

La *Vulgate* met le déluge en l'année du monde 1656, et on place
la construction de la tour de Babel en 1771 ; c'est-à-dire cent quinze

1. *Genèse*, chap. x, v. 5. — 2. *Ibid.*, chap. xi, v. 3 et 4.

ans après la destruction du genre humain, et pendant la vie même de
Noé.

Les hommes purent donc multiplier avec une prodigieuse célérité;
tous les arts renaquirent en bien peu de temps. Si on réfléchit au
grand nombre de métiers différents qu'il faut employer pour élever
une tour si haute, on est effrayé d'un si prodigieux ouvrage.

Il y a bien plus ; Abraham était né, selon la *Bible*, environ quatre
cents ans après le déluge; et déjà on voyait une suite de rois puissants
en Égypte et en Asie. Bochart et les autres doctes ont beau charger
leurs gros livres de systèmes et de mots phéniciens et chaldéens qu'ils
n'entendent point; ils ont beau prendre la Thrace pour la Cappadoce,
la Grèce pour la Crète, et l'île de Chypre pour Tyr; ils n'en nagent
pas moins dans une mer d'ignorance qui n'a ni fond ni rive. Il eût été
plus court d'avouer que Dieu nous a donné, après plusieurs siècles,
les livres sacrés pour nous rendre plus gens de bien, et non pour faire
de nous des géographes, et des chronologistes, et des étymologistes.

Babel est Babylone; elle fut fondée, selon les historiens persans[1],
par un prince nommé Tamurath. La seule connaissance qu'on ait de
ses antiquités consiste dans les observations astronomiques de dix-neuf
cent trois années, envoyées par Callisthène, par ordre d'Alexandre, à
son précepteur Aristote. A cette certitude se joint une probabilité extrême qui lui est presque égale ; c'est qu'une nation qui avait une
suite d'observations célestes depuis près de deux mille ans, était ras-
semblée en corps de peuple, et formait une puissance considérable
plusieurs siècles avant la première observation.

Il est triste qu'aucun des calculs des anciens auteurs profanes ne
s'accorde avec nos auteurs sacrés, et que même aucun nom des princes
qui régnèrent après les différentes époques assignées au déluge n'ait
été connu ni des Égyptiens, ni des Syriens, ni des Babyloniens, ni
des Grecs.

Il n'est pas moins triste qu'il ne soit resté sur la terre, chez les auteurs profanes, aucun vestige de la tour de Babel : rien de cette histoire de la confusion des langues ne se trouve dans aucun livre : cette
aventure si mémorable fut aussi inconnue de l'univers entier, que les
noms de Noé, de Mathusalem, de Caïn, d'Abel, d'Adam, et d'Ève.

Cet embarras afflige notre curiosité. Hérodote, qui avait tant voyagé,
ne parle ni de Noé, ni de Sem, ni de Rehu, ni de Salé, ni de Nembrod. Le nom de Nembrod est inconnu à toute l'antiquité profane : il
n'y a que quelques Arabes et quelques Persans modernes qui aient fait
mention de Nembrod, en falsifiant les livres des Juifs. Il ne nous
reste, pour nous conduire dans ces ruines anciennes, que la foi à la
Bible, ignorée de toutes les nations de l'univers pendant tant de siècles; mais heureusement c'est un guide infaillible.

Hérodote, qui a mêlé trop de fables avec quelques vérités, prétend
que de son temps, qui était celui de la plus grande puissance des
Perses, souverains de Babylone, toutes les citoyennes de cette ville

_____

1. Voy. la *Bibliothèque orientale*.

immenses étaient obligées d'aller une fois dans leur vie au temple de Mylitta, déesse qu'il croit la même qu'Aphrodite ou Vénus, pour se prostituer aux étrangers; et que la loi leur ordonnait de recevoir de l'argent, comme un tribut sacré qu'on payait à la déesse.

Ce conte des *Mille et une Nuits* ressemble à celui qu'Hérodote fait dans la page suivante, que Cyrus partagea le fleuve de l'Inde[1] en trois cent soixante canaux, qui tous ont leur embouchure dans la mer Caspienne. Que diriez-vous de Mézeray, s'il nous avait raconté que Charlemagne partagea le Rhin en trois cent soixante canaux qui tombent dans la Méditerranée, et que toutes les dames de sa cour étaient obligées d'aller une fois en leur vie se présenter à l'église de Sainte-Geneviève, et de se prostituer à tous les passants pour de l'argent?

Il faut remarquer qu'une telle fable est encore plus absurde dans le siècle de Xerxès, où vivait Hérodote, qu'elle ne le serait dans celui de Charlemagne. Les Orientaux étaient mille fois plus jaloux que les Francs et les Gaulois. Les femmes de tous les grands seigneurs étaient soigneusement gardées par des eunuques. Cet usage subsistait de temps immémorial. On voit même dans l'histoire juive, que lorsque cette petite nation veut, comme les autres, avoir un roi[2], Samuel, pour les en détourner, et pour conserver son autorité, dit « qu'un roi les tyrannisera, qu'il prendra la dîme des vignes et des blés pour donner à ses eunuques. » Les rois accomplirent cette prédiction, car il est dit dans le troisième livre des *Rois*, que le roi Achab avait des eunuques, et dans le quatrième, que Joram, Jéhu, Joachim et Sédékias en avaient aussi.

Il est parlé longtemps auparavant dans la *Genèse* des eunuques du pharaon[3]; et il est dit que Putiphar, à qui Joseph fut vendu, était eunuque du roi. Il est donc clair qu'on avait à Babylone une foule d'eunuques pour garder les femmes. On ne leur faisait donc pas un devoir d'aller coucher avec le premier venu pour de l'argent. Babylone, la ville de Dieu, n'était donc pas un vaste b...., comme on l'a prétendu.

Ces contes d'Hérodote, ainsi que tous les autres contes dans ce goût, sont aujourd'hui si décriés par tous les honnêtes gens, la raison a fait de si grands progrès, que les vieilles et les enfants mêmes ne croient plus ces sottises : *Non est vetula quæ credat : nec pueri credunt, nisi qui nondum ære lavantur*[4].

Il ne s'est trouvé de nos jours qu'un seul homme, qui, n'étant pas de son siècle, a voulu justifier la fable d'Hérodote. Cette infamie lui paraît toute simple. Il veut prouver que les princesses babyloniennes se prostituaient par piété au premier venu, parce qu'il est dit, dans la sainte Écriture, que les Ammonites faisaient passer leurs enfants par le feu, en les présentant à Moloch; mais cet usage de quelques hordes barbares, cette superstition de faire passer ses enfants par les flammes, ou même de les brûler sur des bûchers en l'honneur de je

1. L'Iaxarte, aujourd'hui le Si-hoûa. (ÉD.)
2. Liv. I des *Rois*, chap. VIII, v. 15; liv. III chap. XXII, v. 9; liv. IV, chap. VIII, v. 6; chap. IX, v. 32; chap. XXIV, v. 12; et chap. XXV, v. 19.
3. *Genèse*, chap. XXXVII, v. 36. — 4. Juvénal, II, 152. (ÉD.) — 5. Larcher. (ÉD.)

ne sais quel Moloch, ces horreurs iroquoises d'un petit peuple infâme, ont-elles quelque rapport avec une prostitution si incroyable chez la nation la plus jalouse et la plus policée de tout l'Orient connu? Ce qui se passe chez les Iroquois sera-t-il parmi nous une preuve des usages de la cour d'Espagne ou de celle de France?

Il apporte encore en preuve la fête des Lupercales chez les Romains, « pendant laquelle, dit-il, des jeunes gens de qualité et des magistrats respectables couraient nus par la ville, un fouet à la main, et frappaient de ce fouet des femmes de qualité qui se présentaient à eux sans rougir, dans l'espérance d'obtenir par là une plus heureuse délivrance. »

Premièrement, il n'est point dit que les Romains de qualité courussent tout nus : Plutarque, au contraire, dit expressément, dans ses *Demandes sur les Romains*, qu'ils étaient couverts de la ceinture en bas.

Secondement, il semble, à la manière dont s'exprime le défenseur des *coutumes infâmes*, que les dames romaines se troussaient pour recevoir des coups de fouet sur le ventre nu, ce qui est absolument faux.

Troisièmement, cette fête des Lupercales n'a aucun rapport à la prétendue loi de Babylone, qui ordonne aux femmes et aux filles du roi, des satrapes, et des mages, de se vendre et de se prostituer par dévotion aux passants.

Quand on ne connaît ni l'esprit humain, ni les mœurs des nations; quand on a le malheur de s'être borné à compiler des passages de vieux auteurs, qui presque tous se contredisent, il faut alors proposer son sentiment avec modestie; il faut savoir douter, secouer la poussière du collège, et ne jamais s'exprimer avec une insolence outrageuse.

Hérodote, ou Ctésias, ou Diodore de Sicile, rapportent un fait; vous l'avez lu en grec; donc ce fait est vrai. Cette manière de raisonner n'est pas celle d'Euclide; elle est assez surprenante dans le siècle où nous vivons; mais tous les esprits ne se corrigeront pas si tôt; et il y aura toujours plus de gens qui compilent que de gens qui pensent.

Nous ne dirons rien ici de la confusion des langues arrivée tout d'un coup pendant la construction de la tour de Babel. C'est un miracle rapporté dans la sainte Écriture. Nous n'expliquons, nous n'examinons même aucun miracle : nous les croyons d'une foi vive et sincère, comme tous les auteurs du grand ouvrage de l'*Encyclopédie* les ont crus.

Nous dirons seulement que la chute de l'empire romain a produit plus de confusion et plus de langues nouvelles que la chute de la tour de Babel. Depuis le règne d'Auguste jusque vers le temps des Attila, des Clodvic, des Gondebaud, pendant six siècles, *terra erat unius labii*[1], la terre connue de nous était d'une seule *langue*. On parlait latin de l'Euphrate au mont Atlas. Les lois sous lesquelles vivaient cent nations étaient écrites en latin, et le grec servait d'amusement; le jar-

_____

1. *Genèse*, chap. xi, v. 1. (Éd.)

gco barbare de chaque province n'était que pour la populace. On plaidait en latin dans les tribunaux de l'Afrique comme à Rome. Un habitant de Cornouailles partait pour l'Asie-Mineure, sûr d'être entendu partout sur la route. C'était du moins un bien que la rapacité des Romains avait fait aux hommes. On se trouvait citoyen de toutes les villes, sur le Danube comme sur le Guadalquivir. Aujourd'hui un Bergamasque qui voyage dans les petits cantons suisses, dont il n'est séparé que par une montagne, a besoin d'interprète comme s'il était à la Chine. C'est un des plus grands fléaux de la vie.

Section II. — La vanité a toujours élevé les grands monuments. Ce fut par vanité que les hommes bâtirent la belle tour de Babel : « Allons, élevons une tour dont le sommet touche au ciel, et rendons notre nom célèbre avant que nous soyons dispersés dans toute la terre. » L'entreprise fut faite du temps d'un nommé Phaleg, qui comptait le bonhomme Noé pour son cinquième aïeul. L'architecture et tous les arts qui l'accompagnent avaient fait, comme on voit, de grands progrès en cinq générations. Saint Jérôme, le même qui a vu des faunes et des satyres, n'avait pas vu plus que moi la tour de Babel; mais il assure qu'elle avait vingt mille pieds de hauteur. C'est bien peu de chose. L'ancien livre *Jacult*, écrit par un des plus doctes Juifs, démontre que sa hauteur était de quatre-vingt et un mille pieds juifs; et il n'y a personne qui ne sache que le pied juif était à peu près de la longueur du pied grec. Cette dimension est bien plus vraisemblable que celle de Jérôme. Cette tour subsiste encore; mais elle n'est plus tout à fait si haute. Plusieurs voyageurs très-véridiques l'ont vue; moi qui ne l'ai point vue, je n'en parlerai pas plus que d'Adam mon grand-père, avec qui je n'ai point eu l'honneur de converser. Mais consultez le R. P. don Calmet : c'est un homme d'un esprit fin et d'une profonde philosophie; il vous expliquera la chose. Je ne sais pas pourquoi il est dit dans la *Genèse* que Babel signifie confusion; car *Ba* signifie père dans les langues orientales, et *Bel* signifie Dieu; Babel signifie la ville de Dieu, la ville sainte. Les anciens donnaient ce nom à toutes leurs capitales. Mais il est incontestable que Babel veut dire confusion, soit parce que les architectes furent confondus après avoir élevé leur ouvrage jusqu'à quatre-vingt et un mille pieds juifs, soit parce que les langues se confondirent; et c'est évidemment depuis ce temps-là que les Allemands n'entendent plus les Chinois; car il est clair, selon le savant Bochart, que le chinois est originairement la même langue que le haut-allemand.

BACCHUS. — De tous les personnages véritables ou fabuleux de l'antiquité profane, Bacchus est le plus important pour nous, je ne dis pas par la belle invention que tout l'univers, excepté les Juifs, lui attribua, mais par la prodigieuse ressemblance de son histoire fabuleuse avec les aventures véritables de Moïse.

Les anciens poëtes font naître Bacchus en Egypte; il est exposé sur le Nil, et c'est de là qu'il est nommé Myses par le premier Orphée, ce qui veut dire en ancien égyptien *sauvé des eaux*, à ce que prétendent ceux qui entendaient l'ancien égyptien qu'on n'entend plus. Il est élevé vers une montagne d'Arabie nommée Nisa, qu'on a cru être le mont Sina. On feint qu'une déesse lui ordonna d'aller détruire une nation barbare; qu'il passa la mer Rouge à pied avec une multitude d'hommes, de femmes, et d'enfants. Une autre fois le fleuve Oronte suspendit ses eaux à droite et à gauche pour le laisser passer; l'Hydaspe en fit autant. Il commanda au soleil de s'arrêter; deux rayons lumineux lui sortaient de la tête. Il fit jaillir une fontaine de vin en frappant la terre de son thyrse; il grava ses lois sur deux tables de marbre. Il ne lui manque que d'avoir affligé l'Égypte de dix plaies pour être la copie parfaite de Moïse.

Vossius est, je pense, le premier qui ait étendu ce parallèle. L'évêque d'Avranche Huet l'a poussé tout aussi loin; mais il ajoute, dans sa *Démonstration évangélique*, que non-seulement Moïse est Bacchus, mais qu'il est encore Osiris et Typhon. Il ne s'arrête pas en si beau chemin; Moïse, selon lui, est Esculape, Amphion, Apollon, Adonis, Priape même. Il est assez plaisant que Huet, pour prouver que Moïse est Adonis, se fonde sur ce que l'un et l'autre ont gardé des moutons:

Et formosus oves ad flumina pavit Adonis.
(VIRG., Eclog. X, v. 18.)

Adonis et Moïse ont gardé les moutons.

Sa preuve qu'il est Priape, est qu'on peignait quelquefois Priape avec un âne, et que les Juifs passèrent chez les gentils pour adorer un âne. Il en donne une autre preuve qui n'est pas canonique, c'est que la verge de Moïse pouvait être comparée au sceptre de Priape: *Sceptrum tribuitur Priapo, virga Mosi.* Ces démonstrations ne sont pas celles d'Euclide.

Nous ne parlerons point ici des Bacchus plus modernes, tel que celui qui précéda de deux cents ans la guerre de Troie, et que les Grecs célébrèrent comme un fils de Jupiter enfermé dans sa cuisse.

Nous nous arrêtons à celui qui passa pour être né sur les confins de l'Égypte, et pour avoir fait tant de prodiges. Notre respect pour les livres sacrés juifs ne nous permet pas de douter que les Égyptiens, les Arabes, et ensuite les Grecs, n'aient voulu imiter l'histoire de Moïse: la difficulté consistera seulement à savoir comment ils auront pu être instruits de cette histoire incontestable.

A l'égard des Égyptiens, il est très-vraisemblable qu'ils n'ont jamais écrit les miracles de Moïse, qui les auraient couverts de honte. S'ils en avaient dit un mot, l'historien Josèphe et Philon n'auraient pas manqué de se prévaloir de ce mot. Josèphe, dans sa réponse à Apion, se fait un devoir de citer tous les auteurs d'Égypte qui ont fait mention de Moïse, et il n'en trouve aucun qui rapporte un seul de ces miracles. Aucun Juif n'a jamais cité un auteur égyptien qui ait dit un mot des dix plaies d'Égypte, du passage miraculeux de la mer Rouge, etc.

1. *Démonstr. évangél.*, p. 79, 87 et 110.

Ce ne peut donc être chez les Égyptiens qu'on ait trouvé de quoi faire ce parallèle scandaleux du divin Moïse avec le profane Bacchus.

Il est de la plus grande évidence que si un seul auteur égyptien avait dit un mot des grands miracles de Moïse, toute la synagogue d'Alexandrie, toute l'Église disputante de cette fameuse ville, auraient cité ce mot, et en auraient triomphé, chacune à sa manière. Athénagore, Clément, Origène, qui disent tant de choses inutiles, auraient rapporté mille fois ce passage nécessaire : c'eût été le plus fort argument de tous les Pères. Ils ont tous gardé un profond silence; donc ils n'avaient rien à dire. Mais aussi comment s'est-il pu faire qu'aucun Égyptien n'ait parlé des exploits d'un homme qui fit tuer tous les aînés des familles d'Égypte, qui ensanglanta le Nil, et qui noya dans la mer le roi et toute l'armée, etc., etc., etc.?

Tous nos historiens avouent qu'un Clodvic, un Sicambre, subjugua la Gaule avec une poignée de Barbares : les Anglais sont les premiers à dire que les Saxons, les Danois et les Normands, vinrent tour à tour exterminer une partie de leur nation. S'ils ne l'avaient pas avoué, l'Europe entière le crierait. L'univers devait crier de même aux prodiges épouvantables de Moïse, de Josué, de Gédéon, de Samson, et de tant de prophètes : l'univers s'est tu cependant. O profondeur! D'un côté, il est palpable que tout cela est vrai, puisque tout cela se trouve dans la sainte Écriture approuvée par l'Église; de l'autre, il est incontestable qu'aucun peuple n'en a jamais parlé. Adorons la Providence, et soumettons-nous.

Les Arabes, qui ont toujours aimé le merveilleux, sont probablement les premiers auteurs des fables inventées sur Bacchus, adoptées bientôt et embellies par les Grecs. Mais comment les Arabes et les Grecs auraient-ils puisé chez les Juifs? On sait que les Hébreux ne communiquèrent leurs livres à personne jusqu'au temps des Ptolémées; ils regardaient cette communication comme un sacrilège; et Josèphe même, pour justifier cette obstination à cacher le *Pentateuque* au reste de la terre, dit, comme on l'a déjà remarqué, que Dieu avait puni tous les étrangers qui avaient osé parler des histoires juives. Si on l'en croit, l'historien Théopompe ayant eu seulement dessein de faire mention d'eux dans son ouvrage, devint fou pendant trente jours; et le poète tragique Théodecte devint aveugle pour avoir fait prononcer le nom des Juifs dans une de ses tragédies. Voilà les excuses que Flavius Josèphe donne dans sa réponse à Apion de ce que l'histoire juive a été si longtemps inconnue.

Ces livres étaient d'une si prodigieuse rareté qu'on n'en trouva qu'un seul exemplaire sous le roi Josias, et cet exemplaire encore avait été longtemps oublié dans le fond d'un coffre, au rapport de Saphan, scribe du pontife Helcias, qui le porta au roi.

Cette aventure arriva, selon le quatrième livre des *Rois*, six cent vingt-quatre ans avant ère vulgaire, quatre cents ans après Homère, et dans les temps les plus florissants de la Grèce. Les Grecs savaient alors à peine qu'il y eût des Hébreux au monde. La captivité des Juifs à Babylone augmenta encore leur ignorance de leurs propres livres. Il fallut qu'Esdras les restaurât au bout de soixante et dix ans, et il y avait déjà plus de cinq cents ans que la fable de Bacchus courait toute la Grèce.

Si les Grecs avaient puisé leurs fables dans l'histoire juive, ils y auraient pris des faits plus intéressants pour le genre humain. Les aventures d'Abraham, celles de Noé, de Mathusalem, de Seth, d'Énoch, de Caïn, d'Ève, de son funeste serpent, de l'arbre de la science, tous ces noms leur ont été de tout temps inconnus; et ils n'eurent une faible connaissance du peuple juif que longtemps après la révolution que fit Alexandre en Asie et en Europe. L'historien Josèphe l'avoue en termes formels. Voici comme il s'exprime dès le commencement de sa réponse à Apion, qui (par parenthèse) était mort quand il lui répondit; car Apion mourut sous l'empereur Claude, et Josèphe écrivit sous Vespasien :

« Comme le pays que nous habitons est éloigné de la mer, nous ne nous appliquons point au commerce, et n'avons point de communication avec les autres nations. Nous nous contentons de cultiver nos terres, qui sont très-fertiles, et travaillons principalement à bien élever nos enfants, parce que rien ne nous paraît si nécessaire que de les instruire dans la connaissance de nos saintes lois, et dans une véritable piété qui leur inspire le désir de les observer. Ces raisons, ajoutées à ce que j'ai dit, et à cette manière de vie qui nous est particulière, font voir que dans les siècles passés nous n'avons point eu de communication avec les Grecs, comme ont eu les Égyptiens et les Phéniciens... Y a-t-il donc sujet de s'étonner que notre nation n'étant point voisine de la mer, n'affectant point de rien écrire, et vivant en la manière que je l'ai dit, elle ait été peu connue ? »

Après un aveu aussi authentique du Juif le plus entêté de l'honneur de sa nation qui ait jamais écrit, on voit assez qu'il est impossible que les anciens Grecs eussent pris la fable de Bacchus dans les livres sacrés des Hébreux, ni même aucune autre fable, comme le sacrifice d'Iphigénie, celui du fils d'Idoménée, les travaux d'Hercule, l'aventure d'Eurydice, etc. : la quantité d'anciens récits qui se ressemblent est prodigieuse. Comment les Grecs ont-ils mis en fables ce que les Hébreux ont mis en histoire? serait-ce par le don de l'invention? serait-ce par la facilité de l'imitation? serait-ce parce que les beaux esprits se rencontrent? Enfin, Dieu l'a permis; cela doit suffire. Qu'importe que les Arabes et les Grecs aient dit les mêmes choses que les Juifs? Ne lisons l'ancien *Testament* que pour nous préparer au *nouveau;* et ne cherchons dans l'un et dans l'autre que des leçons de bienfaisance, de modération, d'indulgence, et d'une véritable charité.

BACON (ROGER). — Vous croyez que Roger Bacon, ce fameux moine du XIIIe siècle, était un très-grand homme, et qu'il avait la vraie science, parce qu'il fut persécuté et condamné dans Rome à la prison par des ignorants. C'est un grand préjugé en sa faveur, je l'avoue;

1. Réponse de Josèphe. Traduction d'Arnaud d'Andilly, chap. v.

mais n'arrive-t-il pas tous les jours que des charlatans condamnent gravement d'autres charlatans, et que des fous font payer l'amende à d'autres fous? Ce monde-ci a été longtemps semblable aux Petites-Maisons, dans lesquelles celui qui se croit le Père éternel anathématise celui qui se croit le Saint-Esprit; et ces aventures ne sont pas même aujourd'hui extrêmement rares.

Parmi les choses qui le rendirent recommandable, il faut premièrement compter sa prison, ensuite la noble hardiesse avec laquelle il dit que tous les livres d'Aristote n'étaient bons qu'à brûler; et cela dans un temps où les scolastiques respectaient Aristote, beaucoup plus que les jansénistes ne respectent saint Augustin. Cependant Roger Bacon a-t-il fait quelque chose de mieux que la *Poétique*, la *Rhétorique*, et la *Logique* d'Aristote? Ces trois ouvrages immortels prouvent assurément qu'Aristote était un très-grand et très-beau génie, pénétrant, profond, méthodique, et qu'il n'était mauvais physicien que parce qu'il était impossible de fouiller dans les carrières de la physique lorsqu'on manquait d'instruments.

Roger Bacon, dans son meilleur ouvrage, où il traite de la lumière et de la vision, s'exprime-t-il beaucoup plus clairement qu'Aristote, quand il dit : « La lumière fait par voie de multiplication son espèce lumineuse, et cette action est appelée univoque et conforme à l'agent; il y a une autre multiplication équivoque, par laquelle la lumière engendre la chaleur, et la chaleur la putréfaction? »

Ce Roger d'ailleurs vous dit qu'on peut prolonger sa vie avec du *sperma ceti*, et de l'aloès, et de la chair de dragon, mais qu'on peut se rendre immortel avec la pierre philosophale. Vous pensez bien qu'avec ces beaux secrets il possédait encore tous ceux de l'astrologie judiciaire sans exception : aussi assure-t-il bien positivement, dans son *Opus majus*, que la tête de l'homme est soumise aux influences du bélier, son cou à celles du taureau, et ses bras au pouvoir des gémeaux, etc. Il prouve même ces belles choses par l'expérience, et il loue beaucoup un grand astrologue de Paris, qui empêcha, dit-il, un médecin de mettre un emplâtre sur la jambe d'un malade, parce que le soleil était alors dans le signe du verseau, et que le verseau est mortel pour les jambes sur lesquelles on applique des emplâtres.

C'est une opinion assez généralement répandue que notre Roger fut l'inventeur de la poudre à canon. Il est certain que de son temps on était sur la voie de cette horrible découverte : car je remarque toujours que l'esprit d'invention est de tous les temps, et que les docteurs, les gens qui gouvernent les esprits et les corps, ont beau être d'une ignorance profonde, ont beau faire régner les plus insensés préjugés, ont beau n'avoir pas le sens commun, il se trouve toujours des hommes obscurs, des artistes animés d'un instinct supérieur, qui inventent des choses admirables, sur lesquelles ensuite les savants raisonnent.

Voici mot à mot ce fameux passage de Roger Bacon touchant la poudre à canon; il se trouve dans son *Opus majus*, page 474, édition de Londres : « Le feu grégeois peut difficilement s'éteindre, car l'eau ne l'éteint pas. Et il y a de certains feux dont l'explosion fait tant de bruit, que, si on les allumait subitement et de nuit, une ville et une armée ne pourraient le soutenir : les éclats de tonnerre ne pourraient leur être comparés. Il y en a qui effrayent tellement la vue, que les éclairs des nues la troublent moins : on croit que c'est par de tels artifices que Gédéon jeta la terreur dans l'armée des Madianites. Et nous en avons une preuve dans ce jeu d'enfants qu'on fait par tout le monde. On enfonce du salpêtre avec force dans une petite balle de la grosseur d'un pouce, on la fait crever avec un bruit si violent qu'il surpasse le rugissement du tonnerre, et il en sort une plus grande exhalaison de feu que celle de la foudre. » Il paraît évidemment que Roger Bacon ne connaissait que cette expérience commune d'une petite boule pleine de salpêtre mise sur le feu. Il y a encore bien loin de là à la poudre à canon, dont Roger ne parle en aucun endroit, mais qui fut bientôt après inventée.

Une chose me surprend davantage, c'est qu'il ne connut pas la direction de l'aiguille aimantée, qui de son temps commençait à être connue en Italie ; mais, en récompense, il savait très-bien le secret de la baguette de coudrier, et beaucoup d'autres choses semblables, dont il traite dans sa *Dignité de l'art expérimental.*

Cependant, malgré ce nombre effroyable d'absurdités et de chimères, il faut avouer que ce Bacon était un homme admirable pour son siècle. Quel siècle! me direz-vous : c'était celui du gouvernement féodal et des scolastiques. Figurez-vous les Samoïèdes et les Ostiaques, qui suaient lu Aristote et Avicenne : voilà ce que nous étions.

Roger savait un peu de géométrie et d'optique, et c'est ce qui le fit passer à Rome et à Paris pour un sorcier. Il ne savait pourtant que ce qui est dans l'Arabe Alhazen ; car dans ces temps-là on ne savait encore rien que par les Arabes. Ils étaient les médecins et les astrologues de tous les rois chrétiens. Le fou du roi était toujours de la nation ; mais le docteur était Arabe ou Juif.

Transportez ce Bacon au temps où nous vivons ; il serait sans doute un très-grand homme. C'était de l'or encroûté de toutes les ordures du temps où il vivait : cet or aujourd'hui serait épuré.

Pauvres humains que nous sommes! que de siècles il a fallu pour acquérir un peu de raison!

DE FRANÇOIS BACON, ET DE L'ATTRACTION. — Le plus grand service peut-être que François Bacon ait rendu à la philosophie a été de deviner l'attraction.

Il disait sur la fin du XVIe siècle, dans son livre de la *Nouvelle méthode de savoir :*

« Il faut chercher s'il n'y aurait point une espèce de force magnétique qui opère entre la terre et les choses pesantes, entre la lune et l'Océan, entre les planètes... Il faut ou que les corps graves soient poussés vers le centre de la terre, ou qu'ils en soient mutuellement attirés ; et, en ce dernier cas, il est évident que plus les corps en tombant s'approchent de la terre, plus fortement ils s'attirent... Il faut expérimenter si la même horloge à poids ira plus vite sur le haut d'une montagne ou au fond d'une mine. Si la force des poids diminue sur la montagne et augmente dans la mine, il y a apparence que la terre a une vraie attraction. »

Environ cent ans après, cette attraction, cette gravitation, cette propriété universelle de la matière, cette cause qui retient les planètes dans leurs orbites, qui agit dans le soleil, et qui dirige un fétu vers le centre de la terre, a été trouvée, calculée, et démontrée par le grand Newton : mais quelle sagacité dans Bacon de Verulam, de l'avoir soupçonnée lorsque personne n'y pensait?

Ce n'est pas là de la matière subtile produite par des échancrures de petits dés qui tournèrent autrefois sur eux-mêmes, quoique tout fût plein; ce n'est pas de la matière globuleuse formée de ces dés, ni de la matière cannelée. Ces grotesques furent reçus pendant quelque temps chez les curieux : c'était un très-mauvais roman; non-seulement il réussit comme Cyrus et Pharamond, mais il fut embrassé comme une vérité par des gens qui cherchaient à penser. Si vous en exceptez Bacon, Galilée, Toricelli, et un très-petit nombre de sages, il n'y avait alors que des aveugles en physique.

Ces aveugles quittèrent les chimères grecques pour les chimères des tourbillons et de la matière cannelée; et lorsqu'enfin on eut découvert et démontré l'attraction, la gravitation et ses lois, on cria aux qualités occultes. Hélas! tous les premiers ressorts de la nature ne sont-ils pas pour nous des qualités occultes? Les causes du mouvement, du ressort, de la génération, de l'immutabilité des espèces, du sentiment, de la mémoire, de la pensée, ne sont-elles pas très-occultes?

Bacon soupçonna, Newton démontra l'existence d'un principe jusqu'alors inconnu. Il faut que les hommes s'en tiennent là, jusqu'à ce qu'ils deviennent des dieux. Newton fut assez sage, en démontrant les lois de l'attraction, pour dire qu'il en ignorait la cause. Il ajouta que c'était peut-être une impulsion, peut-être une substance légère prodigieusement élastique, répandue dans la nature. Il tâchait apparemment d'apprivoiser par ces peut-être les esprits effarouchés du mot d'attraction, et d'une propriété de la matière qui agit dans tout l'univers sans toucher à rien.

Le premier qui osa dire (du moins en France) qu'il est impossible que l'impulsion soit la cause de ce grand et universel phénomène, s'expliqua ainsi, lors même que les tourbillons et la matière subtile étaient encore fort à la mode :

« On voit l'or, le plomb, le papier, la plume, tomber également vite, et arriver au fond du récipient en même temps, dans la machine pneumatique.

« Ceux qui tiennent encore pour le plein de Descartes, pour les prétendus effets de la matière subtile, ne peuvent rendre aucune bonne raison de ce fait; car les faits sont leurs écueils. Si tout était plein, quand on leur accorderait qu'il pût y avoir alors du mouvement (ce qui est absolument impossible), au moins cette prétendue matière subtile remplirait exactement le récipient, elle y serait en aussi grande quantité que de l'eau ou du mercure qu'on y aurait mis : elle s'opposerait au moins à cette descente si rapide des corps; elle résisterait à ce large morceau de papier selon la surface de ce papier, et laisserait tomber la balle d'or ou de plomb beaucoup plus vite : mais ces chutes se font au même instant; donc il n'y a rien dans le récipient qui résiste; donc cette prétendue matière subtile ne peut faire aucun effet sensible dans ce récipient; donc il y a une autre force qui fait la pesanteur.

« En vain dirait-on qu'il reste une matière subtile dans ce récipient, puisque la lumière le pénètre. Il y a bien de la différence : la lumière qui est dans ce vase de verre n'en occupe certainement pas la cent-millième partie; mais, selon les cartésiens, il faut que leur matière imaginaire remplisse bien plus exactement le récipient que si je le supposais rempli d'or; car il y a beaucoup de vide dans l'or, et ils n'en admettent point dans leur matière subtile.

« Or, par cette expérience, la pièce d'or, qui pèse cent mille fois plus que le morceau de papier, est descendue aussi vite que le papier; donc la force qui l'a fait descendre a agi cent mille fois plus sur elle que le papier; de même qu'il faudra cent fois plus de force à mon bras pour remuer cent livres que pour remuer une livre; donc cette puissance qui opère la gravitation agit en raison directe de la masse des corps : elle agit en effet tellement sur la masse des corps, non selon les surfaces, qu'un morceau d'or réduit en poudre descend dans la machine pneumatique aussi vite que la même quantité d'or étendue en feuille. La figure du corps ne change ici en rien sa gravité; ce pouvoir de gravitation agit donc sur la nature interne des corps, et non en raison des superficies.

« On n'a jamais pu répondre à ces vérités pressantes que par une supposition aussi chimérique que les tourbillons. On suppose que la matière subtile prétendue, qui remplit tout le récipient, ne pèse point. Étrange idée, qui devient absurde ici; car il ne s'agit pas dans le cas présent d'une matière qui ne pèse pas, mais d'une matière qui ne résiste pas. Toute matière résiste par sa force d'inertie; donc si le récipient était plein, la matière quelconque qui le remplirait résisterait infiniment; cela paraît démontré en rigueur.

« Ce pouvoir ne réside point dans la prétendue matière subtile. Cette matière serait un fluide; tout fluide agit sur les solides en raison de leurs superficies; ainsi le vaisseau, présentant moins de surface par sa proue, fend la mer qui résisterait à ses flancs. Or, quand la superficie d'un corps est le carré de son diamètre, la solidité de ce corps est le cube de ce même diamètre; le même pouvoir ne peut agir à la fois en raison du cube et du carré; donc la pesanteur, la gravitation n'est point l'effet de ce fluide. De plus, il est impossible que cette prétendue matière subtile ait, d'un côté, assez de force pour précipiter un corps de cinquante-quatre mille pieds de haut en une minute (car telle est la chute des corps), et que de l'autre elle soit assez impuissante pour ne pouvoir empêcher le pendule du bois le plus léger de remonter de vibration en vibration dans la machine pneumatique, dont cette matière imaginaire est supposée remplir exactement tout l'espace. Je ne craindrai donc point d'affirmer que si l'on découvrait jamais une impulsion qui fût la cause de la pesanteur d'un corps vers un centre, en un mot, la cause de la gravitation, de l'attraction universelle, cette impulsion serait d'une tout autre nature que celle qui nous est connue. »

Cette philosophie fut d'abord très-mal reçue ; mais il y a des gens dont le premier aspect choque et auxquels on s'accoutume.

La contradiction est utile ; mais l'auteur du *Spectacle de la nature*[1] n'a-t-il pas un peu outré ce service rendu à l'esprit humain, lorsqu'à la fin de son *Histoire du ciel* il a voulu donner des ridicules à Newton, et ramener les tourbillons sur les pas d'un écrivain nommé Privat de Molières ?

« Il vaudrait mieux, dit-il[2], se tenir en repos que d'exercer laborieusement sa géométrie à calculer et à mesurer des actions imaginaires, et qui ne nous apprennent rien, etc. »

Il est pourtant assez reconnu que Galilée, Kepler et Newton nous ont appris quelque chose. Ce discours de M. Pluche ne s'éloigne pas beaucoup de celui que M. Algarotti rapporte dans le *Neutonianismo per le dame*, d'un brave Italien qui disait : « Souffrirons-nous qu'un Anglais nous instruise ? »

Pluche va plus loin[3], il raille ; il demande comment un homme, dans une encoignure de l'église Notre-Dame, n'est pas attiré et collé à la muraille ?

Huygens et Newton auront donc en vain démontré par le calcul de l'action des forces centrifuges et centripètes, que la terre est un peu aplatie vers les pôles ? Vient un Pluche qui vous dit froidement[4] que les terres ne doivent être plus hautes vers l'équateur qu'afin que « les vapeurs s'élèvent plus dans l'air, et que les nègres de l'Afrique ne soient pas brûlés de l'ardeur du soleil. »

Voilà, je l'avoue, une plaisante raison. Il s'agissait alors de savoir si, par les lois mathématiques, le grand cercle de l'équateur terrestre surpasse le cercle du méridien d'un cent soixante et dix-huitième ; et on veut nous persuader que si la chose est ainsi, ce n'est point en vertu de la théorie des forces centrales, mais uniquement pour que les nègres aient environ cent soixante-dix-huit gouttes de vapeur sur leurs têtes, tandis que les habitants du Spitzberg n'en auront que cent soixante-dix-sept.

Le même Pluche, continuant ses railleries de collège, dit ces propres paroles : « Si l'attraction a pu élargir l'équateur.... qui empêchera de demander si ce n'est pas l'attraction qui a mis en saillie le devant du globe de l'œil, et qui a élancé au milieu du visage de l'homme ce morceau de cartilage qu'on appelle *le nez*[5] ? »

Ce qu'il y a de pis, c'est que l'*Histoire du ciel* et le *Spectacle de la nature* contiennent de très-bonnes choses pour les commençant ; et

---

1. L'abbé Pluche. (Éd.) — 2. Tome II, p. 299. — 3. *Ibid.*, p. 300.
4. *Ibid.*, p. 319.
5. En effet, Maupertuis, dans un petit livre intitulé la *Vénus physique*, avança cette étrange opinion.

quo les erreurs ridicules, prodiguées à côté de vérités utiles, peuvent aisément égarer des esprits qui ne sont pas encore formés.

BADAUD. — Quand on dira que *badaud* vient de l'italien *badare*, qui signifie *regarder, s'arrêter, perdre son temps*, on ne dira rien que d'assez vraisemblable. Mais il serait ridicule de dire, avec le *Dictionnaire de Trévoux*, que *badaud* signifie sot, niais, ignorant, *stolidus*, *bardus*, et qu'il vient du mot latin *badaldus*.

Si on a donné ce nom au peuple de Paris plus volontiers qu'à un autre, c'est uniquement parce qu'il y a plus de monde à Paris qu'ailleurs, et par conséquent plus de gens inutiles qui s'attroupent pour voir le premier objet auquel ils ne sont pas accoutumés, pour contempler un charlatan, ou deux femmes du peuple qui se disent des injures, ou un charretier dont la charrette sera renversée, et qu'ils ne relèveront pas. Il y a des badauds partout, mais on a donné la préférence à ceux de Paris.

BAISER. — J'en demande pardon aux jeunes gens et aux jeunes demoiselles; mais ils ne trouveront point ici peut-être ce qu'ils chercheront. Cet article n'est que pour les savants et les gens sérieux, auxquels il ne convient guère.

Il n'est que trop question de baiser dans les comédies du temps de Molière. Champagne, dans la comédie de *la Mère coquette* de Quinault, demande des baisers à Laurette; elle lui dit :

Tu n'es donc pas content? vraiment c'est une honte;
Je t'ai baisé deux fois.

Champagne lui répond :

Quoi! tu baises par compte?
(Acte I, scène 1.)

Les valets demandaient toujours des baisers aux soubrettes; on se baisait sur le théâtre. Cela était d'ordinaire très-fade et très-insupportable, surtout dans des acteurs assez vilains, qui faisaient mal au cœur.

Si le lecteur veut des baisers, qu'il en aille chercher dans le *Pastor fido*; il y a un chœur entier où il n'est parlé que de baisers; et le

« Baci pur bocca curiosa e scaltra
« O sene, o fronte, o mano enqua non fa
« Che parte alcuna in bella donna baci
« Che baciatrice sia
« Se non la bocca; ove l'un' alma e l'altra
« Corre e si bacia anch' ella, e con vivaci
« Spiriti pellegrini
« Dà vita al bel tesoro
« De' bacianti rubini, etc. »
(Acte II.)

Il y a quelque chose de semblable dans ces vers français, dont on ignore l'auteur :

De cent baisers, dans votre ardente flamme,
Si vous pressez belle gorge et beau bras,

pièce n'est fondée que sur un baiser que Mirtillo donna un jour à la belle Amarilli, au jeu de colin-maillard, *un bacio molto saporito.*

On connaît le chapitre sur les baisers dans lequel Jean de La Casa, archevêque de Bénévent, dit qu'on peut se baiser de la tête aux pieds. Il plaint les grands nez qui ne peuvent s'approcher que difficilement; et il conseille aux dames qui ont le nez long d'avoir des amants camus.

Le baiser était une manière de saluer très-ordinaire dans l'antiquité. Plutarque rapporte que les conjurés, avant de tuer César, lui baisèrent le visage, la main, et la poitrine. Tacite dit que lorsque son beau-père Agricola revint de Rome, Domitien le reçut avec un froid baiser, ne lui dit rien et le laissa confondu dans la foule[1]. L'inférieur qui ne pouvait parvenir à saluer son supérieur en le baisant appliquait sa bouche à sa propre main, et lui envoyait ce baiser, qu'on lui rendait de même si on voulait.

On employait même ce signe pour adorer les dieux. Job, dans sa *Parabole*[2], qui est peut-être le plus ancien de nos livres connus, dit « qu'il n'a point adoré le soleil et la lune comme les autres Arabes, qu'il n'a point porté sa main à sa bouche en regardant ces astres. »

Il ne nous est resté, dans notre Occident, de cet usage si antique, que la civilité *puérile et honnête*, qu'on enseigne encore dans quelques petites villes aux enfants, de baiser leur main droite quand on leur donne quelque sucrerie.

C'était une chose horrible de trahir en baisant; c'est ce qui rend l'assassinat de César encore plus odieux. Nous connaissons assez les baisers de Judas; ils sont devenus proverbe.

Joab, l'un des capitaines de David, étant fort jaloux d'Amasa, autre capitaine, lui dit[3] : « Bonjour, mon frère; » et il prit de sa main le menton d'Amasa pour le baiser, et de l'autre main il tira sa grande épée, et l'assassina d'un seul coup si terrible que toutes ses entrailles lui sortirent du corps.

On ne trouve aucun baiser dans les autres assassinats assez fréquents qui se commirent chez les Juifs, si ce n'est peut-être les baisers que donna Judith au capitaine Holopherne, avant de lui couper la tête dans son lit lorsqu'il fut endormi; mais il n'en est pas fait mention, et la chose n'est que vraisemblable.

Dans une tragédie de Shakspeare nommée *Othello*, cet Othello, qui est un nègre, donne deux baisers à sa femme avant de l'étrangler. Cela paraît abominable aux honnêtes gens; mais des partisans de Shakspeare disent que c'est la belle nature, surtout dans un nègre

C'est vainement; ils ne les rendent pas.
Baisez la bouche; elle répond à l'âme.
L'âme se colle aux lèvres de rubis,
Aux dents d'ivoire, à la langue amoureuse;
Ame contre âme alors est fort heureuse,
Deux n'en font qu'une, et c'est un paradis.

1. *Vie d'Agricola*, chap. XL. (Éd.) — 2. Job chap. XXXI.
3. Liv. II des *Rois* chap. XX, 9, 10.

Lorsqu'on assassina Jean Galeas Sforza dans la cathédrale de Milan, le jour de Saint-Étienne, les deux Médicis dans l'église de la Reparata, l'amiral Coligny, le prince d'Orange, le maréchal d'Ancre, les frères de Witt, et tant d'autres, du moins on ne les baisa pas.

Il y avait chez les anciens je ne sais quoi de symbolique et de sacré attaché au baiser, puisqu'on baisait les statues des dieux et leurs barbes, quand les sculpteurs les avaient figurés avec de la barbe. Les initiés se baisaient aux mystères de Cérès, en signe de concorde.

Les premiers chrétiens et les premières chrétiennes se baisaient à la bouche dans leurs agapes. Ce mot signifiait *repas d'amour*. Ils se donnaient le saint baiser, le baiser de paix, le baiser de frère et de sœur, ἅγιον φίλημα. Cet usage dura plus de quatre siècles, et fut enfin aboli à cause des conséquences. Ce furent ces baisers de paix, ces agapes d'amour, ces noms de *frère* et de *sœur*, qui attirèrent longtemps aux chrétiens peu connus ces imputations de débauche dont les prêtres de Jupiter et les prêtresses de Vesta les chargèrent. Vous voyez dans Pétrone, et dans d'autres auteurs profanes, que les dissolus se nommaient *frère* et *sœur*. On crut que chez les chrétiens les mêmes noms signifiaient les mêmes infamies. Ils servirent innocemment eux-mêmes à répandre ces accusations dans l'empire romain.

Il y eut dans le commencement dix-sept sociétés chrétiennes différentes, comme il y en eut neuf chez les Juifs, en comptant les deux espèces de Samaritains. Les sociétés qui se flattaient d'être les plus orthodoxes accusaient les autres des impuretés les plus inconcevables. Le terme de *gnostique*, qui fut d'abord si honorable, et qui signifiait *savant*, *éclairé*, *pur*, devint un terme d'horreur et de mépris, un reproche d'hérésie. Saint Épiphane, au IIIe siècle, prétendait qu'ils se chatouillaient d'abord les uns les autres, hommes et femmes, qu'ensuite ils se donnaient des baisers fort impudiques, et qu'ils jugeaient du degré de leur foi par la volupté de ces baisers; que le mari disait à sa femme, en lui présentant un jeune initié : *Fais l'agape avec mon frère*; et qu'ils faisaient l'agape.

Nous n'osons répéter ici, dans la chaste langue française, ce que saint Épiphane[1] ajoute en grec[2]. Nous dirons seulement que peut-être on en imposa un peu à ce saint; qu'il se laissa trop emporter à son zèle, et que tous les hérétiques ne sont pas de vilains débauchés.

La secte des piétistes, en voulant imiter les premiers chrétiens, se donne aujourd'hui des baisers de paix en sortant de l'assemblée, et en

1. Épiphane, *Contra hæres.* lib. I, t. II. (Ep.)
2. En voici la traduction littérale en latin : « Postquam enim inter se permixti fuerunt per scortationis affectum, insuper blasphemiam suam in cœlum extendunt. Et suscipit quidem muliercula, itemque vir, fluxum a masculo in proprias suas manus; et stant ad cœlum intuentes; et immunditiam in manibus habentes, precantur nimirum stratiotici quidem et gnostici appellati, ad patrem ut aiunt, universorum, offerentes ipsum hoc quod in manibus habent, et dicunt : Offerimus tibi hoc donum corpus Christi. Et sic ipsum edunt assumentes suam ipsorum immunditiam, et dicunt : Hoc est corpus Christi, et hoc est pascha. Ideo patiuntur corpora nostra, et coguntur confiteri passionem Christi. Eodem vero modo etiam de femina; ubi contigerit ipsam in sanguinis fluxu esse, menstruum collec-

s'appelant *mon frère, ma sœur;* c'est ce que m'avoua, il y a vingt ans, une piétiste fort jolie et fort humaine. L'ancienne coutume était de baiser sur la bouche; les piétistes l'ont soigneusement conservée.

Il n'y avait point d'autre manière de saluer les dames en France, en Allemagne, en Italie, en Angleterre; c'était le droit des cardinaux de baiser les reines sur la bouche, et même en Espagne. Ce qui est singulier, c'est qu'ils n'eurent pas la même prérogative en France, où les dames eurent toujours plus de liberté que partout ailleurs; mais chaque pays a ses cérémonies, et il n'y a point d'usage si général que le hasard et l'habitude n'y aient mis quelque exception. C'eût été une incivilité, un affront, qu'une dame honnête, en recevant la première visite d'un seigneur, ne le baisât pas à la bouche, malgré ses moustaches. « C'est une déplaisante coutume, dit Montaigne [1], et injurieuse aux dames, d'avoir à prêter leurs lèvres à quiconque a trois valets à sa suite, pour mal plaisant qu'il soit. » Cette coutume était pourtant la plus ancienne du monde.

S'il est désagréable à une jeune et jolie bouche de se coller par politesse à une bouche vieille et laide, il y avait un grand danger entre des bouches fraîches et vermeilles de vingt à vingt-cinq ans; et c'est ce qui fit abolir enfin la cérémonie du baiser dans les mystères et dans les agapes. C'est ce qui fit enfermer les femmes chez les Orientaux, afin qu'elles ne baisassent que leurs pères et leurs frères; coutume longtemps introduite en Espagne par les Arabes.

Voici le danger : il y a un nerf de la cinquième paire qui va de la bouche au cœur, et de là plus bas; tant la nature a tout préparé avec l'industrie la plus délicate! Les petites glandes des lèvres, leur tissu spongieux, leurs mamelons veloutés, leur peau fine, chatouilleuse, leur donnent un sentiment exquis et voluptueux, lequel n'est pas sans analogie avec une partie plus cachée et plus sensible encore. La pudeur peut souffrir d'un baiser longtemps savouré entre deux piétistes de dix-huit ans.

Il est à remarquer que l'espèce humaine, les tourterelles et les pigeons, sont les seuls qui connaissent les baisers; de là est venu chez les Latins le mot *columbatim,* que notre langue n'a pu rendre. Il n'y a rien dont on n'ait abusé. Le baiser, destiné par la nature à la bouche, a été prostitué souvent à des membranes qui ne semblaient pas faites pour cet usage. On sait de quoi les templiers furent accusés.

« tum ab ipsa immunditia sanguinem acceptum in communi edunt ; et hic est « (inquiunt) sanguis Christi.

Comment saint Épiphane eût-il reproché des turpitudes si exécrables à la plus savante des premières sociétés chrétiennes, si elle n'avait pas donné lieu à ces accusations? comment osa-t-il les accuser s'ils étaient innocents? Ou saint Épiphane était le plus extravagant des calomniateurs, ou ces gnostiques étaient les dissolus les plus infâmes, et en même temps les plus détestables hypocrites qui fussent sur la terre. Comment accorder de telles contradictions ? comment sauver le berceau de notre Église triomphante des horreurs d'un tel scandale? Certes, rien n'est plus propre à nous faire rentrer en nous-mêmes, à nous faire sentir notre extrême misère.

1. Liv. III, chap.

Nous ne pouvons honnêtement traiter plus au long ce sujet intéressant, quoique Montaigne dise : « Il en faut parler sans vergogne ; nous prononçons hardiment tuer, blesser, trahir, et de cela nous n'oserions parler qu'entre les dents. »

BALA, BÂTARDS.—Bala, servante de Rachel, et Zelpha, servante de Lia, donnèrent chacune deux enfants au patriarche Jacob ; et vous remarquerez qu'ils héritèrent comme fils légitimes, aussi bien que les huit autres enfants mâles que Jacob eut des deux sœurs Lia et Rachel. Il est vrai qu'ils n'eurent tous pour héritage qu'une bénédiction, au lieu que Guillaume le Bâtard hérita de la Normandie.

Thierri, bâtard de Clovis, hérita de la meilleure partie des Gaules, envahie par son père.

Plusieurs rois d'Espagne et de Naples ont été bâtards.

En Espagne les bâtards ont toujours hérité. Le roi Henri de Transtamare ne fut point regardé comme roi illégitime, quoiqu'il fût enfant illégitime ; et cette race de bâtards, fondue dans la maison d'Autriche, a régné en Espagne jusqu'à Philippe V.

La race d'Aragon, qui régnait à Naples du temps de Louis XII, était bâtarde. Le comte de Dunois signait : *Le bâtard d'Orléans* ; et l'on a conservé longtemps des lettres du duc de Normandie, roi d'Angleterre, signées : *Guillaume le Bâtard.*

En Allemagne, il n'en est pas de même : on veut des races pures ; les bâtards n'héritent jamais des fiefs, et n'ont point d'état. En France, depuis longtemps, le bâtard d'un roi ne peut être prêtre sans une dispense de Rome ; mais il est prince sans difficulté, dès que le roi le reconnaît pour le fils de son péché, fût-il bâtard adultérin de père et de mère. Il en est de même en Espagne. Le bâtard d'un roi d'Angleterre ne peut être prince, mais duc. Les bâtards de Jacob ne furent ni ducs, ni princes ; ils n'eurent point de terres, et la raison est que leur père n'en avait point ; mais on les appela depuis *patriarches*, comme qui dirait archipères.

On a demandé si les bâtards des papes pouvaient être papes à leur tour. Il est vrai que le pape Jean XI était bâtard du pape Sergius III et de la fameuse Marozie ; mais un exemple n'est pas une loi. (*Voy.* à l'article Loi comme toutes les lois et tous les usages se contredisent.)

BANNISSEMENT. — Bannissement à temps ou à vie, peine à laquelle on condamne les délinquants, ou ceux qu'on veut faire passer pour tels.

On bannissait, il n'y a pas bien longtemps, du ressort de la juridiction, un petit voleur, un petit faussaire, un coupable de voie de fait. Le résultat était qu'il devenait grand voleur, grand faussaire, et meurtrier dans une autre juridiction. C'est comme si nous jetions dans les champs de nos voisins les pierres qui nous incommoderaient dans les nôtres.

Ceux qui ont écrit sur le droit des gens se sont fort tourmentés pour savoir au juste si un homme qu'on a banni de sa patrie est encore de sa patrie. C'est à peu près comme si on demandait si un joueur qu'on a chassé de la table du jeu est encore un des joueurs.

S'il est permis à tout homme par le droit naturel de se choisir sa patrie, celui qui a perdu le droit de citoyen peut, à plus forte raison, se choisir une patrie nouvelle; mais peut-il porter les armes contre ses anciens concitoyens? Il y en a mille exemples. Combien de protestants français naturalisés en Hollande, en Angleterre, en Allemagne, ont servi contre la France, et contre des armées où étaient leurs parents et leurs propres frères! Les Grecs qui étaient dans les armées du roi de Perse ont fait la guerre aux Grecs leurs anciens compatriotes. On a vu les Suisses au service de la Hollande tirer sur les Suisses au service de la France. C'est encore pis que de se battre contre ceux qui vous ont banni; car, après tout, il semble moins malhonnête de tirer l'épée pour se venger, que de la tirer pour de l'argent.

BANQUE. — La banque est un trafic d'espèces contre du papier, etc.

Il y a des banques particulières et des banques publiques.

Les banques particulières consistent en lettres de change qu'un particulier vous donne pour recevoir votre argent au lieu indiqué. Le premier prend demi pour cent, et son correspondant chez qui vous allez prend aussi demi pour cent quand il vous paye. Ce premier gain est convenu entre eux sans en avertir le porteur [1].

Le second gain, beaucoup plus considérable, se fait sur la valeur des espèces. Ce gain dépend de l'intelligence du banquier et de l'ignorance du remetteur d'argent. Les banquiers ont entre eux une langue particulière, comme les chimistes; et le passant qui n'est pas initié à ces mystères en est toujours la dupe. Ils vous disent, par exemple : « Nous remettons de Berlin à Amsterdam; l'*incertain* pour le *certain*; le change est haut; il est à trente-quatre, trente-cinq » ; et avec ce jargon, il se trouve qu'un homme qui croit les entendre perd six ou sept pour cent; de sorte que s'il fait environ quinze voyages à Amsterdam, en remettant toujours son argent par lettres de change, il se trouvera que ses deux banquiers auront eu à la fin tout son bien. C'est ce qui produit d'ordinaire à tous les banquiers une grande fortune. Si on demande ce que c'est que l'*incertain* pour le *certain*, le voici :

Les écus d'Amsterdam ont un prix fixe en Hollande, et leur prix varie en Allemagne. Cent écus ou patagons de Hollande, argent de banque, sont cent écus de soixante sous chacun : il faut partir de là et voir ce que les Allemands leur donnent pour ces cent écus.

Vous donnez au banquier d'Allemagne, ou 130, ou 131, ou 132 rixdales, etc., et c'est là l'*incertain* : pourquoi 131 rixdales, ou 132? Parce que l'argent d'Allemagne passe pour être plus faible de titre que celui de Hollande.

---

1. Ce profit est souvent beaucoup moindre; la manière dont on le fait consiste à donner à celui qui vous remet son argent comptant des lettres qui ne sont payables qu'après quelques semaines, en protestant qu'on ne peut lui en fournir à des échéances plus prochaines. (*Ed. de Kehl.*)

« Vous êtes censé recevoir poids pour poids et titre pour titre; il faut donc que vous donniez en Allemagne un plus grand nombre d'écus, puisque vous les donnez d'un titre inférieur.

Pourquoi tantôt 132, ou 133 écus, ou quelquefois 136? C'est que l'Allemagne a plus tiré de marchandises qu'à l'ordinaire de la Hollande; l'Allemagne est débitrice, et alors les banquiers d'Amsterdam exigent un plus grand profit; ils abusent de la nécessité où l'on est; et quand on tire sur eux, ils ne veulent donner leur argent qu'à un prix fort haut. Les banquiers d'Amsterdam disent aux banquiers de Francfort ou de Berlin : « Vous nous devez, et vous tirez encore de l'argent sur nous : donnez-nous donc cent trente-six écus pour cent patagons. »

Ce n'est là encore que la moitié du mystère. J'ai donné à Berlin treize cent soixante écus, et je vais à Amsterdam avec une lettre de change de mille écus, ou patagons. Le banquier d'Amsterdam me dit : « Voulez-vous de l'argent courant, ou de l'argent de banque? » Je lui réponds que je n'entends rien à ce langage, et que je le prie de faire pour le mieux. « Croyez-moi, me dit-il, prenez de l'argent courant. » Je n'ai pas de peine à le croire.

Je pense recevoir la valeur de ce que j'ai donné à Berlin : je crois, par exemple, que si je rapportais sur-le-champ à Berlin l'argent qu'il me compte, je ne perdrais rien; point du tout, je perds encore sur cet article, et voici comment. Ce qu'on appelle argent de banque en Hollande est supposé l'argent déposé en 1609 à la caisse publique, à la banque générale. Les patagons déposés y furent reçus pour soixante sous de Hollande, et en valaient soixante-trois[1]. Tous les gros payements se font en billets sur la banque d'Amsterdam : ainsi je devais recevoir soixante-trois sous à cette banque pour un billet d'un écu; j'y vais, ou bien je négocie mon billet, et je ne reçois que soixante-deux sous et demi, ou soixante-deux sous, pour mon patagon de banque; c'est pour la peine de ces messieurs, ou pour ceux qui m'escomptent mon billet; cela s'appelle l'agio, du mot italien aider : on m'aide donc à perdre un sou par écu, et mon banquier m'aide encore davantage en m'épargnant la peine d'aller aux changeurs; il me fait perdre deux sous, en me disant que l'agio est fort haut, que l'argent est fort cher; il me vole, et je le remercie[2].

_____

1. Ils ne valent réellement que soixante sous; mais la monnaie courante que l'on dit valoir soixante sous ne les vaut pas, à cause du faiblage dans la fabrique et du déchet qu'elle éprouve par l'usage. (Ed. de Kehl.)

2. J'ai vu un banquier très-connu à Paris prendre 2 pour 100, pour faire passer à Berlin une somme d'argent au pair; c'est quarante sous par livre pesant; un chariot de poste transporterait de l'argent de Paris à Berlin à moins de vingt sous par livre. Un des principaux objets que se proposait le ministre de France, en 1775, dans l'établissement des messageries royales, était de diminuer ces profits énormes des banquiers, et de les tenir toujours au-dessous du prix du transport de l'argent: aussi les banquiers se mirent à crier que ce ministère n'entendait rien aux finances; et ceux des financiers qui font un commerce de banque entre les caisses des provinces et le trésor royal ne manquèrent point d'être de l'avis des banquiers. (Ed. de Kehl.)

« Voilà comme se fait la banque des négociants, d'un bout de l'Europe à l'autre. »

La banque d'un État est d'un autre genre : ou c'est un argent que les particuliers déposent pour leur seule sûreté, sans en tirer de profit, comme on fit à Amsterdam en 1609, et à Rotterdam en 1636 ; ou c'est une compagnie autorisée qui reçoit l'argent des particuliers pour l'employer à son avantage, et qui paye aux déposants un intérêt ; c'est ce qui se pratique en Angleterre, où la banque autorisée par le parlement donne quatre pour cent aux propriétaires.

En France on voulut établir une banque de l'État sur ce modèle en 1717. L'objet était de payer avec les billets de cette banque toutes les dépenses courantes de l'État, de recevoir les impositions en même payement et d'acquitter tous les billets, de donner sans aucun décompte tout l'argent qui serait tiré sur la banque, soit par les régnicoles, soit par l'étranger, et par là de lui assurer le plus grand crédit. Cette opération doublait réellement les espèces en ne fabriquant de billets de banque qu'autant qu'il y avait d'argent courant dans le royaume, et les triplait, si, en faisant deux fois autant de billets qu'il y avait de monnaie, on avait soin de faire les payements à point nommé ; car la caisse ayant pris faveur, chacun y eût laissé son argent, et non-seulement on eût porté le crédit au triple, mais on l'eût poussé encore plus loin, comme en Angleterre. Plusieurs gens de finance, plusieurs gros banquiers, jaloux du sieur Law, inventeur de cette banque, voulurent l'anéantir dans sa naissance ; ils s'unirent avec des négociants hollandais, et tirèrent sur elle tout son fonds en huit jours. Le gouvernement, au lieu de fournir de nouveaux fonds pour les payements, ce qui était le seul moyen de soutenir la banque, imagina de punir la mauvaise volonté de ses ennemis, en portant par un édit la monnaie un tiers au delà de sa valeur ; de sorte que quand les agents hollandais vinrent pour recevoir les derniers payements, on ne leur paya en argent que les deux tiers réels de leurs lettres de change. Mais ils n'avaient plus que peu de chose à retirer ; leurs grands coups avaient été frappés ; la banque était épuisée ; ce haussement de la valeur numéraire des espèces acheva de la décrier. Ce fut la première époque du bouleversement du fameux système de Law. Depuis ce temps, il n'y eut plus en France de banque publique ; et ce qui n'était pas arrivé à la Suède, à Venise, à l'Angleterre, à la Hollande, dans les temps les plus désastreux, arriva à la France au milieu de la paix et de l'abondance.

Tous les bons gouvernements sentent les avantages d'une banque d'État : cependant la France et l'Espagne n'en ont point ; c'est à ceux qui sont à la tête de ces royaumes d'en pénétrer la raison.

BANQUEROUTE. — On connaissait peu de banqueroutes en France avant le XIIIe siècle. La grande raison, c'est qu'il n'y avait point de banquiers. Des Lombards, des juifs, prêtaient sur gages au denier dix : on commerçait argent comptant. Le change, les remises en pays étranger, étaient un secret ignoré de tous les juges.

Ce n'est pas que beaucoup de gens ne se ruinassent ; mais cela ne s'appelait point banqueroute; on disait déconfiture; ce mot est plus doux à l'oreille. On se servait du mot de rompture dans la coutume du Boulonnais; mais rompture ne sonne pas si bien.

Les banqueroutes nous viennent d'Italie, bancorotto, bancarotta, gambarotta a la giustizia non impetar[1]. Chaque négociant avait son banc dans la place du change; et quand il avait mal fait ses affaires, qu'il se déclarait fallito, et qu'il abandonnait son bien à ses créanciers moyennant qu'il en retint une bonne partie pour lui, il était libre et réputé très-galant homme. On n'avait rien à lui dire, son banc était cassé, banco rotto, banca rotta; il pouvait même, dans certaines villes, garder tous ses biens et frustrer ses créanciers, pourvu qu'il s'assît le derrière nu sur une pierre en présence de tous les marchands. C'était une dérivation douce de l'ancien proverbe romain solvere aut in aere aut in cute, payer de son argent ou de sa peau. Mais cette coutume n'existe plus; les créanciers ont préféré leur argent au derrière d'un banqueroutier.

En Angleterre et dans d'autres pays, on se déclare banqueroutier dans les gazettes. Les associés et les créanciers s'assemblent en vertu de cette nouvelle, qu'on lit dans les cafés, et ils s'arrangent comme ils peuvent.

Comme parmi les banqueroutes il y en a souvent de frauduleuses, il a fallu les punir. Si elles sont portées en justice, elles sont partout regardées comme un vol, et les coupables partout condamnés à des peines ignominieuses.

Il n'est pas vrai qu'on ait statué en France peine de mort contre les banqueroutiers sans distinction. Les simples faillites n'emportent aucune peine; les banqueroutiers frauduleux furent soumis à la peine de mort, aux états d'Orléans, sous Charles IX, et aux états de Blois, en 1576; mais ces édits, renouvelés par Henri IV, ne furent que comminatoires.

Il est trop difficile de prouver qu'un homme s'est déshonoré exprès, et a cédé volontairement tous ses biens à ses créanciers pour les tromper. Dans le doute, on s'est contenté de mettre le malheureux au pilori, ou de l'envoyer aux galères, quoique d'ordinaire un banquier soit un fort mauvais forçat.

Les banqueroutiers furent fort favorablement traités la dernière année du règne de Louis XIV, et pendant la régence. Le triste état où l'intérieur du royaume fut réduit, la multitude des marchands qui ne pouvaient ou qui ne voulaient pas payer, la quantité d'effets invendus ou invendables, la crainte de l'interruption de tout commerce, obligèrent le gouvernement, en 1715, 1716, 1718, 1721, 1722 et 1726, à faire suspendre toutes les procédures contre tous ceux qui étaient dans le cas de la faillite. Les discussions de ces procès furent renvoyées aux juges consuls; c'est une juridiction de marchands très-experts dans ces cas, et plus faite pour entrer dans ces détails de commerce que des parlements qui ont toujours été plus occupés des lois du royaume que

1. Boindin, Port de mer, scène V. (Éd.)

de la finance. Comme l'État faisait alors banqueroute, il eût été trop dur de punir les pauvres bourgeois banqueroutiers.

Nous avons eu depuis des hommes considérables banqueroutiers frauduleux, mais ils n'ont pas été punis.

Un homme de lettres de ma connaissance perdit quatre-vingt mille francs à la banqueroute d'un magistrat *important*, qui avait eu plusieurs millions nets en partage de la succession de monsieur son père, et qui, outre l'*importance* de sa charge et de sa personne, possédait encore une dignité assez *importante* à la cour[1]. Il mourut malgré tout cela ; et monsieur son fils, qui avait acheté aussi une charge *importante*, s'empara des meilleurs effets.

L'homme de lettres lui écrivit, ne doutant pas de sa loyauté, attendu que cet homme avait une dignité d'homme de loi. L'*important* lui manda qu'il protégerait toujours les gens de lettres, s'enfuit, et ne paya rien.

BAPTÊME, *mot grec qui signifie* IMMERSION.—Nous ne parlons point du baptême en théologiens ; nous ne sommes que de pauvres gens de lettres qui n'entrons jamais dans le sanctuaire.

Les Indiens, de temps immémorial, se plongeaient et se plongent encore dans le Gange. Les hommes, qui se conduisent toujours par les sens, imaginèrent aisément que ce qui lavait le corps lavait aussi l'âme. Il y avait de grandes cuves dans les souterrains des temples d'Égypte pour les prêtres et pour les initiés.

> *Ah ! nimium faciles qui tristia crimina cædis*
> *Fluminea tolli posse putatis aqua.*
>
> (OVID. *Fast.*, II ; 45, 46.)

Le vieux Boudier, à l'âge de quatre-vingts ans, traduisit comiquement ces deux vers :

> C'est une drôle de maxime
> Qu'une lessive efface un crime.

Comme tout signe est indifférent par lui-même, Dieu daigna consacrer cette coutume chez le peuple hébreu. On baptisait tous les étrangers qui venaient s'établir dans la Palestine ; ils étaient appelés *proselytes de domicile*.

Ils n'étaient pas forcés à recevoir la circoncision, mais seulement à embrasser les sept préceptes des noachides, et à ne sacrifier à aucun Dieu des étrangers. Les prosélytes de justice étaient circoncis et baptisés ; on baptisait aussi les femmes prosélytes, toutes nues, en présence de trois hommes.

Les Juifs les plus dévots venaient recevoir le baptême de la main des prophètes les plus vénérés par le peuple. C'est pourquoi on courut à saint Jean qui baptisait dans le Jourdain.

Jésus-Christ même, qui ne baptisa jamais personne, daigna rece-

---

1. Samuel-Jacques Bernard, comte de Coubert, surintendant de la reine, fils du célèbre financier Samuel Bernard. (ÉD.)

voir le baptême de Jean. Cet usage, ayant été longtemps un accessoire de la religion judaïque, reçut une nouvelle dignité, un nouveau prix de notre Sauveur même; il devint le principal rite et le
sceau du christianisme. Cependant les quinze premiers évêques de Jérusalem furent tous juifs; les chrétiens de la Palestine conservèrent
très longtemps la circoncision; les chrétiens de saint Jean ne reçurent
jamais le baptême du Christ.

Plusieurs autres sociétés chrétiennes appliquèrent un cautère au
baptisé avec un fer rouge, déterminées à cette étonnante opération par
ces paroles de saint Jean-Baptiste, rapportées par saint Luc[1] : « Je
baptise par l'eau, mais celui qui vient après moi baptisera par le feu. »
Les séleusiens, les herminiens et quelques autres, en usaient ainsi.
Ces paroles : *il baptisera par le feu*, n'ont jamais été expliquées. Il y
a plusieurs opinions sur le baptême de feu dont saint Luc et saint
Matthieu parlent. La plus vraisemblable, peut-être, est que c'était une
allusion à l'ancienne coutume des dévots à la déesse de Syrie, qui,
après s'être plongés dans l'eau, s'imprimaient sur le corps des caractères avec un fer brûlant. Tout était superstition chez les misérables
hommes; et Jésus substitua une cérémonie sacrée, un symbole efficace
et divin, à ces superstitions ridicules[2].

Dans les premiers siècles du christianisme, rien n'était plus commun
que d'attendre l'agonie pour recevoir le baptême. L'exemple de l'empereur Constantin en est une assez forte preuve. Saint Ambroise n'était
pas encore baptisé quand on le fit évêque de Milan. La coutume s'abolit
bientôt d'attendre la mort pour se mettre dans le bain sacré.

Du baptême des morts. — On baptisa aussi les morts. Ce baptême est
constaté par ce passage de saint Paul dans sa Lettre aux Corinthiens[3] :
« Si on ne ressuscite point, que feront ceux qui reçoivent le baptême
pour les morts? » C'est ici un point de fait. Ou l'on baptisait les morts
mêmes, ou l'on recevait le baptême en leur nom, comme on a reçu
depuis des indulgences pour délivrer du purgatoire les âmes de ses
amis et de ses parents.

1. III, 16. (ÉD.)
2. On s'imprimait ces stigmates principalement au cou et au poignet, afin de
mieux faire savoir, par ces marques apparentes, qu'on était initié et qu'on appartenait à la déesse. Voy. le chapitre de *la déesse de Syrie*, écrit par un initié
et inséré dans Lucien. Plutarque, dans son traité *De la superstition*, dit que
cette déesse donnait des ulcères au gras des jambes de ceux qui mangeaient des
viandes défendues. Cela peut avoir quelque rapport avec le *Deutéronome*, qui,
après avoir défendu de manger de l'ixion, du griffon, du chameau, de l'an-
guille, etc., dit (chap. XXVII, v. 35) : « Si vous n'observez pas ces commandement's, vous serez maudits, etc.... Le Seigneur vous donnera des ulcères malins
dans les genoux et dans le gras des jambes. » C'est ainsi que le mensonge était
en Syrie l'ombre de la vérité hébraïque, qui a fait place elle-même à une vérité
plus lumineuse.
Le baptême par le feu, c'est-à-dire ces stigmates, était presque partout en
usage. Vous lisez dans Ezéchiel (chap. IX, v. 6) : « Tuez tout, vieillards, enfants,
filles, excepté ceux qui seront marqués du thau. » Voy. dans l'*Apocalypse*
(chap. VII, v. 3, 4) : « Ne frappez point la terre, la mer et les arbres, jusqu'à ce
que nous ayons marqué les serviteurs de Dieu sur le front. Et le nombre des
marqués était de cent quarante-quatre mille. »
3. XV, 39. (ÉD.)

Saint Épiphane et saint Chrysostome nous apprennent que dans quelques sociétés chrétiennes, et principalement chez les marcionites, on mettait un vivant sous le lit d'un mort; on lui demandait s'il voulait être baptisé; le vivant répondait oui; alors on prenait le mort, et on le plongeait dans une cuve. Cette coutume fut bientôt condamnée; saint Paul en fait mention, mais il ne la condamne pas; au contraire, il s'en sert comme d'un argument invincible qui prouve la résurrection.

Du baptême d'aspersion. — Les Grecs conservèrent toujours le baptême par immersion. Les Latins, vers la fin du VIIIᵉ siècle, ayant étendu leur religion dans les Gaules et la Germanie, et voyant que l'immersion pouvait faire périr les enfants dans des pays froids, substituèrent la simple aspersion; ce qui les fit souvent anathématiser par l'Église grecque.

On demanda à saint Cyprien, évêque de Carthage, si ceux-là étaient réellement baptisés, qui s'étaient fait seulement arroser tout le corps. Il répond dans sa soixante et seizième lettre que « plusieurs Églises ne croyaient pas que ces arrosés fussent chrétiens; que pour lui il pense qu'ils sont chrétiens, mais qu'ils ont une grâce infiniment moindre que ceux qui ont été plongés trois fois selon l'usage. »

On était initié chez les chrétiens dès qu'on avait été plongé; avant ce temps on n'était que catéchumène. Il fallait pour être initié avoir des répondants, des cautions qu'on appelait d'un nom qui répond à *parrains*, afin que l'Église s'assurât de la fidélité des nouveaux chrétiens, et que les mystères ne fussent point divulgués. C'est pourquoi, dans les premiers siècles, les gentils furent généralement aussi mal instruits des mystères des chrétiens que ceux-ci l'étaient des mystères d'Isis et de Cérès Éleusine.

Cyrille d'Alexandrie, dans son écrit contre l'empereur Julien, s'exprime ainsi : « Je parlerais du baptême, si je ne craignais que mon discours ne parvînt à ceux qui ne sont pas initiés. » Il n'y avait alors aucun culte qui n'eût ses mystères, ses associations, ses catéchumènes, ses initiés, ses profès. Chaque secte exigeait de nouvelles vertus, et recommandait à ses pénitents une nouvelle vie, *initium novæ vitæ* et de là le mot d'*initiation*. L'initiation des chrétiens et des chrétiennes était d'être plongés tout nus dans une cuve d'eau froide; la rémission de tous les péchés était attachée à ce signe. Mais la différence entre le baptême chrétien et les cérémonies grecques, syriennes, égyptiennes, romaines, était la même qu'entre la vérité et le mensonge. Jésus-Christ était le grand prêtre de la nouvelle loi.

Dès le IIᵉ siècle on commença à baptiser des enfants; il était naturel que les chrétiens désirassent que leurs enfants, qui auraient été damnés sans ce sacrement, en fussent pourvus. On conclut enfin qu'il fallait le leur administrer au bout de huit jours, parce que, chez les Juifs, c'était à cet âge qu'ils étaient circoncis. L'Église grecque est encore dans cet usage.

Ceux qui mouraient dans la première semaine étaient damnés, selon

les Pères de l'Église les plus rigoureux. Mais Pierre Chrysologue, au
ve siècle, imagina les limbes, espèce d'enfer mitigé, et proprement
bord d'enfer, faubourg d'enfer, où vont les petits enfants morts sans
baptême, et où les patriarches restaient avant la descente de Jésus-
Christ aux enfers. De sorte que l'opinion que Jésus-Christ était descendu aux limbes, et non aux enfers, a prévalu depuis.

Il a été agité si un chrétien dans les déserts d'Arabie pouvait être
baptisé avec du sable? on a répondu que non : si on pouvait baptiser
avec de l'eau rose? et on a décidé qu'il fallait de l'eau pure; que cependant on pouvait se servir d'eau bourbeuse. On voit aisément que
toute cette discipline a dépendu de la prudence des premiers pasteurs
qui l'ont établie.

Les anabaptistes, et quelques autres communions qui sont hors du
giron, ont cru qu'il ne fallait baptiser, initier personne, qu'en connaissance de cause. Vous faites promettre, disent-ils, qu'on sera de la
société chrétienne; mais un enfant ne peut s'engager à rien. Vous lui
donnez un répondant, un parrain; mais c'est un abus d'un ancien
usage. Cette précaution était très-convenable dans le premier établissement. Quand des inconnus, hommes faits, femmes, et filles adultes,
venaient se présenter aux premiers disciples pour être reçus dans la
société, pour avoir part aux aumônes, ils avaient besoin d'une caution
qui répondit de leur fidélité; il fallait s'assurer d'eux; ils juraient d'être à
tous; mais un enfant est dans un cas diamétralement opposé. Il est arrivé
souvent qu'un enfant baptisé par des Grecs à Constantinople a été ensuite circoncis par des Turcs; chrétien à huit jours, musulman à treize
ans, il a trahi les serments de son parrain. C'est une des raisons que
les anabaptistes peuvent alléguer; mais cette raison, qui serait bonne
en Turquie, n'a jamais été admise dans des pays chrétiens, où le
baptême assure l'état d'un citoyen. Il faut se conformer aux lois et aux
rites de sa patrie.

Les Grecs rebaptisent les Latins qui passent d'une de nos communions latines à la communion grecque; l'usage était dans le siècle
passé que ces catéchumènes prononçassent ces paroles : « Je crache
sur mon père et sur ma mère qui m'ont fait mal baptiser. » Peut-
être cette coutume dure encore, et durera longtemps dans les provinces.

Idées des unitaires rigides sur le baptême. — « Il est évident pour
quiconque veut raisonner sans préjugé que le baptême n'est ni une
marque de grâce conférée, ni un sceau d'alliance, mais une simple
marque de profession;

« Que le baptême n'est nécessaire, ni de nécessité de précepte, ni de
nécessité de moyen;

« Qu'il n'a point été institué par Jésus-Christ, et que le chrétien
peut s'en passer, sans qu'il puisse en résulter pour lui aucun inconvénient.

« Qu'on ne doit pas baptiser les enfants ni les adultes, ni en général
aucun homme.

« Que le baptême pouvait être d'usage dans la naissance du christianisme à ceux qui sortaient du paganisme, pour rendre publique leur profession de foi, et en être la marque authentique; mais qu'à présent il est absolument inutile, et tout à fait indifférent. » (Tiré du *Dictionnaire encyclopédique*, à l'article des UNITAIRES.)

Section II. — Le baptême, l'immersion dans l'eau, l'abstersion, la purification par l'eau, est de la plus haute antiquité. Être propre, c'était être pur devant les dieux. Nul prêtre n'osa jamais approcher des autels avec une souillure sur son corps. La pente naturelle à transporter à l'âme ce qui appartient au corps fit croire aisément que les lustrations, les ablutions, ôtaient les taches de l'âme comme elles ôtent celles des vêtements; et en lavant son corps on crut laver son âme. De là cette ancienne coutume de se baigner dans le Gange, dont on crut les eaux sacrées; de là les lustrations si fréquentes chez tous les peuples. Les nations orientales qui habitent des pays chauds furent les plus religieusement attachées à ces coutumes.

On était obligé de se baigner chez les Juifs après une pollution, quand on avait touché un animal impur, quand on avait touché un mort, et dans beaucoup d'autres occasions.

Lorsque les Juifs recevaient parmi eux un étranger converti à leur religion, ils le baptisaient après l'avoir circoncis; et si c'était une femme, elle était simplement baptisée, c'est-à-dire plongée dans l'eau en présence de trois témoins. Cette immersion était réputée donner à la personne baptisée une nouvelle naissance, une nouvelle vie; elle devenait à la fois juive et pure; les enfants nés avant ce baptême n'avaient point de portion dans l'héritage de leurs frères qui naissaient après eux d'un père et d'une mère ainsi régénérés; de sorte que chez les Juifs être baptisé et renaître était la même chose, et cette idée est demeurée attachée au baptême jusqu'à nos jours. Ainsi, lorsque Jean le précurseur se mit à baptiser dans le Jourdain, il ne fit que suivre un usage immémorial. Les prêtres de la loi ne lui demandèrent pas compte de ce baptême comme d'une nouveauté; mais ils l'accusèrent de s'arroger un droit qui n'appartenait qu'à eux, comme les prêtres catholiques romains seraient en droit de se plaindre qu'un laïque s'ingérât de dire la messe. Jean faisait une chose légale; mais il ne la faisait pas légalement.

Jean voulut avoir des disciples, et il en eut. Il fut chef de secte dans le bas peuple, et c'est ce qui lui coûta la vie. Il paraît même que Jésus fut d'abord au rang de ses disciples, puisqu'il fut baptisé par lui dans le Jourdain, et que Jean lui envoya des gens de son parti quelque temps avant sa mort.

L'historien Josèphe parle de Jean, et ne parle pas de Jésus; c'est une preuve incontestable que Jean-Baptiste avait de son temps beaucoup plus de réputation que celui qu'il baptisa. Une grande multitude le suivait, dit ce célèbre historien, et les Juifs paraissaient disposés à entreprendre tout ce qu'il leur eût commandé. Il paraît par ce passage que Jean était non-seulement un chef de secte, mais un chef de parti.

Josèphe ajoute qu'Hérode en conçut de l'inquiétude. En effet, il se rendit redoutable à Hérode, qui le fit enfin mourir ; mais Jésus n'eut affaire qu'aux pharisiens : voilà pourquoi Josèphe fait mention de Jean comme d'un homme qui avait excité les Juifs contre le roi Hérode, comme d'un homme qui s'était rendu par son zèle criminel d'État ; au lieu que Jésus, n'ayant pas approché de la cour, fut ignoré de l'historien Josèphe.

La secte de Jean-Baptiste subsista très-différente de la discipline de Jésus. On voit dans les *Actes des apôtres* que vingt ans après le supplice de Jésus, Apollo d'Alexandrie, quoique devenu chrétien, ne connaissait que le baptême de Jean, et n'avait aucune notion du Saint-Esprit. Plusieurs voyageurs, et entre autres Chardin, le plus accrédité de tous, disent qu'il y a encore en Perse des disciples de Jean, qu'on appelle *Sabis*, qui se baptisent en son nom, et qui reconnaissent à la vérité Jésus pour un prophète, mais non pas pour un Dieu.

A l'égard de Jésus, il reçut le baptême, mais ne le conféra à personne ; ses apôtres baptisaient les catéchumènes ou les circoncisaient, selon l'occasion ; c'est ce qui est évident par l'opération de la circoncision que Paul fit à Timothée son disciple.

Il paraît encore que quand les apôtres baptisèrent, ce fut toujours au seul nom de Jésus-Christ. Jamais les *Actes des apôtres* ne font mention d'aucune personne baptisée au nom du Père, du Fils, et du Saint-Esprit ; c'est ce qui peut faire croire que l'auteur des *Actes des apôtres* ne connaissait pas l'*Évangile de Matthieu*, dans lequel il est dit[1] : « Allez enseigner toutes les nations, et baptisez-les au nom du Père, et du Fils, et du Saint-Esprit. » La religion chrétienne n'avait pas encore reçu sa forme : le Symbole même qu'on appelle *le Symbole des apôtres* ne fut fait qu'après eux ; et c'est de quoi personne ne doute. On voit, par l'Épître de Paul aux Corinthiens, une coutume fort singulière qui s'introduisit alors, c'est qu'on baptisait les morts ; mais bientôt l'Église naissante réserva le baptême pour les seuls vivants : on ne baptisa d'abord que les adultes ; souvent même on attendait jusqu'à cinquante ans, et jusqu'à sa dernière maladie, afin de porter dans l'autre monde la vertu tout entière d'un baptême encore récent.

Aujourd'hui on baptise tous les enfants : il n'y a que les anabaptistes qui réservent cette cérémonie pour l'âge où l'on est adulte ; ils se plongent tout le corps dans l'eau. Pour les quakers, qui composent une société fort nombreuse en Angleterre et en Amérique, ils ne font point usage du baptême : ils se fondent sur ce que Jésus-Christ ne baptisa aucun de ses disciples, et ils se piquent de n'être chrétiens que comme on l'était du temps de Jésus-Christ ; ce qui met entre eux et les autres communions une prodigieuse différence.

Addition importante. — L'empereur Julien le philosophe, dans son immortelle *Satire des Césars*, met ces paroles dans la bouche de Constance, fils de Constantin : « Quiconque se sent coupable de viol, de

---

1. Matth., xxviii, 19. (Ed.)

meurtre, de rapine, de sacrilége, et de tous les crimes les plus abominables, dès que je l'aurai lavé avec cette eau, il sera net et pur. »

C'est en effet cette fatale doctrine qui engagea les empereurs chrétiens et les grands de l'empire à différer leur baptême jusqu'à la mort.
On croyait avoir trouvé le secret de vivre criminel, et de mourir vertueux. (Tirée de M. Boulanger.)

Autre addition. — Quelle étrange idée, tirée de la lessive, qu'un
pot d'eau nettoie tous les crimes ! Aujourd'hui qu'on baptise tous les
enfants, parce qu'une idée non moins absurde les supposa tous criminels, les voilà tous sauvés jusqu'à ce qu'ils aient l'âge de raison, et
qu'ils puissent devenir coupables. Égorgez-les donc au plus vite pour
leur assurer le paradis. Cette conséquence est si juste, qu'il y a eu une
secte dévote qui s'en allait empoisonnant ou tuant tous les petits enfants nouvellement baptisés. Ces dévots raisonnaient parfaitement. Ils
disaient : « Nous faisons à ces petits innocents le plus grand bien possible ; nous les empêchons d'être méchants et malheureux dans cette
vie, et nous leur donnons la vie éternelle. » (De M. l'abbé Nicaise.)

BARAC ET DÉBORA, *et, par occasion, des chars de guerre.* — Nous
ne prétendons point discuter ici en quel temps Barac fut chef du peuple juif ; pourquoi, étant chef, il laissa commander son armée par une
femme ; si cette femme, nommée Débora, avait épousé Lapidoth ; si
elle était la parente ou l'amie de Barac, ou même sa fille ou sa mère ;
ni quel jour se donna la bataille du Thabor en Galilée, entre cette Débora et le capitaine Sisara, général des armées du roi Jabin, lequel
Sisara commandait vers la Galilée une armée de trois cent mille fantassins, dix mille cavaliers, et trois mille chars armés en guerre, si
l'on en croit l'historien Josèphe[1].

Nous laisserons même ce Jabin, roi d'un village nommé Azor, qui
avait plus de troupes que le Grand-Turc. Nous plaignons beaucoup la
destinée de son grand vizir Sisara, qui, ayant perdu la bataille en Galilée, sauta de son chariot à quatre chevaux, et s'enfuit à pied pour
courir plus vite. Il alla demander l'hospitalité à une sainte femme
juive, qui lui donna du lait, et qui lui enfonça un grand clou de charrette dans la tête, quand il fut endormi. Nous en sommes très-fâchés ;
mais ce n'est pas cela dont il s'agit : nous voulons parler des chariots
de guerre.

C'est au pied du mont Thabor, auprès du torrent de Cison, que se
donna la bataille. Le mont Thabor est une montagne escarpée dont les
branches un peu moins hautes s'étendent dans une grande partie de la
Galilée. Entre cette montagne et les rochers voisins est une petite
plaine semée de gros cailloux, et impraticable aux évolutions de la cavalerie. Cette plaine est de quatre à cinq cents pas. Il est à croire que
le capitaine Sisara n'y rangea pas ses trois cent mille hommes en bataille ; ses trois mille chariots auraient difficilement manœuvré dans
cet endroit.

1. *Antiq. jud.*, liv. V.

Il est à croire que les Hébreux n'avaient point de chariots de guerre dans un pays uniquement renommé pour les ânes; mais les Asiatiques s'en servaient dans les grandes plaines.

Confucius, ou plutôt Confutzée, dit positivement que de temps immémorial les vice-rois des provinces de la Chine étaient tenus de fournir à l'empereur chacun mille chariots de guerre attelés de quatre chevaux.

Les chars devaient être en usage longtemps avant la guerre de Troie, puisque Homère ne dit point que ce fut une invention nouvelle; mais ces chars n'étaient point armés comme ceux de Babylone; les roues ni l'essieu ne portaient point de fers tranchants.

Cette invention dut être d'abord très-formidable dans les grandes plaines, surtout quand les chars étaient en grand nombre, et qu'ils couraient avec impétuosité, garnis de longues piques et de faux; mais quand on y fut accoutumé, il parut si aisé d'éviter leur choc, qu'ils cessèrent d'être en usage par toute la terre.

On proposa, dans la guerre de 1741 [1], de renouveler cette ancienne invention et de la rectifier.

Un ministre d'État fit construire un de ces chariots qu'on essaya. On prétendait que, dans des grandes plaines comme celles de Lutzen, on pourrait s'en servir avec avantage, en les cachant derrière la cavalerie, dont les escadrons s'ouvriraient pour les laisser passer, et les suivraient ensuite. Les généraux jugèrent que cette manœuvre serait inutile, et même dangereuse, dans un temps où le canon seul gagne les batailles. Il fut répliqué qu'il y aurait dans l'armée à chars de guerre autant de canons pour les protéger, qu'il y en aurait dans l'armée ennemie pour les fracasser. On ajouta que ces chars seraient d'abord à l'abri du canon derrière les bataillons ou escadrons, que ceux-ci s'ouvriraient pour laisser courir ces chars avec impétuosité, que cette attaque inattendue pourrait faire un effet prodigieux. Les généraux n'opposèrent rien à ces raisons; mais ils ne voulurent point jouer à ce jeu renouvelé des Perses.

BARBE. — Tous les naturalistes nous assurent que la sécrétion qui produit la barbe est la même que celle qui perpétue le genre humain. Les eunuques, dit-on, n'ont point de barbe, parce qu'on leur a ôté les deux bouteilles dans lesquelles s'élaborait la liqueur procréatrice qui devait à la fois former des hommes et de la barbe au menton. On ajoute que la plupart des impuissants n'ont point de barbe, par la raison qu'ils manquent de cette liqueur, laquelle doit être repompée par des vaisseaux absorbants, s'unir à la lymphe nourricière, et lui fournir de petits oignons de poils sous le menton, sur les joues, etc., etc.

Il y a des hommes velus de la tête aux pieds comme les singes; on prétend que ce sont les plus dignes de propager leur espèce, les plus

---

1. Liv. III.
2. Dans sa lettre à Catherine du 27 mai 1769, Voltaire dit que ce fut dans la guerre de 1756; et il paraît que ce fut en 1756 : voy. la lettre à Richelieu, 15 juin 1757. (Note de M. Beuchot.)

vigoureux, les plus prêts à tout ; et on leur fait souvent beaucoup trop d'honneur, ainsi qu'à certaines dames qui sont un peu velues, et qui ont ce qu'on appelle *une belle palatine*. Le fait est que les hommes et les femmes sont tous velus de la tête aux pieds ; blondes ou brunes, bruns ou blonds, tout cela est égal. Il n'y a que la paume de la main et la plante du pied qui soient absolument sans poil. La seule différence, surtout dans nos climats froids, c'est que les poils des dames, et surtout ceux des blondes, sont plus follets, plus doux, plus imperceptibles. Il y a aussi beaucoup d'hommes dont la peau semble très-unie ; mais il en est d'autres qu'on prendrait de loin pour des ours, s'ils avaient une petite queue.

Cette affinité constante entre le poil et la liqueur séminale ne peut guère se contester dans notre hémisphère. On peut seulement demander pourquoi les eunuques et les impuissants, étant sans barbe, ont pourtant des cheveux : la chevelure serait-elle d'un autre genre que la barbe et que les autres poils ? n'aurait-elle aucune analogie avec cette liqueur séminale ? Les eunuques ont des sourcils et des cils aux paupières ; voilà encore une nouvelle exception. Cela pourrait nuire à l'opinion dominante que l'origine de la barbe est dans les testicules. Il y a toujours quelques difficultés qui arrêtent tout court les suppositions les mieux établies. Les systèmes sont comme les rats, qui peuvent passer par vingt petits trous, et qui en trouvent enfin deux ou trois qui ne peuvent les admettre.

Il y a un hémisphère entier qui semble déposer contre l'union fraternelle de la barbe et de la semence. Les Américains, de quelque contrée, de quelque couleur, de quelque stature qu'ils soient, n'ont ni barbe au menton, ni aucun poil sur le corps, excepté les sourcils et les cheveux. J'ai des attestations juridiques d'hommes en place qui ont vécu, conversé, combattu avec trente nations de l'Amérique septentrionale ; ils attestent qu'ils ne leur ont jamais vu un poil sur le corps, et ils se moquent, comme ils le doivent, des écrivains qui, se copiant les uns les autres, disent que les Américains ne sont sans poil que parce qu'ils se l'arrachent avec des pinces ; comme si Christophe Colomb, Fernand Cortez, et les autres conquérants, avaient chargé leurs vaisseaux de ces petites pincettes avec lesquelles nos dames arrachent leurs poils follets, et en avaient distribué dans tous les cantons de l'Amérique.

J'avais cru longtemps que les Esquimaux étaient exceptés de la loi générale du Nouveau-Monde ; mais on m'assure qu'ils sont imberbes comme les autres. Cependant on fait des enfants au Chili, au Pérou, en Canada, ainsi que dans notre continent barbu. La virilité n'est point attachée, en Amérique, à des poils tirant sur le noir ou sur le jaune. Il y a donc une différence spécifique entre ces bipèdes et nous, de même que leurs lions, qui n'ont point de crinière, ne sont pas de la même espèce que nos lions d'Afrique.

Il est à remarquer que les Orientaux n'ont jamais varié sur leur considération pour la barbe. Le mariage chez eux a toujours été et est encore l'époque de la vie où l'on ne se rase plus le menton. L'habit long et la barbe imposent du respect. Les Occidentaux ont presque toujours changé d'habit, et, si on l'ose dire, de menton. On porta des moustaches sous Louis XIV jusque vers l'année 1672. Sous Louis XIII, c'était une petite barbe en pointe. Henri IV la portait carrée. Charles-Quint, Jules II, François Ier, remirent en honneur à leur cour la large barbe, qui était depuis longtemps passée de mode. Les gens de robe alors, par gravité et par respect pour les usages de leurs pères, se faisaient raser, tandis que les courtisans en pourpoint et en petit manteau portaient la barbe la plus longue qu'ils pouvaient. Les rois alors, quand ils voulaient envoyer un homme de robe en ambassade, priaient ses confrères de souffrir qu'il laissât croître sa barbe, sans qu'on se moquât de lui dans la chambre des comptes ou des enquêtes. En voilà trop sur les barbes.

BATAILLON. — *Ordonnance militaire.* — La quantité d'hommes dont un bataillon a été successivement composé a changé depuis l'impression de l'*Encyclopédie*; et on changera encore les calculs par lesquels, pour tel nombre donné d'hommes, on doit trouver les côtés du carré, les moyens de faire ce carré plein ou vide, et de faire d'un bataillon un triangle à l'imitation du *cuneus* des anciens, qui n'était cependant point un triangle. Voilà ce qui est déjà à l'article BATAILLON, dans l'*Encyclopédie*; et nous n'ajouterons que quelques remarques sur les propriétés ou sur les défauts de cette ordonnance.

La méthode de ranger les bataillons sur trois hommes de hauteur leur donne, selon plusieurs officiers, un front fort étendu, et des flancs très-faibles : le flottement, suite nécessaire de ce grand front, ôte à cette ordonnance les moyens d'avancer légèrement sur l'ennemi; et la faiblesse de ses flancs l'expose à être battu toutes les fois que ses flancs ne sont pas appuyés ou protégés; alors il est obligé de se mettre en carré, et il devient presque immobile : voilà, dit-on, ses défauts.

Ses avantages, ou plutôt son seul avantage, c'est de donner beaucoup de feu, parce que tous les hommes qui le composent peuvent tirer; mais on croit que cet avantage ne compense pas ses défauts, surtout chez les Français.

La façon de faire la guerre aujourd'hui est toute différente de ce qu'elle était autrefois. On range une armée en bataille pour être en butte à des milliers de coups de canon; on avance un peu plus ensuite pour donner et recevoir des coups de fusil, et l'armée qui la première s'ennuie de ce tapage a perdu la bataille. L'artillerie française est très-bonne, mais le feu de son infanterie est rarement supérieur, et fort souvent inférieur à celui des autres nations. On peut dire avec autant de vérité que la nation française attaque avec la plus grande impétuosité, et qu'il est très-difficile de résister à son choc. Le même homme qui ne peut pas souffrir patiemment des coups de canon pendant qu'il est immobile, et qui aura peur même, volera à la batterie, ira avec rage, s'y fera tuer, ou enclouera le canon; c'est ce qu'on a vu plusieurs fois. Tous les grands généraux ont jugé de même des Français. Ce serait augmenter inutilement cet article que de citer des faits connus; on sait que le maréchal de Saxe voulait réduire toutes les affaires à des affaires de poste. Pour cette même raison « les Français l'emportèrent sur leurs ennemis, dit Folard, si on les abandonne dessus; mais ils ne valent rien si on fait le contraire. »

On a prétendu qu'il faudrait croiser la baïonnette avec l'ennemi, et, pour le faire avec plus d'avantage, mettre les bataillons sur un front moins étendu, et en augmenter la profondeur; ses flancs seraient plus sûrs, sa marche plus prompte, et son attaque plus forte. (Cet article est de M. D. P., officier de l'état-major.)

Addition. — Remarquons que l'ordre, la marche, les évolutions des bataillons, tels à peu près qu'on les met aujourd'hui en usage, ont été rétablis en Europe par un homme qui n'était point militaire, M. Machiavel, secrétaire de Florence. Bataillons sur trois, sur quatre, sur cinq de hauteur; bataillons marchant à l'ennemi; bataillons carrés pour n'être point entamés après une déroute; bataillons de quatre de profondeur soutenus par d'autres en colonne; bataillons flanqués de cavalerie, tout est de lui. Il apprit à l'Europe l'art de la guerre : on la faisait depuis longtemps, mais on ne la savait pas.

Le grand-duc voulut que l'auteur de la *Mandragore* et de *Clitie* commandât l'exercice à ses troupes selon sa nouvelle méthode. Machiavel s'en donna bien de garde; il ne voulut pas que les officiers et les soldats se moquassent d'un général en manteau noir : les officiers exercèrent les troupes en sa présence, et il se réserva pour le conseil.

C'est une chose singulière que toutes les qualités qu'il demande dans le choix d'un soldat. Il exige d'abord la *gagliarda*, et cette gaillardise signifie *vigueur alerte;* il veut des yeux vifs et assurés dans lesquels il y ait même de la gaieté, le cou nerveux, la poitrine large, le bras musculeux, les flancs arrondis, peu de ventre, les jambes et les pieds secs, tous signes d'agilité et de force.

Mais il veut surtout que le soldat ait de l'honneur, et veut que ce soit par l'honneur qu'on le mène. « La guerre, dit-il, ne corrompt que trop les mœurs; » et il rappelle le proverbe italien, qui dit : « La guerre forme les voleurs, et la paix leur dresse des potences. »

Machiavel fait très-peu de cas de l'infanterie française; et il faut avouer que jusqu'à la bataille de Rocroy elle a été fort mauvaise. C'était un étrange homme que ce Machiavel; il s'amusait à faire des vers, des comédies, à montrer de son cabinet l'art de se tuer régulièrement, et à enseigner aux princes l'art de se parjurer, d'assassiner et d'empoisonner dans l'occasion : grand art que le pape Alexandre VI et son bâtard César Borgia pratiquaient merveilleusement sans avoir besoin de ces leçons.

Observons que dans tous les ouvrages de Machiavel, sur tant de différents sujets, il n'y a pas un mot qui rende la vertu aimable, pas un mot qui parte du cœur. C'est une remarque qu'on a faite sur Boileau même. Il est vrai qu'il ne fait pas aimer la vertu, mais il la peint comme nécessaire.

BÂTARD, Voy. BALA.

BAYLE. — Mais se peut-il que Louis Racine ait traité Bayle de *cœur cruel* et d'*homme affreux* dans une épître à Jean-Baptiste Rousseau, qui est assez peu connue, quoique imprimée?

Il compare Bayle, dont la profonde dialectique fit voir le faux de tant de systèmes, à Marius assis sur les ruines de Carthage :

> Ainsi, d'un œil content, Marius, dans sa fuite,
> Contemplait les débris de Carthage détruite.

Voilà une similitude bien peu ressemblante, comme dit Pope, *simile unlike.* Marius n'avait point détruit Carthage comme Bayle avait détruit de mauvais arguments. Marius ne voyait point ces ruines avec plaisir; au contraire, pénétré d'une douleur sombre et noble en contemplant la vicissitude des choses humaines, il fit cette mémorable réponse : « Dis au proconsul d'Afrique que tu as vu Marius sur les ruines de Carthage[1]. »

Nous demandons en quoi Marius peut ressembler à Bayle.

On consent que Louis Racine donne le nom de *cœur affreux* et d'*homme cruel* à Marius, à Sylla, aux trois triumvirs, etc., etc., etc.; mais à Bayle! *Détestable plaisir, cœur cruel, homme affreux!* il ne fallait pas mettre ces mots dans la sentence portée par Louis Racine contre un philosophe qui n'est convaincu que d'avoir pesé les raisons des manichéens, des pauliciens, des ariens, des eutychiens, et celles de leurs adversaires. Louis Racine ne proportionnait pas les peines aux délits. Il devait se souvenir que Bayle combattit Spinosa trop philosophe, et Jurieu qui ne l'était point du tout. Il devait respecter les mœurs de Bayle, et apprendre de lui à raisonner. Mais il était janséniste, c'est-à-dire il savait les mots de la langue du jansénisme, et les employait au hasard.

Vous appelleriez avec raison *cruel* et *affreux* un homme puissant qui commanderait à ses esclaves, sous peine de mort, d'aller faire une moisson de froment où il aurait semé des chardons; qui donnerait aux uns trop de nourriture, et qui laisserait mourir de faim les autres; qui tuerait son fils aîné pour laisser un gros héritage au cadet. C'est là ce qui est affreux et cruel, Louis Racine! On prétend que c'est là le Dieu de tes jansénistes; mais je ne le crois pas.

O gens de parti! gens attaqués de la jaunisse! vous verrez toujours tout jaune.

Et à qui l'héritier non penseur d'un père qui avait cent fois plus de goût que de philosophie adressait-il sa malheureuse épître dévote contre le vertueux Bayle? A Rousseau, à un poète qui pensait encore

---

[1] Il semble que ce grand mot soit au-dessus de la pensée de Lucain (*Phars.,* liv. II, 91) :

> Solatia fati
> Carthago Mariusque tulit, pariterque jacentes
> Ignovere diis.

« Carthage et Marius, couchés sur le même sable, se consolèrent et pardonnèrent aux dieux. » Mais ils ne sont contents ni dans Lucain ni dans la réponse du Romain.

moins, à un homme dont le principal mérite avait consisté dans des
épigrammes qui révoltent l'honnêteté la plus indulgente, à un homme
qui s'était étudié à mettre en rimes riches la sodomie et la bestialité,
qui traduisait tantôt un psaume et tantôt une ordure du *Moyen de
parvenir*[1], à qui il était égal de chanter Jésus-Christ ou Giton. Tel était
l'apôtre à qui Louis Racine déférait Bayle comme un scélérat. Quel
motif avait pu faire tomber le frère de Phèdre et d'Iphigénie dans un
si prodigieux travers ? Le voici : Rousseau avait fait des vers pour les
jansénistes, qu'il croyait alors en crédit.

C'est tellement la rage de la faction qui s'est déchaînée sur Bayle,
que vous n'entendez aucun des chiens qui ont hurlé contre lui aboyer
contre Lucrèce, Cicéron, Sénèque, Épicure, ni contre tant de philosophes de l'antiquité. Ils en veulent à Bayle ; il est leur concitoyen,
il est de leur siècle ; sa gloire les irrite. On lit Bayle, on ne lit point
Nicole ; c'est la source de la haine janséniste. On lit Bayle, on ne lit ni
le R. P. Croiset ni le R. P. Caussin ; c'est la source de la haine jésuitique.

En vain un parlement de France lui a fait le plus grand honneur, en
rendant son testament valide malgré la sévérité de la loi[2] ; la démence
de parti ne connaît ni honneur ni justice. Je n'ai donc point inséré cet
article pour faire l'éloge du meilleur des Dictionnaires ; éloge qui sied
pourtant si bien dans celui-ci, mais dont Bayle n'a pas besoin : je l'ai
écrit pour rendre, si je puis, l'esprit de parti odieux et ridicule.

BDELLIUM. — On s'est fort tourmenté pour savoir ce que c'est que
ce bdellium qu'on trouvait au bord du Phison, fleuve du paradis terrestre, « qui tourne dans le pays d'Hévilath où il vient de l'or. »
Calmet, en compilant, rapporte que[3], selon plusieurs compilateurs, le
bdellium est l'escarboucle, mais que ce pourrait bien être aussi du
cristal ; puis il nous avertit que ce sont des câpres. Beaucoup d'autres
assurent que ce sont des perles. Il n'y a que les étymologies de Bochart qui puissent éclaircir cette question. J'aurais voulu que tous ces
commentateurs eussent été sur les lieux.

L'or excellent qu'on tire de ce pays-là fait voir évidemment, dit
Calmet, que c'est le pays de Colchos : la toison d'or en est une preuve.
C'est dommage que les choses aient si fort changé depuis. La Mingrélie,
ce beau pays si fameux par les amours de Médée et de Jason, ne produit pas plus aujourd'hui d'or et de bdellium que de taureaux qui jettent
feu et flamme, et de dragons qui gardent les toisons : tout change dans
ce monde ; et si nous ne cultivons pas bien nos terres, et si l'État est
toujours endetté, nous deviendrons Mingrélie.

1. C'est le titre d'un ouvrage de Béroalde de Verville. (Ed.)
2. L'académie de Toulouse proposa, il y a quelques années (en 1772 pour 1773),
l'éloge de Bayle pour sujet d'un prix ; mais les prêtres toulousains écrivirent en
cour, et obtinrent une lettre de cachet qui défendit de dire du bien de Bayle.
L'académie changea donc le sujet de son prix, et demanda l'éloge de saint Exupère, évêque de Toulouse. (*Éd. de Kehl.*)
3. Notes sur le chap. II de la *Genèse.*

BEAU. — Puisque nous avons cité Platon sur l'amour, pourquoi ne le citerions-nous pas sur le beau, puisque le beau se fait aimer? On sera peut-être curieux de savoir comment un Grec parlait du beau il y a plus de deux mille ans.

« L'homme expié dans les mystères sacrés, quand il voit un beau visage décoré d'une forme divine, ou bien quelque espèce incorporelle, sent d'abord un frémissement secret, et je ne sais quelle crainte respectueuse; il regarde cette figure comme une divinité.... quand l'influence de la beauté entre dans son âme par les yeux, il s'échauffe; les ailes de son âme sont arrosées; elles perdent leur dureté qui retenait leur germe; elles se liquéfient; ces germes enflés dans les racines de ses ailes s'efforcent de sortir par toute l'espèce de l'âme » (car l'âme avait des ailes autrefois), etc.

Je veux croire que rien n'est plus beau que ce discours de Platon; mais il ne nous donne pas des idées bien nettes de la nature du beau.

Demandez à un crapaud ce que c'est que la beauté, le grand beau, le *to kalon*. Il vous répondra que c'est sa crapaude avec deux gros yeux ronds sortant de sa petite tête, une gueule large et plate, un ventre jaune, un dos brun. Interrogez un nègre de Guinée; le beau est pour lui une peau noire, huileuse, des yeux enfoncés, un nez épaté.

Interrogez le diable; il vous dira que le beau est une paire de cornes, quatre griffes, et une queue. Consultez enfin les philosophes, ils vous répondront par du galimatias; il leur faut quelque chose de conforme à l'archétype du beau en essence, au *to kalon*.

J'assistais un jour à une tragédie auprès d'un philosophe. « Que cela est beau! disait-il. — Que trouvez-vous là de beau? lui dis-je. — C'est, dit-il, que l'auteur a atteint son but. » Le lendemain il prit une médecine qui lui fit du bien. « Elle a atteint son but, lui dis-je; voilà une belle médecine! » Il comprit qu'on ne peut pas dire qu'une médecine est belle, et que pour donner à quelque chose le nom de *beauté*, il faut qu'elle vous cause de l'admiration et du plaisir. Il convint que cette tragédie lui avait inspiré ces deux sentiments, et que c'était là le *to kalon*, le beau.

Nous fîmes un voyage en Angleterre; on y joua la même pièce, parfaitement traduite; elle fit bâiller tous les spectateurs. « Oh! oh! dit-il, le *to kalon* n'est pas le même pour les Anglais et pour les Français. » Il conclut, après bien des réflexions, que le beau est souvent très-relatif, comme ce qui est décent au Japon est indécent à Rome, et ce qui est de mode à Paris ne l'est pas à Pékin; et il s'épargna la peine de composer un long traité sur le beau.

Il y a des actions que le monde entier trouve belles. Deux officiers de César, ennemis mortels l'un de l'autre, se portent un défi, non à qui répandra le sang l'un de l'autre derrière un buisson en tierce et en quarte comme chez nous, mais à qui défendra le mieux le camp des Romains, que les Barbares vont attaquer. L'un des deux, après avoir repoussé les ennemis, est près de succomber; l'autre vole à son secours, lui sauve la vie, et achève la victoire

Un ami se dévoue à la mort pour son ami, un fils pour son père : l'Algonquin, le Français, le Chinois, diront tous que cela est fort *beau*, que ces actions leur font plaisir, qu'ils les admirent.

Ils en diront autant des grandes maximes de morale; de celle-ci de Zoroastre : « Dans le doute si une action est juste, abstiens-toi; » de celle-ci de Confucius : « Oublie les injures, n'oublie jamais les bienfaits. »

Le nègre aux yeux ronds, au nez épaté, qui ne donnera pas aux dames de nos cours le nom de *belles*, le donnera sans hésiter à ces actions et à ces maximes. Le méchant homme même reconnaîtra la beauté des vertus qu'il n'ose imiter. Le beau qui ne frappe que les sens, l'imagination, et ce qu'on appelle l'*esprit*, est donc souvent incertain; le beau qui parle au cœur ne l'est pas. Vous trouverez une foule de gens qui vous diront qu'ils n'ont rien trouvé de *beau* dans les trois quarts de l'*Iliade;* mais personne ne vous niera que le dévouement de Codrus pour son peuple ne soit fort beau, supposé qu'il soit vrai.

Le frère Attiret, jésuite, natif de Dijon[1], était employé comme dessinateur dans la maison de campagne de l'empereur Kang-hi, à quelques *lis* de Pékin.

« Cette maison des champs, dit-il dans une de ses lettres à M. Dassaut, est plus grande que la ville de Dijon; elle est partagée en mille corps de logis, sur une même ligne; chacun de ses palais a ses cours, ses parterres, ses jardins et ses eaux; chaque façade est ornée d'or, de vernis, et de peintures. Dans le vaste enclos du parc on a élevé à la main des collines hautes de vingt jusqu'à soixante pieds. Les vallons sont arrosés d'une infinité de canaux qui vont au loin se rejoindre pour former des étangs et des mers. On se promène sur ces mers dans des barques vernies et dorées de douze à treize toises de long sur quatre de large. Ces barques portent des salons magnifiques; et les bords de ces canaux, de ces mers et de ces étangs, sont couverts de maisons toutes dans des goûts différents. Chaque maison est accompagnée de jardins et de cascades. On va d'un vallon dans un autre par des allées tournantes, ornées de pavillons et de grottes. Aucun vallon n'est semblable; le plus vaste de tous est entouré d'une colonnade, derrière laquelle sont des bâtiments dorés. Tous les appartements de ces maisons répondent à la magnificence du dehors; tous les canaux ont des ponts de distance en distance; ces ponts sont bordés de balustrades de marbre blanc sculptées en bas-relief.

« Au milieu de la grande mer on a élevé un rocher, et sur ce rocher un pavillon carré, où l'on compte plus de cent appartements. De ce pavillon carré on découvre tous les palais, toutes les maisons, tous les jardins de cet enclos immense : il y en a plus de quatre cents.

« Quand l'empereur donne quelque fête, tous ces bâtiments sont illuminés en un instant, et de chaque maison on voit un feu d'artifice.

« Ce n'est pas tout; au bout de ce qu'on appelle *la mer*, est une grande

1. Il était de Dôle en Franche-Comté. (Ed.)

foire que tiennent les officiers de l'empereur. Des vaisseaux partent de la grande mer pour arriver à la foire. Les courtisans se déguisent en marchands, en ouvriers de toute espèce ; l'un tient un café, l'autre un cabaret ; l'un fait le métier de filou, l'autre d'archer qui court après lui. L'empereur, l'impératrice et toutes les dames de la cour viennent marchander des étoffes ; les faux marchands les trompent tant qu'ils peuvent. Ils leur disent qu'il est honteux de tant disputer sur le prix, qu'ils sont de mauvaises pratiques. Leurs Majestés répondent qu'ils ont affaire à des fripons ; les marchands se fâchent et veulent s'en aller ; on les apaise ; l'empereur achète tout, et en fait des loteries pour toute sa cour. Plus loin sont des spectacles de toute espèce. »

Quand frère Attiret vint de la Chine à Versailles, il le trouva petit et triste. Des Allemands qui s'extasiaient en parcourant les bosquets s'étonnaient que frère Attiret fût si difficile. C'est encore une raison qui me détermine à ne point faire un traité du beau.

BEKKER, ou du MONDE ENCHANTÉ, *du diable, du livre d'Énoch, et des sorciers.* — Ce Balthazar Bekker, très-bon homme, grand ennemi de l'enfer éternel et du diable, et encore plus de la précision, fit beaucoup de bruit en son temps par son gros livre du *Monde enchanté* (1694, 4 volumes in-12).

Un Jacques-Georges de Chaufepié, prétendu continuateur de Bayle, assure que Bekker apprit le grec à Groningue. Niceron a de bonnes raisons pour croire que ce fut à Franeker. On est fort en doute et fort en peine à la cour sur ce point d'histoire.

Le fait est que, du temps de Bekker, ministre du saint Évangile (comme on dit en Hollande), le diable avait encore un crédit prodigieux chez les théologiens de toutes les espèces, au milieu du XVIIe siècle, malgré Bayle et les bons esprits qui commençaient à éclairer le monde. La sorcellerie, les possessions, et tout ce qui est attaché à cette belle théologie, étaient en vogue dans toute l'Europe, et avaient souvent des suites funestes.

Il n'y avait pas un siècle que le roi Jacques lui-même, surnommé par Henri IV *Maître Jacques*, ce grand ennemi de la communion romaine et du pouvoir papal, avait fait imprimer sa *Démonologie* (quel livre pour un roi !); et dans cette *Démonologie*, Jacques reconnaît des ensorcellements, des incubes, des succubes ; il avoue le pouvoir du diable et du pape, qui, selon lui, a le droit de chasser Satan du corps des possédés, tout comme les autres prêtres. Nous-mêmes, nous malheureux Français, qui nous vantons aujourd'hui d'avoir recouvré un peu de bon sens, dans quel horrible cloaque de barbarie stupide étions-nous plongés alors ! Il n'y avait pas un parlement, pas un présidial, qui ne fût occupé à juger des sorciers, point de grave jurisconsulte qui n'écrivît de savants mémoires sur les possessions du diable. La France retentissait des tourments que les juges infligeaient dans les tortures à de pauvres imbéciles à qui on faisait accroire qu'elles avaient été au sabbat, et qu'on faisait mourir sans pitié dans des supplices épouvantables. Catholiques et protestants étaient également infectés de cette absurde et horrible superstition, sous prétexte que dans un des Évangiles des chrétiens il est dit que des disciples furent envoyés pour chasser les diables. C'était un devoir sacré de donner la question à des filles, pour leur faire avouer qu'elles avaient couché avec Satan; que ce Satan s'en était fait aimer sous la forme d'un bouc, qui avait sa verge du derrière. Toutes les particularités des rendez-vous de ce bouc avec nos filles étaient détaillées dans les procès criminels de ces malheureuses. On finissait par les brûler, soit qu'elles avouassent, soit qu'elles niassent; et la France n'était qu'un vaste théâtre de carnages juridiques.

J'ai entre les mains un recueil de ces procédures infernales, fait par un conseiller de grand'chambre du parlement de Bordeaux, nommé de Lancre, imprimé en 1613, et adressé à *monseigneur Silleri, chancelier de France*, sans que monseigneur Silleri ait jamais pensé à éclairer ces infâmes magistrats. Il eût fallu commencer par éclairer le chancelier lui-même. Qu'était donc la France alors? Une Saint-Barthélemy continuelle, depuis le massacre de Vassy jusqu'à l'assassinat du maréchal d'Ancre et de son innocente épouse.

Croirait-on bien qu'à Genève on fit brûler en 1652, du temps de ce même Bekker, une pauvre fille, nommée Michelle Chaudron, à qui on persuada qu'elle était sorcière?

Voici la substance très-exacte de ce que porte le procès-verbal de cette sottise affreuse, qui n'est pas le dernier monument de cette espèce :

« Michelle ayant rencontré le diable en sortant de la ville, le diable lui donna un baiser, reçut son hommage, et imprima sur sa lèvre supérieure et à son teton droit la marque qu'il a coutume d'appliquer à toutes les personnes qu'il reconnaît pour ses favorites. Ce sceau du diable est un petit seing qui rend la peau insensible, comme l'affirment tous les jurisconsultes démonographes.

« Le diable ordonna à Michelle Chaudron d'ensorceler deux filles. Elle obéit à son seigneur ponctuellement. Les parents des filles l'accusèrent juridiquement de diablerie; les filles furent interrogées et confrontées avec la coupable. Elles attestèrent qu'elles sentaient continuellement une fourmilière dans certaines parties de leurs corps, et qu'elles étaient possédées. On appela les médecins, ou du moins ceux qui passaient alors pour médecins. Ils visitèrent les filles; ils cherchèrent sur le corps de Michelle le sceau du diable, que le procès-verbal appelle les *marques sataniques*. Ils y enfoncèrent une longue aiguille, ce qui était déjà une torture douloureuse. Il en sortit du sang, et Michelle fit connaître par ses cris que les marques sataniques ne rendent point insensibles. Les juges, ne voyant pas de preuve complète que Michelle Chaudron fût sorcière, lui firent donner la question, qui produit infailliblement ces preuves : cette malheureuse, cédant à la violence des tourments, confessa enfin tout ce qu'on voulut.

« Les médecins cherchèrent encore la marque satanique. Ils la trouvèrent à un petit seing noir sur une de ses cuisses. Ils y enfoncèrent l'aiguille; les tourments de la question avaient été si horribles, que cette pauvre créature expirante sentit à peine l'aiguille; elle ne cria point : ainsi le crime fut avéré; mais comme les mœurs commençaient à s'adoucir, elle ne fut brûlée qu'après avoir été pendue et étranglée.»

Tous les tribunaux de l'Europe chrétienne retentissaient encore de pareils arrêts. Cette imbécillité barbare a duré si longtemps, que de nos jours, à Vurtzbourg en Franconie, on a encore brûlé une sorcière en 1750 : et quelle sorcière! une jeune dame de qualité, abbesse d'un couvent; et c'est de nos jours, c'est sous l'empire de Marie-Thérèse d'Autriche!

De telles horreurs, dont l'Europe a été si longtemps pleine, déterminèrent le bon Bekker à combattre le diable. On eut beau lui dire, en prose et en vers, qu'il avait tort de l'attaquer, attendu qu'il lui ressemblait beaucoup, étant d'une laideur horrible; rien ne l'arrêta : il commença par nier absolument le pouvoir de Satan, et s'enhardit même jusqu'à dire qu'il n'existe pas. « S'il y avait un diable, disait-il, il se vengerait de la guerre que je lui fais. »

Bekker ne raisonnait pas trop bien en disant que le diable le punirait s'il existait. Les ministres ses confrères prirent le parti de Satan, et déposèrent Bekker. [1]

> Car l'hérétique excommunie aussi....
> Au nom de Dieu, Genève imite Rome,
> Comme le singe est copiste de l'homme [1].

Bekker entre en matière dès le second tome. Selon lui, le serpent qui séduisit nos premiers parents n'était point un diable, mais un vrai serpent; comme l'âne de Balaam était un âne véritable, et comme la baleine qui engloutit Jonas était une baleine réelle. C'était si bien un vrai serpent, que toute son espèce, qui marchait auparavant sur ses pieds, fut condamnée à ramper sur le ventre. Jamais ni serpent ni autre bête n'est appelée Satan, ou Belzébuth, ou diable, dans le Pentateuque. Jamais il n'y est question de Satan.

Le Hollandais destructeur de Satan admet à la vérité des anges; mais en même temps il assure qu'on ne peut prouver par la raison qu'il y en ait : Et s'il y en a, dit-il dans son chapitre huitième du tome second, « il est difficile de dire ce que c'est. L'Écriture ne nous dit jamais ce que c'est, en tant que cela concerne la nature, ou en quoi consiste l'être d'un esprit. La Bible n'est pas faite pour les anges, mais pour les hommes. Jésus n'a pas été fait ange pour nous, mais homme. »

Si Bekker a tant de scrupule sur les anges, il n'est pas étonnant qu'il en ait sur les diables; et c'est une chose assez plaisante de voir toutes les contorsions où il met son esprit pour se prévaloir des textes qui lui semblent favorables, et pour éluder ceux qui lui sont contraires.

Il fait tout ce qu'il peut pour prouver que le diable n'eut aucune part aux afflictions de Job, et en cela il est plus prolixe que les amis mêmes de ce saint homme.

---

1. Voltaire, Guerre de Genève, chant II, vers 16, 18, 19. (Éd.)

Il y a grande apparence qu'on ne le condamna que par le dépit d'avoir perdu son temps à le lire; et je suis persuadé que, si le diable lui-même avait été forcé de lire le *Monde enchanté* de Bekker, il n'aurait jamais pu lui pardonner de l'avoir si prodigieusement ennuyé.

Un des plus grands embarras de ce théologien hollandais est d'expliquer ces paroles [1] : « Jésus fut transporté par l'esprit au désert pour être tenté par le diable, par le Knath-bull. » Il n'y a point de texte plus formel. Un théologien peut écrire contre Belzébuth tant qu'il voudra; mais il faut de nécessité qu'il l'admette, après quoi il expliquera les textes difficiles comme il pourra.

Que si on veut savoir précisément ce que c'est que le diable, il faut s'en informer chez le jésuite Schotus; personne n'en a parlé plus au long : c'est bien pis que Bekker.

En ne consultant que l'histoire, l'ancienne origine du diable est dans la doctrine des Perses : Hariman ou Arimane, le mauvais principe, corrompt tout ce que le bon principe a fait de salutaire. Chez les Égyptiens, Typhon fait tout le mal qu'il peut, tandis qu'Oshireth, que nous nommons Osiris, fait, avec Isheth ou Isis, tout le bien dont il est capable.

Avant les Égyptiens et les Perses [2], Moïzazor chez les Indiens s'était révolté contre Dieu, et était devenu le diable; mais enfin Dieu lui avait pardonné. Si Bekker et les sociniens avaient su cette anecdote de la chute des anges indiens et de leur rétablissement, ils en auraient bien profité pour soutenir leur opinion que l'enfer n'est pas perpétuel, et pour faire espérer leur grâce aux damnés qui liront leurs livres.

On est obligé d'avouer que les Juifs n'ont jamais parlé de la chute des anges dans l'ancien Testament; mais il en est question dans le nouveau.

On attribua, vers le temps de l'établissement du christianisme, un livre à Énoch, *septième homme après Adam*, concernant le diable et ses associés. Énoch dit que le chef des anges rebelles était Semiazas; qu'Araciel, Atarcuph, Sampsich, étaient ses lieutenants; que les capitaines des anges fidèles étaient Raphaël, Gabriel, Uriel, etc. : mais il ne dit point que la guerre se fit dans le ciel; au contraire, on se battit sur une montagne de la terre, et ce fut pour des filles. Saint Jude cite ce livre dans son Épître : « Dieu a gardé, dit-il, dans les ténèbres, enchaînés jusqu'au jugement du grand jour, les anges qui ont dégénéré de leur origine, et qui ont abandonné leur propre demeure. Malheur à ceux qui ont suivi les traces de Caïn, desquels Énoch, septième homme après Adam, a prophétisé. »

Saint Pierre, dans sa seconde Épître [3], fait allusion au livre d'Énoch, en s'exprimant ainsi : « Dieu n'a pas épargné les anges qui ont péché; mais il les a jetés dans le Tartare avec des câbles de fer. »

Il était difficile que Bekker résistât à des passages si formels. Cependant il fut encore plus inflexible sur les diables que sur les anges : il ne se laissa point subjuguer par le livre d'Énoch, septième homme

----

1. Matth., iv, 1. (ÉD.) — 2. Voy. BRACHMANES. — 3. II, 4. (ÉD.)

après Adam; il soutint qu'il n'y avait pas plus de diables que de livre d'Énoch. Il dit que le diable était une imitation de l'ancienne mythologie; que ce n'est qu'un réchauffé, et que nous ne sommes que des plagiaires.

On peut demander aujourd'hui pourquoi nous appelons Lucifer l'esprit malin, que la traduction hébraïque et le livre attribué à Énoch appellent Semiaxah, ou, si on veut, Semexiah. C'est que nous entendons mieux le latin que l'hébreu.

On a trouvé dans Isaïe une parabole contre un roi de Babylone. Isaïe lui-même l'appelle *parabole*. Il dit, dans son quatorzième chapitre[1], au roi de Babylone : « A ta mort on a chanté à gorge déployée ; les sapins se sont réjouis; tes commis ne viendront plus nous mettre à la taille. Comment Ta Hautesse est-elle descendue au tombeau, malgré les sons de tes musettes? comment es-tu couchée avec les vers et la vermine? comment es-tu tombée du ciel, étoile du matin, Helel? toi qui pressais les nations, tu es abattue en terre ! »

On traduisit ce mot chaldéen hébraïsé, *Helel*, par *Lucifer*. Cette étoile du matin, cette étoile de Vénus fut donc le diable, Lucifer tombé du ciel, et précipité dans l'enfer. C'est ainsi que les opinions s'établissent, et que souvent un seul mot, une seule syllabe mal entendus, une lettre changée ou supprimée, ont été l'origine de la croyance de tout un peuple. Du mot Soracté on a fait saint Oreste; du mot Rabboni on a fait saint Raboni, qui rabonnit les maris jaloux, ou qui les fait mourir dans l'année ; de Semo sancus, on a fait saint Simon le magicien. Ces exemples sont innombrables.

Mais que le diable soit l'étoile de Vénus, ou le Semiaxah d'Énoch, ou le Satan des Babyloniens, ou le Moïzazor des Indiens, ou le Typhon des Égyptiens, Bekker a raison de dire qu'il ne fallait pas lui attribuer une si énorme puissance que celle dont nous l'avons cru revêtu jusqu'à nos derniers temps. C'est trop que de lui avoir immolé une femme de qualité de Vurtzbourg, Michelle Chaudron, le curé Gaufridi, la maréchale d'Ancre, et plus de cent mille sorciers en treize cents années dans les États chrétiens. Si Balthazar Bekker s'en était tenu à rogner les ongles au diable, il aurait été très-bien reçu; mais quand un curé veut anéantir le diable, il perd sa cure.

BÊTES. — Quelle pitié, quelle pauvreté, d'avoir dit que les bêtes sont des machines privées de connaissance et de sentiment, qui font toujours leurs opérations de la même manière, qui n'apprennent rien, ne perfectionnent rien, etc.!

Quoi! cet oiseau qui fait son nid en demi-cercle quand il l'attache à un mur, qui le bâtit en quart de cercle quand il est dans un angle, et en cercle sur un arbre; cet oiseau fait tout de la même façon? Ce chien de chasse que tu as discipliné pendant trois mois n'en sait-il pas plus au bout de ce temps qu'il n'en savait avant tes leçons? Le serin à qui tu apprends un air le répète-t-il dans l'instant? n'emploies-tu pas un

_____

1. Versets 7-12. (Pp.)

temps considérable à l'enseigner? n'as-tu pas vu qu'il se méprend et qu'il se corrige?

Est-ce parce que je te parle que tu juges que j'ai du sentiment, de la mémoire, des idées? Eh bien! je ne te parle pas; tu me vois entrer chez moi l'air affligé, chercher un papier avec inquiétude, ouvrir le bureau où je me souviens de l'avoir enfermé, le trouver, le lire avec joie. Tu juges que j'ai éprouvé le sentiment de l'affliction et celui du plaisir, que j'ai de la mémoire et de la connaissance.

Porte donc le même jugement sur ce chien qui a perdu son maître, qui l'a cherché dans tous les chemins avec des cris douloureux, qui entre dans la maison, agité, inquiet, qui descend, qui monte, qui va de chambre en chambre, qui trouve enfin dans son cabinet le maître qu'il aime, et qui lui témoigne sa joie par la douceur de ses cris, par ses sauts, par ses caresses.

Des barbares saisissent ce chien, qui l'emporte si prodigieusement sur l'homme en amitié; ils le clouent sur une table, et ils le disséquent vivant pour te montrer les veines mésaraïques. Tu découvres dans lui tous les mêmes organes de sentiment qui sont dans toi. Réponds-moi, machiniste, la nature a-t-elle arrangé tous les ressorts du sentiment dans cet animal, afin qu'il ne sente pas? a-t-il des nerfs pour être impassible? Ne suppose point cette impertinente contradiction dans la nature.

Mais les maîtres de l'école demandent ce que c'est que l'âme des bêtes. Je n'entends pas cette question. Un arbre a la faculté de recevoir dans ses fibres sa sève qui circule, de déployer les boutons de ses feuilles et de ses fruits; me demanderez-vous ce que c'est que l'âme de cet arbre? Il a reçu ces dons; l'animal a reçu ceux du sentiment, de la mémoire, d'un certain nombre d'idées. Qui a fait tous ces dons? qui a donné toutes ces facultés? celui qui a fait croître l'herbe des champs, et qui fait graviter la terre vers le soleil.

Les âmes des bêtes sont des formes substantielles, a dit Aristote; et après Aristote, l'école arabe; et après l'école arabe, l'école angélique; et après l'école angélique, la Sorbonne; et après la Sorbonne, personne au monde.

Les âmes des bêtes sont matérielles, crient d'autres philosophes. Ceux-là n'ont pas fait plus de fortune que les autres. On leur a en vain demandé ce que c'est qu'une âme matérielle; il faut qu'ils conviennent que c'est de la matière qui a sensation : mais qui lui a donné cette sensation? c'est une âme matérielle, c'est-à-dire que c'est de la matière qui donne de la sensation à la matière; ils ne sortent pas de ce cercle.

Écoutez d'autres bêtes raisonnant sur les bêtes; leur âme est un être spirituel qui meurt avec le corps : mais quelle preuve en avez-vous? quelle idée avez-vous de cet être spirituel, qui, à la vérité, a du sentiment, de la mémoire, et sa mesure d'idées et de combinaisons, mais qui ne pourra jamais savoir ce que sait un enfant de six ans? Sur quel fondement imaginez-vous que cet être, qui n'est pas corps, périt avec le corps? Les plus grandes bêtes sont ceux qui ont avancé que cette âme n'est ni corps ni esprit. Voilà un beau système. Nous ne pouvons entendre par esprit que quelque chose d'inconnu qui n'est pas corps : ainsi le système de ces messieurs revient à ceci, que l'âme des bêtes est une substance qui n'est ni corps ni quelque chose qui n'est point un corps.

D'où peuvent procéder tant d'erreurs contradictoires? de l'habitude où les hommes ont toujours été d'examiner ce qu'est une chose, avant de savoir si elle existe. On appelle la languette, la soupape d'un soufflet, l'âme du soufflet. Qu'est-ce que cette âme? c'est un nom que j'ai donné à cette soupape qui baisse, laisse entrer l'air, se relève, et la pousse par un tuyau, quand je fais mouvoir le soufflet.

Il n'y a point là une âme distincte de la machine. Mais qui fait mouvoir le soufflet des animaux? Je vous l'ai déjà dit, celui qui fait mouvoir les astres. Le philosophe qui a dit, *Deus est anima brutorum*, avait raison; mais il devait aller plus loin.

BETHSAMÈS, ou BETHSHEMESH. — *Des cinquante mille et soixante et dix Juifs morts de mort subite pour avoir regardé l'arche; des cinq trous du cul d'or payés par les Philistins, et de l'incrédulité du docteur Kennicott.* — Les gens du monde seront peut-être étonnés que ce mot soit le sujet d'un article; mais on ne s'adresse qu'aux savants, et on leur demande des instructions.

Bethshemesh ou Bethsamès était un village appartenant au peuple de Dieu, situé à deux milles au nord de Jérusalem, selon les commentateurs.

Les Phéniciens ayant battu les Juifs du temps de Samuel, et leur ayant pris leur arche d'alliance dans la bataille où ils leur tuèrent trente mille hommes, en furent sévèrement punis par le Seigneur [1]. *Percussit eos in secretiori parte natium......; et ebullierunt villæ et agri...., et nati sunt mures, et facta est confusio mortis magna in civitate.* Mot à mot : « Il les frappa dans la plus secrète partie des fesses...; et les granges et les champs bouillirent, et il naquit des rats, et une grande confusion de mort se fit dans la cité. »

Les prophètes des Phéniciens ou Philistins les ayant avertis qu'ils ne pouvaient se délivrer de ce fléau qu'en donnant au Seigneur cinq rats d'or et cinq anus d'or, et en lui renvoyant l'arche juive, ils accomplirent cet ordre, et renvoyèrent, selon l'exprès commandement de leurs prophètes, l'arche avec les cinq rats et les cinq anus, sur une charrette attelée de deux vaches qui nourrissaient chacune leur veau, et que personne ne conduisait.

Ces deux vaches amenèrent d'elles-mêmes l'arche et les présents droit à Bethsamès; les Bethsamites s'approchèrent et voulurent regarder l'arche. Cette liberté fut punie encore plus sévèrement que ne l'avait été la profanation des Phéniciens. Le Seigneur frappa de mort subite soixante et dix personnes du peuple et cinquante mille hommes de la populace.

1. Livre de Samuel, ou Ier des Rois, chap. v, v. 6.

Le révérend docteur Kennicott, Irlandais, a fait imprimer, en 1768, un commentaire français sur cette aventure, et l'a dédié à Sa Grandeur l'évêque d'Oxford. Il s'intitule, à la tête de ce commentaire, « docteur en théologie, membre de la Société royale de Londres, de l'Académie palatine, de celle de Gottingue, et de l'Académie des Inscriptions de Paris. » Tout ce que je sais, c'est qu'il n'est pas de l'Académie des Inscriptions de Paris : peut-être en est-il correspondant. Sa vaste érudition a pu le tromper ; mais les titres ne font rien à la chose.

Il avertit le public que sa brochure se vend à Paris, chez Saillant et chez Molini ; à Rome, chez Monaldini ; à Venise, chez Pasquali ; à Florence, chez Cambiagi ; à Amsterdam, chez Marc-Michel Rey ; à la Haye, chez Gosse ; à Leyde, chez Jaquau ; à Londres, chez Béquet, qui reçoivent les souscriptions.

Il prétend prouver dans sa brochure, appelée en anglais *pamphlet*, que le texte de l'Écriture est corrompu. Il nous permettra de n'être pas de son avis. Presque toutes les Bibles s'accordent dans ces expressions : soixante et dix hommes du peuple, et cinquante mille de la populace[1] : *De populo septuaginta viros, et quinquaginta millia plebis.*

Le révérend docteur Kennicott dit au révérend milord évêque d'Oxford « qu'autrefois il avait de fort préjugés en faveur du texte hébraïque, mais que, depuis dix-sept ans, Sa Grandeur et lui sont bien revenus de leurs préjugés, après la lecture réfléchie de ce chapitre. »

Nous ne ressemblons point au docteur Kennicott ; et plus nous lisons ce chapitre, plus nous respectons les voies du Seigneur, qui ne sont pas nos voies.

« Il est impossible, dit Kennicott, à un lecteur de bonne foi de ne se pas sentir étonné et affecté à la vue de plus de cinquante mille hommes détruits dans un seul village, et encore c'était cinquante mille hommes occupés à la moisson. »

Nous avouons que cela supposerait environ cent mille personnes au moins dans ce village. Mais M. le docteur doit-il oublier que le Seigneur avait promis à Abraham que sa postérité se multiplierait comme le sable de la mer?

« Les Juifs et les chrétiens, ajoute-t-il, ne se sont point fait de scrupule d'exprimer leur répugnance à ajouter foi à cette destruction de cinquante mille soixante et dix hommes. »

Nous répondons que nous sommes chrétiens, et que nous n'avons nulle répugnance à *ajouter foi* à tout ce qui est dans les saintes Écritures. Nous répondrons, avec le R. P. dom Calmet, que s'il fallait « rejeter tout ce qui est extraordinaire et hors de la portée de notre esprit, il faudrait rejeter toute la Bible. » Nous sommes persuadés que les Juifs, étant conduits par Dieu même, ne devaient éprouver que des évènements marqués au sceau de la Divinité, et absolument différents de ce qui arrive aux autres hommes. Nous osons même

1. I, *Rois*, VI, 19. (ÉD.)

avancer que la mort de ces cinquante mille soixante et dix hommes est une des choses les moins surprenantes qui soient dans l'ancien Testament.

On est saisi d'un étonnement encore plus respectueux, quand le serpent d'Ève et l'âne de Balaam parlent, quand l'eau des cataractes s'élève avec la pluie quinze coudées au-dessus de toutes les montagnes, quand on voit les plaies de l'Égypte, et six cent trente mille Juifs combattants fuir à pied à travers la mer ouverte et suspendue; quand Josué arrête le soleil et la lune à midi; quand Samson tue mille Philistins avec une mâchoire d'âne.... Tout est miracle sans exception dans ces temps divins; et nous avons le plus profond respect pour tous ces miracles, pour ce monde ancien qui n'est pas notre monde, pour cette nature qui n'est pas notre nature, pour un livre divin qui ne peut avoir rien d'humain.

Mais ce qui nous étonne, c'est la liberté que prend M. Kennicott d'appeler *déistes* et *athées* ceux qui, en révérant la *Bible* plus que lui, sont d'une autre opinion que lui. On ne croira jamais qu'un homme qui a d. pareilles idées soit de l'Académie des Inscriptions et médailles. Peut-être est-il de l'Académie de Bedlam, la plus ancienne, la plus nombreuse de toutes, et dont les colonies s'étendent dans toute la terre.

BIBLIOTHÈQUE. — Une grande bibliothèque a cela de bon qu'elle effraye celui qui la regarde. Deux cent mille volumes découragent un homme tenté d'imprimer; mais malheureusement il se dit bientôt à lui-même : « On ne lit point tous ces livres-là, et on pourra me lire. » Il se compare à la goutte d'eau qui se plaignait d'être confondue et ignorée dans l'Océan : un génie eut pitié d'elle; il la fit avaler par une huître; elle devint la plus belle perle de l'Orient, et fut le principal ornement du trône du Grand-Mogol. Ceux qui ne sont que compilateurs, imitateurs, commentateurs, éplucheurs de phrases, critiques à la petite semaine, enfin ceux dont un génie n'a point eu pitié, resteront toujours gouttes d'eau.

Notre homme travaille donc au fond de son galetas avec l'espérance de devenir perle.

Il est vrai que dans cette immense collection de livres, il y en a environ cent quatre-vingt-dix-neuf mille qu'on ne lira jamais, du moins de suite; mais on peut avoir besoin d'en consulter quelques-uns une fois en sa vie. C'est un grand avantage pour quiconque veut s'instruire de trouver sous sa main dans le palais des rois le volume et la page qu'il cherche, sans qu'on le fasse attendre un moment. C'est une des plus nobles institutions. Il n'y a point eu de dépense plus magnifique et plus utile.

La bibliothèque publique du roi de France est la plus belle du monde entier, moins encore par le nombre et la rareté des volumes que par la facilité et la politesse avec laquelle les bibliothécaires les prêtent à tous les savants. Cette bibliothèque est sans contredit le monument le plus précieux qui soit en France.

Cette multitude étonnante de livres ne doit point épouvanter. On a déjà remarqué que Paris contient environ sept cent mille hommes, qu'on ne peut vivre avec tous, et qu'on choisit trois ou quatre amis. Ainsi il ne faut pas plus se plaindre de la multitude des livres que de celle des citoyens.

Un homme qui veut s'instruire un peu de son être, et qui n'a pas le temps à perdre, est bien embarrassé. Il voudrait lire à la fois Hobbes, Spinosa; Bayle, qui a écrit contre eux; Leibnitz, qui a disputé contre Bayle; Clarke, qui a disputé contre Leibnitz; Malebranche, qui diffère d'eux tous; Locke, qui passe pour avoir confondu Malebranche; Stillingfleet, qui croit avoir vaincu Locke; Cudworth, qui pense être au-dessus d'eux tous, parce qu'il n'est entendu de personne. On mourrait de vieillesse avant d'avoir feuilleté la centième partie des romans métaphysiques.

On est bien aise d'avoir les plus anciens livres, comme on recherche les plus anciennes médailles. C'est là ce qui fait l'honneur d'une bibliothèque. Les plus anciens livres du monde sont les cinq *Kings* des Chinois, le *Shastabad* des Brames, dont M. Holwell nous a fait connaître des passages admirables; ce qui peut rester de l'ancien Zoroastre, les fragments de Sanchoniathon qu'Eusèbe nous a conservés, et qui portent les caractères de l'antiquité la plus reculée. Je ne parle pas du *Pentateuque*, qui est au-dessus de tout ce qu'on en pourrait dire.

Nous avons encore la prière du véritable Orphée, que l'hiérophante récitait dans les anciens mystères des Grecs. « Marchez dans la voie de la justice, adorez le seul maître de l'univers. Il est un; il est seul par lui-même. Tous les êtres lui doivent leur existence; il agit dans eux et par eux. Il voit tout, et jamais n'a été vu des yeux mortels. » Nous en avons parlé ailleurs.

Saint Clément d'Alexandrie, le plus savant des Pères de l'Église, ou plutôt le seul savant dans l'antiquité profane, lui donne presque toujours le nom d'Orphée de Thrace, d'Orphée le théologien, pour le distinguer de ceux qui ont écrit depuis sous son nom. Il cite de lui ces vers qui ont tant de rapport à la formule des mystères[1] :

> Lui seul il est parfait; tout est sous son pouvoir.
> Il voit tout l'univers, et nul ne peut le voir.

Nous n'avons plus rien ni de Musée, ni de Linus. Quelques petits passages de ces prédécesseurs d'Homère orneraient bien une bibliothèque.

Auguste avait formé la bibliothèque nommée *Palatine*. La statue d'Apollon y présidait. L'empereur l'orna des bustes des meilleurs auteurs. On voyait vingt-neuf grandes bibliothèques publiques à Rome. Il y a maintenant plus de quatre mille bibliothèques considérables en Europe. Choisissez ce qui vous convient, et tâchez de ne vous pas ennuyer[2].

1. Strom., liv. V. — 2. Voy. LIVRES.

BIEN, SOUVERAIN BIEN. — *Section I.* — *De la chimère du souverain bien.* — Le bonheur est une idée abstraite composée de quelques sensations de plaisir. Platon, qui écrivait mieux qu'il ne raisonnait, imagina son *monde archétype*, c'est-à-dire son monde original, ses idées générales du beau, du bien, de l'ordre, du juste, comme s'il y avait des êtres éternels appelés *ordre, bien, beau, juste,* dont dérivassent les faibles copies de ce qui nous paraît ici-bas juste, beau et bon.

C'est donc d'après lui que les philosophes ont recherché le souverain bien, comme les chimistes cherchent la pierre philosophale; mais le souverain bien n'existe pas plus que le souverain carré ou le souverain cramoisi : il y a des couleurs cramoisies, il y a des carrés; mais il n'y a point d'être général qui s'appelle ainsi. Cette chimérique manière de raisonner a gâté longtemps la philosophie.

Les animaux ressentent du plaisir à faire toutes les fonctions auxquelles ils sont destinés. Le bonheur qu'on imagine serait une suite non interrompue de plaisirs : une telle série est incompatible avec nos organes, et avec notre destination. Il y a un grand plaisir à manger et à boire, un plus grand plaisir est dans l'union des deux sexes; mais il est clair que si l'homme mangeait toujours, ou était toujours dans l'extase de la jouissance, ses organes n'y pourraient suffire; il est encore évident qu'il ne pourrait remplir les destinations de la vie, et que le genre humain en ce cas périrait par le plaisir.

Passer continuellement, sans interruption, d'un plaisir à un autre, est encore une autre chimère. Il faut que la femme qui a conçu accouche, ce qui est une peine; il faut que l'homme fende le bois et taille la pierre, ce qui n'est pas un plaisir.

Si on donne le nom de *bonheur* à quelques plaisirs répandus dans cette vie, il y a du bonheur en effet; si on ne donne ce nom qu'à un plaisir toujours permanent, ou à une file continue et variée de sensations délicieuses, le bonheur n'est pas fait pour ce globe terraqué : cherchez ailleurs.

Si on appelle *bonheur* une situation de l'homme, comme des richesses, de la puissance, de la réputation, etc., on ne se trompe pas moins. Il y a tel charbonnier plus heureux que tel souverain. Qu'on demande à Cromwell s'il a été plus content quand il était protecteur, que quand il allait au cabaret dans sa jeunesse, il répondra probablement que le temps de sa tyrannie n'a pas été le plus rempli de plaisirs. Combien de laides bourgeoises sont plus satisfaites qu'Hélène et Cléopatre!

Mais il y a une petite observation à faire ici; c'est que quand nous disons : Il est probable qu'un tel homme est plus heureux qu'un tel autre, qu'un jeune muletier a de grands avantages sur Charles-Quint, qu'une marchande de modes est plus satisfaite qu'une princesse; nous devons nous en tenir à ce probable. Il y a grande apparence qu'un muletier se portant bien a plus de plaisir que Charles-Quint mangé de la goutte; mais il se peut bien faire aussi que Charles-Quint avec des béquilles repasse dans sa tête avec tant de plaisir qu'il a tenu un roi de France et un pape prisonniers, que son sort vaille encore mieux à toute force que celui d'un jeune muletier vigoureux.

Il n'appartient certainement qu'à Dieu, à un être qui verrait dans tous les cœurs, de décider quel est l'homme le plus heureux. Il n'y a qu'un seul cas où un homme puisse affirmer que son état actuel est pire ou meilleur que celui de son voisin : ce cas est celui de la rivalité, et le moment de la victoire.

Je suppose qu'Archimède a un rendez-vous la nuit avec sa maîtresse. Noméntanus a le même rendez-vous à la même heure. Archimède se présente à la porte; on la lui ferme au nez, et on l'ouvre à son rival, qui fait un excellent souper, pendant lequel il ne manque pas de se moquer d'Archimède, et jouit ensuite de sa maîtresse, tandis que l'autre reste dans la rue, exposé au froid, à la pluie, et à la grêle. Il est certain que Noméntanus est en droit de dire : « Je suis plus heureux cette nuit qu'Archimède, j'ai plus de plaisir que lui; » mais il faut qu'il ajoute : « Supposé qu'Archimède ne soit occupé que du chagrin de ne point faire un bon souper, d'être méprisé et trompé par une belle femme, d'être supplanté par son rival, et du mal que lui font la pluie, la grêle, et le froid. » Car si le philosophe de la rue fait réflexion que ni une catin ni la pluie ne doivent troubler son âme; s'il s'occupe d'un beau problème, et s'il découvre la proportion du cylindre et de la sphère, il peut éprouver un plaisir cent fois au-dessus de celui de Noméntanus.

Il n'y a donc que le seul cas du plaisir actuel et de la douleur actuelle, où l'on puisse comparer le sort de deux hommes, en faisant abstraction de tout le reste. Il est indubitable que celui qui jouit de sa maîtresse est plus heureux dans ce moment que son rival méprisé qui gémit. Un homme sain qui mange une bonne perdrix a sans doute un moment préférable à celui d'un homme tourmenté de la colique; mais on ne peut aller au delà avec sûreté; on ne peut évaluer l'être d'un homme avec celui d'un autre; on n'a point de balance pour peser les désirs et les sensations.

Nous avons commencé cet article par Platon et son souverain bien; nous le finirons par Solon, et par ce grand mot qui a fait tant de fortune : « Il ne faut appeler personne heureux avant sa mort. » Cet axiome n'est au fond qu'une puérilité, comme tant d'apophthegmes consacrés dans l'antiquité. Le moment de la mort n'a rien de commun avec le sort qu'on a éprouvé dans la vie; on peut périr d'une mort violente et infâme, et avoir goûté jusque-là tous les plaisirs dont la nature humaine est susceptible. Il est très-possible et très-ordinaire qu'un homme heureux cesse de l'être : qui en doute? mais il n'a pas moins eu ses moments heureux.

Que veut donc dire le mot de Solon? qu'il n'est pas sûr qu'un homme qui a du plaisir aujourd'hui en ait demain? en ce cas, c'est une vérité si incontestable et si triviale, qu'elle ne valait pas la peine d'être dite.

Section II. — Le bien-être est rare. Le souverain bien en ce monde ne pourrait-il pas être regardé comme souverainement chimérique?

Les philosophes grecs discutèrent longuement à leur ordinaire cette question. Ne vous imaginez-vous pas, mon cher lecteur, voir des mendiants qui raisonnent sur la pierre philosophale?

« Le souverain bien! quel mot! autant aurait-il valu demander ce que c'est que le souverain bleu, ou le souverain ragoût, le souverain marcher, le souverain lire, etc.

Chacun met son bien où il peut, et en a autant qu'il peut à sa façon, et à bien petite mesure.

Quid dem? quid non dem? renuis tu quod jubet alter:
Castor gaudet equis, ovo prognatus eodem
Pugnis[1], etc.

Castor veut des chevaux, Pollux veut des lutteurs:
Comment concilier tant de goûts, tant d'humeurs?

Le plus grand bien est celui qui vous délecte avec tant de force, qu'il vous met dans l'impuissance totale de sentir autre chose, comme le plus grand mal est celui qui va jusqu'à nous priver de tout sentiment. Voilà les deux extrêmes de la nature humaine, et ces deux moments sont courts.

Il n'y a ni extrêmes délices ni extrêmes tourments qui puissent durer toute la vie: le souverain bien et le souverain mal sont des chimères.

Nous avons la belle fable de Crantor; il fait comparaître aux jeux olympiques la Richesse, la Volupté, la Santé, la Vertu; chacune demande la pomme. La Richesse dit : « C'est moi qui suis le souverain bien, car avec moi on achète tous les biens; » la Volupté dit : « La pomme m'appartient, car on ne demande la richesse que pour m'avoir; » la Santé assure « que sans elle il n'y a point de volupté, et que la richesse est inutile; » enfin la Vertu représente qu'elle est au-dessus des trois autres, parce qu'avec de l'or, des plaisirs et de la santé, on peut se rendre très-misérable si on se conduit mal. » La Vertu eut la pomme.

La fable est très-ingénieuse; elle le serait encore plus si Crantor avait dit que le souverain bien est l'assemblage des quatre rivales réunies, vertu, santé, richesse, volupté : mais cette fable ne résout ni ne peut résoudre la question absurde du souverain bien. La vertu n'est pas un bien; c'est un devoir; elle est d'un genre différent, d'un ordre supérieur. Elle n'a rien à voir aux sensations douloureuses ou agréables. Un homme vertueux avec la pierre et la goutte, sans appui, sans amis, privé du nécessaire, persécuté, enchaîné par un tyran voluptueux qui se porte bien, est très-malheureux; et le persécuteur insolent qui caresse une nouvelle maîtresse sur son lit de pourpre est très-heureux. Dites que le sage persécuté est préférable à son indigne persécuteur; dites que vous aimez l'un, et que vous détestez l'autre; mais avouez que le sage dans les fers enrage. Si le sage n'en convient pas, il vous trompe, c'est un charlatan.

1. Horace, épître II du liv. II. (Éd.) — 2. Id., satire Ire du liv. II. (Éd.)

BIEN. — *Du bien et du mal, physique et moral.* — Voici une question des plus difficiles et des plus importantes. Il s'agit de toute la vie humaine. Il serait bien plus important de trouver un remède à nos maux, mais il n'y en a point, et nous sommes réduits à rechercher tristement leur origine. C'est sur cette origine qu'on dispute depuis Zoroastre, et qu'on a, selon les apparences, disputé avant lui. C'est pour expliquer ce mélange de bien et de mal qu'on a imaginé les deux principes, Oromase, l'auteur de la lumière, et Arimane, l'auteur des ténèbres; la boîte de Pandore, les deux tonneaux de Jupiter, la pomme mangée par Ève, et tant d'autres systèmes. Le premier des dialecticiens, non pas le premier des philosophes, l'illustre Bayle, a fait assez voir comment il est difficile aux chrétiens qui admettent un seul Dieu, bon et juste, de répondre aux objections des manichéens qui reconnaissaient deux dieux, dont l'un est bon, et l'autre méchant.

Le fond du système des manichéens, tout ancien qu'il est, n'en était pas plus raisonnable. Il faudrait avoir établi des lemmes géométriques pour oser en venir à ce théorème : « Il y a deux êtres nécessaires, tous deux suprêmes, tous deux infinis, tous deux également puissants, tous deux s'étant fait la guerre, et s'accordant enfin pour verser sur cette petite planète, l'un tous les trésors de sa bénéficence, et l'autre tout l'abîme de sa malice. » En vain, par cette hypothèse, expliquent-ils la cause du bien et du mal; la fable de Prométhée l'explique encore mieux; mais toute hypothèse qui ne sert qu'à rendre raison des choses, et qui n'est pas d'ailleurs fondée sur des principes certains, doit être rejetée.

Les docteurs chrétiens (en faisant abstraction de la révélation qui fait tout croire) n'expliquent pas mieux l'origine du bien et du mal que les sectateurs de Zoroastre.

Dès qu'ils disent : « Dieu est un père tendre, Dieu est un roi juste; » dès qu'ils ajoutent l'idée de l'infini à cet amour, à cette bonté, à cette justice humaine qu'ils connaissent, ils tombent bientôt dans la plus horrible des contradictions. Comment ce souverain qui a la plénitude infinie de cette justice que nous connaissons; comment un père qui a une tendresse infinie pour ses enfants; comment cet être infiniment puissant a-t-il pu former des créatures à son image, pour les faire l'instant d'après tenter par un être malin, pour les faire succomber, pour faire mourir ceux qu'il avait créés immortels, pour inonder leur postérité de malheurs et de crimes? On ne parle pas ici d'une contradiction qui paraît encore bien plus révoltante à notre faible raison. Comment Dieu rachetant ensuite le genre humain par la mort de son fils unique, ou plutôt, comment Dieu lui-même fait homme, et mourant pour les hommes, livre-t-il à l'horreur des tortures éternelles presque tout ce genre humain pour lequel il est mort? Certes, à ne regarder ce système qu'en philosophe (sans le secours de la foi), il est monstrueux, il est abominable. Il fait de Dieu ou la malice même, et la malice infinie, qui a fait des êtres pensants pour les rendre éternellement malheureux, ou l'impuissance et l'imbécillité même, qui n'a pu ni prévoir ni empêcher les malheurs de ses créatures. Mais il n'est pas question dans cet article du malheur éternel; il ne s'agit que des biens et des maux que nous éprouvons dans cette vie. Aucun des docteurs de tant d'Églises qui se combattent tous sur cet article n'a pu persuader aucun sage.

Ⓔ On ne conçoit pas comment Bayle, qui maniait avec tant de force et de finesse les armes de la dialectique, s'est contenté de faire argumenter[1] un manichéen, un calviniste, un moliniste, un socinien; que n'a-t-il fait parler un homme raisonnable? que Bayle n'a-t-il parlé lui-même? il aurait dit bien mieux que nous ce que nous allons hasarder.

Un père qui tue ses enfants est un monstre; un roi qui fait tomber dans le piége ses sujets pour avoir un prétexte de les livrer à des supplices, est un tyran exécrable. Si vous concevez dans Dieu la même bonté que vous exigez d'un père, la même justice que vous exigez d'un roi, plus de ressource pour disculper Dieu : et en lui donnant une sagesse et une bonté infinies, vous le rendez infiniment odieux; vous faites souhaiter qu'il n'existe pas, vous donnez des armes à l'athée, et l'athée sera toujours en droit de vous dire : « Il vaut mieux ne point reconnaître de Divinité que de lui imputer précisément ce que vous puniriez dans les hommes. »

Commençons donc par dire : « Ce n'est pas à nous à donner à Dieu les attributs humains, ce n'est pas à nous à faire Dieu à notre image. » Justice humaine, bonté humaine, sagesse humaine, rien de tout cela ne lui peut convenir. On a beau étendre à l'infini ces qualités, ce ne seront jamais que des qualités humaines dont nous reculons les bornes; c'est comme si nous donnions à Dieu la solidité infinie, le mouvement infini, la rondeur, la divisibilité infinie. Ces attributs ne peuvent être les siens.

La philosophie nous apprend que cet univers doit avoir été arrangé par un être incompréhensible, éternel, existant par sa nature; mais, encore une fois, la philosophie ne nous apprend pas les attributs de cette nature. Nous savons ce qu'il n'est pas, et non ce qu'il est.

Point de bien ni de mal pour Dieu, ni en physique ni en moral.

Qu'est-ce que le mal physique? De tous les maux le plus grand sans doute est la mort. Voyons s'il était possible que l'homme eût été immortel.

Pour qu'un corps tel que le nôtre fût indissoluble, impérissable, il faudrait qu'il ne fût point composé de parties; il faudrait qu'il ne naquît point, qu'il ne prît ni nourriture ni accroissement, qu'il ne pût éprouver aucun changement. Qu'on examine toutes ces questions, que chaque lecteur peut étendre à son gré, et l'on verra que la proposition de l'homme immortel est contradictoire.

Si notre corps organisé était immortel, celui des animaux le serait aussi : or, il est clair qu'en peu de temps le globe ne pourrait suffire à nourrir tant d'animaux; ces êtres immortels, qui ne subsistent qu'en renouvelant leurs corps par la nourriture, périraient donc faute de

1. Voy. dans Bayle les articles *Manichéens, Marcionites, Pauliciens.*

pouvoir se renouveler; tout cela est contradictoire. On en pourrait dire beaucoup davantage ; mais tout lecteur vraiment philosophe verra que la mort était nécessaire à tout ce qui est né, que la mort ne peut être ni une erreur de Dieu, ni un mal, ni une injustice, ni un châtiment de l'homme.

L'homme né pour mourir ne pouvait pas plus être soustrait aux douleurs qu'à la mort. Pour qu'une substance organisée et douée de sentiment n'éprouvât jamais de douleur, il faudrait que toutes les lois de la nature changeassent, que la matière ne fût plus divisible, qu'il n'y eût plus ni pesanteur, ni action, ni force, qu'un rocher pût tomber sur un animal sans l'écraser, que l'eau ne pût le suffoquer, que le feu ne pût le brûler. L'homme impassible est donc aussi contradictoire que l'homme immortel.

Ce sentiment de douleur était nécessaire pour nous avertir de nous conserver, et pour nous donner des plaisirs autant que le comportent les lois générales auxquelles tout est soumis.

Si nous n'éprouvions pas la douleur, nous nous blesserions à tout moment sans le sentir. Sans le commencement de la douleur, nous ne ferions aucune fonction de la vie, nous ne la communiquerions pas, nous n'aurions aucun plaisir. La faim est un commencement de douleur qui nous avertit de prendre de la nourriture, l'ennui une douleur qui nous force à nous occuper, l'amour un besoin qui devient douloureux quand il n'est pas satisfait. Tout désir, en un mot, est un besoin, une douleur commencée. La douleur est donc le premier ressort de toutes les actions des animaux. Tout animal doué de sentiment doit être sujet à la douleur, si la matière est divisible. La douleur était donc aussi nécessaire que la mort. Elle ne peut donc être ni une erreur de la Providence, ni une malice, ni une punition. Si nous n'avions vu souffrir que les brutes, nous n'accuserions pas la nature; si dans un état impassible nous étions témoins de la mort lente et douloureuse des colombes sur lesquelles fond un épervier qui dévore à loisir leurs entrailles, et qui ne fait que ce que nous faisons, nous serions loin de murmurer; mais de quel droit nos corps seront-ils moins sujets à être déchirés que ceux des brutes? Est-ce parce que nous avons une intelligence supérieure à la leur? Mais qu'a de commun ici l'intelligence avec une matière divisible? Quelques idées de plus ou de moins dans un cerveau doivent-elles, peuvent-elles empêcher que le feu ne nous brûle, et qu'un rocher ne nous écrase?

Le mal moral, sur lequel on a écrit tant de volumes, n'est au fond que le mal physique. Ce mal moral n'est qu'un sentiment douloureux qu'un être organisé cause à un autre être organisé. Les rapines, les outrages, etc., ne sont un mal qu'autant qu'ils en causent. Or, comme nous ne pouvons assurément faire aucun mal à Dieu, il est clair, par les lumières de la raison (indépendamment de la foi, qui est tout autre chose), qu'il n'y a point de mal moral par rapport à l'Être suprême.

Comme le plus grand des maux physiques est la mort, le plus grand des maux en moral est assurément la guerre : elle traîne après elle tous les crimes; calomnies dans les déclarations, perfidies dans les traités; la rapine, la dévastation, la douleur et la mort sous toutes les formes.

Tout cela est un mal physique pour l'homme, et n'est pas plus mal moral par rapport à Dieu que la rage des chiens qui se mordent. C'est un lieu commun aussi faux que faible de dire qu'il n'y a que les hommes qui s'entr'égorgent; les loups, les chiens, les chats, les coqs, les cailles, etc., se battent entre eux, espèce contre espèce; les araignées de bois se dévorent les unes les autres : tous les mâles se battent pour les femelles. Cette guerre est la suite des lois de la nature, des principes qui sont dans leur sang; tout est lié, tout est nécessaire.

La nature a donné à l'homme environ vingt-deux ans de vie l'un portant l'autre, c'est-à-dire que de mille enfants nés dans un mois, les uns étant morts au berceau, les autres ayant vécu jusqu'à trente ans, d'autres jusqu'à cinquante, quelques-uns jusqu'à quatre-vingts, faites ensuite une règle de compagnie, vous trouverez environ vingt-deux ans pour chacun.

Qu'importe à Dieu qu'on meure à la guerre, ou qu'on meure de la fièvre? La guerre emporte moins de mortels que la petite vérole. Le fléau de la guerre est passager, et celui de la petite vérole règne toujours dans toute la terre à la suite de tant d'autres; et tous les fléaux sont tellement combinés, que la règle des vingt-deux ans de vie est toujours constante en général.

L'homme offense Dieu en tuant son prochain, dites-vous. Si cela est, les conducteurs des nations sont d'horribles criminels; car ils font égorger, en invoquant Dieu même, une foule prodigieuse de leurs semblables, pour de vils intérêts qu'il vaudrait mieux abandonner. Mais comment offensent-ils Dieu? (à ne raisonner qu'en philosophe) comme les tigres et les crocodiles l'offensent; ce n'est pas Dieu assurément qu'ils tourmentent, c'est leur prochain; ce n'est qu'envers l'homme que l'homme peut être coupable. Un voleur de grand chemin ne saurait voler Dieu. Qu'importe à l'Être éternel qu'un peu de métal jaune soit entre les mains de Jérôme ou de Bonaventure? Nous avons des désirs nécessaires, des passions nécessaires, des lois nécessaires pour les réprimer; et tandis que sur notre fourmilière nous nous disputons un brin de paille pour un jour, l'univers marche à jamais par des lois éternelles et immuables, sous lesquelles est rangé l'atome qu'on nomme la terre.

BIEN, TOUT EST BIEN. — Je vous prie, messieurs, de m'expliquer le *tout est bien*, car je ne l'entends pas.

Cela signifie-t-il *tout est arrangé*, *tout est ordonné*, suivant la théorie des forces mouvantes? Je comprends et je l'avoue.

Entendez-vous que chacun se porte bien, qu'il a de quoi vivre, et que personne ne souffre? Vous savez combien cela est faux.

Votre idée est-elle que les calamités lamentables qui affligent la terre sont *bien* par rapport à Dieu et le réjouissent? Je ne crois point cette horreur, ni vous non plus.

De grâce, expliquez-moi le *tout est bien*. Platon le raisonneur daigna laisser à Dieu la liberté de faire cinq mondes, par la raison, dit-il, qu'il n'y a que cinq corps solides réguliers en géométrie, le tétraèdre, le cube, l'hexaèdre, le dodécaèdre, l'icosaèdre. Mais pourquoi resserrer ainsi la puissance divine? pourquoi ne lui pas permettre la sphère, qui est encore plus régulière, et même le cône, la pyramide à plusieurs faces, le cylindre, etc.?

Dieu choisit, selon lui, nécessairement le meilleur des mondes possibles; ce système a été embrassé par plusieurs philosophes chrétiens, quoiqu'il semble répugner au dogme du péché originel; car notre globe, après cette transgression, n'est plus le meilleur des globes : il l'était auparavant; il pourrait donc l'être encore, et bien des gens croient qu'il est le pire des globes, au lieu d'être le meilleur.

Leibnitz, dans sa *Théodicée*, prit le parti de Platon. Plus d'un lecteur s'est plaint de n'entendre pas plus l'un que l'autre; pour nous, après les avoir lus tous deux plus d'une fois, nous avouons notre ignorance, selon notre coutume; et puisque l'Évangile ne nous a rien révélé sur cette question, nous demeurons sans remords dans nos ténèbres.

Leibnitz, qui parla de tout, a parlé du péché originel aussi; et comme tout homme à système fait entrer dans son plan tout ce qui peut le contredire, il imagina que la désobéissance envers Dieu, et les malheurs épouvantables qui l'ont suivie, étaient des parties intégrantes du meilleur des mondes, des ingrédients nécessaires de toute la félicité possible. « Calla, calla, señor don Carlos : todo che se haze es por su ben. »

Quoi! être chassé d'un lieu de délices, où l'on aurait vécu à jamais si on n'avait pas mangé une pomme! Quoi! faire dans la misère des enfants misérables et criminels, qui souffriront tout, qui feront tout souffrir aux autres! Quoi! éprouver toutes les maladies, sentir tous les chagrins, mourir dans la douleur, et pour rafraîchissement être brûlé dans l'éternité des siècles! ce partage est-il bien ce qu'il y avait de meilleur? Cela n'est pas trop bon pour nous; et en quoi cela peut-il être bon pour Dieu?

Leibnitz sentait qu'il n'y avait rien à répondre : aussi fit-il de gros livres dans lesquels il ne s'entendait pas.

Nier qu'il y ait du mal, cela peut être dit en riant par un Lucullus qui se porte bien, et qui fait un bon dîner avec ses amis et sa maîtresse dans le salon d'Apollon; mais qu'il mette la tête à la fenêtre, il verra des malheureux; qu'il ait la fièvre, il le sera lui-même.

Je n'aime point à citer; c'est d'ordinaire une besogne épineuse; on néglige ce qui précède et ce qui suit l'endroit qu'on cite, et on s'expose à mille querelles. Il faut pourtant que je cite Lactance, Père de l'Église, qui dans son chapitre XIII, *De la colère de Dieu*, fait parler ainsi Épicure : « Où Dieu veut ôter le mal de ce monde, et ne le peut; ou il le peut, et ne le veut pas; ou il ne le peut, ni ne le veut; ou enfin il le veut, et le peut. S'il le veut, et ne le peut pas, c'est impuissance, ce qui est contraire à la nature de Dieu; s'il le peut, et ne le veut pas, c'est méchanceté, et cela est non moins contraire à sa nature; s'il ne le veut ni ne le peut, c'est à la fois méchanceté et impuissance; s'il le veut et le peut (ce qui seul de ces partis convient à Dieu), d'où vient donc le mal sur la terre? »

L'argument est pressant; aussi Lactance y répond fort mal, en disant que Dieu veut le mal, mais qu'il nous a donné la sagesse avec laquelle on acquiert le bien. Il faut avouer que cette réponse est bien faible en comparaison de l'objection; car elle suppose que Dieu ne pouvait donner la sagesse qu'en produisant le mal; et puis, nous avons une plaisante sagesse!

L'origine du mal a toujours été un abîme dont personne n'a pu voir le fond. C'est ce qui réduisit tant d'anciens philosophes et de législateurs à recourir à deux principes, l'un bon, l'autre mauvais. Typhon était le mauvais principe chez les Égyptiens, Arimane chez les Perses. Les manichéens adoptèrent, comme on sait, cette théologie; mais comme ces gens-là n'avaient jamais parlé ni au bon ni au mauvais principe, il ne faut pas les en croire sur parole.

Parmi les absurdités dont ce monde regorge, et qu'on peut mettre au nombre de nos maux, ce n'est pas une absurdité légère que d'avoir supposé deux êtres tout-puissants, se battant à qui des deux mettrait plus du sien dans ce monde, et faisant un traité comme les deux médecins de Molière: « Passez-moi l'émétique, et je vous passerai la saignée. »

Basilide, après les platoniciens, prétendit, dès le 1er siècle de l'Église, que Dieu avait donné notre monde à faire à ses derniers anges; et que ceux-ci, n'étant pas habiles, firent les choses telles que nous les voyons. Cette fable théologique tombe en poussière par l'objection terrible qu'il n'est pas dans la nature d'un Dieu tout-puissant et tout sage de faire bâtir un monde par des architectes qui n'y entendent rien.

Simon, qui a senti l'objection, la prévient en disant que l'ange qui présidait à l'atelier est damné pour avoir si mal fait son ouvrage; mais la brûlure de cet ange ne nous guérit pas.

L'aventure de Pandore chez les Grecs ne répond pas mieux à l'objection. La boîte où se trouvent tous les maux, et au fond de laquelle reste l'espérance, est à la vérité une allégorie charmante; mais cette Pandore ne fut faite par Vulcain que pour se venger de Prométhée, qui avait fait un homme avec de la boue.

Les Indiens n'ont pas mieux rencontré; Dieu ayant créé l'homme, il lui donna une drogue qui lui assurait une santé permanente; l'homme chargea son âne de la drogue, l'âne eut soif, le serpent lui enseigna une fontaine; et pendant que l'âne buvait, le serpent prit la drogue pour lui.

Les Syriens imaginèrent que l'homme et la femme ayant été créés dans le quatrième ciel, ils s'avisèrent de manger d'une galette au lieu de l'ambroisie qui était leur mets naturel. L'ambroisie s'exhalait par les pores; mais après avoir mangé de la galette, il fallait aller à la selle. L'homme et la femme prièrent un ange de leur enseigner où était la garde-robe. « Voyez-vous, leur dit l'ange, cette petite planète, grande comme rien, qui est à quelque soixante millions de lieues d'ici? c'est là le privé de l'univers; allez-y au plus vite. » Ils y allèrent, on les y laissa; et c'est depuis ce temps que notre monde fut ce qu'il est.

On demandera toujours aux Syriens pourquoi Dieu permit que l'homme mangeât la galette, et qu'il nous en arrivât une foule de maux si épouvantables.

Je passe vite de ce quatrième ciel à milord Bolingbroke, pour ne pas m'ennuyer. Cet homme, qui avait sans doute un grand génie, donna au célèbre Pope son plan du *Tout est bien*, qu'on retrouve en effet mot pour mot dans les Œuvres posthumes de milord Bolingbroke, et que milord Shaftesbury avait auparavant inséré dans ses *Caractéristiques*. Lisez dans Shaftesbury le chapitre *des moralistes*, vous y verrez ces paroles :

« On a beaucoup à répondre à ces plaintes des défauts de la nature. Comment est-elle sortie si impuissante et si défectueuse des mains d'un être parfait? mais je nie qu'elle soit défectueuse.... Sa beauté résulte des contrariétés, et la concorde universelle naît d'un combat perpétuel.... Il faut que chaque être soit immolé à d'autres, les végétaux aux animaux, les animaux à la terre.... et les lois du pouvoir central et de la gravitation, qui donnent aux corps célestes leur poids et leur mouvement, ne seront point dérangées pour l'amour d'un chétif animal qui, tout protégé qu'il est par ces mêmes lois, sera bientôt par elles réduit en poussière. »

Bolingbroke, Shaftesbury, et Pope leur metteur en œuvre, ne résolvent pas mieux la question que les autres : leur *Tout est bien* ne veut dire autre chose, sinon que le tout est dirigé par des lois immuables; qui ne le sait pas? Vous ne nous apprenez rien quand vous remarquez, après tous les petits enfants, que les mouches sont nées pour être mangées par des araignées, les araignées par des hirondelles, les hirondelles par les pies-grièches, les pies-grièches par les aigles, les aigles pour être tués par les hommes, les hommes pour se tuer les uns les autres, et pour être mangés par les vers, et ensuite par les diables, au moins mille sur un.

Voilà un ordre net et constant parmi les animaux de toute espèce; il y a de l'ordre partout. Quand une pierre se forme dans ma vessie, c'est une mécanique admirable : des sucs pierreux passent petit à petit dans mon sang, ils se filtrent dans les reins, passent par les uretères, se déposent dans ma vessie, s'y assemblent par une excellente attraction newtonienne; le caillou se forme, se grossit, je souffre des maux mille fois pires que la mort, par le plus bel arrangement du monde; un chirurgien, ayant perfectionné l'art inventé par Tubalcaïn, vient m'enfoncer un fer aigu et tranchant dans le périnée, saisit ma pierre avec ses pincettes, elle se brise sous ses efforts par un mécanisme nécessaire; et par le même mécanisme je meurs dans des tourments affreux : tout cela est bien, tout cela est la suite évidente des principes physiques inaltérables : j'en tombe d'accord, et je le savais comme vous.

Si nous étions insensibles, il n'y aurait rien à dire à cette physique. Mais ce n'est pas cela dont il s'agit; nous vous demandons s'il n'y a point de maux sensibles, et d'où ils nous viennent. « Il n'y a point de maux, dit Pope dans sa quatrième épître sur le *Tout est bien*, s'il y a des maux particuliers, ils composent le bien général. »

Voilà un singulier bien général, composé de la pierre, de la goutte, de tous les crimes, de toutes les souffrances, de la mort et de la damnation.

La chute de l'homme est l'emplâtre que nous mettons à toutes ces maladies particulières du corps et de l'âme, que vous appelez *santé générale*; mais Shaftesbury et Bolingbroke ont osé attaquer le péché originel; Pope n'en parle point; il est clair que leur système sape la religion chrétienne par ses fondements et n'explique rien du tout.

Cependant ce système a été approuvé depuis peu par plusieurs théologiens, qui admettent volontiers les contraires; à la bonne heure, il ne faut envier à personne la consolation de raisonner comme il peut sur le déluge de maux qui nous inonde. Il est juste d'accorder aux malades désespérés de manger de ce qu'ils veulent. On a été jusqu'à prétendre que ce système est consolant. « Dieu, dit Pope, voit d'un même œil périr le héros et le moineau, un atome ou mille planètes précipitées dans la ruine, une boule de savon ou un monde se former. »

Voilà, je vous l'avoue, une plaisante consolation; ne trouvez-vous pas un grand lénitif dans l'ordonnance de milord Shaftesbury, qui dit que Dieu n'ira pas déranger ses lois éternelles pour un animal aussi chétif que l'homme? Il faut avouer du moins que ce chétif animal a droit de crier humblement, et de chercher à comprendre, en criant, pourquoi ces lois éternelles ne sont pas faites pour le bien-être de chaque individu.

Ce système du *Tout est bien* ne représente l'auteur de toute la nature que comme un roi puissant et malfaisant, qui ne s'embarrasse pas qu'il en coûte la vie à quatre ou cinq cent mille hommes, et que les autres traînent leurs jours dans la disette et dans les larmes, pourvu qu'il vienne à bout de ses desseins.

Loin donc que l'opinion du meilleur des mondes possibles console, elle est désespérante pour les philosophes qui l'embrassent. La question du bien et du mal demeure un chaos indébrouillable pour ceux qui cherchent de bonne foi; c'est un jeu d'esprit pour ceux qui disputent; ils sont des forçats qui jouent avec leurs chaînes. Pour le peuple non pensant, il ressemble assez à des poissons qu'on a transportés d'une rivière dans un réservoir; ils ne se doutent pas qu'ils sont là pour être mangés le carême: aussi ne savons-nous rien du tout par nous-mêmes des causes de notre destinée.

Mettons à la fin de presque tous les chapitres de métaphysique les deux lettres des juges romains quand ils n'entendaient pas une cause, L. N., *non liquet*, cela n'est pas clair. Imposons surtout silence aux scélérats, qui, étant accablés comme nous du poids des calamités humaines, y ajoutent la fureur de la calomnie. Confondons leurs exécrables impostures, en recourant à la foi et à la Providence.

Des raisonneurs ont prétendu qu'il n'est pas dans la nature de l'Être des êtres que les choses soient autrement qu'elles sont. C'est un rude système; je n'en sais pas assez pour oser seulement l'examiner.

BIENS D'ÉGLISE. — *Section I.* — L'Évangile défend à ceux qui veulent atteindre à la perfection d'amasser des trésors et de conserver leurs biens temporels. *Nolite thesaurizare vobis thesauros in terra.* — *Si vis perfectus esse, vade, vende quæ habes, et da pauperibus.* — *Et omnis qui reliquerit domum vel fratres, aut sorores, aut patrem, aut matrem, aut uxorem, aut filios, aut agros, propter nomen meum, centuplum accipiet, et vitam æternam possidebit.*

Les apôtres et leurs premiers successeurs ne recevaient aucun immeuble; ils n'en acceptaient que le prix; et après avoir prélevé ce qui était nécessaire pour leur subsistance, ils distribuaient le reste aux pauvres. Saphire et Ananie ne donnèrent pas leurs biens à saint Pierre, mais ils les vendirent, et lui en apportèrent le prix; *Vende quæ habes, et da pauperibus* [1].

L'Église possédait déjà des biens-fonds considérables sur la fin du III° siècle, puisque Dioclétien et Maximien en prononcèrent la confiscation en 302.

Dès que Constantin fut sur le trône des Césars, il permit de doter les églises comme l'étaient les temples de l'ancienne religion; et dès lors l'Église acquit de riches terres. Saint Jérôme s'en plaignit dans une de ses lettres à Eustochie : « Quand vous les voyez, dit-il, aborder d'un air doux et sanctifié les riches veuves qu'ils rencontrent, vous croiriez que leur main ne s'étend que pour leur donner des bénédictions; mais c'est au contraire pour recevoir le prix de leur hypocrisie. »

Les saints prêtres recevaient sans demander. Valentinien I°° crut devoir défendre aux ecclésiastiques de rien recevoir des veuves et des femmes par testament, ni autrement. Cette loi, que l'on trouve au *Code Théodosien*, fut révoquée par Marcien et par Justinien.

Justinien, pour favoriser les ecclésiastiques, défendit aux juges par sa novelle XVIII, chap. xi, d'annuler les testaments faits en faveur de l'Église, quand même ils ne seraient pas revêtus des formalités prescrites par les lois.

Anastase avait statué en 491 que les biens d'Église se prescriraient par quarante ans. Justinien inséra cette loi dans son code [5]; mais ce prince, qui changea continuellement la jurisprudence, étendit cette prescription à cent ans. Alors quelques ecclésiastiques, indignes de leur profession, supposèrent de faux titres [6]; ils tirèrent de la poussière de vieux testaments, nuls selon les anciennes lois, mais valables suivant les nouvelles. Les citoyens étaient dépouillés de leur patrimoine par la fraude. Les possessions, qui jusque-là avaient été regardées comme sacrées, furent envahies par l'Église. Enfin l'abus fut si criant

1. Matth., chap. vi, v. 19. — 2. *Id.*, chap. xix, v. 21. — 3. *Ibid.*, v. 29. 4. Matthieu, xix, 21. (ED.) — 5. Cod., tit. *De fund. patrimon.* 6. Cod., leg. XXIV, *De sacrosanctis ecclesiis.*

que Justinien lui-même fut obligé de rétablir les dispositions de la loi d'Anastase, par sa novelle CXXXI, chap. VI.

Les tribunaux français ont longtemps adopté le chap. XI de la novelle XVIII, quand les legs faits à l'Église n'avaient pour objet que des sommes d'argent, ou des effets mobiliers; mais depuis l'ordonnance de 1735 les legs pieux n'ont plus ce privilège en France.

Pour les immeubles, presque tous les rois de France depuis Philippe le Hardi ont défendu aux églises d'en acquérir sans leur permission; mais la plus efficace de toutes les lois, c'est l'édit de 1749, rédigé par le chancelier d'Aguesseau. Depuis cet édit, l'Église ne peut recevoir aucun immeuble, soit par donation, par testament, ou par échange, sans lettres patentes du roi enregistrées au parlement.

> *Section II.* — Les biens d'Église, pendant les cinq premiers siècles de notre ère, furent régis par des diacres qui en faisaient la distribution aux clercs et aux pauvres. Cette communauté n'eut plus lieu dès la fin du Ve siècle; on partagea les biens de l'Église en quatre parts; on en donna une aux évêques, une autre aux clercs, une autre à la fabrique, et la quatrième fut assignée aux pauvres.

Bientôt après ce partage, les évêques se chargèrent seuls des quatre portions; et c'est pourquoi le clergé inférieur est en général très-pauvre.

Le parlement de Toulouse rendit un arrêt le 18 avril 1651, qui ordonnait que dans trois jours les évêques du ressort pourvoiraient à la nourriture des pauvres, passé lequel temps saisie serait faite du sixième de tous les fruits que les évêques prennent dans les paroisses dudit ressort, etc.

En France l'Église n'aliène pas valablement ses biens sans de grandes formalités, et si elle ne trouve pas de l'avantage dans l'aliénation. On juge que l'on peut prescrire sans titre, par une possession de quarante ans, les biens d'Église; mais s'il paraît un titre, et qu'il soit défectueux, c'est-à-dire que toutes les formalités n'y aient pas été observées, l'acquéreur ni ses héritiers ne peuvent jamais prescrire; et de là cette maxime : *Melius est non habere titulum, quam habere vitiosum.* On fonde cette jurisprudence sur ce que l'on présume que l'acquéreur dont le titre n'est pas en forme est de mauvaise foi, et que, suivant les canons, un possesseur de mauvaise foi ne peut jamais prescrire. Mais celui qui n'a point de titres ne devrait-il pas plutôt être présumé usurpateur? Peut-on prétendre que le défaut d'une formalité que l'on a ignorée soit une présomption de mauvaise foi? Doit-on dépouiller le possesseur sur cette présomption? Doit-on juger que le fils qui a trouvé un domaine dans l'hoirie de son père le possède avec mauvaise foi, parce que celui de ses ancêtres qui acquit ce domaine n'a pas rempli une formalité?

Les biens de l'Église, nécessaires au maintien d'un ordre respectable, ne sont point d'une autre nature que ceux de la noblesse et du tiers état : les uns et les autres devraient être assujettis aux mêmes règles. On se rapproche aujourd'hui, autant qu'on le peut, de cette jurisprudence équitable.

Il semble que les prêtres et les moines, qui aspirent à la perfection évangélique, ne devraient jamais avoir de procès : [1] *Et ei qui vult tecum judicio contendere, et tunicam tuam tollere, dimitte ei et pallium.*

Saint Basile entend sans doute parler de ce passage lorsqu'il dit [2] qu'il y a dans l'Évangile une loi expresse qui défend aux chrétiens d'avoir jamais aucun procès. Salvien a entendu de même ce passage : [3] *Jubet Christus ne litigemus, nec solum jubet.... sed in tantum hoc jubet ut ea ipsa nos de quibus lis est relinquere jubeat, dummodo litibus exuamur.*

Le quatrième concile de Carthage a aussi réitéré ses défenses : *Episcopus nec provocatus de rebus transitoriis litiget.*

Mais, d'un autre côté, il n'est pas juste qu'un évêque abandonne ses droits; il est homme, il doit jouir du bien que les hommes lui ont donné; il ne faut pas qu'on le vole parce qu'il est prêtre. (Ces deux sections sont de M. Christin, célèbre avocat au parlement de Besançon, qui s'est fait une réputation immortelle dans son pays, en plaidant pour abolir la servitude.)

Section III. — De la pluralité des bénéfices, des abbayes en commende, et des moines qui ont des esclaves. — Il en est de la pluralité des gros bénéfices, archevêchés, évêchés, abbayes, de trente, quarante, cinquante, soixante mille florins d'empire, comme de la pluralité des femmes; c'est un droit qui n'appartient qu'aux hommes puissants.

Un prince de l'empire, cadet de sa maison, serait bien peu chrétien s'il n'avait qu'un seul évêché; il lui en faut quatre ou cinq pour constater sa catholicité. Mais un pauvre curé, qui n'a pas de quoi vivre, ne peut guère parvenir à deux bénéfices; du moins rien n'est plus rare.

Le pape qui disait qu'il était dans la règle, qu'il n'avait qu'un seul bénéfice, et qu'il s'en contentait, avait très-grande raison.

On a prétendu qu'un nommé Ebrouin, évêque de Poitiers, fut le premier qui eût à la fois un abbaye et un évêché. L'empereur Charles le Chauve lui fit ces deux présents. L'abbaye était celle de Saint-Germain des Prés-lez-Paris. C'était un gros morceau, mais pas si gros qu'aujourd'hui.

Avant cet Ebrouin nous voyons force gens d'Église posséder plusieurs abbayes.

Alcuin, diacre, favori de Charlemagne, possédait à la fois celles de Saint-Martin de Tours, de Ferrières, de Comeri, et quelques autres. On ne saurait trop en avoir; car si on est saint, on édifie plus d'âmes; et si on a le malheur d'être un honnête homme du monde, on vit plus agréablement.

Il se pourrait bien que dès ce temps-là ces abbés fussent commendataires; car ils ne pouvaient réciter l'office dans sept ou huit endroits

1. Matth., chap. v, v. 40. — 2. Homel. *De legend. Græc.*
3. *De gubern. Dei*, liv. III, p. 47, édition de Paris, 1645.

à la fois, Charles Martel et Pépin son fils, qui avaient pris pour eux tant d'abbayes, n'étaient pas des abbés réguliers.

Quelle est la différence entre un abbé commendataire, et un abbé qu'on appelle *régulier?* La même qu'entre un homme qui a cinquante mille écus de rente pour se réjouir, et un homme qui a cinquante mille écus pour gouverner.

Ce n'est pas qu'il ne soit loisible aux abbés réguliers de se réjouir aussi. Voici comme s'exprimait sur leur douce joie Jean Trithème dans une de ses harangues, en présence d'une convocation d'abbés bénédictins :

Neglecto superum cultu, spretoque Tonantis
Imperio, Baccho indulgent Venerique nefandæ, etc.

En voici une traduction, ou plutôt une imitation faite par une bonne âme, quelque temps après Jean Trithème :

Ils se moquent du ciel et de la Providence;
Ils aiment mieux Bacchus et la mère d'Amour;
Ce sont leurs deux grands saints pour la nuit et le jour.
Des pauvres à prix d'or ils vendent la substance.
Ils s'abreuvent dans l'or; l'or est sur leurs lambris;
L'or est sur leurs catins, qu'on paye au plus haut prix;
Et, passant mollement de leur lit à la table,
Ils ne craignent ni lois, ni rois, ni Dieu, ni diable.

Jean Trithème, comme on voit, était de très-méchante humeur. On eût pu lui répondre ce que disait César avant les ides de mars : « Ce ne sont pas ces voluptueux que je crains, ce sont ces raisonneurs maigres et pâles. » Les moines qui chantent le *Pervigilium Veneris* pour matines ne sont pas dangereux ; les moines argumentants, prêchants, cabalants, ont fait beaucoup plus de mal que tous ceux dont parle Jean Trithème.

Les moines ont été aussi maltraités par l'évêque célèbre de Belley qu'ils l'avaient été par l'abbé Trithème. Il leur applique, dans son *Apocalypse de Méliton*, ces paroles d'Osée : « Vaches grasses qui frustrez les pauvres, qui dites sans cesse : « Apportez et nous boirons, » le Seigneur a juré, par son saint nom, que voici les jours qui viendront sur vous; vous aurez agacement de dents, et disette de pain en toutes vos maisons. »

La prédiction ne s'est pas accomplie; mais l'esprit de police qui s'est répandu dans toute l'Europe, en mettant des bornes à la cupidité des moines, leur a inspiré plus de décence.

Il faut convenir, malgré tout ce qu'on a écrit contre leurs abus, qu'il y a toujours eu parmi eux des hommes éminents en science et en vertu; que s'ils ont fait de grands maux, ils ont rendu de grands services, et qu'en général on doit les plaindre encore plus que les condamner.

Section IV. — Tous les abus grossiers qui durèrent dans la distribution des bénéfices depuis le xᵉ siècle jusqu'au xɪɪɪᵉ ne subsistent plus aujourd'hui; et s'ils sont inséparables de la nature humaine, ils sont beaucoup moins révoltants par la décence qui les couvre. Un Maillard ne dirait plus aujourd'hui en chaire : *O domina, quæ facitis placitum domini episcopi*, etc. à O madame, qui faites le plaisir de M. l'évêque ! Si vous demandez comment cet enfant de dix ans a eu un bénéfice, on vous répondra que Mme sa mère était fort privée de M. l'évêque. »

On n'entend plus en chaire un cordelier Menot criant : « Deux crosses, deux mitres, *et adhuc non sunt contenti....* » « Entre vous, mesdames, qui fa tes à M. l'évêque le plaisir que savez, et puis dites : « Oh ! oh ! « il sera du bien à mon fils, ce sera un des mieux pourvus en l'Église. » *Isti protonotarii, qui habent illas dispensas ad tria, immo in quindecim beneficia, et sunt simoniaci et sacrilegi, et non cessant arripere beneficia incompatibilia : idem est eis. Si vacet episcopatus, pro eo habendo dabitur unus grossus fasciculus aliorum beneficiorum. Primo accumulabuntur archidiaconatus, abbatiæ, duo prioratus, quatuor aut quinque præbendæ, et dabuntur hæc omnia pro compensatione.* « Si ces pronotaires, qui ont des dispenses pour trois ou même quinze bénéfices, sont simoniaques et sacrilèges, et si on ne cesse d'accrocher des bénéfices incompatibles, c'est même chose pour eux. Il vaque un bénéfice; pour l'avoir on vous donnera un poignée d'autres bénéfices, un archidiaconat, des abbayes, deux prieurés, quatre ou cinq prébendes, et tout cela pour faire la compensation. »

Le même prédicateur dans un autre endroit s'exprime ainsi : « Dans quatre plaideurs qu'on rencontre au palais, il y a toujours un moine; et si on leur demande ce qu'ils font là, un *clericus* répondra : « Notre « chap tre est bandé contre le doyen, contre l'évêque, et contre les « autres officiers, et je vais après les queues de ces messieurs pour cette « affaire. — Et toi, maitre moine, que fais-tu ici ? — Je plaide une « abbaye de huit cents livres de rente pour mon maitre. — Et toi, moine « blanc ? — Je plaide un petit prieuré pour moi. — Et vous, mendiants, « qui n'avez terre, ni sillon, que battez-vous ici le pavé? — Le roi nous « a octroyé du sel, du bois, et autres choses; mais ses officiers nous les « dénient.... Ou bien : Un tel curé, par son avarice et envie, nous veut « empêcher la sépulture et la dernière volonté d'un qui est mort ces « jours passés, tellement qu'il nous est force d'en venir à la cour. »

Il est vrai que ce dernier abus, dont retentissent tous les tribunaux de l'Église catholique romaine, n'est point déraciné.

Il en est un plus funeste encore : c'est celui d'avoir permis aux bénédictins, aux bernardins, aux chartreux même, d'avoir des mainmortables, des esclaves. On distingue sous leur domination, dans plusieurs provinces de France et en Allemagne :

Esclavage de la personne,

Esclavage des biens,

Esclavage de la personne et des biens.

L'esclavage de la personne consiste dans l'incapacité de disposer de ses biens en faveur de ses enfants, s'ils n'ont pas toujours vécu avec leur père dans la même maison et à la même table. Alors tout appartient aux moines. Le bien d'un habitant du Mont-Jura, mis entre les mains d'un notaire de Paris, devient dans Paris même la proie de ceux qui originairement avaient embrassé la pauvreté évangélique au Mont-Jura. Le fils demande l'aumône à la porte de la maison que son père a bâtie, et les moines, bien loin de lui donner cette aumône, s'arrogent jusqu'au droit de ne point payer les créanciers du père, et de regarder comme nulles les dettes hypothéquées sur la maison dont ils s'emparent. La veuve se jette en vain à leurs pieds pour obtenir une partie de sa dot : cette dot, ces créances, ce bien paternel, tout appartient de droit divin aux moines. Les créanciers, la veuve, les enfants, tout meurt dans la mendicité.

L'esclavage réel est celui qui est affecté à une habitation. Quiconque vient occuper une maison dans l'empire de ces moines, et y demeure un an et un jour, devient leur serf pour jamais. Il est arrivé quelquefois qu'un négociant français, père de famille, attiré par ses affaires dans ce pays barbare, y ayant pris une maison à loyer pendant une année, et étant mort ensuite dans sa patrie, dans une autre province de France, sa veuve, ses enfants, ont été tout étonnés de voir des huissiers venir s'emparer de leurs meubles, avec des *pareatis*, les vendre au nom de saint Claude, et chasser une famille entière de la maison de son père.

L'esclavage mixte est celui qui, étant composé des deux, est ce que la rapacité a jamais inventé de plus exécrable, et ce que les brigands n'oseraient pas même imaginer.

Il y a donc des peuples chrétiens gémissant dans un triple esclavage sous des moines qui ont fait vœu d'humilité et de pauvreté ! Chacun demande comment les gouvernements souffrent ces fatales contradictions : c'est que les moines sont riches, et leurs esclaves sont pauvres ; c'est que les moines, pour conserver leur droit d'Attila, font des présents aux commis, aux maîtresses de ceux qui pourraient interposer leur autorité pour réprimer une telle oppression. Le fort écrase toujours le faible : mais pourquoi faut-il que les moines soient les plus forts ?

Quel horrible état que celui d'un moine dont le couvent est riche ! la comparaison continuelle qu'il fait de sa servitude et de sa misère avec l'empire et l'opulence de l'abbé, du prieur, du procureur, du secrétaire, du maître des bois, etc., lui déchire l'âme à l'église et au réfectoire. Il maudit le jour où il prononça ses vœux imprudents et absurdes; il se désespère; il voudrait que tous les hommes fussent aussi malheureux que lui. S'il a quelque talent pour contrefaire les écritures, il l'emploie en faisant de fausses chartes pour plaire au sous-prieur, il accable les paysans qui ont le malheur inexprimable d'être vassaux d'un couvent : étant devenu bon faussaire, il parvient aux charges; et comme il est fort ignorant, il meurt dans le doute et dans la rage.

BLASPHÈME. — C'est un mot grec qui signifie, *atteinte à la réputation*. *Blasphemia* se trouve dans Démosthène. De là vient, dit Ménage,

le mot de *blâmer*. *Blasphème* ne fut employé dans l'Église grecque que
pour signifier *injure faite à Dieu*. Les Romains n'employèrent jamais
cette expression, ne croyant pas apparemment qu'on pût jamais offenser l'honneur de Dieu comme on offense celui des hommes.

Il n'y a presque point de synonymes. *Blasphème* n'emporte pas tout
à fait l'idée de *sacrilége*. On dira d'un homme qui aura pris le nom de
Dieu en vain, qui dans l'emportement de la colère aura ce qu'on appelle *juré le nom de Dieu* : « C'est un blasphémateur; » mais on ne dira
pas : « C'est un sacrilége. » L'homme sacrilége est celui qui se parjure
sur l'Évangile, qui étend sa rapacité sur les choses consacrées, qui détruit les autels, qui trempe sa main dans le sang des prêtres.

Les grands sacriléges ont toujours été punis de mort chez toutes les
nations, et surtout les sacriléges avec effusion de sang.

L'auteur des *Instituts au droit criminel* compte parmi les crimes de
lèse-majesté divine au second chef l'inobservation des fêtes et des dimanches. Il devait ajouter, l'inobservation accompagnée d'un mépris
marqué; car la simple négligence est un péché, mais non pas un
sacrilége, comme il le dit. Il est absurde de mettre dans le même rang,
comme fait cet auteur, la simonie, l'enlèvement d'une religieuse, et
l'oubli d'aller à vêpres un jour de fête. C'est un grand exemple des
erreurs où tombent les jurisconsultes qui, n'ayant pas été appelés à
faire des lois, se mêlent d'interpréter celles de l'État.

Les blasphèmes prononcés dans l'ivresse, dans la colère, dans l'excès
de la débauche, dans la chaleur d'une conversation indiscrète, ont été
soumis par les législateurs à des peines beaucoup plus légères. Par
exemple, l'avocat que nous avons déjà cité dit que les lois de France
condamnent les simples blasphémateurs à une amende pour la première
fois, double pour la seconde, triple pour la troisième, quadruple pour
la quatrième. Le coupable est mis au carcan pour la cinquième réci-
dive, au carcan encore pour la sixième, et la lèvre supérieure est coupée avec un fer chaud; et pour la septième fois on lui coupe la langue.
Il fallait ajouter que c'est l'ordonnance de 1666.

Les peines sont presque toujours arbitraires; c'est un grand défaut
dans la jurisprudence. Mais aussi ce défaut ouvre une porte à la clémence, à la compassion; et cette compassion est d'une justice étroite:
car il serait horrible de punir un emportement de jeunesse, comme on
punit des empoisonneurs et des parricides. Une sentence de mort pour
un délit qui ne mérite qu'une correction, n'est qu'un assassinat commis
avec le glaive de la justice.

N'est-il pas à propos de remarquer ici que ce qui fut blasphème dans
un pays, fut souvent piété dans un autre?

Un marchand de Tyr, abordé au port de Canope, aura pu être scandalisé de voir porter en cérémonie un oignon, un chat, un bouc; il
aura pu parler indécemment d'*Isheth*, d'*Oshireth*, et d'*Horeth*; il aura
peut-être détourné la tête, et ne se sera point mis à genoux en voyant
passer en procession les parties génitales du genre humain plus grandes
que nature. Il en aura dit son sentiment à souper, il aura même chanté
une chanson dans laquelle les matelots tyriens se moquaient des absur-

dités égyptiaques. Une servante de cabaret l'aura entendu; sa conscience ne lui permet pas de cacher ce crime énorme. Elle court dénoncer le coupable au premier shoen qui porte l'image de la vérité sur la poitrine; et on sait comment l'image de la vérité est faite. Le tribunal des shoen ou shotim condamne le blasphémateur tyrien à une mort affreuse, et confisque son vaisseau. Ce marchand était regardé à Tyr comme un des plus pieux personnages de la Phénicie.

Numa voit que sa petite horde de Romains est un ramas de flibustiers latins qui volent à droite et à gauche tout ce qu'ils trouvent, bœufs, moutons, volailles, filles. Il leur dit qu'il a parlé à la nymphe Égérie dans une caverne, et que la nymphe lui a donné des lois de la part de Jupiter. Les sénateurs le traitent d'abord de blasphémateur, et le menacent de le jeter de la roche Tarpéienne la tête en bas. Numa se fait un parti puissant. Il gagne des sénateurs qui vont avec lui dans la grotte d'Égérie. Elle leur parle; elle les convertit. Ils convertissent le sénat et le peuple. Bientôt ce n'est plus Numa qui est un blasphémateur. Ce nom n'est plus donné qu'à ceux qui doutent de l'existence de la nymphe.

Il est triste parmi nous que ce qui est blasphème à Rome, à Notre-Dame de Lorette, dans l'enceinte des chanoines de San-Gennaro, soit piété dans Londres, dans Amsterdam, dans Stockholm, dans Berlin, dans Copenhague, dans Berne, dans Bâle, dans Hambourg. Il est encore plus triste que dans le même pays, dans la même ville, dans la même rue, on se traite réciproquement de blasphémateur.

Que dis-je? des dix mille juifs qui sont à Rome, il n'y en a pas un seul qui ne regarde le pape comme le chef de ceux qui blasphèment; et réciproquement les cent mille chrétiens qui habitent Rome à la place des deux millions de Joviens[1] qui la remplissaient du temps de Trajan, croient fermement que les juifs s'assemblent les samedis dans leurs synagogues pour blasphémer.

Un cordelier accorde sans difficulté le titre de blasphémateur au dominicain, qui dit que la sainte Vierge est née dans le péché originel, quoique les dominicains aient une bulle du pape qui leur permet d'enseigner dans leurs couvents la conception maculée, et qu'outre cette bulle ils aient pour eux la déclaration expresse de saint Thomas d'Aquin.

La première origine de la scission faite dans les trois quarts de la Suisse, et dans une partie de la basse Allemagne, fut une querelle dans l'église cathédrale de Francfort, entre un cordelier dont j'ignore le nom, et un dominicain nommé Vigan.

Tous deux étaient ivres, selon l'usage de ce temps-là. L'ivrogne cordelier, qui prêchait, remercia Dieu dans son sermon de ce qu'il n'était pas jacobin, jurant qu'il fallait exterminer les jacobins blasphémateurs qui croyaient la sainte Vierge née en péché mortel, et délivrée du péché par les seuls mérites de son fils. L'ivrogne jacobin lui dit tout haut: « Vous en avez menti, blasphémateur vous-même. » Le cordelier descend

1. Joviens, adorateurs de Jupiter.

de chaire, un grand crucifix de fer à la main, en donne cent coups à son adversaire, et le laisse presque mort sur la place.

Ce fut pour venger cet outrage que les dominicains firent beaucoup de miracles en Allemagne et en Suisse. Ils prétendaient prouver leur foi par ces miracles. Enfin ils trouvèrent le moyen de faire imprimer, dans Berne, les stigmates de notre Seigneur Jésus-Christ à un de leurs frères lais nommé Jetzer : ce fut la sainte Vierge elle-même qui lui fit cette opération ; mais elle emprunta la main du sous-prieur, qui avait pris un habit de femme, et entouré sa tête d'une auréole. Le malheureux petit frère lai, exposé tout en sang sur l'autel des dominicains de Berne à la vénération du peuple, cria enfin au meurtre, au sacrilége : les moines, pour l'apaiser, le communièrent au plus vite avec une hostie saupoudrée de sublimé corrosif ; l'excès de l'acrimonie lui fit rejeter l'hostie [1].

Les moines alors l'accusèrent devant l'évêque de Lausanne d'un sacrilége horrible. Les Bernois indignés accusèrent eux-mêmes les moines ; quatre d'entre eux furent brûlés à Berne, le 31 mai 1509, à la porte de Marsilly.

C'est ainsi que finit cette abominable histoire qui détermina enfin les Bernois à choisir une religion, mauvaise à la vérité à nos yeux catholiques, mais dans laquelle ils seraient délivrés des cordeliers et des jacobins.

La foule de semblables sacriléges est incroyable. C'est à quoi l'esprit de parti conduit.

Les jésuites ont soutenu pendant cent ans que les jansénistes étaient des blasphémateurs, et l'ont prouvé par mille lettres de cachet. Les jansénistes ont répondu, par plus de quatre mille volumes, que c'étaient les jésuites qui blasphémaient. L'écrivain des *Gazettes ecclésiastiques* prétend que tous les honnêtes gens blasphèment contre lui ; et il blasphème du haut de son grenier contre tous les honnêtes gens du royaume. Le libraire du gazetier blasphème contre lui, et se plaint de mourir de faim. Il vaudrait mieux être poli et honnête.

Une chose aussi remarquable que consolante, c'est que jamais, en aucun pays de la terre, chez les idolâtres les plus fous, aucun homme n'a été regardé comme un blasphémateur pour avoir reconnu un Dieu suprême, éternel et tout-puissant. Ce n'est pas sans doute pour avoir reconnu cette vérité, qu'on fit boire la ciguë à Socrate, puisque le dogme d'un Dieu suprême était annoncé dans tous les mystères de la Grèce. Ce fut un faction qui perdit Socrate. On l'accusa au hasard de ne pas reconnaître les dieux secondaires ; ce fut sur cet article qu'on le traita de blasphémateur.

On accusa de blasphème les premiers chrétiens par la même raison :

1. Voy. les *Voyages de Burnet*, évêque de Salisbury ; l'*Histoire des dominicains de Berne*, par Abraham Ruchat, professeur à Lausanne ; le *Procès-verbal de la condamnation des dominicains*, et l'*Original du procès*, conservé dans la bibliothèque de Berne. Le même fait est rapporté dans l'*Essai sur les mœurs et l'esprit des nations* (chap. CXXIX). Puisse-t-il être partout ! Personne ne le connaissait en France il y a vingt ans.

mais les partisans de l'ancienne religion de l'empire, les joviens qui reprochaient le blasphème aux premiers chrétiens, furent enfin condamnés eux-mêmes comme blasphémateurs sous Théodose II. Dryden a dit :

> This side to-day and the other to-morrow burns,
> And they are all God's almighty in their turns,

Tel est chaque parti, dans sa rage obstiné,
Aujourd'hui condamnant, et demain condamné.

BLÉ OU BLED. — Section I. Origine du mot et de la chose. — Il faut être pyrrhonien outré pour douter que pain vienne de panis. Mais pour faire du pain il faut du blé. Les Gaulois avaient du blé du temps de César ; où avaient-ils pris ce mot de blé? On prétend que c'est de bladum, mot employé dans la latinité barbare du moyen âge par le chancelier Desvignes, de Vineis, à qui l'empereur Frédéric II fit, dit-on, crever les yeux.

Mais les mots latins de ces siècles barbares n'étaient que d'anciens mots celtes ou tudesques latinisés. Bladum venait donc de notre blead ; et non pas notre blead de bladum. Les Italiens disaient biada ; et les pays où l'ancienne langue romance s'est conservée disent encore blia.

Cette science n'est pas infiniment utile : mais on serait curieux de savoir où les Gaulois et les Teutons avaient trouvé du blé pour le semer. On vous répond que les Tyriens en avaient apporté en Espagne ; les Espagnols en Gaule, et les Gaulois en Germanie. Et où les Tyriens avaient-ils pris ce blé? Chez les Grecs probablement, dont ils l'avaient reçu en échange de leur alphabet.

Qui avait fait ce présent aux Grecs? C'était autrefois Cérès sans doute ; et quand on a remonté à Cérès, on ne peut guère aller plus haut. Il faut que Cérès soit descendue exprès du ciel pour nous donner du froment, du seigle, de l'orge, etc.

Mais comme le crédit de Cérès qui donna le blé aux Grecs, et celui d'Isheth ou Isis qui en gratifia l'Égypte, est fort déchu aujourd'hui, nous restons dans l'incertitude sur l'origine du blé.

Sanchoniathon assure que Dagon ou Dagan, l'un des petits-fils de Thaut, avait en Phénicie l'intendance du blé. Or son Thaut est à peu près du temps de notre Jared. Il résulte de là que le blé est fort ancien, et qu'il est de la même antiquité que l'herbe. Peut-être que ce Dagon fut le premier qui fit du pain, mais cela n'est pas démontré.

Chose étrange! nous savons positivement que nous avons l'obligation du vin à Noé, et nous ne savons pas à qui nous devons le pain. Et, chose encore plus étrange! nous sommes si ingrats envers Noé, que nous avons plus de deux mille chansons en l'honneur de Bacchus, et qu'à peine en chantons-nous une seule en l'honneur de Noé notre bienfaiteur.

Un juif m'a assuré que le blé venait de lui-même en Mésopotamie, comme les pommes, les poires sauvages, les châtaignes, les nèfles dans l'Occident. Je le veux croire jusqu'à ce que je sois sûr du contraire : car enfin il faut bien que le blé croisse quelque part. Il est devenu la nourriture ordinaire et indispensable dans les plus beaux climats, et dans tout le Nord.

De grands philosophes dont nous estimons les talents, et dont nous ne suivons point les systèmes[1], ont prétendu, dans l'*Histoire naturelle du chien*, p. 195, que les hommes ont fait le blé; que nos pères, à force de semer de l'ivraie et du gramen, les ont changés en froment. Comme ces philosophes ne sont pas de notre avis sur les coquilles, ils nous permettront de n'être pas du leur sur le blé. Nous ne pensons pas qu'avec du jasmin on ait jamais fait venir des tulipes. Nous trouvons que le germe du blé est tout différent de celui de l'ivraie, et nous ne ne croyons à aucune transmutation. Quand on nous en montrera, nous nous rétracterons.

Nous avons vu, à l'article ARBRE A PAIN, qu'on ne mange point de pain dans les trois quarts de la terre. On prétend que les Éthiopiens se moquaient des Égyptiens, qui vivaient de pain. Mais enfin, puisque c'est notre nourriture principale, le blé est devenu un des plus grands objets du commerce et de la politique. On a tant écrit sur cette matière, que si un laboureur semait autant de blé pesant que nous avons de volumes sur cette denrée, il pourrait espérer la plus ample récolte, et devenir plus riche que ceux qui, dans leurs salons vernis et dorés, ignorent l'excès de sa peine et de sa misère.

Section II. Richesse du blé. — Dès qu'on commence à balbutier en économie politique, on fait comme font dans notre rue tous les voisins et les voisines qui demandent : « Combien a-t-il de rentes, comment vit-il, combien sa fille aura-t-elle en mariage, etc. ? » On demande en Europe : « L'Allemagne a-t-elle plus de blé que la France? L'Angleterre recueille-t-elle (et non pas récolte-t-elle) de plus belles moissons que l'Espagne? Le blé de Pologne produit-il autant de farine que celui de Sicile? » La grande question est de savoir si un pays purement agricole est plus riche qu'un pays purement commerçant.

La supériorité du pays de blé est démontrée par le livre, aussi petit que plein, de M. Melon, le premier homme qui ait raisonné en France, par la voie de l'imprimerie, immédiatement après la déraison universelle du système de Lass. M. Melon a pu tomber dans quelques erreurs relevées par d'autres écrivains instruits, dont les erreurs ont été relevées à leur tour. En attendant qu'on relève les miennes, voici le fait.

L'Égypte devint la meilleure terre à froment de l'univers, lorsqu'après plusieurs siècles, qu'il est difficile de compter au juste, les habitants eurent trouvé le secret de faire servir à la fécondité du sol un fleuve destructeur, qui avait toujours inondé le pays, et qui n'était utile qu'aux rats d'Égypte, aux insectes, aux reptiles et aux crocodiles. Son eau même, mêlée d'une bourbe noire, ne pouvait désaltérer ni laver les habitants. Il fallut des travaux immenses et un temps prodigieux pour dompter le fleuve, le partager en canaux, fonder des villes dans

1. Buffon. (ÉD.)

un terrain autrefois mouvant, et changer les cavernes des rochers en vastes bâtiments.

Tout cela est plus étonnant que des pyramides; tout cela fait, voilà un peuple sûr de sa nourriture avec le meilleur blé du monde, sans même avoir presque besoin de labourer. Le voilà qui élève et qui engraisse de la volaille supérieure à celle de Caux. Il est vêtu du plus beau lin dans le climat le plus tempéré. Il n'a donc aucun besoin réel des autres peuples.

Les Arabes ses voisins, au contraire, ne recueillent pas un setier de blé depuis le désert qui entoure le lac de Sodome, et qui va jusqu'à Jérusalem, jusqu'au voisinage de l'Euphrate, à l'Yémen, et à la terre de Gad; ce qui compose un pays quatre fois plus étendu que l'Égypte. Ils disent : « Nous avons des voisins qui ont tout le nécessaire; allons dans l'Inde leur chercher du superflu; portons-leur du sucre, des aromates, des épiceries, des curiosités; soyons les pourvoyeurs de leurs fantaisies, et ils nous donneront de la farine. » Ils en disent autant des Babyloniens; ils s'établissent courtiers de ces deux nations opulentes qui regorgent de blé; et en étant toujours leurs serviteurs, ils restent toujours pauvres. Memphis et Babylone jouissent, et les Arabes les servent; la terre à blé demeure toujours la seule riche; le superflu de son froment attire les métaux, les parfums, les ouvrages d'industrie. Le possesseur du blé impose donc toujours la loi à celui qui a besoin de pain; et Midas aurait donné tout son or à un laboureur de Picardie.

La Hollande paraît de nos jours une exception, et n'en est point une. Les vicissitudes de ce monde ont tellement tout bouleversé, que les habitants d'un marais, persécutés par l'Océan qui les menaçait de les noyer, et par l'inquisition qui apportait des fagots pour les brûler, allèrent au bout du monde s'emparer des îles qui produisent des épiceries, devenues aussi nécessaires aux riches que le pain l'est aux pauvres. Les Arabes vendaient de la myrrhe, du baume et des perles à Memphis et à Babylone; les Hollandais vendent de tout à l'Europe et à l'Asie, et mettent le prix à tout.

Ils n'ont point de blé, dites-vous; ils en ont plus que l'Angleterre et la France. Qui est réellement possesseur du blé? c'est le marchand qui l'achète du laboureur. Ce n'était pas le simple agriculteur de Chaldée ou d'Égypte qui profitait beaucoup de son froment. C'était le marchand chaldéen ou l'Égyptien adroit qui en faisait des amas, et les vendait aux Arabes; il en retirait des aromates, des perles, des rubis, qu'il vendait chèrement aux riches. Tel est le Hollandais; il achète partout et revend partout; il n'y a point pour lui de mauvaise récolte; il est toujours prêt à secourir pour de l'argent ceux qui manquent de farine.

Que trois ou quatre négociants entendus, libres, sobres, à l'abri de toute vexation, exempts de toute crainte, s'établissent dans un port; que leurs vaisseaux soient bons, que leur équipage sache vivre de gros fromage et de petite bière, qu'ils fassent acheter à bas prix du froment à Dantzick et à Tunis, qu'ils sachent le conserver, qu'ils sachent attendre, et ils feront précisément ce que font les Hollandais.

Section III. Histoire du blé en France. — Dans les anciens gouvernements ou anciennes anarchies barbares, il y eut je ne sais quel seigneur ou roi de Soissons qui mit tant d'impôts sur les laboureurs, les batteurs en grange, les meuniers, que tout le monde s'enfuit, et le laissa sans pain régner tout seul à son aise[1].

Comment fit-on pour avoir du blé, lorsque les Normands, qui n'en avaient pas chez eux, vinrent ravager la France et l'Angleterre; lorsque les guerres féodales achevèrent de tout détruire; lorsque ces brigandages féodaux se mêlèrent aux irruptions des Anglais; quand Édouard III détruisit les moissons de Philippe de Valois, et Henri V celles de Charles VI; quand les armées de l'empereur Charles-Quint et celles de Henri VIII mangeaient la Picardie; enfin, tandis que les bons catholiques et les bons réformés coupaient le blé en herbe, et égorgeaient pères, mères et enfants, pour savoir si on devait se servir de pain fermenté ou de pain azyme les dimanches?

Comment on faisait? Le peuple ne mangeait pas la moitié de son besoin : on se nourrissait très-mal; on périssait de misère; la population était très-médiocre; des cités étaient désertes.

Cependant vous voyez encore de prétendus historiens qui vous répètent que la France possédait vingt-neuf millions d'habitants du temps de la Saint-Barthélemy.

C'est apparemment sur ce calcul que l'abbé de Caveyrac a fait l'apologie de la Saint-Barthélemy : il a prétendu que le massacre de soixante et dix mille hommes, plus ou moins, était une bagatelle dans un royaume alors florissant, peuplé de vingt-neuf millions d'hommes qui nageaient dans l'abondance.

Cependant la vérité est que la France avait peu d'hommes et peu de blé, et qu'elle était excessivement misérable, ainsi que l'Allemagne.

Dans le court espace du règne enfin tranquille de Henri IV, pendant l'administration économe du duc de Sully, les Français, en 1597, eurent une abondante récolte; ce qu'ils n'avaient pas vu depuis qu'ils étaient nés. Aussitôt ils vendirent tout leur blé aux étrangers, qui n'avaient pas fait de si heureuses moissons, ne doutant pas que l'année 1598 ne fût encore meilleure que la précédente. Elle fut très-mauvaise; le peuple alors fut dans le cas de Mlle Bernard, qui avait vendu ses chemises et ses draps pour acheter un collier; elle fut obligée de vendre son collier à perte pour avoir des draps et des chemises. Le peuple pâtit davantage. On racheta chèrement le même blé qu'on avait vendu à un prix médiocre.

Pour prévenir une telle imprudence et un tel malheur, le ministère défendit l'exportation; et cette loi ne fut point révoquée. Mais sous Henri IV, sous Louis XIII et sous Louis XIV, non-seulement la loi fut souvent éludée, mais quand le gouvernement était informé que les

_____

1. C'était un Chilpéric. La chose arriva l'an 562.

greniers étaient bien fournis, il expédiait des permissions particulières sur le compte qu'on lui rendait de l'état des provinces. Ces permissions firent souvent murmurer le peuple; les marchands de blé furent en horreur, comme des monopoleurs qui voulaient affamer une province. Quand il arrivait une disette, elle était toujours suivie de quelque sédition. On accusait le ministère plutôt que la sécheresse ou la pluie[1].

Cependant, année commune, la France avait de quoi se nourrir, et quelquefois de quoi vendre. On se plaignit toujours (et il faut se plaindre pour qu'on vous suce un peu moins); mais la France, depuis 1661 jusqu'au commencement du xviii⁰ siècle, fut au plus haut point de grandeur. Ce n'était pas la vente de son blé qui la rendait si puissante, c'était son excellent vin de Bourgogne, de Champagne, et de Bordeaux; le débit de ses eaux-de-vie dans tout le Nord, de son huile, de ses fruits, de son sel, de ses toiles, de ses draps, des magnifiques étoffes de Lyon et même de Tours, de ses rubans, de ses modes de toute espèce; enfin les progrès de l'industrie. Le pays est si bon, le peuple si laborieux, que la révocation de l'édit de Nantes ne put faire périr l'État. Il n'y a peut-être pas une preuve plus convaincante de sa force.

Le blé resta toujours à vil prix : la main-d'œuvre par conséquent ne fut pas chère; le commerce prospéra, et on cria toujours contre la dureté du temps.

La nation ne mourut pas de la disette horrible de 1709; elle fut très-malade, mais elle réchappa. Nous ne parlons ici que du blé, qui manqua absolument; il fallut que les Français en achetassent de leurs ennemis mêmes; les Hollandais en fournirent seuls autant que les Turcs.

Quelques désastres que la France ait éprouvés; quelques succès qu'elle ait eus; que les vignes aient gelé, ou qu'elles aient produit autant de grappes que dans la Jérusalem céleste, le prix du blé a toujours été assez uniforme; et, année commune, un setier de blé a toujours payé quatre paires de souliers depuis Charlemagne[2].

Vers l'an 1750, la nation, rassasiée de vers, de tragédies, de comédies, d'opéras, de romans, d'histoires romanesques, de réflexions morales plus romanesques encore, et de disputes théologiques sur la grâce et sur les convulsions, se mit enfin à raisonner sur les blés.

On oublia même les vignes pour ne parler que de froment et de seigle. On écrivit des choses utiles sur l'agriculture : tout le monde les lut, excepté les laboureurs. On supposa, au sortir de l'Opéra-Co-

---

1. Mais cela n'est arrivé que par la faute du ministère, qui, se mêlant de faire des règlements sur le commerce des blés, donnait droit au peuple de lui imputer les disettes qu'il éprouvait. Le seul moyen d'empêcher ces disettes est d'encourager par la liberté la plus absolue le commerce et les emmagasinements de blé, de chercher à éclairer le peuple et à détruire le préjugé qui lui fait détester les marchands de blé. (Éd. de Kehl.)

2. Mais il y a eu souvent d'énormes différences d'une année à l'autre; et c'est ce qui cause la misère du peuple, parce que les salaires n'augmentent pas à proportion. (Éd. de Kehl.)

mique, que la France avait prodigieusement de blé à vendre. Enfin le cri de la nation obtint du gouvernement, en 1764, la liberté de l'exportation[1].

Aussitôt on exporta. Il arriva précisément ce qu'on avait éprouvé du temps de Henri IV; on vendit un peu trop; une année stérile survint; il fallut pour la seconde fois que Mlle Bernard revendît son collier pour ravoir ses draps et ses chemises. Alors quelques plaignants passèrent d'une extrémité à l'autre, ils éclatèrent contre l'exportation qu'ils avaient demandée : ce qui fait voir combien il est difficile de contenter tout le monde et son père.

Des gens de beaucoup d'esprit, et d'une bonne volonté sans intérêt, avaient écrit avec autant de sagacité que de courage en faveur de la liberté illimitée du commerce des grains. Des gens qui avaient autant d'esprit et des vues aussi pures, écrivirent dans l'idée de limiter cette liberté; et M. l'abbé Galiani, Napolitain, réjouit la nation française sur l'exportation des blés; il trouva le secret de faire, même en français, des dialogues[2] aussi amusants que nos meilleurs romans, et aussi instructifs que nos meilleurs livres sérieux. Si cet ouvrage ne fit pas diminuer le prix du pain, il donna beaucoup de plaisir à la nation, ce qui vaut beaucoup mieux pour elle. Les partisans de l'exportation illimitée lui répondirent vertement. Le résultat fut que les lecteurs ne surent plus où ils en étaient : la plupart se mirent à lire des romans en attendant trois ou quatre années abondantes de suite qui les mettraient en état de juger. Les dames ne surent pas distinguer davantage le froment du seigle. Les habitués de paroisse continuèrent de croire que le grain doit mourir et pourrir en terre pour germer.

Section IV. Des blés d'Angleterre. — Les Anglais, jusqu'au XVIIe siècle, furent des peuples chasseurs et pasteurs, plutôt qu'agriculteurs. La moitié de la nation courait le renard en selle rase avec un bridon; l'autre moitié nourrissait des moutons, et préparait des laines. Les siéges des pairs ne sont encore que de gros sacs de laine, pour les faire souvenir qu'ils doivent protéger la principale denrée du royaume. Ils commencèrent à s'apercevoir, au temps de la restauration, qu'ils avaient aussi d'excellentes terres à froment. Ils n'avaient guère jusqu'alors labouré que pour leurs besoins. Les trois quarts de l'Irlande se nourrissaient de pommes de terre, appelées alors *potatoes*, et par les Français *topinambous*, et ensuite *pommes de terre*. La moitié de l'Écosse ne connaissait point le blé. Il courait une espèce de proverbe en vers anglais assez plaisants, dont voici le sens :

Si l'époux d'Ève la féconde
Au pays d'Écosse était né,

1. Cette liberté fut limitée; il ne sortit que très-peu de blé, et bientôt les mauvaises récoltes rendirent toute exportation impossible. Il résulterait deux grands biens d'une liberté absolue de l'exportation : l'encouragement de l'agriculture, et une plus grande constance dans le prix du grain. (*Ed. de Kehl.*)

2. *Dialogues sur le commerce des blés*, 1770, in-8°. (*Éd.*)

A demeurer chez lui Dieu l'aurait condamné,
Et non pas à courir le monde.

L'Angleterre fut le seul des trois royaumes qui défricha quelques champs, mais en petite quantité. Il est vrai que ces insulaires mangent le plus de viande, le plus de légumes, et le moins de pain qu'ils peuvent. Le manœuvre auvergnat et limousin dévore quatre livres de pain qu'il trempe dans l'eau, tandis que le manœuvre anglais en mange à peine une avec du fromage, et boit d'une bière aussi nourrissante que dégoûtante, qui l'engraisse.

On peut encore, sans raillerie, ajouter à ces raisons l'énorme quantité de farine dont les Français ont chargé longtemps leur tête. Ils portaient des perruques volumineuses, hautes d'un demi-pied sur le front, et qui descendaient jusqu'aux hanches. Seize onces d'amidon saupoudraient seize onces de cheveux étrangers, qui cachaient dans leur épaisseur le buste d'un petit homme; de sorte que dans une farce, où un maître à chanter du bel air, nommé M. des Soupirs, secouait sa perruque sur le théâtre, on était inondé pendant un quart d'heure d'un nuage de poudre. Cette mode s'introduisit en Angleterre, mais les Anglais épargnèrent l'amidon.

Pour venir à l'essentiel, il faut savoir qu'en 1689, la première année du règne de Guillaume et de Marie, un acte du parlement accorda une gratification à quiconque exporterait du blé, et même de mauvaises eaux-de-vie de grain, sur les vaisseaux de la nation.

Voici comme cet acte, favorable à la navigation et à la culture, fut conçu[1]:

Quand une mesure nommée quarter, égale à vingt-quatre boisseaux de Paris, n'excédait pas en Angleterre la valeur de deux livres sterling huit schellings au marché, le gouvernement payait à l'exportateur de ce quarter cinq schellings — 5 liv. 10 s. de France; à l'exportateur du seigle, quand il ne valait qu'une livre sterling et douze schellings, on donnait de récompense trois schellings et six sous — 3 liv. 12 s. de France. Le reste dans une proportion assez exacte.

Quand le prix des grains haussait, la gratification n'avait plus lieu; quand ils étaient plus chers, l'exportation n'était plus permise. Ce règlement a éprouvé quelques variations; mais enfin le résultat a été un profit immense. On a vu par un extrait de l'exportation des grains, présenté à la chambre des communes, en 1751, que l'Angleterre en avait vendu aux autres nations en cinq années pour 7 405 786 liv. sterling, qui font cent soixante et dix millions trois cent trente-trois mille

1. Cette prime ne pouvait avoir d'autre effet que de tenir le blé en Angleterre au-dessus du taux naturel. En la considérant relativement à la culture, elle a pour objet de faire cultiver plus de terres en blé qu'on n'en cultiverait sans cela, ce qui est une perte réelle, parce qu'on ferait rapporter à ces mêmes terres des productions d'une valeur plus grande. Il n'est juste d'encourager la culture du blé aux dépens d'une autre culture que dans les pays où la récolte ne suffit pas, année commune, à la subsistance du peuple, parce que ce serait un mal pour une nation de ne pas être indépendante des autres pour la denrée de nécessité première, du moins tant que les préjugés mercantiles subsisteront. (Éd. de Kehl.)

soixante et dix-huit livres de France. Et sur cette somme que l'Angleterre tira de l'Europe en cinq années, la France en paya environ dix millions et demi.

L'Angleterre devait sa fortune à sa culture, qu'elle avait trop longtemps négligée; mais aussi elle la devait à son terrain. Plus sa terre a valu, plus elle s'est encore améliorée. On a eu plus de chevaux, de bœufs et d'engrais. Enfin on prétend qu'une récolte abondante peut nourrir l'Angleterre cinq ans, et qu'une même récolte peut à peine nourrir la France deux années.

Mais aussi la France a presque le double d'habitants; et en ce cas l'Angleterre n'est que d'un cinquième plus riche en blé, pour nourrir la moitié moins d'hommes; ce qui est bien compensé par les autres denrées, et par les manufactures de la France.

Section V. Mémoire court sur les autres pays. — L'Allemagne est comme la France; elle a des provinces fertiles en blé, et d'autres stériles; les pays voisins du Rhin et du Danube, la Bohême, sont les mieux partagés. Il n'y a guère de grand commerce de grains que dans l'intérieur.

La Turquie ne manque jamais de blé, et en vend peu. L'Espagne en manque quelquefois, et n'en vend jamais. Les côtes d'Afrique en ont, et en vendent. La Pologne en est toujours bien fournie, et n'en est pas plus riche.

Les provinces méridionales de la Russie en regorgent; on le transporte à celles du Nord avec beaucoup de peine; on en peut faire un grand commerce par Riga.

La Suède ne recueille du froment qu'en Scanie; le reste ne produit que du seigle; les provinces septentrionales rien.

Le Danemark peu.

L'Écosse encore moins.

La Flandre autrichienne est bien partagée.

En Italie, tous les environs de Rome, depuis Viterbe jusqu'à Terracine, sont stériles. Le Bolonais, dont les papes se sont emparés, parce qu'il était à leur bienséance, est presque la seule province qui leur donne du pain abondamment.

Les Vénitiens en ont à peine de leur cru pour le besoin, et sont souvent obligés d'acheter des firmans à Constantinople, c'est-à-dire des permissions de manger. C'est leur ennemi et leur vainqueur qui est leur pourvoyeur.

Le Milanais est la terre promise, en supposant que la *terre promise* avait du froment.

La Sicile se souvient toujours de Cérès; mais on prétend qu'on n'y cultive pas aussi bien la terre que du temps d'Hjéron, qui donnait tant de blé aux Romains. Le royaume de Naples est bien moins fertile que la Sicile, et la disette s'y fait sentir quelquefois, malgré San Gennaro.

Le Piémont est un des meilleurs pays.

La Savoie a toujours été pauvre, et le sera.

La Suisse n'est guère plus riche; elle a peu de froment; il y a des cantons qui en manquent absolument.

Un marchand de blé peut se régler sur ce petit mémoire; et il sera ruiné, à moins qu'il ne s'informe au juste de la récolte de l'année et du besoin du moment.

Résumé. — Suivez le précepte d'Horace : « Ayez toujours une année de blé par devers vous; *provisæ frugis in annum*[1].

Section VI. Blé, grammaire, morale. — On dit proverbialement, « manger son blé en herbe; être pris comme dans un blé; crier famine sur un tas de blé. » Mais de tous les proverbes que cette production de la nature et de nos soins a fournis, il n'en est point qui mérite plus l'attention des législateurs que celui-ci :

« Ne nous remets pas au gland quand nous avons du blé. »

Cela signifie une infinité de bonnes choses, comme par exemple :

Ne nous gouverne pas dans le XVIII⁰ siècle comme on gouvernait du temps d'Albouin, de Gondebald, de Clodevick, nommé en latin *Clodovæus.*

Ne parle plus des lois de Dagobert, quand nous avons les œuvres du chancelier d'Aguesseau, les discours de MM. les gens du roi, Montclar, Servan, Castillon, La Chalotais, Dupaty, etc.

Ne nous cite plus les miracles de saint Amable, dont les gants et le chapeau furent portés en l'air pendant tout le voyage qu'il fit à pied du fond de l'Auvergne à Rome.

Laisse pourrir tous les livres remplis de pareilles inepties, songe dans quel siècle nous vivons.

Si jamais on assassine à coups de pistolet un maréchal d'Ancre, ne fais point brûler sa femme en qualité de sorcière, sous prétexte que son médecin italien lui a ordonné de prendre du bouillon fait avec un coq blanc, tué au clair de la lune, pour la guérison de ses vapeurs.

Distingue toujours les honnêtes gens qui pensent, de la populace qui n'est pas faite pour penser.

Si l'usage t'oblige à faire une cérémonie ridicule en faveur de cette canaille, et si en chemin tu rencontres quelques gens d'esprit, avertis-les par un signe de tête, par un coup d'œil, que tu penses comme eux, mais qu'il ne faut pas rire.

Affaiblis peu à peu toutes les superstitions anciennes, et n'en introduis aucune nouvelle.

Les lois doivent être pour tout le monde; mais laisse chacun suivre ou rejeter à son gré ce qui ne peut être fondé que sur un usage différent.

Si la servante de Bayle meurt entre tes bras, ne lui parle point comme à Bayle, ni à Bayle comme à sa servante.

Si les imbéciles veulent encore du gland, laisse-les en manger; mais trouve bon qu'on leur présente du pain.

En un mot, ce proverbe est excellent en mille occasions.

BŒUF APIS (PRÊTRES DU). — Hérodote raconte que Cambyse, après avoir tué de sa main le dieu-bœuf, fit bien fouetter les prêtres;

1. Liv. I⁰, épître XVIII, vers 109. (ÉD.)

il avait tort, si ces prêtres avaient été de bonnes gens qui se fussent contentés de gagner leur pain dans le culte d'Apis, sans molester les citoyens; mais s'ils avaient été persécuteurs, s'ils avaient forcé les consciences, s'ils avaient établi une espèce d'inquisition et violé le droit naturel, Cambyse avait un autre tort, c'était celui de ne les pas faire pendre[1].

1. Voy. APIS.

FIN DU SEIZIÈME VOLUME.

TABLE.

DICTIONNAIRE PHILOSOPHIQUE.

FIN DE LA TABLE DU SEIZIÈME VOLUME.

COULOMMIERS. — Typogr. ALBERT PONSOT et P. BRODARD.

www.ingramcontent.com/pod-product-compliance
Lightning Source LLC
Chambersburg PA
CBHW070748030726
47504CB00003B/484